Tiryn wächst an der Küste Floridas auf. Ihre Mutter ist Sängerin und tingelt mit ihrer Band durch Kneipen und Bars. Ihrer Tochter ist sie jedoch keine große Stütze.
Wenn Tiryn Kummer hat, lauscht sie am liebsten ihrem Großvater Nicholas, der von seiner Heimat erzählt, dem schmalen Land an der fernen Ostsee, in dem es im Winter sogar schneit. Er schenkt ihr ein Bernsteinschiff, in dem Erinnerungen lebendig geblieben sind.
Als Tiryn erwachsen wird, ist ihr größter Traum, an die Ostsee zu reisen, unter anderem um das Geheimnis des Bernsteins zu ergründen. Doch ist es ihre eigene Sehnsucht oder die von Nicholas? Kann sie ihre Mutter allein lassen – und wie wird man sie in Ahrenshoop empfangen, wo Nicholas Ronning als Verräter gilt?
Das Meer selbst und ein Fremder mit hellen Augen, den sie am Strand trifft, drängen sie schließlich zu einer Entscheidung …

Patricia Koelle ist eine Berliner Autorin mit Leidenschaft fürs Meer – und fürs Schreiben, in dem sie ihr immerwährendes Staunen über das Leben, die Menschen und unseren sagenhaften, unwahrscheinlichen Planeten zum Ausdruck bringt.
Bei FISCHER ist von ihr bereits der erste Band der Ostsee-Trilogie »Das Meer in deinem Namen« erschienen. Der dritte Band, »Der Horizont in deinen Augen«, ist in Planung.

Weitere Informationen, auch zu E-Book-Ausgaben, finden Sie bei
www.fischerverlage.de

Patricia Koelle

Das Licht in deiner Stimme

Roman

FISCHER Taschenbuch

Erschienen bei FISCHER Taschenbuch
Frankfurt am Main, Oktober 2015

© S. Fischer Verlag GmbH, Frankfurt am Main 2015
Satz: Fotosatz Amann, Memmingen
Druck: CPI books GmbH, Leck
Printed in Germany
ISBN 978-3-596-03297-6

Für alle, die sich die Erfüllung eines Lebenstraums erkämpft haben.

Und für alle, auf die noch ein offener Traum wartet.

Prolog
1985

»Opa Nick? Wer ist die Frau in dem Boot? Ist das die auf deinen Bildern?«

Tiryn drehte das filigrane Segelschiff in ihren kleinen Händen hin und her und spähte in den honigfarbenen Bernstein.

Nicholas Ronning stutzte. Tiryn konnte das wahrnehmen? Seine Enkelin? Er selbst sah Hennys Gesicht schon lange nicht mehr in dem Bernsteinrumpf des Segelschiffs.

»Ja, Tallulah. Aber das ist eine lange Geschichte. Ich erzähle sie dir, wenn du älter bist.« Er nannte sie gern bei ihrem indianischen Namen. Er passte so gut zu ihr. Hüpfendes Wasser. Wahrscheinlich war ihre Herkunft der Grund, dass sie Dinge sah, die andere nicht sahen. Ihr indianischer Vater war ein weiser Mann, auch wenn man ihn mit seinem Igelhaarschnitt und abgetragenen Jeans nicht auf den ersten Blick dafür hielt.

Oder hatte sie diese zweifelhafte Gabe von ihm?

»Wenn ich wie alt bin, Opa Nick?«

»Noch viele Sommerferien älter.«

»Dann erzähl mir von dem Hafen, in den das Schiff gehört. Von dem Hafen, wo weiße Sterne fallen, aus denen man Männer baut.« Sie kletterte auf seinen Schoß. »Erzähl mir von dem kalten Meer, auf dem man manchmal laufen kann.«

»Gut, Tallulah. Wenn du es dir wünschst.«

Er sah eine Weile auf die silbernen Segel, in denen ein zeitloser Wind wohnte und ihnen die Richtung wies, bevor er von dem fernen, zerbrechlichen Land zu sprechen begann, über dem der Himmel so weich leuchtete, wie er es seitdem nie wieder gesehen hatte.

Florida, USA,

2000

1

Tiryn

Tiryn lag bäuchlings auf dem Steg. Ein Splitter stach sie ins Knie, aber sie beachtete ihn nicht. Unter ihr erzählte sich das Wasser Geschichten. Schmatzend schlug es Tangfahnen an morsche Pfähle oder gluckerte geheimnisvoll an den Steinen. Das hohe Mittagslicht brach sich in den Wellen und zeichnete ein zitterndes Netz goldener Linien auf den Meeresboden. Tiryn kniff die Augen zusammen. Im nächsten Moment würden sich diese Linien zu einem Bild zusammenfügen. Verschwommen natürlich, aber sie würde es erkennen, so wie sie als kleines Mädchen in Opa Nicholas' Bernsteinschiff Bilder gesehen hatte.

Sie wusste nicht, warum, aber sie war sich sicher, dass gerade dieses Bild im Sand wichtig wäre. Es zeigte bestimmt wieder die langhaarige Frau, die so unglücklich war. Aber diesmal würde Tiryn endlich ihr Gesicht sehen!

»*Halito!*« Ein Ruf riss sie aus ihrer Konzentration. Drei Stege weiter stand Kimoni auf dem Deck der *Anhinga* und winkte ihr zu.

Seine schlanke, karamellbraune Gestalt wirkte auf dem klobigen Kutter in der Ferne wie ein zarter Grashalm.

»*Halito!*« Sie winkte zurück. Der Gruß in Choctaw, der Sprache ihres Vaters, war zu einer lieben Gewohnheit zwischen ihnen geworden.

Kimoni bückte sich, um das Schleppnetz zu entwirren. Sie kannten sich seit Kinderzeiten, und immer noch genoss sie es, seinen Bewegungen zuzusehen, die so leicht wirkten, als sei er ein Vogel, der nur kurz auf der Erde gelandet war. Sie waren Sandkastenfreunde gewesen: Kimoni, seine Schwester Peri und Tiryn. Nur dass sie keinen Sandkasten brauchten, denn sie hatten den Strand, der geschwungen und breit war wie ein Lächeln der Erde und endlos für nackte Kinderfüße. So heiß, dass man sich die Sohlen daran verbrennen konnte. So hell, dass er blendete und nichts Dunkles zuließ. So weich, dass jeder Kummer darin versank.

Auch die Zeit versank darin, und manches änderte sich.

Anderes blieb erhalten.

Tiryn und Kimoni änderten sich und wurden in einer Frühlingsnacht voller Glühwürmchen mehr als nur Freunde. Ein paar Jahre später bekam Tiryn Angst und beendete die Beziehung, so dass sie wieder Freunde waren.

Kimoni, den Namen hatte ihm seine afrikanische Mutter gegeben. »Großer Mann« bedeutete er. Und Größe bewies Kimoni, denn mit ihm war es leicht, Liebe wieder in Freundschaft zurückzuverwandeln. Vielleicht weil er auch von seinem deutschen Vater einiges geerbt hatte, zum Beispiel eine besondere Gelassenheit, die Tiryn so wohltat, dass sie ohne Kimoni niemals zurechtgekommen wäre.

Genau deshalb hatte sie die Beziehung beendet. Sie wollte nicht, dass es am Ende zwischen ihnen wurde wie zwischen Opa Nick und seiner Bella. Bella liebte ihn ein Leben lang, doch er konnte Henny Badonin, diese andere, ihm verlorengegangene Frau auf der anderen Seite des Meeres, nicht loslassen. Oder Tiryns Eltern – wenn sie an deren Ehe dachte, spürte Tiryn ein Frösteln zwischen ihren Schulterblättern, trotz der unerbittlichen Sonne Floridas, die auf ihren Rücken brannte.

Tiryn überlegte, ob sie hinübergehen sollte, um Kimoni auf dem Kutter zu helfen. Doch ihre Zeit reichte nicht mehr aus. Sie spähte noch einmal über den Steg hinunter, in der Hoffnung, das geheimnisvolle Bild doch noch zu erwischen.

Aha, sie guckt wieder Meereskino, dachte Kimoni drüben bestimmt. Nur ihm hatte sie jemals von den Bildern erzählt, die sie schon seit ihrer Kindheit manchmal auf dem Meeresgrund sah. Bilder, die sich bewegten, wie kurze Filmschnipsel.

Gelegentlich zeigte der Hotelchef Nelson Sanborn den Kindern, die für ein paar Ferientage im Hotel wohnten, Filme auf einem uralten Projektor. Auch Tiryn hatte zuschauen dürfen, wie alle Kinder des Personals. Fasziniert sah sie, wie der Lichtstrahl aus dem Projektor das abgedunkelte Zimmer durchquert und die Bilder auf eine weiße Leinwand gezaubert hatte, obwohl in dem Lichtstrahl gar keine Bilder zu sehen waren, sondern nur der tanzende Staub. So ähnlich, dachte sie, muss das mit den Bildern auf dem Meeresgrund sein. Die Sonne wirft das Licht durch die Wellen auf den Boden, und von dort kommen sie in meinen Kopf. Man sieht sie vorher nicht, aber in meinem Kopf ist eine Leinwand, und dort kann ich sie erkennen. Nachdem sie sich das auf diese Weise selbst erklärt hatte, waren ihr die Bilder nicht mehr unheimlich. Schließlich war ihr Opa Maler. Er machte Bilder auf seine Weise und Tiryn eben auf eine andere. Sie konnte nicht malen, also schenkte ihr das Meer seine Bilder.

Doch als sie erwachsen wurde, waren ihr die Bilder manchmal überhaupt nicht geheuer. Sie stellte fest, dass einige die Wahrheit erzählten. Einmal sah sie ein Haus, das von einem Hurrikan zerstört wurde. Kurze Zeit später kam sie wirklich an der Ruine vorbei, die sie sofort wiedererkannte. Ein anderes Mal glaubte sie,

Kimonis Vater zu sehen, mit einem riesigen Fisch, den er geangelt hatte. Zwar konnte sie sein Gesicht im Wasser nicht erkennen, aber seine Haltung mit der einen schiefen Schulter war ihr vertraut. Monate später zeigte er ihr ein Foto in seinem Album, das zehn Jahre alt war. Tiryn erkannte den Fisch und Kimonis Vater, wie sie ihn im Meer gesehen hatte. Wie sie sich das erklären sollte, wusste sie nicht. Kimoni hatte sie beruhigt, wie er es immer tat, egal, was Tiryn zustieß.

»Fürchte dich nicht vor den Bildern«, sagte Kimoni, »aber höre auf ihre Geschichten. Die Wahrheit liegt immer in den richtigen Geschichten, egal, wer oder was sie dir erzählt.«

Wenn das stimmte, was wollte ihr dann das Bild von der unglücklichen Frau erzählen, die an einem fremden Strand stand und weinte?

Die Sonne war tiefer gerutscht. Nun zeichnete sie ganz andere, harmlose Linien auf den Meeresboden. Sie wanderten über einen Seestern, dann über eine Muschelschale. Das Bild war verschwunden, ohne erkennbar geworden zu sein. Tiryn beobachtete den Seestern, bis sie etwas in die Wade zwickte.

»Au!« Hastig setzte sie sich auf. »Ach, du bist das, Colly!« Der Pelikan stupste sie mit dem Schnabel an der Schulter. Er war ganz jung gewesen, als sie ihn nach einem Hurrikan mit verletztem Flügel am Strand gefunden hatte. Sie hatte den Flügel geschient und ihm Fische gefangen, bis der Vogel nicht nur groß und gesund, sondern auch sehr zutraulich geworden war. Am liebsten begleitete er Tiryn, wenn sie mit Kimoni und Peri auf dem Kutter fuhr. Dort saß er gern ganz vorne auf dem Bug und blickte mit seinem weisen Gesichtsausdruck auf das Meer hinaus, als gäbe es dort im nächsten Moment eine große Entdeckung zu machen. Darum tauften sie ihn Columbus. Er futterte reichlich Beifang und war bald wieder flugfähig, doch er blieb sehr anhänglich.

»Heute musst du dir deine Fische selbst fangen, Colly. Meine Schicht im Hotel fängt gleich an. Oder flieg zu Kimoni, der hat bestimmt was für dich.«

Der Pelikan legte den Kopf schief, sah sie einen Moment lang an und breitete tatsächlich die Flügel aus. Tief über dem Wasser strich er zum Kutter hin. In der grellen Sonne schimmerte die rosa Haut seines Kehlsacks durchsichtig.

Tiryn freute sich auf die Kühle im Hotel. Heute drückte die Hitze besonders. Wie ein nasses Tuch lag sie auf der Küste und machte das Atmen schwer. Von den Mangrovensümpfen her roch es faulig und von den Kuttern her nach Fisch. Tiryn schloss die Augen, um sich für einen kostbaren Moment in Opa Nicks Land zu träumen. Das Land, in dem er aufgewachsen war und in dem die Bäume im Herbst rot und golden wurden. In dem Schnee den Strand weiß färbte und das Meer zufror, so dass man darauf laufen konnte.

Davon hatte ihr Opa Nick erzählt, als sie klein war. Für Tiryn war das ihr Traumland geworden, in das sie sich flüchtete, wenn sie wieder einmal irgendwo wartete und nicht wusste, wann ihre Mutter wiederkommen würde. Wenn überhaupt.

Später las sie über diesen schmalen Streifen Land, von dem Opa Nick sprach und den er immer wieder malte. Über die Halbinsel mit dem seltsamen Namen Darß, weit im Osten an einem anderen, kälteren Meer. Dort wollte sie einmal hin, die Sprache konnte sie ja. Opa Nick hatte ihr Deutsch beigebracht, und es war ihre Geheimsprache, die sie miteinander verband. Auch mit Kimoni und seinem deutschen Vater übte sie regelmäßig. Tiryn fing an zu sparen, steckte erst das seltene Taschengeld und dann die schwerverdienten Trinkgelder in ihre Sparbüchse – ein erstaunt aussehender Kugelfisch, den Kimoni ihr geschenkt hatte. Sie versteckte ihn gut vor ihrer Mutter, und als sie alt genug war, richtete sie sich ein Konto ein, das sie ihr »Ostseekonto« nannte. Schon oft hatte sie den Inhalt des Kugelfischbauchs inzwischen dort in Sicherheit gebracht, aber sie hatte das Konto auch manchmal in Notlagen wieder plündern müssen, und so wuchs es nur langsam. Jetzt war sie vierundzwanzig; bei diesem Tempo wäre sie wahrscheinlich ungefähr so alt wie Opa Nick jetzt, bis sie sich aufmachen konnte, das Land ihrer Sehnsucht zu erkunden. Dabei hatte sie sich vorgenommen, es spätestens bis zu ihrem fünfundzwanzigsten Geburtstag zu schaffen. Dann war sie ein Vierteljahrhundert alt! Erschreckend. Wenn es bis dahin nicht klappte, würde es sicher nie etwas werden. Aber die Zeit wurde knapp, und es sah nicht so aus, als ob sie hier fortkönnte. Dabei war das Geld nicht einmal ihre größte Sorge.

Sie drängte die schwüle Luft aus ihren Gedanken und stellte sich vor, wie weiche weiße Flocken sanft ihr Gesicht berührten. Wenn sie die Augen öffnete, würde eine zarte Spitzenborte aus Eis das Meer säumen, so wie es Opa Nick gemalt hatte. Der Wind war kalt, aber sie würde sich in eine dicke Jacke kuscheln und zusehen, wie ihr Atem kleine Wolken malte ...

Knatternd fuhr ein Motorboot am Steg vorüber und schreckte sie aus ihren Gedanken hoch. Sie stand auf, strich ihren Rock glatt und suchte sich einen Weg durch die Ranken der Trichterwinden, die sich über den heißen Sand zogen. Sie liebte die himmelblauen tütenförmigen Blüten. Als Kind hatte sie auch schon immer genau darauf achtgegeben, keine zu zertreten. Sie stellte sich vor, dass der Himmel sein Blau in diese Trichter füllte, um Vorrat für den nächsten Tag zu haben. Und sie machte es dem Himmel nach und füllte ihre Träume hinein, denn die Blüten schlossen sich fest, wenn es dunkel wurde oder regnete, und schützten so ihr Innerstes.

Nun, da sie erwachsen war, übernahm das Ostseekonto diese Aufgabe, aber die Blüten mochte sie immer noch.

Die Touristen, die ihr zu dem Geld für ihren Traum verhalfen, würden das nicht verstehen. Sie hatten keinen Hurrikan erlebt, fanden die Zikaden und die Hitze noch romantisch. Sie waren alle hier, weil sie sich nach dem Süden gesehnt und dafür gespart hatten. Sie hungerten nach Wärme und nach frohen Farben, nach dem Türkisblau der warmen See, dem Rot der Hibiskusblüten und dem bunten Schimmern der Kolibris. Vom Schnee hatten sie die Nase voll. Wie Opa Nick, der auch jeden Sommer in seiner Heimat gefroren hatte, so sehr er sie auch liebte. Er hatte sich immer in den Süden gesehnt, erzählte er Tiryn.

Sie aber hatte das Gefühl, dass ihm auch nach Jahrzehnten in Florida nie wirklich warm geworden war. Wahrscheinlich wegen dieser Henny, der Frau, die ihn kurz vor der Hochzeit verlassen hatte. Die er trotzdem immer wieder malte – früher nur von hinten, doch inzwischen trug jede Frau in seinen Bildern ihre Züge. Und die daran schuld war, dass Nicholas es nie über sich brachte, seine Bella zu heiraten, die ihm bis zu ihrem Tod treu verbunden gewesen war.

Tiryn schüttelte unwillig den Kopf. Was nützte es, über die alten Geschichten zu grübeln?

Die Kühle umfing sie wohltuend, als sie in das Foyer der »Calusa Cottages« trat. Über ihr kreisten unermüdlich die riesigen Deckenventilatoren.

»Hi, Debbie! Hi, Mr. Sanborn!«, rief sie Richtung Rezeption, wo eine rundliche Frau mit einem sonnigen Lächeln im Gespräch mit dem Chef war.

Tiryn hatte auch gelegentlich Dienst an der Rezeption, aber heute steuerte sie auf die winzige Boutique »Easy Days« zu, für die sie zusammen mit Peri verantwortlich war. »Entspannte Tage«, so hatten sie den Laden genannt, weil es genau das war, was die Gäste hier suchten und was man ihnen geben musste, wenn sie wiederkommen sollten.

Ein älteres Pärchen wartete vor der Tür. Sie trugen eng anliegende einfarbige Polohemden und Sommerhosen in einem nichtssagenden Bürobeige. Tiryn begrüßte sie mit einem Lächeln und schloss die Tür auf.

»Was kann ich für Sie tun?«

»Wir wollten uns nur mal umsehen.«

»Gern! Lassen Sie sich Zeit.«

Tiryn wusste, was sie suchten, doch die beiden würden etwas länger brauchen, bis sie es merkten. Auf der Suche nach Farben waren sie und nach einem Stoff und Schnitt, der ihnen das Gefühl gab, frei zu sein.

»Meinen Sie, das hier würde mir stehen?«

Der Mann hielt ihr ein weites Hemd entgegen, auf dessen großzügiger Fläche Papageien und Schmetterlinge tobten.

»Bestimmt. Probieren Sie es doch an.«

Ermutigt von Tiryns strahlendem Lächeln verschwand er in der Kabine, gefolgt von seiner Frau mit einem trägerlosen Sommerkleid.

»Ihr zwei verkauft nur deshalb so viele Klamotten, weil ihr ausseht wie der Urlaub persönlich«, behauptete Nelson Sanborn, der Chef, gern.

Tatsächlich überzeugte der Anblick von Peris dunkler Haut und schneeweiß blitzendem Lächeln und von Tiryns kinnlangen, glatten schwarzen Haaren und dunklen Augen die Kunden davon, dass sie im exotischen Urlaubsparadies angekommen waren. Zudem vermittelte ihnen Tiryns rechte Augenbraue, die im Gegensatz zur geraden linken fragend schräg nach oben verlief, das Gefühl, dass sie ihnen gut zuhörte.

Beschwingt verließen die Neuankömmlinge bald die Boutique als andere Menschen, mit einem leichteren Schritt, aufrechteren Schultern und einem sommerlichen Lächeln. Mit den neuen bunten Kleidungsstücken hatten sie für zwei Wochen auch ein neues Leben übergestreift, ein Leben voller Abenteuer, Möglichkeiten und Träume.

»Tiryn?« Nelson kämpfte sich durch die schmale, von Kleiderständern fast zugestellte Tür. Er war ein großer, schwerer Mann, und das Bündel pastellfarbene Bettwäsche in seinen unbeholfenen Händen wirkte rührend. Tiryn konnte ein zärtliches Schmunzeln nicht unterdrücken.

Weil er ein Chef war, der sich nicht scheute, auch bei der Bettwäsche selbst mit anzupacken, wären die meisten seiner Angestellten für ihn durchs Feuer gegangen. Wenn sie von ihm sprachen, nannte sie ihn alle Nelson. Das wusste er, bestand aber der Autorität und Ordnung halber darauf, dass sie ihn offiziell mit Mr. Sanborn ansprachen.

Er kannte Tiryn seit ihrem siebten Lebensjahr. Seit dem Tag, an dem ihre Mutter mit ihr am Hoteltresen aufgetaucht war und nach Arbeit gefragt hatte. Tiryn hatte sich mit dem viel zu schweren Koffer in der Hand hinter einer Topfpalme versteckt. Dass es nie Sinn hatte, hinter ihrer Mutter Schutz zu suchen, wusste sie längst. Mr. Sanborn hatte sie dennoch sofort entdeckt, sich aus beeindruckender Höhe zu ihr heruntergebeugt, ihr den Koffer abgenommen und auf eine Tür gezeigt.

»Wenn du da langläufst, findest du die Küche. Dort wird man dir Ocean Lime Pie geben, während ich mich mit deiner Mutter unterhalte.«

Tiryn hatte gezögert. Normalerweise gab ihr niemand einfach etwas. Aber er machte ihr mit einem ermunternden und gleichzeitig bestimmten Schubs Mut, und sie machte sich auf die Suche.

Seitdem war Ocean Lime Pie, dieses Zauberwerk aus dem Saft der einheimischen Limette, Ei und Sahne auf einem Tortenboden für sie der Inbegriff vom Himmel auf Erden. Als sie irgendwann wieder die blitzsaubere, nach Kräutern und frischem Brot duftende Küche verließ, hatte ihre Mutter einen Arbeitsvertrag als Zimmermädchen und eine Unterkunft in einem der Personalwohnhäuser.

Obwohl Tiryn bald darauf ihren leiblichen Vater Sam und ihren Großvater Nicholas kennenlernte, blieb Nelson eine Art verlässliche Vaterfigur für sie. Er gehörte nicht zur Familie. Somit war er beruhigend frei von Rätseln, Geheimnissen und Geistern.

Es war Nelson, der Tiryn in die Schule scheuchte, wenn er sie beim Schwänzen erwischte, oder in die Küche, wenn sie nichts zu essen bekommen hatte. Nelson bezahlte sie für kleine Jobs. Sie verteilte Flyer an Gäste, half im Garten beim Jäten oder schälte Süßkartoffeln für die Küche. Sie war mit zu großen Gummihandschuhen, Besen und Schaufel unterwegs und kehrte den Waschbärendreck aus den offenen Treppenhäusern vor den Gästezimmern in einen Eimer. Das machte ihr Spaß, denn dabei hörte sie hinter den geschlossenen Türen die unterschiedlichsten Gespräche. Manche der Fremden stritten ebenso wie Tiryns Eltern. Andere waren dermaßen verliebt und schwärmten so sehr von dem warmen Meer, dem exotischen Essen und den sorglosen Tagen, dass das Glück in Tiryns Phantasie unter den Türen hindurchdrang.

Viel später, nachdem sie ihren Schulabschluss hatte, arbeitete Nelson sie am Empfang ein und machte ihr den Vorschlag mit der Boutique. Und so bauten sie gemeinsam den kleinen, aber feinen Verkaufsladen auf, bis schließlich auch noch Peri zu ihnen stieß.

Nelson war der geborene Patriarch, aber er behauptete, nicht genug Zeit für eine Beziehung zu haben. Seine Angestellten seien seine Familie. Das Hotel mit seinem Hauptgebäude und den vielen einzelnen kleinen Häusern drumherum hatte er nach den Calusa benannt, einem Indianervolk, das einst in der Gegend gelebt hatte. »Von den Menschen, die zuvor an einem Ort gelebt haben, bleibt immer etwas«, meinte Nelson. »Spuren von ihrer Energie und ihrem Wesen haften an der Erde, atmen in den Pflanzen, treiben im Wind. Sie sollen nicht vergessen werden. Es ist gut für die Lebenden, ihre Gegenwart anzuerkennen.« Im Laufe der Jahre machte er mit unermüdlichem Fleiß und Sorgfalt aus »Calusa Cottages« die beliebteste Ferienanlage in ganz Pelican's Foot.

Jetzt packte er das Bündel Bettwäsche vor Tiryns Nase auf den Ladentisch.

»Die Näherin ist krank, und die hier haben Löcher. Kannst du dich bitte darum kümmern?«

»Natürlich. Gerne.«

Er klopfte ihr zerstreut auf die Schulter. »Danke, danke!«

Schon stürmte er hinaus, auf dem Weg zum nächsten Problem. Egal, wie klein es war, er betrachtete sie alle als seine. Sie sah ihm nach. Er wirkte, als wären ihm seine langen Beine immer einen Schritt voraus. In all den Jahren war ihm keine Spur seiner Energie verlorengegangen. Es war, als wäre er überhaupt nicht gealtert. So anders als Opa Nicholas! Schon als Tiryn ihren Großvater kennenlernte, waren Opa Nicks Schultern unter einer unsichtbaren Last gebeugt gewesen. Besonders im letzten Jahr schien sich dieser Druck verstärkt zu haben. Schmal war er auch geworden. Tiryn hatte eine Ahnung, dass nicht allein Opa Nicks Sehnsucht nach seiner Heimat der Grund dafür war. Und auch nicht die Tatsache, dass ihm vor einer Ewigkeit diese Frau namens Henny das Herz gebrochen hatte. Irgendetwas belastete seine Seele, und seit Oma Bella nicht mehr da war, um ihn vor seinen Geistern zu beschützen, wurde es stetig schlimmer. Tiryn musste dringend herausfinden, was es war.

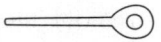

Ocean Lime Pie

150 g Salzcracker
150 g weiche Butter
5 TL Zucker
165 ml Kondensmilch
4 Eigelb
4–5 EL Zucker
Saft von 5 Limetten
2 Becher süße Sahne
½–1 frische Ananas
Meersalz

Ofen auf 175 °C vorheizen. Die Salzcracker in einer Küchenmaschine zerbröseln, mit weicher Butter und Zucker vermischen, bis eine gleichmäßige Masse daraus geworden ist. 15 Minuten im Kühlschrank kaltstellen.

Springform einfetten und mit Semmelbröseln bestreuen. Die Cracker-Mischung auf dem Boden glattstreichen. 18 Minuten backen, bis der Boden goldbraun wird. Auskühlen lassen.

Währenddessen für die Füllung die Kondensmilch mit den 4 Eigelb verquirlen. Zucker und Limettensaft hinzufügen.

Mischung auf den ausgekühlten Boden geben. 16 Minuten weiterbacken, bis die Füllung fest wird. Erneut abkühlen lassen und in den Kühlschrank stellen.

Währenddessen Sahne schlagen und nach Wunsch süßen. Ananas in kleine Stücke schneiden und abtropfen lassen. Sahne auf den ausgekühlten Kuchen geben, Ananasstücke hinzufügen, auf Wunsch mit etwas Meersalz bestreuen. Servieren.

2

Die Brücke zum Mond

Die geflickte Bettwäsche lag in einem säuberlichen Stapel zur Abholung bereit. Im Foyer kamen und gingen noch Gäste, doch in die Boutique kam niemand mehr, denn die Ladenschlusszeit war vorüber. Tiryn zögerte. Sie hatte es nicht eilig, nach Hause zu kommen und herauszufinden, in welcher Verfassung ihre Mutter heute war. Sie drehte einen Kissenbezug hin und her, den sie nicht mehr hatte flicken können. Wenn man die ausgefransten Kanten abschnitt, bliebe genug weicher, pastellfarben gemusterter Stoff, um ein hübsches Oberteil daraus zu schneidern. Nelson sah es nicht gern, wenn sie selbstgenähte Kleidung verkaufte, weil es die Abrechnungen der Boutique durcheinanderbrachte. Dabei machte Tiryn die Abrechnung selbst, und ihr war noch nie ein Fehler unterlaufen. Sie konnte gut mit Zahlen umgehen. Zahlen waren so angenehm berechenbar! Sie bekamen keine Wutanfälle und sie brachen keine Versprechen. Tiryn half darum auch gelegentlich in der Buchhaltung der Zimmerverwaltung aus.

»Wenn du so weitermachst, vererbe ich dir eines Tages das Hotel«, hatte Nelson einmal nicht ganz scherzhaft gesagt, als sie das Kuddelmuddel einer Vertretung wieder in Ordnung gebracht hatte.

Vorerst hatte er ihr eine Vitrine im Foyer zur Verfügung gestellt, um den Schmuck zu verkaufen, den sie herstellte.

Tiryn genoss die Ruhe im Laden, schnitt zu und nähte und dachte dabei an einen Anhänger, den sie gestern in ihrer Kammer zurechtgeschliffen hatte. Der Schmuck, den sie verkaufte, war für ihr Ostseekonto die größte Einnahme.

Oma Nanaiya, die Mutter ihres indianischen Vaters Sam, hatte ihr die Schmuckherstellung beigebracht, wenn sie in den Wintermonaten zu Besuch war. Nanaiya war Choctaw durch und durch. Ihr Name bedeutete Friedensstifterin, aber auch sie konnte die Ehe von Tiryns Eltern nicht in Ordnung bringen. So lenkte sie Tiryn von ihrem Kummer ab, indem sie ihr indianisches Handwerk beibrachte. Zuerst unterrichtete sie sie im Korbflechten, dann zeigte sie ihr, wie man mit Schmuckdraht und Lederbändern umging, wie man Silber schneiden, biegen und hämmern konnte und wie man Perlen so anordnete, dass sie ein Ganzes ergaben.

»Die Farben müssen sich unterhalten, nicht streiten«, erklärte sie.

Zurzeit waren es mehr die Formen als die Farben, die Tiryn faszinierten. Sie hatte zwischen den Dünen einen Flusslauf entdeckt, in dem sich versteinerte Muscheln und Schneckenhäuser befanden. Man musste sehr genau hinsehen, denn sie waren mit Kalk, Salz und Schlamm verkrustet. Doch wenn man sie vorsichtig bürstete, kamen sie zum Vorschein und begannen zu glänzen. Gerade dadurch, dass sie zum Teil zerbrochen waren und man ihr uraltes Innerstes sah, hatten sie eine interessante schwarzweiße Struktur. In Silber gefasst sahen sie an einem geflochtenen Lederband oder einer Kette großartig, edel und geheimnisvoll aus. In die Vitrine im Foyer hatte Tiryn Sand gehäuft und ihren Schmuck darauf ausgestellt. Das wirkte natürlich und zog die Blicke der Gäste auf sich. Außerdem verlieh es dem Foyer eine gehobene Note.

Das Problem mit dem Flusslauf war, dass sich dort gern Klapperschlangen auf den heißen Steinen sonnten. Oft häuteten sie sich. Ihre durchsichtigen Hüllen mitsamt den Augenhäuten hinterließen sie am Ufer, und diese schuppigen Überbleibsel sahen so lebendig aus, dass Tiryn immer wieder darauf hereinfiel. Mit der Zeit aber wusste sie die lebendigen Schlangen von den leeren Hüllen zu unterscheiden und nahm sich nur noch in Acht, wenn es nötig war. Andererseits hatten die Schlangen den Vorteil, dass sich kaum jemand dorthin wagte und ihr Geheimnis gut aufgehoben war. Niemand machte Tiryn die Beute streitig.

Als das Oberteil fertig war, hatte sie eine Lösung gefunden, welche Fassung für den Anhänger die beste sein würde. Schöne Dinge machten Tiryn glücklich. Das hatte sie sofort bemerkt, damals, als Oma Nanaiya sie das Handwerk gelehrt hatte. Schöne Dinge machten leichter, dass manches um sie herum so hässlich war. Sie hatte es selbst in der Hand und fühlte sich nicht mehr so hilflos.

Jetzt zog sie noch ein Lederbändchen durch den Saum der Bluse und befestigte zwei Muscheln daran. Die Farbe würde Peri gut stehen. Tiryn faltete das Werk, verstaute es in ihrer Tasche und schloss den Laden ab.

»Tschüs, Tiryn!«, rief Debbie vom Tresen her.

Tiryn zog die Schuhe aus. Der abendkühle Sand war angenehm unter ihren Füßen. Sie lief unter den Häusern durch, die auf Stelzen gebaut waren, damit sie nicht geflutet wurden, wenn wieder einmal ein Sturm die hungrigen Zungen des Meeres über den Strand jagte. Früher hatte Tiryn hier gern in den großzügigen Schatten gespielt, während von den Balkons über ihr das Klimpern der Eiswürfel in den Cocktailgläsern der Gäste klang. Auch

Schätze fanden sich unter den Häusern, von der Flut in die Strudellöcher um die Pfähle gespült: Treibholz und seltene Muscheln, Samen und Fischknochen ebenso wie verlorene Schlüssel, Sonnenbrillen und Kämme. Ein Tornado oder Hurrikan hob immer wieder das ausgebreitete Leben vom Strand wie ein schmutziges Tischtuch, warf es weg und breitete ein anderes darauf aus. Hinterher war alles neu sortiert, nur um schnell in alte Muster zu fallen, bis sich auf der Wetterkarte erneut die bedrohlichen Kreise näherten, mit deren Folgen man sich hier arrangiert hatte.

In der Ferne rutschte die Sonne unter einer grauen Wolkenbank hervor. Wie ein Echo warf der Sand ein unwirkliches rotes Licht zurück. Moskitos summten in Tiryns Ohren. Unwillig schlug sie nach ihnen und war so abgelenkt, dass sie an der nächsten Hausecke fast mit einer schlanken Gestalt zusammengeprallt wäre, die ihr singend und mit einer vollen Einkaufstüte im Arm entgegenkam.

»Tiryn! Gut, dass ich dich treffe!«

»Peri! Ja, das ist gut, ich hab was für dich!«

Doch Peri hörte nicht zu. Sie stellte die Tüte in den Sand, packte Tiryn an beiden Händen und drehte sich mit ihr im Kreis.

»Stell dir vor, was passiert ist! Du bist die Erste, die es erfährt!«

Hinter ihr fiel die Tüte um und streute Orangen zwischen vertrockneten Seetang. Der Geruch von Schokoladenmuffins stieg in Tiryns Nase. Ihr Magen knurrte vernehmlich.

»Kann ich einen Muffin haben?«, fragte sie.

»Muffin! Dies ist ein feierlicher Moment, und du denkst an Schokoladenmuffins! Stell dir vor, Joey und ich werden heiraten. Im September!«

»Herzlichen Glückwunsch.« Tiryn war nicht überrascht. Sie

versuchte, sich für die Freundin zu freuen, aber bei dem Thema Heiraten stieg aus ihrem Magen grundsätzlich Unbehagen auf. Für Peri musste sie jetzt das Beste hoffen. Joey war ein fröhlicher, anständiger Kerl, den man einfach gern haben musste. Sicher würde alles gutgehen. »Ganz herzlichen Glückwunsch, Peri, alles, alles Gute!«, wiederholte Tiryn mit mehr Überzeugung und umarmte die Freundin fest.

»Ich weiß, was du vom Heiraten hältst. Aber für mich ist es richtig! Ich bin mir sicher.« Peri legte Tiryn die Hände auf die Schultern und sah sie ernst an. In ihren dunklen Augen lag ein tiefes, altes Wissen, das Tiryn dort nicht zum ersten Mal sah. Wie bei Oma Nanaiya. Das Wissen jener, die in ihrer Kultur und ihrem Land und in sich selbst ganz zu Hause sind.

Anders als sie selbst.

»Hier.« Tiryn kramte in ihrer Tasche. »Ein Verlobungsgeschenk! Wusste ich nur vorhin noch nicht.«

Während Peri sich strahlend das Oberteil anhielt und dabei wieder in Tanzschritte fiel, mopste Tiryn einen Muffin. Sie schmeckte der bittersüßen Schokolade nach und wünschte sich etwas von Peris Leichtigkeit. Peri war nach einer Blume benannt, nach den immergrünen Periwinkles mit den blauen Blüten, aber sie war eher ein Schmetterling, der sich in allen Lebenslagen von einem heiteren Aufwind tragen ließ.

»Du wirst doch meine Trauzeugin sein?« Peri blieb vor Tiryn stehen und griff sich auch einen Muffin. Tiryns Zögern entging ihr nicht. »Ja, ja, du hast eine Heiratsallergie«, sagte sie undeutlich um den Kuchen herum. »Aber für mich machst du es doch trotzdem, oder? Es wird alles gut. Ich verspreche es dir.«

Nun, versprechen konnte man so etwas nicht; und nicht alles würde gut werden, aber für Peri und Joey wahrscheinlich schon.

Tiryn fühlte sich leichter. Ein unbeschwertes Fest würde allen guttun.

»Klar. Versprochen!«

Peri betrachtete das neue Oberteil. »Das ist sooo schön! Kannst du mir nicht einen passenden Rock nähen, dann habe ich gleich ein Hochzeitskleid?«

»Aus einem alten Bettbezug? Bist du verrückt?« Tiryn hockte sich hin und zeichnete in den Sand. »Ein Hochzeitskleid für dich müsste so aussehen ... und so ... Es müsste von Wind und Sonne und Sternen erzählen, vom Tanzen und vom Lachen – von dir eben.«

Den ganzen Weg nach Hause huschten Ideen zu dem Kleid durch ihren Kopf wie glänzende Kolibris. Ein sanftes, aber schimmerndes Gelb, eher irgendwo zwischen Gelb und Champagnerfarben – das würde zu Peris Persönlichkeit passen. Oder doch Apricot? Wadenlang und schwingend, aber schlicht. An den Ärmeln dezent gestickte traditionelle Muster, Symbole des Glücks, grün ... und echte Blüten im Haar natürlich, Bougainvillea oder Frangipani? Nein, Orangenblüten, das passte besser!

Es war fast dunkel, als sie an den Häusern der Angestellten ankam. Sie lagen hinten, am weitesten weg vom Meer. In der Wohnung brannte kein Licht. Das war kein gutes Zeichen, aber auch nicht das schlechteste.

Sie öffnete leise die Tür.

»Lara?« Ihre Mutter hatte ihr nie erlaubt, sie anders als bei ihrem Namen zu nennen. Es störte Tiryn längst nicht mehr.

Keine Antwort. Tiryn schaltete das Licht an. Lara saß am Tisch und starrte auf einen unordentlichen Haufen geöffneter Briefe.

»Hallo.« Tiryn holte zwei Teller und Gabeln und nahm einen

Behälter aus ihrer Tasche. Sie setzte sich zu Lara. »Die Köchin hat mir Reissalat mitgegeben. Magst du?« Sie füllte die Teller und schob Lara auffordernd einen zu. Ihre Mutter war viel zu dünn. Kein Wunder.

»Absagen. Alles Absagen. Keiner will mehr eine Liveband. Musik nur aus der Konserve. Die Leute haben keinen Stil mehr. Anrufe gab es auch nicht. Hast du die Flyer wirklich alle verteilt?«

»Ja. Peri hat mir geholfen. Wir haben alles abgeklappert. Vielleicht rufen sie vor dem Wochenende an. Montags haben viele zu.«

Das Wissen, dass der Wochentag nicht der Grund war, lag unsichtbar zwischen ihnen auf dem Tisch. Nur kein falsches Wort jetzt, das es sichtbar machte. Tiryn hatte nicht die Kraft, einen von Laras plötzlichen Wutanfällen abzufangen. Nicht heute. Da war das stille Selbstmitleid das kleinere Übel.

Es lag nicht am Montag. Es lag daran, dass der liebenswerte Glanz, der einmal über Lara und ihrer Band gelegen und die Zuhörer angezogen hatte wie Nektar die Mondmotten, mit jedem Glas Gin Tonic nachgelassen hatte. Daran, dass Verbitterung in Laras Augenwinkeln nistete, wo Lachfalten hätten sein sollen. Dass die Sonne ihrem künstlichen Platinblond einen giftgrünen Stich verliehen hatte. Früher hätte Lara darauf geachtet. Heute war es ihr egal.

»Iss was, bitte!« Tiryn schob den Teller näher. »Es schmeckt toll. Es sind sogar Wasserkastanien drin, die magst du doch.«

»Wasserkastanien! Wir sind abgeschrieben, und du kommst mir mit Wasserkastanien!« Mit einer heftigen Handbewegung schob Lara den Teller zur Seite. Er hüpfte klirrend auf der Tischplatte. Reiskörner flogen mit den Briefumschlägen auf den Boden.

Tiryn schlang ihren Salat herunter, stellte die Teller in die Küche und ging hinaus.

»Mach das Licht aus!«, rief Lara ihr nach. Tiryn ließ es an und schloss die Tür vernehmlich hinter sich.

Sie setzte sich auf die Stufen. Im Strandhafer schwoll schrill der pausenlose rhythmische Chor der Zikaden, und nach kurzer Zeit fielen die Ochsenfrösche ein. Warum gab es in diesem Land keine Stille? Die Touristen fanden die Zikaden romantisch. Für ein paar Wochen mochten sie das auch sein. Aber wenn es nie ein Entrinnen gab, konnte einem das Geräusch den letzten Nerv rauben.

Nun legte Lara drinnen auch noch eine Platte auf. Eine zwanzig Jahre alte Aufnahme von ihr selbst, auf der man mehr Kratzer als Töne hörte. Wenigstens war sie aus ihrer Lethargie erwacht.

Tiryn stützte den Kopf in die Hände, hielt sich die Ohren zu und schloss die Augen. Sie dachte an Opa Nicks Erzählungen vom Darß, der Halbinsel an der Ostsee, wo er geboren wurde.

»Dort gibt es Wiesen am Bodden, da ist die Stille so dick, dass du sie anfassen kannst. Es ist, als ob sie dich trägt. Dort kannst du dich selbst ganz spüren. Du könntest dich denken hören, aber in dieser Stille sind Worte unnötig, deshalb hört selbst das Denken auf. Ich war nie so glücklich wie dort ...«

»Was ist das, der Bodden?«, hatte sie gefragt.

»Ein flaches Binnengewässer ... still und blau. In Ahrenshoop siehst du vom Dachboden aus vorne das Meer und hinten den Bodden. So einen Ort gibt es kein zweites Mal.«

»Wessen Dachboden?«

»Von allen Dachböden.«

Aber sie wusste, dass er das Haus dieser Henny meinte, in dem er mit ihr nach der Hochzeit hatte leben und glücklich werden wollen. Bis sie ihn verlassen hatte.

Auf dem Bild, das er von den Boddenwiesen gemalt hatte, war diese Stille zu spüren. Sie hatte es so oft angesehen, dass sie sich jederzeit hineinträumen konnte. Das half ihr auch jetzt. Die falschen Töne und der schrille Zikadenchor verstummten. Irgendwann würde sie dort stehen, auf einer Wiese am fernen Bodden, und sich in die Stille fallen lassen ...

Eine ungestüme Berührung riss sie aus ihrem Tagtraum. Feucht schob sich eine Schnauze unter ihren Ellenbogen.

»Shaui!«

Als Jungtier war die Waschbärin angefahren worden. Tiryn hatte ihr das Hinterbein verbunden, eine Hütte gebaut und sie gefüttert, bis sie sich allein versorgen konnte.

»Du und deine Tiere!«, hatte Lara geschimpft.

Shaui war das Choctaw-Wort für Waschbär. Tiryn hatte lange nach einem Namen gesucht, aber am Ende war es bei dem spontanen »Shaui« geblieben. Die Waschbärin hörte auf nichts anderes und auch darauf nicht immer. Geheilt war sie in ihr eigenes freies Leben in den Mangrovenwäldern und dem Gebüsch des Hotelgrundstücks zurückgekehrt, aber die Freundschaft zwischen Tiryn und Shaui war geblieben. Shaui tauchte auf, wenn sie Hunger auf Marshmallows hatte – aus irgendeinem Grund war sie verrückt nach gerade dieser ungesunden Süßigkeit. Ebenso spürte sie es oft, wenn Tiryn Trost brauchte. Wie jetzt. Die Berührung ihres Fells im Dunkel und ihr leises Brummen taten gut. Mit ihren geschickten, fast menschlichen Fingern tastete und zupfte Shaui an Tiryns Rock.

»*Achukma hote*, Shaui. Ich bin okay. Du hast recht. Hier sitzen und grübeln bringt nichts.« Sie stand auf, ließ ihre Schuhe auf der Treppe stehen und folgte Shaui, die auf den Trampelpfad durch das Gebüsch zulief. Er führte zum Strand.

Dort gellten die Zikaden nicht mehr so laut in ihren Ohren. Am Strand war es stiller, nur kleine Wellen ließen die angeschwemmten Muschelschalen leise klirren. Ein abnehmender Zweidrittelmond löschte die Hälfte der Milchstraße, warf eine Silberbrücke über das Wasser und erhellte den Sand, auf dem die Ranken der Trichterwinden mit den fest geschlossenen Blüten jetzt schwarz wirkten wie ein bizarres Spinnennetz. Tiryn beeilte sich, über die Tanghaufen am Flutsaum hinwegzuspringen. Dort lauerten die Sandflöhe, deren Stiche eine Ewigkeit gemein an den Knöcheln juckten. Am Wasser auf dem glatten feuchten Sand war man vor ihnen fast sicher.

Shaui hatte sich im Gebüsch niedergelassen.

»*Yakoke!* Danke!«, rief Tiryn in ihre Richtung.

Hier konnte sie durchatmen. Es war kühler, und die Schwere des Selbstmitleids ihrer Mutter war mit dem Zikadenlärm hinter den Dünen zurückgeblieben.

»Wofür dankst du mir?« Kimonis Stimme klang durch das Dunkel. Sie nahm seinen vertrauten Geruch wahr, bevor seine Silhouette auftauchte. Seinen Duft nach Krabben und Holz, Salz und Ingwerbonbons.

»Ausnahmsweise mal nicht dir. Was machst du hier?«

»Die Nacht ist zu schön, um sie bei künstlichem Licht zu verbringen. Ich wollte dem Mond was erzählen und lesen, was er auf die Wellen schreibt.«

»Und? Hast du?«

»Aber sicher.« Er strahlte sie an, seine Zähne und Augen in der Dunkelheit hell wie die Schaumkronen auf den Wellen.

»Was schreibt er?«

»Es war nur für mich. Jeder muss seine Geschichten selbst lesen. Was ist mit dem Meereskino? Haben dir die Wellen schon gezeigt, wer die traurige Frau ist?«

»Nein.« Tiryn zuckte mit den Schultern. »Zurzeit komme ich in keiner Sache weiter.« Weder hatte sie das Rätsel der Frau lösen können, noch wusste sie, was Opa Nick bedrückte, noch konnte sie ihrer Mutter helfen. Das Ostseekonto füllte sich auch nur langsam – und selbst, wenn sie morgen in der Lotterie gewänne, sie konnte Lara in diesem Zustand ohnehin nicht allein lassen.

»Wenn das Meer dir etwas sagen will, wird es das zum richtigen Zeitpunkt tun. Lass uns schwimmen gehen.«

Das Meer schwieg, aber es trug sie zuverlässig wie immer, machte alles Gewicht leichter, auch die Sorgen. In der Dunkelheit sah man den Horizont nicht, erkannte ihn nur daran, wo die silberne Mondspur auf dem Wasser begann. Es war, als ob man in diesem schwarzen Himmel schwamm, nur wenig tiefer als die Sterne. Die Hitze war mit dem Tag gewichen, doch sanfte Wärme war in Sand, Wasser und Luft geblieben, so dass kein Frösteln über ihre Haut lief.

Mit Kimoni konnte sie gut schweigen, sie kannten sich lang genug. Es gab nie Verlegenheit zwischen ihnen. Aber sie konnte auch nichts vor ihm verbergen. Er spürte ihre Traurigkeit.

»Komm her«, sagte er und nahm sie in den Arm. Zusammen standen sie im Wasser, das ihnen bis an die Schultern reichte, wie Seetang von den Wellen gewiegt.

Es könnte alles so einfach sein, dachte Tiryn. Wenn sie nur ebenso hierhergehören könnte wie Kimoni. Doch trotz Nelson Sanborn, Opa Nick und ihrem Vater Sam, trotz Kimoni und Peri, die sie damals alle aufgenommen hatten wie eine der Ihren – trotz

Colly und Shaui und den blauen Trichterwinden und allem, was sie an diesem Land liebte –, mit den Jahren wurde das Gefühl, dass sie hier nicht zu Hause war, stärker.

Und Kimoni? Sie liebte ihn wie einen Freund, wie einen Bruder, aber nicht so wie Opa Nick seine Henny. Und auch er brauchte sie nicht.

Dies war nicht ihr Leben. Da war wie ein Schmerz die Sehnsucht nach dem fremden Strand, in ein weiches Licht gehüllt, der im Winter filigrane Spitzenränder aus Eis trug und von dem ihr Opa Nick Geschichten erzählt hatte, seit sie ihn kannte.

Nur – wie konnte das sein? Und war es wirklich ihre eigene Sehnsucht, oder hatte sie nur die von Opa Nick übernommen?

Auch die Gesichter, die sie manchmal flüchtig in seinem Bernsteinschiff sah, konnten ihr diese Frage nicht beantworten.

Sie würde es herausfinden müssen, und das ging nur, indem sie dorthin fuhr. Der Himmel wusste, wann das sein würde.

»Wenn du unbedingt Schnee kennenlernen möchtest, lass uns doch ein Wochenende nach Vermont oder Oregon oder wohin du willst fahren«, schlug Kimoni vor, der ihre Träume kannte. »Das kriegen wir hin, trotz Lara. Es muss nicht viel kosten.«

»Das würdest du tun?« Tiryn wusste, wie ungern er Florida verließ. Er war genau dort, wo er sein wollte.

»Für dich – natürlich! Außerdem sagt Peri, mir fehle Bildung.«

Tiryn musste lachen. »Ausgerechnet dir!«

»Sie hat recht. Ich habe auch noch nie Schnee gesehen.«

»Ich danke dir für das Angebot. Aber in der Hinsicht musst du dich ohne mich bilden. Den Schnee möchte ich an der Ostsee kennenlernen oder gar nicht. Ich möchte Opa Nicks Märchen in Wirklichkeit sehen, verstehst du? Lass mir den Traum.«

»In Ordnung«, sagte er. »Dann lass uns dem Mond noch bis zur

Sandbank entgegenschwimmen, da er extra die Brücke für uns gemalt hat. Er versteht was von Träumen. Deinen kennt er nun auch und wird ihn für dich hüten, falls du ihn aus den Augen verlieren solltest.«

»Was hältst du von Peris Verlobung?«, fragte Tiryn.

»Es ist gut. Das ist allein Peris Geschichte, weißt du. Das hat nichts mit der Geschichte deiner Eltern und Großeltern zu tun. Du musst keine Angst für sie haben.«

Tiryn atmete tief durch. »Wenn du es gut findest, *ist* es gut. Komm, lass uns den Mond nicht enttäuschen.«

Die Sandbank hatte die Form eines riesigen Pelikanfußes. Nach ihr war der Ort benannt, Pelican's Foot. Auch eine Muschelsorte gab es, die genau dieselbe Form hatte. Meist waren sie weiß, manchmal grau, und jede sah ein wenig anders aus. Manchmal waren sie fingernagelgroß, manchmal so lang wie ein ganzer Finger. Tiryn mochte sie besonders gern, und der Schmuck, der sie daraus fertigte, wurde von den Kunden am liebsten gekauft – als Andenken an den Urlaub in Pelican's Foot.

Als sie schnaufend an der Sandbank ankamen und sich in der Bucht zwischen dem ersten und zweiten Zeh ausruhten, lachte Kimoni sie an.

»Besser?«

»Viel besser.« Sie fühlte sich leicht. Das Meer hatte wieder einmal die Schwere aus ihren Gedanken gelöst und das Dunkle aus ihren Gefühlen. Sie fragte sich, wo das blieb, was das Wasser ihr auf diese Art abnahm und fortspülte. Es löste sich, aber es verschwand nicht. Wo wurde es hingetragen oder angespült? Irgendwann, irgendwo würde sie wieder darüber stolpern. Aber nicht heute Nacht.

Im Sand lag etwas Helles. Kimoni hob es auf.

»Schau mal.«

Es war eine besonders schöne Pelikanfußmuschel, reinweiß, die Zehen deutlich ausgeprägt und gespreizt, wie ein Fuß, der sicher steht.

»Sie soll dich daran erinnern, dass du eines Tages den Platz finden wirst, an den du gehörst«, sagte Kimoni und steckte die Muschel unter den Träger ihres Bikinis. »Und nun lass uns zurückschwimmen, der Mond wird müde.«

Tatsächlich machte dieser Anstalten unterzugehen, und seine Brücke verblasste.

Hinter den Dünen sangen die Zikaden, aber ihr Lied war sanfter geworden. Ein anderes mischte sich hinein. Tiryn blieb still hinter den Seetraubenbäumen stehen, obwohl das trocknende Salzwasser auf ihrer Haut juckte und die Mücken sich auf sie stürzten.

Lara saß auf den Stufen und sang. Das Licht der Lampe an der Haustür warf einen warmen Glanz auf ihre Haare und nahm ihnen ihre erschöpfte Strohigkeit. Das Licht zeigte aber auch die Tränen auf Laras Wangen. Ihre Stimme klang heute Abend beinahe so klar wie früher, als es ihretwegen noch still wurde in überhitzten Lokalen, wenn die schwitzende Menge verhielt und lauschte. Laras Lieder waren wie ein frischer Wind in der Seele, weil in ihrer Stimme etwas von Nicholas' nördlicher Kühle klang, ein Funkeln wie in seinen Erzählungen vom Schnee. Ein Funkeln, das auch in ihrem Lachen lag und in ihrer Persönlichkeit und das bewirkte, dass man ihr immer und immer wieder verzieh.

Tiryn wagte kaum zu atmen, um sich nicht zu verraten. Gern hätte sie sich neben ihre Mutter gesetzt und sie in den Arm genommen, aber sie wusste, dass Lara das nicht ertrug.

Wenn diese Henny nicht vor einer halben Ewigkeit Opa Nick verlassen hätte, wenn er nicht daraufhin so halbherzig mit Oma Bella zusammengekommen wäre – wäre Lara dann anders geworden? Müßige Frage. Dann gäbe es Lara gar nicht und sie selbst auch nicht. Trotzdem: Nicht zum ersten Mal wünschte sich Tiryn, diese Henny Badonin zur Rede stellen zu können.

Doch Henny war tot, und seit Nicholas in seine alte Heimat gereist war, um an ihrem Grab zu stehen, waren seine Schultern noch gebeugter.

Aber Lara – wenn sie noch so singen konnte, dann musste es doch möglich sein, wieder einen Glauben an sich und eine Zukunft in ihr zu wecken.

3

Meergeheimnisse

In der Morgenkühle war es noch angenehm, Fahrrad zu fahren. Tiryns erster Halt war Marianne's Coffee Shop. Ihr eigentliches Ziel waren die drei Männer, die auf der Bank davor herumlungerten.

»Hi, Tiryn«, begrüßten sie sie höflich im Chor und tippten sich an ihre Hüte, die ebenso wie ihre Besitzer schon bessere Tage gesehen hatten. Lenny, Rick und Jem waren inzwischen um die siebzig. Für Tiryn waren sie so etwas wie Onkel; sie hatten sie halb mit aufgezogen und manches Mal beschützt, wenn Lara nicht in der Lage dazu war. Sie waren Laras »Band«, und sie spielten nicht schlecht. Nur nahmen sie die Angelegenheit längst nicht mehr ernst. Für sie waren die gelegentlichen Engagements in Kneipen oder bei Kleinstadtfesten nur noch ein Spiel, ein Zeitvertreib – und ein Gefallen, den sie Lara aus alter Freundschaft taten. Weil keiner von ihnen es übers Herz brachte, Lara klarzumachen, dass ihr Zauber verflogen war. Nicht, weil sie Mitte vierzig war, sondern weil Groll und Gin ihn aufgezehrt hatten.

»Hey, Jungs. Habt ihr nicht eine Idee, wie wir mal wieder einen Auftrag für euch an Land ziehen können?«

Jem klopfte gemächlich seine Pfeife an der Banklehne aus.

»›Lara und die Limpkins‹ sind nicht mehr gefragt. Ist ja auch kein Wunder.«

»Wir hätten die Band nicht nach diesem komischen Sumpfvogel nennen dürfen. Hat kein Glück gebracht.« Rick nahm seinen speckigen Hut ab und rieb sich mit einem Taschentuch die Glatze, als könnte er das angeschlagene Image der Band so aufpolieren.

»Am Sumpfvogel liegt es nicht, und das wissen wir alle«, sagte Lenny energisch. »Solange Lara sich nicht ändert, geht nichts, Tiryn. Wir haben alles versucht. Jetzt ist sie selbst dran.«

»Aber wenn sich nicht bald was ergibt, stürzt sie ganz ab. Bitte haltet trotzdem die Augen offen, ja?«

Die mangelnde Zuversicht der alten Gefährten überraschte Tiryn nicht. Ihr nächstes Ziel war die Oka Gallery im beschaulichen Zentrum von Pelican's Foot.

Der Anblick des weißen Hauses unter der betagten Palme, die schief genug war, um darauf zu klettern, heiterte sie jedes Mal auf. »Oka« war das Choctaw-Wort für »Wasser«, denn ihr Vater Sam sammelte und verkaufte Bilder und Skulpturen, die mit dem Wasser zu tun hatten – auch im weiteren Sinne. Nicht nur Gemälde und Zeichnungen vom Meer und den endlosen Sümpfen Floridas, sondern zum Beispiel auch Specksteinfiguren von Wassertieren, geschnitzt von Eskimos. Diese liebte Tiryn besonders. Früher hatte sie mit den Seehunden, Adlern und Schildkröten gespielt, die so glatt und schwer waren und warm wurden in ihrer Hand, als wären sie auf geheime Art lebendig.

Anfangs war Sam auf indianische Kunst spezialisiert, die er mit Leidenschaft einem größeren Publikum nahebringen wollte. Dann tauchte an einem drückend heißen Tag Nicholas Ronning in Sams Laden auf mit einem Stapel seiner Bilder. Als Sam sie kritisch betrachtete, war ein erfrischender, neuer Wind in seinen Räumen spürbar. Die Aquarelle und Acrylbilder erzählten von einem anderen Wasser, mit weißen Rändern und eisigem Blau, mit krummen Kiefern, bizarren Steilküsten und geisterhaft verwitterten Baumskeletten. Mit den Gesprächen über die Bilder entstand eine Freundschaft zwischen den Männern.

Nicholas' Werke verkauften sich gut. Nicht nur die frische Luft, auch eine fremdartige Melancholie haftete ihnen an, die die Leute in ihren Bann zog – vor allem jene Bilder, auf denen in der Ferne eine geheimnisvolle Frau mit langen, rotbraunen Locken zu sehen war.

So hatten Nicholas und Sam fortan häufig miteinander zu tun, und eines Tages brachte er Lara mit, seine blonde Tochter, deren Wesen nicht nur Sam wie Musik erschien. Nie würde Sam jenen Morgen vergessen, an dem er Laras Lachen zum ersten Mal hörte. Sie stand vor der Zeichnung eines indianischen Künstlers und gestikulierte. Es sah aus, als dirigierte sie ein unsichtbares Orchester zu einer Komposition, die nur sie wahrnahm. Doch als sie sich umdrehte und Sam anstrahlte, klang auch ihm die Melodie in den Ohren.

»Das ist wundervoll. Die Farben sind so leicht. Als ob man fliegen könnte, wenn man es nur ansieht. Was kostet es?«

Er hätte es ihr gern geschenkt, aber er kannte den Künstler und wusste, wie sehr der auf den Verdienst angewiesen war.

»Ja, was kostet es?«, fragte Nicholas, der dazugekommen war und Lara einen Arm um die Schultern legte. Lara machte einen Schritt zur Seite. Sam entging das nicht, aber er dachte damals nicht weiter darüber nach. Sie diskutierten eine Weile freundlich hin und her, und als sie schließlich einen Preis ausgehandelt hatten, war Sam Shikoba Carpenter so verliebt wie nie zuvor in seinen fünfundzwanzig Jahren. Wie ein frischer Frühlingswind stürmte Lara Porter in sein Leben. Als er sie wenig später auf ihre spontane Einladung hin zu einem Fest im Nachbarort begleitete und sie mit ihrer Gitarre auf der Bühne erlebte, dachte er, er würde alles tun, um sie für sich zu gewinnen. Der Gedanke, sie könnte wieder verschwinden, mit einem anderen Mann und womöglich auf die andere Seite des Kontinents, war ihm unerträglich.

Er rechnete sich keine große Chance aus. Lara war ein strahlender Stern, und er? Er war klein und schmal, weswegen sein indianischer Name Shikoba – Feder – lautete, und weder sein dunkler Bürstenhaarschnitt noch seine schlichte Brille machten ihn zu etwas Besonderem inmitten aller Männer, die von Laras Stimme und ihrer Art, die Gitarre zu berühren, verzaubert waren. Niemand war verblüffter als er, dass sie bald Tag für Tag bei ihm auftauchte, ihn zum Tanzen überredete oder zum Schwimmen und offenbar nicht genug von seiner Gesellschaft bekam.

»Du bist so unkompliziert und hast so eine Ruhe in dir«, sagte sie. Beides konnte man von ihr nicht behaupten. Natürlich bemerkte Sam, dass ihr Glanz neben seinem leisen, bescheidenen Auftreten umso mehr zur Geltung kam. Nie hätte sie sich mit einem Mann zusammengetan, der sie überragte oder sonst irgendwie von ihr ablenkte. Es machte ihm nichts aus. Er hatte kein Geltungsbewusstsein. Er wollte sie, wie sie war.

Lara war erst neunzehn, aber sie wollte auch etwas. Lara wollte heiraten. Es ging ihr nicht um Sam, es ging ihr um eine Ehe – und das so schnell wie möglich. Ihre Eltern Nicholas und Bella waren nicht verheiratet gewesen, und im amerikanischen Süden der späten fünfziger und frühen sechziger Jahre wurde darüber noch getuschelt. Man zeigte mit dem Finger auf Lara. Die anderen Kinder nannten sie einen Bastard und bewarfen sie mit Quallen, besonders, nachdem sie einige Gesangswettbewerbe gewonnen hatte. Das weckte Neid. Sie konnte es kaum erwarten, erwachsen zu werden. Eine Ehe war bestimmt die Lösung; wenn sie eine verheiratete Frau war, würde niemand mehr über sie lachen.

Sam wusste das alles noch nicht.

»Sammy, heiratest du mich?«, fragte Lara ihn an einem gewitterschwülen Augustsonntag ausgerechnet nach einer Beerdigung. Lara sah so kühl und so hinreißend und gleichzeitig so zerbrechlich aus, dass Sam absolut nichts einfiel, was gegen eine Heirat sprach. Hier auf dem Friedhof lagen so viele Menschen, denen etwas zugestoßen war. Lara durfte nie etwas passieren. Er wollte sie für immer beschützen. Sam war nicht die Sorte Mann, den es ärgerte, dass Lara ihn zuerst fragte. Nur tief in ihm begehrte der wache Instinkt seines Volkes auf, dass hier irgendetwas nicht so war, wie es sein sollte. Er hörte nicht zu. Stattdessen küsste er Lara und sagte: »Ja!«

So hatte Sam es Tiryn erzählt, als sie ihn gefragt hatte, wie es zu der Heirat ihrer Eltern gekommen war. Sie passten so wenig zusammen wie ein Pelikan und ein Flamingo, fand Tiryn. Aber sie hatte Verständnis für Sam. Was Lara wollte, nahm sie sich, ehe man es merkte.

Als Tiryn die Galerie betrat, sah sie Sam am Tresen stehen. Stirnrunzelnd brütete er über einem Bankauszug. Er war noch immer schmal und wirkte jung, nur seine stolze Hakennase, die von seiner Herkunft erzählte, war mit den Jahren etwas ausgeprägter geworden und seine Schläfen grau.

»Tiryn!« Seine Augen leuchteten auf, als er sie sah, und er umarmte sie fest. »Wie geht es dir, alles in Ordnung?«

»*Achukma hote*«, antworte sie in seiner Sprache. »Ich bin okay.« Seine Umarmung tat ihr gut. Dafür, dass er in ihren ersten Lebensjahren nicht für sie dagewesen war, konnte er nichts. Er hatte von ihrer Existenz nichts gewusst. Umso dankbarer war sie jetzt, dass es ihn gab.

»Tiryn?« Hinter einer hölzernen Skulptur kam eine lange, gebeugte Gestalt hervor. Weiße Haare standen unordentlich um einen schmalen Kopf. Wann waren sie so dünn geworden?

»Opa Nick!«

»Ich wollte mir die neue Skulptur von John Daniels ansehen. Beeindruckend, oder?«

Gemeinsam bewunderten sie die gewaltige Eule, die aus einem ganzen Baumstamm gesägt worden war. Ihr Gesicht war weise und beinahe menschlich, man konnte es lange betrachten.

»Und du? Kann ich etwas für dich tun?«, fragte Sam.

»Nein, nicht für mich. Wir müssen was für Lara tun! Wenn sie nicht bald wieder ein Engagement bekommt, wenigstens für einen Abend oder auf einem Fest ... irgendetwas, wofür sie Applaus erhält ...«

Die beiden Männer sahen sie hilflos an.

»Du weißt, dass ich der Letzte bin, von dem sie sich helfen lässt«, sagte Nicholas müde.

Lara war der festen Überzeugung, dass die Krebserkrankung ihrer Mutter Bella seelische Gründe gehabt hatte. Sie gab Nicholas die Schuld und sprach kein Wort mehr mit ihm. Seit Bellas Tod wurde Lara stetig schwieriger.

»Na, von mir ja wohl auch nicht.« Sam breitete ratlos die Arme aus.

»Ich weiß. Das letzte Mal, als du es versucht hast, hat sie einen Toaster nach dir geworfen«, erinnerte sich Tiryn.

Tatsächlich hatte Lara sich nicht einmal von Sam helfen lassen, als sie damals aus Mexiko zurückgekommen war. Er hatte ihr verziehen, wollte sich um seine unerwartete kleine Familie kümmern. Aber Lara wollte nicht bei ihm wohnen. Also zog er zu ihr. Nach kurzer Zeit schmiss sie ihn hinaus. Er hätte alles für sie getan. Aber Lara nahm von einer Hand, die man ihr reichte, kaum den kleinen Finger. Eher schlug sie drauf.

»Den Jähzorn hat sie von meinem Vater geerbt«, sagte Nicholas. Überrascht sahen ihn die beiden anderen an. Er sprach nie von seinen Eltern, und auch jetzt schien er es schon wieder zu bereuen und wandte sich ab.

»Wenn sie gut genug wäre, hätte sie längst Aufträge«, sagte Sam.

»Gestern hat sie wunderschön gesungen. Sie wusste nicht, dass ich zuhöre«, verteidigte Tiryn ihre Mutter.

»Als ich sie das letzte Mal hörte, klang sie wie eine Kettensäge und konnte sich kaum aufrecht halten.«

»Sam, sie ist krank. Du weißt, was der Arzt gesagt hat.« Nick strich sich über die Stirn, wie um etwas wegzuwischen.

»Quartalstrinkerin. Ich weiß, ich weiß. Alkoholismus ist eine Krankheit. Aber anders als andere Kranke tut sie nichts dagegen. Sie lässt sich von niemandem helfen, das weißt du, Tiryn.«

»Sie hat seit Wochen nichts getrunken. Und wenn sie irgendwo auftreten könnte, wäre es ja nicht Hilfe von uns ...« Tiryn zupfte sanft an einer weißen Locke über Nicholas' Ohr. »Opa Nick, du musst zum Frisör!«

»Ja, ja, ich weiß«, sagte er zerstreut. »Bella hat mich immer daran erinnert ...«

»Ja, und jetzt mache ich das. Soll ich einen Termin für dich vereinbaren?«

»Nein, nein, ich frage auf dem Heimweg nach. Vielleicht hat Hank gerade Zeit. Möglicherweise höre ich dort etwas wegen eines Auftritts für Lara. Da wird genug getratscht über Feierlichkeiten und dergleichen.«

»Schon gut, ich werde auch die Ohren offen halten. Morgen

kommt ein Kunde, der hat ein Restaurant und bietet da Livemusik an, vielleicht kann ich ihn überzeugen.« Seufzend steckte Sam seinen Bankordner in die Schublade. »Nanaiya hat nach dir gefragt, Tiryn.«

»Ich werde sie anrufen. Diese Woche habe ich drei Anhänger verkauft, das wird sie freuen.«

Sie plauderten eine Weile, dann wandte sich Sam einem Kunden zu, Nick trollte sich langsam Richtung Frisör, und Tiryn radelte ins Hotel. Heute hatte sie eine Bootsfahrt zu betreuen, die das Hotel organisierte. Darauf freute sie sich jedes Mal. Das Boot mit dem durchsichtigen Boden, die *Ibis*, gehörte Kimoni. Nelson charterte die *Ibis* regelmäßig, wenn bei einer ausreichenden Anzahl von Gästen der Wunsch bestand. Kimoni steuerte, und Tiryn oder Peri kümmerten sich um die Passagiere.

Eine ganze Familie wartete schon am Hoteleingang, Großeltern, Eltern und zwei Kinder.

»Kommen Sie bitte!« Erwartungsvoll folgten sie ihr im Gänsemarsch den schmalen Sandpfad zum Steg, wo die *Ibis* auf flachen Wellen schaukelte.

»Willkommen an Bord!« Kimoni reichte den Älteren galant eine helfende Hand. Tiryn streifte allen eine Schwimmweste über und schnallte sie fest.

»Das brauch ich nicht, ich kann schon schwimmen!«, erklärte ihr der kleine Junge wichtig.

»Das glaube ich dir«, antwortete Tiryn ernst, »aber der Kapitän will das so, weißt du, und was der Kapitän sagt, muss die Mannschaft machen!«

»Unbedingt!«, bestätigte Kimoni und bemühte sich, streng zu gucken.

Tiryn verkniff sich ein Lächeln. Er konnte es nicht.

Aber der Junge fügte sich und setzte sich neben seine Schwester.

»Der Kapitän geht jetzt auf die Brücke«, verkündete Kimoni.

»Darf ich auch mal steuern?«, rief der Junge ihm nach.

»Später. Jetzt wollen wir erst sehen, ob wir einen dicken Fisch entdecken. Oder einen Kraken.«

»Einen Riesenkraken?«

Tiryn löste die Leine vom Poller. Der Motor brummte los. Fasziniert beobachteten die Kinder die geschwungene Straße aus Schaum, die im Kielwasser der *Ibis* entstand. Auch Tiryns Herz machte bei diesem Anblick immer noch einen Hüpfer. Frei auf dem Wasser, der Horizont offen, jedes Mal schien alles möglich. Hier draußen fühlte sich selbst das leicht an, was ihr schwer auf dem Herzen lag. Das Meer fing sie auf.

Die beiden Kinder lagen bäuchlings im Boot und drückten Nasen und Zeigefinger an den durchsichtigen Boden. Ihre Eltern saßen umschlungen im Heck, flüsterten sich Dinge ins Ohr und sahen sich tief in die Augen. Sie hätten statt in einer paradiesischen Landschaft auch mitten auf dem Times Square sitzen können, es hätte keinen Unterschied gemacht. Froh, dass die Kinder beschäftigt waren, genossen sie den Augenblick miteinander. Tiryn betrachtete sie halb bedauernd, halb zweifelnd. Wie gern hätte sie ihre Eltern einmal so gesehen – aber sie fand es schwer zu glauben, dass das Wirklichkeit war. Wahrscheinlich war dieses Paar im Alltag auch anders. Doch auch die Großeltern, die entspannt ins Blaue träumten, lehnten sich aneinander und hielten sich bei der Hand.

»Tiryn, guck! Was ist das?« Das Mädchen zeigte aufgeregt auf schwarze Flecken im Wasser.

»Kennst du Igel?«, fragte Tiryn.

»Ja, wir haben mal einen im Garten gefunden. Der hat mich gepiekt, obwohl er nur ein Baby war.«

»Da hat sie geheult«, sagte ihr Bruder.

»Das hat ja auch weh getan!«

»Also, das da unten sind Seeigel. Sie haben viel längere Stacheln, und wenn du beim Schwimmen einen siehst, fass ihn nicht an, sonst tut das auch weh«, erklärte Tiryn.

»Dann sind die nicht nett«, schmollte das Mädchen.

»Sie wollen nur nicht gefressen werden, weißt du. Sieh mal, da sind Fische, die sind so durchsichtig wie Glas. Sind die nicht schön?«

»Ooooh! Sind die verzaubert?«

»Nein, die wollen auch nicht gefressen werden, deshalb machen sie sich unsichtbar.«

»Kann der Hai sie trotzdem sehen?«, wollte der Junge wissen.

»Der kann sie riechen. Wusstet ihr, dass dem Hai die Zähne nachwachsen, wenn er sie verliert?«

»Nö. Aber ich hab eine Haifischkette, guck!« Stolz zog er eine Schnur mit einem Haifischzahn aus seinem Shirt. »Hat mir der Papa geschenkt!«

»Und du? Hast du auch eine Kette?«, fragte Tiryn das Mädchen.

»Jaaa!« Sie setzte sich auf und schwenkte ihren Anhänger.

»Oh, eine Tulpenmuschel. Die bringt dir Glück.«

Das Mädchen blickte über Tiryns Schulter und riss die Augen auf.

»Da! Walfische!«

Tiryn drehte sich um. »Nein, das sind Delfine. Sie schwimmen gern mit Booten.«

»Sind die gefährlich?«

»Nein, überhaupt nicht. Nur neugierig. Genau wie ihr.«

»Die können ja springen! Mama, Papa, guckt mal!«

Die Eltern schauten jetzt tatsächlich und lehnten sich mit den Kindern begeistert über die Reling.

Tiryn sah lächelnd zu Kimoni hoch, der ihr zuwinkte und ein paar Extrakurven fuhr, um die Delfine und die Menschen gleichermaßen zu erfreuen. Dann verlangsamte er die Fahrt und ließ das Boot treiben, damit die Delfine näher kommen konnten.

Tiryns Blick fiel wieder auf den durchsichtigen Boden des Bootes. Die Kinder hatten dort Kekskrümel und klebrige Fingerspuren hinterlassen, die die Sicht störten. Sie holte einen Lappen aus einem Fach unter der Bank. Beim Wischen sah sie einen ganzen Schwarm transparenter Jungfische, die im Schatten des Bootes Schutz suchten. Daneben pulsierte eine Qualle. Auf, zu, auf, zu. Tiryn beobachtete den uralten Rhythmus ihrer Bewegungen. Sie mochte Quallen, obwohl man sich vor den giftigen in Acht nehmen musste.

So gläsern, so zerbrechlich, diese Wesen des Meeres. Und doch so stark. Eine Welle mochte sie hin- und herwerfen, würde sie aber nicht umbringen.

»Du bist genauso«, hatte Kimoni gesagt, als sie einmal darüber sprachen.

Aber sie fühlte sich nicht stark. Gerade jetzt nicht, da sie nicht wusste, bei welchem ihrer Probleme sie zuerst ansetzen sollte. Lara? Nicholas? Und was war mit ihrer eigenen Zukunft?

Am liebsten würde ich es wie du machen, sagte sie in Gedanken zu einem Rochen, der sich unter den Sand verkrochen hatte. Nur seine Augen und die Schwanzspitze sahen hervor.

Sie beneidete die Rochen um ihre Fähigkeit, so gelassen und

elegant auf ihren Unterwasserflügeln durch die Meere zu fliegen. Wenn sie doch ohne ständig an allem zu zweifeln genauso durchs Leben segeln könnte! Die Rochen waren ihr unerreichbares Vorbild. Sie legte den Lappen beiseite und beugte sich vor, um den fein gezeichneten Umriss seines symmetrischen Körpers unter dem Sand zu betrachten.

Wie aus weiter Ferne hörte sie am Heck die Kinder lachen. »Mama, der hat sich gedreht, beinahe wie ein Purzelbaum!«

Die Flossen des Rochens bewegten sich leicht an den Rändern, hoben sich sanft. Mit einer kaum merklichen Wellenbewegung schüttelte er den Sand ab und bewegte sich vorwärts. Sie sah seinen gepunkteten Rücken wie auf einem Unterwasseraufwind schweben. Gleitend verschwand er in den blauen Schatten der Seegraswiesen. An der Stelle, an der er eben noch so still gelegen hatte, setzte sich der Sand, den er kaum aufgewirbelt hatte. Sonnenlicht fiel durch die Wasseroberfläche und zeichnete ein Netz goldener, zitternder Linien auf die glatte Fläche. Tiryn starrte darauf. Das Netz fing sie ein, hielt ihren Blick so unerbittlich fest wie Kimonis Schleppnetz die Fische. Immer schärfer wurden die Linien. Vor Tiryns innerem Auge formte sich ein Bild. Die traurige Frau, die am Strand stand, einem fremden Strand, vor einem kühlen Himmel. Ihre Locken wehten im Wind. Sie trug ein Kleid. An ihrer Körperhaltung sah man, dass sie tieftraurig war, und jetzt wischte sie sich eine Träne ab – oder doch nur eine Haarsträhne aus dem Gesicht? Es war die Frau, deren Bild sie schon oft gesehen hatte. Aus irgendeinem Grund schien es Tiryn ungeheuer wichtig, dass die Frau sich umdrehte, doch immer hatte sich das Bild genau in dem Moment aufgelöst.

Tiryn hielt den Atem an. »Bleib!«, flüsterte sie. »Wer bist du? Wer?«

Die Wellen des fremden grauen Meeres schlugen höher, über die Füße der Frau. Ihr Rock wurde nass. So fremd war das Meer gar nicht. Tiryn kannte es. Aus Nicholas' Bildern. Das Meer, das im Winter zu Eis werden konnte, durchsichtig und gläsern wie die Fische von vorhin. Der Frau war es anscheinend egal, dass ihr das durchtränkte Kleid an den Knöcheln klebte und sie fast zu Fall brachte, als sie zu laufen begann. Tiryn sah sie jetzt von der Seite, aber die langen Haare, nass von Gischt und Regen, verdeckten ihr Gesicht. Sie achtete nicht darauf, wohin sie lief, sondern sah suchend in die Ferne. Nun stolperte sie und fiel auf die Knie. Da hob sie ihr Gesicht. Auch wenn alles verschwommen blieb, war es für einen Moment, als sähe sie Tiryn direkt in die Augen.

»Henny!«, flüsterte Tiryn. Im Grunde hatte sie es schon lange vermutet. Sie hatte es nur nicht wahrhaben wollen. Die geheimnisvollen Bilder, die ihr das Meer vor die Nase hielt, wenn es ihm gerade passte, waren ihr nahe, waren wie ein Stück von ihr selbst. Und Henny Badonin, die Opa Nicks Glück zerstört hatte und so indirekt auch am Unglück von Tiryns Familie schuld war – diese Henny Badonin war die letzte Person, zu der Tiryn Nähe verspüren wollte.

Doch sie kannte Henny, seit sie klein war, aus Nicholas' Bildern, die ihre Schönheit und ihr faszinierendes Wesen immer neu erzählten. Auch aus dem Rumpf des Bernsteinschiffs hatte ihr dieses Gesicht entgegengeblickt. Henny Badonin war ihr so bekannt wie ein Familienmitglied. Wie ein spürbarer Geist hatte sie zwischen Oma Bella und Opa Nick gestanden und nun zwischen Lara und Opa Nick. Und die unerwartete Verzweiflung in den Augen dieser fernen, fremden und doch vertrauten Frau berührte Tiryn bis ins Innerste, als wäre es ihre eigene. Die Sonne brannte auf das Boot, das Thermometer an der Bordwand zeigte achtunddreißig Grad im Schatten, aber Tiryn zitterte in einem kalten Wind, den sonst niemand der Anwesenden spürte.

»Warum, Henny?«, flüsterte Tiryn, lautlos, um sie nicht zu verscheuchen. »Warum bist du so unglücklich?«

Aber ein eisiges Knäuel Angst in ihrem Magen ließ sie zweifeln, ob sie die Antwort wissen wollte.

4

Hennys Worte

Der Rochen kehrte zurück. Lautlos glitt er aus dem Dunkel und löschte das Bild von Henny, indem er sich auf seinem alten Platz niederließ. Sein gefleckter Körper fing die Linien ab, die die Sonne auf den sandigen Boden gezeichnet hatte. Neben Tiryn landete mit einem weichen Plumps ein Schatten auf dem Bootsrand. Sie fuhr zusammen, jäh aus einer anderen Welt gerissen.

»Colly!« Der Pelikan stupste sie mit dem Schnabel an der Schulter.

»Ein Pelikan! Ist das deiner, Tiryn?« Die Geschwister drängelten sich begeistert zwischen sie und den Vogel. Die Delfine waren fort.

»Kann ich den anfassen?«

»Ja, ihr könnt ihn streicheln, aber vorsichtig.«

Tiryn antwortete mechanisch. Ihre eigene Stimme kam ihr fremd vor. Kimoni startete den Motor wieder. Es war Zeit für die Rückfahrt.

Tiryn war froh, dass die Kinder müde waren von der Seeluft und der Aufregung. Sie saßen friedlich auf dem Boden und fragten nur gelegentlich nach den Namen von Fischen, Muscheln oder Korallen, über die das Boot hinwegglitt.

»Die weiße Muschel ist ein Engelsflügel«, sagte Tiryn, während ihre Gedanken noch bei Henny waren.

»Die sieht auch ganz genauso aus!«, fand das Mädchen. »Und das da? Guck mal, die läuft ja!«

»Du spinnst. Muscheln können nicht laufen«, protestierte ihr Bruder.

»Das ist ein Einsiedlerkrebs. Der benutzt die Muschelschale als Häuschen, damit ihn niemand fressen kann. Praktisch, oder? Wenn ihm die Schale zu klein wird, zieht er einfach in eine größere.«

»Wie ein Wohnwagen?«

»Ja, so ähnlich.«

Endlich fuhr Kimoni gekonnt an den Steg.

»Danke, das haben Sie wunderbar gemacht!« Der Vater der Kinder drückte Tiryn ein Trinkgeld in die Hand.

»Vielen Dank!«

»Tschüs, Tiryn! Tschüs, Kapitän! Papa, kriegen wir ein Eis?«

Tiryn sah ihnen nach, ohne sie wirklich wahrzunehmen.

Kimoni vertäute das Boot, sprang herunter und kam zu Tiryn. Er hob ihr Kinn mit einem Finger an und sah ihr in die Augen.

»Was ist los, Tallulah?«

Ihren indianischen Namen hatte ihr Nanaiya gegeben, als Tiryn acht war. »Hüpfendes Wasser, das ist dein Wesen und dein Element«, hatte Nanaiya nach einem Tag mit Tiryn am Strand erklärt. Sie hatte eine feierliche Zeremonie abgehalten, zusammen mit Sam, den sie ausschließlich Shikoba nannte. Kimoni redete sie mit diesem Namen nur an, wenn sie allein waren und es um Wichtiges ging.

»Ich habe das Bild wieder gesehen.«

»Im Wasser? Da draußen?«

»Ja. Diesmal habe ich die Frau erkannt. Sie hat sich umgedreht. Es war Henny.«

»Das überrascht dich nicht wirklich, oder?«

»Nein, im Grunde habe ich es geahnt. Aber was will sie mir

sagen? Kimoni, sie ist todtraurig. Verzweifelt. Warum? Der Rochen hat das Bild unterbrochen, als ich gerade glaubte, sie würde es mir sagen.«

»Sie kann dich nicht sehen, Tallulah. Es sind nur Bilder. Ein verschwommenes Echo der Vergangenheit, das im Wasser unterwegs ist.«

»Gut, sie wollte es nicht *mir* sagen. Aber ich hätte den Grund für ihr Unglück sehen können, wenn das Bild nur einen Moment länger geblieben wäre. Ich muss es jetzt einfach wissen. Es lässt mir keine Ruhe. Kimoni, können wir noch mal rausfahren?«

»Du meinst, dann kommt es wieder? Das hast du doch noch nie beeinflussen können.«

»Ich habe so ein Gefühl. Die Bilder sind heute lebendig. Das Meer hört ihnen zu.«

»Gut, wir versuchen es, nur verlass dich nicht drauf. Aber dann nehmen wir die *Anhinga*. Peri muss mit der *Ibis* in einer halben Stunde raus, und ich soll noch Fische für die Köchin fangen.«

Der Kutter war ohnehin Tiryns Lieblingsboot. Sein gemütliches Tuckern und der breite, verlässliche Rumpf beruhigten ihre Nerven.

Colly war heute anhänglich und nahm seinen gewohnten Platz im Bug ein, der ihm seinen Namen eingebracht hatte. Er plusterte sich auf.

»Wie Kate Winslet in *Titanic* siehst du aber nicht aus, Colly«, lachte Kimoni. »Du bist zu dick.«

Sein Versuch, Tiryn abzulenken, entlockte ihr nur ein abwesendes Lächeln. Er gab es auf und ließ sie in Ruhe. Schnurgerade steuerte er die *Anhinga* zurück zu der Stelle, an der Tiryn ihre Vision gehabt hatte, auch wenn sie beide wussten, dass die Bilder nichts mit einer bestimmten Stelle zu tun hatten. Sie tauchten mal hier, mal dort auf. Aber die Stelle war so gut wie jede andere. Der Sand war flach und hell dort, eine Lichtung zwischen den dunklen Flecken aus Seegraswiesen.

Tiryn beobachtete eine Wolke, die am Horizont haufenförmig anschwoll. In ein paar Stunden würde sie sich zu einem der beinahe täglichen Gewitter auswachsen. Aber noch reichte die Zeit, ehe sie die Sonne bedecken würde. Ohne Sonnenlicht, das sich auf der Wasseroberfläche brach, gab es keine Bilder auf dem Meeresgrund.

Vom Strand her strich ein eleganter dunkler Vogel mit einem langen Hals dicht über das Wasser. Anhinga, der Schlangenhalsvogel, nach dem der Kutter benannt war. Er flog einen Extrabogen um den Kutter, als hätte er ihnen etwas zu sagen, und ließ sich dann auf einer Palme am Strand nieder, wo er die Flügel weit ausbreitete. So befreiten sich die Vögel von lästigem Ungeziefer, das von der Sonne abgetötet wurde.

Das müssten wir Menschen auch können, dachte Tiryn. Sich mit ausgebreiteten Armen in die Sonne legen, und alles, was einen quält, fällt ab. Aber das klappt nur mit den unwichtigen Problemen.

Dort, wo der Rochen vorhin gelegen hatte, war jetzt wieder nur glatter Sand. Eine kleine Garnele huschte herum. Als der Schatten des Kutters darauffiel, verschwand sie hastig in einer Sandwolke.

Kimoni schaltete den Motor aus und warf den Anker.

»Lass dir Zeit«, rief er. »Ich fange inzwischen die Roten Schnapper für die Küche.«

Sie sah ihm zu, wie er die Köder befestigte und die Angeln auswarf, nahm ihn aber schon nicht mehr wirklich wahr, sondern konzentrierte sich darauf, das Bild von vorhin heraufzubeschwören. Henny Badonin an einem grauen Meer, ihre langen Haare nass und wild um ihre Schultern, offenbar regnete es.

Mit diesem Bild im Kopf beugte sich Tiryn über die Reling, sah auf die gebrochenen, schwingenden goldenen Linien, die die Sonne durch die Wellen hindurch auf den Meeresboden zeichnete. Erst waren sie scharf, dann verschwammen sie, dann formten sie ein Bild. Gerade als die Umrisse sich endlich klärten, huschte ein Nebel hindurch, der es wieder auflöste. Tiryn zwinkerte irritiert. Ein Schwarm Meerwelse zog am Boot vorbei, wahrscheinlich von Kimonis Köder angelockt. Tiryn schlug ungeduldig auf die Reling. Sie schloss die Augen, zählte bis zwanzig und versuchte, die Konzentration zu halten. Vorsichtig öffnete sie die Augen wieder. Der Schwarm war weitergezogen. Die Linien waren wieder deutlicher. Sie atmete tief ein und wandte den Blick nicht von ihnen.

Und dann war es, als ob sich die schimmernden Bänder hoben, sie einfingen wie kleine goldene Lassos und in die Szene zogen. Das Bild blieb verschwommen, flüchtig, doch war es schärfer als zuvor. Bewegung kam hinein. Die Sonne war schon untergegangen, nur ein roter Schimmer lag noch über den Dünen, in einem Streifen unter schweren Regenwolken, und warf ein unheimliches Licht auf den Strand. Henny Badonin kämpfte sich aus dem Sand hoch und lief weiter, gegen den Wind. Sie hob die Hände zu einem Trichter an den Mund – oder wehrte sie nur den Wind ab? Warum konnte das Bild nicht schärfer werden, nur dieses eine Mal?

»Nicholas! Nicholas, bist du hier draußen? Wo bist du? Lass mich nicht allein!« Ihre Stimme, heiser vom Weinen und Rufen, hätte nicht weit kommen dürfen gegen den schwellenden Sturm und das Rauschen der aufgebrachten Gischt. Und doch hörte Tiryn sie, irgendwo in ihrem Kopf. Henny war allein am Strand, kein Wunder, was hätte irgendjemand sonst hier draußen um diese Zeit und bei diesem Sturm auch gewollt? Doch dann glaubte Tiryn schemenhaft zu erkennen, dass ihr ein Mann entgegenkam, wie aus dem Nichts aufgetaucht, in einen Umhang gehüllt. Nicholas? Hatte Henny ihn gefunden? Doch nein, so groß und breitschultrig konnte Opa Nick nie gewesen sein. Außerdem hätte sich ihr ewig frierender Großvater niemals unter solchen Bedingungen am Strand aufgehalten, da war sich Tiryn sicher. Warum wusste Henny das nicht? Oder war der Strand für sie wie für Tiryn einfach der Ort, wohin sie ging, wenn sie Trost suchte?

Tiryn wollte unwillkürlich rufen, um Henny zu warnen, doch dann sah sie, wie der Mann Henny väterlich an den Schultern fasste. Er wies auf das Meer und dann auf die Dünen. Er bedeutete ihr wohl, dass sie nach Hause gehen sollte. Wahrscheinlich war er von der Küstenwache. Er drehte sie Richtung Deich, dann lief er weiter. Im nächsten Moment verschwamm das Bild endgültig. Nur Hennys Stimme hallte noch in Tiryns Gedanken wider. »Lass mich nicht allein! Nicholas, Nicholas, Nicholas ...« Wie ein Mantra sprach sie seinen Namen vor sich hin. Als ob ihn das heraufbeschwören, alles wieder heilen könnte. Als wäre es ihr einziger Schutz gegen den Sturm, die Nacht und das Leben. Dann verstummten auch Hennys Worte, verschluckt von den Wellen.

Tiryn fühlte Wärme auf dem Rücken. Vor ihr lag nur ein Stückchen heller Sand zwischen Seegraswiesen, über das ein Seestern spazierte.

Verstört blickte sie um sich, Hennys Stimme noch im Ohr.

Das konnte nicht sein, durfte nicht sein ...

Sie setzte sich auf eine Taurolle. Ohne es zu bemerken suchte sie in derselben Geste Schutz wie Henny, schlang die Arme um ihre Knie und legte den Kopf darauf.

»Tiryn! Tallulah, hörst du mich nicht?« Kimoni musste an ihrer Schulter rütteln, bevor sie den Kopf hob.

Er reichte ihr ein Glas.

»Trink erst mal.«

»Mmmh.« Sie lächelte ihn an. Sein Mix aus Ananassaft mit Kokos und einem geheimnisvollen Gewürz war seine Medizin für alles. Der Saft kühlte ihre Kehle. Warum fühlte sich ihr Hals rau an, als hätte sie selbst nach jemandem durch den Sturm gerufen?

»Was hast du gesehen, Tallulah? Haben die Bilder zu dir gesprochen?«

»Das haben sie. Kimoni, ich konnte Hennys Stimme hören! Ihre Worte verstehen. Bin ich verrückt?«

»Warum? Dein Volk und auch meine afrikanischen Vorfahren sahen auch schon ihre Ahnen im Rauch, im Wetter, im Verhalten der Sterne und Tiere und allen möglichen Zeichen in der Natur. Das ist nicht verrückt, es ist nur die Gabe, etwas zu lesen und zu deuten, das nicht jeder zu verstehen weiß.«

»Aber ...«

Kimoni wischte ihre Einwände mit einer Geste beiseite.

»Mineralien sind im Meer gelöst. Du kannst sie auf der Zunge schmecken. Warum sollte es mit Erinnerungen und Vorahnungen nicht auch so sein? Und wenn es so ist, warum sollten es nur Bilder sein und nicht auch Geräusche – Stimmen zum Beispiel? Hör auf zu zweifeln. Verwende deine Kraft, um herauszufinden, was du mit dem anfangen willst, das du gesehen und gehört hast.«

»Ach, Kimoni. Du bist immer so – klar. Sag mal, was hältst du von Opa Nick?«

»Von Nicholas Ronning?« Kimoni stellte das leere Glas weg und setzte sich neben Tiryn auf die Taurolle. »Er ist ruhig, immer liebenswürdig, sehr talentiert, auch wenn er an seinem Talent noch immer zweifelt. Er liebt dich und auch Lara, egal, wie schwierig es zwischen den beiden ist. Ich würde nicht sagen, dass er ein schwacher Mensch ist, aber er geht Konflikten gern aus dem Weg und hofft, dass sich Probleme von allein erledigen. Ich glaube nicht, dass er glücklich ist, er trägt eine Last mit sich herum, aber er hat sich arrangiert. Er kann sehr gut zuhören und respektiert sogar die Mücken in seinem Wohnzimmer. Er fängt sie lieber, als sie totzuschlagen. Du hast dich immer bei ihm wohl gefühlt, auch als kleines Mädchen, als du ihn kaum kanntest. Das allein müsste dir Antwort genug sein.«

»Ich konnte mich immer auf ihn verlassen. Er war der Fels in meiner Brandung. Sam auch, aber der war oft so beschäftigt. Du hast recht, Opa Nick kann gut zuhören. Er hat mir bei jedem noch so kleinen Problem zugehört, ob es ein verlorener Ball war oder ein krankes Tier oder ein Streit mit Peri. Er hat mich getröstet und mir Geschichten erzählt und mit mir Malen geübt, obwohl ich mit Stift und Pinsel ein hoffnungsloser Fall blieb. Wenn ich seinen Geschichten von Ahrenshoop lauschte, von den Boddenwiesen und dem kleinen Hafen mit den Zeesbooten, fühlte ich mich geborgen, als würde ich auf einem dieser Boote stehen und dort ankommen, wo ich hin wollte. Seine Stimme legte für mich ein weiches, freundliches Licht wie einen Zauber über diese Landschaft. Wenn ich sie hörte, war es wie nach Hause zu kommen. Ich vertraue ihm blind. Er hat mir nur so leidgetan. Er war nicht unzufrieden und er harmonierte mit Oma Bella. Sie hat ihm jeden Wunsch von den Augen abgelesen, und er tat alles für sie. Aber da war diese Traurigkeit in ihm, die sich durch nichts verscheuchen ließ. Ich habe oft versucht, ihn zum Lachen zu bringen, und manchmal hat es auch geklappt. Aber er wurde schnell wieder ernst, als ob er ein schlechtes Gewissen hatte, wenn er lachte. Das ist heute noch so.« Tiryn zupfte an einem losen Tauende, das sich in ihren Fingern aufzulösen begann. »Kimoni, hältst du ihn für einen ehrlichen Menschen?«

»Nicholas? Ich hatte nie Grund, daran zu zweifeln. Er hat immer einen offenen, direkten Eindruck auf mich gemacht. Ich würde ihm bedenkenlos die *Anhinga* leihen.«

Tiryn musste lächeln. Das war bei Kimoni der höchste Vertrauensbeweis.

»Sam hat mal gesagt, das Erste, was ihm an Opa Nick gefallen hat, als er in seinem Laden auftauchte, war seine Aufrichtigkeit. Er hatte von Anfang an nie Bedenken, mit ihm Geschäfte zu machen. Und dann sind sie schnell Freunde geworden. Sam schließt nicht so schnell Freundschaften. Es könnte an der Erfahrung mit Lara liegen.«

»In Lara war er verliebt, da wird so was außer Kraft gesetzt«, sagte Kimoni. »Aber Sam hat ansonsten eine hervorragende Menschenkenntnis. Warum zweifelst du auf einmal an Opa Nick? Was hat dir das Meer erzählt?«

Tiryn schwieg. »Wenn das stimmt ... Wenn das Meer nicht lügt, dann ...« Sie räusperte sich, weil ihr ein Kloß im Hals steckte.

»Dann was, Tallulah?«

»Dann hat mich Opa Nick belogen, seit ich ihn kenne. Und nicht nur mich. Auch Oma Bella. Und Lara. Dann hat er uns eine völlig falsche Geschichte erzählt.«

»Hmmm. Das ist schwer vorstellbar. Aber das Meer hat keinen Grund zu lügen.«

»Glaubst du, dass die Bilder ... dass sie im Wasser durcheinanderkommen können?«

»Vielleicht. Die Mineralien und andere Stoffe wurden ins Meer gespült, und es entstanden Lebewesen daraus. Die einen sahen so aus, die anderen so. Mit den Erinnerungen und Geschichten mag es ähnlich sein. Man kann das eine oder das andere daraus machen. Die Deutung liegt bei dir, nicht beim Meer. Finde heraus, was sie bedeuten. Frage Nicholas!«

»Und du meinst, er wird mir die Wahrheit sagen?«

»Vielleicht ist er froh, sie aussprechen zu können. Vielleicht ist es die Lüge, die seine Schultern beugt.«

»Aber wenn ich die Bilder falsch gedeutet habe – dann würde ich ihm schrecklich weh tun. Alte Wunden aufreißen. Ihn enttäuschen.«

»Wenn du es nicht tust, wirst du für immer zweifeln. Nicholas Ronning hat schon viel erlebt. Er wird nicht an einer Frage zerbrechen und auch nicht an der Antwort, denn die kennt er schon lange.« Kimoni stand auf. »Warte nicht. Es wird nicht leichter. Die Zeit, die du vergehen lässt, klebt an dem Problem wie Teer an deinen Füßen und macht es immer schwerer.«

»Hast du etwas gefangen?«

»Genug.« Er zeigte ihr den Eimer, in dem mehrere dicke, rötliche Fische schwammen. »Wollen wir zurückfahren?«

»Ja. Das Gewitter kommt bald.«

Das gemütliche Tuckern des zuverlässigen alten Motors klang beruhigend. Tiryn setzte sich zu Colly in den Bug. Hinter ihnen schwoll der Wolkenberg, der sich bald entladen würde. Der späte Nachmittag lag dunstig auf dem Wasser. Von irgendwoher tauchte der Anhinga von vorhin wieder auf, flog so dicht vor ihnen vorbei, dass sie den blauen Ring um sein Auge sehen konnten und den grünschimmernden Federfleck.

»Anhinga, weißt du, ob das Meer lügt?«, fragte Tiryn müde.

Der Vogel segelte ohne zu antworten auf die Mangroven zu. Colly schob wie zum Trost seinen Schnabel in Tiryns Achselhöhle.

»Das kitzelt.« Tiryn kraulte ihn am Hals und musste ihrer Stimmung zum Trotz lachen, als er den Kopf schief legte und sie selig anplinkerte.

Der Kutter erreichte den Steg. Tiryn sprang auf das warme Holz und wickelte das Tau um den Poller.

»Ich kann die Fische in die Küche bringen«, bot sie an.

Doch Kimoni nahm ihr den Eimer aus der Hand.

»Danke, das mache ich schon. Du wolltest mit Nicholas reden.«

»Jetzt, meinst du?«

»Warum nicht jetzt?«

Darauf wusste sie keine Antwort.

»*Yakoke*, Kimoni. Danke, dass du mit mir rausgefahren bist.«

»Danke für deine Gesellschaft.« Er lupfte grüßend seine Mütze und verschwand mit seinen langen, anmutigen Schritten zwischen den Dünen Richtung Hotelküche.

Der Wolkenhaufen hatte die Sonne verschluckt. Eine Windbö ließ die tellerförmigen Blätter der Seetraubenbäume erbeben, zauste die Palmwedel und zeichnete raue Kanten auf das Meer.

Tiryn wischte sich den Schweiß von der Stirn, zog ihre Schuhe an und machte sich auf den Weg zu Nicholas.

Nicholas

1943

5

Der erste Tag

»Junge, du bist elf, nicht drei! Marsch, rauf da! Du hängst auf der Leiter wie ein Jammerlappen.« Justus Ronnings Stimme war gefährlich leise. Noch. Aber scharf wie ein Rasiermesser. »Wird höchste Zeit, dass du das Gewerbe lernst, das dich ernährt!«

Nicholas klammerte sich mit beiden Händen an das raue Holz. Der First war unendlich weit über ihm und der Weg dorthin unmöglich steil. Doch der Blick nach unten in das Gesicht seines Vaters, in dem die allzu vertraute Zornesröte anstieg wie eine Flut, war nicht leichter. Unentschlossen hing er zwischen beidem und konnte sich nicht entschließen, was schlimmer war: die Scham und das Unheil, das seinem Hosenboden drohte, wenn er versagte, oder der Schwindel und das Herzjagen, wenn er versuchte, das Dach weiter zu erklimmen.

Das warme Reet roch tröstlich. Am liebsten hätte er sich hineingebohrt wie ein Käfer und wäre dazwischen verschwunden. Dann hätte sein Vater die Tränen nicht sehen können, die ihm in den Augen schwammen.

Justus Ronning war schon immer streng gewesen und verlangte von anderen dasselbe wie von sich, nämlich harte Arbeit und keine Schwächen. Aber seit er aus dem Krieg zurück war und die Schmerzen in seinem Bein mit dem Selbstgebrannten des Nachbarn betäubte, neigte er noch häufiger als früher zu Jähzorn.

Jetzt riss er eine Gerte von der Weide und schwang sie bedrohlich.

»Muss ich dir erst Beine machen? Du hast zwei gesunde! Schäm dich, keinen Gebrauch davon zu machen!«

Nicholas schickte einen verzweifelten Blick zum First und hangelte sich eine Sprosse weiter.

Da sah er aus dem Augenwinkel eine Bewegung. Auch sein Vater wurde abgelenkt.

Das Mädchen schoss aus dem Wald, der das Grundstück auf der Ostseite begrenzte. Die Fäuste in die Seite gestemmt, baute sie sich vor Justus Ronning auf, dem sie nicht einmal bis zur Achselhöhle reichte. Ihr ausgeblichenes blaues Kleid war zu kurz und zeigte dünne braune Beine, die bis zu den Knien mit Sand paniert waren. Ihre Locken, in denen die Sonne rote Funken knistern ließ, reichten ihr bis zur Taille. Die Hälfte davon war in einem Zopfgummi gefangen, die andere hatte sich daraus befreit und hing wild um ihre schmalen Schultern. Sie hatten die Farbe der Herbstblätter, die der Seewind um sie herum aufwirbelte.

Sie ist ungefähr so alt wie ich, dachte Nicholas. Aber viel mutiger. Na ja, sie kennt meinen Vater nicht. Noch nicht. Sie sollte das nicht tun. Denn der hatte die Gerte fest in der Hand, und die Spitze bebte von seiner Wut.

»Das macht man nicht!« Die Stimme des Mädchens war hell, aber ebenso schneidend wie die seines Vaters.

Justus Ronning war so verblüfft, dass er die Gerte sinken ließ. Mit kleinen Mädchen hatte er es noch nie zu tun gehabt. Nicholas war ein Einzelkind.

Nicholas fragte sich, warum es wirkte, als trüge das Mädchen die sommersprossige Nase höher als sein Vater.

»Was geht dich das an?«, fragte Justus Ronning schließlich erstaunlich ruhig.

»Man schlägt niemanden, der kleiner ist als man selbst! Myra sagt das, und es stimmt!«

Nicht nur in den Haaren des Mädchens knisterten Funken, auch in ihren Augen, stellte Nicholas fest, der sich wieder eine Sprosse tiefer ließ, und noch eine, solange sein Vater abgelenkt war.

»Wer bist du überhaupt, du hergelaufene Göre?«

»Ich bin Henrike Badonin«, sagte das Mädchen, als müsse das genügen als Erklärung für ihr Verhalten. Wenn möglich, wuchs sie dabei noch einen Zentimeter. »Und Sie?«

Justus war verwirrt. Offenbar erwartete diese kleine Kratzbürste, dass er sich vorstellte, aber seine Hand hielt noch die Gerte. Schließlich fand er Worte.

«Ich bin der Vater dieses Bengels, und du verschwindest und mischst dich nicht in Sachen ein, die dich zum Teufel nochmal nichts angehen!«

»Wenn einer Angst hat, geht das jeden was an. Und fluchen tut man auch nicht!«

Das Mädchen Henrike kam näher, anstatt vor dem Donner in der Männerstimme zu flüchten. Dünn und kerzengerade stellte sie sich vor die Leiter. Nicholas machte sich klein und wusste nicht, warum er sich mehr schämte: weil ihn ein Mädchen beschützen musste, oder weil er es nicht fertigbrachte, auf den First zu steigen. Tag für Tag tat sein Vater das und flickte Löcher oder deckte Dächer auf Neubauten. Er hatte recht, die Familie hatte immer zu essen auf dem Teller und warme Sachen anzuziehen. Den meisten seiner Klassenkameraden, deren Väter noch an der Front waren, ging es nicht so gut. Und er schaffte es nicht einmal, seinem Vater zur Hand zu gehen. Nur weil er diese verdammte Höhenangst hatte! Dieses Mädchen wäre wahrscheinlich längst oben gewesen. Sie sah aus, als würde sie auf dem First tanzen können wie die Herbstblätter und nichts dabei finden.

»Schämst du dich nicht, Nicholas?«, schrie dann Justus auch prompt, der nicht mehr wusste, was er zu dem Mädchen sagen sollte.

»Warum soll er sich schämen? Er hat mich nicht um Hilfe gebeten«, sagte Henrike. »*Sie* sollten sich nicht so aufregen. Das ist nicht gesund, sagt Myra.«

»Wer zum Teufel ist Myra?«

»Myra ist meine Freundin. Sie ist schon fünfzehn, und sie ist klug. Sie sagt, man muss immer wissen, was das Wichtigste ist. Auf ein Dach klettern ist nicht wichtig, wenn man Angst davor hat.«

»So.« Justus Ronning trat ganz nahe an Henrike heran, bückte sich und stierte ihr in die klaren grünen Augen. »Dann sag deiner neunmalklugen Myra, dass nichts wichtiger ist, als seine Familie zu ernähren. Und du haust jetzt ab, bevor ich mich dazu herablasse, ein Mädchen zu schlagen!«

»Das tust du nicht!«

Nicholas kletterte die letzten Sprossen herunter, rutschte in seiner Hast ab und kullerte in den Sand. Eilig sprang er auf, klopfte sich den Hosenboden sauber und stellte sich neben Henrike. Sie war nur zwei Fingerbreit kleiner als er.

»Myra ernährt ihre Familie auch«, sagte Henrike seelenruhig. »Und uns. Manchmal flucht sie. Aber sie schlägt keinen, und sie schreit auch niemanden an.«

Justus Ronning sah von einem zum anderen. Merkwürdig. Etwas in den Augen seines Sohnes machte ihn unsicher. Da war Widerspruch. Zum ersten Mal.

»Schert euch doch zum Teufel! Alle beide. Ich mache Mittagspause. Und wenn ich wiederkomme, will ich keinen von euch mehr hier sehen. Verstanden? Keinen!« Er stapfte davon. Sein Lieferwagen stand um die Ecke. Der Motor brauste auf, als wäre er einig mit seinem Herrn. Dann Stille.

Nicholas sah in Augen, die keine Funken mehr sprühten. Sie blitzten nicht einmal mehr grün, sondern waren eher von einem sanften Blau. Vielleicht lag es aber auch daran, dass die Sonne hinter die Silberpappeln gewandert war.

»Dein Vater benutzt den Teufel ja ganz schön oft. Du kannst Henny zu mir sagen. Und wie heißt du?«

Auch ihre Stimme war nicht mehr scharf, sondern weich und rund wie die Honigkekse seiner Großmutter.

»Nicholas.«

»Du bist nicht aus Ahrenshoop, oder? Ich habe dich in der Schule nie gesehen.«

»Wir wohnen in Althagen.«

»Na, das ist ja nicht weit weg. Komm mit.«

»Wohin?«

»Nach Hause. Ich habe Geburtstag, und Myra hat Kuchen gebacken. Nach dem Rezept von Oma Matildas bester Freundin Brigitte. Mit echter Schokolade. Und einer Kerze. Sie bekommt immer Sachen, die es eigentlich nicht mehr gibt. Sie findet Bernstein am Strand und tauscht den gegen was anderes ein. Keiner sonst findet so viel Bernstein. Sie riecht ihn, sagt sie, aber das ist geflunkert.«

Weil er nicht wusste, wohin sonst, und weil dieses erstaunliche Mädchen es für selbstverständlich hielt, ging er mit.

Das Haus lag auf einem Hügel. Ein Pfad führte vom Gartentor eine Wiese hinauf. Vor dem Haus gab es neben einer Loggia eine kleine geschützte Terrasse, wo ein großes blondes Mädchen damit beschäftigt war, einen wackeligen Gartentisch zu decken. Sie holte das Geschirr einfach durch das offene Küchenfenster. Nicholas sah, dass das Dach an mehreren Stellen hätte geflickt werden müssen. So viel verstand er schon vom Handwerk seines Vaters.

»Myra, das ist Nicholas. Ich habe ihn eingeladen.«

»Hallo, Nicholas. Willkommen. Der Kuchen reicht für alle. Viele sind wir ja nicht. Setzt euch. Ich hole nur noch Oma Matilda, und der Tee ist auch gleich fertig.«

»Myra wohnt eigentlich nebenan. Nur, ihr Vater ist im Krieg gefallen und ihre Mutter will immer im Bett liegen und es dunkel haben«, erzählte Henny. »Aber sie hat ja uns. Und wir haben sie. Das ist gut, weil Opa hat immer im Postamt zu tun, und Oma kann nicht mehr gut laufen.«

Das also war die kluge Myra.

»Und wo sind deine Eltern?«

»Mein Vater ist verschwunden, als ich ein Baby war. Und meine Mutter ist gestorben. Ich kann mich nicht an sie erinnern. Opa und Oma sind meine Eltern.«

»Ach so.« Nicholas fand das alles nicht weiter erstaunlich. Er gehörte zu den wenigen Kindern in seiner Klasse, deren Eltern noch beide da waren. Sogar von den Kindern waren welche verschwunden, niemand wusste so genau, wo sie geblieben waren. Im Krieg war das eben so.

Oma Matilda erschien an Myras Arm, auf einen Stock gestützt. Sie lächelte Nicholas aus einem Kranz gütiger Fältchen heraus zu. So willkommen hatte er sich schon lange nicht mehr irgendwo gefühlt.

Herrlicher Duft stieg aus dem großen Schokoladenkuchen auf, der mitten auf dem Tisch zwischen gelben und roten Dahlienblüten thronte. Obendrauf steckte eine blaue Kerze, die Myra nun anzündete. Der Wind hielt offenbar Henny zuliebe für einen

Augenblick den Atem an, denn die Flamme stand so still und aufrecht wie vorhin Henny angesichts von Justus Ronnings Wut.

Henny, der der Tisch nicht bunt genug war, legte noch rote Blätter vom wilden Wein und goldene von der Linde zwischen die Blüten.

»Ich mag den Herbst, du auch?«, fragte sie Nicholas.

Er hatte nicht darüber nachgedacht, doch in diesem Moment war er überzeugt. Seine Welt war ihm noch nie so bunt und leuchtend erschienen wie an diesem merkwürdigen, großartigen Tag.

»Ja. Ja, klar.«

»Gut, dann zeig ich dir nachher was.«

»Jetzt kannst du die Kerze auspusten und dir was wünschen. Dann reicht sie auch noch für den nächsten Geburtstag«, sagte Myra. »Eigentlich müssten es zehn Kerzen sein, aber die anderen neun kannst du dir dazudenken. Phantasie genug hast du ja.«

»*Eine* Kerze ist genauso schön!« Henny holte tief Luft und pustete. Sie pustete so kräftig, dass ein Weinblatt vom Tisch in Nicholas' Schoß segelte. Henny lachte auf. »Ich schenke es dir!«, sagte sie.

Es war zur Hälfte flammend rot, zur Hälfte blassgelb. Die rote Hälfte war wie Henny. Stark. Die helle wie ich. Ein Jammerlappen, dachte Nicholas. Er steckte es in die Tasche.

Der Kuchen schmeckte himmlisch. Wie früher, vor einer Ewigkeit, als noch kein Krieg war.

»Ich habe noch was für dich«, sagte Myra später, als sie abgedeckt hatten. Sie verschwand hinter der Hausecke und kam mit einem Blumentopf wieder, um den eine blaue Schleife gebunden war. Darin wuchs ein Baum, der etwa halb so groß wie Henny war.

»Das ist eine junge Trauerbirke. Ich habe sie von einem Kunden, der nichts anderes zum Tauschen hatte. Ich dachte, du magst sie vielleicht auf der Wiese einpflanzen. Wenn du einmal älter bist, kannst du in ihrem Schatten sitzen, dann ist sie wie ein Schirm.«

»Das ist toll, da können wir zusammen aufwachsen, die Birke und ich. Darf ich, Oma Matilda?«, fragte Henny.

»Aber natürlich. Platz genug haben wir doch.«

Hinter dem Haus hatte Myra ebenso wie in ihrem eigenen Garten Kartoffeln und Gemüse angepflanzt. Das machte jetzt jeder so. Aber vorne war die Wiese zu steil. Hier wuchsen immer noch Margeriten, Pusteblumen, Klee und wilde Möhre lustig durcheinander.

Myra holte einen Spaten, während Henny aufgeregt hin und her lief.

»Hier!«, erklärte sie schließlich entschieden und hüpfte auf einem Fleck westlich vom Pfad auf halber Hanghöhe auf und ab.

»In Ordnung.« Myra stach den Spaten in den sandigen Boden.

»Ich möchte helfen«, bat Nicholas.

»Aber pass auf mit dem Spaten!«

Sie wechselten sich ab, auch Henny packte mit an. Nicholas staunte, mit welcher Energie sie die sandige Erde in alle Richtungen fliegen ließ.

»Das reicht.« Myra goss Wasser in das Pflanzloch, dann zog sie den Baum aus dem Topf und reichte ihn Henny, deren kleine Hände sich eifrig um den Stamm schlossen.

»Los, du auch. Wir pflanzen ihn zusammen«, sagte sie zu Nicholas.

So pflanzten sie die Birke vierhändig. Nicholas war atemlos glücklich, dass ihm diese Ehre erwiesen wurde.

»Vielleicht werde ich unter meinem Baum heiraten, wenn ich groß bin«, sagte Henny.

»Wenn du überhaupt hier bleibst. Die Welt ist groß«, sagte Myra.

»Nie, nie würde ich hier weggehen! Weg vom Meer und vom Bodden und den Kranichen – niemals. Ich würde sterben«, sagte Henny heftig.

»Das Kind wird bleiben«, sagte Oma Matilda. »Ihre Wurzeln hier sind tiefer, als die der Birke es jemals sein werden.«

Nicholas hörte zu. Selbst wenn er dieses ungewöhnliche Mädchen nie wiedersehen würde, er hatte mit ihr einen Baum gepflanzt.

»Jetzt möchte ich Opas Geschenk ausprobieren. Opa hat mir eine großartige Packung Malkreide geschenkt. Machst du mit?«, fragte Henny Nicholas.

»Darf ich das denn?«

»Na klar, warum nicht?«

Henny holte Papier und baute die Schachtel mit den Malkreiden zwischen ihnen auf.

»Hier!« Sie reichte ihm einen Pinsel. »Malst du auch so gerne?«

»Ja, früher, aber mein Vater hat es verboten. Das ist nichts für Jungs, sagt er.«

»Das ist doch Quatsch!«

»Henny!«, rügte Oma Matilda sanft.

»Aber es gibt so viele berühmte Maler.«

»Ich soll Dachdecker werden, so wie er. Ich muss den Betrieb übernehmen.«

»Hmmm. Aber malen kannst du doch trotzdem.« Henny wurde still. Sie konzentrierte sich auf die feinen Striche, die ihre schmale Hand auf das Papier zog.

Oma Matilda schnarchte leise vor sich hin. Myra war in die Küche verschwunden.

Nicholas lauschte auf die Ruhe. Ungewohnt, aber angenehm. Er wählte mit Bedacht einen der verschiedenen Rottöne und begann zu zeichnen, während die Nachmittagsstille sich warm und dicht auf den Hügel legte.

»Liebes Kind, das ist wunderschön!« Oma Matilda war nach ihrem kleinen Schläfchen mühsam aufgestanden und beugte sich über Hennys Schulter.

Auf dem Papier flogen drei Schwalben, fein und leicht, so lebendig, dass sich der Betrachter nicht gewundert hätte, wenn sie im nächsten Moment aus dem Bild verschwunden wären, fortgeflogen in den Himmel, der hinten unscharf wurde im Licht eines heißen, dunstigen Sommertages. Sie flogen über einem Stück Wiese, im Vordergrund Mohn, Glockenblumen und Margeriten in liebevollem Detail gezeichnet.

Myra kam aus der Küche und betrachtete Hennys Werk ebenfalls.

»Das ist wirklich besonders gelungen. Wenn du möchtest, rahme ich es dir, dann kannst du es aufhängen als Erinnerung an deinen zehnten Geburtstag.«

»Au ja. An meinen zehnten Geburtstag, an dem es den besten Kuchen der Welt gab. Und an dem ich einen Freund gefunden und die Birke gepflanzt habe. Zeig mal dein Bild, Nicholas.«

Widerstrebend zog Nicholas seinen Arm weg, den er schützend um sein Papier gelegt hatte, und gab es frei für drei Paar neugierige Augen. Am liebsten hätte er seine geschlossen, um nicht die Enttäuschung der anderen zu sehen.

»Ich hab's gewusst! Du kannst malen! Und wie!« Henny tanzte vor Freude um den Tisch.

»Wunderschön, Kind«, sagte Oma Matilda so liebevoll, als

hätte sie Nicholas ebenso großgezogen wie Henny. »Das ist ja unsere Henny!«

Myra kniff die Augen zusammen. »Tatsächlich! Unverkennbar. Die Bewegung hast du wirklich gut umgesetzt, Nicholas. Dein Vater sollte stolz auf dein Talent sein, anstatt dich zum Dachdecker machen zu wollen.«

»Myra!« Oma Matilda fand es grundsätzlich ungehörig, wenn Kinder Erwachsene kritisierten, vor allem, wenn die Kritik einen Mann betraf.

Auf dem Bild sah man den Herbstwald im Hintergrund und eine schmale Gestalt in einem verwaschenen blauen Kleid, die aus diesem Wald herausrannte, mit fliegenden Haaren in der Farbe der Herbstblätter. Bunte Blätter wirbelte der Wind auch um das Mädchen, als wäre sie die Ursache für den Wind. Alles war in Bewegung, alles strahlte Lebendigkeit aus.

»Es gefällt euch?« Nicholas staunte. Wo ihm in seinem Elternhaus nichts als Verachtung begegnete, gab es hier herzliche Freude und Anerkennung. Ob er wieder an diesen erstaunlichen Ort kommen durfte? Er fühlte sich jetzt schon zu Hause auf dieser kleinen Terrasse im Schutz des alten Reetdaches.

»... *an dem ich einen Freund gefunden habe*«, hatte Henny gerade gesagt. Ob sie das ernst gemeint hatte? Er dachte daran, wie sie mit blitzenden Augen seinem Vater gegenübergestanden hatte. Doch. Henny meinte wohl immer ernst, was sie sagte.

»Ich rahme es dir auch ein, wenn du magst«, schlug Myra vor.

»Vielen Dank«, sagte Nicholas höflich. »Ich möchte es Henny schenken. Als Geburtstagsgeschenk.«

»Oh danke, da freue ich mich! Ja, rahme es ein, Myra, das ist lieb von dir. Und jetzt möchte ich dir etwas zeigen, Nicholas, komm mit!« Sie nahm ihn einfach bei der Hand.

»Wartet! Es wird bald Abend. Wo wohnst du, Nicholas?«, fragte Myra.

»In Althagen.«

»Das ist ganz schön weit ohne Fahrrad. Ich muss nachher noch zum Hafen, du kannst auf meinem Gepäckträger mitfahren, wenn du möchtest.«

»Gerne. Vielen Dank.« Nicholas war erleichtert über dieses Angebot. Sein Vater hatte gewiss nicht auf ihn gewartet. Eine Tracht Prügel war ihm stattdessen sicher, aber der Nachmittag war so besonders gewesen, dass ihm das beinahe egal war.

Nur nicht wieder der Keller ... aber daran wollte er nicht denken.

Henny zog ihn zur Westseite des Grundstücks.

»Wir klettern über den Zaun. Außen rum ist es so weit und außerdem langweilig.« Sie strahlte ihn an. Er fragte sich, ob mit Henny überhaupt etwas langweilig sein konnte.

»Dürfen wir das denn?«

»Klar, da wohnt doch Myra. Die macht das selber so.«

Auf dem Nachbargrundstück wuchsen überall Kartoffeln, Kohl und riesige Kürbisse.

»Myra sorgt dafür, dass wir nicht hungern müssen«, erklärte Henny. »Opa Winfried ist fleißig auf dem Postamt, aber er versteht nichts vom Haushalt, weißt du. Und Myra ist glücklich, wenn sie sich um Leute kümmern kann. Wie ist deine Mutter denn so?«

»Sie ist gut im Haushalt. Und sie macht alles im Büro von der Dachdeckerei. Sie ist sehr tüchtig.«

»Und ist sie lieb? Will sie denn auch nicht, dass du malst?«

»Sie hat nicht viel Zeit. Ich denke, sie will, dass ich auch tüchtig werde. Was willst du mir zeigen?«

»Hier. Das ist mein Lieblingskletterbaum! Eine Rotbuche.«

Henny legte die Hand auf den dicken Stamm. Die Blätter waren kupfergolden. Gemächlich fielen immer wieder einige zu Boden. Wie eine Krone landete eines auf Hennys Kopf.

»Schau, ihre Äste fangen ganz weit hier unten an, und sie haben gleichmäßige Abstände. Alle sind dick und stabil, man kann sich überall festhalten. Das ist ganz anders als bei einem Dach. Und von oben kann man das Meer und den Bodden gleichzeitig sehen. Willst du mit mir hochklettern? Wir machen es ganz langsam.«

»Aber ... es sind nicht nur die Dächer. Ich mag gar nichts, was hoch ist.« Seltsam, vor Henny schämte er sich nicht, das zuzugeben. Höchstens ein bisschen.

»Probier es doch trotzdem. Mir zuliebe, ja? Ich bin ja bei dir.«

Wie konnte er da nein sagen? Sie hatte ihm vorhin so mutig beigestanden. Nun wollte er kein Feigling sein. Nicht schon wieder.

»Mach es mir einfach nach. Du kannst dem Baum vertrauen!«

Das klang merkwürdig, aber als er die Hände um die glatte, warme Rinde legte, begriff er, was sie meinte. Der Baum stand da schon ein ganzes Jahrhundert. Er hatte Stürme und Fluten überlebt. Er würde nicht umfallen, weil ein Junge auf ihm kletterte, und er würde den Jungen nicht abschütteln, weil er es gewohnt war, Vögel, Eichhörnchen und anderes Leben zu tragen – Henny zum Beispiel. Nicholas spürte, dass der Baum auch ein Lebewesen war, ein geduldiges, freundliches. Er achtete darauf, wo Henny ihre Füße hinsetzte und wo sie sich festhielt.

»Nicht nach unten sehen«, empfahl Henny. »Das machst du gut!«

Nach einer Weile wurde sein Atem ruhiger. Er fand einen Rhythmus. Hand hoch, greifen, festhalten, Fuß hinterher. Die Äste bogen sich nicht einmal.

»Schön dicht am Stamm bleiben«, kam Hennys Stimme von oben zusammen mit einem Schauer glänzender Blätter.

Er hörte auf, an etwas anderes zu denken als nur an den nächsten Ast. Er hielt sich an Hennys heller Stimme fest wie um ihn herum die Spinnen an ihren silbernen Altweibersommerfäden. Sie gab ihm Sicherheit. Ihre Stimme war so voller Licht und Hoffnung wie der goldene Nachmittag und würde ihn halten, wenn er fiel.

Aber er fiel nicht, und er kam dem Himmel immer näher, und dann saß Henny auf einem Ast, den Arm fest um den Stamm geschlungen, und lachte ihn an.

»Siehst du! Nichts ist passiert. Da, setz dich hierhin und halt dich so fest wie ich. Jetzt kannst du gucken.«

Die Buche hielt ihn. Der Stamm schwankte im Wind keinen Zentimeter, nur die verbliebenen Blätter flüsterten Geheimnisvolles. Hier oben waren die meisten schon abgefallen und behinderten die Sicht nicht mehr.

Nicholas vergaß fast zu atmen.

Weit unter ihm lag das Haus, und daneben Myras Haus. Die Straße. Die Dünen. Der Strand nur ein heller Streifen, und dann das Meer, so weit, so blau und so silberfunkelnd in der tiefen Abendsonne. So gut wie noch nie konnte er die Fahrrinne sehen von hier, in der ein weißer Dampfer fuhr, ein Frachter und davor zwei Segelboote.

Sogar die Möwen sah man hier von oben.

»Und dort der Bodden«, zeigte Henny auf die andere Seite.

Ebenso blau, nur stiller. So still, bis auf ein Zeesboot, das dem Hafen zustrebte. Und, kaum zu glauben – dort war das Hausdach, auf das er sich nicht getraut hatte. Nun war er viel höher!

Wie das hatte geschehen können, verstand er nicht, nur dass es mit Henny zu tun hatte. Vielleicht war sie ein Waldkobold, der seine Angst weggezaubert hatte.

Aber den Glauben an Kobolde hatten ihm seine Eltern schon lange ausgetrieben.

Der Lieferwagen seines Vaters, der vor jenem Haus gestanden hatte, war verschwunden.

»Gefällt es dir?«, wollte Henny wissen.

»Es ist – großartig. Glaubst du, man kann es malen? Das alles, von oben?«

»Das ist schwer. Ich habe es versucht, aber ich muss erst noch viel lernen. Wenn ich groß bin, will ich auf die Malschule im Haus Lukas gehen.«

Wie ein Blitz fuhr eine Gewissheit in Nicholas, so dass er sich zurücklehnte und fast vergaß, sich festzuhalten. Genau das wollte er auch. Im Grunde hatte er es schon früher gewusst, aber erst Henny hatte ihm den Mut geschenkt, es sich einzugestehen. Ahrenshoop war immer ein Ort für Künstler gewesen. Malen war ebenso eine Tradition wie Reetdächer. Und Nicholas wollte nicht die Dächer seines Landes decken. Er wollte es malen.

Zu Hause nahm er das rotgelbe Blatt vom wilden Wein aus seiner Tasche, strich es glatt und legte es vorsichtig in sein Exemplar von *Robinson Crusoe*. Es war ein Tag gewesen, der sein Leben veränderte. Auch der Zorn seines Vaters konnte die Buche nicht stürzen und Hennys Lächeln nicht löschen.

Brigittes Schokoladenkuchen

250 g Butter
225 g Zucker
1 Päckchen Vanillezucker
4 Eigelb
250 g Mehl
½ Päckchen Backpulver
1 TL Zimt
1 EL Kakao
1/8 l Rotwein
4 Eiweiß
100 g Schokostreusel

Butter, Zucker, Vanillezucker und Eigelb zu einer Schaummasse verrühren.
Das Mehl mit dem Backpulver vermischen, Zimt und Kakao dazugeben, abwechselnd mit dem Wein zu der Schaummasse geben.
Dann die 4 Eiweiße zu Eischnee schlagen, zusammen mit den Schokostreuseln unterheben.
Die Teigbeschaffenheit soll weich sein, so dass der Teig schwer vom Löffel reißt.
In eine gefettete Kastenform füllen, bei 180° ca. 50–60 Minuten backen.

Tiryn

2000

6

Das leere Haus

Der Regen begann, als Tiryn bei Nicholas ankam. Unter dem Balkon stand sie trocken, doch niemand öffnete auf ihr Klingeln und Klopfen. Sie drückte sich an der Wand entlang nach hinten, aber auch der kleine Garten lag verwaist. Traurig und verwildert sah der aus. Oma Bellas ordnende Hand fehlte. Ich sollte ihm wieder mal helfen, dachte Tiryn.

Wenn Opa Nick nicht hier war, war er sicher in der Galerie bei Sam. Sie wartete einen Moment. Der tropische Regen fiel wie eine Wand. So heftig waren sie hier fast immer, die Spätnachmittagsgewitter. Dafür aber kurz. Jetzt ließ der Schauer schon nach. Tiryn überlegte, ob sie noch warten sollte, aber ihre Ungeduld war zu groß. Sie wollte Antworten. Also lief sie los.

Der warme Regen tat gut. Sie stellte sich vor, er wäre heftig genug, um die Verwirrung und die Zweifel von ihr abzuspülen. Der leise Donner war wieder verstummt. Das Gewitter hatte sich verzogen, ehe es angekommen war, und nur den Regen dagelassen.

Als sie bei der Galerie ankam, brach wieder die Sonne durch. Der Boden dampfte. Sam saß unter dem Vordach auf der hölzernen Bank, die an Ketten hing, und sortierte seine Künstlerkartei. »Hi, Tiryn. Was meinst du, soll ich mal wieder Nashoba aufsuchen? Er hat bestimmt neue Skulpturen gemacht. Von allein meldet der sich nicht. Dabei braucht seine Familie das Einkommen so nötig ...« Er brach ab, als er aufsah. »Du bist ja völlig nass! Ist was passiert?«

»N ...nein, ich suche nur Opa Nick.«

»Nicholas ist nach Long Island gefahren, auf eine Ausstellung. Hol dir drinnen ein Handtuch!«

»Es ist doch gar nicht kalt.«

Sam warf ihr einen von den Blicken zu, die sie »schwarz« nannte und die sie als Kind immer sehr beeindruckt hatten. Sie trollte sich, holte von drinnen ein Handtuch und einen Saft für sie beide. Sam rutschte beiseite. Sie saß eine Weile schweigend neben ihm und rubbelte sich die Haare trocken.

»War es wichtig? Kann ich dir an Nicholas' Stelle weiterhelfen?«, fragte Sam.

»Warum ist Lara damals weggelaufen? Hatte es wirklich mit eurer Ehe zu tun, oder hat sie sich mit Opa Nick gestritten?«

»Ach, Tiryn. Wer weiß das schon. Ich weiß nichts, was ich dir nicht längst erzählt habe. Als sie zurückkam, sagte sie nur, sie wäre überzeugt gewesen, dass ich sie nicht liebte. Dass ich sie verlassen würde. Und weil sie diesen Gedanken nicht ertragen konnte, wollte sie mir zuvorkommen.«

»Aber du hast sie geliebt.«

»Ich liebe sie immer noch«, sagte er ruhig. »Ich bin überzeugt, es lag daran, dass ihr Vater Nicholas Bella nie geheiratet hat. Lara wurde in der Schule als Bastard verspottet. Damals war das noch so. Hier im Süden gab und gibt es eine Menge alter Engstirnigkeit. Lara litt sehr darunter, sie hat es mir erzählt. Früher, als sie mir noch Dinge erzählte.« Er starrte düster in seinen Ananassaft. »Ich glaube, sie hat ein Vertrauen in Beziehungen nie aufbauen können. Obwohl Bella ihr immer wieder erklärte, dass Nicholas ihr nie etwas vorgemacht hat. Er liebte nach wie vor Henny Badonin und war nicht bereit, einer anderen Frau denselben Platz in seinem Herzen einzuräumen. Das hat er Bella von Anfang an offen gesagt. Aber Nicholas hat ein großes Herz. Er liebte Bella auch, auf eine andere Art. Und sie war sich dessen bewusst – mehr als er. Obwohl die unsichtbare Gegenwart von Henny Badonin eine Last für sie gewesen sein muss.« Seine Hand spielte nervös mit den Karteikarten. »Für Lara war sie das in jedem Fall. Ein Kind kann das nicht verstehen. Lara muss geglaubt haben, Nicholas läge weder an Bella noch an ihr besonders viel, da es ihm egal war, dass sie unehelich war. Dabei hat Nicholas wohl einfach nie bemerkt, dass Lara Probleme hatte. Er ist eben Künstler, den Kopf in den Wolken. Erst als sie verschwand, begriff er, was für Fehler passiert waren. Doch da war es zu spät.«

»Und dann hast du sie gesucht.«

»Natürlich habe ich sie gesucht! Und wie ich sie gesucht habe! In Kneipen und Tanzlokalen von hier bis Arizona. Manche, die sie singen gehört hatten, schwärmten noch von ihr, aber sie war mir immer einen Schritt voraus. Ich war sogar in Mexiko, aber dort verlor sich ihre Spur. Als ich erfuhr, dass sie wieder ihren Mädchennamen benutzte, begriff ich erst, dass sie wirklich nichts mehr von mir wissen wollte. Ich war jung und verletzt und gab es auf, weil ich keine Ahnung hatte, dass sie schwanger war. Von dir erfuhr ich erst, als sie sieben Jahre später mit dir hier in der Galerie auftauchte, weil sie krank und pleite war und nicht mehr zurechtkam. Aber das weißt du doch eigentlich alles. Warum fragst du ausgerechnet jetzt danach?«

Tiryn öffnete den Mund, um ihm von den Meerbildern zu erzählen. Von Henny und dem unglaublichen Verdacht, der sich aufdrängte. Und die Frage, ob Lara davon wusste und deshalb so wütend auf Nicholas war. Doch dann überlegte sie es sich anders. Sie konnte es nicht. Das war eine Sache, die sie nur Nicholas selbst fragen durfte.

»Ach, Peri wird heiraten«, sagte sie vage.

»Und du zweifelst daran, ob das gutgehen kann? Weil du so üble Erfahrungen mit der Beziehung deines Großvaters und der Ehe deiner Eltern hast?«

»Kann sein.«

Er legte den Arm um ihre Schultern. »Das tut mir sehr leid, dass wir dir so viel Ballast mitgegeben haben. Zweifle nicht unseretwegen. Es gibt so viele glückliche Ehen. Peris Geschichte hat mit unserer nichts zu tun. Wünsch ihr Glück und freu dich für sie, wenn du irgend kannst. Und ich hoffe so sehr, dass auch du eines Tages dieses Glück haben wirst – und den Mut dazu.«

Bei der bloßen Vorstellung wurde Tiryn leicht übel. »Was weißt du eigentlich über Opa Nicks Eltern? Meine Urgroßeltern?«

Sam runzelte die Stirn. »Fast nichts. Doch, ja, einmal erwähnte er, dass sie streng waren und er sich nicht besonders mit seinem Vater verstanden hat. Aber die Ehe hat wohl gehalten. Und deine anderen Urgroßeltern, auf Bellas Seite, habe ich noch kennengelernt. Die waren hinreißend. Sie haben ihre goldene Hochzeit glückstrahlend hier am Strand gefeiert und hielten den ganzen Tag Händchen. Du siehst also, auch in deiner Familie gab es gute Ehen. Es liegt kein Fluch auf uns oder so.«

»Nur ein Gespenst«, murmelte Tiryn.

»Du meinst Henny Badonin? Mag sein.«

»Warum hat sie Opa Nick noch mal verlassen?«

»Er redet ja nie darüber. Soweit ich weiß, war ein anderer Künstler der Grund. Ein Johann oder so ähnlich. Du, ich habe gleich einen Termin. Ein wichtiger Kunde. Tut mir leid. Nicholas kommt erst morgen wieder. Aber vielleicht ist es besser, du lässt ihn mit den alten Geschichten in Ruhe. Er wirkt ohnehin deprimiert.«

»Weißt du, warum?«

»Vielleicht wird er einfach alt. Seine Seele ist müde. Tschüs, Liebes.«

Tiryn machte sich auf den Heimweg. Sie würde ihre Ungeduld bis morgen aushalten müssen. Dabei hallten Hennys verzweifelte Rufe nach Nicholas noch immer in ihren Ohren. Sie hatte nicht geahnt, dass die Meerbilder Stimmen hatten, sonst hätte sie einen weiten Bogen darum gemacht!

Der Abend war dunstig und duftete süß nach Zitronenblüten und Frangipani. Kolibris huschten wie bunte Blitze zwischen den Blüten des Flaschenbürstenbaumes. Auf den Stufen vor der Haustür saß Lara mit einem Becher in der Hand und einer Limonadenkaraffe neben sich und lächelte Tiryn strahlend zu. Sie trug ein gebügeltes Kleid und war ordentlich frisiert. In dem weichen Licht kamen die Reste ihres alten Charmes gut zur Geltung.

»Stell dir vor, die Band und ich haben morgen einen Auftritt. In der Marlin Bar in Naples.«

»Gratuliere. Wie schön. Hast du schon ein Programm zusammengestellt?«

»Alles fertig. Komm, setz dich zu mir. Ist es nicht ein herrlicher Abend?«

Tiryn setzte sich. Es widerstrebte ihr, Laras ungewöhnlich gute Laune zu trüben, aber die Fragen brannten in ihr und die Gelegenheiten zu einem vernünftigen Gespräch waren so selten.

»Kann ich dich was fragen?«

»Was ist denn?«

»Warum bist du so wütend auf Opa Nick?«

»Ach. Er kann eigentlich gar nichts dafür.« Lara blieb überraschend ruhig und sah bekümmert in ihren Becher. »Nicholas ist im Grunde ein anständiger Mensch. Es ist diese Henny. Es war immer diese Henny. Sie ist schuld, dass Nicholas meine Mutter nicht lieben konnte. Nicholas kann man höchstens vorwerfen, dass er schwach war. Zu schwach, sich von dieser treulosen Frau zu befreien. Zu schwach, zu meiner Mutter zu stehen und sie verdammt nochmal zu heiraten. Zu schwach, um zu mir zu stehen, weil er den Gedanken nicht ertragen kann, dass ich nun mal nicht die Tochter der sagenhaften Henny bin.«

Lara teilte Tiryns Verdacht also nicht. Sie ging felsenfest von Hennys Verrat an Nicholas aus. Es hatte ja auch nie einen Grund gegeben, daran zu zweifeln.

Lara goss sich aus der Karaffe nach. Ein leichter Geruch von Gin wehte zu Tiryn herüber.

»Das Schlimmste ist, dass er mir seine Schwäche vererbt hat«, sagte Lara in einem seltenen Anfall von Ehrlichkeit.

»Nicholas hat nie getrunken!«

»Nein. Seine Schwäche nimmt andere Formen an. Schwäche ist das eine wie das andere. Wir sind beide Feiglinge.«

»Soll ich das weggießen und uns einen Tee machen?«

»Nein. Ich geh bald ins Bett. Wir fahren morgen früh los. Die Jungs holen mich ab.«

Tiryn stand auf. »Dann gute Nacht und viel Erfolg morgen. Ich fahre noch etwas mit dem Rad.«

Sie musste Abstand zwischen sich und ihre Familie bringen. Im Moment war diese schwer erträglich.

Lange war sie nicht mehr an ihrem Zufluchtsort gewesen. Tiryn trat auf dem Weg dorthin heftig in die Pedale, um sich abzureagieren. Als sie ankam, hatte sie sich beinahe schon wieder beruhigt. Selbst ihre Mutter hatte zugegeben, dass Nicholas ein anständiger Mensch war. Die Meeresbilder hatten gelogen. Natürlich, sie waren ja auch nichts als ein Hirngespinst. Ein Tagtraum. Eine Illusion, der Lichtbrechung geschuldet.

Das Gartentor war so von Trichterwinden überwuchert, dass sie fast daran vorbeifuhr. Es stand immer noch gerade so weit offen, dass sie sich hindurchzwängen konnte, unverrückbar festgerostet wie damals schon. Dreizehn war sie gewesen, als sie das verlassene Grundstück entdeckt hatte. Auf der Flucht vor einem von Laras Wutanfällen war sie wie heute auf ihrem Fahrrad losgefahren, bis sie in einer Kurve auf dem Sandweg ins Rutschen kam und fiel. Den Schmerz ihrer aufgeschürften Knie vergaß sie, als sie hinter meterhohem Unkraut das Haus entdeckte.

Sie hatte sich aufgerappelt, ihr Fahrrad aufgehoben, es an den Zaun gelehnt und war mit angehaltenem Atem durch das Tor geschlüpft. Mit einem Stock bahnte sie sich einen Weg durch den Wildwuchs, vorsichtig, um nicht auf eine Schlange zu treten. Hier war eindeutig seit Jahren niemand mehr gewesen. Die Gegend war nicht dicht besiedelt, an der Straße, die durch Sümpfe und ein wildes Palmen- und Buschwerkdickicht führte, lagen wenige Häuser, und die, die es gab, waren nur Holzhütten. Wer hier wohnte, hatte wenig Geld.

Auch dieses Haus war aus Holz. Mit seinen blinden Fenstern starrte es Tiryn hilfesuchend an. Aber eines unterschied es von den anderen seiner Art: Jemand hatte es einmal angestrichen, und zwar so, dass es aussehen sollte, als sei es aus roten Klinkern gebaut. Die weißen Striche auf rotem Grund waren nicht allzu sorgfältig gezogen, aber es war doch deutlich erkennbar, was gemeint war, obwohl die Farbe hier und da abblätterte. Es war, als ob das Haus davon träumte, etwas Besseres, Solideres zu sein.

Etwas anderes, als es eigentlich war – so wie Lara davon träumte, ein Star zu sein. Es wirkte seltsam anrührend auf Tiryn.

Jetzt stand sie davor und zwinkerte heftig. Für einen Moment schob sich ein anderes Bild vor das tatsächliche. Als hätte sie solch ein Haus schon einmal gesehen, nur geringfügig anders. Aus wirklichen Klinkern, etwas größer und umgeben von anderen Bäumen, nicht von Palmen: von Bäumen, deren Blätter unten silbern leuchteten.

Etwas Schwarzes flog von rechts vor ihre Füße. Tiryn fuhr zusammen, und das Haus nahm wieder seine ursprüngliche Gestalt an.

Es war eine Krähe. Krähen sah man hier nicht oft.

»*Halito*, Fula!«, sagte Tiryn leise. Der große Vogel legte den Kopf schief, sah sie durchdringend, aber freundlich an, breitete beeindruckende Schwingen aus und flog auf das Hausdach, wo er einen auffordernden Ruf ausstieß. Es klang wie eine Einladung – oder eher wie ein Befehl?

Zögernd ging Tiryn weiter bis zu den hölzernen Treppenstufen. Unter einem Vordach schwang die übliche Holzbank an Ketten, aber die eine war durchgerostet, so dass die eine Seite der Bank auf dem Boden lag, während die andere mit leichtem Knarren im Wind pendelte. Auf einem runden Tisch standen zwei Gläser, halbvoll mit schmutzigem Regenwasser, an deren Rand jeweils eine vertrocknete Zitronenscheibe steckte.

Die Tür war geschlossen. Tiryn kam sich albern vor, als sie klopfte. Einmal vorsichtig, ein zweites Mal nachdrücklich. Natürlich öffnete niemand. Sie drückte auf die Klinke. Erst bewegte sich nichts, doch nach kurzem Rütteln ließ sich die Tür öffnen.

Drinnen war es stickig, aber nicht muffig. Eine Grille hüpfte erschrocken unter einen Tisch, eine Maus flüchtete in eine dunklere

Ecke. Es war ein kleiner Raum; er fühlte sich freundlich an. Der Holzboden war staubig, der Tisch auch und ebenso die zwei einfachen Stühle, die daran standen, der eine weggeschoben, als wäre gerade jemand aufgestanden. Eine vergilbte Zeitung von 1986 lag auf dem einen Stuhl. Auf dem Tisch hatte jemand aus kleinen Herzmuscheln sorgfältig den Schriftzug »Frenja« gelegt.

Frenja. Als sie den Namen las, war ihr, als hätte ihn hinter ihr jemand ausgesprochen, eine leise Männerstimme. Erschrocken drehte sie sich um, doch da war niemand. Bestimmt war es nur der Wind gewesen, der draußen die Kette bewegte. Nur ein flüchtiger Duft fiel ihr auf, den sie vorher nicht bemerkt hatte, ein Geruch nach Zitrone, Zimt und Sandelholz.

Wer war Frenja? Hatte sie mit dem Mann, der ihren Namen gelegt hatte, draußen gesessen und aus den Gläsern mit der Zitronenscheibe getrunken? Waren sie glücklich hier zusammen gewesen, anders als Sam und Lara oder Nicholas und Bella es je gekannt hatten? Das Haus fühlte sich jedenfalls an, als wäre hier jemand glücklich gewesen. Es gab noch eine kleine Küche, die leer war bis auf ein schiefes hölzernes Regal mit einigen angeschlagenen Tassen.

Auch eine Stiege zu einem Dachzimmer gab es. Tiryn kletterte sie vorsichtig hinauf, doch obwohl das Holz stöhnte, hielten die Stufen. Oben lag eine staubige Matratze. Tiryn klopfte versuchsweise darauf. Zwei erschrockene Motten flogen fort, aber sonst schien sie ziemlich in Ordnung zu sein.

Am besten gefiel ihr die Stille. Hier drinnen hörte man nicht einmal die Zikaden. Auch das Schimpfen und das betrunkenfalsche Singen ihrer Mutter nistete hier nicht in den Ritzen. Keiner warf mit Gegenständen oder drehte alte, verkratzte Platten zu laut auf. Es war, als wäre sie völlig allein auf der Welt. Niemand würde sie hier finden.

Als Tiryn das nächste Mal das Haus aufsuchte, war sie vorbereitet. Sie hatte eine alte, aber saubere Decke mitgebracht, die sie über die Matratze breitete. Einige ihrer Lieblingsbücher stellte sie in das Regal, nachdem sie es ausgewischt hatte. Sie fegte den Boden, putzte die Fenster und knüpfte die hängende Seite der Bank mit einem dicken Seil wieder fest an den Haken. Sie pflanzte sogar Sonnenblumen vor die Veranda, so dass sie am Ende des Sommers hinter ihnen versteckt auf der Bank sitzen konnte. Manchmal machte sie ihre Hausaufgaben an dem Tisch, passte aber dabei auf, dass der Name Frenja nicht verschoben wurde. Gern lag sie oben auf der Matratze und sah zu dem runden Giebelfenster hinaus auf das verwilderte Grundstück. Sie stellte sich vor, das Haus wäre ein Schiff. Sie war der Kapitän und sah durch das Bullauge hinaus auf ein grünes Meer, und wenn sie weit genug fuhr, würde es sich in ein kühles blaugraues Meer verwandeln, an den Rändern von feiner Spitze aus Eis gesäumt. Irgendwann würde sie in einen kleinen Hafen einlaufen, wo die Schiffe braune Segel trugen. Dann würde sie wissen, dass sie zu Hause war.

Einmal fragte sie den Briefträger, den sie auf der Straße mit dem Fahrrad überholte: »Wissen Sie, wer dort gewohnt hat?«

»Nein, Miss. Ich hab nie Post für dort gehabt. Ein paarmal habe ich da einen großen Mann gesehen. Glaube ich. Hab mich gewundert, warum der im Sommer einen Umhang trug.«

»Wann war das?«

»Vor zwei, drei Jahren.«

»Und keine Frau?«

»Hab keine gesehen.«

Mehr bekam Tiryn nicht heraus, aber immer, wenn sie im Haus war, hoffte sie insgeheim, den Mann zu sehen, der so liebevoll den Namen aus Muscheln gelegt hatte.

Die Krähe leistete ihr gelegentlich Gesellschaft. Tiryn brachte ihr Kekskrümel mit, von der auch die Maus welche abbekam. An warmen Abenden auf der Bank, wenn Fula auf der Lehne hockte und mit klugem Blick den Kopf schief legte, als würde sie Tiryns Sorgen verstehen, und die Maus auf dem Boden zufrieden knabberte, fühlte sich Tiryn geborgen. Wie als Kind, wenn sie Nicholas' Stimme gelauscht hatte, die von einem weichen Licht im Himmel über einem kühlen Meer erzählte, von dem kleinen Hafen und den Kiefern, die der ständige Wind schräg wachsen ließ. Nicht einmal Kimoni verriet sie ihren geheimen Ort. Immer wieder hatte sie das Gefühl, sie wäre schon vor langer Zeit hier gewesen.

Einmal im November döste sie oben auf der Matratze ein und wachte erst auf, als es dunkel war. Das machte nichts, denn Lara war es meist egal, wann oder ob Tiryn überhaupt nach Hause kam. Und sie hatte immer eine Taschenlampe in ihrem Rucksack.

Doch als sie ihr Fahrrad, das sie jetzt immer mit aufs Grundstück nahm, zum Tor schob, blickte sie noch einmal zum Haus zurück. Eine Gänsehaut lief um ihre Schulterblätter.

Oben brannte Licht.

Dabei gab es dort keine Lampe. Das Haus hatte keinen Strom. Und eine Kerze hatte sie nie angemacht. Tiryn hatte Angst vor Feuer.

Am liebsten wäre sie so schnell wie möglich weggefahren. Stattdessen blieb sie stehen. Das Licht würde ihr keine Ruhe lassen. Wahrscheinlich würde sie sich nie wieder hierherwagen, wenn sie der Sache nicht auf den Grund ginge.

Jetzt wünschte sie sich doch, dass Kimoni hier wäre oder Peri.

Sie ging näher ans Haus und kniff die Augen zusammen. Es sah aus, als stünde am Giebelfenster eine altmodische Petroleumlampe. Aber so eine hatte sie im Haus nie gesehen. Nur Oma Bella hatte eine solche auf dem Kaminsims stehen gehabt, weil sie sie so gemütlich fand.

Mit Herzklopfen und angehaltenem Atem schlich Tiryn die Stiege hinauf, die Taschenlampe wie eine Waffe in der Hand.

Oben war es dunkel. Nirgendwo ein Lichtschimmer.

Das schmale Fensterbrett war leer bis auf eine tote Fliege, und auch sonst stand nirgendwo eine Lampe. Weder im Dachzimmer noch unten. Tiryns Buch lag aufgeschlagen dort, wo sie es hingelegt hatte, und die Decke hatte keine neue Falte. Auch kein fremder Geruch lag in der Luft.

Hier war niemand gewesen.

Wieder draußen, sah Tiryn hoch. Alles war dunkel.

Doch als sie mit ihrem Fahrrad durch das Tor schlüpfte und noch ein letztes Mal zurückblickte, leuchtete im Giebel wieder Licht.

7

Ein rätselhafter Fund

In jenem Jahr war sie nicht mehr zu dem Haus gefahren, obwohl sie sich einredete, das Ganze sei nur ein Halloween-Streich gewesen oder ihre eigene vom spannenden Buch überreizte Phantasie.

Oder hatte sich eines der Meeresbilder auf das Land verirrt und sie eine Petroleumlampe gesehen, die dort vor langer Zeit gestanden hatte, als das Haus noch jung war und die Träume seiner Erbauer darin lebendig waren?

Als sie sich, vom Haus noch immer seltsam angezogen, im nächsten Sommer wieder zurückwagte, fand sie alles unberührt vor. Das Licht sah sie nicht wieder.

Je älter sie wurde, desto seltener dachte sie an ihren alten Zufluchtsort. Doch wenn sie wirklichen Kummer hatte, flüchtete sie nach wie vor hierher.

Jetzt befreite sie den Torspalt von einigen Trichterwindenranken, die ihn zugeflochten hatten. Offenbar machte ihr das Haus noch immer niemand streitig. Die Fenster mussten wieder mal geputzt werden, an der Ostseite war ein Brett aus der Wand gefault, und dem Tau, mit dem sie damals die Bank wieder aufgehängt hatte, traute sie nicht mehr. Doch das alte Gefühl von Geborgenheit hatte dort auf sie gewartet. Tiryn schloss die Augen und atmete es tief ein. Alles würde gut werden. Morgen konnte sie mit Nicholas reden, und er würde sie beruhigen und ihr sagen, dass natürlich alles so gewesen war, wie er es schon immer erzählt hatte.

»Und Lara wird nüchtern sein und einen guten Auftritt hinlegen, weitere bekommen und zufrieden sein. Ich werde bald an die Ostsee fahren können, und Peri wird eine glückliche Ehe führen«, sagte sie laut in die Stille des alten Gartens hinein, einfach weil es sich so gut anhörte.

Ein schwarzer Schatten segelte aus den Palmen vor ihre Füße.

»Fula! Hast du mich erschreckt. Gibt's dich immer noch? Warum sehe ich dich nie außer gerade hier?«

Die Krähe legte den Kopf schief. Ihr Krächzen klang wie ein leises, spöttisches Lachen. Dann flog sie auf den First.

Die Zitronenscheiben an den Gläserrändern waren zu schwarzen Krümeln zerfallen. Tiryn machte das traurig. Sie hatten so anrührend gewirkt, als wären Frenja und der Mann im Umhang – oder wer auch immer hier zusammen gesessen und getrunken hatte – erst vor kurzem aufgestanden und könnten jederzeit wiederkommen.

Die Zeit vergeht und zerfällt zu Krümeln, nur ich bin immer noch hier, dachte sie.

Die Decke auf der Matratze im Dachzimmer war staubig, aber nur ein oder zwei kleine Mottenlöcher befanden sich darin. Tiryn schüttelte sie im Garten kräftig aus. Bei der Rückkehr ins Haus hüpfte ihr Fula entgegen.

»Was machst du denn hier drinnen?« Tiryn wunderte sich; selten hatte sich die Krähe durch die Tür gewagt. Sie machte sich auch jetzt wieder aus dem Staub und flog über die Palmen davon.

Als Tiryn die Decke wieder auf der alten Matratze ausbreiten wollte, sah sie, dass mitten darauf etwas lag. Fast hätte sie es auf dem fleckig gewordenen Stoff übersehen.

Ein Gegenstand, notdürftig in ein Stück Papier gewickelt. Er fiel heraus, als sie ihn berührte. Er war etwa so groß wie eine halbe

Walnuss, aber die Form war leicht unregelmäßig. Zuerst dachte sie, es wäre ein Kieselstein, vielleicht aus der Tasche ihrer Hose gefallen, in die sie oft Strandfunde steckte und dann vergaß. Doch im letzten Licht der untergehenden Sonne, das durch die Luke hereinfiel, leuchtete es auf, als hätte der Seewind einen Fetzen der goldgelben Abendwolken hierhergetrieben.

Diese Farbe kannte sie. Aber wie konnte das sein?

Zögernd streckte sie die Hand danach aus. Der kleine Gegenstand war leicht. Leichter als ein Kiesel.

Bernstein! Es war ein Stück Bernstein, leicht angeschliffen, so dass er glänzte, obwohl die Oberfläche hier und da noch dunkel und rau war. In der Farbe ähnelte er dem Rumpf des Bernsteinschiffs, das Opa Nick gehörte und das sie so oft in der Hand gehalten hatte. Das Schiff, in dem sie schon als Kind manchmal Hennys Gesicht gesehen hatte und auch das von Nicholas, nur jünger. Und die alte Freundin von Nicholas und Henny, die sie Myra nannten.

»Es ist ein besonderer Bernstein«, hatte Nicholas erklärt. »Er trägt die Erinnerungen in sich, die man ihm anvertraut. Dort sind sie sicher und bleiben lebendig für alle Zeit; und wenn man Glück hat und aufmerksam ist, sieht man sie für einen Augenblick hindurchhuschen.«

Als Tiryn später mit der Schmuckherstellung begonnen hatte, schwor sie sich, eines Tages an der Ostsee herauszufinden, wie es sein konnte, dass Bernstein diese einzigartige Fähigkeit erhielt.

Bisher aber besaß sie noch nicht einmal ein Stück ganz normalen Bernsteins, obwohl sie alles darüber gelesen hatte, was sie auftreiben konnte. Bernstein war auch an Amerikas Stränden zu finden, allerdings hatte Tiryn dieses Glück noch nicht gehabt.

Das hier aber war baltischer Bernstein, wie in Nicholas' Schiff, das erkannte sie. Wie kam dieses Stück ausgerechnet hierher?

Hatte Fula es hereingetragen? Das musste wohl so sein. Auch Krähen konnten diebisch sein wie Elstern.

Tiryn hielt ihren Fund gegen das Licht. Kein Gesicht blickte sie daraus an, keine Gestalt huschte hindurch. Doch, halt – da war etwas. Ein zartes Gebilde, dunkelbraun, gefangen in dem honigfarbenen alten Harz. Ein Samen an einem einzigen zarten Flügel, einem heutigen Ahornsamen ähnlich, nur kleiner.

Ein Samenkorn, das nie aufgegangen war. Eine vierzig Millionen Jahre alte Hoffnung, ein unverwirklichter Plan – ganz und unzerstört und doch aus einer Zeit weit vor den allerersten Erinnerungen der Menschen.

War das ein Zeichen? Dass sie ihren eigenen Plan nicht aufgeben sollte? Ob sie den Stein behalten durfte? Vielleicht hatte Fula ihn einem Hotelgast geklaut.

Doch als ihre Hand ihn wieder fest umschloss, wusste sie, dass sie keine Nachforschungen anstellen würde.

Die Dämmerung kam schnell, wie immer hier im Süden. Tiryn träumte aus dem runden Dachfenster heraus, und versuchte, die alte Phantasie heraufzubeschwören, das Haus sei ein Schiff, das sie über das Meer in Nicholas' Land trug. Es wollte nicht mehr funktionieren, aber der Versuch machte sie so müde, dass sie sich auf der Matratze ausstreckte. Dabei spürte sie den Fetzen Papier an der Hand, in den der Bernstein gewickelt gewesen war. Geistesabwesend strich sie es glatt. Es war vergilbtes Papier, alt und brüchig, irgendwo herausgerissen, und es sah aus, als wäre es einmal nass gewesen. Aquarellpapier. Das kannte sie von Nicholas. Aber die verblasste Handschrift darauf kannte sie nicht. Tiryn setzte sich auf, kniff die Augen zusammen und nahm die alte Taschenlampe zu Hilfe, um die Worte zu entziffern.

... olas, warum? Du wolltest doch bei mir bleiben. Für immer. Aber ich spüre, dass du fort bist! Ich weiß es. Unsere Zukunft ist zerbrochen. Wie eine leere Muschelschale in der Brandung. Wo bist du? Nicholas, wir sind doch eins seit jenem Tag, als dein Vater dich auf das Dach gezwungen hat. Gilt dir das nichts mehr? Damals brauchtest du mich, jetzt brauche ich dich, Nicholas! Ich werde diesen Brief ins Meer werfen, und ich weiß, eines Tages wird es mir eine Antwort ge ...

Tiryn fühlte, wie ihre Nackenhaare sich aufrichteten. Wie konnte das sein? Wer hatte den Bernstein hier hingelegt? Sie drehte das Papier um. Auf der Rückseite waren mit Bleistift zwei Schwalben gezeichnet, verschmiert, aber erkennbar.

Es ergab keinen Sinn, hier eine Notiz von Henny zu finden, oder vielleicht doch? Wenn es sich um baltischen Bernstein handelte, so konnte ja auch eine Notiz dabei sein, die von der anderen Seite des Ozeans stammte. Jemand hatte beides hier hinterlassen. Warum?

Es waren deutsche Worte. Worte, die zu den Bildern aus dem Meer passten, die sie gesehen hatte. Jemand wollte ihr mit allen Mitteln etwas sagen.

Als sie, erschöpft vom Grübeln, schließlich doch einschlief, geisterte Henny Badonins verzweifeltes Gesicht durch ihre Träume. Ein kaltes Meer streckte weiße Gischtzungen einen fremden Strand hinauf, und eine Männerstimme rief fordernd ihren Namen: »Tiryn! Es ist Zeit!«

Sie wachte erst vom Schrei eines Anhingas auf, als die Sonne schon wieder über den Palmen stand. So fand sie nicht heraus, ob in der Nacht wieder Licht gebrannt hatte. Ihr Kopf schmerzte, und in ihrem Magen lag eine tiefe Traurigkeit, von der sie nicht wusste, ob es ihre eigene oder die von Henny war.

»Du spinnst, Mädchen«, sagte sie streng zu ihrem unscharfen Spiegelbild in dem schmutzigen Fenster. »Henny Badonin ist tot. Was auch immer sie gefühlt hat, ist nicht mehr wirklich.« Aber was, wenn die Zeit von diesen Gefühlen noch schwarze Krümel übriggelassen hatte wie von den Zitronenscheiben? Draußen rieb sie einen der Krümel zwischen Daumen und Zeigefinger zu Pulver und roch daran. War da nicht noch eine Spur wirklicher Duft nach Zitrone?

Sie fuhr eilig nach Hause. Lara war nicht da, sie musste also pünktlich aufgebrochen sein. Tiryn duschte hastig und kam gerade noch rechtzeitig zu ihrer Schicht in der Boutique.

Es war kein guter Tag. Ihre Kopfschmerzen stocherten heftig in ihren Schläfen. Da sie es nicht fertigbrachte, so zu strahlen wie sonst, verkaufte sie wenig. Dem dicken Mops einer Kundin passierte ein Malheur auf dem Teppich. Und die Uhr lief so langsam wie nie. Nur der rätselhafte Bernstein, der in ihrer Hosentasche steckte und sich seltsam warm anfühlte, tröstete sie.

Als sie endlich abschließen konnte, war es später Nachmittag. Die Gewitterwolken schwollen bereits wieder am Horizont an. Nicholas musste längst zu Hause sein. Tiryn wählte den direkten Weg über den Strand. Die Schuhe in der Hand, lief sie barfuß am Flutsaum entlang. Das Wasser war lauwarm, aber es tat ihren müden Füßen wohl. Spielende Kinder hüpften fröhlich kreischend mit bunten Bällen durch die Wellen, Ehepaare lagen mit Büchern in der Sonne. Selten war Tiryn neidisch auf die Touristen, doch heute wäre sie auch gern so sorglos gewesen. Wie es wohl war, Feriengast zu sein? Wenn sie je an die Ostsee kam, wäre sie dann auch Tourist – oder wäre es im Gegenteil wie eine Heimkehr, weil sie so oft davon geträumt hatte?

Eines Tages würde sie es herausfinden. Jetzt jedoch gab es Dringenderes.

Nicholas' Haustür stand zur Terrasse hin offen, wie meistens im Sommer. Er hasste Klimaanlagen. Die Hitze tat ihm gut. Tiryn klopfte trotzdem, unwillkürlich etwas lauter als gewohnt.

»Tiryn! Sam hat mir erzählt, dass du mich gesucht hast. Komm rein, wie kann ich dir helfen? Du, die Ausstellung in Long Island ...«

Sein Wohnzimmer hatte sich seit Bellas Tod in ein Atelier verwandelt. Eine Staffelei stand am großen Fenster, Farbtöpfe neben der Fernbedienung auf dem Couchtisch und Pinsel auf den Stühlen. Tiryn machte sich nicht die Mühe, einen Sitzplatz freizuräumen.

»Opa Nick«, unterbrach sie ihn. »Du hast uns immer erzählt, dass Henny Badonin dich verlassen hat. Wegen eines anderen Künstlers.«

»Ja, das weißt du doch. Was soll das jetzt?« Er wandte sich ab und kramte in einer Tüte. »Sieh mal, was ich gekauft ...«

»Opa Nick! Stimmt das wirklich, oder war es vielleicht genau anders herum?«

Nicholas erstarrte.

Tiryn hörte die alte Uhr in der Küche ticken, die noch von Bellas Eltern stammte. Ihr war nie bewusst gewesen, wie laut diese war. Wie mit einem Hammer schlug jede Sekunde ein Loch in die Zeit, und die Löcher reihten sich aneinander. Irgendwann würden sie hindurchfallen, Nicholas und Tiryn, wenn er ihr nicht endlich eine Antwort gab.

Dies war einer der Momente, in denen sie spürte, dass sie eine halbe Choctaw war. Nanaiya und Sam hatten sie früh gelehrt, dass dem Volk der Choctaw Ehrlichkeit schon immer das Wichtigste gewesen war, wichtiger als Mut, wichtiger als alle anderen Eigenschaften zusammen. Wenig war Tiryn so zuwider wie Lügen.

Ihr Großvater richtete sich langsam auf. Durch das graue Himmelsrechteck in der offenen Tür zuckte ein Blitz. Tiryn sah in dem grellen Licht, wie gebrechlich Nicholas wirkte. Alle Begeisterung über die Ausstellung wich aus ihm wie Luft aus einem kaputten Wasserball und ließ einen alten Mann zurück.

Als er es endlich fertigbrachte, ihrem Blick zu begegnen, wollte sie die Antwort nicht mehr hören. Sie war überflüssig.

»Woher weißt du das?« Seine Frage war nur ein Flüstern, und selbst das kostete ihn Anstrengung.

Sie war nicht in der Stimmung, ihn zu schonen.

»Ich hatte – sagen wir einen Traum. Eine Vision, würde Oma Nanaiya sagen. Ist das wichtig? Ich wollte nicht glauben, was ich gesehen und gehört habe, aber es war zu echt! Seitdem lässt mich Henny nicht los, wie sie dich nicht losgelassen hat.« Tiryn beugte sich vor und nagelte seinen Blick mit ihrem fest. »Henny war verzweifelt! Todtraurig. Am Boden zerstört. Sie hat die Welt nicht mehr verstanden und allen Halt verloren, weil du fort warst. Sie hat dich gesucht! Im Sturm. Nach dir gerufen. Gegen den Wind angeschrien, über das Meer. Sie wollte nicht glauben, dass du sie verlassen hast! Sie war überzeugt, dass ihr zusammengehört. Sie brauchte dich! Und du hast sie verraten. Stimmt das? Lüg mich nicht mehr an, Opa Nick!«

Er war blass geworden.

»Du siehst auch Bilder? Du auch?« Er stützte sich auf die Tischkante. »Ich hatte ja keine Ahnung. Obwohl – ich hätte es wissen müssen. Niemand hat wie du die Gesichter im Bernstein so klar gesehen, obwohl es nicht deine Erinnerungen sind.« Flehentlich sah er sie an. »Dann – vielleicht verstehst du mich dann. Ein wenig.«

Tiryn starrte ihn an.

»Du – du siehst auch Bilder im Meer?«

»Du musst es wohl von mir geerbt haben. Nur – eines verstehe ich nicht. Du hast Henny gesehen. Das heißt, du siehst Bilder aus der Vergangenheit?«

»Ja, warum – du nicht?«

»Meine waren immer aus der Zukunft. Vorahnungen, kann man es wohl nennen. Frag nicht, woher ich diese Gabe oder diesen Fluch habe. Bei dir wundert es mich weniger. Das Volk deines Vaters war schon immer weise und sah mehr als andere. Dadurch warst du wohl besonders empfänglich für – mein Erbe.«

»Opa Nick, sie machen mir Angst, diese Bilder. Jetzt, da sie Stimmen haben. Ich wusste nicht, dass sie Stimmen haben würden. Sie gehen mir nicht mehr aus den Ohren.« Von dem Zettel im alten Haus mochte sie nichts sagen. Das musste sie erst selbst begreifen. Für Opa Nick wäre das jetzt ganz sicher zu viel auf einmal.

»Ja«, sagte er müde. »Mit der Zeit bekommen sie Stimmen. Zum Glück höre ich sie kaum noch. Mit dem Alter verstummen sie wieder. Möglicherweise, weil man im Alter kaum noch Zukunft hat.«

»Aber ich werde immer eine Vergangenheit haben. Ich muss damit leben. Und als wäre das nicht genug, offenbar auch mit deiner. Opa Nick, sag mir endlich die Wahrheit!«

Draußen rollte Donner über den schweren Himmel. Zwei Gläser Acrylfarbe auf dem Tisch klirrten gegeneinander. Nicholas ging schwerfällig zum Bücherregal und nahm einen abgegriffenen Band heraus. *Robinson Crusoe*, eine alte, in Leder gebundene Ausgabe. Er schlug ihn seltsam andächtig auf. Behutsam nahm er ein Blatt aus den Seiten. Ein sorgfältig gepresstes, handgroßes Blatt mit drei Zacken. Die Hälfte immer noch flammend rot, die andere goldgelb. Aufgeregt, wie sie war, fand Tiryn die Form unheimlich: eine Hand, die sich aus der Vergangenheit nach ihnen ausstreckte.

Nicholas hielt es ihr hin wie eine unbezahlbare Wertsache. Oder wie eine weiße Fahne, die seine Kapitulation anzeigte.

»Das hat sie mir geschenkt. An dem Tag, als wir uns kennenlernten. Es war ihr zehnter Geburtstag. Sie hat mich vor meinem Vater beschützt. Dann hat sie mir Mut zum Malen gemacht. Mut, ich selbst zu sein und zu werden. Ich habe mich immer geborgen gefühlt bei ihr und Myra, vom ersten Tag an. Henny und ich, das war – das schönste Geschenk und Wunder, das man bekommen kann. Freundschaft, Seelenverwandtschaft, dann Liebe. Wir gehörten zusammen, von jenem Tag an für immer.« Er fuhr mit dem Finger über das Blatt. »Ist es nicht unglaublich, wie die Farben sich gehalten haben? Als ob noch heute alles gilt, was an diesem Tag so wirklich war. Das sind die Herbstfarben meiner Heimat, Tiryn. Du musst sie dir ansehen. Bald. Unbedingt!« In seiner Stimme klang dieselbe Verzweiflung, die Tiryn in Hennys Stimme gehört hatte. Zärtlich legte er das Blatt zurück, schloss das Buch behutsam und stellte es wieder an seinen Platz. »Und dann habe ich alles zerstört! Ja, ich habe sie verlassen! Ich *musste* sie verlassen, Tiryn, Tallulah, bitte glaube mir! Es war ein schwerer Fehler, und doch musste ich Henny verlassen. Ich dachte, sie wäre stark. Sie war immer stärker als ich. Ich war überzeugt, dass sie ohne mich glücklicher werden würde. Vielleicht mit diesem Kunsttischler oder mit irgendeinem anderen Mann. Tallulah, ich hatte einen Grund, warum ich meinte, gehen zu müssen!«

»¡*Ay cabrones!*« Die schrille Stimme überraschte Tiryn und Nicholas gleichermaßen. In der Tür stand Lara. Ihre Augen warfen Blitze wie die bleiernen Wolken hinter ihr. Tiryn trat hastig zurück, bis die Staffelei sie aufhielt. Wenn Lara die spanischen Flüche gebrauchte, die sie in Mexiko aufgeschnappt hatte, war das stets der Beginn einer ihrer schlimmsten Anfälle von Jähzorn.

»Ich wollte mich bei dir bedanken«, sagte Lara jetzt gefährlich ruhig zu Nicholas. »Ich habe gehört, dass du mir diesen Auftritt vermittelt hast. Ich wollte dir erzählen, dass es wunderbar gelaufen ist. So gut wie lange nicht mehr. Die Leute haben mir zugehört. Ich hatte sie im Griff. Es gab Applaus. Sie wollten sogar Zugaben. Und ich habe drei Angebote für weitere Engagements. Ja, ich wollte mich bedanken! Und entschuldigen. Ich war nicht nett zu dir seit Mutters Tod. Habe dir Vorwürfe gemacht. Und *jetzt*«, sie kniff die Augen zu schmalen Schlitzen zusammen, »jetzt höre ich, dass diese Vorwürfe mehr als gerechtfertigt waren! Du hast uns angelogen, ja? Die ganzen verdammten Jahre haben wir Mitleid mit dir gehabt. Der arme, verlassene Mann, dem eine untreue Frau das Herz gebrochen hat!« Laras Stimme wurde mit jedem Satz lauter. »Meine Mutter hatte Mitleid und hat alles für dich getan, alles, obwohl du nie zu ihr gestanden hast. Sie hat dich geliebt, der Himmel weiß, warum! Ich hatte auch Mitleid und musste dir alles verzeihen, sogar, dass man mich einen Bastard geschimpft hat, meine ganze Kindheit lang. Meine Ehe ist kaputtgegangen, weil ich nicht an die Liebe glauben konnte. Aber du konntest ja absolut nichts dafür, nein, dir hatte man ja solches Unrecht getan, du warst ja das Opfer! *En la torre!* Und jetzt erzählst du, dass alles eine Lüge war? Dass diese Frau, die wie ein Gespenst jeden Tag mit uns am Tisch saß, die ich gelernt habe zu hassen wie eine Hexe, weil sie uns alle unglücklich gemacht hat, weil sie wie ein Fluch über uns lag – die Frau, vor der man nicht flüchten kann, weil ihr Gesicht in jedem dritten verdammten Wohnzimmer der Nation hängt –, dass du diese Frau genauso benutzt hast wie uns und sie in Wahrheit nur ein weiteres Opfer von dir war? Dass *du* es warst, den ich hätte hassen sollen all die Jahre? ¡Hijo de puta!« Die letzten Worte dieser Tirade kamen nur noch als ein Zischen aus ihrem Mund.

Ja, mir stinkt es auch, dachte Tiryn müde, ausnahmsweise einig mit ihrer Mutter. Aber hassen konnte sie Nicholas nicht. Nur fremd war er ihr geworden. Dass das geschehen konnte, so von einem Tag auf den anderen! Selbst seine Stimme klang fremd.

»Ich weiß. Es tut mir leid«, flüsterte Nicholas. Klein und hilflos fielen seine Worte auf den Boden, in die Leere zwischen ihnen.

»¡Chingada madre! Leck mich am Arsch!« Lara griff nach einem der Gläser mit Pinseln und warf es nach Nicholas. Es traf die Wand nur Zentimeter neben seinem Kopf. Er war nicht ausgewichen, stand nur reglos da.

»Lass mich erklären …«

»Erklären? Mir scheißegal, deine Erklärungen. Noch mehr Lügen brauch ich nicht. Das macht meine Mutter nicht mehr glücklich und erst recht nicht lebendig, und ich bleibe ein Bastard.«

Sie fegte mit einer wilden Geste Papiere und Farbtuben vom Tisch und stürmte hinaus. Draußen krachte ein gewaltiger Donnerschlag.

In den Staub auf der Terrasse fielen die ersten großen Tropfen. Tiryn sah auf die Kreise, die sie in den Sand malten. Fluchen lohnte nicht. Probleme verschwanden nicht, wenn man »Verpiss dich!« zu ihnen sagte. Da half auch das vulgärste Spanisch nichts.

Sie schloss die Tür gegen den Donner und das Rauschen des Regens, räumte zwei Stühle leer und setzte den Teekessel auf.

»Erklär es *mir*«, sagte sie.

Nicholas

1945–1953

8

Das Bernsteinschiff

Wo blieb Henny nur? Nicholas fröstelte. Henny lief wieder einmal ohne Jacke herum, als wäre sie selbst ein Teil des launigen Frühlingswindes.

»Wenn wir erst verheiratet sind, wirst auch du nicht mehr frieren«, hatte sie einmal scherzhaft zu ihm gesagt, und fast glaubte er es, so glücklich war er in ihrer Nähe.

Er steckte die Hände tief in die Taschen seines Trenchcoats. Eben waren sie noch zu viert gewesen, hatten die Pause in der Malschule für einen Spaziergang an den Strand genutzt. Doch Henny war jenseits des Deiches am Marktstand vom alten Oskar hängengeblieben, während er mit Myra in eine Diskussion über das richtige Zeichnen von Schatten verwickelt war. Jetzt war Myra mit der kleinen Liv vorausgelaufen und baute mit ihr eine Sandburg am Wellensaum.

Nicholas fühlte sich alleingelassen und malte mit der Schuhspitze Muster in einen Haufen zerbröselnder Miesmuschelschalen. War die Kritik des Kunstlehrers, dass er keine Schatten malen konnte, berechtigt? Myra hatte sie bestätigt. Seltsam. Gerade er kannte sich doch mit Schatten aus. Er sah sie überall.

»Du ewiger Pessimist«, beklagte sich Henny oft lachend. »Warte nur, wenn wir einst Silberhochzeit feiern. Bis dahin habe ich dir das ausgetrieben!«

Doch nicht einmal Henny kannte sein Geheimnis. Vielleicht würde auch das mit den Jahren ihrer Gegenwart verschwinden.

Der Wind trieb Livs helles Lachen die Küste entlang bis vor seine Füße. Nicholas lächelte. Sie klang wie Henny, damals. Als sie zusammen Kinder waren, behütet von Myra, der Älteren. Als ihnen die Welt gehörte, als diese Welt aus endlosen Sommern bestand und dem Wettschwimmen mit Schwärmen junger Fische in kühlen klaren Wellen, eine Welt, die für sie nicht einmal der Krieg trüben konnte. Der alte Oskar vom Markt, bei dem Henny gerade stand und verhandelte, schenkte ihnen damals Bonbons aus Sanddornsirup, obwohl Henny ihm Disteln in die Tasche gesteckt hatte.

Doch der Wind hatte ihre Kindheit verweht wie den Sand.

Eine Möwe kreischte auf der Düne. Nicholas schreckte aus seinen Erinnerungen hoch. Da tauchte sie ja auf, seine Henny, oben auf dem Deich. Ihre kupferfarbenen Locken flogen ebenso wie ihr langer Baumwollrock. Die Schuhe trug sie in der Hand. Gleich würde sie im Wasser waten, als trüge es nicht noch das eisige Echo des Winters in sich. Der Gedanke an die Kälte des Wassers war aber nicht der Grund, warum Nicholas schon im letzten Sommer kaum gewagt hatte, schwimmen zu gehen, und warum es ihn vor dem nächsten graute. Henny würde keine Ausrede gelten lassen und die Wahrheit – die konnte er ihr nicht erzählen. Er wollte ihr keine Angst machen. Sie war so leicht, so glücklich. Sie durfte nicht beschwert werden.

Gleich fühlte sich der Boden unter seinen Füßen wieder fester an, als sie ihn erreichte, sich an ihn schmiegte, dann bei der Hand nahm und Richtung Myra zog.

»Komm, ich hab was für euch!«

Sie konnte es nicht lassen, in den Wellen zu laufen.

»Dein Rock wird nass, binde ihn wenigstens hoch!«

»Ach, der trocknet auch wieder.« Nur flüchtig sah sie nach unten. Im Gegensatz zu Myra, die ihre Kleider kurz trug mit einem modischen Petticoat, bevorzugte Henny diese langen, weichen Baumwollkleider. Sie nähte sie selbst, mit großen Taschen, in denen sie unterbringen konnte, was sie an Muscheln, Kieseln, Federn oder Treibholzstückchen auflas. Nicholas fand, dass sie ihrer schlanken, biegsamen Gestalt wunderbar standen und der perfekte Rahmen für ihr Wesen waren. Mode bedeutete ihm nichts.

In einer dieser Taschen suchte sie nun etwas. Die Sandburg war fertig; Klein-Liv tanzte in der Ferne am Wasser entlang und spielte mit den Schaumflocken, die über den Sand jagten.

»Hier!« Triumphierend förderte Henny ein Päckchen zutage und schlug behutsam das Seidenpapier auseinander. Hinter ihr glühten die Dünen rötlich im Licht der dunstig verhangenen Sonne, als hätten Hennys Haare, die im Wind flogen, etwas von ihrer Farbe dort gelassen, als sie darüber lief. So wie sie stets einen Schimmer in sein Leben warf und in das der Menschen, die ihr begegneten. Ihr selbst war das nicht bewusst, auch nicht, dass es dieser Schimmer war, der auch die Bilder, die sie malte, so besonders machte.

Wie Henny da barfuß im Sand stand, ein erwartungsvolles Strahlen in ihren Augen und ein halbes Lächeln auf den Lippen, die Hand ausgestreckt, sah er sie für diesen Moment als ein Bild und wusste, er würde es aus dem Gedächtnis malen, und es würde sein bisher bestes werden.

»Nicholas, nun schau doch mal! Wo guckst du hin?«

Er war so gefangen von ihr, dass er die leuchtenden Gegenstände auf ihrer Handfläche nicht beachtet hatte. Nun sah er, dass es drei Schiffe waren, jeweils fingerlang. Sie waren kunstvoll gearbeitet, die Rümpfe aus Bernstein, die Taue und Segel aus Silber. Die Segel waren leicht gebläht, als triebe ein stummer Wind sie vorwärts, und das Silber fing Sonnenlicht und ließ Funken über die drei Gesichter wandern.

»Eins für jeden!«, sagte Henny. »Damit wir nie vergessen, wie es jetzt ist. Wir hier, zusammen, an unserem Strand. Nach der Kindheit und vor der Zukunft. Sie sollen diesen Augenblick für immer in sich bewahren.«

Feierlich überreichte sie Nicholas das eine davon, dessen Bernsteinrumpf dunkel war wie Tannenhonig. Sie stellte sich auf die Zehenspitzen und gab ihm einen Kuss, der salzig schmeckte wie der Wind, der auf einmal kräftiger blies.

Myra bekam das hellste der Schiffe mit einer festen Umarmung. Sie betrachtete es kritisch. »Da hat sich Oskar ja selbst übertroffen«, sagte sie. »Schöne Stücke! Diese Bernsteine hat er aber nicht von mir.« Sie verkaufte ihre Funde oft an Oskar und andere Händler. Myra, die Bernsteinbeschwörerin, so nannte man sie, weil niemand anderes so viel davon fand. »Sie riecht ihn«, sagte man.

»Nein«, sagte Henny, »die hat er von ... jemand anderem.«

Nicholas hielt seines gegen das Licht. In der Sonne glühte es geheimnisvoll. Doch – huschte nicht ein Schatten hindurch, vom Bug zum Kiel ...? Er schüttelte den Kopf über sich und steckte das Schiff sorgsam in die Innentasche seines Mantels. Es fühlte sich seltsam warm an, sogar durch den Stoff.

Henny erzählte von den Dingen, die sie gerade den Laderäumen ihres Schiffes anvertraut hatte. Einen Kuss von Nicholas, ein Lachen von Liv, ein Wort von Myra, die Sandburg und ihren Traum der letzten Nacht, den Geruch von Sanddornbeeren und eine Idee für ein Bild, »… und tausend andere Dinge, die dort nun für alle Zeit in Sicherheit sind und lebendig bleiben!«, endete sie. »Und du?«

»Ich bin nicht so schnell«, wehrte er ab. Sein Gedanke von vorhin kam ihm wieder. »Weißt du noch, als du Oskar die Disteln in die Tasche gesteckt hast und er uns trotzdem Bonbons schenkte? Du hast dich mit einem Kuss entschuldigt, und ich war eifersüchtig.«

Das gefiel ihr. »Du warst elf! Und Oskar damals schon alt.«

»Und trotzdem war ich eifersüchtig. Das ist meine erste Erinnerung, die ich in meinem Schiff verwahre.«

Damit war sie vorerst zufrieden. »Es ist ein Anfang. Obwohl es eigentlich nur für die Erinnerungen von heute gedacht war. Wie ein Foto, nur anders.«

»Wenn ich an dich denke, kann ich nicht nur an diesen Tag denken. Du bist alles für mich. Alle Tage, die wir uns kennen.«

Sie schmiegte sich an ihn, während sie den Deich hinaufstiegen.

»Du meinst, seit dem Tag, an dem du geheult hast, weil dein Vater dich gezwungen hat, mit aufs Dach der Schneiderkate zu steigen und ihm bei den Reparaturen zu helfen?«

»Und du mich getröstet hast. Ja.«

»Dein Vater soll nicht in das Schiff«, sagte Henny entschieden, »denk jetzt nicht an ihn, der Tag war so schön.«

Abends, als er allein in seinem winzigen Zimmer saß, in dem er zur Untermiete wohnte, seit sein Vater ihn hinausgeworfen hatte, nahm er das Schiff aus der Tasche und sah es nachdenklich an. Es stimmte, was er Henny gesagt hatte. Unmöglich, nur Erinnerungen von heute in diesem kleinen Schiff zu bergen. Henny war seit jenem ersten Tag ein Teil von ihm, der hellste Teil seines Lebens.

Sie war das Licht, das selbst jetzt im Bernsteinschiff leuchtete, wo doch draußen Nacht war und hier im Zimmer nur die altersschwache Glühbirne brannte. Sie war sein Mut, der ihm die Kraft gegeben hatte, sich gegen den Willen seines Vaters der Malerei zu widmen statt dem Familienbetrieb. Sie war sein Grund, morgens aufzustehen, wenn ihm alles andere hoffnungslos erschien, wenn er daran zweifelte, dass er mit seinen Bildern Geld verdienen würde, dass sie überhaupt jemand sehen wollte, dass er gut genug war, dass er nicht alles falsch gemacht hatte, indem er seine Eltern enttäuschte. Dass er Hennys nicht würdig war und sie nicht glücklich machen konnte. Wenn er sie dann traf und sie ihn küsste, wenn er ihren Duft nach Wind, Sanddorn, Ölfarben und sonnenheißem Sand roch und das Strahlen in ihren Augen ihm galt, flohen seine Dämonen zurück in die vergangene Nacht, und alles war möglich.

Dafür würde für Nicholas das Bernsteinschiff für alle Zeit stehen. Nicht für einen Augenblick am Strand – sondern für Hennys ganzes Wesen.

Er stellte das Schiff auf die wurmstichige Fensterbank und legte sich auf das schmale Bett, die Hände hinter dem Kopf verschränkt. Der Wasserfleck an der Zimmerdecke sah aus wie Afrika. Oder doch Südamerika? Ihm war schon wieder kalt. Er zog die Decke über sich. Wie es wohl wäre, in einem Land zu leben, in dem auch die Winter warm waren, in dem die Blumen nicht erfroren und der Wind einem nicht wie Eis ins Gesicht blies? Er hatte Sehnsucht nach Palmen, die er noch nie gesehen hatte. Sie wären immer grün, nicht nackt und zerbrechlich wie die Bäume seiner Heimat, monatelang, jedes Jahr wieder. Die heiße Sonne würde die ewigen Zweifel an sich und allem aus ihm brennen, würde die Dunkelheit aus ihm löschen, endlich auch die Kälte aus dem Strafkeller seines Elternhauses und vielleicht sogar das schlechte Gewissen seinen Eltern gegenüber.

Vor allem aber wäre er weit fort von dem, was ihm die Bilder im Meer zeigten.

Es hatte begonnen, als er dreizehn war. Sie waren schwimmen, Henny, Myra und er, zusammen mit anderen Kindern aus dem Dorf. Es war August, die Hundstage, und ausnahmsweise fror Nicholas einmal nicht. Die anderen spritzten und jagten sich gegenseitig durch die Wellen, doch er war stehen geblieben, um einen Krebs zu beobachten, der mit seinen Scheren so sorgfältig Tang aß wie mit Messer und Gabel. Es ging kein Wind an diesem stillen Sommertag. Die Sonne warf ihr Licht durch die ruhige Meeresoberfläche, brach es und malte goldene, zitternde Linien auf den Sand am Boden. Der Krebs machte sich gemächlich davon, auch die Rufe der anderen entfernten sich, aber Nicholas blieb gebannt stehen. Die Linien – sie wirkten wie ein Bild –, sie änderten sich, kamen zusammen –, sie *waren* ein Bild! Ein bewegtes Bild, wie aus der Wochenschau, aber nicht schwarz-weiß. Das Bild war nicht wirklich auf dem Meeresboden, aber die Linien übertrugen sich auf geheimnisvolle Weise in Nicholas' Kopf, und dort, in seinen Gedanken, war es lebendig, wenn auch undeutlich verschwommen. Er sah Henny, nur war sie älter als jetzt. Es war nicht mehr Sommer, sondern Winter, denn sie ging über einen weihnachtlichen Markt, wie es ihn vor dem Krieg gegeben hatte. Sie beugte sich über einen Stand, an dem ein Junge Holzfiguren anbot, und griff nach einer. Diese ähnelte einem Mädchen im langen Kleid, das mit ausgestreckten Armen in einem Sturm tanzte, frei, als wollte sie die Welt umfassen.

In diesem Moment platschte etwas neben ihm, schreckte das Wasser aus seiner Ruhe und löste das Bild auf.

»Nicholas, wo bleibst du? Wir wollen zur Sandbank schwimmen!« Henny hatte eine Muschel in seine Richtung geworfen.

Er vergaß rasch, was er gesehen hatte. Tagträume, das kannte er, manchmal waren sie einfach deutlicher als sonst, gerade in der Hitze. Oder es war wie das alte Spiel, das er oft mit Henny gespielt hatte: Wenn man mit geschlossenen Augen in die Sonne sah, sah man hinter den Lidern Farben, bunte Muster, die zu Bildern wurden. Henny sah meist Blumen und Vögel, bei Nicholas waren es Gebäude, Wale oder Schiffe. Sie erzählten sich gegenseitig, was sie sahen, und erfanden Geschichten dazu. Wenn man die Augen öffnete, war nichts davon übrig.

Genauso war es sicher mit den Bildern, die die Sonne auf den Meeresgrund zeichnete.

Wochen später aber sah er in den Wellen, wie auf einer Wiese eine Bombe hochging. Er sah Grassoden fliegen, Äste, hörte in seinem Kopf dumpf den Knall. Er nahm es nicht ernst. Das Bild war nur undeutlich gewesen, und träumten sie nicht alle regelmäßig von Bomben und Fliegern und Sirenen? War es ein Wunder, wenn die Ängste, die man hatte, auch bei Tag zu Trugbildern führten? Frühreif waren sie alle durch den Krieg, aber trotzdem war er noch ein Kind. Erst im Herbst fiel Nicholas seine Vision wieder ein – als im Unterholz am Rande der Boddenwiesen ein Blindgänger in die Luft flog. Zu seiner Erleichterung wurde nur ein Bauer von Splittern verletzt; sonst war niemand in der Nähe gewesen außer den unglücklichen Hirschen, die die Explosion ausgelöst hatten. Wochenlang quälte ihn die Frage, ob er jemandem von seiner Vorahnung – oder was auch immer das gewesen war – hätte erzählen sollen. Wer würde ihm glauben? Auslachen würden sie ihn. Er schwieg und mochte nicht einmal Henny davon erzählen. Sie hätte auch gelacht oder ihm sogar geglaubt. Und dann? Vielleicht wäre er ihr unheimlich geworden, so wie er sich selbst unheimlich war? Das würde er nicht ertragen. Das Leben war schwierig genug mit dreizehn und all der Verlegenheit, die dazu gehörte – auch ohne unheimliche Visionen von der Zukunft.

Drei Jahre später im Dezember schlenderte er mit Henny und Myra über den Weihnachtsmarkt. Myra blieb an einem Tisch mit Töpferwaren stehen, drehte eine Vase hin und her und fragte Nicholas, ob er meinte, das wäre ein Geschenk für Hennys Großmutter. Es hatte ihn schon immer fasziniert, dass Myra die Meinung der beiden Jüngeren stets ernst nahm, als wären sie erwachsen. Wie gut das tat – wie anders das war als bei ihm zu Hause! Er bot ihr an, das schwere Päckchen für sie zu tragen. Als er sich umsah, wo Henny blieb, wurde ihm vor Schreck ganz schwindelig. Sie war in ein Gespräch vertieft mit einem dunkel gelockten, jungen Mann, dessen tiefblaue Augen sie anlächelten. Joram Grafunder, ein Junge aus ihrer Schule ein paar Klassen über ihr! Henny aber hatte nur Augen für eine Figur aus Treibholz, die einem Mädchen im langen Kleid ähnelte, das mit ausgestreckten Armen in einem Sturm tanzte, frei, als wollte sie die ganze Welt umfassen. Münzen wechselten den Besitzer, und Joram Grafunder wickelte die Figur ein und reichte sie ihr.

Wenn Henny nur nicht so viel Geld mit ihren Postkarten verdienen würde!, dachte Nicholas und schämte sich gleich darauf dieses niederen Gedankens. Henny freute sich doch so, dass sie ihre selbst gezeichneten Postkarten so erfolgreich an die ersten Feriengäste verkaufte, die nach dem Krieg hier wieder auftauchten. Sie strahlten eine helle Leichtigkeit aus, nach der die Menschen sich sehnten.

Nicholas spürte einen scharfen Stich von Eifersucht und wusste zugleich, dass sie unsinnig war. Henny interessierte sich wirklich nicht für Joram. Das war es auch gar nicht. Nein, er wusste, Henny sah sich selbst in der Figur, und er beneidete sie um die Freiheit, die sie in sich trug, die sie am Strand spürte und mit dem Wind teilte. Er selbst fühlte diese nicht, und darum stieg in ihm eine Abneigung gegen die Holzfigur auf und auch gegen ihren Schöpfer.

Nicholas musste sich nun endgültig eingestehen, dass die nebelhaften Bilder, die die Sonne für ihn in das Meer zeichnete, keine Hirngespinste waren. Zum Glück waren sie selten.

Aber nie wieder ging er ganz unbeschwert ins Wasser, das ihm nicht mehr nur wegen der Kälte eine Gänsehaut bescherte. Es sei denn, Henny war bei ihm. Dann fror er nie, und sie war stets so lebhaft, dass die Wasseroberfläche nicht zur Ruhe kam und die Bilder, wenn sie denn auf dem Meeresboden lauerten, unsichtbar blieben.

Er machte seinen Schulabschluss und begann eine Ausbildung bei seinem Vater. Jede freie Minute aber verbrachte er mit Henny, und wenn sie nicht im Wald, auf den Wiesen, am Bodden oder am Strand unterwegs waren, malten sie. Henny war wild entschlossen, mit jedem Bild besser zu werden, und spornte auch Nicholas an. Sogar Myra malte mit, wenn sie Zeit hatte, aber sie nahm es nicht ernst. Ihr Lieblingsthema waren große, bunte Blumen. »Mir sind die Farben wichtig, nicht die Formen«, sagte sie und lachte, wenn Henny über mangelnde Details schimpfte.

Ein Jahr nach Nicholas beendete auch Henny die Schule und

genoss für einige Wochen ihre Freiheit. An einem heißen Augusttag, den ein launiger Wind aufmischte, saßen die beiden im kleinen Althäger Hafen auf einem Steg, beobachteten die Zeesboote mit ihren braunen Segeln, aßen Himbeereis und ließen ihre Beine in den Bodden hängen. Hier fühlte sich Nicholas geborgen und glücklich. Hier, und bei Henny zu Hause in dem kleinen weißen Haus auf dem Hügel unter dem alten Reetdach, das sich schützend über die Menschen und über alles Geschehen breitete und die Sorgen abfederte.

Henny betrachtete ihre schmalen braunen Füße im Wasser, die neben Nicholas' deutlich größeren wirkten wie zwei kleine Fische.

»Ich habe mich im Haus Lukas angemeldet«, sagte sie.

»Zur Ausbildung in der Malschule?«

»Ja. Sie beginnt im Herbst. Und du solltest das auch tun.«

Nicholas schwieg. Diese Ausbildung würde ihm keine Zeit mehr für die Dachdeckerei lassen. Eine himmlische Vorstellung.

»Ich bin nicht gut genug«, sagte er. »Und mein Vater würde mich in keiner Weise unterstützen.«

»Na und? Natürlich bist du gut genug! Deine Bilder sind großartig!«, sagte Henny heftig. Mit einem Ruck zog sie die Füße aus dem Wasser, verschlang den Rest ihrer Eiswaffel, kniete sich neben Nicholas und hielt seinen Blick fest. »Wenn ich sie ansehe, fühle ich die gleiche Kraft darin wie im Boden unter meinen Füßen. Sie sind anders als meine Bilder, nicht so leicht und flüchtig und nur wie ein Traum. Deine sind – geerdet. Die Farben so lebendig, so stark. An deine Bilder kann man sich in Gedanken anlehnen. Man fühlt sich zu Hause darin, als ob die Welt in Ordnung und verlässlich wäre und es niemals Krieg oder eine Katastrophe geben kann. Du *musst* malen, Nicholas! Melde dich auch an! Mach diese Ausbildung mit mir zusammen!«

Er wischte ihr mit dem Finger einen himbeersüßen Tropfen vom Kinn. So also sah sie seine Werke? Sie entdeckte Kraft darin! Und dabei war er doch so schwach.

»Wie sollte ich das meinem Vater beibringen?«

»Mach es einfach. Muss er eben jemanden einstellen. Du kannst dir ein Zimmer hier in Ahrenshoop suchen. Wir verkaufen Bilder auf dem Markt und bezahlen es davon. Und wenn wir die Ausbildung beendet haben, bauen wir uns im Garten ein Atelier – Opa und Oma werden nichts dagegen haben. Wir werden uns einen Namen machen und die Künstlertradition von Ahrenshoop fortführen. Andere haben das geschafft. Das können wir auch!«

Ihre Augen, die je nach Lichtverhältnissen und ihrer Laune mal grün, mal blau wirkten, leuchteten heute wie der Bodden an einem Frühlingstag. Wenn er hineinsah, schien alles möglich zu sein, was sie sagte.

Wenn sie nur bei ihm blieb. Sie sah Stärke in seinen Bildern, aber er wusste es besser. Sie war seine Stärke, sie allein.

Ausgerechnet jetzt kam ihm Joram Grafunder in den Sinn. Wie der Henny aus seinen verflixten dunkelblauen Augen mit den langen Wimpern so überlegen angelächelt hatte, während sie andächtig mit beiden Händen über die Holzfigur strich, die er ihr verkauft hatte!

Nicholas sprang auf und zog auch Henny hoch, nahm ihre Hände, atmete tief durch und ballte seinen Mut, ehe die Zweifel, die ihr Blick verdrängt hatte, unweigerlich zurückkehrten wie die Schwalben im Sommer.

»Und wenn wir es so machen und fertig sind mit der Malschule – heiratest du mich dann, Henny? Ja?«

Sie warf ihm die Arme um den Hals. »Ja, ja, ja!«, flüsterte sie an seinem Hals. »Ich dachte schon, du fragst nie!«

»Aber Henny, du wirst im Herbst erst achtzehn. Wann hätte ich denn fragen sollen?« Nun, da es heraus war, war ihm federleicht zumute.

»Na, an meinem zehnten Geburtstag. Ich hab es jedenfalls damals beschlossen! Und dann wohnen wir zusammen bei Oma und Opa in unserem Haus und finden endlich einen Namen dafür. Myra hat ihres *Rav* getauft, das ist dänisch für Bernstein. Aber ich habe noch nicht den genau richtigen Namen für unser Haus gefunden. Den suchen wir zusammen aus, wenn wir dort glücklich sind.« Henny kannte keine Zweifel. Darin waren sie grundverschieden. Sie lachte ihn spitzbübisch an, nahm Anlauf und hüpfte mitsamt ihrem Kleid in den Bodden. Als sie wieder auftauchte, sah sie in dem nassen anliegenden Baumwollstoff wie ein Seehund, nein, wie eine Meerjungfrau aus. Sie warf die Arme hoch, spritzte silberglänzende Tropfen in den Himmel und rief: »Wir werden heiraten!«

Ein paar Fischer auf den Zeesbooten, die an ihren Netzen werkelten, lachten und schwenkten ihre Mützen. Die meisten kannten Henny, seit sie klein war.

Nicholas konnte nicht anders, er sprang hinterher.

Natürlich konnte er malen! Die Welt war so unglaublich. Wie sollte man sie nicht malen wollen? Die Zukunft war voller Farben, er brauchte nur die Hand danach auszustrecken.

Es war fast dunkel geworden im Zimmer. Über seinen Gedanken hatte Nicholas es nicht bemerkt. Im Bernsteinschiff auf der Fensterbank leuchtete ein letzter Widerschein des Tages draußen hinter dem Deich. Er stand auf und strich mit dem Finger über die glatte Oberfläche.

»Kleines Schiff«, sagte er zärtlich, »wenn all diese Erinnerungen in deinen Laderaum passen, wie Henny es behauptet hat, vertraue ich sie dir hiermit an. Mögen sie für immer lebendig bleiben.«

Nur noch ein Jahr, dann waren sie mit der Malschule fertig. Noch ein Jahr, dann würden sie heiraten. Alles lief, wie sie es an jenem Sommertag am Hafen erträumt hatten. Alles war gut.

Wenn nur die Meeresbilder nicht zurückgekehrt wären.

9

Die Uhren in Berlin

Seit er mit Henny an der Malschule war – und mit Myra, die nur aus Spaß mitmachte –, überfielen ihn die Meeresbilder wieder öfter. Möglicherweise lag es daran, dass er nun viel mehr Zeit mit kreativen Tätigkeiten verbrachte. Ein anderer arbeitete nun mit seinem Vater auf den Dächern des Darß, ein Angestellter, mit dem er zufrieden war.

»Der weiß, was er will, und hat mehr Mumm in den Knochen als du«, hatte Justus Ronning gesagt.

Nicholas war frei zu malen, und die Bilder, die in seinem Kopf und unter seiner Hand entstanden, zogen auch die anderen Bilder an. Nicholas konnte das Meer nicht meiden, nicht hier auf dieser schmalen Landzunge, auf der man es von praktisch überall sah. Nicht mit Henny, die sich am liebsten am Strand aufhielt und im Wasser, wann immer die Temperaturen es zuließen. Bei ihr war das ab zehn Grad Wassertemperatur aufwärts. Zwar vermied er nach Möglichkeit den Blick nach unten, aber die Bilder schlichen sich in seine Augenwinkel, und er fühlte sich auch widerwillig davon angezogen, mit einer schmerzhaften Neugier, so wie man sich ein Pflaster abreißt, um zu sehen, was darunterliegt.

Die Bilder wurden häufiger und düsterer. Wenn er nur verstanden hätte, was sie bedeuten sollten! Einmal glaubte er, einen Mann auf einer Luftmatratze zu sehen. Mit einem Rucksack. Was wollte ein Mann mit einem Rucksack auf einer Luftmatratze? Er paddelte mit einem Ruder, und er paddelte genau auf den Horizont zu, aufs offene Meer hinaus. »Was machst du!«, wollte Nicholas rufen. Ein Selbstmörder? Mit einem Rucksack? Wohl kaum. Ein Verrückter? Eine Mutprobe? Das Bild war wie immer verschwommen. Sicher irrte er sich. Das alles war nur Blödsinn. Lediglich Seegras wiegte sich in der Strömung, und seine überreizte Phantasie narrte ihn. Nicholas wollte sich von der Vision losreißen, doch es gelang ihm nicht. Er sah den Mann schreiend untergehen, bevor sich eine Wolke vor die Sonne schob und das Bild löschte.

Ein anderes Mal sah er ein Boot, das in Tarnfarben gestrichen war. Das Boot war voll besetzt mit einer ganzen Familie, doch am Strand stand ein Soldat, und er zielte auf das Boot. Diesmal riss sich Nicholas rechtzeitig zurück in die Wirklichkeit, doch das Bild blieb in seinen Gedanken haften, verbündete sich mit seiner Phantasie und seinem Malerauge und wurde dort deutlicher. Er redete sich ein, es wäre nur eine Erinnerung an eine alte Wochenschau aus dem Krieg gewesen. Er fing an, schlecht zu schlafen. Morgens wusste er nicht mehr: Stammten die Ereignisse, die er sah, aus einem nächtlichen Albtraum, oder hatte er sie im Wasser gesehen?

»Geht es dir nicht gut, Liebster? Deine Bilder sind so dunkel in letzter Zeit«, fragte Henny.

»Ach, es ist nur so kalt«, sagte er.

»Warte nur, bis wir unsere Hochzeitsreise machen. Die Verkäufe laufen gut. Wir können in den Süden fahren, wie ich es dir versprochen habe. Mitten in die Wüste, wenn du willst. Ich werde dir das Frieren austreiben!«

»Schon geschehen«, sagte er und nahm sie in den Arm. »Du brauchst mich nur anzusehen.«

»Aber du hast Gänsehaut«, stellte sie fest und fuhr mit dem Finger über die aufgerichteten Haare auf seinem Arm.

»Das hat andere Gründe, wenn ich bei dir bin«, flüsterte er ihr ins Ohr.

Doch er sehnte sich nach Hitze und fand im Stillen, die Wüste sei eine gute Idee. Dort konnte ihm das Meer nichts vor die Nase halten, was er nicht wissen wollte.

Im Winter hatte er Ruhe, und im Frühling passierte zunächst auch nichts; er hoffte, der Spuk wäre ein für alle Mal vorüber und nur ein Produkt seiner überreizten Nerven gewesen. Es war nicht einfach gewesen, sich gegen seinen Vater aufzulehnen, der Nicholas' Beweggründe nicht begreifen wollte und immer wieder versuchte, ihn umzustimmen – mal mit Jähzorn, mal mit Sachlichkeit, einmal sogar mit gespielter Sentimentalität. Nicholas bekam jetzt noch Magengrimmen, wenn er daran dachte. Seiner Mutter schien es gleichgültig zu sein, solange ihr Buchhalter funktionierte und die Zahlen gut aussahen.

Doch dann, als er nicht mehr aufpasste und an einem warmen Abend im Mai entspannt auf einer Buhne saß, fiel sein Blick ins Wasser, wo sich gerade eine Flunder eingrub. Ihr Umriss verlor sich in den schwingenden Linien, die das Licht durch die kleinen Wellen auf den Sandboden malte. Und dann sah Nicholas eine Frau. Eine Frau, von der er instinktiv wusste, wer es war. Sie hatte Angst. Sie rannte über Sand, und dann sah er sie taumeln und zusammenbrechen.

Sie war fast erwachsen, aber er glaubte, ihr Gesicht erkannt zu haben. Außerdem hatte jemand ihren Namen geschrien.

Es war Liv.

»Nein!«

»Nicholas! Was ist?!« Henny stand vor ihm. Das Bild war fort.

»Ach – nichts«, stotterte er und rieb sich den Fuß. »Ich bin nur auf eine scharfe Muschel getreten.«

Später auf dem Heimweg sagte er zu Myra: »Pass bloß gut auf Liv auf.«

Idiot!, dachte er dann.

Myra blieb sofort stehen. »Warum? Hast du was bemerkt? Hat ein Fremder sie angesprochen? Oder wie kommst du drauf? Sag schon!«

»N ... nein, ich – ich dachte nur. Sie ist so lebhaft, und auf der Dorfstraße ist jeden Tag mehr Verkehr ...«

»Ja, die fahren immer rücksichtsloser. Ich habe ihr schon eingeschärft, dass sie besser aufpassen muss. Nett, dass du dir Sorgen machst.«

Die Gelegenheit war vorüber. Was hätte er auch sagen sollen? Er fühlte sich hilflos.

Diese Vorahnungen, was auch immer sie bedeuten mochten und auch wenn es bloße Hirngespinste eines Neurotikers waren, begannen, sein Paradies zu zerstören.

An einem Wochenende im Juni lag Nicholas am Strand auf seinem Handtuch und sah Henny zu, die mit einem Geschwisterpaar aus Berlin im Wasser tollte, das sie gestern bei einer Ausstellung im Kunstkaten kennengelernt hatten. Lena und Hannes Winkler. Sie waren sich sofort sympathisch gewesen und hatten sich für heute zum Schwimmen verabredet. Aber Nicholas fror trotz der Wärme und trollte sich aufs Trockene. Kurze Zeit später folgte ihm Hannes.

»Das Wasser ist wirklich noch recht kühl. Die Mädels sind da wohl tapferer. Magst du ein Bier?« Er zog zwei Flaschen aus einem Picknickkorb, öffnete sie und reichte Nicholas eine. »Da wir gerade Ruhe haben, wollte ich dir ein Angebot machen. Deine Bilder gestern haben mir sehr gefallen.«

»Das waren doch nur zwei.« Von allen Schülern des Haus Lukas waren Bilder ausgestellt worden. Nicholas hatte nicht gefunden, dass seine aus der Menge irgendwie herausstachen.

»Na und? Sie haben mich angesprochen. Ich denke, deine anderen werden genauso gut sein, warum sollten sie nicht? Man kann etwas oder man kann es nicht. Ich zum Beispiel kann keine Uhren reparieren, geschweige denn zusammenbauen.«

»Wieso Uhren? Was hat das mit meinen Bildern zu tun?«

Hannes machte es sich im Schneidersitz gemütlich und nahm einen tiefen Schluck.

»Mein Vater ist Uhrmacher. Er wollte unbedingt, dass ich das Geschäft übernehme.«

Nicholas griff ebenfalls nach seinem Bier. »Das kenne ich.«

»Ach, du auch? Was macht dein Vater?«

»Er ist Dachdecker. Reetdächer. Tradition, du weißt schon.«

»Siehste. Und trotzdem malst du. Richtig so.«

»Das sieht er anders.«

»Tja, aber du hast dich durchgesetzt. Gratuliere! Ich übrigens auch. Meiner hat eingesehen, dass ich eher grobmotorisch veranlagt bin. Ich hab dann Maschinenbau gelernt. Baue nun Motoren zusammen, das ist mein Ding. Und was das Geschäft angeht, gibt es zum Glück Lena. Meine geniale Schwester ist ein As mit den Uhren. Sie übernimmt den Laden jetzt, weil es Vater nicht gutgeht. Wir haben gerade gründlich renoviert. Zur Belohnung und zum fünfundzwanzigsten Geburtstag hab ich ihr dieses Wochenende geschenkt. Na ja, und mein neues Auto wollte ich auch ausprobieren.« Er zwinkerte Nicholas zu.

»Und was hat das mit meinen Bildern zu tun?«

Henny und Lena waren auch aus dem Wasser gekommen und hörten die Frage mit.

»Das war meine Idee«, sagte Lena und wrang ihre dunklen Haare aus. »Die Wände sind noch so kahl. Als ich gestern all die Bilder sah, dachte ich, so eine kleine Ausstellung im Laden wäre toll. Du könntest vielleicht was verkaufen, und wenn nicht, holst du sie in ein paar Wochen wieder ab. Die Kunden würden sich fühlen wie im Urlaub, länger bleiben und vielleicht eine Uhr kaufen.«

»Sehr gute Idee!« Henny setzte sich neben Nicholas und lehnte sich an ihn.

»Warum nicht Hennys Bilder?«

Hannes schüttelte den Kopf. »Die sind wunderschön, aber zu zart. Zu leicht. Der Laden ist mitten in der Stadt. Da gehen sie unter. Wir brauchen was Kräftiges. Was sagst du? Wir machen das auch richtig schön. Hängen eine Vita und ein Porträt von dir mit deiner Kontaktadresse daneben und so. Verteilen Prospekte und kleben ein paar Plakate.«

»Klar – danke für die Idee! Es ist mir eine große Ehre.« Eine kleine Aufregung kribbelte in Nicholas. Seine erste eigene Ausstellung. Und das in Berlin. »Wie ist der Zeitplan?«

»Och, wir dachten, du kommst gleich mit, wenn wir am Montag früh zurückfahren. Im Kofferraum ist genug Platz für die Bilder. Und dann bleibst du ein, zwei Tage bei uns, und wir hängen die Bilder zusammen auf, wie es dir gefällt.«

»So schnell?«

»Ist doch eine prima Idee«, fand Henny. »Dann brauchst du nur zurück mit der Bahn zu fahren.«

»Ich müsste drei Tage Malschule schwänzen.«

»Und wenn schon.« Sie zauste ihm das Haar. »Dann bringe ich dir bei, was wir in der Zeit gelernt haben.«

»Du bist überstimmt«, erklärte Hannes und stieß seine Flasche gegen die von Nicholas. »Auf ein gutes Geschäft!«

»Wunderbar! Das wird eine klasse Eröffnung und bringt dem Laden Glück. Es ist so unglaublich schön hier. Die Bilder werden frischen Wind und neuen Schwung in den Laden bringen«, freute sich Lena.

Berlin überfüllte seine Ohren mit Lärm, und die merkwürdig riechende Luft klebte wie Leim in seiner Nase. So viele Menschen hatte er lange nicht gesehen. So viele Straßen. So viel geschäftiges Hin-und-her-Eilen. Und so wenig Himmel.

Aber es war aufregend.

Sie kamen am Montagabend an, die Geschwister führten Nicholas in ein Restaurant aus, und dann versuchte er, trotz der allgegenwärtigen Geräusche Schlaf zu finden auf dem unbequemen Sofa der Winklers.

»Der Laden ist nicht weit«, erklärte Hannes beim Frühstück. »Eine Seitenstraße der Warschauer Straße. Er ist hell und ruhig, er wird dir gefallen.«

»Ich lasse euch Jungs das allein machen«, sagte Lena. »Ich habe heute und morgen noch so viel zu erledigen, und ich habe Mutter versprochen, sie eine Weile abzulösen. Sie hat sich seit Tagen um Papa gekümmert. Sie macht das, seit er den Herzinfarkt hatte, weißt du, Nicholas. Sie ist Krankenschwester.«

»Das kriegen wir schon hin«, sagte Hannes und schlug Nicholas auf die Schulter.

Der Laden gefiel Nicholas tatsächlich. Die Seitenstraße war angenehm still und die Räume mit den großen Fenstern hell gestrichen in Creme und einem zarten Grün. Die Regale waren schlicht und die Beleuchtung dezent, aber wirkungsvoll. Seine

Bilder würden hier gut zur Geltung kommen. Nur an das Ticken und Klingen der zahllosen Uhren musste er sich gewöhnen. Es klang wie Herzschläge, die durcheinandergingen und sich gegenseitig hochzuschaukeln schienen, als ob die Zeit immer schneller lief. Eine mannsgroße antike Standuhr spielte zu jeder vollen Stunde eine andere Melodie. Alte Volkslieder, wie sie Hennys Großmutter vor sich hin sang, wenn sie glücklich war. Von »Im Frühtau zu Berge« bis »Ade zur guten Nacht«.

»Die geht aber vor«, sagte Nicholas.

»Ja, sie ist eine Diva. Wir haben schon alles versucht. Sie hat ihren eigenen Kopf.«

Hannes und Nicholas befestigten Schienen und Haken, rahmten und nagelten und spannten Schnüre, sortierten um und betrachteten kritisch, entschieden sich wieder anders und ordneten neu. Nicholas hatte einen Heidenspaß. Noch niemand außer Henny hatte seinen Werken so viel Aufmerksamkeit geschenkt.

»Das sieht großartig aus. Auf einmal hat der Laden Charakter«, sagte Hannes am Abend zufrieden. »Und wir haben uns nun ein Bier und eine Bulette verdient. Dann überschlafen wir das, sehen uns morgen noch mal alles kritisch an, und wenn nichts heruntergefallen oder im Rahmen verrutscht ist, fehlen nur noch die Schilder.«

»Schilder?«

»Na, wo der Preis draufsteht und der Titel.« Hannes wedelte mit einem Stapel Zettel und dazugehörigen durchsichtigen Haltern. »Hier, ich hab an alles gedacht.«

»Donnerwetter«, sagte Nicholas beeindruckt. »Du, über Preise habe ich noch gar nicht nachgedacht.«

»Na, dann wird's aber Zeit, Junge! Ein Geschäftsmann steckt wohl nicht in dir?«

»Nein, eher nicht. Das hat mein Vater auch oft festgestellt.«

»Mach dir nichts draus. Bist halt ein Künstler. Ist doch nichts falsch dran.«

»In der Stadt ist Unruhe. Es gibt Streiks«, sagte Lena abends. »Wir haben einiges verpasst in den Tagen an der Ostsee.«

Hannes runzelte die Stirn. »Ich hab auch schon Verschiedenes gehört. Die Normerhöhungen sind der Auslöser. Aber da ist noch eine Menge mehr am Kochen in den Leuten. Sie wollen den Rücktritt der Regierung, freie und geheime Wahlen und die Wiedervereinigung. Bisschen viel auf einmal. Hoffentlich geht das gut!«

Nicholas hörte aufmerksam zu. Mit Henny konnte er sich über so etwas nicht unterhalten. Sie war durch und durch unpolitisch. Immer, wenn er es versuchte, weil ihn ein Zeitungsartikel beschäftigte, machte sie eine wegwerfende Handbewegung.

»Politiker kommen und gehen. Regierungen ändern sich, aber das Meer ist immer hier. Das ist davon unberührt. Daran halte ich mich. Hier ist mein Zuhause und wird es immer sein. Die Farben im Himmel und im Bodden bleiben gleich, egal, wer irgendwo was bestimmt. Sie folgen ihren eigenen Gesetzen. Das genügt mir.«

»Aber Henny ...«

»Wir haben hier sogar den Krieg überlebt. Was willst du noch?«

Er gab es auf.

Hier in der Stadt schien es anders zu sein. An jeder Ecke war Politik das Thema. Forderungen, Ärgernisse, Verrat, Macht, Volkspolizei – Gesprächsfetzen flogen hektisch durch die dicke Luft wie Glassplitter.

Als Nicholas Hannes am nächsten Vormittag die Liste mit den Preisen zeigte, die er über Nacht ausgetüftelt hatte, lachte Hannes und nahm sie ihm aus der Hand.

»Da kommt überall hinten noch eine Null dran, dann ist es in Ordnung. So.«

Draußen wurden Stimmen laut. Eine Gruppe Männer lief vorbei. Einer klopfte heftig an die Tür.

»Wir haben noch geschlossen! Ach – Eckard. Du bist es. Was ist los?«

»Jede Menge. Wir streiken! Wir marschieren, und wir sind nicht die Einzigen. Ich weiß, du hast heute noch Urlaub, aber das gilt jetzt nicht, Mann! Du musst mitkommen!«

Hannes zögerte, sah unschlüssig zu Nicholas.

»Das sind meine Kumpels vom Werk. Ich kann sie nicht im Stich lassen. Meinst du, du bekommst das allein fertig?«

»Na klar. Beim Schilderschreiben kannst du mir sowieso nicht helfen. Ab mit dir.«

»Gut, ich hol dich gegen Abend ab.«

Die aufgeregten Stimmen wurden leiser. Nicholas schaute ihnen nach. In der Ferne sah er auf der Warschauer Straße eine Menschenmenge marschieren. Sie riefen etwas im Chor, aber er konnte die Worte nicht verstehen. Er schloss die Tür gegen den Lärm und machte sich an seine Arbeit. Was wusste er schon von dem Leben hier. Die vielen Uhren tickten unberührt weiter, und zu jeder vollen Stunde erhob sich ein Chor aus verschiedenen Glockenschlägen, von hellem Sopran und zartem Mezzosopran bis hin zum selbstbewussten Bass. »*Am Brünnlein vor dem Tore* ...«, spielte die Standuhr fünf vor zwölf.

Nicholas schrieb, warf Zettel weg, weil sie ihm zu unordentlich erschienen, schrieb neu, schob Schildchen in die Halter. Alles fing an, professionell auszusehen. Heimlicher Stolz begann in ihm zu prickeln wie Champagner. Seine Bilder, hier in der Großstadt! Seine Bilder, die das Meer und die Windflüchter-Kiefern in den Verkaufsraum brachten. Kraftvoll wirkten die Farben, fast konnte man sich einbilden, die Wellen rauschen zu hören und den Sturm, bis sie das Hintergrundticken der vielen Uhren übertönten.

Gefangen in seinen Gedanken, bemerkte er zunächst nichts. Erst als zwei der kleineren Uhren auf einem Regal gegeneinanderrutschten und ihre Glasgehäuse aneinanderklirrten, sah er auf, und im gleichen Moment spürte er die Vibration unter seinen Sohlen.

Das kannte er. Aus dem Krieg. Dieses Zittern im Boden. Dieses Geräusch.

Aus der Deckung einer Gardine spähte er durch das Schaufenster hinaus. Er hatte sich nicht geirrt. Vier sowjetische Panzer rollten die Straße entlang Richtung Warschauer Straße. Durch die stille Seitenstraße passten sie gerade so durch. Einer streifte ein parkendes Auto und drückte es gegen eine Linde. Die rechte Hälfte sah jetzt aus wie zerknülltes Papier.

Nicholas schlich sich an der Wand entlang zum Tresen und duckte sich dahinter. Eine Uhr fiel durch die Vibrationen vom Brett; er konnte sie gerade noch auffangen. Die Scheibe einer Vitrine zersprang mit einem Knall. Nicholas fegte die Scherben in die Zeitung von heute, die Hannes auf den Tresen gelegt hatte. *Mittwoch, 17. Juni*, stand da.

Als er sicher war, dass die Soldaten sich nicht für die Geschäfte in der Straße interessierten, sondern nur für die marschierende Menschenmenge weiter vorn, eilte er durch den Laden und schob die Uhren an die Wand, um weitere Schäden zu verhindern. Er bildete sich ein, dass ihr Ticken hektisch geworden war. Die Zeit kam aus dem Takt. Mal schienen die Minuten sich zum Zerreißen zu dehnen wie Gummi, dann wieder verflogen welche, ohne dass er sich erklären konnte, wo sie geblieben waren. Was würde geschehen, wenn die Panzer die Demonstrierenden erreichten? Wie konnte er Hannes warnen? Alle warnen?

Er konnte gar nichts tun!

Dann hörte er Schüsse. Schreie von weit her. In seinem Kopf schnellten Gedanken hin und her wie in einem Glas gefangene Fliegen. Was war jetzt vernünftig? Ob er den Laden abschließen und zu Lena eilen sollte? Sie sollte nicht allein sein. Aber halt, sie war ja nicht zu Hause.

Hinter ihm polterte es. Er fuhr herum. Die Tür, durch die er gestern noch mit Hannes die Rahmen aus dem Keller geschleppt hatte, flog auf, und zwei Männer stolperten hindurch, die einen dritten trugen.

»Nicholas, hilf uns! Wir brauchen was zum Abbinden«, keuchte Hannes. Der andere Mann war der Eckard, der Hannes abgeholt hatte. Der dritte war weiß wie eine Wand, und aus seinem Hosenbein sickerte Blut.

Hannes legte den Verletzten auf den Teppich, schob ihm ein Kissen unter den Kopf und breitete seine Jacke über ihn.

Eckard stand mit hängenden Armen da und starrte ins Leere.

»Sie haben geschossen. Sie haben einfach geschossen. Die Vopos. Einfach geschossen«, sagte er mit ausdrucksloser Stimme.

Nicholas griff das einzig Geeignete, was er fand: eine Rolle dickes, goldenes Geschenkband, das neben der Kasse stand.

»Hervorragend«, sagte Hannes. »Hier, wickel es da rum, so fest wie möglich.«

»Ich weiß, wie das geht.«

»Gut. Bin gleich zurück.«

Nicholas war froh, endlich etwas tun zu können.

Hannes verschwand in den hinteren Räumen und kam mit einer Flasche Whisky und einem Glas zurück.

Vorsichtig hob er den Kopf des stöhnenden Verletzten.

»Hier, Michi, trink das. Gut so, und jetzt noch einen.«

Michi hustete, aber sein Blick klärte sich etwas.

Ein Uhrwerk rasselte, nahm Anlauf.

»Kein schöner Land in dieser Zeit

Als hier das unsre weit und breit

Wo wir uns finden

Wohl unter Linden ...«, spielte die Standuhr.

»Geschossen. Einfach geschossen«, murmelte Eckard. »Dabei sind wir doch zurückgegangen. Wie sie befohlen haben. Geschossen. Auf uns. Und auf Ralle.«

»Himmel, halt die Klappe!«, fuhr Hannes ihn an, doch als er den starren Blick seines Kameraden sah, wurde seine Stimme sanfter.

»Hier, Ecke, trink das.« Er goss Whisky nach und drückte ihm das Glas in die Hand.

»Geschossen. Auf uns. Und Ralle ist tot«, sagte Ecke zu der Standuhr.

»Ich weiß, Ecke. Aber Michi lebt. Trink!«

Ecke trank, und etwas Leben kehrte in seine Augen zurück. Sein Blick fiel auf Michi, um dessen Oberschenkel das breite, goldene Band glitzerte.

»Geschenkband.« Ecke fing an, hysterisch zu kichern.

Aber das Bluten hatte fast aufgehört.

»Er muss sofort ins Krankenhaus!«, sagte Nicholas.

»Charité. In die Charité. Mit Geschenkband«, schlug Ecke vor und genehmigte sich noch einen Schluck.

Hannes nahm ihm die Flasche weg.

»Nein, nicht die Charité. Weißt du, was da jetzt los ist? Da kommen zig Verletzte an. Da liegt er stundenlang auf dem Flur rum. Wir bringen ihn nach Hause. Zu meiner Mutter. Die kann ihn erst mal versorgen. Zu dritt schaffen wir das.«

Michi öffnete die Augen und sah verträumt auf eines von Nicholas' Bildern.

»Meer«, sagte er undeutlich. »Meer wäre schön.«

»Ja, Michi. Machen wir. Nur nicht heute.« Hannes hängte eine Schranktür aus. »Los, wir legen ihn hier drauf, und dann wechseln wir uns ab mit dem Tragen. Es ist nicht weit. Das Auto können wir nicht nehmen, überall sind Panzer und Menschen, da kommen wir nicht durch. Ich kenne einen Schleichweg durch den Park.«

Als sie draußen waren, hörte Nicholas wieder das Schreien, die Schüsse und die Panzer in der Ferne. Er sehnte sich nach dem Ticken der Uhren.

Dann wurden alle Geräusche leiser, blieben hinter ihnen zurück, als sie die stillen Wohnviertel erreichten.

Im Park duftete Jasmin. Nicholas schoss der Gedanke durch den Kopf, wie der sich das erlauben konnte an so einem Tag.

»Meer wäre schön«, murmelte Michi auf der Trage. »Wo ist das Meer?«

10

Unwetter

Das Meer war dort, wo es hingehörte. Wie Henny es versprochen hatte. Ihre Worte von zuvor klangen Nicholas noch im Ohr:

»*Politiker kommen und gehen. Regierungen ändern sich, aber das Meer ist immer hier. Das ist davon unberührt. Daran halte ich mich. Hier ist mein Zuhause und wird es immer sein. Die Farben im Himmel und im Bodden bleiben gleich, egal, wer irgendwo was bestimmt. Sie folgen ihren eigenen Gesetzen. Das genügt mir! Das sind auch meine Gesetze.*«

Ihr genügte das. Aber was war mit ihm?

Drei Wochen war es her, seit er aus Berlin zurück war.

»Halt mich fest, Henny«, hatte er gesagt, als sie sich wiedersahen.

»Ich bin so froh, dass dir nichts passiert ist. Fahr nicht wieder nach Berlin! Bitte bleib hier. Hier ist alles gut. In ein paar Wochen heiraten wir, und du ziehst zu uns. Wir machen die Hochzeitsreise in den Süden, versprochen. Irgendwohin, wo du nicht frierst und wo du Palmen sehen kannst.«

»Vielleicht bleiben wir sogar einfach dort?«

»Niemals. Das hier ist unser Meer. Ich könnte nirgendwo anders glücklich sein. Noch nicht einmal mit dir. Ich würde eingehen wie eine Qualle auf dem Trockenen, und nichts würde von mir übrigbleiben außer einem Fleck im Sand. Bestenfalls hättest du einen deprimierten Trauerkloß zur Frau. Das willst du nicht.« Lachend zog sie ihn am Ohr. »Ich werde schon dafür sorgen, dass du nicht mehr frierst. Und dann bauen wir hier unser Atelier. Vergiss, was in Berlin war. Was kümmern uns Parteien! Das Meer regieren sie nicht. Und unsere Bilder auch nicht.«

Doch er hatte nicht ein einziges Bild malen können seitdem. Jedes Papier, jede Leinwand blieb leer, nichts sprach zu ihm.

Dann rief Hannes an. Ob sie sich in Wustrow treffen könnten, er wäre geschäftlich dort, hätte aber nicht die Zeit, nach Ahrenshoop zu kommen.

Sie saßen auf der Seebrücke, tranken ein Bier und baumelten mit den Füßen über dem stillen blauen Sommermeer.

»Wie geht es Michi?«, war Nicholas' erste Frage. »Und euch?«

»Michis Bein heilt gut. Aber Ecke hat es nicht verwunden. Er steht oft nur da und schaut ins Leere. Murmelt vor sich hin. Er war gut mit Ralle befreundet, weißt du. Wir konnten Ralle nicht mal beerdigen. Ich weiß nicht, was sie mit seiner … was sie mit ihm gemacht haben. Es gab über hundert Tote an diesem Tag, von Verletzten will ich gar nicht erst anfangen. Sechshundert sowjetische Panzer rollten durch die Stadt. Ein Haufen meiner Kollegen sitzt in Haft, der Himmel weiß, wo und wie lange. Ich sag dir was, wenn ich einer Kunst mächtig wäre wie du und damit unabhängig, ich würde dieses Land verlassen, solange es noch geht. Je eher, desto besser. Aber ich kann Lena nicht im Stich lassen, allein mit dem Geschäft. Und mein Vater – es würde ihm den Rest geben. Geht nicht.« Er stellte die Bierflasche ab. Unter ihnen paddelten zwei Kinder kichernd auf einer roten Luftmatratze vorbei. »Fast hätte ich es vergessen. Hier – das ist deins!« Er zog einen dicken Umschlag aus der hinteren Hosentasche und reichte ihn Nicholas. »Wir haben alle Bilder verkauft bis auf zwei. Und davon habe ich auf deinen Wunsch eins meiner Mutter und eins Lena geschenkt. Ein Riesenerfolg, findest du nicht?«

Nicholas war sprachlos.

»So eine Summe habe ich noch nie gesehen. Das transportierst du in der Hosentasche? Und das ist wirklich *mein* Geld? *Alles?*«

»Ist doch gut angekommen. Ja klar, dein Geld. Ehrlich verdient. Glaub endlich, dass den Leuten deine Kunst gefällt! Du Glückspilz. Es war übrigens auch gut für unser Geschäft.«

Nicholas versteckte seine unerwartete Einnahme in einem der verschlissenen Kissen seines Zimmers. Logisch war das nicht, aber das Geld kam ihm schmutzig vor.

»Bist du nervös? Wegen der Hochzeit?«, fragte Henny ihn, als sie in einer Mittagspause am Strand saßen. »Du bist so – abwesend. Irgendwie nicht bei mir.«

Er legte den Arm um ihre Schultern. »Tut mir leid. Ja, vielleicht. Ich habe aber gerade überlegt, welches Bild ich für die große Sommerausstellung im Kunstkaten anmelde. Ich denke, das Porträt von dir mit den drei Schiffen.«

»Ja, und das mit den Kranichen, die so tief über den Bodden fliegen. Das ist wundervoll. Du, ich muss zurück, der Professor wollte mich noch sprechen.«

»Ich bleib noch einen Moment.«

»In Ordnung.«

Sie küsste ihn lange und lief dann die Dünen hoch, mit wehenden Locken und wehendem Kleid, barfuß und leicht, eins mit dem Wind und dem Sand und dem ungetrübten Himmel.

Seine Henny.

Nein. Sie gehörte nicht ihm, sondern diesem Ort. Dieser schmalen, zerbrechlichen Halbinsel zwischen zwei grundverschiedenen Gewässern. Er hätte sich nicht gewundert, wenn Neptun persönlich sie gezeugt hätte statt des berüchtigten Hendrik Badonin, der kurz nach Hennys Geburt auf Nimmerwiedersehen verschwunden war.

Und er?

Es war Juli, es war warm, nicht einmal er fror heute, nicht äußerlich. Nicholas zog sich aus und watete ins Wasser bis zum Bauch. Suchte sich ein glattes Stück Sand, fern von spielenden Kindern. Auf der Buhne saß ein Kormoran und beäugte ihn.

Durch die Wasseroberfläche fiel Sonnenlicht, brach sich und zeichnete zitternde goldene Linien auf den Meeresboden.

»Kommt, Bilder. Diesmal möchte ich euch sehen!«, flüsterte Nicholas. Er hielt den Atem an. Ob man die Erscheinungen bewusst herbeiführen konnte? Er hatte es noch nie versucht. Aber es war ein guter Tag dafür, er spürte es. Die Bilder waren heute lebendig.

Er versuchte, an nichts zu denken. Die Leinwand in seinem Kopf frei zu machen. Er starrte auf die Lichtlinien im Sand, bis sie verschwammen. Dann wurden sie schärfer. Nicht scharf, aber schärfer als je zuvor. Er meinte, die Straße zu erkennen, die er mit Hannes und Lena entlanggelaufen war. In Berlin, am 15. Juni. Buletten hatten sie gegessen und dann ein Eis. Viele Menschen flanierten dort, lachend und schwatzend, in hellen Sommerkleidern, und es duftete nach den fallenden Lindenblüten, die sich unter die Sohlen der Spaziergänger hefteten.

Doch die Straße hatte sich verändert. Es war jetzt Herbst, die Blätter der Linden gelb, und Regen peitschte sie zu Boden. Spaziergänger gab es nicht mehr, aber das lag nicht nur am Wetter. Die Straße war tot. In zwei Hälften zerschnitten.

Eine Mauer aus Beton trennte sie, mit Stacheldraht und Metallzacken oben darauf. Soldaten patrouillierten davor. Rechts stand ein eigenartiger Turm, wie ein Storchennest auf einem Pfahl, nur dicker, und darin saßen zwei Soldaten und spähten mit Ferngläsern nach den wenigen Menschen.

In den Häusern waren die Fenster zugemauert.

Unwillkürlich schlang Nicholas die Arme um sich selbst, verlor im Wasser kurz den Halt, zerstörte mit dem Fuß die goldenen Linien im Wasser, und das Bild in seinem Kopf löste sich auf. Nur der Sand blieb zurück und drei streichholzlange Jungfische. Nicholas zitterte. Nun war ihm doch kalt, obwohl sich die windstille Mittagshitze gemütlich auf dem Strand niedergelassen hatte.

Aber er blieb stehen. Verscheuchte die Fische und flüsterte: »Was ist mit hier? Was ist mit der Küste?« Er kam sich albern vor, das Meer zu befragen wie eine falsche Wahrsagerin ihre Kristallkugel. Doch darauf konnte er keine Rücksicht nehmen. Die Geschehnisse vom 17. Juni waren nur allzu wahr und bewiesen ihm, dass seine Visionen doch keine reinen Hirngespinste waren.

Im Grunde wusste er die Antwort. Er hatte vor Wochen schon die Familie im Boot gesehen, auf die ein Soldat zielte.

Eine Wolke trieb vor die Sonne und löschte, was sie in den Sand zeichnete. Nicholas wartete. Als das Licht wiederkehrte, erkannte er die Seebrücke von Kühlungsborn. Einst hatte er mit Henny zum Jahrestag ihrer Verlobung einen Ausflug dorthin gemacht. Sie hatten Schiffe beobachtet und besonders glückliche Stunden verbracht, einmal weit fort von Familie, Ausbildung und Alltag.

Jetzt fuhren keine Schiffe. Jetzt stand dort ein Turm, unheilvoll wie ein Giftpilz.

Nicholas hatte genug gesehen. Er watete an den Strand, zog sich an und machte sich verspätet auf den Weg zur Malschule.

Der Tag der großen Sommerausstellung im Kunstkaten dämmerte klar und heiß. Über dem Sand flimmerte die Luft, doch am Horizont lag ein grauer Dunststreifen, der stetig dichter wurde.

Jeder der Malschüler musste mit anpacken. Nicholas war eingeteilt, den Gästen Getränke anzubieten. Er eilte mit dem Tablett hin und her und fing dabei Gesprächsfetzen auf. Das Interesse von Feriengästen und Einheimischen war groß. Ahrenshoop war stolz auf seine Künstler, und Feste noch selten. Vor den Bildern standen eifrige kleine Menschentrauben und diskutierten. Im Katen wurde es stickig, und manche Grüppchen wanderten nach draußen und unterhielten sich dort weiter, wo von den Dünen her der Seewind die verschwitzte Haut kühlte.

»Das gibt Unwetter heute Abend«, sagte Kapitän Flömer und zündete sich gemächlich seine Pfeife an.

»Wann geht's wieder auf Fahrt?«, fragte Elmer Johanson, der Gemischtwarenhändler.

»Ach, ich habe noch zwei Wochen, die ich gemütlich auf dem Bodden mit meinem Zeesboot verbringen kann. Dann wartet wieder ein Passagierdampfer nach New York auf mich.«

»Für mich wär das nichts. Immer unterwegs.«

»Ach, Hauptsache Meer. Ist doch alles eins. Eine der Strömungen trägt mich immer wieder hierher zurück. Und bin ich woanders, erzählen sie mir von hier und von dem, was war und was sein wird. Man ist nie ganz fort – und auch nie ganz da.«

Nicholas verteilte Bier, Wein und Saft und dachte über diese Worte nach. »... *von dem was war und was sein wird* ...« Was wusste Kapitän Flömer? Sah auch er Bilder im Meer? Sie hatten Flömer als Kinder früher oft geholfen, im kleinen Althäger Hafen am Bodden, wenn er seinen Fang vom Zeesboot entlud.

Flömer schien sich vor der Zukunft nicht zu fürchten. Wie lange würde er noch Dampfer steuern können, bis die Türme errichtet wurden?

Der Ausrichter der Ausstellung erschien in der Tür.

»Achtung! Die Preisverleihung beginnt! Bitte kommen Sie herein!«

Henny erschien von irgendwoher und nahm ihn bei der Hand.

»Komm, jetzt wird es spannend! Viel Glück!«

Nicholas war nicht überrascht, als ihrem Bild der erste Preis zugesprochen wurde. Verblüfft war er jedoch, als sein Porträt von Henny mit den drei Schiffen den dritten Platz bekam. Er war nicht der Meinung, dass er ihr Wesen so gut eingefangen hatte. Der Ausdruck in ihren Augen, ihr Lächeln, als sie ihnen die Bernsteinschiffe reichte – an die Wirklichkeit kam sein Gemälde nicht heran. Noch überraschter war er, als ihn ein Feriengast ansprach und das Bild von den Kranichen für die erstaunliche Summe kaufte, die der Ausrichter auf das Schildchen daneben geschrieben hatte.

Er murmelte einen Dank, steckte das Geld ein und floh nach draußen an die frische Luft. Die war nun tatsächlich sehr frisch. Die Sonne war hinter einer Wolkenwand untergetaucht, und der Wind lebte auf, fegte in launischen Böen über den Deich und blies Nicholas Sand ins Gesicht. Er zog seinen Pullover über und stieg ein Stück die Düne hinauf, wo er unter einer schrägen Windflüchter-Kiefer stehen blieb, abseits der Menschenmenge, die nun wieder aus dem Katen quoll. Er sah Henny mittendrin, die tausend Hände schütteln musste. Sie sah ihn unter dem Baum stehen und winkte ihm zu, versuchte, zu ihm zu kommen, doch dann streckten sich ihr erneut Hände entgegen, und sie musste stehen bleiben, Worte wechseln. Ein Mann sprach sie an – war es etwa Joram Grafunder? Aus der Ferne sah er ähnlich aus.

Am Horizont wuchsen bleigraue Wolkenpilze.

»Guten Tag, Sohn!«

Nicholas fuhr herum. Mit seinem Vater hatte er hier niemals gerechnet.

»Wie geht es dir?«

Hatte Justus Ronning ihn das überhaupt schon einmal gefragt?

»Gut«, sagte Nicholas misstrauisch. »Und selbst?«

Sein Vater hinkte etwas stärker als früher, und seine Haare waren grauer, aber ansonsten schien er unverändert.

»Nun ja. Die Arbeit wird nicht weniger und ich nicht jünger. Ich möchte dir ein Angebot machen. Die komische Ausbildung, die du unbedingt machen wolltest, hast du ja nun beendet. Geld wirst du damit nicht verdienen. Willst du jetzt endlich in die Firma einsteigen? Als zweiter Geschäftsführer?«

»Ich *habe* gerade Geld damit verdient«, sagte Nicholas kühl, griff stolz in seine Tasche und wedelte mit dem Bündel Scheine vom Feriengast und dem Preisgeld. Er verachtete sich für diese vulgäre Geste, aber er konnte nicht anders.

Justus Ronning verwarf diesen Erfolg mit einer flüchtigen Handbewegung.

»Einmal! Mit einem dritten Platz! Selbst diese rothaarige Hexe malt besser als du. Das kann nicht deine Zukunft sein!«

Unter anderen Umständen hätte Nicholas gelacht über die widerwillige Anerkennung, die in den Worten »diese rothaarige Hexe« mitschwang. Seit jenem Tag, als die zehnjährige Henny sich wutschnaubend vor ihm aufgebaut hatte, hatte Justus Ronning Respekt vor der kleinen Badonin.

Diese Worte seines Vaters verletzten ihn nicht. Nicholas hatte immer gewusst, dass Henny besser malte als er. Das hatte ihn nie gestört. Sie hatte ihm mehr beigebracht, als er in der Malschule gelernt hatte. Niemand malte wie sie, und er bewunderte ihr Können tief und neidlos. Nur Porträts lagen ihm mehr als ihr, hauptsächlich, weil sie das Thema wenig interessierte. Sein dritter Flatz heute war wesentlich besser, als er erwartet hatte.

»Komm zurück, wir brauchen dich!« Sein Vater versuchte jetzt, bittend zu klingen, doch es gelang ihm nicht. Nicholas wusste von seiner Mutter, dass die Ronnings mit dem neuen Buchhalter sehr zufrieden waren und auch der Glückstreffer von Dachdeckergehilfe seit zwei Jahren fast alle Arbeit allein schaffte. Die Geschäfte liefen prächtig.

»Ich bin Künstler«, sagte er ruhig. »Und ihr schafft das gut ohne mich.«

»Tu, was du nicht lassen kannst. Das war mein letztes Angebot. Komm aber nicht angekrochen, wenn du pleite bist.«

Justus Ronning stampfte die Düne herunter. Kurze Zeit später sah Nicholas den Lieferwagen in einer Staubwolke verschwinden.

Die pilzförmigen Wolkentürme um das Meer rückten näher, wurden höher, unten dünner. Wie Wachtürme.

Aus dem kleinen Garten hinter dem Katen duftete es nach Jasmin. Das letzte Mal, als es nach Jasmin roch, hatte sich der metallene Geruch von Michis Blut daruntergemischt. Nicholas wurde übel. Inmitten des frischen Seewindes glaubte er zu ersticken.

Das war der Augenblick, in dem er sich unwiderruflich sicher war. In diesem Land konnte er nicht bleiben. Im Grunde hatte er es seit Monaten gewusst. Doch genau heute war der Tag, an dem er fortgehen würde. Er wollte nicht ein Leben lang frieren. Er war nicht geeignet, Gefangener zu sein, nicht einmal mit Henny, auch nicht an diesem geliebten Strand. Er hatte sich nicht mit seinem Vater überworfen, nur um in einem Land zu leben, in dem man wie Hannes' Freunde ins Gefängnis kam, wenn man seine Meinung sagte.

Wenn er heute nicht ging, war er verloren, und er würde Henny unweigerlich mit sich in den Abgrund reißen. Irgendwann würde er ausbrechen, wenn es zu spät war, und etwas Wahnsinniges tun wie der Mann auf der Luftmatratze, und sie würden beide untergehen.

Er sah sich nach Henny um. Sie war noch immer von Menschen umgeben, strahlte und redete.

Wie schön und wie stark sie war. So wollte er sie in Erinnerung behalten. Auch sie würde es, wie seine Eltern, ohne ihn schaffen. Sie würde eine Zeitlang trauern, dann mit einem anderen Mann glücklich werden, ob nun mit Joram Grafunder oder jemand anderem. Die Gegenwart der Soldaten würde an ihr abtropfen wie die Gischt an der Hafenmauer. Die Wachtürme würde sie hässlich finden, aber ansonsten würden sie sich für sie kaum von den Bäumen unterscheiden. Sie würde sich so wenig davor fürchten, wie sie als Zehnjährige den wutschnaubenden Justus Ronning gefürchtet hatte. Wind und Meer waren ihr Freiheit genug. Im Übrigen würde, egal, was geschah, Myra für alle Ewigkeit auf sie aufpassen.

Er durfte Henny nicht fragen, ob sie mitkam! Nicht einmal von ihr verabschieden. Sobald sie begriff, dass er nicht bleiben konnte, würde sie nicht zögern. Ihm zuliebe würde sie mitkommen, und er würde sie daran zerbrechen sehen.

Er hastete in seine Unterkunft, packte seinen Rucksack, holte das Geld aus dem Sofakissen, legte die Restmiete auf den Tisch.

Zuletzt nahm er das Bernsteinschiff von der Fensterbank. Als er es gegen den eingetrübten Himmel draußen hielt, sah er für einen Augenblick Hennys Gesicht darin. Ungewöhnlich ernst sah sie ihn aus der leuchtenden, honigfarbenen Tiefe an. Das Bernsteinschiff wog schwer in seiner Hand, doch es konnte ihn nicht ankern. Der unhörbare, zeitlose Wind, der die silbernen Segel bauschte, trieb ihn unaufhaltsam fort.

Henny konnte nicht ohne ihr Meer, ihren Strand leben.

Doch er konnte es nicht ohne Freiheit.

Er hatte Henny nie erzählt, wie oft ihn sein Vater in den schmalen, stickigen Keller gesperrt hatte. Für kleine Verbrechen, die er nie begangen hatte. Er hatte nie das Stück Leberwurst aus der Speisekammer geklaut, nie die Fensterscheibe der Werkstatt eingeworfen, nicht einmal frech zur Großmutter war er gewesen. Der Keller war kalt und totenstill, es roch nach Kohlenstaub und nach dem Glas eingemachte Sauerkirschen, das dort einmal gegoren und geplatzt war. Die eine Glühbirne, anfangs noch trüb, war bald kaputt. Außer Nicholas gab es nur ein Lebewesen da unten: die Ratte, von der er in der Dunkelheit nur die Silhouette sah und die er Aurora nannte, weil es so absurd und so hoffnungsvoll klang. Wenn er dort war, saß er möglichst unbewegt, zusammengekauert, denn immer, wenn er sich bewegte, schienen die Wände sich aufeinander zuzubewegen und den Raum noch enger zu machen. Er hätte schwören können, dass er hörte, wie sie über den Boden scharrten. Er hatte Henny vom Keller nichts erzählt, weil er sich schämte – für seine Angst und für seinen Vater. Und weil er sicher war, dass sie all der Zeit zum Trotz, die seither vergangen war, schnurstracks zu Justus Ronning fahren und ihn zur Rede stellen würde, mit fliegenden Locken und Funken in den Augen.

Wenn er bliebe, würde er früher oder später im Gefängnis landen wie Hannes' Freunde, egal, ob er etwas Verbotenes tat oder nicht. Im Krieg, als sein Vater fort war, hatte er gedacht, er müsse nun nie wieder in den Keller. Doch der Krieg zwang ihn ebenso hinein, wenn die Bomben fielen, nur wenigstens nicht allein. Und sein Vater kam zurück und hatte noch öfter gefährliche Launen. Nicholas konnte es nicht beeinflussen – damals. Heute war das anders. Heute konnte er handeln. Den Gedanken an Haft ertrug er nicht, nicht einmal für Henny. Und die bloße Vorstellung, dass sie seinetwegen mit der Volkspolizei aneinandergeriet, trieb ein Zittern und eine Eiseskälte durch ihn, als hocke er bereits wieder im Keller.

In dem ersten Auto, das Richtung Festland fuhr, saßen Flömer und der Gemischtwarenhändler. Nicholas duckte sich hinter die Sanddornbüsche. Der nächste Wagen war ein klappriger Ford. Nicholas streckte den Daumen hoch. Die mütterliche alte Dame am Steuer hielt bereitwillig an.
»Wo möchten Sie denn hin, junger Mann?«
»Fahren Sie nach Hamburg?«

Nachts peitschte Regen gegen das Bullauge seiner Kajüte. Nicholas wusste kaum noch, wie er auf den Passagierdampfer *Atlantic* gekommen war. Er lag angezogen in einer Koje. Jeder Knochen, jede Zelle, jeder Gedanke schmerzte ihn. Die Trennung von Henny, von der Halbinsel, von dem, was er für seine Zukunft gehalten hatte, von allem, was ihm heilig gewesen war, fühlte sich an wie eine großflächige Brandwunde.

Als der Morgen dämmerte, richtete er sich auf. Ihm war übel. Sein Blick fiel auf den winzigen Tisch. Dort lagen Broschüren, obendrauf eine Speisekarte. Heitere Aquarelle zierten die Ränder, Schwalben, Blumen, im Hintergrund blaues Wasser. Der Stil ähnelte Hennys.

Nicholas schlug sich die Hand vor den Mund und stürmte an Deck, wo er seinen Schmerz und seine letzte Mahlzeit über die Reling erbrach, mitten in die schaumigen Wirbel, die das Schiff hinter sich auf der Meeresoberfläche zurückließ. Sie schienen ihn auszulachen, drehten sich, formten sich, bis er glaubte, Hennys vorwurfsvolles Gesicht darin zu sehen.

»Gleich wird es besser. Viele sind am Anfang seekrank. Sie machen diese Reise zum ersten Mal, nicht wahr? Hier.« Jemand reichte ihm Taschentücher. »Das gibt sich meist. Die Strecke bin ich schon mehrfach gefahren. Ich bin aus New York und habe gerade meine Großeltern in Hamburg besucht. Anfangs ging es mir auch so.«

Er war noch nie seekrank gewesen. Er ekelte sich lediglich vor sich selbst.

»Das ist es nicht.« Er wischte sich das Gesicht, dann die Tränen aus den Augen. Die junge Frau neben ihm war klein, etwas rundlich, mit einem braunen Kurzhaarschnitt und ebenso braunen Augen, die sie groß und mitfühlend auf ihn gerichtet hatte. Sie war das genaue Gegenteil von Henny. Nur deshalb ertrug er es, sie anzusehen.

»Jetzt kauen Sie das!« Sie nahm eine Schachtel aus ihrer Handtasche und reichte ihm ein Stück kandierten Ingwer. »Das ist gut gegen die Übelkeit, egal, woher die kommt. Sie werden es gleich merken. Wenn es keine Seekrankheit ist, dann ist es sicher Liebeskummer?«

Ihr Lächeln mit den Grübchen war sanft und verständnisvoll. Es tat ihm gut. Den Mund voller Ingwer, lächelte er kläglich zurück und nickte nur.

»Sie Armer. Hat die Frau, die Ihnen diesen Kummer bereitet, Sie wegen eines anderen Mannes verlassen?«

Er öffnete den Mund, um ihr zu gestehen, dass es umgekehrt war. Dass er selbst der Schurke im Drama war. Dann würde er zusehen müssen, wie ihr Lächeln erlosch und sie sich abwandte.

Doch er war dabei, in seiner Schuld und Einsamkeit zu ertrinken, und ihre Anteilnahme war das einzige Rettungsseil, das er greifen konnte.

Ehe er sich bewusst wurde, was er da tat, hatte er zum zweiten Mal genickt.

Sie hakte ihn unter und zog ihn von der Reling fort. »Kommen Sie, ich zeige Ihnen das Schiff. Ich heiße Bella, Bella Porter. Und wenn wir in New York sind, kann ich Ihnen helfen, sich zurechtzufinden und die ersten Kontakte zu knüpfen. Sie werden sehen, dass Sie auch ohne diese Frau leben können. Was machen Sie beruflich?«

Er wollte die Lüge zurücknehmen, aber er bekam die Worte nicht heraus, und am Ende schwieg er.

Vielleicht konnte er sich eines Tages selbst glauben. Das schien ihm in diesem Augenblick der einzige Weg, jemals mit seiner Entscheidung leben zu können.

Hinter dem Heck schrieb der Dampfer weiter eine Straße aus Schaumwirbeln auf das Meer, das sie unbeirrt wieder löschte. Nicholas wandte sich noch einmal um, dann folgte er Bella Porter zum Frühstücksbüfett.

Das Bernsteinschiff ruhte tief in seinem Rucksack unter seinen Winterhosen, wo kein Lichtstrahl es erreichen und die Erinnerungen wecken konnte, die darin lebendig waren.

Tiryn

2000

11

Nächtliche Begegnung

»Du siehst, mein Vater hatte recht. Ich war und bin ein Feigling.« Nicholas starrte zur Tür hinaus auf die sandigen Pfützen, in die letzte Tropfen fielen. Seine Teetasse war schon lange leer, aber er klammerte sich immer noch mit beiden Händen daran fest.

Tiryn stellte ihre auf dem Tisch ab, rückte sie ein paarmal hin und her, als käme es darauf an, den Henkel ordentlich auszurichten. Aus Nicholas' Vergangenheit landete sie unsanft in der Gegenwart zurück und wusste nicht, wie sie mit dieser umgehen sollte.

»Ein Feigling!«, wiederholte Nicholas, ohne sie anzusehen.

»Aber Henny hat das gewusst, vom ersten Tag an, und sie hat dich geliebt, wie du bist.«

»Bella auch. Ihr Frauen seid erstaunlich«, murmelte Nicholas.

Tiryn stand auf. Der offenen Tür zum Trotz bekam sie im Haus nicht genug Luft.

»Wohin gehst du?«

»Ich muss nachdenken, Opa Nick.«

Schon war sie draußen, lief barfuß durch die Pfützen auf dem Dünenpfad zum Hotel. Der Regen hatte aufgehört.

Jetzt nach Hause? Laras Wutanfall war bestimmt noch nicht verraucht. Tiryn bog zum Strand hin ab, vorbei an einem alten Bootsschuppen, der zum Hotel gehörte und in dem sie ihr altes Surfboard aufbewahrte. Sie hatte es einmal am Strand gefunden. Hinten war eine Ecke abgebrochen, aber es funktionierte noch.

Tiryn war nicht besonders gut im Surfen, doch sie paddelte gelegentlich gern darauf hinaus und ließ sich dann von den Wellen zurücktragen. Genau das tat sie jetzt. Das Gewitter wütete wohl noch irgendwo draußen auf See, denn die Wellen waren hoch und launisch. Das passte genau zu ihrer Stimmung. Sie ließ ihr Kleid im Sand liegen, watete mit dem Brett tief ins Wasser und zog sich bäuchlings darauf. Mit kräftigen Paddelbewegungen schaffte sie es, über die ersten ärgerlichen Wellenkämme hinaus dorthin zu kommen, wo die Oberfläche ruhiger wurde. Die Sonne war untergegangen, aber das Nachleuchten und der halbe Mond über den Dünen sorgten für genügend Helligkeit, um die Orientierung nicht zu verlieren. Die Dunkelheit war ihr gerade recht; auf der Flucht vor ihren aufgewühlten Gedanken fühlte sie sich geborgen darin.

Henny. Henny spukte am deutlichsten in ihren Gedanken. Wie war Henny mit Nicholas' Flucht umgegangen? Wie war sie mit der Verzweiflung fertiggeworden? Hatte sie sich später neu verliebt? War sie so stark, wie Nicholas geglaubt hatte, und waren ihr die Wachtürme wirklich so egal gewesen?

Und Bella. Bella hatte einen Mann geliebt, der sie ein Leben lang angelogen hatte – und doch auch wieder nicht, denn Nicholas hatte ja nie einen Hehl daraus gemacht, dass niemand Hennys Platz in seinem Herzen einnehmen konnte.

Hätte Nicholas Bella die Wahrheit gesagt, dass er Henny ohne ein Wort des Abschieds verlassen hatte, hätte Bella sich sicher nie in ihn verliebt. Dann wären weder Lara noch Tiryn geboren worden. Henny hingegen hätte diese Beichte in keiner Weise geholfen.

Gab es hier etwa gar kein Richtig oder Falsch? Früher hatten sie alle die Schuld auf Henny abwälzen können. Jetzt sah es auf den ersten Blick so aus, als ob Nicholas der Schurke war.

Aber im Grunde gab es gar keinen Schurken. So einfach war es nicht.

In Gedanken verstrickt, war sie verbissen drauflosgepaddelt. Nun schreckte sie hoch und warf einen Blick über ihre Schulter. Der Strand war nur noch an den Lichtern des Hotels und einiger Strandhäuser zu erkennen. Der helle Sandstreifen lag hinter den Wellenkämmen verborgen, und an den Füßen spürte sie eine heftige Unterströmung. Hastig wendete sie das Brett. Zum Glück war der Wind auflandig. Sie hatte sich verhalten wie eine dumme Touristin! Eine Welle rollte von hinten heran, riss das Brett in die Höhe und stieß es ein gutes Stück voran Richtung Küste. Tiryn brauchte sich nur festzuklammern und die Balance zu halten. Die nächste Welle überspülte sie von hinten. Sie verschluckte sich, schmeckte Salz und Algen und Sand zwischen den Zähnen. Ein Stück Tang hing in ihren Haaren und kitzelte sie im Ohr. Bildete sie sich das ein, oder wurden die Wellen noch größer, noch wütender? Der Mond hatte sich inzwischen versteckt. War die Küste wirklich da vorn oder trieb das Brett etwa seitlich ab? War sie dem Strand überhaupt schon näher gekommen?

Sie holte tief Luft und begann wieder zu paddeln, obwohl ihre Arme sich wie Gummi anfühlten. Dafür war ihr Kopf leergepustet und saubergespült von dem wilden Wasser und dem ausgelassenen Wind. Kein Nicholas, keine Henny, keine Lara mehr in ihren Gedanken. Wie wohltuend. Tiryn lachte auf, es war herrlich hier draußen, sie allein mit ihrem Meer und mit der Nacht, frei von allen Fragen nach dem, was gewesen war, und dem, was sein würde. Es gab nur das Hier und Jetzt, und es war wild und großartig. Im nächsten Moment würde sie abheben wie Anhinga, der Schlangenhalsvogel, wie Fula, die Krähe, und dicht über der dunklen aufgepeitschten Weite fliegen, getragen vom Sturm ...

Klatsch! Der Wellenkamm traf sie im Genick. Das Brett stellte sich steil und schoss einen Salto. Tiryn verlor den Halt. Im Fallen spürte sie einen Schlag auf Kopf und Schulter. Sie konnte gerade noch tief Luft holen, dann war nur noch Wasser um sie. Sie spürte, wie die Welle sie packte und in ihre eigene innere Strömung zog. Sie schlug einen unfreiwilligen Purzelbaum nach dem anderen, streifte den Sandboden und verlor dann doch die Orientierung. Wo war oben, wo unten? Sie konnte sich nur zusammenrollen und hoffen, dass die Welle sie ebenso wieder ausspucken würde, wie sie sie verschluckt hatte.

»*Unterschätze das Meer nie!*«, klang ihr Kimonis Stimme im Kopf. Da war sie noch klein, das erste Mal mit ihm und seinem erfahrenen Vater auf der *Anhinga*, herausgefahren bei schönstem Wetter und geradewegs in einen Sturm gelaufen.

Wie lange würde sie noch die Luft anhalten können? Wurde es endlich flacher hier, oder hatte die Welle sie wieder mit hinaus in die Tiefe gerissen?

Da hörte sie eine andere, fremde Stimme. War die auch nur in ihrem Kopf, oder hörte sie sie wirklich?

»Es ist gut, du unvorsichtiges Mädchen. Ich bin hier!« Eine sanfte Männerstimme. Eine Stimme, der sie instinktiv vertraute. Eine Stimme, die ein wenig an Opa Nick erinnerte, wenn er Geschichten aus dem leuchtenden, kühlen Land erzählte. Sie spürte eine Hand leicht unter ihrem Rücken, dann an ihrem Arm. Oder war das nur Einbildung? Endlich war ihr Kopf über Wasser und sie konnte den Mund aufreißen. Die Nachtluft fühlte sich warm an wie Suppe, aber es war Luft! Sauerstoff! Gab es etwas anderes, das so gut schmeckte? Der scharfe Schmerz in ihren Lungen ließ nach, dafür waren nun auch ihre Beine wie Gummi und konnten mit dem Boden nichts anfangen. Zum Glück war die Hand noch an ihrem Arm, kaum spürbar, aber doch stützend. Sie gehörte einem großen Mann, so viel konnte sie gegen den Himmel und die weiße Gischt gerade erkennen. Mit seiner Hilfe wankte sie durch das flach werdende Wasser auf trockenen Boden, wo sie sich fallen ließ, Wasser aushustete und Sand ausspuckte.

»Danke«, bekam sie schließlich heraus und sah zu ihrem Retter auf. Dann fiel ihr auf, dass er gar nicht englisch gesprochen hatte.

»Sind Sie Deutscher?«, fragte sie.

»Ich bin überall am Meer zu Hause. Aber wo bist du zu Hause?«

Nur langsam klärte sich der Nebel in ihrem Kopf. Hatte er »am Meer« oder »im Meer« gesagt? Ihre Augen brannten. Der Mond mogelte sich gerade wieder durch die windzerrissenen Wolken.

Der Unbekannte trug einen Umhang. Mit ungewöhnlich hellen Augen sah er auf Tiryn herunter.

»Hast du den Bernstein gefunden?«

Sie war bei all dem Wind- und Wellenrauschen nicht sicher, ob er sprach oder ob sie seine Worte nur in ihrem Kopf hörte.

»Der Bernstein – im alten Haus – war der von Ihnen?« Verblüfft setzte sie sich auf.

»Höre auf ihn. Und höre auf den Wind in den silbernen Segeln. Es ist Zeit, Tiryn!«

»Zeit für was?«, rief sie ihm nach, doch er hatte sich schon zum Gehen gewandt, und nach ein paar Schritten verschluckte ihn die Nacht, obwohl das Mondlicht geblieben war und sie in der Ferne sogar die Bootsstege erkennen konnte, wo die *Anhinga* heftig schaukelte. Nur ein ungewohnter Geruch lag für einen Moment in der Luft, nach Zitrone, Zimt und Sandelholz.

Jetzt war ihr kalt. Zähneklappernd suchte sie die Palme, an deren Fuß sie ihr Kleid zurückgelassen hatte. Erst, als sie es überstreifte, wurde ihr bewusst, dass der Fremde ihren Namen gesagt hatte. Woher kannte er sie? Sie war sich sicher, ihn noch nie gesehen zu haben, aber hatte sie nicht schon von ihm gehört?

Dann fiel es ihr ein. Der Briefträger damals am alten Haus! Er hatte behauptet, einen großen Mann mit Umhang und hellen Augen gesehen zu haben. Und dann wieder war er sich nicht sicher gewesen. Nun ging es ihr genauso. Sie hatte das wahrscheinlich nur halluziniert. Sauerstoffmangel und der Schreck. Egal, wie sie aus dem Wasser gekommen war, sie hatte großes Glück gehabt.

Der Weg zog sich. Sie musste mehrfach anhalten und ausruhen. Ihre Knochen fühlten sich an, als hätte man sie in einer Waschmaschine geschleudert. Als sie an einem der beleuchteten Hotelpools vorbeikam, die wie sanfte blaue Inseln in der Nacht lagen, sah sie einen Frosch, der mit letzter Kraft versuchte, an der glatten Wand hochzuklettern und dem tödlichen Chlorwasser zu entkommen. Sie fischte ihn heraus und setzte ihn im Schutz einer Bougainvillea ab.

Dasselbe hatte der Unbekannte gerade mit ihr gemacht. Oder?

Und wer würde ihre Mutter retten?, fragte sie sich.

Zu Hause war alles dunkel, nur die Lampe vor der Haustür brannte trüb und beleuchtete die Stufen, auf denen jemand saß. Kimoni. Er sprang auf, als sie sich näherte.

»Tiryn! Endlich! Ich habe mir Sorgen gemacht. Ich hatte kein gutes Gefühl wegen deines Gesprächs mit Nicholas. Und Lara ist nicht da. Ich wollte nur wissen, wie es dir geht. Wie ist es gelaufen?«

»Nicht das Meer hat gelogen.« Tiryn schloss die Haustür auf, schaltete das Licht ein, holte sich ein Glas Wasser, das sie in großen Zügen hinunterstürzte. »Magst du auch was trinken?«

Er hörte nicht zu, sondern sah auf den Boden, über den sich Abdrücke zogen. »Tallulah, was ist mit deinem Fuß? Du blutest ja!«

»Wirklich?« Sie sah an sich herunter. Dunkel erinnerte sie sich, dass beim Herumwirbeln im Wasser dort ein Schmerz gewesen war. »Eine scharfe Koralle oder Muschelschale wahrscheinlich.«

»Ja, du hast dich geschnitten. Setz dich.« Er drückte sie auf einen Stuhl, kramte im Arzneischrank herum, fand Pflaster und Desinfektionsmittel. Er drehte die Stehlampe, um besser sehen zu können, und erschrak. »Tallulah, was hast du nur angestellt? Du hast auch einen Kratzer an der Stirn und eine Beule, und hier«, er schob vorsichtig das Kleid von ihrer Schulter, »einen dicken blauen Fleck. Sonst noch was? Hast du dich geprügelt?«

»Ja, mit dem Meer. Das Surfboard hat mir einen Schlag versetzt. Nicht schlimm.«

»Du warst surfen? Allein? Bei diesen Wellen? Jetzt, im Dunkeln? Bist du wahnsinnig?« Er starrte sie entgeistert an.

»Ich musste einen klaren Kopf bekommen.«

»Na, das scheint dir ja hervorragend gelungen zu sein.« Sarkastisch wurde er nur, wenn er sich Sorgen machte.

Sie berührte sanft seine Schulter. »*Achukma hote*, Kimoni. Ich bin okay.«

Kimoni salbte und klebte Pflaster, und Tiryn atmete tief durch. Langsam wich ihre Benommenheit.

»Opa Nick hat mir alles erzählt. Er hat tatsächlich gelogen. Er hat Henny Badonin verlassen, nicht umgekehrt. Aber er hatte Gründe dafür!«

»Davon gehe ich aus. So was macht niemand einfach so«, sagte Kimoni ruhig. »Bist du wütend auf ihn?«

»Ich nicht. Jetzt nicht mehr. Das Meer hat mir klargemacht, dass es in dieser Geschichte kein Richtig oder Falsch gibt. Möglicherweise hat er Henny dadurch tatsächlich das Leben gerettet. Wer weiß das schon. Stell dir vor, er sieht auch Bilder im Meer! Nur erzählen sie ihm von der Zukunft, nicht von der Vergangenheit. Diese Gabe verbindet uns. Ich verstehe ihn wider Willen, weil ich weiß, was die Bilder für eine Wirkung haben.«

»Hast du das auch Nicholas gesagt?«

»Noch nicht. Das muss ich morgen machen. Es gibt Dringenderes. Lara hat aus Versehen alles mit angehört. Also, leider nicht alles, aber die Tatsache, dass Opa Nick gelogen hat. Und *sie* ist sehr, sehr wütend. Hast du sie gesehen?«

»Nein.« Kimoni warf ihr eine Strickjacke zu. »Zieh die über, du zitterst ja.«

»Wir müssen sie suchen!«

»Du gehst heute nirgendwo mehr hin. Und wo willst du sie überhaupt suchen?«

Tiryn biss sich auf die Lippe. Das war tatsächlich schwierig. Lara dachte nicht logisch. Unmöglich zu erraten, wohin sie geflüchtet war.

»Das Auto ist weg. Sie kann überall sein. Schlaf dich aus. Sie wird wieder auftauchen, und wenn es nur ist, um Nicholas mit Töpfen zu bewerfen. Hast du was gegessen?«

»Nein.«

»Gut, ich mache dir eine Suppe warm, und dann gehst du ins Bett.« Kimonis Ton duldete keine Widerrede. Da ihr Kopf schmerzte, fügte sich Tiryn. Sie steckte die Hand in die Tasche und fühlte etwas Hartes, Glattes.

Der Bernstein. Der, den sie in dem alten Haus gefunden hatte. Sie hatte das also doch nicht geträumt. Und die fremde Stimme, die schon in der Nacht dort durch ihre Träume gehuscht war, war die des Mannes am Strand gewesen. Er hatte dieselben Worte gesagt: »*Es ist Zeit!*« Zeit wofür?

Im Bernstein, zart und doch so ewig, lag das Samenkorn mit dem Flügel. Eine Millionen Jahre alte Möglichkeit. Ein Anfang von etwas. Wofür stand es? Was wollte es ihr sagen?

Der Stein stammte von einem anderen, fremden Strand. Aus einem anderen, kühlen Meer. Nun lag er in ihrer Hand, und sie spürte eine Kraft darin, die sie in die Ferne zog wie ein Magnet.

Sie legte die Arme auf den Küchentisch, vergrub das Gesicht darin und brach in Tränen aus.

»Tallulah! Was ist?«

Die Suppe blubberte auf dem Herd. Es war das Familienrezept von Nicholas für alle Gelegenheiten. Der Duft war so vertraut. Draußen schwoll der Chor der Zikaden und Ochsenfrösche an. Kimoni setzte sich neben sie und legte ihr fest einen Arm um die Schultern. Doch es dauerte, ehe sie aufhören konnte, in das Taschentuch zu weinen, das er ihr in die Hand gedrückt hatte. Abwartend sah er sie an.

»Ich dachte immer, wenn ich irgendwann doch nach Ahrenshoop reisen kann, dann komme ich als die Enkelin des Mannes, dem Unrecht getan wurde«, sagte sie. Ihre Hände zerknüllten das Tuch, strichen es wieder glatt, zerknüllten es erneut. »Falls sich überhaupt jemand an ihn erinnert. Jedenfalls hätte niemand einen Grund gehabt, etwas gegen mich zu haben. Aber jetzt kann ich nicht mehr dorthin! Nie! Ich bin die Enkelin des Mannes, der Henny Badonin sitzengelassen hat. Sie war verzweifelt wegen ihm. Wenn dort noch diese Myra lebt, wird sie mich hassen! Ahrenshoop ist ein Dorf auf einer Insel, von deren Mitte aus man beide Ufer sehen kann. Dort kennt jeder jeden. Wahrscheinlich hatte Henny jede Menge Freunde. Niemand wird mich dort sehen wollen. Ich kann meinen Traum vergessen.«

»Kannst du nicht. Du hast ihn dem Mond verraten, und der bewahrt ihn für alle Zeit für dich auf«, sagte Kimoni ruhig. »Legende meines Volkes. Hat mir meine Mutter erzählt.«

Tiryn musste unter Tränen lächeln. »Ach, Kimoni.«

»Schon gut. Ich verstehe. Aber Tallulah, du bist nicht Nicholas, und es ist viel Zeit vergangen. Die Menschen dort leben am Meer wie wir und lernen von seiner Weisheit. Sie werden dich nicht für deinen Großvater verantwortlich machen. Vielleicht ist es sogar deine Bestimmung, alte Wunden zu heilen?«

Verblüfft sah Tiryn auf. So hatte sie es noch nicht gesehen. War es das, was der Mann am Strand gemeint hatte?

»Es ist Zeit!«

Zeit für eine Reise, wie sie das Samenkorn gemacht hatte? Zeit für einen neuen Anfang? Zeit, eine alte Geschichte zu Ende zu bringen? Oder in Ordnung, soweit das möglich war?

Doch sie war so unendlich müde, dass sie fast über der Suppe einschlief. Sie konnte hier nicht weg. Sie musste erst ihre Mutter finden, und dann durfte sie Lara gerade jetzt nicht allein lassen. Sie musste Nicholas sagen, dass sie ihm verzieh, und sie musste einen Weg suchen, dass Lara und Nicholas miteinander redeten.

Sie schob den Bernstein tief in ihre Tasche unter das zerknüllte Tuch, wo sie nicht spüren würde, wie er an ihrer Sehnsucht zog.

Die Luft war stickig in der engen Küche. Wie schön wäre es jetzt, weiße Flocken fallen zu sehen, die sich weich auf ihre heiße Stirn legten. Sich in die dichte Stille auf den Boddenwiesen fallen zu lassen, die sie wohl nie sehen würde. Oder den Wind in Bäumen flüstern zu hören, deren Blätter halb gelb, halb rot leuchteten.

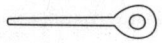

Nicholas' Fischsuppe

2 Zwiebeln

150 g magerer Speck

200 g Karotten

2 Kartoffeln

½ Knollensellerie

1 Liter Fischbrühe (aus Köpfen und Gräten von Fischen)

600 g Dorsch- oder Kabeljaufilet

Saft von ½ Zitrone

2 Eigelbe

125 ml saure Sahne

Salz, weißer Pfeffer

Petersilie, gehackt

1 Stange Lauch

1 Stange Staudensellerie

125 ml süße Sahne

Die Zwiebeln hacken. Mageren Speck in Streifen schneiden. Karotten, Kartoffel und Sellerie in kleine Würfel, Lauch und Selleriestange in dünne Scheiben schneiden. Zwiebeln und Speck in einem großen Kochtopf anbraten, Gemüsewürfel dazugeben. Fischbrühe bis auf eine halbe Tasse angießen und alles etwa 15 Minuten kochen lassen.

Den vorbereiteten gewaschenen und entgräteten Fisch mit Zitronensaft beträufeln, salzen, in Stücke schneiden und zu dem Gemüse in die Fischbrühe geben. Weitere 10 Minuten bei geringer Temperatur garziehen lassen.

Eigelb mit süßer und saurer Sahne und einer halben Tasse Fischbrühe verquirlen und in die Suppe geben, aber nicht mehr kochen lassen. Mit Pfeffer und Salz abschmecken. Gehackte Petersilie darüber streuen.

Nicholas

1953

12

Im fremden Hafen

Sie würden ihn hassen.

Wenn er jetzt auf eines dieser Schiffe steigen und zurückfahren würde nach Deutschland, wenn er beschämt nach Ahrenshoop zurückkehrte – sie würden ihn alle hassen: Myra und Hennys Großeltern, seine Eltern, der Gemischtwarenhändler und Kapitän Flömer, die Freunde aus der Malschule, alle, die Henny zugetan waren. Nur Henny nicht, sie konnte ihn nie hassen, aber sie würde ihm auch niemals wieder vertrauen. Alle anderen würden ihn verachten, wie er sich selbst verachtete.

Und doch gab es in ihm einen zweiten Nicholas, der seine Entscheidung noch immer für die einzig mögliche hielt, damit sie beide überleben konnten, Henny und er.

Er stand am Hafen in der Upper Bay, sah auf die Schiffe und wartete auf Bella, die unter dem mächtigen Schild »Porter & Craig« im Kontor ihres Vaters verschwunden war, um mit diesem etwas zu besprechen. Diese Stadt war so anders als alles, was er kannte, so riesig und lebendig und gefährlich und größenwahnsinnig, dass er nicht aufhören konnte zu überlegen, ob nicht alles nur ein irrwitziger Traum war. Dieser unübersichtliche Hafen, in dem die Korruption blühte, im Jahr elftausend Schiffe abgefertigt und Waren im Wert von sieben Millionen Dollar umgeschlagen wurden. Starke Nordostwinde, Strudel und Strömungen und plötzliche Böen machten die Küstengewässer unberechenbar und führten zu Namen wie »Höllentor« und »Teufelsgürtel«. Was für ein unvorstellbarer Gegensatz zu dem winzigen, friedlichen Boddenhafen in Althagen, wo er mit Henny gesessen und Zukunftspläne geschmiedet hatte! Statt der Rufe der Kraniche dröhnten hier Schiffshörner in allen Tonlagen, bis er glaubte, seine Schädeldecke vibriere.

Bellas Vater hatte mit dem Frachtgeschäft zu tun und war ein einflussreicher Mann. Die Einzelheiten interessierten Nicholas nicht, aber Bellas Kontakte hatten ihm alles leichtgemacht. Viel leichter als er es verdiente, doch das konnte Bella nicht ahnen. Sie glaubte noch immer, dass ihm Unrecht getan worden war.

Nicholas wusste inzwischen alles über Bella, die klar und unkompliziert war und keinen Grund hatte, etwas zu verbergen. Bella war selbstbewusst und intelligent. Sie hatte von klein auf im Kontor ihres Vaters erst gespielt, dann gelernt und bald mitgearbeitet. Sie war eine kluge und wissensdurstige Geschäftsfrau, beliebt bei den Partnern und Kunden ihres Vaters, gern gesehen bei Verhandlungen und auf gesellschaftlichen Ereignissen. Sie war keine auffallende Schönheit, aber sie hatte Charme. Männer forderten sie gern zum Tanzen auf, scherzten mit ihr und redeten über Politik und Wirtschaft, doch ihr wacher Geist und ihr Selbstbewusstsein schreckten am Ende die Interessierten ab. Bellas Eltern bekümmerte das, sie wünschten sich eine Ehe für ihre Tochter, wie es üblich war. Bella war nicht der Meinung, dass eine Frau ohne Ehemann nichts wert war. Sie hatte aber auch nicht vor, ihr Leben lang allein zu bleiben.

Als sie Nicholas auf der Überfahrt krank vor Trauer an der Reling stehen sah, weckte alles an ihm ihren Beschützerinstinkt. Bella packte Probleme stets an, handelte gründlich und ohne

Zögern. Nicholas war ihr neues Projekt. Sie wollte die Verzweiflung aus seinen Augen, die Müdigkeit aus seiner Stimme und das Verfrorene aus seiner Haltung verschwinden lassen, seinem Talent Raum geben und seiner Kunst ein Publikum verschaffen.

Sie heiterte ihn auf, lenkte ihn ab, sorgte dafür, dass er aß; und als das Schiff in New York eintraf, brachte sie ihn in das Hotel, das sie für angemessen hielt. Er hatte keinen Plan. Bella füllte diese Lücke. Sie zeigte ihm die Stadt, stellte ihn ihren Eltern vor, nahm ihn mit auf Gesellschaften und veranlasste, dass dort Gerüchte über seine Fähigkeit als Porträtmaler die Runde machten. Sie schleppte ihn mit zu einem Galeristen, der ein Bekannter ihres Vaters war, und der Galerist zeigte sich beeindruckt genug, um zwei Bilder in Kommission zu nehmen. Zu guter Letzt überredete sie einen anderen jungen Künstler, Jason Fielding, dazu, dass Nicholas eine Ecke seines Ateliers benutzen durfte. Jason Fielding hatte wie Bella deutsche Großeltern und sprach Nicholas' Sprache, er war locker und unbekümmert, lachte gern, nahm das Leben leicht und tat Nicholas so gut, wie Bella gehofft hatte. Mit seinem Optimismus erinnerte Jason Nicholas gelegentlich an Henny, aber solche Gedanken verbot er sich. Er musste sein altes Leben versenken wie die Hunderte verlorener Schiffe, deren Wracks hier in den Tiefen zu Füßen der Freiheitsstatue lagen.

Wenigstens fror er nicht mehr. Es war Anfang September. Schon die zweite Woche stöhnte die Stadt unter einer Hitzewelle, wie sie seit Beginn der Wetteraufzeichnungen noch niemand erlebt hatte. Nur Nicholas saugte die Wärme auf wie ein Schwamm. Doch sogar nachts fiel das Thermometer kaum unter dreißig Grad. Sein Hemd klebte an seinem Körper, alles stank nach Gummi, Teer, Abfall und Benzin, das Atmen fiel schließlich auch ihm schwer. Zu Hause wehte jetzt ein kühler Wind vom Weststrand her, der nach Sanddorn und Tang roch, die Silberpappeln aufleuchten und Hennys Rock flattern ließ ...

Nicholas wandte den Blick vom Hafen ab. Hinter ihm auf der Straße hatte jemand einen Hydranten aufgedreht. Wasser floss über den heißen Asphalt. Dampf hüllte die halbnackten Kinder ein, die lachend in dem Strahl hüpften, sich gegenseitig nass machten und vorbeigehende Erwachsene bespritzten, die nichts dagegen einzuwenden hatten. Jeder Tropfen war eine Erleichterung, sogar für die vornehmen Damen.

Vielleicht lag es auch gar nicht nur an dem Wetter, dachte Nicholas, sondern die Hitze entstand dadurch, dass man in diesen Häuserschluchten kaum den Himmel sehen konnte. Er war schmal und fern. Möglicherweise entstand die Hitze dadurch, dass die Häuser selbst schwitzten, die so eng standen, dass sie sich aneinanderlehnen konnten. Nicholas hätte schwören können, dass sie sich gegenseitig auf die Füße oder vielmehr auf die Fundamente traten, vor allem nachts, wenn die Dämmerung die Konturen verwischte und überall bunte Lichter aufflammten und blinkten.

Irgendwo heulte eine Polizeisirene auf. Nicholas konnte sich nicht daran gewöhnen, dass Feuerwehr und Polizei hier klangen wie im Krieg ein Fliegeralarm. Jedes Mal stellten sich die Haare auf seinen Armen auf, und er duckte sich in einen Hauseingang.

Dann Rufe, irgendwo fielen zwei Schüsse, einige Straßenecken entfernt. Oder war es nur ein Auspuff gewesen?

»Das ist hier so, das braucht dich nicht kümmern«, hatte Bella ihm beigebracht.

Doch in seine Nase stieg ein alter Geruch nach Blut und Jasmin. War das die Freiheit, die er gesucht hatte? Dieser Haufen Steine ohne Himmel und ohne Stille, in der selbst die Farben sich zu ducken schienen?

»Nicholas! Da bist du! Ich bin fertig. Wollen wir zu *Sailors Lunch* essen gehen oder uns am Pier Fischbrötchen holen? Stell dir vor, Mr. Stenton, das ist der Herrenausstatter, den ich dir neulich vorgestellt habe, er möchte, dass du ein Porträt seiner Frau malst, zur Silberhochzeit. Damit kannst du einen Monat lang dein Zimmer bezahlen! Aber wir sollten dir eine kleine Wohnung suchen, ich habe mich schon umgesehen. Was meinst du?«

»Sicher.«

»Ich weiß, es ist verflixt heiß, du Armer. Du bist das nicht gewöhnt. Lass uns ein andermal darüber sprechen. Komm, wir gehen lieber zum Italiener, der hat eine Klimaanlage.« Sie hängte sich bei ihm ein. »Mein Vater lässt dich grüßen. Er mag dich, weißt du.«

»Er erwartet, dass ich dich heirate.« Jetzt hatte er endlich ausgesprochen, was ihn belastete.

Bella lachte hell auf und drückte seinen Arm.

»Ich weiß. So ist er, der Gute. Altmodisch. Keine Angst, ich erwarte das nicht von dir.« Sie blieb stehen. »Sieh mich an.«

Er sah zu ihr herunter, in ihre offenen braunen Augen.

»Ich weiß, dass du immer noch diese Frau liebst. Und wahrscheinlich immer lieben wirst.«

»Henny«, sagte er. Er konnte die Bezeichnung »diese Frau« nicht ertragen. So hatte schon sein Vater Henny bezeichnet. Wenn er nicht »diese rothaarige Hexe« sagte.

»Ja. Henny Badonin. Ich kann mit ihrer unsichtbaren Gegenwart leben, Nico. Sie soll ihn haben, den Platz in deinem Herzen. Ich weiß, dass da noch mehr Platz ist. Und ich brauche keinen

Ehemann.« Sie schlenderte weiter. »Allerdings wünsche ich mir jemanden, mit dem ich mein Leben teilen kann.«

Unvorstellbar schien ihm dieser Kompromiss nicht. Über ihren Kopf hinweg fiel sein Blick auf eine Zeichnung, die ein Kind mit Kreide auf den Bürgersteig gemalt hatte. Zwei Strichmännchen, Hand in Hand. Ein Mann, eine Frau. Dahinter ein Haus, darüber eine Sonne. Es sah so einfach aus.

»Gib mir Zeit, Bella.«

»So viel du willst.« Sie griff ihn sanft im Nacken, zog ihn zu sich herunter und küsste ihn. Alles an ihr war schmerzlich anders als an Henny, doch er mochte ihren Geruch, und die Berührung ihrer Lippen ließ das Frösteln in seinem Innersten für einen Augenblick verschwinden. Er legte die Arme um ihre kleine, rundliche Wärme und hielt sich an ihr fest. Er mochte es, dass sie ihn Nico nannte. Es klang jung, unbeschwert und abenteuerlustig. Zu Hause hatte niemand je seinen Namen abgekürzt.

»Bella«, sagte er, als er sie losließ, und hielt ihrem Blick stand, »es ist sehr wahrscheinlich, dass ich niemals heiraten werde.«

»Ich weiß. Gut, dass wir das geklärt haben. Meinem Vater bringe ich das auch noch bei. Und jetzt hab ich Hunger. Komm!«

Aus dem Eingang des Italieners trieben Aromen von Scampi, Parmesan und Pesto. Bevor das kühle Dunkel des Restaurants ihn verschluckte, fiel Nicholas' Blick auf eine schlanke Frau mit langen Haaren, die den Kindern in der Wasserfontäne zusah. Ihre Gestalt war unscharf hinter dem Sprühnebel, durch den die Sonne fiel. Das Motiv setzte sich in Nicholas' Phantasie fest. Er wusste, er würde später zu Jason ins Atelier gehen und es auf Leinwand bannen, auch wenn es so heiß war, dass die Farben schon am Pinsel trockneten.

Hinter dem leuchtenden Nebel konnte man nicht sehen, dass die Frau Hennys Gesicht tragen würde.

Wenige Wochen später jagte der erste Herbststurm Regentropfen prasselnd gegen das Dachfenster, doch im Atelier war in dem Gemälde auf der Staffelei noch immer die Hitze auf der Straße spürbar. Der Betrachter meinte, den Geruch von schmelzendem Teer in der Nase zu haben und die Stimmen der Kinder zu hören, die durch den Wasserstrahl hüpften, den der Hydrant ausspie.

Jason spähte von hinten über Nicholas' Schulter und zeigte mit dem Pinselstiel auf die schlanke Frau, die den Kindern zusah. Lange rötliche Locken und eine biegsame Gestalt konnte man erkennen, in deren Haltung eine eigentümliche Stärke lag. Man war sich nicht sicher, ob das Leuchten um sie herum von der Sonne herrührte, die sich in dem feinen Wassernebel vor ihr brach, oder ob es von ihr selbst ausging.

»Diese Frau würde ich gern kennenlernen«, sagte Jason.

»Das Glück wirst du nicht haben«, erwiderte Nicholas brummig.

»Wer weiß? Vielleicht reise ich einmal auf deine kalte Halbinsel. Sicher kann ich dort was lernen. Reisen bildet, sagt man. Ich bin viel zu wenig herumgekommen. Das ist doch eine Künstlerkolonie dort, nicht wahr? Da wäre ich doch genau richtig. Ich könnte deine Süße von dir grüßen. Vielleicht habe ich mehr Glück bei ihr als du.«

Nicholas fuhr herum, seinen eigenen Pinsel wie eine Waffe in der Hand. Jasons Augen weiteten sich, als er die Verzweiflung und den Schrecken in Nicholas' Blick sah. Er hob beschwichtigend die Hände.

»Schon gut, war nur ein Witz! Ich kann mir sowieso keine Reise leisten. Aber du wirst sie nicht vergessen, wenn du sie malst, weißt du.«

»Sprichst du aus Erfahrung?« Nicholas wandte sich wieder seinem Bild zu und malte heftig und unnötig an dem Ball eines Kindes herum.

»Ich? Ich muss die Frau, die ich bewundere, nicht malen, ich hab sie jeden Tag vor mir. Du hast ein Riesenglück mit Bella und weißt es nicht zu schätzen. Mit ihr ist das Leben unkompliziert. Sie ist praktisch und fröhlich und an allem interessiert, nicht eitel und nicht empfindlich. So eine Frau findest du nicht an jeder Ecke, nicht mal in dieser irren, vollgestopften Stadt.«

»Warum heiratest *du* sie nicht, wenn sie dir so viel bedeutet?«

»Weil sie *dich* liebt, du Trottel. Ich bin ihr nicht ernst und nicht hilflos genug. Sie braucht jemanden, um den sie sich kümmern kann. Ich werde es verschmerzen. Bin eh kein Familienmensch und träume von Frankreich – wenn ich je genug Geld zusammenbekomme. Aber hör mal, du solltest sie festhalten. Ihr braucht euch.« Jason spülte seinen Pinsel gründlich aus. »Ich weiß, noch liebst du diese schöne Frau auf der anderen Seite des Ozeans. Aber sie wollte dich nicht. Du hast eine neue Chance hierzulande, und Bella ist ein Teil davon. Ein Geschenk. Liebe hin, Liebe her, ihr werdet euch schon durchschlagen. Bei allen schlauen Philosophien, die es gibt, ist das Leben am Ende doch immer nur ein Durchschlagen. Gerade das macht es so grandios. Nicht einmal jemand wie Bella kann es immer planen und organisieren. Jeder neue Tag ist ein neues Bild, von dem du nicht wusstest, dass du es malen wirst. Siehe und staune! Mehr kannst du nicht tun.«

»Interessanter Standpunkt«, fand Nicholas.

»Merk ihn dir. Das war der einzige Ratschlag, den du je von mir zu hören bekommst. Ich bin nämlich niemand, der Ratschläge und Weisheiten von sich gibt.« Jason spazierte zum Kühlschrank und lugte skeptisch hinein. »Bierchen? Zwei sind noch da.«

»Gerne.«

Nicholas suchte sich keine Wohnung. Er zog zu Bella, deren Apartment gerade groß genug für sie beide war. Das Zusammenleben mit ihr funktionierte zu seiner Überraschung gut. Er fühlte sich weder bedrängt noch eingeschränkt. Sie wärmte seine Seele. Die meiste Zeit verbrachte er ohnehin im Atelier. Er bekam reichlich Aufträge und setzte nebenher auch seine eignen Ideen um, die in ihm keimten. Wenn er malte, ging es ihm am besten. Dann traten die Gedanken, die Selbstvorwürfe, die Fragen und die Sehnsüchte, die in ihm brannten, in den Hintergrund, und in ihm wurde es ruhig.

Oft fand Bella ihn auch am Hafen, wo er auf die Schiffe starrte.

»Du bist nicht glücklich hier, Nico, nicht wahr?« Sie schob ihren Arm durch seinen und lehnte sich an ihn. In ihrer Stimme schwang kein Vorwurf mit.

Es war November. Ein scharfer Wind fegte durch die Häuserschluchten, und nicht einmal die allgegenwärtigen Leuchtreklamen konnten das steinerne Grau vertreiben. Nicholas fröstelte in der dicken Jacke, die ihm Bella geschenkt hatte.

»Es gibt einfach zu wenig Himmel hier«, sagte er.

»Was hältst du von Florida?«

»Florida?«

»Die Golfküste. Blaues Meer, Strand, Palmen, Hitze, Sonnenbrand, Moskitos. Und jede Menge Himmel.«

»Klingt großartig. Ich wollte schon immer dorthin, wo Palmen wachsen.«

»Meine Großeltern leben dort. Es tut ihren Knochen gut. Keine Winter mehr. Ich habe sie mehrfach besucht. Ich denke, es wird dir dort gefallen.«

»Geht nicht. Dein Vater hätte was dagegen.«

Erst an seinem Einwand fiel ihm auf, dass es ihm inzwischen

selbstverständlich war, dass er mit Bella zusammenbleiben würde.

An ihrem Lächeln sah er, dass sie es auch bemerkt hatte.

Bella schüttelte sorgenvoll den Kopf. »Du wirst es nicht glauben, aber ich habe seit einiger Zeit das Gefühl, er will mich loswerden. Oder vielmehr, in Sicherheit bringen. Irgendwas ist im Busch. Mit dem Geschäft stimmt etwas nicht. Noch habe ich nicht herausbekommen, was es ist.«

Das Rätsel löste sich bald. Andy Craig, der Partner ihres Vaters, war in eine Korruptionsaffäre verwickelt. Nicht nur drohte die Insolvenz, es gab auch Drohbriefe von Gläubigern, Beschimpfungen und schlechte Presse. Bellas Vater hatte eine Elefantenhaut und würde auch diese Krise überstehen, die nicht die erste war. Doch er wollte Bella in sicherer Entfernung wissen.

»Aber was willst du in Florida machen?«, wandte Nicholas ein.

»Du sollst nicht meinetwegen unglücklich und gelangweilt sein.«

»Dich managen natürlich. Malen kannst du überall, dort bestimmt besser als hier. Ich werde tun, was ich am besten kann. Kontakte knüpfen, dir Aufträge verschaffen, deine Bilder an die Kunden bringen. Mich um meine Großeltern kümmern. Uns ein Zuhause schaffen. Meer, Strand und Palmen sind nicht gerade eine Strafe. Und wenn es uns nicht gefällt, suchen wir uns ein anderes Plätzchen.«

Es klang so einfach.

Und zu Nicholas' Verblüffung war es tatsächlich so. Einfach.

Der kleine Ort empfing das junge Paar mit freundlichem Lächeln. Hier war man Fremde gewohnt und stellte keine Fragen. Die Farben Floridas waren so intensiv, dass sie sich wie eine Decke über seine Vergangenheit legten. Ihr Leuchten füllte jeden dunklen

Winkel aus, in dem Schmerz, Zweifel und Selbstvorwürfe hätten hausen können. Die Palmen schwangen sanft in einem zeitlosen Wind, der Winter wagte sich fast nie bis hierhin, und die Sonne wärmte so kraftvoll, dass er mit dem letzten unverrückbaren Rest Kälte tief in seinem Innersten, die noch aus dem Keller seines Elternhauses stammte, leben konnte.

Von der Kraft und der Zuversicht, die ihm die tropischen Farben schenkten, geriet immer mehr in seine Bilder, zusammen mit etwas von der erfrischenden Kühle aus seiner Heimat. Die Bilder taten den Menschen, die unter der Hitze stöhnten, gut. Nicholas' Kunst war bald gefragt. Bella tat das Ihrige, und ihre Großeltern sorgten dafür, dass sich ihr Freundeskreis für den Künstler und seine Lebensgefährtin öffnete, als wären sie hier schon immer zu Hause gewesen.

»Du wirst jeden Tag besser«, sagte Bella eines Nachmittags, als sie über seine Schulter hinweg auf die Staffelei sah, wo sich auf der Leinwand ein Garten vor einer alten Hütte ausbreitete.

Sie hatten ein schlichtes Haus in Strandnähe gemietet, wo es einen Raum mit großem Fenster gab, den Nicholas als Atelier nutzen konnte. »Übrigens, ich bin schwanger.« Sie sagte es sachlich und eher beiläufig.

»Du bist was?« Er ließ den Pinsel sinken und sah sie verblüfft an, als hätte sie verkündet, dass ein Delfin die Treppe heraufgestiegen wäre.

Sie strich ihm über die Haare. »Mach dir keine Sorgen. Es ist alles gut so.«

»Ist das wirklich in Ordnung für dich?« Er hatte über Kinder nie nachgedacht. Viel zu sehr war er mit sich selbst beschäftigt gewesen. Die Vorstellung war völlig neu für ihn. Doch jetzt stieg ein überraschendes, unbekanntes Gefühl in ihm auf. Wie eine der Wellen, denen ein plötzliches Aufschäumen den Schwung gibt, sich weiter den Strand hinaufzuwagen als die anderen.

»Natürlich, Nico. Nun lass dich nicht weiter stören. Ich wollte es dir nur sagen.« Sie wandte sich zum Gehen.

»Bella! Bella?«

»Ja, Lieber?«

»Bella, ich freue mich!« Er zog sie an sich.

Draußen klang der Ruf eines Silberreihers. Vor dem offenen Fenster flirrte ein Kolibri vorbei, und Palmwedel malten Schattenbilder auf den Boden. Nicholas atmete tief ein. So angekommen hatte er sich noch nie gefühlt.

Tiryn

2000

13

Ein Geschenk von Nicholas

Sie hatte unruhig geschlafen. Der Mann mit den hellen Augen und dem Umhang geisterte durch ihre Träume, rief mit seiner sanften Stimme nach ihr, und immer wieder wirbelte ein Windstoß den Samen aus dem Bernstein um sie herum und dann fort über das Meer. Sie wachte mit dem Gefühl auf, etwas Dringendes nicht erledigt zu haben. Für einen Augenblick bildete sie sich ein, einen Duft nach Zitrone, Zimt und Sandelholz zu riechen. Sie schnupperte, doch der Duft musste zum Traum gehört haben.

»Lara?« Noch im Nachthemd lief sie durch das Haus, doch ihre Mutter war nicht nach Hause gekommen. Auch das Auto war noch fort. Tiryn war nicht überrascht. Lara war schon oft ein paar Tage verschwunden, um dann wohlbehalten wieder aufzutauchen. Auf Fragen, wo sie gewesen ist, antwortete sie immer nur vage. »Unterwegs.«

Diesmal jedoch hatte Tiryn ein besonders ungutes Gefühl. Lara hatte wirklich Grund gehabt, wütend und verstört zu sein.

Sie rief bei Nicholas an.

»Opa Nick, hast du was von Lara gehört oder gesehen?«

»Nein.« Er klang erschöpft. Bestimmt hatte auch er kaum geschlafen.

»Opa Nick, ich muss zur Arbeit, aber ich komme später vorbei, dann reden wir, ja?«

»Das wäre schön. Tiryn …« Hilflos verklang seine Stimme, die ihr immer so verlässlich vorgekommen war, so stark, dass sie die kleine Tiryn forttragen konnte in ein kühles, leuchtendes Land.

»*Achukma hote*, Opa Nick. Es ist gut. Ich bin okay. Pass auf dich auf. Wir sehen uns später, ja?«

»Wenn du Lara siehst, sag ihr ...« Wieder wusste er nicht weiter.

»Wenn ich sie finde, reden wir alle zusammen. Ich bring sie zu dir. Bis dann.«

Die Prellungen von gestern schmerzten. Das Müsli schmeckte wie Sand. Sie ließ es stehen und radelte zur Arbeit. Der Schnitt in ihrem Fuß brannte beim Druck auf das Pedal.

»Guten Morgen, Debbie«, sagte sie zu der Frau am Tresen. »Weißt du, ob meine Mutter heute Dienst hat?«

Debbie blätterte im Plan der Zimmermädchen.

»Ja, aber ich habe sie noch nicht gesehen.«

»Sie ist nicht erschienen«, sagte Nelson Sanborn, der hinter ihr aus dem Büro kam.

»Es tut mir leid, Mister Sanborn. Ich weiß auch nicht, wo sie ist.«

»Schon gut, Tiryn. Annie ist eingesprungen. Sag Bescheid, wenn ich irgendwie helfen kann.« Er hatte immer ein Auge zugedrückt, wenn es um Lara ging. »Du machst es durch deine Überstunden wett«, sagte er, wenn Tiryn sich wieder einmal bei ihm bedanken musste.

Tiryn öffnete die Boutique, goss die Blumen am Fenster und nahm eine Kopfschmerztablette. Sie war beinahe froh darüber, dass kurz darauf eine Familie mit drei Kindern einfiel, die ihre ganze Aufmerksamkeit benötigten, sollten sie nicht den Laden zerlegen.

Der Mittag kam und ging, ohne dass sie es merkte. Sie arbeitete mechanisch, bis ihre Schicht zu Ende war und Peri erschien, um sie abzulösen. Auf einer Wolke guter Laune schwebte sie herein, das blühende Leben persönlich.

»Wir haben einen Hochzeitstermin festgelegt. Ende September!«, verkündete sie.

»Fein. Bis dahin schaffe ich das mit dem Kleid.«

»Mensch, wie siehst du denn aus? Kimoni hat schon angedeutet, dass du leichtsinnig warst. Bitte pass besser auf meine Trauzeugin auf!« Spontan umarmte sie Tiryn, die für einen Moment den Kopf an ihre Schulter lehnte. Dann gab sie der Freundin einen sanften Schubs Richtung Tür. »Raus an die frische Luft mit dir. Ruh dich aus. Lara wird schon auftauchen.«

Das hatte sich also bereits herumgesprochen.

»Ich muss mit Opa Nick reden!«

»Aber vorher gehst du schwimmen – am besten im Pool – und legst dich eine Stunde hin«, ordnete Peri an.

»Vielleicht mach ich das. Aber nicht im Pool! Wer geht da freiwillig rein, wenn er ein Meer in Reichweite hat?«

»Das klingt schon wieder erfreulich nach Tiryn, wie ich sie kenne. Bis morgen! Melde dich, wenn du mich brauchst!«

Tiryn trat aus der kühlen Halle in die grelle Mittagssonne. Heute tat die Hitze gut, scheuchte die Schmerzen aus ihren Knochen. Nach dem Schleudergang in der Welle gestern hatte sie sich wie achtzig gefühlt.

Sie streckte die Arme zum Himmel. Irgendetwas knackte in ihrem Rücken. Schwimmen war sicher eine gute Idee. Bei Tag betrachtet, hatte Kimoni recht. Es hatte keinen Sinn, Lara zu suchen, sie konnte überall sein.

»Tiryn! Tiryn, hörst du nicht? Warte doch!« Erst jetzt bemerkte sie, dass jemand nach ihr rief.

Es war Debbie, die rufend und gestikulierend hinter ihr her lief.

»Tiryn, Telefon! Komm zurück! Es ist wichtig!«

Das ungute Gefühl aus der Nacht war sofort wieder da. »Was ist? Wer …?«

»Ein Krankenhaus aus Fort Myers!«, keuchte Debbie und drückte ihr den Apparat in die Hand.

»Tiryn Porter. Hallo? Wer ist da?« Im Hörer klang nur ein Rauschen. Debbie winkte sie hektisch zurück in die Halle.

»Der Empfang! Du bist zu weit von der Station weg!«

Im Gebäude wurde die Verbindung besser. Tiryn lauschte angestrengt, während Debbie sie auf den Stuhl schob, stellte Fragen, notierte mit zitternden Fingern eine Adresse und eine Nummer. »Ja. Ja, danke.« Benommen legte sie auf.

Debbie hatte inzwischen Nelson Sanborn aus seinem Büro geholt und ein Glas Wasser für Tiryn.

»Hier!«

Gehorsam schluckte Tiryn, während sie versuchte, die Worte zu sortieren, die die ernste, freundliche Arztstimme gesprochen hatte. Dann sah sie ratlos zu Nelson auf.

»Ein Stinktier! Meine Mutter hat noch nie auf jemanden Rücksicht genommen. Und jetzt ist sie ausgerechnet einem Stinktier ausgewichen!« Sie legte den Kopf in die Arme und brach erst in ein hysterisches Lachen, dann in Tränen aus.

Nelson Gesichtsausdruck war von Sorge über Unglauben einem unwillkürlichen kurzen Anflug von Heiterkeit gewichen und hatte sich dann in Erschrecken gewandelt. Er setzte sich neben sie und nahm sie in den Arm. Er ließ sie einen Moment weinen, dann drückte er ihr ein Taschentuch in die Hand.

»So, nun ist gut«, sagte er mit der festen Stimme, mit der er sie schon als kleines Kind getröstet hatte. »Was genau ist passiert?«

Tiryn fand ihre Beherrschung wieder, richtete sich auf und putzte sich die Nase.

»Irgendwo auf dem Weg nach Fort Myers ist sie dem Stinktier ausgewichen, von der Straße geschleudert und erst gegen ein Verkehrsschild und dann gegen eine Palme geprallt. Sie wird gerade operiert. Sie hat ein Schädelhirntrauma, Rippenfrakturen und einen Beckenbruch. Es besteht der Verdacht, dass innere Organe verletzt wurden. Aber sie glauben – der Arzt – er meint, dass sie außer Lebensgefahr ist.«

»Soll ich dich hinfahren?«

»Er sagt, das hat keinen Sinn. Sie operieren noch lange. Und dann darf sie keinen Besuch haben. Frühestens morgen, aber da wird sie noch im künstlichen Koma gehalten.«

»Hatte sie getrunken?«

»Nein, sie war wohl tatsächlich nüchtern – und trotzdem ist sie einem Stinktier ausgewichen.«

Diese Tatsache bekam Tiryn einfach nicht mit ihrer Mutter zusammen, die sich noch nie für andere Lebewesen interessiert und stets gegen Tiryns Haustiere gewettert hatte. Die sich nie darum geschert hatte, ob ihr Verhalten die Gefühle ihrer Mitmenschen verletzte.

»Möchtest du zu uns kommen und bis morgen bleiben? Du solltest nicht allein sein«, bot Nelson an.

Tiryn holte tief Luft und stand auf.

»Danke, aber ich muss zu Nicholas! Er wartet auf mich, er muss doch Bescheid wissen. Ich werde bei ihm bleiben bis morgen, und dann können wir zusammen in die Klinik fahren.«

Sie sehnte sich nach Stille. Das Dröhnen in ihrem Kopf war laut genug. Die Worte des Arztes schossen wild darin hin und her und mischten sich mit Bildern ihrer Mutter, die sie nicht sehen wollte. Dazwischen huschte ein kleines, schwarzweißes Tier herum.

Sie ließ ihr Rad stehen und nahm den langen Weg am Strand zu Nicholas, weil sie hoffte, dass sich mit jedem Schritt im Sand die Welt wieder etwas wirklicher anfühlen würde.

»Ein Stinktier«, murmelte Nicholas verständnislos. Sie saßen zusammen auf der Treppe und sahen über die Dünen, als könnten sie irgendwo am Horizont des Rätsels Lösung entziffern. »Und sie war nüchtern, sagst du?«

»Ja. Sie haben einen Bluttest gemacht. Wegen der Operation.«

»Wenigstens etwas«, sagte Nicholas tonlos.

Tiryn legte ihre Hand auf seine, die sich trotz der feuchten Hitze kalt anfühlte.

»Erst Henny. Dann Bella. Jetzt Lara. Ich bringe nur Unglück«, murmelte er.

»Oma Bella hatte Krebs. Dafür kannst du nichts!«, widersprach Tiryn heftig. »Sie war glücklich mit dir. Trotz Henny.«

»Das stimmt.« Ein zärtliches Lächeln flog über Nicholas' müdes Gesicht. Er drehte seine Hand, umfasste Tiryns. »Danke, dass du noch mit mir redest. Meine Lüge tut mir so unendlich leid, aber sie ist zu groß und zu alt, als dass eine Entschuldigung helfen könnte.«

»Ich habe viel nachgedacht. Beim Schwimmen. Im Meer gibt es nicht nur Bilder, sondern auch Antworten.«

»Das hat Henny auch immer gesagt.«

»Ich kann dich verstehen. Ich weiß selbst, wie viel Macht die Bilder haben. Sie lassen einen nicht los. Ich glaube nicht, dass es ein Richtig oder Falsch gab. Du musstest dich entscheiden. Vielleicht hast du Henny tatsächlich das Leben gerettet. Oder dein eigenes. Und Henny war trotz allem für ihr eigenes Leben verantwortlich. Hast du ihr nie einen Brief geschrieben?«

Nicholas zupfte an einem Fussel am Saum seiner Shorts.

»Nein. Jedenfalls nicht, solange sie lebte. Erst war es zu früh. Sie wäre mir sofort gefolgt, und genau das wollte ich ja nicht. Sie sollte an dem einzigen Ort bleiben, an dem sie glücklich sein konnte. Dann war es irgendwann zu spät. Ich hatte beinahe begonnen, meine eigene Lüge zu glauben. Schließlich war die DDR abgeriegelt. Sie hätte gar nicht mehr kommen können und hätte sich womöglich in große Gefahr begeben. Ich wollte es ihr nicht unnötig schwermachen. Ich hoffte ja, sie wäre längst mit einem anderen Mann glücklich, vielleicht mit diesem Joram.«

»Hat es dir geholfen zu wissen, dass deine Vorahnungen stimmten? Dass die Wachtürme wirklich gebaut wurden? Dass viele Menschen auf der Flucht ertranken und erschossen wurden und noch viel mehr in Gefängnissen landeten?«

»Ja, das hat geholfen, dass ich mich nicht mehr ganz so wie ein Schurke fühlte.«

»Schließt du immer noch aus, dass du mit Henny in der DDR hättest glücklich werden können?«

Nicholas zögerte nicht. »Ja. Ich hätte es nicht ausgehalten, eingesperrt zu sein. Nicht noch einmal. An jenem Tag, als ich Henny kennenlernte und sie mit mir auf diesen Baum stieg, da habe ich mir geschworen, dass mir die Freiheit, die ich da oben spürte, niemand mehr nehmen würde. Henny hat mir geholfen, mich gegen meine Angst aufzulehnen – und gegen meinen Vater. Er hat mir noch oft den Hintern versohlt, aber er hat es nie wieder geschafft, mich im Keller einzusperren. Da unten hatte ich immer das Gefühl zu ersticken. Oft gab es kaum Licht, und die Kälte sickerte aus den Mauern, schien mir hundert Jahre alt zu sein und kroch in meine Knochen. Ich wusste, dort würde ich sie nie wieder herausbekommen. Ein Stasigefängnis hätte ich nicht überlebt. Nicht einmal die Vorstellung konnte ich ertragen. Ich wäre mit oder ohne Henny an der Grenze gestorben oder eben im Gefängnis. Und sie wäre auf einmal die Frau eines Staatsfeindes gewesen und hätte sich für mich geopfert, ohne zu zögern.«

»Ihr hättet in den Westen gehen können. An der Ostseeküste bleiben, nur eben auf der Westseite.«

»Auf keinen Fall. Früher oder später wäre Henny einfach losgeschwommen, weil sie nach Hause wollte. Sie hätte sich den Grenzsoldaten ebenso entgegengestellt wie damals meinem Vater. Aber die hätte sie nicht eingeschüchtert. Ich möchte mir nicht vorstellen, was passiert wäre.«

»Und wenn du sie mitgenommen hättest – bist du sicher, dass sie nicht doch in Amerika hätte glücklich werden können?«

»Todsicher. Heute noch. Wir haben oft darüber gesprochen, ob es möglich wäre, woanders zu leben, schon als Kinder, auch später. Sie spürte, dass sie an einem anderen Ort verwelken würde wie eine Blume, der man die Wurzeln nimmt. Sie war Teil vom Wind am Weststrand, von den Silberpappeln, vom Licht über dem Hafen. Ich habe oft gedacht, dass nicht der berüchtigte Hendrik Badonin sie gezeugt hatte, sondern die Insel selbst.«

»Dann hast du es nicht falsch gemacht. Möglicherweise war es nicht die beste und nicht die einzige Lösung. Vielleicht hättest du ihr trotz allem die Chance geben sollen, selbst zu entscheiden. Aber du hast getan, was du konntest.«

»Und jetzt liegt Lara im Koma.«

»Das ist auch nicht deine Schuld.«

»Oh, doch. Sie wäre nicht so labil, wenn man sie nicht einen

Bastard geschimpft hätte. Wenn sie nicht geglaubt hätte, ich liebte ihre Mutter nicht. Wenn ...«

»... wenn sie nicht so gern in Selbstmitleid verfallen würde. Ich glaube langsam, das hat sie von dir. Hör mal, diese Selbstzerfleischung hat wirklich keinen Sinn. Wir müssen für Lara da sein. Wenn du unbedingt was wiedergutmachen willst, ist das jetzt deine Chance.«

»Sie wird mich nicht sehen wollen, geschweige denn mit mir reden.«

»Sie muss. Das Gute an der Situation ist, dass sie diesmal nicht weglaufen kann.« Tiryn stand auf. »Ich mache uns einen Tee.«

»Weißt du, was mir schließlich noch geholfen hat?«, sagte Nicholas. »Henny hat damals gesagt, wenn wir verheiratet wären, würden wir zusammen endlich einen Namen für das Haus finden. Als ich nach ihrem Tod dort war, habe ich gesehen, dass sie auch ohne mich einen Namen gefunden hat. Er stand auf einem Schild, das über dem Gartentor hängt. NAURULOKKI. Das heißt Lachmöwe auf Finnisch. Ich habe es nachgeschlagen.«

»Das klingt schön.«

Während Tiryn in der Küche hantierte, hörte sie Nicholas die Treppe hinaufsteigen und oben im Schlafzimmer rumoren, dann kam er zurück. Als sie den Tee auf die Veranda trug, saß er wieder dort. Tiryn wünschte sich, sie wäre wieder klein. Wie oft hatte sie hier mit ihm gesessen, sich an ihn gelehnt und seinen Worten von dem fernen schmalen Land auf der anderen Seite des Meeres gelauscht, von dem kleinen Hafen und dem Schnee, aus dem die Kinder Männer bauten. »Warum machen sie das, Opa Nick?«

»Zum Spaß. Oder vielleicht, weil solche Männer keine Fehler machen können.«

»Baust du mir dann so einen Mann zum Heiraten, wenn ich groß bin?«, hatte sie ihn gefragt.

Er hatte gelacht. »Nein, Tallulah, den wirst du selbst finden müssen.«

Jetzt war sie groß, und einen Mann zu finden war ganz bestimmt gerade nicht ihr Problem. Sie stellte den Tee neben Nicholas. Sein Blick war abwesend, wie aus weiter Ferne.

»Opa Nick? Was ist?« Sie erschrak. Dann entdeckte sie, dass er das Bernsteinschiff in der Hand hielt. Wie lange hatte sie das nicht mehr gesehen! Irgendwann war es von seinem Platz auf der Fensterbank verschwunden.

»Ich mag seinen Anblick nicht mehr«, hatte er erklärt, als sie danach fragte.

Jetzt hielt er es zärtlich, strich mit dem Finger über den glatten, schimmernden Rumpf. Die Sonne fiel auf die silbernen Segel, die schwärzlich angelaufen waren. Trotzdem spiegelten sie das Licht und warfen Reflexe in Nicholas' Gesicht.

»Stell dir vor«, sagte er heiser, »ich habe sie gesehen. Henny. Gerade eben. Ich hatte plötzlich einen starken Drang, das Schiff aus dem Schrank zu holen. Ich hatte es in meinem alten Rucksack aufbewahrt. Seit ich Hennys Grab besucht habe, habe ich nichts mehr im Bernstein gesehen. Keine Bilder, keine Erinnerungen, keine Henny. Auch vorher immer seltener. Aber jetzt gerade war ihr Bild da drin, und sie winkte mir zu. Stell dir das vor. Sie winkte mir zu und sie lächelte. Sie sah mir direkt in die Augen. Und sie sah nicht aus wie damals, sondern wie – wie auf einem Foto in einem Kunstmagazin, als sie älter war. Alt. Kurz vor ihrem Tod.«

»Vielleicht siehst du sie wieder, weil die Lüge nun zu Ende ist?« Nicholas sah Tiryn erstaunt an.

»Du hast recht. Das könnte sein. Mir ist seitdem – leichter zumute.«

»Und deshalb kannst du die Erinnerungen wieder zulassen. Henny hat doch damals gesagt, sie sind in dem Schiff sicher aufgehoben. So hast du es erzählt. Offenbar hatte sie recht.«

»Ja. Ja, das hatte sie wohl.«

»Ich möchte so gern herausfinden, wie man das macht. Wie man Bernstein so verarbeitet, dass er die Erinnerungen aufnehmen und bewahren kann.«

»Henny hat mir nie erzählt, woher sie die Schiffe hatte. Vielleicht wüsste es Myra. Du warst jedenfalls die Einzige, die außer mir etwas im Schiff sehen konnte. Bella nicht, Jason Fielding nicht, Sam nicht, nicht mal Nanaiya.«

Er nahm Tiryns Hand und legte das Schiff hinein.

»Ich möchte es dir schenken. Ich brauche es nicht mehr. Es klingt verrückt, aber ich habe seit eben das Gefühl, sie hat mir verziehen. Bitte nimm es.«

Ihr fiel auf, dass seine Schultern gerader wirkten und sein Blick lebendiger als in letzter Zeit. Nun wusste sie ja, welche Last ihn zuvor so gebeugt hatte.

Tiryn starrte auf das Schiff. Es wog mehr in ihrer Handfläche, als sie in Erinnerung hatte. Warum hatte sie das Gefühl, damit eine Verantwortung übernommen zu haben? Wofür?

»Das kann ich nicht annehmen. Es sind doch deine Erinnerungen!«

»Die bleiben trotzdem in mir lebendig. Nun, da ich dir alles erzählt habe, sind sie mir wieder ganz nahe. Das Schiff hat seine Aufgabe erfüllt – für mich. Wer weiß, was es noch für welche hat. Ich möchte nicht, dass es eines Tages verlorengeht, wenn ich nicht mehr da bin.«

Tiryn sah erschrocken auf. »Geht es dir nicht gut?«

»Doch. Aber ich werde alt, weißt du.« Er lächelte sie beruhigend an.

Tiryn hielt das Schiff gegen das Abendlicht, in dem es honigfarben aufglühte. Da – ein Huschen darin, dann ein Gesicht – nein, zwei. Henny und eine andere Frau mit einem langen Zopf.

»Myra könnte etwas über die Schiffe wissen, meinst du?«

»Nun ja, Henny und sie sind Freundinnen geblieben. Henny könnte ihr etwas erzählt haben.«

»Kannst du ihr nicht schreiben und sie fragen?«

»Myra hat mir nicht verziehen.« Nicholas seufzte. »Ich bin ihr kurz begegnet, als ich Hennys Grab besucht habe. Sie ist furchtbar wütend auf mich. Man kann es ihr nicht übelnehmen.«

»Was bedeutet sie dir – diese Myra?«

»Sie war fünf Jahre älter als ich. Sechzehn, als ich sie an Hennys zehntem Geburtstag kennenlernte. Sie hatte die Pubertät hinter sich, wir vor uns, also schien der Unterschied damals noch größer. Sie war fast wie eine Mutter für uns, denn sie kümmerte sich um jeden. Ihr Vater war im Krieg gefallen, ihre Mutter depressiv. Sie baute Kartoffeln und Gemüse an und tauschte den Bernstein, den sie fand, gegen Lebensmittel ein. Myra fand mehr Bernstein als alle anderen auf dem Darß. Jemand nannte sie einmal die Bernsteinbeschwörerin, und der Name blieb hängen. Sie war mir näher als meine Mutter, man konnte über alles mit ihr reden, obwohl – oder weil – sie immer sachlich war und nicht zu Sentimentalitäten neigte. Manchmal aber war sie auch eine Spielkameradin, lustig und ausgelassen. Jemand, mit dem wir Pferde stehlen konnten.«

»Klingt gut.«

So eine mütterliche Freundin hätte ich auch gut gebrauchen

können, dachte Tiryn. Sie hatte Nelson und Sam und Opa Nick, aber Nanaiya war die einzige Frau, die sie um Rat fragen konnte. Und Nanaiya war zwar sehr weise, aber auch sehr alt und nicht immer ganz auf der Höhe der Zeit. Und weit weg noch dazu.

Myra. Die Bernsteinbeschwörerin. Diese Frau klang geheimnisvoll und merkwürdig faszinierend. Es wäre sicher spannend, sie kennenzulernen.

Das Schiff wurde warm in ihrer Hand. Sie suchte nach ihrer Tasche, kramte darin herum. Andere Frauen hatten Lippenstift bei sich. Tiryn hatte stets ein Silberputztuch, damit sie ihre selbstgemachten Schmuckstücke auf Hochglanz bringen konnte, ehe sie sie für die Käufer einpackte. Damit polierte sie die Segel, bis sie wieder hell glänzten. Nicholas sah ihr schweigend zu, während sich die Dämmerung auf die Dünen legte und der Zikadenchor laut wurde.

Sie dachte an ihren geheimnisvollen Retter. Sie würde ihn so gern wiedersehen. »Höre auf den Wind in den silbernen Segeln«, waren seine Worte gewesen. »Es ist Zeit ...«

»Opa Nick, kennst du einen großen Mann mit hellen Augen, der einen Umhang trägt und deutsch spricht? Einen Mann mit sanfter Stimme und einem Rasierwasser, das nach Zitrone, Zimt und Sandelholz duftet ...«

»Wie? Nein, nie gesehen«, sagte Nicholas abwesend. »Tiryn, ganz gleich, ob es richtig oder falsch war, was ich getan habe, ich habe sie alle verletzt – Henny, Myra, meine Mutter, Bella, Lara, alle Frauen in meinem Leben. Ich kann es nicht mehr ändern. Bei dir wenigstens möchte ich alles richtig machen. Ich weiß, dass du dir wünschst, die Ostsee zu sehen und Ahrenshoop kennenzulernen. Vermutlich ist auch das meine Schuld. All die alten Geschichten, die ich dir erzählt habe! Wahrscheinlich habe ich dir nur meine eigene Sehnsucht aufgedrängt. Aber es wäre gut, wenn du reist. Du musst mehr von der Welt kennenlernen. Und wer weiß, was für Antworten du dabei findest.« Er räusperte sich. »Ich will dir nur sagen: Wenn du dich dazu entschließt, werde ich dich unterstützen. Am Geld soll es nicht scheitern. Ich habe noch ein Konto in Wustrow. Das ist ganz in der Nähe von Ahrenshoop. Darauf ist der Pflichtteil aus dem Erbe meines Vaters. Er hat mich zwar enterbt, aber den Pflichtteil konnte er mir nicht nehmen.«

»Hast du nie wieder Kontakt zu deinen Eltern gehabt?«

»Ich habe ihnen geschrieben, gleich nachdem ich in New York ankam. Und dann alle paar Jahre wieder. Es kam nie eine Antwort. Mein Vater überlebte meine Mutter um fünfzehn Jahre. Nach seinem Tod bekam ich die Mitteilung vom Testamentsvollstrecker. Das Geld aus dem Pflichtteil habe ich nie angefasst. Es kam mir schmutzig vor. Aber du bist seine Urenkelin. Es steht dir zu. Und ich habe das Gefühl, bei dir würde es etwas wiedergutmachen. Du kannst es bedenkenlos annehmen. Sieh es als Schmerzensgeld, das mir für die Stunden im Keller und für die Prügel zusteht. Es würde mich wirklich glücklich machen, wenn du etwas damit anfangen kannst. Das würde eine alte Wunde schließen.«

»Das ... das kann ich nicht annehmen ...« Tiryn versuchte, sich vorzustellen, dass ihr Traum in den Bereich des Möglichen rückte.

Doch solange es Lara so schlecht ging, schien der bloße Gedanke an diese Reise unanständig. Lara würde selbst im besten Fall noch lange Pflege brauchen.

»Danke, Opa Nick«, sagte sie. »Aber im Moment geht das wirklich nicht. Lara ...«

»Ja. Lara. Lara hat das Land, in dem ihre Seele zu Hause ist, nie gefunden«, sagte Nicholas traurig. »Bella brauchte keins, für sie war ich es. Und ich habe mein Exil selbst gewählt. Aber dich sehe ich auf Dauer nicht hier. Ich möchte, dass du deinen eignen, deinen richtigen Ort findest. Dass du glücklich wirst. Dafür musst du irgendwo anfangen zu suchen.«

»Da hast du vielleicht recht. Aber jetzt geht es eben nicht.«

»Trotzdem. Ich wollte nur, dass du das mit dem Konto weißt. Das Geld hat so lange dort gelegen. Es wird ja nicht schlecht.«

Tiryn umarmte ihn. Sie war zu müde für weitere Worte. Zu müde für weitere Gedanken.

Nicholas ging es ähnlich. Beide schliefen tief und fest in dieser Nacht.

Tiryn hatte das Schiff oben im Gästezimmer auf die Fensterbank gestellt. Mondlicht glänzte in den silbernen Segeln, die sich in einem stillen, zeitlosen Wind bauschten.

Als sie aufwachte, fiel ihr Blick darauf.

Seltsam. Hatte sie es nicht abends mit dem Bug zum Meer, nach Westen gestellt? Doch, sie war sich sicher.

Jetzt aber wies der Bug dorthin, wo die Sonne aufging. In die Richtung, in der in weiter Ferne das andere, kühle Meer lag, das sie hier die Baltische See nannten.

Die Ostsee.

14

Ungewissheit

Lara sah in dem breiten Krankenhausbett noch schmaler aus als sonst. Wie eine zarte Eintagsfliege, gefangen im Spinnennetz der Kabel und Schläuche, die von ihr weg in Maschinen führten. Diese tickten vor sich hin, als zählten sie eine Zeit herunter. Laras Augen waren geschlossen. Nichts regte sich.

»Machen Sie sich keine Sorgen, sie ist stabil«, sagte der Arzt und schraubte am Tropf herum. »Wir lassen sie noch ein paar Tage schlafen, damit ihr Körper sich erholen kann. Die Operation ist sehr gut verlaufen, nur ihre Leberwerte ... hmm.« Er räusperte sich. »Leider wird sie wegen des Beckenbruchs lange liegen müssen, und danach werden Rehabilitationsmaßnahmen durchgeführt. Das können wir aber hier in der Klinik machen.«

Mit einem aufmunternden Nicken verließ er den Raum. Nicholas und Tiryn standen hilflos herum und sahen auf Lara herunter.

»Sie sieht so – entspannt aus«, sagte Tiryn staunend. »So entspannt habe ich sie überhaupt noch nie gesehen, auch nicht im Schlaf. Fast fremd. Aber auch schön. Näher als sonst. Echter. Ach, ich weiß auch nicht, wie ich das ausdrücken soll.«

»So sah sie als kleines Mädchen aus«, sagte Nick versonnen. »Ehe sie in die Schule kam. Bevor das Leben schwierig für sie wurde und bevor sie anfing zu glauben, der Alkohol sei ihr einziger Freund.«

»Den bekommt sie hier jedenfalls nicht. Das wird ihr guttun. Aber wie soll es weitergehen, wenn sie wieder laufen kann?«

»Ich werde mich um sie kümmern. Wenn sie mich lässt. Es wird Zeit, dass ich mich endlich um sie kümmere.«

»Das kannst du nicht, Opa Nick. Nicht allein. Und sie wird es nicht wollen. Aber ich bin ja da.«

Er öffnete den Mund, um zu widersprechen, schloss ihn dann wieder.

Sie konnten vorerst nur abwarten.

Auf dem Weg in die Klinik hatte Tiryn Nicholas' Wagen gefahren, auf dem Rückweg saß er am Steuer. Tiryn, die sich wenig aus Musik machte, war ausnahmsweise froh, als er das Radio andrehte. Lara war so still gewesen, so unheimlich, dass Tiryn im Moment alle Töne willkommen waren. Sogar über Laras mexikanische Flüche hätte sie sich gefreut. Sie lehnte sich zurück und schloss die Augen, um die Erinnerung an das grelle Neonlicht und die weißen Laken zu verdrängen. Kurz darauf schlief sie ein.

Ein Tag verging und noch einer. Lara lag noch immer reglos in der Klinik. Tiryn arbeitete, so gut es ging, und lenkte sich damit ab, an Peris Brautkleid zu nähen. Es war gar nicht einfach, Angst und Traurigkeit von dem Stoff in ihren Händen fernzuhalten. Nichts davon durfte sich in die weichen Falten schleichen oder in der Stickerei haftenbleiben. Tiryn lächelte über sich selbst. Was für eine absurde Befürchtung.

Sie hätte gern mit ihrem Vater darüber geredet, aber Sam war seltsam distanziert seit Laras Unfall. Er wollte sie auch nicht besuchen.

»Meine Anwesenheit würde sie doch nur aufregen«, meinte er und sah so unglücklich aus, dass Tiryn ihn nicht weiter bedrängte und nur tröstend umarmte.

Mit Opa Nick zu reden war immer leichter gewesen als mit

Sam. Sie waren sich sofort nahe gewesen. Sam war von Anfang an bemüht und reizend zu Tiryn, und sie liebte ihren Vater, aber die versäumte Kleinkinderzeit war nicht aufzuholen, zumal sie ein Mädchen war. Frauen waren und blieben Sam seit dem Desaster mit Lara ein Rätsel. Ein unheimliches Rätsel. Er widmete sich am liebsten seiner Kunst.

»Er fühlt sich hilflos«, erklärte Nick ihr. »Die Situation erinnert ihn an damals, als Lara verschwunden war. Und auch daran, wie es war, als sie wiederkam und nichts war mehr wie vorher. Sie wollte sich nicht von ihm helfen lassen. Und du warst ihm so neu und fremd. Er fühlte sich wie ein Versager. Jetzt ist es wieder so. Er fühlt sich grundlos schuldig. Das Gefühl kenne ich, nur gibt es bei mir Gründe.«

Tiryn seufzte. Ihre Familie! Was für ein Gefühlschaos. Kein Wunder, dass der Gedanke an ein fernes, stilles Land so verlockend war. Einfach mal alles hinter sich lassen. Nein, es war nicht nur Nicholas' Sehnsucht, die auf sie abgefärbt hatte. Es war ganz sicher ihre eigene!

Den Bernstein aus dem alten Haus hatte sie auf die Fensterbank neben das Schiff gelegt. Zwar fühlte sie seine warme, glatte Oberfläche gern, wenn sie die Hand in die Tasche steckte, doch hatte sie das Gefühl, er verstärke ihr Fernweh, und das konnte sie gerade gar nicht gebrauchen.

Höre auf den Bernstein und auf den Wind in den silbernen Segeln.
Tiryn stöhnte und vergrub den Kopf unter ihrem Kissen, doch die Stimme des Fremden klang in ihrem Kopf, nicht in ihren Ohren.

»Wer bist du?«, fragte Tiryn den Himmel draußen, doch das Zikadenkonzert und das Rauschen der Brandung hinter den Dünen waren die einzige Antwort.

Am nächsten Tag fuhr sie nicht ins Krankenhaus. Hotelgäste hatten die *Ibis* für eine Tagestour gebucht, und Tiryn war schon seit letzter Woche eingeteilt, Kimoni zu begleiten und sich um die Gäste zu kümmern.

»Wenn es gar nicht anders geht, finden wir Ersatz, aber das wird schwer. Und ich bin der Meinung, dass du unbedingt frische Luft um die Ohren brauchst«, sagte Nelson zu Tiryn.

»Das meine ich auch«, stimmte Kimoni zu.

Sie hatten recht. Nach all dem Autofahren, den Sorgen und den engen Krankenhausfluren mit dem Geruch nach Desinfektionsmitteln und Urin brannte in ihr ein Hunger nach dem Horizont und der Weite. Der Arzt hatte sie am Vorabend beruhigt.

»Die Werte werden immer besser. Es sind keine Komplikationen aufgetreten. Ich rufe Sie an, wenn sich etwas ändert. Sie können hier morgen ohnehin nichts tun. Übermorgen werden wir Ihre Mutter aufwecken.«

Tatsächlich waren Luft, Himmel und Meer eine Befreiung, ein Rausch, eine fast schon fremd gewordene Welt weit fort von den piependen Maschinen. Kimoni steuerte die *Ibis* in eleganten Schwüngen über das Meer. Tiryn erzählte der begeisterten Gruppe von den zarten Lebewesen, über die der durchsichtige Schiffsboden hinwegglitt. Tangwälder, Seepferdchen, Korallenbänke, Fischschwärme, bunte Schwämme, Papageienfische. Nach dem sterilen Weiß der Klinik kam ihr alles selbst neu und wundersam vor.

»Es muss phantastisch sein, hier zu leben«, sagte ein Familienvater mit Sehnsucht in der Stimme.

»Ja, das ist es«, stimmte Tiryn zu.

Phantastisch, ja, das war es. Aber es war für sie auch nie völlig wirklich, sondern ein steter Traum, der zu lange dauerte. Sie hatte oft das Gefühl, diese ganze exotische Schönheit wäre irreal und es würde ihr irgendwann nicht mehr gelingen, aufzuwachen und in eine wirkliche Welt zu finden.

Sie machten Halt an einer der vielen kleinen unbewohnten Inseln. Kimoni vertäute die *Ibis* an einem Steg und verteilte Lunchpakete mit dem höflichen Hinweis, bitte nirgends Papier oder anderes liegen zu lassen und stets in Sichtweite zu bleiben. Fröhlich schwatzend verteilten sich die Leute am Strand, gingen schwimmen oder legten sich hin und staunten durch die Palmwedel in den Himmel. Andere suchten Seesterne oder beobachteten die Silberreiher. Tiryn hatte Kescher aus dem Boot mitgenommen und zeigte zwei Halbwüchsigen, wie man damit Muschelschalen aus dem knietiefen Wasser holen, auf dem Sand ausschütten und darin Schätze finden konnte. Zarte weiße Engelsflügelmuscheln, Alphabetkegel mit geheimnisvollen Zeichen darauf, schneckenförmige Haifischaugenmuscheln, Pantoffelmuscheln, Chinesenhütchen und winzige Coquinas in allen Farben.

»Tiryn, Tiryn, was ist das?«, rief eines der Kinder.

»Zeig mal. Oh, das sind Seenadeln. Wundervoll, oder? Sie müssen schnell wieder ins Wasser!«

»Wie aus einem Märchen. Elfen oder so was«, staunte das Mädchen andächtig. Tiryn hatte die zarten, fingerlangen Wesen mit dem winzigen Seepferdchengesicht, die wie aus Glas wirkten, auch immer geliebt. Über die Köpfe der Kinder hinweg lächelte sie Kimoni an.

»Alles okay bei dir?«, fragte er.

Tiryn gab den Kindern das Netz zurück und watete zu ihm an den Strand.

»Ich weiß es nicht. Ich muss verrückt sein, nicht für immer hier leben zu wollen, oder?«

»Nein«, sagte Kimoni, der selten Worte verschwendete.

Tiryn lachte auf. »Ich würde doch sowieso nicht ohne dich klarkommen. Wer sonst sollte mir solche Antworten geben?«

»Oh, die kann ich dir auch per Mail oder Telefon geben. Manche Menschen sind für bestimmte Orte geboren. Dies hier ist nicht deiner. Na und? Finde ihn. Du musste kein schlechtes Gewissen haben, nur weil das hier für viele der Inbegriff des Paradieses ist.«

Tiryn sah hinaus auf das türkisgrüne Wasser, in das die Seegraswiesen dunkelgrüne Flecken malten. Es duftete nach Tang und Frangipani, und der Sand war nach dem langen Waten im Wasser angenehm heiß unter ihren Sohlen. Der limonig-frische Geschmack vom Ocean Lime Pie aus dem Lunchpaket lag noch süß auf ihrer Zunge. Aus dem Dickicht hinter den Dünen rief ein Vogel wie ein Glockenton. Die Palmen und Seetraubenbäume waren knallgrün vor dem makellosen Himmel, die Trichterwinden blau auf dem weißen Sand, und andere Blumen wucherten leuchtend gelb und violett am Fuß der Dünen. Ein smaragdgrüner Kolibri huschte dazwischen herum. Aber all diese Farben fühlten sich grell und laut an, und die dichte Hitze machte das Atmen schwer.

Als Lara mit ihr nach Florida zurückgekehrt war, war der siebenjährigen Tiryn dieser Ort tatsächlich wie das Paradies erschienen – nach den lauten mexikanischen Städten und den schmutzigen Kneipen, in denen Lara stets gelandet war, wenn sie umherzog. Doch auch das Paradies hatte sich nie wie ein Zuhause angefühlt. Sie wohnten immer noch in einem Hotel, nach all den Jahren, auch wenn es eine Personalwohnung war. Lara hatte sich nie um eigene Möbel gekümmert. Sie waren noch immer auf der Durchreise, Lara und sie.

Tiryn steckte die Hand in die Hosentasche und fühlte den glatten Bernstein, der in dem Moment, als sie ihn berührte, schwerer wog. Hatte sie ihn nicht heute Morgen auf der Fensterbank liegen lassen? Wie kam er jetzt in ihre Tasche?

»Das Problem ist«, sagte sie zu Kimoni, »seit Opa Nick mir das Geld angeboten hat, scheint es, als ob Ahrenshoop ganz nahe gerückt ist. Als ob ich nur die Hand danach austrecken müsste, nur einen Schritt machen. Und gleichzeitig ist die Entfernung wegen Laras Unfall noch größer geworden als davor. Es verwirrt mich. Als ob ich die Orientierung verloren hätte.«

»Hast du nicht. Warte einfach ab. Die Dinge ordnen sich oft von selbst, Tallulah. Weißt du noch, warum Nanaiya dir diesen Namen gegeben hat? Hüpfendes Wasser?«

»Sie sagte, ich würde über Hindernisse in meinem Leben hüpfen wie Wasser über Steine im Flusslauf, oder sie notfalls durch Hartnäckigkeit abnutzen, bis ich darüber oder daran vorbeikomme.«

Sie dachten beide an die kleine Zeremonie, die Nanaiya abgehalten hatte, bei Nanaiya in Mississippi am Pearl River, an Tiryns zehntem Geburtstag. Lara hatte nicht teilgenommen, es waren nur Sam, Opa Nick, Nanaiya, Kimoni und Peri dabei gewesen. Es war bei Sonnenuntergang, und anschließend hatten sie am Feuer Flusskrebse gegessen. Nanaiya hatte ihr beim Abschied einen kupfernen Armreif mit einem silbernen Flusskrebs darauf geschenkt. Man konnte ihn biegen, so dass er mit Tiryns Arm mitwachsen würde.

»Der soll dich an den heutigen Tag erinnern und dir Glück und Ausdauer bringen«, hatte sie gesagt.

Der Gedanke an Nanaiyas Worte machte Tiryn Mut.

»Vielleicht hast du recht. Notfalls muss ich noch ein paar Jahre träumen. Ahrenshoop gab es, als Henny klein war. Da wird es noch eine Weile auf mich warten.«

»Wir müssen zurück.« Kimoni sah nach dem Sonnenstand. »Lass uns die Leute zusammenrufen – und bloß niemanden vergessen.«

Müde, verschwitzt und hungrig gingen sie abends von Bord der *Ibis*. Die Sonne würde bald untergehen. Shaui kam ihnen aus dem Pflanzendickicht entgegen und schnüffelte an Tiryns Händen.

»Sorry, heute keine Marshmallows, Shaui.«

»Bist du okay allein oder möchtest du bei uns schlafen?«, bot Kimoni an.

»*Achukma hote*. Shaui ist ja da.«

Sie stellte die Dusche auf kühl, dachte beinahe erfolgreich an nichts, lauschte dabei dem Plätschern und fühlte sich entspannter als seit Tagen. Der Wind trieb den nächtlichen Duft der Engelstrompeten zum Fenster herein, die in der Hoteleinfahrt blühten. Der Zikadenchor schwoll an und mischte sich in das Rauschen des Wassers. Sie summte ein Lied vor sich hin, um nur ja keine der lauernden Grübeleien aufkommen zu lassen.

Schließlich hörte sie das Klingeln doch, das sich hartnäckig durch die Badezimmertür und alle Geräusche kämpfte. Sie brauchte einen Moment, ehe sie es einordnen konnte. Telefon.

Das kann klingeln, dachte sie verträumt. Das kann warten. Ich bin nicht da.

Dann wurde sie hellwach. Die Klinik! Was, wenn es die Klinik war? Wenn etwas mit Lara war?

Sie stolperte aus der Dusche, wickelte sich notdürftig ein Handtuch um und stand tropfend in dem winzigen Flur.

»Hier Tiryn Porter! Hallo?«

»Tiryn! Hey, hallo.« Heiser, aber deutlich.

»Lara?«, fragte Tiryn ungläubig. Der Deckenventilator über ihr blies eine Gänsehaut auf ihre Schultern. Oder war es der merkwürdig fröhliche Unterton in der Stimme ihrer Mutter?

»Genau. Ich bin schneller aufgewacht, als sie dachten. Ganz früh heute Morgen. Da staunst du, was? Ich bin ja sonst eher eine Langschläferin.«

Tiryn dachte an die vielen Tage, an denen sie eine verkaterte, übernächtigte Lara noch nicht einmal mittags aus dem Bett bekommen hatte.

»Kann man wohl sagen. Geht es dir – wie geht es dir?« Tiryn bekam die muntere Stimme nicht so schnell mit der reglosen, zerbrechlichen Gestalt im Spinnennetz der Schläuche zusammen.

»Es geht mir gut. So gut wie schon lange nicht mehr. Das wollte ich dir nur sagen. Ich weiß, es ist spät. Wir können uns morgen unterhalten. Du kommst doch morgen, ja?«

»Ja. Ja, natürlich, gleich morgen nach der Arbeit.«

Seit wann nahm Lara Rücksicht darauf, ob es spät war? Seit wann wollte sie sich unterhalten? Seit wann freute sie sich, wenn Tiryn anwesend war?

»Geht es dir wirklich gut?«

»Aber ja. Dank Trey, weißt du.«

Nein. Wusste sie nicht. »Wer ist Trey? Der Arzt?«

Lara lachte. Wann hatte sie das letzte Mal gelacht? Es klang ein wenig gruselig, wegen der Heiserkeit. Die kam sicher von dem Schlauch, der in Laras Hals gesteckt hatte. »Du kennst Trey nicht? Der Arzt hat doch gesagt, du warst meistens hier. Na egal, dann lernst du ihn morgen kennen. Bis dann. Schlaf schön.«

Schlaf schön? Hatte sie diese Worte überhaupt schon mal von ihrer Mutter gehört?

»Lara, warte mal. Kannst du dich an den Unfall erinnern?«

»Ja, ganz deutlich. Wie an einen Film. Ein kurzer Film. Wie so ein Werbespot, weißt du. Warum?«

Werbespot. Aha.

»Warum bist du ausgewichen?«

»Da war ein Stinktier. Es hat mich ...« Lara räusperte sich.

»Es hat dich was?«

»Es hat mich an dich erinnert. An früher. Es saß da und sah auf einmal aus wie du.«

Tiryn sah die Worte vor sich, als wären sie mit Tinte quer durch den Flur in die Luft geschrieben, in Laras großer, kringeliger, unordentlicher Handschrift. Sie unterdrückte ein hysterisches Kichern.

»Sein Blick meine ich«, ergänzte Lara hastig. »Und seine Haltung. Es guckte so verschreckt unter seinen schwarzen Strubbelhaaren hervor, starr vor Angst, wie eingefroren. So wie du als Kind, wenn ich – wenn ich nicht nett war.«

Tiryn wusste beim besten Willen nicht, was sie sagen sollte.

»Außerdem habe ich dich manchmal Koni genannt, als du ein Baby warst. Weil ich immerzu Windeln wechseln musste, und gleich hat es wieder gerochen.«

»Koni? Das ist das Choctaw-Wort für Stinktier. Ich habe dich noch nie ein Wort aus der Sprache meines Vaters gebrauchen hören.«

»Damals schon, weil ich ihn anfangs vermisst habe. Ich war so allein mit dir. Zum Glück wurden die Jungs von der Band ganz gute Ersatzonkel. Die fingen dann auch an, dir die Windeln zu wechseln, wenn ich nicht – konnte. Und da haben sie dich dann auch Koni genannt. Es war lieb gemeint.«

»Klar.«

»Dem Stinktier ist nichts passiert«, versicherte Lara schließlich. »Tatsächlich glaubt mir keiner, dass es überhaupt da war. Wenn es verletzt worden wäre, hätte man es ja gefunden.«

»Okay. Schlaf jetzt lieber. Ruh dich aus. Wir sehen uns morgen.«

Tiryn legte auf und stellte verwirrt fest, dass sie immer noch nur ein Handtuch trug und in einer Pfütze stand. Sie zog sich an, wischte auf, machte Tee und setzte sich damit auf die Stufen. Die warme Nacht legte sich wie eine Decke um sie. Am Himmel stand der Vollmond. Sein Licht ließ die Palmwedel glänzen. Shaui war noch da und hockte sich neben Tiryn, die ihr ein Marshmallow holte. Shaui verschlang es mit zwei Bissen und sah Tiryn hoffnungsvoll an.

»Nein. Das Zeug ist ungesund. Stell dir vor, ein Stinktier! Ein *Stinktier* hat sie an mich erinnert, weil es sie unter schwarzen Strubbelhaaren erschrocken angesehen hat. Kannst du dir das vorstellen?«, sagte Tiryn zu Shaui. »Jetzt weiß ich wieder, warum man sie trotz allem lieben muss.«

15

Möglichkeiten

Lara lag nicht mehr auf der Intensivstation. Die Schwester dirigierte Tiryn zu einem Zimmer in einem ganz anderen Gebäudeteil. Dort lehnte Lara gegen ein dickes, sonnengelbes Kissen, die Haare gekämmt und ein Lächeln auf den Lippen, das Tiryn schon sehr lange nicht mehr gesehen hatte. Oder hatte sie es überhaupt schon mal gesehen? Etwas war anders an ihrer Mutter, Tiryn wusste nur noch nicht, was.

Das Lächeln galt jedoch nicht ihr. Lara hatte sie noch gar nicht entdeckt. Die Ursache für das Lächeln war ein großer, dünner Mann, der auf Laras Bettkante saß. Er sah Tiryn zuerst und stand auf. Staunend sah sie zu, wie er seine langen Glieder entfaltete. Er war bestimmt zwei Meter hoch, und sein grauweißer, unordentlich hochstehender Igelhaarschnitt fügte wie ein Sahnehäubchen noch einige Zentimeter hinzu. Er winkte Tiryn mit einem langen Arm herein.

»Hey, du musst Tiryn sein. Lara hat viel von dir erzählt.«

Tiryn fragte sich, was. So viel wusste ihre Mutter nicht von ihr. Sie hatte sich immer nur für sich selbst interessiert. Aber das Leuchten in den warmen braunen Augen dieses Unbekannten, der einen weißen Kittel trug, verscheuchte diesen hässlichen Gedanken. Sie starrte ihn unwillkürlich länger an, als höflich war. Dieser Mann gehörte zu den seltenen Menschen, die ihr sofort und uneingeschränkt sympathisch waren, ob sie wollte oder nicht. Die einen Raum so mit ihrer Gegenwart erfüllten, dass man gerne in ihrer Nähe war und sich leichter dabei fühlte, ohne zu wissen, warum. Die Persönlichkeit, die er ausstrahlte, war wie das Land, in dem er lebte: weich wie der Sand, warm und hell wie die Sonne, stark und beständig wie der Wellengang.

»Hallo«, sagte sie.

Lara strahlte ihr sofort entgegen, als hätte sie nie etwas anderes getan. Sie streckte die Arme aus, und Tiryn umarmte ihre Mutter unbeholfen. Weil es so überraschend war. Weil sie so froh war, dass Lara lebte. Und weil es sich fremd, aber richtig anfühlte.

»Es tut mir leid, dass ich dich so erschreckt habe. Aber ich habe dir ja erklärt, wie es kam.«

»Das Stinktier, ja.«

»Und das ist Trey. Trey Thornton. Er ist Pfleger. Er war hier, als ich aufwachte. Der Erste, den ich sah.«

»Es tut mir leid, dass ich nicht da war«, sagte Tiryn.

»Das macht nichts. Die Ärzte haben mir gesagt, dass sie mich erst morgen wecken wollten. Du musstest doch arbeiten. Trey war ja da.« Sie sagte es, als wäre mit dieser schlichten Tatsache alles, aber auch alles in Ordnung gekommen.

Tiryn setzte sich auf die Bettkante, in die erhebliche Delle, die Trey Thornton dort hinterlassen hatte. Was war das nur in den Augen ihrer Mutter, wenn sie Trey ansah? War sie etwa verknallt? Lara war noch nie verknallt gewesen, geschweige denn verliebt. Sie hatte One-Night-Stands gehabt. Affären. Aber verliebt war sie nicht einmal in Sam gewesen. Sie hatte nur eine Ehe gewollt, auf Teufel komm raus, und Sam war willig und neben ihr unscheinbar genug gewesen, um ihr nicht die Show zu stehlen. Das hatte sie selbst einmal so erzählt, nach einer halben Flasche Gin. Lara hielt nicht viel von Männern, und an Liebe glaubte sie schon gar nicht.

Tiryn sah von einem zum anderen. Nein, Liebe war es nicht. Es war Vertrauen! Lara hatte noch nie jemandem vertraut – Nicholas nicht, Bella nicht wirklich, sich selbst schon gar nicht. Und ihre Tochter hatte sie nur als ein nun mal vorhandenes Anhängsel betrachtet.

Aber jetzt gab es jemanden, dem sie vertraute! Tiryn konnte das verstehen, sie spürte selbst, dass Trey aufrecht war wie der Mast der *Anhinga* und klar wie das Wasser in dem Fluss, in dem sie die versteinerten Muscheln gefunden hatte. So wie Laras Blick Trey folgte, war er im Augenblick ihr Halt in der Welt, in die sie von Gott weiß wo zurückgekehrt war.

Hoffentlich geht das gut, dachte Tiryn. Ein Pfleger in einer Klinik hatte schließlich jede Menge Patienten. Lara war nur eine unter vielen. Das hatte sie noch nie ertragen.

Aber auch Trey sah ihre Mutter seltsam an. Gleichgültig war sie ihm nicht, warum auch immer. So erstaunlich war das vielleicht gar nicht. Lara war blass und hatte Ringe unter den Augen, aber etwas von ihrem alten Glanz lag trotzdem auf ihren Schultern wie ein seidener Umhang.

»Ich lass euch zwei dann mal allein«, sagte Trey. »Ihr habt sicher viel zu besprechen.«

Leise schloss sich die Tür hinter ihm. Der Raum wirkte auf einmal leer.

Tiryn war die Bettkante zu nahe und zu unbequem. Sie zog sich einen Stuhl heran.

»Ich wachte auf und sah Trey da sitzen und hatte das Gefühl: Alles wird gut«, erklärte Lara. »Ich weiß, das klingt verrückt. Er ist wie ein Anker. Manchmal fällt der so, dass du hundertprozentig weißt: dieses Boot kann nicht abtreiben.«

Tiryn musste lächeln. Sie konnte sich nicht erinnern, wann

Lara das letzte Mal auf einem Boot gewesen war, aber sie war eben doch ein Kind der Küste, geboren und aufgewachsen mit Salzluft in der Lunge und Wind in den Haaren.

»Ich wachte auf und musste unbedingt von einem Traum erzählen, den ich gehabt hatte. Der musste raus, weil ich nicht genau wusste, wo der Traum aufhörte und die Wirklichkeit anfing. Ich war so dazwischen, weißt du. Und Trey war da, also habe ich ihm den Traum erzählt. Und weil er so gut zuhörte, habe ich einfach weitererzählt. Was ich bei dem Unfall gedacht habe. Dann mein ganzes Leben. Er brachte mir Wasser, schüttelte meine Decke auf, stellte die richtigen Fragen und hörte einfach weiter zu. Er wollte nur noch einmal nach mir sehen, ehe er nach Hause ging. Er hatte eigentlich frei. Aber er blieb und hörte zu. Und als ich fertig war, erzählte er von sich.«

Laras Beine lagen unbeweglich fixiert unter der Decke, aber ihre Finger kneteten an einer Falte im Bezug herum.

»Hast du Schmerzen?«, fragte Tiryn.

»Wenig. Sie haben mir was gegeben. Das kommt erst, wenn ich wieder laufen lerne, sagt Trey. Aber ich werde noch eine Weile liegen müssen. Hör mal, wir müssen reden.«

»Tun wir das nicht gerade?«

»Ja. Schon. Ich meine, ich will dir was sagen.«

»Okay. Ich bin hier. Ich höre.«

»Etwas ist anders. Nicht wegen dem Koma und dem Unfall und so. Vorher schon. Kennst du das, dass es auf einmal einen Moment gibt, ganz ohne Vorwarnung, einfach so – einen Moment, in dem du weißt, dass sich in deinem Leben gerade etwas geändert hat oder ändern wird? So als ob deine Welt kurz anhält und sich dann mit einem Ruck in eine andere Richtung bewegt? Und du weißt hundertprozentig und mit deinem ganzen Inneren, dass sie sich nicht mehr in die alte Richtung zurückdrehen wird?«

Für Tiryn war es so neu, dass ihre Mutter sich auf diese Art mit ihr unterhielt, mit einer klaren Stimme und solchen Gedanken, dass es ihr schwerfiel, sich auf Laras Worte zu konzentrieren.

Sie dachte an den Moment, als ihre Finger sich in dem alten Haus das erste Mal um den Bernstein schlossen. Da hatte sie genau das von Lara beschriebene Gefühl gehabt.

»Ja. Ich weiß, was du meinst.«

»Das war genauso – an dem Tag, als ich durch die Gegend fuhr. Du weißt ja, ich war wütend auf Nicholas. Weil er uns alle angelogen hatte. Vorher war ich wütend auf Henny Badonin, seit ich mich erinnern kann. Und auf Bella, die sich gefallen ließ, dass Nicholas nicht zu ihr stand. Auf die Kinder, die mich auslachten, weil meine Eltern nicht verheiratet waren. Später auf meine Fans, weil sie mir nicht treu blieben. Ich war immer auf alle wütend. Auch auf mich, weil ich nichts mehr auf die Reihe bekam. Und an diesem Tag, da war durch Nicholas' Eröffnung alles in mir aufgewirbelt wie Sand in einer Welle. Durcheinander. Ich fuhr und fuhr, bis es sich setzte und ich wieder klar im Kopf wurde. Und da wusste ich: Alles war falsch. Die Wut und so. Die bringt nichts. Ich wusste, ich will das nicht mehr – mit dem Trinken. Ich kann nicht so weitermachen. Ich will und muss einen anderen Weg gehen. Dies ist nicht mehr meiner.« Lara hörte auf, an dem Stoff herumzuziehen. Ihre Hände wurden ruhig, und sie sah Tiryn an. »In dem Moment kam das Stinktier angelaufen, von rechts. Es sprang vor den Wagen und erstarrte vor Schreck. Es sah mir direkt in die Augen. Ich sagte ja schon, es erinnerte mich an dich. Wie erschrocken du mich oft angesehen hast, ganz starr, um nichts falsch zu machen. Das wollte ich auch nicht mehr. Da bin ich ausgewichen und gegen das Schild geprallt. Es war ein Stoppschild. Für einen Moment sah ich es ganz groß vor mir. Das war wie eine Überschrift für meine Gedanken. Es kann doch kein Zufall sein, dass ich ausgerechnet gegen ein Stoppschild geknallt bin, oder? Ich meine, das hätte irgendein Schild sein können. Vorfahrt. Überholverbot. Geschwindigkeitsbegrenzung. Umleitung. Aber nein, es war ein Stoppschild! Das sagt doch alles, oder?«

Tiryn bemühte sich, Laras Überlegungen zu folgen. »Du musst die Zeichen lesen«, hatte Nanaiya ihr beigebracht. Nanaiya glaubte an Zeichen, wobei sie eher die in der Natur meinte. Ob ein Stoppschild auch dazu zählte? Aber wenn es Lara half, ihre Gefühle zu ordnen, warum nicht.

»Und jetzt?«

»Mir ist klargeworden, dass nicht nur ich etwas ändern muss. Du musst das auch! Ich weiß von deinem Traum. Ich weiß auch, dass du nicht wirklich hierhergehörst. Warum auch immer. Ob es daran liegt, dass ich dich als Kind in Mexiko herumgeschubst habe, oder daran, dass dir Nicholas diese Flausen von der Ostsee in den Kopf gesetzt hat. Oder ob es ganz andere Gründe hat. Das musst du schon selbst herausfinden. Was ich sagen will: Du kannst gehen. Du hast lange genug auf mich aufgepasst. Ich muss mein Leben selbst in die Hand nehmen. Ich bin nicht mal fünfzig, zum Donnerwetter. Noch lange nicht. Du musst dich nicht um mich kümmern wie um eine alte Frau. Geh und werde glücklich! Das ist das einzige Geschenk, was ich dir machen kann. Ich habe dir noch nie eins gemacht. Es wird Zeit.«

Es wird Zeit. Das hatte der Fremde am Strand auch gesagt. Der, der ihr den Bernstein hingelegt hatte. Opa Nick hatte ihr das nötige Geld angeboten, und nun gab Lara sie frei.

Wenn das keine Anhäufung von Zeichen war! Wie kam es nur,

dass alles auf einmal in Bewegung geriet, gerade jetzt, wo sie sich doch damit abgefunden hatte, dass Lara lange Zeit auf ihre Hilfe angewiesen sein würde?

Henny Badonins Bild im Meer, Nicholas' Geständnis. Damit hatte alles begonnen, sich zu verändern. Sogar Lara.

»Ich kann dich doch jetzt nicht allein lassen. Du wirst noch lange nicht laufen können. Und dann ...«

»Und das löst das Alkoholproblem nicht. Ich weiß. Aber vorerst komme ich an Schnaps nicht ran.« Lara deutete auf ihre Beine. »Und außerdem«, sie hustete. Tiryn reichte ihr das Glas Wasser vom Nachttisch. Laras Stimme war heiserer geworden.

»Du bist müde«, sagte Tiryn besorgt. »Ruh dich aus. Wir reden morgen weiter.«

»Ja, ich bin müde. Aber du solltest dich mit Trey unterhalten. Er kann dir alles besser erklären.«

»Lara, Trey ist ...«

»Nur ein Pfleger. Ich bin nur eine Patientin. Ich weiß. Aber gerade, weil er Pfleger ist, kann er dir eine Menge erklären. Sprich mit ihm! Bis morgen, Tiryn.«

Sie lehnte sich erschöpft zurück und schloss die Augen.

Tiryn zögerte. Einem ungewohnten Impuls folgend, küsste sie Lara auf die Stirn. Ihre Mutter öffnete die Augen nicht mehr, aber ihr Lächeln war echt und strahlend. Wie ganz früher, als sie noch klar und kühl und leuchtend sang wie eine nordische Fee – so hatte man sie in der Presse genannt.

Tiryn folgte dem langen Flur und fand sich auf einer überdachten hölzernen Terrasse. Trey beugte sich dort gerade über einen Patienten im Rollstuhl. Als er Tiryn sah, winkte er ihr zu. »Ich komme gleich!«

Er legte dem Patienten eine Decke über den Schoß, sagte etwas zu ihm, klopfte ihm auf die Schulter und drückte ihm ein Buch in die Hand. Dann ging er zu dem Wasserspender, füllte zwei Pappbecher und warf eine Handvoll Eiswürfel aus der riesigen Eiswürfelmaschine hinein. Schon das Klirren erfrischte Tiryn. Wie oft hatte sie sich als Kind aus dem geheimnisvollen, großzügigen Bauch der Maschine die Würfel zum Lutschen geholt. Die Eiswürfelmaschinen würden ihr in Deutschland fehlen, schoss ihr durch den Kopf. Wie absurd, dachte sie dann. Ausgerechnet die Eiswürfelmaschinen? Sonst nichts? Und warum tat sie so, als wäre sie schon beinahe fort? Egal, was Lara sagte – es kam nicht in Frage, sie jetzt im Stich zu lassen, hilfsbedürftig, wie sie war.

Sie setzte sich in einen der im Schatten der Veranda herumstehenden Korbstühle. Trey setzte sich zu ihr und reichte ihr einen Becher. Dankbar trank sie das eiskalte Wasser.

Trey trank auch und sagte nichts. Tiryn stellte fest, dass man mit ihm gut schweigen konnte, und das, obwohl sie ihn gar nicht kannte. Das verwirrte Knäuel Gefühle in ihr löste und entspannte sich ein wenig.

»Lara erzählte mir, dass du einen Traum hast. Einen Traum von einem Ort«, sagte er schließlich.

»Ja. Aber es geht nicht.«

»Du *glaubst*, es geht nicht«, verbesserte er.

»Ich kann Lara nicht allein lassen. Jetzt schon gar nicht, wo sie doch nicht laufen kann. Und wenn sie wieder laufen kann ...«

»Du musst keine Rücksicht nehmen. Sie hat mir selbst von ihrem Alkoholproblem erzählt. Im Übrigen sieht man es auch an den Blutwerten. Schau mal.« Er neigte sich zu ihr und teilte seinen hochstehenden Haarschopf mit zwei Fingern. Sie sah eine dicke rote Narbe, die quer über die Seite seines Schädels lief. Eine alte

Platzwunde, der man noch ansah, mit wie viel Stichen sie einmal genäht worden war.

»Das war mein Vater. Er hat eine Bierflasche nach mir geworfen, als ich neun war. Er war auch Quartalstrinker.« Trey lehnte sich wieder zurück.

»Oh«, fiel Tiryn nur ein. Jetzt sah sie Trey mit anderen Augen.

»Ich weiß also, wovon ich rede, wenn ich dir sage: Die größte Hilfe, die du Lara geben kannst, ist, sie allein zu lassen. Das heißt, nicht allein, sondern hier, wo sie professionelle Hilfe bekommt. Natürlich funktioniert das nur, wenn sie es wirklich möchte. Sie hat mir glaubhaft versichert, dass das der Fall ist. Nach vielen Jahren Arbeit mit Alkoholikern habe ich Erfahrung darin zu unterscheiden, wer es ernst meint und wer nicht. Lara meint es ernst. Sie ist an dem Tiefpunkt angekommen, der einen Alkoholiker zum Umdenken bringen kann.«

»Aha.«

Trey stand auf, beschäftigte sich mit einem anderen der Automaten und kehrte mit einer Tüte Erdnüsse zurück, die er zwischen sie auf den Tisch legte.

»Ich hatte heute noch keine Zeit zu essen«, erklärte er. »Also, es ist so. Lara muss lernen, Verantwortung für ihr Leben zu übernehmen. Für ein Leben, wie sie es in Zukunft leben will. Es ist nicht gut, wenn du oder sonst jemand ihr dabei Händchen hält und sie beschützt. Sie muss lernen, klarzukommen und das entsprechende Erfolgsgefühl haben. Wir haben hier an der Klinik eine Station für Alkoholkranke aufgebaut. Dort kann man eine Langzeittherapie machen. Drei Monate dauert das etwa, je nach Fall auch sechs. Dort lernen sie alles wieder. Das fängt schon mit dem Aufstehen am Morgen an. Mit dem Bettenmachen. Lara könnte natürlich aufgrund ihrer Verletzungen nicht gleich an allem teilnehmen. Sie kann noch nicht einmal auf diese Station verlegt werden. Sie braucht erst einmal die Reha, muss wieder laufen lernen. Aber das ginge hier alles parallel. An den Gesprächsgruppen könnte sie gut teilnehmen, reden kann man schließlich auch im Liegen.« Trey kaute genüsslich an den Erdnüssen, schluckte. »Und eine Regel dieser Therapie ist, dass die Patienten in den ersten Wochen keinen Kontakt zu ihren Angehörigen haben dürfen. Sie sollen für eine gewisse Zeit ganz heraus aus ihrem gewohnten Umfeld, aus allen Verstrickungen, Schuldgefühlen und so weiter. Sie müssen Abstand gewinnen, Ruhe und Zeit zum Nachdenken bekommen. Angenommen also, Lara entschließt sich teilzunehmen – dann dürftest du sowieso keinen Kontakt zu ihr haben. Wäre das nicht für deine Reise der ideale Zeitpunkt? Ich verspreche dir, ich werde mich gut um Lara kümmern!«

»Nur, weil sie Hilfe braucht?«

»Deswegen – und auch, weil ich sie mag. Sehr sogar.« Eine leichte Röte fuhr in seine Wangen, was ihn noch mehr wie einen zu lang geratenen Lausbuben aussehen ließ.

Tiryn dachte nach. Natürlich hatte sie sich auch schon über Therapien informiert – immer wieder in den letzten Jahren. Sie hatte alles schon gelesen, was Trey ihr gerade gesagt hatte. Aber es hatte bis jetzt völlig theoretisch geklungen. Ein einziges Mal hatte sie Lara dann tatsächlich vorgeschlagen, Hilfe in Anspruch zu nehmen. Wutanfälle und eine ganze Woche Vollrausch waren die Folge gewesen.

Und nun saß ihr Trey gegenüber wie die Gestalt gewordene Antwort auf alle Probleme, und Lara schien ihn als ihren Retter zu betrachten.

»Übrigens, mein Vater hat seit vierzig Jahren nichts mehr getrunken«, sagte er.

»Glaubst du, Lara wird das auch schaffen?«

»Das kann sie nur selbst herausfinden. Die Frage für dich ist: Kannst *du* es schaffen?«

»Wie meinst du das?« Tiryn war verwirrt.

»Wenn die Ausrede, Lara beschützen zu müssen, wegfällt – kannst du dann loslassen? Schaffst du es, dich auf den Weg zu machen und in die Tat umzusetzen, wovon du träumst?«

Diese Frage hatte sie sich bisher nicht gestellt.

»Ich bin mir nicht sicher«, gestand Tiryn. »Ich muss nachdenken. Das ist eine völlig neue Situation. An den Gedanken, dass ich das tatsächlich machen könnte, muss ich mich erst gewöhnen.«

Trey reichte ihr die Erdnusstüte. Dankbar für die Ablenkung fragte sie sich, ob Erdnüsse für sie von nun an nach dem Beginn eines neuen Lebens schmecken würden.

»Tu das, aber denke nicht zu lange nach«, riet Trey. »Schon mancher hat dadurch seine Chance verpasst. Möglicherweise ist es einfach Zeit dafür. Nicht nur für Lara. Auch für dich.«

Es ist Zeit.

»Du sagtest, Lara dürfte keinen Kontakt zur Familie haben, wenn sie die Therapie beginnt. Wann soll sie denn beginnen?«

»Damit warten wir noch ein paar Tage. Sie muss sich noch von der Operation erholen, und dabei kann der Körper gleichzeitig entgiften.«

»Das heißt, sie kann in den nächsten Tagen noch Besuch bekommen? Ich finde, sie sollte sich vorher mit ihrem Vater und ihrem Mann versöhnen. Oder wenigstens mit ihnen reden.«

»*Du* findest. Das kann ich verstehen, aber es ist besser, wenn Lara das selbst entscheidet. Frag sie.«

»Okay. Mach ich.« Tiryn gähnte. Es war spät geworden.

»Willst du wirklich den ganzen Weg nach Hause fahren?«,

fragte Trey. »Du könntest hier in einem Gästezimmer schlafen – wir haben einige für Besucher, und eine Zahnbürste findet sich dort auch. Dann kannst du morgen mit Lara frühstücken, das freut sie sicher. Oder musst du früh zur Arbeit?«

»Nein, ich habe Spätschicht.« Auf einmal war Tiryn so müde, dass sie gleich hier auf der Veranda hätte einschlafen können. »Trey, das wäre toll.«

Tatsächlich schlief sie tief und traumlos.

»Guten Morgen!«, begrüßte Lara sie fröhlich, als Tiryn morgens etwas zerknittert in ihr Zimmer kam. »Es gibt pappige Brötchen mit sehr süßer Orangenmarmelade und Krankenhaustee. Immerhin genug für uns beide.«

Tiryn war so hungrig, dass ihr sogar das Brötchen schmeckte. Oder war es, weil sie so selten mit ihrer Mutter gefrühstückt hatte?

»Hat Trey dir alles erklärt? Ist er nicht ein Schatz?«, fragte Lara.

»Möchtest du diese Therapie wirklich machen?«

»Ja. Genau das möchte ich«, erklärte Lara mit Überzeugung.

Tiryn spülte mit Tee nach und verzog das Gesicht. »Ich hoffe, du musst dabei wenigstens nicht sechs Monate lang diesen Tee trinken. Sag mal, angenommen, du schaffst das wirklich. Und kannst wieder laufen und all das. Was wird dann? Willst du wieder mit der Band auftreten? Auf Tour gehen? Oder wie stellst du dir das vor? Die Zukunft, meine ich?«

»Nein. Trey sagt, wenn man nicht wieder trinken will, sollte man nicht das tun, was man vorher gemacht hat. Kneipen und Feiern wären bestimmt nicht das Richtige für mich. Ach Tiryn, das ist doch jetzt egal. Die Zeit wird es zeigen!« Lara streckte in einer ungeduldigen Geste beide Arme zur Decke. »Hauptsache, ich lebe mein eigenes Leben und nicht eines, das aus der Wut auf andere besteht. Vielleicht werde ich Kellnerin auf einem Schaufelraddampfer und fahre den Mississippi rauf und runter. Oder ich arbeite auf einer Alligatorfarm. Möglicherweise werde ich Pflegerin hier wie Trey, das wäre etwas Sinnvolles. Oder ich mache ein Heim für angefahrene Stinktiere auf. Das ist im Moment völlig unwichtig. Sicherheit gibt es sowieso nicht, und man kann nicht alles planen. Da kannst du dir eine Scheibe von mir abschneiden, Tochter.« Sie griff nach Tiryns Hand. »Lebe endlich, Tiryn. Es tut mir leid, dass ich nie zur Mutter getaugt habe. Wenn die Jungs von der Band nicht gewesen wären, hätte ich dich vermutlich irgendwann in einer mexikanischen Kneipe vergessen. Ich weiß, was ich dir angetan habe. Ich kann es nicht wiedergutmachen. Geh endlich, und finde das Zuhause, das ich dir nicht geben konnte. Vielleicht hat dir Nicholas durch seine Geschichten tatsächlich den entscheidenden Hinweis geschenkt. Aber hinfahren musst du schon selbst.«

»Und das wäre wirklich okay für dich?«

»Wir dürfen uns sowieso nicht sehen. Trey hat es dir doch erklärt. Wie oft musst du das noch hören?«

»Schon gut. Ich glaube es ja«, sagte Tiryn hastig. Aber eines musste sie noch wissen. »Würdest du vorher noch mit Nicholas reden? Und mit Sam?«

»Warum, weil es dir dann bessergeht? Oder ihnen?«

»Dir vielleicht auch?«

»Ich glaube nicht. Nach der Therapie vielleicht.«

»Okay. Aber überleg es dir noch mal, ja? Ich muss kurz telefonieren und dann los.«

Draußen auf der Terrasse rief sie Nicholas an und berichtete ihm. »Aber leider möchte sie vorerst nicht mit dir reden. Es tut mir leid.«

»Ach weißt du, das ist nicht schlimm. Ich kann warten«, sagte Nicholas. »Bella hatte immer das Gefühl, dass irgendwann alles gut wird. Sie war mit sich und mir im Reinen und glaubte, dass Lara am Ende ihren Weg finden wird. Vielleicht hatte sie recht – wie so oft. Hauptsache, Lara bekommt Hilfe. Dieser Trey wird das besser können als ich.«

Tiryn kehrte zu Lara zurück und verabschiedete sich. Sie umarmten sich mit einem vorsichtigen Abstand.

»Tiryn!«

Schon an der Tür, drehte sich Tiryn fragend um.

»Es ist ein gutes Gefühl. Dass wir beide neue Wege gehen. Aufregend, findest du nicht?«

»Doch – schon.«

»Natürlich nur, wenn du nicht kneifst!«, rief ihr Lara in den Flur hinterher.

Seit langem hat sie sich für nichts begeistert. Und jetzt? *Aufregend* hat sie gesagt. Aufregend!, dachte Tiryn auf dem Weg zurück. Gerade und leer lag die Straße vor ihr. Viel Platz. Viele Möglichkeiten. In ihr stieg ein fremdes, neues Gefühl hoch, sprudelnd, leuchtend, frisch wie Champagner in einem Glas. Lara hatte recht. Es *war* aufregend. Sie könnte es wirklich tun!

Einmal bremste sie kurz. Am Straßenrand lag ein kleiner dunkler Haufen. Der Gestank, der durch das offene Fenster hereinwehte, verriet, dass es sich um ein totes Stinktier handelte, wie so oft auf diesen Straßen.

Aber irgendwo in dieser Gegend lief ein sehr lebendiges Stinktier herum, eines mit wachen Augen und einer Zukunft.

Nicholas

1998

16

Erde, Himmel und dazwischen

»Geht es noch, oder bist du zu müde? Wollen wir zurück?«, fragte Nicholas.

Bella hatte sich auf der Bank zurückgelehnt und stützte sich mit dem Arm auf die hölzerne Balustrade. Sie war blass unter der Bräune ihrer Haut und im Gegensatz zu früher erschreckend dünn. Man sah ihr die Krankheit deutlich an. Doch ihre Augen glänzten, und das vertraute heitere Lächeln lag behaglich in ihren Mundwinkeln.

»Nein, alles in Ordnung, Lieber. Ein bisschen müde wohl, aber glücklich. Lass uns ein wenig bleiben, das Licht ist gerade so schön. Wer weiß, ob wir noch einmal zusammen herkommen können.«

»Ich glaube, ohne dich werde ich auch nicht mehr hier sein. Dies war unser Platz, nur unserer.«

»Ja. Hierher ist sie uns nie gefolgt, deine Henny.«

»Das stimmt«, sagte Nicholas verwundert. »Das war mir gar nicht bewusst, aber du hast recht. Hier habe ich nie an Henny, Myra, die Ostsee, meine Eltern, den Krieg oder auch nur irgendetwas aus meinem alten Leben gedacht. Wahrscheinlich, weil es eine völlig andere Welt ist.«

»Manchmal kam es mir vor, als wäre das ein Ort ganz für sich allein, zwischen allen Welten. Schön, mit dir so viel Zeit hier verbracht zu haben.«

»Ich bin ebenso gern hier wie du. Der Himmel ist hier so groß.

Und all die tausend Flügel der Vögel. So leicht und frei, als wäre jeder nur ein Gedanke. Einer unserer Gedanken. Oder eine Möglichkeit.«

»Und all die Bilder, die du von dieser Landschaft gemalt hast! Sie bleiben und erzählen von unserer Zeit. Es war eine gute Zeit, Nicholas.«

Er sah hinunter. Um sie herum lag ein Meer. Ein Meer aus Mangrovenwäldern, Sümpfen, Flussläufen, flachen Seen, Buchten, Sandbänken: Der »Ding Darling Nationalpark« auf der Insel Sanibel. Sie saßen auf einem der großzügig gebauten Hochsitze, und um sie herum zauberte der Indian Summer Silberfunkeln auf die Oberflächen und Farbtupfen in die Wälder. Schneeweiße Haufenwolken spiegelten sich auf dem stillen Wasser und malten Landschaften hinein. Auf der Sandbank tummelten sich braune Pelikane, rosa Löffelschnäbler, Möwen und Sandläufer. Über ihnen kreiste würdevoll ein Seeadler. Am Ufer dösten Alligatoren verschiedener Größe. Auf der Balustrade saßen ein Zebraschmetterling und ein Schwefelfalter und leckten das Salz, das der Schweiß von Nicholas' Handfläche dort hinterlassen hatte. Im Schilfdach über ihnen flüsterte der Wind.

»Ja, es war eine gute Zeit. Ich muss gerade an Jason Fielding denken. ›Ihr werdet euch schon durchschlagen‹, hat er damals in New York gesagt. ›Das Großartigste am Leben ist genau das: das Durchschlagen.‹«

»Er hatte recht. Am Anfang haben wir uns durchgeschlagen. Und es war aufregend und beängstigend und unmöglich und wundervoll.«

»Ja. Aber dann wurde es mehr als ein Durchschlagen. Es hat auf einmal gestimmt. Damals, in Sarasota in dem alten Wohnwagen ...«

»Als dein Vater Konkurs war und ich noch kaum verdient habe – daran habe ich lange nicht gedacht!«, sagte Nicholas verblüfft. »Ich konnte nur bei gutem Wetter malen, weil drinnen kaum Licht war. Das Ding fuhr ja nicht mal.«

»Ja, es sollte ja auch nur eine billige Unterkunft sein. Ich fand es romantisch. Und als dann der kleine Tornado kam und den Wagen umwarf, und wir lagen unter der Matratze, die du so geistesgegenwärtig über uns geworfen hattest – das war der Augenblick, wo ich wusste, es ist alles richtig, wie es ist. Henny, ja, die hatte einen großen Platz in deinem Herzen, und sie hat ihn für immer. Aber dein Herz ist viel größer und hatte genug Platz für mich. Du warst bei mir, nicht bei ihr. Es war *unser* Leben. Und ich war froh, dass Heiraten für dich kein Thema war. Umso mehr, als wir hier in den Süden kamen und ich sah, wie die perfekten Ehefrauen versuchten, alles für ihre perfekten Ehemänner noch perfekter zu machen.«

Er goss Saft aus einer Thermoskanne in einen Becher und reichte ihn ihr. »Hier, Vitamine für dich.«

Der Duft nach Früchten breitete sich unter dem Schilfdach aus. Der Geschmack von Kokosnuss, Passionsfrucht, Ananas, Orangen, Melonen und Peris Gewürzen legte sich ihnen auf die Zunge wie Frühling. Als finge alles erst an.

Sollte er ihr jetzt die Wahrheit sagen? Nach all den Jahren? Nur, um sein Gewissen zu erleichtern? Fast hätte er es getan, als ihm klarwurde, dass es längst keinen Unterschied mehr machte, ob er Henny oder Henny ihn verlassen hatte. Nicht für Bella. Sie hatte recht. In seinem Herzen war auch für sie Platz gewesen.

»Ich habe dich einmal gefragt, ob du mich doch heiraten möchtest!«, erinnerte Nicholas sie.

»Ja, als ich mit Lara schwanger war. Aber das war für mich kein Grund.«

»Hast du es je bereut – dass wir es nicht getan haben?«

»Nie. Ich hörte die Leute tuscheln und war stolz, dass es mir egal war. Dass wir anders waren. Freie, gleichberechtigte Partner. Ich wollte nie tun, was alle anderen machen.«

»Aber Lara hat darunter gelitten. Sie leidet immer noch. Ich bereue es – ihretwegen.«

Bella lehnte den Kopf an seine Schulter und beobachtete eine Eidechse, die an einer Palme hochkletterte.

»Das musst du nicht. Lara wird ihren Weg finden, sobald sie aufhört, sich selbst leidzutun. Wir hatten es auch nicht leicht. Du wurdest von deinem Vater im Keller eingesperrt. Meine Eltern sind heute noch enttäuscht von mir, weil sie glauben, eine unverheiratete Frau sei kein ganzer Mensch. Irgendjemand zeigt immer mit dem Finger auf einen. Kein Grund, ständig wegzulaufen, wie es Lara tut! Ich bin aber zuversichtlich. Eines Tages wird etwas geschehen, das sie aufwachen lässt, und dann fängt sie an zu leben. Vertraue ihr.«

»Hoffentlich hast du recht. Aber Tiryn – sie leidet auch darunter. Unter Lara. Unter allem, was war.«

»Sie versucht noch, es allen recht zu machen. Aber sie ist anders als Lara. Sie hat deine Stärke. Sie wird ihren Weg gehen. Vielleicht etwas später, aber sie wird ihn finden.«

»*Meine* Stärke? Wenn, dann ja wohl eher deine. Du warst immer die Starke von uns. Bis heute. Ich bin der Feigling. Immer gewesen. Ich bin ebenso weggelaufen, wie Lara es tut. Das hat sie von mir.«

»Du hast die Stärke, Entscheidungen zu treffen und danach zu handeln, wenn du es für richtig hältst. Auch, wenn du zweifelst. Das ist Stärke! Entscheidungen treffen, wenn man keine Zweifel hat, ist leicht. Und du hast die Stärke, in deiner Kunst ungeniert du selbst zu sein.«

Nicholas sah sie erstaunt an. Sah sie ihn wirklich so? Sie machte ihm alles so leicht. Von Anfang an. Er schluckte gegen den Kloß in seinem Hals an.

»Danke, dass du immer für mich da warst.« Er küsste sie.

»Hast du eigentlich jemals ganz aufgehört zu frieren?«, fragte sie.

Er dachte nach. Erinnerte sich an seines Vaters Verachtung und Wut und die lähmende Kälte aus dem Keller seines Elternhauses. Die Kälte, die seitdem verbissen in seinem Innersten festsaß und die nicht einmal Henny hatte ganz vertreiben können, und auch nicht die Sonne Floridas.

»Ja. Hier und in deiner Gegenwart, ja.«

»Das ist gut. Dann ist alles gut.« Sie nahm seinen Kopf in ihre Hände und sah ihn eindringlich an.

»Mach dir nicht so viele Sorgen. Tiryn *hat* deine Stärke und noch mehr. Sie wird sich auch durchschlagen und nicht aufgeben, bis es stimmt. Und du wirst für sie da sein.«

Er legte den Arm fest um sie. »Ja. Und für dich. Noch haben wir uns.«

»Auch wenn heute der letzte Tag wäre, Nico – es war genug Glück für ein ganzes Leben. Für mein Leben. Es ist nicht wichtig, wie lange es dauert. Wichtig ist: Es war wie deine Bilder. Lebendig, bunt und voller Licht. Und die Schatten darin waren manchmal das Beste, denn sie sind voller Geheimnisse und voller Möglichkeiten und geben allem anderen erst Form.«

Zusammen saßen sie da und sahen, wie die Rotbauchschildkröten sich auf einem toten Baumstamm an der letzten Sonne des Tages wärmten. Aus einer Palme blickte sie ein Eichhörnchen-Laubfrosch aus großen Augen an. Eine Mangrovenkrabbe stieg zu ihnen auf die Plattform und leistete ihnen Gesellschaft.

Unten sprang gelegentlich plätschernd ein Fisch hoch, um eine Fliege zu erwischen.

»Du und ich und das Paradies«, sagte Bella leise.

Eine Wasserschlange glitt aus dem Dunkel der Mangrovenwurzeln, in dem schon der Abend wartete, und schwamm auf den Horizont zu. Ihre elegante Vorwärtsbewegung teilte die Oberfläche in zwei Teile und veränderte die Lichtbrechung. Sie zeichnete einen Pfeil aus Silber, der auf die Zukunft zeigte und auf den Himmel.

Tiryn

2000

17

Das kühle Land

»Möchten Sie etwas trinken? Einen Tomatensaft? Wasser?«

Die Stimme der Stewardess riss Tiryn aus einem unruhigen Halbschlaf. Geblendet zwinkerte sie in das künstliche Licht. Wie lange waren sie schon unterwegs? Ihre Kehle war trocken. Sie hatte keine Angst vorm Fliegen. Sie war schon als Kind in Mexiko mit Lara zu Auftritten geflogen, in wackeligen Propellermaschinen, die nie wirkten, als könnten sie heil irgendwo ankommen. Das hier war dagegen Luxus. Aber ein langwieriger Luxus, und die trockene Luft und der Motorenlärm wurden ihr zunehmend unangenehm.

»Ja, ich nehme ein Wasser, bitte.«

Der korpulente Mann neben ihr schlief fest. Das Gleiche galt für die Mehrheit der Passagiere. Das Wasser tat gut. Tiryn sah aus dem Fenster. Es war dämmrig. Dunkel und gewaltig lag das Meer dort unten, so fern, dass man die Wellen nicht erkennen konnte, höchstens eine feine weiße Schaumlinie hier und da. Kalt und fremd sah es aus und hatte kein Ende. Es wirkte, als wäre es die Zeit selbst, über die man flog. Jetzt tauchten sie in graue Wolken, die alle Sicht verschluckten, und mit ihr die Zeit und die Wirklichkeit. Das Flugzeug fing an zu ruckeln. Tiryn war fast dankbar dafür, so konnte sie fühlen, dass es da draußen noch eine Welt gab mit Wind, Wetter und Luftschichten.

Die Mikrophone knackten und warfen eine Durchsage des Kapitäns in die Kabine, der etwas von normalen Turbulenzen erzählte und dass sie wegen Rückenwindes eine Stunde weniger brauchen würden.

Das ist gut, dachte Tiryn erleichtert. Sie war es nicht gewohnt, eingesperrt zu sein. Sie dachte an Nicholas und den alten Keller, von dem er erzählt hatte.

Nicholas …! Sie vermisste ihn jetzt schon. Sie vermisste alle, die sie noch vor ein paar Stunden am Flughafen verabschiedet hatten. Sie vermisste sogar Lara. Wo waren diese letzten Wochen nur geblieben?

Zweifel, ob sie auf dem richtigen Weg war, stürzten sich auf sie wie hungrige Moskitos. Um sie zu verscheuchen, lehnte sich Tiryn zurück, schloss die Augen und erinnerte sich aus dem engen, stickigen Flugzeug fort in die Landschaft, die sie zurücklassen musste.

Der Tag, an dem sie endgültig ihre Entscheidung getroffen hatte. Sie hatte einen Platz zum Nachdenken gesucht und war in das schützende Dämmerlicht des Mangrovenwalds geflüchtet. Das Blätterdach war dicht und fing das meiste Tageslicht ab. Die Luftwurzeln der Mangrovenbäume bildeten ein hohes Geflecht, einen Irrgarten wie ein Gerüst, durch das man klettern konnte. Trat man daneben, gab die sumpfige schwarze Erde schmatzende Geräusche von sich. Es roch schweflig, aber auch nach verborgenen Blüten. Sumpfschnecken in hübschen, braun gemusterten Schneckenhäusern krochen auf den Hölzern herum, ebenso wie Einsiedlerkrebse, die überraschend akrobatisch herumturnten.

Ein junger Alligator tauchte erschrocken ab, als sie sich näherte. Geckos und Mangrovenhörnchen huschten um die Zweige. Gelegentlich flatterte ein Schmetterling vorbei und ließ sich dicht über dem Wasserspiegel nieder, um das angetrocknete Salz von der Rinde zu lecken. Tiryn kletterte auf einen Stamm, der sich schräg über die Bucht hinausneigte und dort neue Wurzeln nach unten getrieben hatte. Sie setzte sich und ließ die Beine baumeln. Es war flach hier. Unten im goldbraunen Wasser sah sie Hufeisenkrebse, die ihre Eier ablegten. Die meisten waren schon längst fertig damit und in die Tiefen zurückgekehrt, aber es gab noch Nachzügler. Tiryn liebte Hufeisenkrebse, die so hießen, weil sie die Form eines Hufeisens hatten, nur dass eben noch der lange, spitze Schwanz daranhing. Sie konnten bis zu fünfundachtzig Zentimeter lang werden, aber am liebsten mochte Tiryn die kleinen, wenn sie noch fast durchsichtig waren. Diese Krebse waren älter als die Dinosaurier. Es gab sie nach all der unvorstellbaren Zeit noch immer in dieser unveränderten Form, weil diese so perfekt war. Deshalb hatte Tiryn schon einmal welche aus Silber gefertigt. Sie sahen wundervoll aus als Schmuck, wenn auch etwas ausgefallen.

In Deutschland würde damit vermutlich niemand etwas anfangen können.

Deutschland. Die Ostsee. Ahrenshoop.

So weit weg. Ein ganzer Ozean dazwischen.

Es war eine Sache, davon zu träumen. Eine ganz andere zu wissen, dass sie jetzt doch noch, vor ihrem fünfundzwanzigsten Geburtstag, diesen Traum wahrmachen würde!

Da war eine unbändige, zitternde Freude in ihr, ein Freiheitsgefühl, das sich in einen Rausch hochschaukelte wie die Brandung draußen an der Sandbank. Ein ganz neues Leben anfangen, eine neue, weiße Seite, weit fort von kindlicher Einsamkeit in fremden Kneipen, von all den Gespenstern und Familienkonflikten, von lähmender Hitze und gewalttätigen Hurrikanen. Es fühlte sich an wie das größte Geschenk, das sie je bekommen hatte.

Aber so einfach war es nicht. Sie konnte irgendwohin fahren, ja, dann wäre es einfach. Aber sie wollte nach Ahrenshoop. Auf den Darß. Und dort war die Seite nicht neu, nicht weiß, nicht leer. Sie war schon beschrieben von Henny Badonin, von Nicholas Ronning und von Myra Webelhuth, die dort noch immer lebte. Wer wusste, was dort geschrieben stand und ob in dieser Geschichte noch Platz für Tiryn war. Ob sie willkommen war, oder ob man ihr Nicholas' Schuld anlasten würde.

Durch das Mangroventor, das den Übergang zwischen Meer und See markierte, bewegte sich etwas schwerfällig auf Tiryn zu. Wie eine Insel ragte ein Rücken aus dem Wasser, und bald stieß eine weiche Schnauze freundlich gegen Tiryns nackten Fuß.

»*Halito*, Wakushi, kleine Kuh«, sagte Tiryn erfreut. »Schön, dich zu sehen!« Die Seekuh versuchte, einige von den über dem Wasser hängenden Mangrovenblättern zu erreichen. Tiryn beugte die Äste herunter, um ihr behilflich zu sein. Eine Seekuh muss neunzig Kilo pflanzliche Nahrung am Tag fressen. Kein Kinderspiel. Tiryn sah eine frische Narbe an Wakushis Rücken. Sie kannte das Jungtier. Es war ein Einzelgänger. Im letzten Sommer hatte es eine tiefere Verletzung am Rücken hier im flachen warmen Wasser ausgeheilt, und Tiryn hatte ihr oft Futter gebracht. Immer wieder trugen die langsamen Seekühe Narben von den Schrauben der Motorboote davon. Bei Wakushi waren sie zum Glück gut verheilt. Es gab oft schwerere Verletzungen. Darum waren Kliniken für Seekühe eingerichtet worden.

»Was meinst du, Wakushi, soll ich das Abenteuer wagen? Ist es richtig, euch alle hier zurückzulassen?«

Bedächtig kauend sah das Tier sie aus sanften Augen an. Die Verletzungen hatten Wakushi nicht ängstlich gemacht. Trotz ihrer schlechten Erfahrungen folgte sie den warmen Strömungen, die für sie lebenswichtig waren. Stellte sich jeden Tag der Aufgabe, die großen Futtermengen zu finden, die sie benötigte. Ließ sich nicht einschüchtern von lärmenden Booten. Eines Tages würde sie Kälber großziehen. Sie trug ihre Narben mit Gleichmut und lebte ihr Leben.

»Du hast recht. Was du kannst, sollte ich auch können«, sagte Tiryn.

Über die Bäume strich ein Schatten heran und landete in Tiryns Nähe auf dem Stamm.

»Fula! Was machst du denn hier?«

Die Krähe legte den Kopf schief und sah Tiryn direkt in die Augen.

Ob es das vertraute stille Dämmerlicht im Mangrovendschungel war, die urtümliche ungerührte Ewigkeit der Hufeisenkrebse, die Gelassenheit, die Wakushi ausstrahlte, oder das merkwürdig Auffordernde in Fulas Blick – auf einmal war in Tiryn eine ruhige, runde Gewissheit.

»*Chipisa la chike*. Wir sehen uns«, sagte sie zu Wakushi, stand auf und suchte sich geschickt einen Weg auf und über die Wurzeln, einen Weg zurück in den grellheißen Tag.

Heute begann ihre Zukunft.

Der Mann im Sitz nebenan drehte sich im Schlaf um und seufzte tief auf. Ob er wohl auch von jenen träumte, die er zurückgelassen hatte?

Nach ihrer Entscheidung im Mangrovenwald hatte sie zuerst mit Nelson gesprochen.

»Ich wusste immer, dass du nicht bleiben würdest«, sagte er mit ungewohnter Melancholie. Tiryn hätte ihn am liebsten umarmt, um diese Traurigkeit zu verscheuchen. Was hatte er alles für sie getan!

»Weißt du, eigentlich ist es gut, wenn du anderswo Erfahrungen sammeln kannst«, sagte er schließlich. »Das ist auch ein Ferienort da. Sicher findest du einen Job in einem Hotel oder einer Pension oder einem Laden. Ich gebe dir ein hervorragendes Zeugnis mit. Ein Empfehlungsschreiben.« Nelson redete sich in Fahrt. »Und wenn du dann eines Tages wiederkommst – wenn –, dann gebe ich dir hier einen verantwortungsvollen Posten. Du bist so begabt, du kannst organisieren, du kannst einwandfreie Buchhaltung, du kannst dich durchsetzen und gut mit Leuten umgehen. Das mit dem Schmuck und so, das ist ja ganz nett, aber von Kunst kann niemand leben. Doch der Tourismus, der blüht. Das hat Zukunft.«

Tiryn dachte an Nicholas, der sehr gut von seiner Kunst lebte, und an einige andere Kunden Sams, aber sie sagte nichts.

Nelson nahm väterlich ihre Hand. »Wann auch immer du zurückkommst, du hast hier eine Stelle sicher. Wenn du irgendwann Hilfe brauchst, bitte wende dich an mich. Versprich mir das! Und lass mich immer wissen, wie es dir geht. Du bist wirklich wie eine Tochter für mich, weißt du das?« Er hatte tatsächlich feuchte Augen. Sie war gerührt.

»Versprochen«, sagte sie. »Danke für diese tolle Unterstützung. Das ist ein wunderbares Gefühl. Das Hotel ist das einzige Zuhause, das ich je hatte. Und vielleicht komme ich ja bald wieder.«

»Das wäre schön«, sagte er, »aber ich wünsche mir vor allem, dass du glücklich wirst. Solange du uns hier nicht ganz vergisst.«

Sie stellte sich auf Zehenspitzen und küsste ihn auf die Wange.

»Bestimmt nicht. Hören Sie auf, sonst muss ich jetzt schon weinen.«

Abends saß sie mit Kimoni im Bug der *Anhinga*, die am Steg schaukelte. Kimoni flickte ein Netz, Tiryn kraulte gedankenverloren Collys Gefieder. »Wusstest du, dass Lara und die Band mich Stinktier nannten? Koni.«

»Koni? Das klingt doch nett.« Er sah lächelnd zu ihr hinüber. »Jetzt, wo du es sagst: Wenn deine schwarzen Haare vom Wind verstrubbelt sind und du so erschrocken guckst, passt das wirklich zu dir.«

Sie gab ihm einen empörten Schubs.

Colly stieß ein Krächzen aus.

»Jetzt lach du auch noch über mich, Colly.«

»Stinktiere wissen sich nach dem ersten Schreck gut zu wehren«, merkte Kimoni an. »Diese Eigenschaft hast du auch. Du könntest sie öfter nutzen.«

»Ich habe dich noch nie mit übelriechender Flüssigkeit bespritzt.«

»Sag das nicht. Weißt du noch, als du neun wurdest, und dir diese alte Dame das eklige Parfüm geschenkt hat?«

Tiryn lachte auf. »Stimmt. Tja, was spielst du auch mit einem Koni. Aber wie werde ich nur ohne dich zurechtkommen?«

»Ganz hervorragend. Aber was sind schon Entfernungen? In Gedanken waren wir uns immer nahe. Daran ändert sich nichts. Außerdem, hast du schon mal was von Telefon und E-Mails gehört?«

Aber sein Lächeln würde sie vermissen. Genau dieses, mit dem er sie jetzt so zuversichtlich anstrahlte. Seine leichte Art, sich zu bewegen, das Beruhigende seiner Gegenwart und seinen vertrauten Geruch.

»Wahrscheinlich komme ich sowieso bald wieder. Verfroren und voller Heimweh.«

»Möglich. Du wirst es herausfinden. Ich werde so oder so hier sein.«

»Kimoni, du sollst glücklich werden! So wie Peri.«

»Alles zu seiner Zeit. Mach dir darüber keine Gedanken. Ich *bin* glücklich. Hier und jetzt.«

Sie wusste, dass er die Wahrheit sagte. Er war Teil der Landschaft, eins mit dem Himmel und der Hitze und dem Meer – diesem Meer.

Er war wie Henny Badonin.

In jener Nacht konnte Tiryn nicht schlafen. Sie dachte an den Mann mit den hellen Augen, den sie nie wiedersehen würde, wenn sie ihr Leben nach Deutschland verlegte. Doch die Wahrscheinlichkeit schien ohnehin gering. Sie hatte nirgends einen Hinweis gefunden, wer er sein könnte. Niemand kannte ihn.

Als sie sogar nach Mitternacht noch hellwach war, stand sie auf und setzte sich an ihren Arbeitstisch, den sie vor langer Zeit vom Sperrmüll gerettet und in einen Winkel gezwängt hatte. Er war klein und schief, aber sie hatte viele glückliche Stunden daran verbracht. Hier lag die perfekte weiße Pelikanfußmuschel, die Kimoni ihr neulich auf der Sandbank geschenkt hatte. Tiryn drehte sie hin und her, bohrte sorgfältig ein winziges Loch hinein und schob einen Draht hindurch, aus dem sie zwei Ösen formte. Durch die eine zog sie ein Lederband, fein geflochten und gefärbt, wie es ihr Nanaiya einst gezeigt hatte. An die Öse, die sich im Inneren der Muschel befand, fügte sie ein kurzes Stück zarte Silberkette. Dann holte sie den Bernstein aus dem alten Haus, drehte ihn nachdenklich hin und her und bog aus dem dünnen Silberdraht eine zarte Fassung. Auch diese bekam eine Öse und konnte nun so an der Kette befestigt werden, dass der Bernstein geschützt in der weißen Schale der Muschel hing. So kam seine Farbe gut zur Geltung. Tiryn hielt den Anhänger in den Lichtkegel ihrer Lampe. Der Bernstein leuchtete honigfarben und warf ebensolche Lichtreflexe auf das Porzellanweiß der Muschel.

Das Lederband stand für ihre Herkunft und Nanaiyas Lehren. Die Muschel für die Vergangenheit, für Florida, für Kimoni, für alles, was sie geprägt hatte. Der Bernstein stand für die Zukunft, für ihre Geheimnisse, Hoffnungen und Überraschungen. Sie hängte sich ihr Werk um den Hals und fühlte sich gewappnet für alles, was da kommen möge. Nanaiya jedenfalls glaubte an die unterstützende Kraft von Amuletten. »*Chata hapia hoke!*«, murmelte Tiryn. Ich bin stolz, eine Choctaw zu sein.

In den Wochen danach hatte sie noch so viel zu tun gehabt, dass ihr für Zweifel und Abschiedsschmerz keine Zeit blieb. An Peris Hochzeitskleid hatte sie lange gearbeitet. Die Wohnung zu räumen war leicht gewesen, die Möbel gehörten ja dem Hotel. Es war immer nur eine Dienstwohnung gewesen. Laras Sachen passten in eine Kiste, Tiryns in eine andere, und beide lagerten nun in den Kellern des Hotels. Aber dann hatte Tiryn die Renovierungswut gepackt, und sie hatte alle Wände schneeweiß gestrichen. Lara hatte in ihren Anfällen von Jähzorn so oft Tassen, Marmeladengläser oder Lappen geworfen, dass es überall Risse und Flecken gab. Tiryn hatte das Bedürfnis, diese Spuren auszulöschen.

Ihre Kleider passten in einen Koffer, aber sie nahm noch einen Rucksack mit, in den sie ihr Werkzeug und Materialien zur Schmuckherstellung packte, und, sorgfältig und zärtlich, ihre gesamte Muschelsammlung, eine Hufeisenkrebsschale und eine Schlangenhaut.

Die Hochzeit war ein wundervolles, unvergessliches Fest voller Farben und Lachen und Pläne und Hoffnungen. Sie tanzten am Strand zwischen den blauen Trichterblüten und aßen alles, was die Küche der Calusa Cottages hergab.

So wollte sie ihre Freunde und ihre Familie in Erinnerung behalten, und deshalb plante sie ihre Abreise für den nächsten Tag. Es war Oktober. So würde sie ihren alten Plan gerade noch einhalten können und vor ihrem fünfundzwanzigsten Geburtstag ihren Traum in die Tat umsetzen. Kaum zu glauben. Noch vor wenigen Monaten war das völlig unvorstellbar gewesen.

Ihre Freunde und Verwandten freuten sich so für sie, dass es allen über den Abschied hinweghalf, und keiner ließ es sich nehmen, sie zu dem kleinen Flughafen in Fort Myers zu begleiten. Sogar Nanaiya war angereist.

»Du hast hier immer einen Platz! Und melde dich, wenn du Hilfe brauchst!« Nelson hatte sie in seiner Herzlichkeit fast erdrückt.

»Denk dran, der Mond und die Sonne sind dort dieselben wie hier. Sie scheinen weiterhin auf uns beide und sind eine Brücke zwischen uns. Du bist nicht allein!«, sagte Kimoni und schenkte ihr ein letztes aufmunterndes Lächeln.

Nanaiya zog Tiryn beiseite.

»Eines möchte ich dir mit auf den Weg geben«, sagte sie. »Du warst den Tieren immer nahe und wirst es weiter sein. Der Hufeisenkrebs soll dein Seelenwesen sein. Ich weiß, dass du ihn magst. Er ist still und enorm ausdauernd und schützt sich, wenn es sein muss, mit seinem Panzer. Aber er kann sich, wie du weißt, auch auf den Rücken drehen und schnell schwimmen, wenn es die Lage erfordert. Er fürchtet das Dunkel nicht und auch nicht die Tiefe im Schlamm. Er belastet sich mit nichts Überflüssigem, seine

Form und sein Lebensstil sind einfach, aber gerade dadurch stark. Er trägt ein Kreuz auf dem Panzer, als Zeichen für den Glauben an das Leben. Er hat schon die Dinosaurier entstehen und vergehen sehen. Denke an den Hufeisenkrebs, wenn du Kraft, Mut und Rat benötigst.«

Der Gedanke gefiel Tiryn. »Ja, Nanaiya. Danke. Und auch an dich werde ich denken.«

»Den besten Rat findest du immer in der Natur.«

»Hast du mich nicht gelehrt, dass wir ein Teil davon sind?«

»Aber ich habe dich nicht gelehrt, immer das letzte Wort zu haben.« Nanaiya schnaubte, um ihre Rührung zu überspielen. »Du wirst mir fehlen, Enkeltochter, aber es wird Zeit, dass du deinen Weg gehst und dein Seelenland findest. Gib dich nicht mit weniger zufrieden!«

»Vergiss bloß nicht zu schreiben! Ich will alles wissen!« Peri zupfte an Tiryns Jacke herum wie eine Mutter. »Hoffentlich hast du genug warme Sachen mit!«

Sam umarmte sie. »Folge deinem Traum, Tochter. Ich hoffe, er macht dir Freude. Wir denken an dich.«

Nicholas überreichte ihr eine Rolle Leinwand in durchsichtiger Folie. »Ich habe es nicht gerahmt, so kannst du es besser mitnehmen. Lass es lieber zu, bis du angekommen bist.« Er umarmte sie. »Grüß mir meine Ostsee.« Er flüsterte es fast.

Die Rolle lugte jetzt oben aus ihrem Rucksack. Sie konnte es kaum erwarten, das Bild anzusehen, aber sie wollte kein Aufsehen erregen, indem sie die Leinwand zwischen den engen Sitzen auf dem Schoß ihres unbekannten schlafenden Nachbarn entrollte.

Draußen war dunkle, schwarze Nacht. So allein hatte sie sich lange nicht mehr gefühlt.

Sie griff nach dem Anhänger, den sie aus der Pelikanfuß-muschel und dem Bernstein gefertigt hatte. Tröstlich vertraut lag er in ihrer Hand.

Nach all dieser Zeit war sie endlich auf dem Weg. Am anderen Ende dieser Nacht wartete das Land ihrer Träume. Das schmale Land am fernen kühlen Meer, das Nicholas mit seiner Stimme für sie gezaubert hatte und das in dunklen Zeiten Licht in ihr Leben gebracht hatte, wenn sie vor Trauer und Angst, Hitze und Lärm nicht schlafen konnte. Das Land, in dem man Männer aus Schnee baute, wenn weiße Sterne vom Himmel fielen, und in dem die Schiffe braune Segel hatten und ein weiches Leuchten über dem Horizont lag ...

Tiryn verlor den Überblick über die Stunden. Jetzt war sie so müde, dass sie schon wieder hellwach war. Ein seltsamer, gläserner, zerbrechlicher Zustand zwischen allen Wirklichkeiten. Flughafen. Umsteigen. Bahnhof. Bus. Irgendjemand hatte ihr immer freundlich den Weg gewiesen, wenn sie gefragt hatte. Nun war es irgendwann am Tag. Sie kletterte auf Geheiß des Fahrers an einer Haltestelle steif aus einem klapprigen Bus, der sie eine Straße entlanggetragen hatte, von der sie nichts mitbekam, weil ihr die Augen ständig zufielen. Von einem Cocktail aus Aufregung, Zweifeln und Vorfreude war nur Erschöpfung übriggeblieben.

Der Fahrer klaubte ihren Koffer aus dem Bauch seines Gefährts, hob die Hand zum Gruß und fuhr weiter. Tiryn stellte ihren Rucksack ab, streckte sich dankbar und blickte sich benommen um. Sie stand vor einem Wartehäuschen mit gläsernen Wänden und einem Schieferdach. Jemand war damit beschäftigt, ein Plakat an der einen Wand anzubringen. An der anderen Wand klebten bereits kleinere Werbeschilder und ein zweites Plakat.

Das Plakat! Tiryns müder Blick blieb daran hängen. Es zeigte eine junge Frau mit langen, rotbraunen Locken. Sie stand barfuß am Strand und sah dem Betrachter direkt ins Auge. Auf ihrer ausgestreckten Handfläche lagen drei Schiffe mit filigranen silbernen Segeln und einem leuchtenden Rumpf aus Bernstein, der eine etwas heller, der andere etwas dunkler als der mittlere.

»Das gibt's doch nicht«, flüsterte Tiryn.

Die Frau, die das andere Plakat anklebte, drehte sich um.

»Kann ich helfen?«, fragte sie lächelnd.

Tiryn starrte sie fassungslos an. Lange rotbraune Locken. Ein weites langes Baumwollkleid. Und dieses Lächeln. Die Frau, die ihr von Opa Nicks Bildern entgegengeblickt hatte, seit sie denken konnte. Die unsichtbar stets mit am Tisch gesessen hatte. Die sie im Meer erkannt hatte.

»Henny Badonin!«

18

Naurulokki

Die junge Frau lächelte. »Oh, nein. *Das* ist Henny Badonin!« Sie zeigte auf das Plakat, das, wie Tiryn jetzt wahrnahm, auf eine Ausstellung hinwies. »Sie wäre jetzt siebenundsechzig. Aber alle sagen, ich sähe ihr ähnlich.« Sie streckte die Hand aus. »Hallo, ich bin Carly Templin.«

Tiryn versuchte, ihre müden Gedanken zu ordnen, und atmete tief durch. »Tiryn Porter«, sagte sie. »Und das Bild da« – sie zeigte auf das Plakat – »das hat mein Großvater gemalt.«

Das freundliche Lächeln verschwand. »Das glaube ich kaum. Ein Nicholas Ronning hat es gemalt. Der ist schon lange verschwunden.«

»Nicholas Ronning ist mein Großvater, und das ist seine Signatur. Er macht sie immer noch genauso, mit diesem kleinen Haken dran.«

Tiryn ärgerte sich, weil ihre Stimme zitterte und sie nicht nur vor Erschöpfung den Tränen nahe war. Es kam genau, wie sie es befürchtet hatte. Die Einwohner von Ahrenshoop hassten Nicholas! Das Gesicht von Carly Templin war abweisend geworden. Mit zusammengezogenen Brauen starrte sie Tiryn an. Eine kühle Distanz legte sich wie ein unsichtbarer Mantel um ihre Schultern.

Tiryn bückte sich, auch um die verräterischen Tränen zu verbergen. Sie zog das Bernsteinschiff aus der Seitentasche ihres Rucksacks, wickelte es behutsam aus dem weichen Tuch, in das sie es gehüllt hatte, legte es auf ihre Handfläche und streckte sie neben dem Plakat aus, mit derselben Geste wie Henny auf dem Bild.

Carly erstarrte. »Das zweite Bernsteinschiff!« Lange und ungläubig sah sie es an, bis sie sich aus ihrer Erstarrung löste und räusperte. Sie trat einen Schritt zurück und wies auf das andere Plakat.

»Dieses Bild hat meine Tante gemalt«, sagte sie ein wenig heiser.

Auf dem Bild fuhren drei Schiffe in einen kleinen Hafen. Man konnte die nächtliche Stille deutlich spüren. An einem Steg schaukelte ein Boot mit braunen Segeln, und über dem Mast leuchtete der Abendstern. Am Horizont ging der Mond auf und ließ Helligkeit über das Wasser fließen, so dass man die drei Schiffe sehen konnte, die aus drei verschiedenen Richtungen auf die Bucht zustrebten. Ihre Segel waren gebläht, obwohl das Wasser und die Bäume keine Spuren von Wind aufwiesen. Das Mondlicht ließ die Segel silbern wirken, und die Rümpfe der Schiffe waren aus Holz, das golden und seltsam durchsichtig schien. Signiert war das Bild mit einem klaren Schriftzug: *Henny Badonin.*

»Dieses Bild hat meine Tante gemalt«, hatte diese Carly gesagt. Also musste sie Henny Badonins Nichte sein! Henny hatte eine Nichte, und ausgerechnet die war die Erste, der sie hier begegnete.

Sie konnte es Hennys Nichte nicht übelnehmen, dass diese sie feindselig ansah.

Und dabei war auf dem Bild, das Henny gemalt hatte, genau das zu sehen, wovon Tiryn so oft geträumt hatte: der stille Hafen, den Nicholas' Stimme für sie heraufbeschworen hatte und der in Gedanken ihre Zuflucht geworden war. Der Hafen mit dem Licht im Himmel, in einem Land, in dem weiche, weiße Flocken fielen und das Wasser feine Ränder aus Eis trug. Der Hafen, der ihr das Gefühl gab, nach Hause zu kommen.

Um Carlys vorwurfsvollen Blick nicht mehr ertragen zu müssen, sah Tiryn wieder auf das Bild, doch es verschwamm.

»Aber auf dem Bild ist nicht Winter«, sagte sie und brach zu ihrem Entsetzen nun endgültig in Tränen aus. Beschämt setzte sie sich auf die Bank im Häuschen und vergrub das Gesicht in ihren Händen.

Stille. Dann setzte sich jemand neben sie und legte einen Arm um ihre Schultern.

»Ich bin ein Idiot«, sagte Carlys Stimme sanft. »Bitte entschuldige! Du kannst doch nichts für deinen Großvater. Du zitterst ja vor Kälte, und wahrscheinlich bist du todmüde. Du kommst aus – laut Kofferschild direkt aus Amerika. Und ich bin auch noch biestig zu dir! Es tut mir so leid. Lass uns noch einmal von vorn anfangen, bitte! Ich darf doch du sagen? Ich glaube, wir sind etwa im gleichen Alter. Ich bin siebenundzwanzig, und du?«

Tiryn schniefte und wischte sich die Nase mit dem Ärmel ihrer dünnen Jacke ab. Sie war zu müde, um nach einem Taschentuch zu suchen. Jetzt war auch alles egal, sie hatte sich sowieso blamiert.

»Vierundzwanzig. Aber ich liebe meinen Großvater!«, sagte sie trotzig.

Es kam ihr bizarr vor. Hier saßen sie in einer Bushaltestelle und sahen sich verlegen an, Henny Badonins Nichte und Nicholas' Ronnings Enkelin.

»Das ist auch gut und richtig so«, sagte Carly. »Du wirst verstehen, dass ich ihn etwas anders sehe. Aber darüber können wir später reden. Wo hast du ein Zimmer gebucht? Ich zeige dir den Weg.«

»Großvater hat gesagt, im Oktober gibt es hier immer freie Zimmer, da muss man nicht buchen. Weißt du eins?«

»Na ja, zu seiner Zeit mag das richtig gewesen sein. Aber es stimmt schon, was im Sommer unmöglich ist, kann jetzt mit etwas Glück gelingen.« Carly überlegte, dann stand sie kurz entschlossen auf. »Weißt du was, ich nehme dich erst mal mit nach Naurulokki. Da kannst du dich ausschlafen, und wir haben uns wohl einiges zu erzählen.«

»Naurulokki? Henny Badonins Haus? Wohnst du da?«

»Ja, seit einem Jahr.«

Tiryn zögerte. »Glaubst du – glaubst du, sie würde das wollen?«

»Weil Nicholas dein Opa ist, meinst du? Ja. Gerade deswegen würde sie es wollen. Da bin ich mir sicher. Außerdem wollen die Bernsteinschiffe sich bestimmt wiedersehen.«

»Hast du auch eins bekommen? Von Henny?«

»Nein, von jemand anderem. Aber es gehörte Henny. Das ist eine lange Geschichte. Dafür haben wir noch Zeit genug. Gib mir deinen Koffer.«

Der Weg kam Tiryn endlos vor. Es war tatsächlich kalt, der Wind scharf und der Himmel bleigrau. Aber die Luft schmeckte köstlich, würzig, klar und frisch. Carly trug ein Baumwollkleid und nur eine Strickjacke darüber, aber sie fror nicht, sie schien eins mit dem Wind und der Luft zu sein. So hatte Nicholas Henny beschrieben. Sie liefen ein Stück die Asphaltstraße entlang, dann bog Carly in eine schmalere Straße ein, die leicht bergauf führte und schließlich auf einen Sandweg. An der Seite verlief eine kniehohe Mauer aus runden Feldsteinen. Carly hielt an einem Gartentor. Es war ungewöhnlich, aus krummen Stücken Treibholz zusammengezimmert, einst glatt geschliffen von Wind und Wellen und nun mit einem silbrigen Schimmer, den ihnen Zeit und lange

Tage in der Sonne verliehen hatten. Rechts und links hielten zwei Balken ein kleines Dach, von dem ein hölzernes Schild hing.

»NAURULOKKI«, stand darauf.

»Sie hat auch ohne mich einen Namen für das Haus gefunden«, hatte Nicholas gesagt.

»Das ist Finnisch. Es bedeutet Lachmöwe. Hennys Freund hat den Namen vorgeschlagen, weil das Haus so hell ist und das Reetdach dunkel wie der Kopf einer Lachmöwe«, erklärte Carly.

Sie öffnete das Tor und stieg einen schmalen sandigen Pfad entlang den Abhang hoch. Rechts stand eine Trauerbirke im Gras.

Das Haus oben auf dem Hügel duckte sich hell unter ein dickes Reetdach. Unten lugten einzelne runde Feldsteine durch den weißen Putz. Die Fensterläden waren von einem sonnengebleichten freundlichen Grün. Einige Stufen führten zu einer hölzernen Loggia hoch. Tiryns Rucksack schien ihr unendlich schwer, obwohl Carly den Koffer trug. Erleichtert ließ sie ihn in der Loggia fallen. Neben der Haustür schwang eine Bank an zwei Ketten. Dieser Anblick war angenehm vertraut. Nur war diese weiß gestrichen, und darauf waren zarte Dünengräser und Farne gemalt und die fiedrigen Blätter der allgegenwärtigen wilden Möhre.

»Das ist Orjes neuestes Werk«, sagte Carly. »Orje ist mein bester Freund, und er ist Maler. Kein Kunstmaler, er streicht Wände. Aber er hat sich auf Bordüren und so was spezialisiert«, sie wies auf die zarten grünen Muster.

»Es sieht wunderschön aus. Dieser Orje – seid ihr zusammen?«

»Nein, wie gesagt, er ist mein bester Freund. Ich wüsste nicht, was ich früher ohne ihn gemacht hätte.«

»Ich weiß genau, was du meinst. Ich habe auch so einen besten Freund.« – Kimoni, dachte Tiryn. Ich gäbe etwas drum, wenn du jetzt hier wärst.

»Das freut mich. Das hilft ungemein.« Carly öffnete die Tür. »Komm rein, du siehst aus, als ob du gleich umfällst vor Müdigkeit. Hier ist die Küche. Setz dich, ich mache dir einen Tee. Hast du Hunger?«

»Nein, danke, überhaupt nicht. Aber Tee wäre toll.«

Die Küche war enorm. Sie nahm die ganze Seite des Hauses ein. Am Fenster stand eine Essecke, und am anderen Ende befand sich etwas, das aussah wie ein vollgekramter Arbeitstisch. Tiryn ließ sich auf die Bank fallen und sah zum Fenster hinaus. Es führte auf eine geschützte kleine Terrasse neben der Loggia. Dort hat Henny ihren zehnten Geburtstag gefeiert, dachte Tiryn. Dort hat Opa Nick mit ihr gesessen und Kuchen gegessen und gemalt ... Es war ein sehr merkwürdiges Gefühl, hier zu sein. In Opa Nicks Geschichten.

Carly stellte eine dampfende Tasse vor sie hin. »Wellenschattentee«, sagte sie. »Wenn du eine Weile hierbleibst, wirst du Daniel und seinen Teeladen kennlernen und deinen eignen Lieblingstee herausfinden.«

Tiryn kostete vorsichtig. Herrlich! Ein Hauch von Zimt und andere geheimnisvolle Gewürze. Aber vor allem schmeckte dieser Tee tatsächlich nach Tee und nicht nach einem schreiend künstlichen Aroma, wie es in Amerika üblich war. Der Tee wärmte von innen her, nicht nur ihre kalten Füße, sondern auch ihre Seele. Sie genoss jeden Schluck und entspannte sich. Dabei stellte sie fest, dass man mit Carly gut schweigen konnte. Die machte sich unaufdringlich zu schaffen, wusch irgendetwas ab, bis Tiryn fertig war.

»So, nun zeige ich dir das Gästezimmer. Es ist zwar noch früh am Abend, aber du wirst dich hinlegen wollen.«

»Ich möchte dir wirklich keine Umstände machen.«

»Das tust du nicht. Das Gästezimmer auf Naurulokki ist immer bereit. Es kommt andauernd jemand. Ich finde es übrigens bewundernswert, wie gut du deutsch sprichst.«

»Großvater hat immer nur deutsch mit mir geredet. Und Kimonis Vater ist auch Deutscher. Wohnst du hier allein?«

»Ja. Aber wirklich allein ist man hier nie.«

Tiryn folgte ihr eine Treppe hinauf. Oben öffnete Carly die Tür zu einem kleinen hellen Zimmer mit zwei weißen Betten, eines unter dem Fenster und eines an der Seite. Über diesem hing ein Bild. Zart gezeichnete Schwalben flogen über einer bunten Sommerwiese, in der man glaubte, die Grillen zirpen zu hören.

Tiryn sah sich um. »Wo ist das andere Bild?«, fragte sie.

Carly sah sie verblüfft an. »Welches andere Bild?«

Tiryn zeigte auf die Schwalben. »Dieses Bild hat Henny an ihrem zehnten Geburtstag gezeichnet. Und Großvater ... Nicholas hat auch eins gemalt und ihr geschenkt. Das war der Tag, an dem sie sich kennengelernt haben. Myra wollte beide Bilder rahmen. Ich dachte nur, wenn das eine hier hängt, müsste das andere auch ...« Sie brach ab, als ihr klarwurde, warum es wahrscheinlich nicht mehr hier hing.

Carly setzte sich auf das Bett. »Als wir das Zimmer gestrichen haben, ist uns tatsächlich ein dunkler Rand aufgefallen, der so aussah, als hätte dort ein Bild gehangen. Wie hat es ausgesehen?«

»Henny als Zehnjährige, wie sie aus einem Herbstwald gerannt kommt. So hatte er sie an dem Tag gesehen.«

»Dann war es nicht bei den Bildern, die wir gefunden haben. Aber die hat sie auch erst später versteckt. Du sagst, Nicholas hat ihr das Bild geschenkt. Es wird ihr viel bedeutet haben. Als er sie verlassen hat, wird sie es abgenommen haben, weil es ihr zu sehr weh tat, es zu sehen. Sie wird es weggelegt haben. Genau wie – warte, bin gleich wieder da.«

Sie lief aus dem Zimmer und kehrte mit einer großen Schachtel zurück. »Vielleicht habe ich etwas übersehen.« Behutsam hob sie den Deckel und nahm etwas heraus. »Hennys Brautkleid«, sagte sie mit einem Seitenblick auf Tiryn. »Myra hatte es für sie genäht. Als Nicholas dann kurz vor der Hochzeit verschwunden ist, hat Henny es in diesem Karton auf dem Dachboden versteckt. Sie hat es nie getragen. Sie hat nie geheiratet.«

Tiryn hörte den Vorwurf in Carlys Stimme. Sicher war er an Nicholas gerichtet. Aber sie fühlte sich getroffen.

»Es tut mir leid.« Warum klang sie, als hätte sie ein schlechtes Gewissen?

»Nein, *mir* tut es leid. Ich weiß doch, dass du nicht für das Handeln deines Großvaters verantwortlich bist. Es kommt mir halt immer mal hoch.«

Carly legte das Kleid sorgsam beiseite und fingerte in dem Karton herum, hob einige Lagen Seidenpapier an und machte große Augen. »Tatsächlich!« Sie zog einen Rahmen hervor und lehnte ihn auf der weißen Kommode, auf die sie Tiryns Koffer gelegt hatte, an die Wand. Stumm standen sie beide davor. Aus einem kupferfarbenen Herbstwald, auf den die Sonne Lichter streute, rannte ein zierliches Mädchen in einem zu kurzen verwaschenen blauen Kleid. Die langen Haare lösten sich aus einem Zopf und hatten die Farbe der Blätter. Man sah und spürte den Wind, der das fallende Laub wirbeln ließ, und das Mädchen und ihre Haare waren so lebendig, dass sie Teil dieses frischen Wirbels schienen. Das Bild wirkte, als hätte Nicholas' Jungenhand es gerade erst gestern fertiggemalt.

»Wahnsinn!«, sagte Carly leise. »Er muss sie wirklich geliebt haben. Schon an jenem ersten Tag. Man sieht es nicht nur, man fühlt es. Geht es dir auch so?«

»Ja.«

Carly sah Tiryn an. »Ich habe fast das Gefühl, du kennst Henny besser als ich. Ich habe nichts von diesem Geburtstag gewusst.«

»Hat Henny nicht erzählt, wie sie Nicholas getroffen hat?«

»Ich habe Henny leider nie kennengelernt«, sagte Carly. »Sie wusste nicht, dass sie zwei viel jüngere Halbschwestern hatte. Ihr Vater ist abgehauen, als Henny noch ein Baby war, und alle dachten, er sei im Krieg gefallen. Aber er hat wieder geheiratet, in Berlin, und einen anderen Namen angenommen. Er war mein Großvater. Ein ziemlicher Windhund.« Sie lachte auf. »Sieht aus, als ob wir beide nicht sonderlich stolz auf unsere Großväter sein können.«

»Ich *bin* stolz auf meinen Großvater«, beharrte Tiryn.

»Entschuldige. Du kannst mir morgen erzählen, warum er Henny ohne ein Wort im Stich gelassen hat.«

»Erzählst du mir dann, wie es kommt, dass du in Hennys Haus wohnst? Wenn ihr euch gar nicht kanntet? Hast du es geerbt?«

»O je. Das ist eine lange Geschichte. Man könnte ein Buch damit füllen. Aber du bekommst die Kurzfassung. Hör mal, was hältst du davon, wenn wir das Bild wieder aufhängen? Jetzt, wo du hier bist, ist es ja irgendwie, als wäre ein Stück von Nicholas zurück.«

Ein warmes Gefühl stieg in Tiryn auf. »Das hast du schön gesagt. Das wäre großartig.«

»Mach du dich ruhig schon frisch. Das Badezimmer ist da gegenüber. Ich hole Hammer und Nagel.«

Über die geeignete Stelle waren sie sich sofort einig. Carly schlug den Nagel ein Stück in die Wand und übergab den Hammer an Tiryn.

»Jetzt du!«

Tiryn trieb ihn weiter in die Wand.

»Lass es uns zusammen tun«, sagte Carly.

Jede eine Hand am Bild, hängten sie es hin, wo es hingehörte. Neben das Bild, das die zehnjährige Henny am selben Tag gemalt hatte.

Zusammen traten sie zurück und betrachteten es – Nicholas' Enkelin und Hennys Nichte.

»Das fühlt sich gut an«, fand Carly. »So, und jetzt lasse ich dich schlafen. Ach, eins noch.«

Sie zog vorsichtig etwas aus der großen Tasche ihres Kleides. Tiryn bemerkte, dass die Tasche an einer Seite halb ausgerissen war, und auch am Kleidersaum war nicht alles in Ordnung. Carly folgte ihrem Blick.

»Ich weiß, das müsste geflickt werden. Ich mag das Kleid so. Es hat Henny gehört und ist sehr bequem. Aber ich kann leider überhaupt nicht nähen. Myra könnte es, aber ich mag sie nicht fragen, ich glaube, ihre Hände sind nicht mehr ruhig genug dafür. Sie soll sich nicht quälen.«

»Myra Webelhuth lebt wirklich noch? Die Bernsteinbeschwörerin? Und sie ist hier?« Aufregung kribbelte in Tiryns Magen.

»Ja, sie wohnt nebenan. Schon immer. Die Bernsteinbeschwörerin? Ich wusste nicht, dass man sie so nennt.«

»Nicholas hat das erzählt. Der dänische Kapitän, von dem sie ihre Tochter hat, nannte sie wohl so. Ich kann übrigens nähen. Ich habe auch gerade ein Hochzeitskleid genäht. Wenn du willst, flicke ich dir dein Kleid morgen.«

»Wirklich? Das wäre toll. Hier, das wollte ich dir zeigen!« Carly hielt ihr ein Bernsteinschiff mit filigranen silbernen Segeln hin. Es sah genauso aus wie das von Nicholas, nur war der Bernstein etwas heller.

Tiryn hielt ihres daneben.

»Nun sind sie wieder zusammen. Nach so langer Zeit!« Carly schluckte und stellte beide neben Tiryns Bett auf die Fensterbank. »Lassen wir sie eine Weile zusammen. Sie können dir Gesellschaft leisten und deine Träume in sichere Gewässer tragen.«

»Hat Myra ihres noch?«

Carly hob die Schultern. »Das wüsste ich auch gern. Sie sagt nein. Angeblich weiß sie nicht, wo es ist. Aber sie weigert sich, darüber zu reden. Eines Tages werde ich es aus ihr herauskriegen! Hoffe ich. Ich habe das seltsame Gefühl, dass es wichtig ist, dass die drei Schiffe wieder zusammenkommen. Immerhin sind es jetzt wieder zwei.«

Tiryn konnte lange nicht einschlafen. Sie lag im Bett, dessen Wäsche leicht nach Zitrone duftete, und horchte auf die Stille, die in dem uralten Reetdach über ihr wohnte. Eine dicke, beruhigende Stille, wie sie sie noch nie gehört hatte und die von keiner einzigen Zikade gestört wurde.

Dennoch war der Himmel draußen grau und fremd. Sie fühlte sich furchtbar allein, und sie war sich nicht sicher, was diese Carly von ihrer Anwesenheit hielt. Aber das mit dem Bild war eine versöhnliche Geste gewesen.

Sie rollte sich auf den Rücken und blickte auf die Bilder. Kurz ehe sie mit den Schwalben in einem unruhigen Traum über die Wiese flog, glaubte sie aus dem Augenwinkel eine Bewegung wahrzunehmen: Erst Schatten, dann Lichter, die durch die Rümpfe beider Bernsteinschiffe huschten. Oder waren es Gesichter? Auch Stimmen meinte sie zu hören, wie aus weiter Ferne.

19

Das nicht mehr ferne Meer

Es war hell. So hell und so still. Tiryn sah sich verständnislos um, bis ihr der Abend von gestern einfiel. Sie war auf Naurulokki! In Henny Badonins Haus und in Nicholas' Geschichten.

Sie war in ihrem Traumland. Doch gestern war es kalt und fremd gewesen. Bis sie Carly traf, Carly Templin mit dem allzu vertrauten Gesicht, das eigentlich Henny gehörte und ihr von unzähligen Bildern entgegengesehen hatte.

Tiryn befreite sich aus ihrer Decke, kniete sich aufs Bett und öffnete das Fenster. Was für eine Luft! Begierig atmete sie tief ein. Wie Eiscreme. Nur würzig. Der Wind wehte nicht mehr so scharf, aber immer noch frisch. Er machte sie wach. In der Ferne sah sie Kiefernwipfel und dahinter einen weichen, blaugrauen Himmel. Möwen kreischten.

»Ich bin hier!«, flüsterte sie. In ihr stiegen Freude und Aufregung wie eine Flut. Sie wollte loslaufen, in diese aufregende Luft, wollte das Meer sehen, Sanddorn schmecken, den Hafen suchen. Sie zog saubere Jeans aus ihrem Koffer und ein Sweatshirt. Seltsam fühlte sich das an – lange Hosen, lange Ärmel. Solche Kleidung war sie kaum gewohnt. Sie war sich selbst fremd, als sie die Treppe hinunterging. In der Küche klapperte es. Tiryn lehnte sich in den Türrahmen und sah Carly zu, die Brot aufschnitt. Es duftete köstlich. Carly blickte auf.

»Guten Morgen, Tiryn! Ich dachte schon, du wärst nur ein Traum gewesen. Gut geschlafen?«

»*Halito.*« Tiryn pflanzte das vertraute Wort mutig in das fremde Land. »Wunderbar. Danke noch mal für die Gastfreundschaft.«

»Sehr gerne. *Halito?* Heißt das Hallo? Das ist nicht englisch, oder?«

»Ja, das heißt hallo. Es ist Choctaw. Die Sprache meines Vaters.«

Carly ließ das Brotmesser sinken. »Dein Vater ist Indianer? Das ist ja toll. Das erklärt dein phantastisches Haar und deine dunklen Augen. Ich dachte mir schon, dass du die nicht von Nicholas haben kannst.«

Da war wieder die leichte Verachtung, die in Carlys Stimme lag, wenn sie »Nicholas« sagte. Aber Tiryn mochte sich ihre Laune nicht verderben lassen.

»Ich möchte unbedingt ans Meer«, sagte sie. »Ich kann es nicht erwarten. Die Luft schmeckt hier so gut! Genau wie in Nicholas' Geschichten.« Sie legte Zärtlichkeit in ihre Stimme, als sie seinen Namen aussprach, als Ausgleich zu Carlys Abneigung. Irgendwie dachte sie an ihn hier nicht mehr als Großvater. Hier war er jung gewesen, hier war er Nicholas. »Sogar noch besser, als ich es mir vorgestellt habe.«

»Wie war denn die Luft bei euch? Wo kommst du genau her?«

»Aus Florida, von der Golfküste.«

Carly ließ das Messer fallen und stand einen Moment reglos, ehe sie es aufhob. »Florida. Oh. Und – wie war die Luft da?«

»Die Luft war heiß. Feucht. Sanft. Fruchtig. Salzig. Alles Mögliche. Aber oft dick wie Sirup. Sie macht träge. Hier dagegen macht sie so lebendig. Sie prickelt wie der Anfang eines Abenteuers.«

»Genau das ist sie auch!«, sagte Carly. »Der Anfang eines Abenteuers. Bei mir war es jedenfalls so, als ich herkam. Eigentlich ist es immer noch so. Jeder Tag ein neues Abenteuer. Weißt du was? Ich freue mich immer mehr, dass du da bist. Aber warum siehst du mich so an?«

»Oh, bitte entschuldige! Es ist nur – für mich ist es, als wäre das Familiengespenst lebendig geworden. Daran muss ich mich noch gewöhnen.«

»Das Familiengespenst?«

»Henny. Sie war immer anwesend. Sie sah auf uns von den Wänden herunter, weil sie in so vielen von Nicholas' Bildern eine Rolle spielte. Und sie saß unsichtbar mit am Tisch, weil meine Mutter ihr die Schuld gab, dass Nicholas und meine Großmutter Bella nie geheiratet haben. Meine Mutter dachte sogar, Nicholas würde sie nicht lieben, weil sie nicht Hennys Tochter war, sondern Bellas. Das war natürlich Quatsch. Großvater liebte Lara, und er liebte auch Bella, obwohl er Henny nicht vergessen konnte und wollte. Er hat ein großes Herz.«

Carly pfiff leise durch die Zähne.

»Deine Familie hört sich seltsam an. Aber ich verstehe sehr gut, wie gegenwärtig alte Geschichten sein können. In diesem Haus ist das nicht anders. Hennys Gegenwart – oder besser Persönlichkeit? – ist auch hier in jedem Winkel zu spüren. Und ebenso die von Joram Grafunder. Das war ihr Freund – als sie alt wurde.«

»Ach, dann ist sie tatsächlich mit ihm zusammengekommen? Nicholas hatte so eine Vermutung, als er ging.«

»Damals schon?« Carly blickte erstaunt. »Sie haben eigentlich erst viel später zusammengefunden. Eigentlich nie ganz richtig. Erzählst du mir, warum Nicholas gegangen ist?«

»Ja. Ich habe es selbst erst vor kurzem von ihm erklärt bekommen. Aber bitte nicht jetzt«, bat Tiryn. »Ich muss erst mal raus.«

»Na klar. Du musst ja noch vom Jetlag müde sein. Setz dich, wir frühstücken, und dann kannst du auf Erkundungstour gehen.«

»Ist das Sanddornmarmelade?« Tiryn entdeckte ein Glas mit leuchtend orangerotem Inhalt. »Großvater hat mir davon erzählt.«

»Ja. Sie schmeckt so lecker, wie sie aussieht.«

Das stimmte. Auf dem frischen, ungewohnt dunklen Brot schmeckte sie aufregend bittersüß. Lebendig, würzig, geheimnisvoll, wie die Luft draußen. Tiryn kaute genüsslich und sah dabei aus dem Fenster. An der Loggia rankte wilder Wein. Die Blätter waren flammend rot und gelb. Tiryn fühlte, wie sich die Haare auf ihren Armen aufstellten. »So ein Blatt hat Nicholas immer noch.« Sie zeigte nach draußen. »Der Wind wehte es in seinen Schoß, an dem Tag, als sie sich kennenlernten. Es liegt in einem Buch und hat kaum an Farbe verloren.«

»Wie die alten Geschichten. Sie verlieren auch nicht an Farbe«, sagte Carly leise, während sie Tee einschenkte. »Ich habe mal im Wald goldene Herbstblätter in einem Tümpel gesehen. Manche trieben auf der Oberfläche, manche lagen tief am Grund, aber dort waren sie immer noch unversehrt und leuchtend. Da dachte ich: So ist es mit den Toten. Sie sind noch genauso wirklich, es ist nur nicht mehr ihre Zeit, aber in einer anderen Tiefe sind sie gültig und ganz und leuchten durch die Jahre wie die Blätter durch das Wasser.«

»Das klingt schön – und tröstlich. Zeigst du mir den Friedhof? Nicholas hat mich gebeten, Blumen auf Hennys Grab zu legen.«

»Ja, gerne. Aber du wolltest erst ans Meer.«

»Am liebsten will ich überall zugleich hin! Zum Hafen. Der ist ganz wichtig. Und auch auf die Boddenwiesen. Ist die Stille dort wirklich so unfassbar ganz, wie Nicholas sagt?«

Carly lachte. »Ja, ist sie. Aber fang am besten mit dem Meer an. Es gibt dir Kraft. Obwohl, an der scheint es dir ja nicht zu mangeln. Möchtest du noch ein Brot?«

»Nein, danke. Es hat wundervoll geschmeckt.« Tiryn trank den letzten Schluck Tee aus. »Ich möchte los.«

»Bist du immer so ein Energiebündel?«, fragte Carly.

»Es muss an der Luft liegen. Und ich habe so lange davor geträumt, hier zu sein. Seit ich klein bin und Opa Nicholas mich mit seinen Geschichten getröstet hat.«

»Langsam wird er mir beinahe sympathisch. Also gut, lass uns aufbrechen. Ich muss dringend zur Arbeit, in die Töpferei. Hast du eine warme Jacke mit?«

»Ich hab doch schon einen Pullover an.«

»Das genügt nicht. Da, zieh den an!«

Carly warf ihr einen dunklen Anorak zu. Sie trug heute selbst kein Kleid, sondern Jeans und eine dicke Jacke.

Sie liefen den Hang herunter zum Gartentor. Tiryn wies auf die Trauerbirke, die ein schützendes Dach über einer Sitzgruppe bildete.

»Das muss der Baum sein, den Nicholas und Henny an jenem Tag zusammen gepflanzt haben. Der ist aber groß geworden! Wie schön, dass es ihm so gutgeht.«

»Wirklich?« Carly blieb stehen. »Die scheinen an diesem Tag ja eine Menge gemacht zu haben.«

»Für mich ist es schön, dass der Baum so gewachsen ist. Es ist, als ob ein Stück von Nicholas hiergeblieben ist.«

»Ich mag ihn auch. Es fühlt sich gut an, darunter Zeit zu verbringen. Thore hat da auch gern gesessen. Er hat erzählt, dass er dort das erste Mal ein Mädchen geküsst hat …«

»Thore?«

»Thore ist Hennys jüngerer Cousin. Er hat als Kind und Jugendlicher bei ihr manchmal die Ferien verbracht. Später war er mein Chef an der Uni.«

Tiryn stellte fest, dass Carly rot wurde, als sie den Namen Thore aussprach. Aber sie wollte jetzt nicht nachfragen, sonst würde sie nie ans Meer kommen.

Das Meer! Sie hörte es hinter dem Streifen Wald, durch den der Pfad führte, den Carly ihr gezeigt hatte. Es sprach eine andere Sprache als das Meer, das sie gewohnt war. Aber es rief sie.

Nur noch wenige schneeweiße kleine Wolken bewegten sich am Himmel. Sie waren ungewohnt schnell unterwegs. Hohe Kiefern zeigten in den Himmel, und darunter fuhr der Wind in dichte Bäume und zauste sie. Tiryn sah, dass die Unterseiten der Blätter im Sonnenlicht silbern glänzten. Silberpappeln! Das mussten die Silberpappeln sein. Optimistisch, wild, eigenwillig. Wunderschön.

Auch gelbe, rote und braune Blätter wirbelte der Wind um sie herum. Sie bückte sich danach, steckte welche in die Tasche. Sie würde sie auch in ein Buch legen. Als Erinnerung an den ersten Tag im Land ihrer Träume.

Dann rannte sie die letzten Schritte die Düne hoch und blieb oben stehen.

»Oooh …«, entfuhr es ihr. Vor ihr lag die Weite, aber nicht durchsichtig türkisblau unter einem knallblauen Himmel. Dieses Meer sprach nicht nur anders, es trug auch ein völlig anderes Gesicht. Alle denkbaren Schattierungen von Grau, Schwarz, Grün und Blau liefen durcheinander, wechselten Form und Farbe mit dem Wind, der darauf spielte, und den Strömungen, die damit malten. Dieses Meer schrieb Geschichten. Oder Briefe? Fast sahen die Streifen aus, als könnte man sie lesen, vor allem der Schaum, den die flache Brandung in schmalen Bändern an den Flutsaum schob.

Vielleicht schreibt hier Henny Briefe an Nicholas, dachte Tiryn, belustigt über ihre Gedankensprünge. Nur, Nicholas ist nicht hier, um sie zu lesen. Aber ich. Ich bin hier. Hier, wo ich immer sein wollte. Ich stehe wirklich an diesem Strand. Und der Himmel ist so weich, die Pastellfarben laufen sanft ineinander, nichts ist grell wie in Florida; das hier verzaubert die Augen und wärmt die Seele, obwohl die Luft so herrlich frisch ist …

Sie warf die Arme hoch in diesen Himmel.

»YES! Juhuuuuu!« Sie zog die Schuhe und Socken aus und rannte die Düne hinunter zum Strand, flog fast auf diesem Gefühl von völliger Freiheit. Ein neues Land, ein neues Meer, ein neues Leben, wenn sie wollte. Diese Freiheit war tatsächlich das schönste Geschenk, das ihr ihre Mutter je gemacht hatte. Und Nicholas.

»Danke«, flüsterte sie, während sie die ungewohnte lange Jeans auszog, auf den Sand fallen ließ, die Jacke und das Sweatshirt und das T-Shirt und das Unterhemd hinterher. Du lieber Himmel, was brauchte man hier für ein Zeug! Sie hatte ihren Bikini darunter. In Florida hatte man immer einen Bikini darunter. Man wusste schließlich nie, wann man ins Meer wollte.

Und genau das wollte sie jetzt. Tiryn rannte in die Wellen, die hier so klein waren. Sie wollte es kennenlernen, dieses fremde, endlich nicht mehr ferne Meer, wollte es fühlen und schmecken und die lange ermüdende Reise von sich abspülen, die künstliche Luft im Flieger und den Lärm. Sie lief geradewegs auf den dunstigen Horizont zu. Der Sand war so weich hier – fast keine Muscheln unter den Fußsohlen! Und das Wasser so flach –, es wurde gar nicht tiefer. Wunderbar erfrischte es ihre Füße. Dann ging es ihr schließlich wenigstens bis über die Knie, und sie warf sich hinein. Ihr blieb die Luft weg. Nicholas hatte schon wieder gelogen. Dieses Meer war nicht kalt. Es war heiß! Flüssiges Feuer umfing sie. Der Augenblick hielt die Zeit an und blieb wie eine Seifenblase für einen langen Moment stehen, bis er platzte und die Zeit wieder galt. Tiryn konnte wieder atmen. Nicht heiß war das Wasser, sondern so eisig, dass es sich wie Feuer anfühlte! Ein kaltes Feuer, das alle Traurigkeit, Heimweh, Müdigkeit, Unsicherheit und Zweifel aus ihr herausbrannte und nur noch glückliche Klarheit zurückließ, obwohl tausend Nadeln in ihre Haut stachen. Klar war jetzt auch das Wasser, das vom Strand her durch das Spiel von Wind und Strömung so rau und undurchsichtig gewirkt hatte. Sie konnte jedes Sandkorn auf dem Boden erkennen, die Muster, die die Wellen gezeichnet hatten, ein paar Tangblätter und eine pulsierende Qualle mit einem gelben, kleeblattförmigen Muster in ihrer Mitte, wie in einer Glaskugel eingeschlossen.

Dann hörten die Nadeln auf zu stechen. Nichts brannte mehr. Sie war eins mit der flüssigen gläsernen Kälte, fühlte sich leicht, wie körperlos. Sie machte einige kräftige Schwimmzüge. Herrlich! Wie hatte Nicholas dieses Gefühl aufgeben können? Aber er fror ja immer. Henny, Henny hätte sie verstanden. Bestimmt. Tiryn war, als könnte sich etwas in ihr erinnern, wie es war, nur ein Einzeller zu sein, eine Alge, ein Wimperntierchen: eines der allerersten Wesen, als das Leben erwachte und alles seinen Anfang nahm, als nur Licht und Luft und die geheimnisvollen im Wasser gelösten Stoffe eine Rolle spielten, als nur das einfache Sein wichtig war.

Sie schwamm noch einige Bahnen hin und her, über den Mustern im Sand entlang. Das Meer schmeckte nicht so salzig wie in Florida. Es schmeckte nach Tang und doch fast süß. Schließlich machte sie sich mit Bedauern auf den Rückweg. Doch zu ihrem Erstaunen fiel ihr das Schwimmen auf einmal unendlich schwer.

Aus ihren Beinen war alle Kraft gewichen. Sie spürte sie gar nicht mehr. Tiryn versuchte, umso mehr mit den Armen zu rudern, doch auch die wollten nicht gehorchen, da jetzt eine heftige Unterströmung an ihr zog. Wann war sie eigentlich so weit hinausgeschwommen?

Ein Schatten fiel auf sie. Ein großer, dunkler Vogel, der aufgeregt krächzend um sie herumflatterte. Eine Krähe! Wie Fula. Auf und ab stob sie, hin und her, und stieß dabei immer lautere Rufe aus. Tiryn versuchte, kein Wasser zu schlucken. Hier würde der geheimnisvolle Unbekannte mit den hellen Augen, den sie so gern wiedergesehen hätte, sie wohl nicht retten können. Eine Welle überspülte sie von hinten. Tiryn prustete und schnappte nach Luft. Ihre Augen brannten.

Dann spürte sie eine Hand an ihrem Arm. War er doch gekommen? Hatte sie ihn in ihrer Not heraufbeschworen?

Doch das Zupacken war fest, nicht leicht wie damals, und hob sie aus dem eisigen Griff der Welle, so dass sie wieder atmen konnte. »Ich hab dich! Keine Angst!«, sagte eine Stimme, die auch durch das Wasser, das schmerzhaft in ihren Ohren gluckerte, sehr deutlich war. Sie sah in ein schmales Gesicht mit großen rauchblauen Augen und einem nassen Schopf dunkelblonder Haare.

»Was um Himmels willen machst du hier draußen? Wenn das Geschrei der Krähe nicht gewesen wäre, hätte ich dich überhaupt nicht bemerkt.«

Sie war zu sehr außer Atem, um zu sprechen, und ließ sich erst einmal an Land ziehen.

»Oh, Verzeihung. Ich hielt Sie für ein Kind«, sagte der Mann, als er sich das Wasser aus den Augen gewischt hatte und sie näher betrachtete.

»Das ist okay. Bleiben Sie beim Du. Ich habe mich ja auch benommen wie ein Kind«, keuchte Tiryn. »Wie kann man nur so dämlich sein, das Meer innerhalb von ein paar Monaten zum zweiten Mal zu unterschätzen?«

»Keine Ahnung«, sagte er. Beneidenswert aufrecht stand er neben ihr und trocknete sich mit einer Jacke ab.

»Das andere Meer war wärmer«, sagte sie kläglich. »Ich wusste nicht, dass die Kälte einem die Beine klauen kann.«

Er sah zu ihr hinunter und lachte auf. »Sie – du siehst aus wie eine aus dem Nest gefallene kleine Krähe.«

»Na, wenigstens kein Stinktier«, murmelte sie in sich hinein, während sie versuchte aufzustehen.

»Wie bitte? Warte.« Er begann, ihre Beine heftig abzurubbeln. Sie brannten jetzt, aber wenigstens fühlte sie sie wieder, und schließlich brachte sie es fertig aufzustehen. Mit großer Mühe und ein wenig Hilfe ihres Retters schaffte sie es, ihre Jeans und die Jacke anzuziehen. Trotz ihrer steifen Glieder fühlte sie sich wie neugeboren.

»Aber herrlich war es doch«, sagte sie trotzig, mehr zu sich als zu ihm.

»Du bist ja 'ne Verrückte. Wo war denn dieses andere, warme Meer?«

»In Florida. Ich bin aus Florida.«

»Aha. Verstehe. Ich bin selbst erst gerade von weit her gekommen. Ich war auch an einem anderen Meer. Manchmal braucht man das. So, und nun schnell nach Hause. Heiße Dusche, heißer Tee, bis deine Lippen nicht mehr blau sind, verstanden?« Er bot nicht an, sie nach Hause zu bringen. Zum Glück. Sie kam sich ohnehin schon vor wie das kleine dumme Mädchen, für das er sie gehalten hatte.

Tiryn salutierte mit einiger Mühe und gespielter Ehrfurcht. »Yes, Sir! Und herzlichen Dank für die Rettung. Ich weiß nicht, was ohne Sie ... dich passiert wäre.«

»Keine Ursache. Tatsächlich hat mich an jenem anderen Meer, an dem ich war, auch einmal jemand aus dem Wasser gezogen. Tschüs!« Abrupt stapfte er davon.

Erst am Gartentor fiel ihr auf, dass er sich nicht vorgestellt hatte. Doch trotz des Schreckens fühlte sie sich wunderbar.

»Hopp, hopp, nach Hause!«, hatte er gesagt, und die Worte hatten sich so wunderbar echt angehört. Wo sie eines Tages wohnen würde, wusste sie noch nicht, aber in diesem Meer, ja, da war sie zu Hause. Bevor sie die Kontrolle über ihre Glieder verlor, hatte dieser brennende, klare, glückliche Moment in den kalten Wellen ihr Leben verändert und eine Gewissheit in ihr verankert.

Am liebsten hätte sie das Salzwasser auf der Haut behalten, aber in der Haustür drehte sich ein Schlüssel.

»Wie siehst du denn aus?«, fragte Carly entgeistert.

»Ich war schwimmen«, sagte Tiryn, als wäre das selbstverständlich.

Carly, die zwischen Entsetzen und Lachen schwankte, bestand auf der Dusche und auch auf dem Tee, den sie Tiryn durch den altmodischen Vorhang reichte.

Tiryn genoss ihre Fürsorglichkeit. Wer außer Kimoni hatte sich je so um sie gekümmert? Und nun ausgerechnet das Familiengespenst. Nein, die Nichte des Familiengespenstes. Sie prustete los, musste irgendwohin mit ihrem Übermut und war froh, dass Carly das nicht hören konnte, weil die Dusche so laut in der alten Emaillewanne prasselte.

Warm und trocken tauchte sie wieder in der Küche auf. Carly, die kritisch in den Kühlschrank sah, betrachtete sie prüfend.

»Gut, du hast wieder Farbe.«

»Mir geht es prächtig. Ich fühle mich ganz und gar neu.«

»Hm. Ja. Das Gefühl kenne ich. Ist das dein Magen, der so knurrt?«

»Ja«, gab Tiryn kleinlaut zu. »Dieses kalte Meer hat mir einen riesigen Hunger gemacht. So einen Appetit hatte ich in Florida in der Hitze nie.«

»Kohldampf nennen wir das hier. Ja, das kommt vom Schwimmen in der Kälte. Ich habe aber gerade festgestellt, dass nicht allzu viel zu essen da ist. Ich mach dir einen Vorschlag.« Carly schloss den Kühlschrank. »Ich lade dich zum Mittagessen in das Café Namenlos ein, und dabei erzählst du mir, warum Nicholas Henny verlassen hat und warum du hier bist.«

»Café Namenlos?«

»Es heißt so, weil es mal einen Streit über Namensrechte gab. Sie machen einen Hirschbraten und einen Kuchen, den du nicht wieder vergessen wirst. Deal?«

»Deal. Wenn du mir dann erzählst, wie es kam, dass du hier in Hennys Haus wohnst.«

Der Wind hatte nachgelassen und die Sonne an Kraft gewonnen, als sie im Café ankamen.

»Wollen wir draußen essen? Hier auf der Terrasse? Du scheinst ja nicht kälteempfindlich zu sein.«

So saßen sie in der würzigen Luft und aßen butterzarten Braten, der nach Salz und See und Wald schmeckte, mit Preiselbeeren und Pilzen und Klößen. Lauter unbekannte Aromen.

»Die Hirsche leben hier im Wald zwischen Meer und Bodden. Das merkt man. Diesen Geschmack findest du nirgends sonst«, erklärte Carly.

Tiryn glaubte das sofort. Sie genoss jeden Bissen. Schließlich war sogar sie satt.

Carly bestellte Tee und lehnte sich zurück.

»So. Und nun raus mit der Geschichte.«

Die Sonne machte sich auf ihren langen, flachen Weg zum Horizont, andere Gäste kamen, aßen und gingen, Spatzen flogen zwischen den Tischen umher und pickten Krumen, Möwen riefen über dem Strand, und das Licht spielte in den Silberpappeln, während Tiryn erzählte. Carly hörte zu und stellte Fragen. Am Rande der Terrasse wuchsen Heckenrosen. Eine einzelne verspätete große Blüte leuchtete violett im Gegenlicht und wehte wie eine trotzige Flagge im Herbstwind. An den peinlichen Stellen hielt sich Tiryn mit ihrem Blick an ihr fest. Bis ihr auffiel, dass ihr vor Carly gar nichts peinlich war. Alles zu erzählen half ihr selbst, ihre Gedanken zu ordnen. Es war befreiend. Als sie bei Lara, ihrem Entschluss zur Therapie und der Sache mit dem Stinktier angekommen war, fühlte sie sich leicht.

Carly schwieg einen Moment.

»Danke«, sagte sie schließlich. »Danke, dass ich nun weiß, warum Nicholas damals ging. Ich fühle mich Henny so nahe, weißt du. Warum, kann ich auch nicht erklären. Diese offene Frage, was Nicholas veranlasste, sie allein zu lassen, hat mich gequält, seit ich davon wusste. Jetzt geht es mir besser. Und ich muss ihm – deinem Großvater – nicht mehr böse sein. Ich hätte es nach den Kellererlebnissen auch nicht ertragen, noch einmal eingesperrt zu sein.«

Sie schüttelte sich und winkte der Kellnerin.

»Noch zwei Kannen Tee und zwei Stücke von der Kirsch-Schokoladentorte, bitte.«

»O je«, stöhnte Tiryn, »das klingt herrlich, aber ich werde hier ganz schnell doppelt so dick, wenn das so weitergeht.«

»Keine Sorge. Du hast vorhin im kalten Wasser genug Kalorien verbrannt.«

»Aber dann möchte ich jetzt *deine* Geschichte hören.«

Und während der Himmel über dem Meer sich erst orange färbte, und dann Armeen grauer Schäfchenwolken zwischen flammend roten Streifen aufmarschierten, bis der Abendstern anfing zu funkeln, erzählte Carly. Sie erzählte, wie ihre Eltern in den Ferien in Florida umgekommen waren und dass sie deshalb so erschrocken war, als Tiryn Florida erwähnte. Sie berichtete von Hennys Cousin Thore Sjöberg, der erst ihr Professor an der Uni, dann ihr Chef, ihr bester Freund und ihre große unerfüllbare Liebe war.

»Er war immer glücklich verheiratet und ist es immer noch, und ich mag seine Frau. Aber er hat mir unglaublich geholfen, meine Probleme zu lösen, und durch ihn bin ich an Naurulokki gekommen. Ich arbeite immer noch ein paar Stunden in der Woche für ihn, das geht ja mit Hilfe des Computers zum Glück. Das größte Geschenk, das er mir machen konnte, ist, dass ich hier ein neues Leben gefunden habe. Ich habe mich immer nach dem Meer gesehnt.«

»Und ich habe mich nach *diesem* Meer gesehnt. Anscheinend gibt es Parallelen zwischen uns. Und hast du dich hier auch neu verliebt?«, fragte Tiryn und erschrak dann über sich selbst. »Entschuldige, das geht mich natürlich nichts an.«

»Schon in Ordnung. Nein. Da ist Jakob, mein Nachbar. Wir verstehen uns wunderbar. Seine Frau ist seit ein paar Jahren tot, und ich glaube, er möchte nicht mehr allein sein. Aber, so sehr ich ihn mag ...« Carly zögerte. »Das hört sich jetzt wahrscheinlich blöd an, aber seit ich erfahren habe, dass Joram Grafunder einen Sohn hat, habe ich das Gefühl, ich warte auf etwas. Besser, auf jemanden. Diesen Philip Prevo, von dem ich nichts kenne außer der Vase, die er getöpfert hat und die auf Naurulokki im Flur steht. Verrückt, oder?«

»Nein. Ich habe mich auch nach diesem Land gesehnt und darauf gewartet, obwohl ich es nicht kannte. Ich bin halbe Choctaw. Wir glauben an seltsame Geschichten. Hey, ich sehe Bilder im Meer. Das ist viel verrückter. Und außerdem hast du noch immer Gefühle für diesen Thore, oder?«

»Merkt man das? O je.« Carly seufzte. »Na, auf den brauche ich jedenfalls nicht warten. Da warte ich lieber auf das Meer. Flömer sagt, es hat immer eine Antwort, wenn man Geduld hat.«

»Da hat er wohl recht. Mir hat es heute schon eine gegeben. Es war richtig hierherzukommen. Ich würde Flömer gern kennenlernen.«

»Kein Problem. Aber nicht mehr heute. Zahlen bitte!« Carly winkte der neuen Kellnerin, die die andere längst abgelöst hatte.

Schweigend liefen sie auf dem Deich zurück durch die Dämmerung, die voller neuer Gerüche war. Ein lauter, gespenstischer Ruf hallte einmal aus dem Wald. Es klang einsam.

Tiryn zuckte zusammen.

»Das ist nur ein Hirsch«, sagte Carly. »Es klingt gruselig, bis man sich daran gewöhnt hat. Aber auch schön. Sie gehören zur Herbststimme vom Darß.«

»Carly«, sagte Tiryn, als die Reetdachsilhouette von Naurulokki auftauchte, »hilfst du mir, das Geheimnis der Bernsteinschiffe herauszufinden? Ich möchte Bernsteinschmuck machen, und ich wollte schon immer wissen, wie man Bernstein so behandelt, dass man die Erinnerungen in ihm bewahren kann.«

Carly blieb stehen. »Sehr gerne! Mich interessiert das auch

schon lange. Aber das wird schwierig. Die Einzige, die darüber etwas wissen kann, ist Myra. Und die weigert sich, über die Schiffe zu reden. Und nicht nur das, sie ...«

»... wird mich hassen! Weil Nicholas Ronning mein Großvater ist.«

»Tja. Immerhin hast du eine kleine Chance, weil du eine Frau bist. Myra ist nicht nur wütend auf Nicholas, sie mag überhaupt keine Männer. Wir werden es versuchen. Morgen. Wenn wir mutig sind.« Carly räusperte sich. »Da ist nur eine Sache, die ich mir nicht erklären kann. Myra hat Nicholas nach Hennys Tod an ihrem Grab getroffen. Und sie schwört, er hätte zugegeben, dass er Henny verlassen hat, weil er nicht ertragen konnte, dass sie angeblich die größere Künstlerin war. Aber du hast mir gerade etwas ganz anderes erzählt.«

»Das kann nicht sein! Er hat uns angelogen, aber so denkt er nicht. Er war stolz auf Henny, weil sie ein so großes Talent hatte. Er war nie ehrgeizig. Myra muss sich irren.«

»Myra irrt sich selten.«

»Ich muss Großvater sowieso anrufen und ihm sagen, dass ich gut angekommen bin. Ich werde ihn fragen«, beschloss Tiryn.

Und mit Nicholas' Antwort bewaffnet würde sie dieser Myra Webelhuth entgegentreten. Sie war entschlossen, die Bernsteinbeschwörerin freundlich zu stimmen und ihr ihre Geheimnisse zu entlocken.

Nicholas

1999

20

Der alte grüne Zauber

Er hatte fast vergessen, wie kalt es hier sein konnte. Es war Frühling, ein Schleier von zartem Hellgrün lag über dem Land. Diese Farbe schien ihm jetzt, als hätte er sie noch nie gesehen. In Florida gab es sie nicht. Er fühlte sich fremd, doch gleichzeitig war ihm vieles schmerzlich vertraut. Den Geschmack der Luft hatte er nicht vergessen. Würzig und sanft, auch der Himmel war weich, nicht grell wie über der südlichen Insel, auf der er nun zu Hause war.

In einer Pension in Althagen, die so neu war, dass man ihn dort nicht kennen konnte, nahm er ein Zimmer. Dort legte er sich auf das Bett, starrte an die Decke und suchte nach dem Mut, auf den Friedhof zu gehen.

Er hatte von Hennys Tod in einem deutschen Künstlermagazin gelesen, das er abonniert hatte. Sofort wusste er, dass er an ihrem Grab stehen musste, um zu begreifen, dass es sie nicht mehr gab. Er schlief praktisch nicht, bis er den Flug gebucht hatte.

Nur die letzten paar hundert Meter schienen unüberwindlich.

Es war wie vor fünfzehn Jahren schon einmal, doch diesmal gab es keine Mauer, kein Hindernis außer ihm selbst. Damals war er zu einer Ausstellung nach Westberlin eingeladen gewesen. Bella hatte seine Zerrissenheit gespürt.

»Flieg hin«, sagte sie. »Du findest sonst keine Ruhe!«

In Berlin nahm er die Ausstellung kaum zur Kenntnis. Er hatte andere Bilder im Kopf. Die Winklers. Eine Schusswunde und goldenes Geschenkband. Henny. Er starrte auf das Brandenburger Tor hinter der Berliner Mauer, die die Stadt zerteilte. Er sah die Wachtürme und die Soldaten, die wie kleine Puppen oben hinter den Scheiben saßen und mit Ferngläsern den kahlen Todesstreifen auf und ab spähten. Er sah die Kreuze vor der Mauer, von denen einige nur Daten trugen, weil niemand die Namen der Menschen kannte, die hier erschossen worden waren, wenn sie die Freiheit suchten. Er sah die welken Blumen an diesen Kreuzen liegen und legte frische dazu. So ein Kreuz gäbe es jetzt für ihn, wenn er geblieben wäre. Nicht hier, aber irgendwo an der Grenze von Mecklenburg. Er ging in ein Museum und sah dort Fotos von Tunneln, die unter der Mauer hindurch gegraben worden waren, und einen selbstgebauten Heißluftballon, mit dem jemand geflüchtet und dann abgestürzt war.

Wenn der Uhrenladen von Lena Winkler noch existierte, war er dort hinter der Mauer und dem feindseligen Stacheldraht. Vielleicht hing sogar noch das Bild an der Wand, das er gemalt und das Hannes nach der Ausstellung behalten hatte. Ein merkwürdiges Gefühl!

Nicholas hatte sich ein Visum besorgen und Henny in Ostberlin treffen wollen. Henny würde kommen. Sie würde ihm nicht mehr böse sein. Sie würde ihn verstehen und ihm verzeihen.

Doch er brachte es nicht fertig und versuchte gar nicht erst, Kontakt zu ihr aufzunehmen. Er konnte den Gedanken an Henny hinter dieser Mauer nicht ertragen, auch nicht die alte und immer noch begründete Angst, sie könnte wegen ihres Westkontakts Ärger bekommen. Außerdem wusste er, dass er es nicht fertigbringen würde, sich selbst hinter die tödliche Grenze zu begeben. Nicht einmal für Henny.

Er nahm den nächsten Flug nach Hause, wo er drei Wochen mit

Fieber im Bett lag. Er phantasierte wild von Stacheldraht und untergegangenen Schlauchbooten, und der Sturmflut-Claas sprach zu ihm, was noch nie vorgekommen war. Von Bernsteinschiffen redete er und von Tiryn, aber als Bella ihn schließlich gesund gepflegt hatte, konnte sich Nicholas nicht erinnern, was Claas gesagt hatte.

Als Jahre später die Mauer fiel, als die Menschen darauf tanzten, sie mit kleinen Hämmern zerschlugen und in Plastikbeuteln in alle Welt trugen, saß Nicholas in Florida vor dem Fernseher und weinte. Er trauerte um seine Liebe zu Henny und um das Leben, das sie nicht zusammen gehabt hatten, weil seine Angst vor dem Eingesperrtsein größer gewesen war als alles andere. Doch er fühlte sich gleichzeitig befreit, als er die Mauerstücke zerbrochen im Sand liegen sah. Als wäre eine Geschichte beendet.

Bella nahm ihn in den Arm und tröstete ihn, und er war ihr dabei näher als je zuvor.

Aber Bella war nun tot, und Henny auch. Er hatte sich von Bella verabschieden und sie beerdigen können. Einen Abschied war er auch Henny schuldig, schon seit Jahrzehnten. Nicholas stand auf, zog einen zusätzlichen Pullover gegen die Kälte an, einen Schal und die Mütze tief ins Gesicht. Er wählte den langen Weg am Strand entlang. Die Wellen meinten es gut mit ihm. Er empfand sie als klein und versöhnlich, nach der Brandung, die er inzwischen gewohnt war.

Sie rauschten anders, sprachen eine vertraute Sprache, wie ein Kinderlied flüsterten sie von einer lang vergangenen Zeit, in der dies hier seine Welt gewesen war.

Ein Schatten fiel über den hellen Sand vor seine Füße, lang und dünn in der Frühlingssonne.

»Ach nein!« Die Stimme war ebenso vertraut wie die des Meeres.

Nicholas verhielt mitten im Schritt. Der Schatten war ein Hindernis, wie eine Schranke, die ihm bedeutete: bis hierher und nicht weiter!

Zögernd hob er den Kopf.

Die Jahre hatten nichts an ihr gebeugt, eher im Gegenteil.

»Du wagst es hierherzukommen? Jetzt? Weil sie dir nicht mehr in die Augen sehen kann, richtig? Weil du ihren Schmerz nicht sehen musst. Du bist noch immer ein Feigling. Und das in deinem Alter!«

Sie sagte es nicht laut, sondern gefährlich ruhig. Nicholas fröstelte noch mehr als zuvor. Aber er atmete die schneidend frische Luft tief ein und begegnete ihrem Blick.

Myra Webelhuth. Die kluge Myra, die wie eine Mutter zu ihm gewesen war. Ihr langer Zopf war nur noch am Ende blond. Schneeweiß lagen ihre dichten Haare um das schmale braune Gesicht mit den tiefblauen Augen, und aus den Grübchen waren Falten geworden – Falten, die sie noch würdevoller machten. Er fühlte einen kindlichen Impuls, sich in ihre Arme zu stürzen. Doch die Zeit, in der sie ihm über die Haare gewuschelt und seine Hosen geflickt hatte, damit sein Vater nicht schimpfte, lag unfassbar weit hinter ihnen.

»Myra«, sagte er und wusste nicht weiter. Sie hatte recht, dem Schmerz in Hennys Augen musste er nicht mehr begegnen. Was ihn jetzt so hilflos machte, war der Schmerz in Myras Blick, weil er so unerwartet war. Sie hatte nie verletzlich gewirkt. Aber nun spürte er, dass hier mehr war als nur Zorn auf ihn. Etwas anderes lag hinter der Traurigkeit und Wut. Verzweiflung?

»Entschuldige. Du wolltest sicherlich nicht zu mir. Es war nur überraschend, dich hier zu sehen. Ich will dich nicht aufhalten. Du gehst mich nichts mehr an.« Sie wollte an ihm vorübergehen.

»Myra ...«, fing er an, doch sie hob eine Hand.

»Du musste mir nichts erklären. Ich weiß, warum du gegangen bist. Du konntest es nicht ertragen, dass Henny mehr Erfolg hatte als du. Dass sie den ersten Preis gewann. Du wolltest nicht ein Leben lang in ihrem Schatten stehen. Viele Männer können das nicht. Es ist deine Sache.«

Er fror nicht mehr. Jetzt war es eine heiße Welle aus Trauer und Empörung, die in ihm aufstieg.

»*Das* glaubst du von mir?«

»Jawohl. Genau das. Und Henny hat es insgeheim auch geglaubt, obwohl sie es abgestritten hat. Sonst hätte sie nicht ihre Bilder versteckt und nur im Notfall eines verkauft, wenn sie Geld brauchte. Sie hatte Angst, Joram würde sie möglicherweise aus demselben Grund verlassen.«

»Aha. Nun, wenn du dieser Meinung bist, wird es wohl so gewesen sein.« Nicholas' Stimme zitterte. Er hatte nicht die Kraft, sich zu rechtfertigen. Sie würde ihm ohnehin nicht glauben. Stattdessen bohrte er die Hände in die Taschen, wandte sich ab und stapfte los, weiter am Flutsaum entlang, ohne zu bemerken, dass die Wellen seine Hosenbeine nässten.

»Ja, hau doch ab!«, rief Myra ihm hinterher. »Mach dich davon, wie du es immer gemacht hast, wenn es schwierig wurde!«

Gedemütigt kämpfte er gegen die Tränen, die ihm in die Augen stiegen wie an jenem Tag, als er Henny und auch Myra kennengelernt und sein Vater ihn aufs Dach gezwungen hatte. Als wäre er wieder elf!

»Nicholas!« War es nur der Wind gewesen, oder hatte sie gerufen?

»*Nicholas!*« Er blieb stehen und wandte sich um.

Jetzt, einige Meter entfernt, sah sie kleiner aus als zuvor.

»Ich habe auch Fehler gemacht, Nicholas«, sagte sie. »Du hast mich gewarnt! Du sagtest damals, ich solle auf Liv aufpassen. Ich habe es nicht getan.«

Die alte Vision aus dem Meer schoss in seinen Kopf, so lebendig wie damals. Liv, die über Sand rannte, voller Angst, dann zusammenbrach. Ihm stockte der Atem. Was war geschehen?

»Wir haben beide versagt, Nicholas.« Einen Augenblick standen sie sich reglos gegenüber. Die Jahre türmten sich unsichtbar auf dem feuchten Sand zwischen ihnen. Dann war es Myra, die sich abwandte und mit den typischen ausholenden Schritten ihrer langen Beine in der Ferne rasch kleiner wurde.

Er wollte ihr nachlaufen, sie packen, schütteln, eine Antwort hören. Doch er rührte sich nicht. Er war hier, um sich von Henny zu verabschieden. Er hatte nicht die Kraft für noch eine andere Geschichte, die er ohnehin nicht ändern konnte.

Im Flugzeug hatte er mit dem Gedanken gespielt, wieder hier auf dem Darß heimisch zu werden. Sein Alter zu verbringen, wo alles angefangen hatte, wo seine glücklichsten Tage gewesen waren, in der Landschaft, die ihn und sein Talent geprägt hatte. Doch jetzt war er sich sicher, das war unmöglich. Er fühlte sich wie blind. Keine Bilder wurden mehr in ihm lebendig und drängten auf eine Leinwand, wenn er sich umsah. Fremd war er und unwillkommen, er gehörte nicht mehr hierher. Und es war kalt.

Er beschleunigte seinen Schritt. Das Laufen beruhigte ihn. Im Sand vor ihm schimmerte etwas blau. Eine ungewöhnlich große Miesmuschel! Er hob sie auf. Sie hatte eine Farbe wie die Abendhimmel seiner Jugend, als er Hand in Hand mit Henny durch die

Dämmerung gestreift war. Für einen Moment glaubte er, ihr Lachen neben sich zu hören.

Dann war er endlich am Strandübergang zur Schifferkirche. Zögernd stieg er die Düne hinauf. So viel Verkehr jetzt auf der damals so stillen Straße! Er musste warten, bevor er sie überqueren konnte, und hoffte fast, der Strom der Autos würde nie abreißen.

Noch ein paar Schritte, dann stand er vor dem Tor zum alten Friedhof. Hier hatte sich kaum etwas verändert, nur die Kirche war teilweise renoviert, das Reetdach geflickt, wie er mit Kennerblick sah. Zu sehr war er sich seiner Sünden bewusst, zu wenig und zugleich zu viel Glaube war in ihm, um hineinzugehen. Er lief außen herum nach hinten, an verwitterten Steinen mit fast unkenntlich gewordenen Namen vorbei, manche standen schief wie Zähne im Mund der alten Zeit.

Er fand das Grab sofort, es war zwar schon hergerichtet, doch sichtlich neuer als alle anderen. Zu glatt geharkt, zu nackt noch die Erde, auf der einige verfrorene Veilchen und weiße Narzissen blühten, die gerade erst gepflanzt worden waren.

»Henrike ›Henny‹ Badonin«, stand auf einem schlichten unbehauenen Naturstein. Ohne Daten. Das hätte ihr gefallen, wahrscheinlich hatte sie es so verfügt.

»Für ein Leben gibt es kein Verfallsdatum«, hatte sie einmal bei der Beerdigung eines Künstlers gesagt. »Es hört ja nicht auf, wirklich und gültig zu sein, nur weil jemand nicht mehr da ist. Seine Werke sind noch da. Die Geschichten, die wir über ihn erzählen. Seine Kinder und die Erinnerung an seine Stimme. Und angefangen hat es schon vor seiner Geburt. Als seine Eltern von ihm träumten, hofften, Pläne machten. Es gibt keine Daten für Anfang und Ende.«

Vorne in der Ecke lag ein weiterer, rundlicher Stein, der zum Sitzen einlud. Nicholas ließ sich darauf nieder und fühlte sich dabei alt.

Lange saß er dort, während es kälter wurde und das Licht schräger. Wie leergefegt waren seine Gedanken, er fand keine Worte. Schließlich kramte er in seiner Jackentasche nach Zettel und Stift, kniete sich mühsam neben den Stein und nutzte ihn als Unterlage. Jetzt kamen die Worte doch, seine Hand zwang sie heraus und auf das Papier, das ihm keine Vorwürfe machte wie Myra und keine Verachtung entgegenrief.

Liebste Henny, ich habe einen furchtbaren, gnadenlosen Fehler gemacht, damals, vor so langer Zeit. All diese Zeit hätte uns gehören können! Doch ich konnte nicht anders. Aber du sollst wissen, dass du in allen Bildern warst, die ich seitdem gemalt habe. Wenn Menschen darin vorkamen, war es jedes einzelne Mal dein Gesicht, deine Silhouette, dein Schatten. Das waren die einzigen Bilder, die gut waren, die lebten und ein Publikum ansprachen. Meine Landschaften, selbst Abstraktes: Es blieb alles kalt, berührte niemanden. Das ist und bleibt meine Strafe. Auch diese Insel, die mir noch und wieder Heimat sein sollte, ist fremd ohne dich. Unerträglich! Alles verschließt sich, auch der Blick. Ich kehre zurück in mein Exil und werde jämmerlich genug sein, um weiterhin dein Lächeln und die alten Träume in deinen Augen zu malen und zu verkaufen, damit ich meine Miete bezahlen kann, denn ich tauge für nichts anderes … und das, obwohl ich weiß, dass es dir nicht gefallen würde, wenn du wüsstest, dass du in immer mehr amerikanischen Wohnzimmern hängst. Andere Frauen würden sich geehrt fühlen, doch du hattest nie auch nur einen Anflug von Eitelkeit. Ganz im Gegensatz zu mir. Du kannst froh sein, dass du mich früh genug losgeworden bist, und ich hoffe, du bist glücklich gewesen. Ich habe nicht gewagt, Myra danach zu fragen …

Weißt du noch, früher, als wir – oder war es nur ich? – davon geträumt haben, in den Süden zu reisen, da habe ich dir versprochen, die Schönste aller Muscheln für dich zu finden. Inzwischen war ich an vielen Stränden und habe die großartigsten Muscheln gefunden. Aber heute, als ich wieder hier an unserem Strand war nach so vielen Jahren, habe ich diese blaue Miesmuschel gefunden und festgestellt, dass es für mich keine schönere gibt. Sie trägt die Farben unseres Himmels, wenn es Abend wird. In ihr braust die Musik unseres Meeres. Nun löse ich – zu spät – wenigstens ein Versprechen ein, das ich dir gegeben habe, und schenke sie dir.
Nicholas

Die Muschel lehnte er gegen den Grabstein, dann faltete er den Zettel sorgfältig zusammen. Neben allen Grabsteinen auf diesem Friedhof standen Windlichter, sonst hätte hier im Seewind nie eine Kerze länger gebrannt als einen Augenblick. Zärtlich klappte er das Glas neben Hennys Stein auf, nahm ein abgebranntes Teelicht heraus, legte seinen Brief hinein und stellte eine neue Kerze darauf, die er mit einem Werbestreichholz aus der Pension anzündete. In dem Moment, als er den Deckel behutsam wieder schloss, fühlte er sich leichter. Er legte den Kopf in den Nacken und sah die Schwalben hoch über der Wiese hinter dem Friedhof fliegen, in weiten, freien Bögen. Schwalben, wie sie damals von Hennys kindlicher Hand auf dem Papier ein ewiges Leben geschenkt bekommen hatten.

Ja, es war ein Fehler gewesen, sie damals zu verlassen, und doch wusste er, so absurd das klang, dass seine Entscheidung ebenso richtig gewesen war wie falsch.

Weil er so entschieden hatte, hatten sie beide überlebt. Sie waren nicht auf einer Flucht umgekommen oder im Gefängnis zerbrochen. Henny hatte wunderbare Werke geschaffen, hatte

Myra zur Freundin und diesen Joram zum Freund. Sie hatte einen Namen für ihr Haus gefunden. Sie hatte gelebt, und ihm war es ähnlich gegangen, nur woanders.

Nicht zu vergessen die zehn wunderbaren Jahre, die sie zusammen gehabt hatten, im Rausch und Zauber der Kindheit und Jugend, der sich in ihrer beider Bilder fortschrieb.

In ihm wurde es ruhig.

Er strich über den Stein, in dem der Tag eine leichte Sonnenwärme hinterlassen hatte, und legte eine Löwenzahnblüte darauf. Sie würde nie zur Pusteblume reifen, aber sie leuchtete goldgelb gegen die Abendschatten an.

Nicholas verließ den Friedhof durch die hintere Pforte und nahm den Weg über die Boddenwiesen, der in einem langen Bogen zum Hafen führte. Eines quälte ihn noch: Seine alte Lüge seiner Familie gegenüber, dass Henny ihn verlassen hätte anstatt umgekehrt. Sie beschmutzte Hennys Andenken und lastete nun schwerer auf ihm denn je. Er würde das in Ordnung bringen müssen, wenigstens Tiryn die Wahrheit erzählen, den richtigen Moment finden. Doch dann würde sie ihn verachten, wie es Myra tat. Myra, die nun für immer annehmen musste, dass ihre Vermutung stimmte und er nur gegangen war, weil er nicht in Hennys Schatten stehen wollte. Wie absurd – aber es geschah ihm recht!

Die alte, tiefe Stille auf den Boddenwiesen, von denen er Tiryn erzählt hatte, war unverändert, zeitlos, ewig. Diese sanft geschwungenen Wiesen waren wie ein grüner Zwilling des Meeres, weit und voller Licht, und der Frühlingswind drückte weiche Wellen hinein und ließ sie über die Oberfläche wandern. Das frische Gras reichte ihm bis zu den Knien. Es duftete nach Klee und nach dem Weißdorn in den wilden Hecken. Die Blüten vom gelben

Hahnenfuß und schneeweißen Wiesenschaumkraut schwebten zart über dem Grün. Hier war es, wie es immer gewesen war: als wäre alles richtig, als könnte nichts schieflaufen, als wäre jede Entscheidung nur ein weiterer Weg, den man gehen konnte, ohne ein Richtig oder Falsch. Die völlige Stille fing ihn auf, war so dick, dass er sich hineinfallenlassen konnte, bis alle Gedanken, Zweifel, Fragen und Erinnerungen in ihm ebenso still wurden. Kein Autobrummen drang bis hierher vor, die Lerchen sangen am Abend nicht mehr, und für Grillen und Frösche war das Jahr noch zu jung. Es gab nur den Abendhimmel, die Wiesenweite und in der Ferne den blauen Bodden. Und mittendrin Nicholas, der zum ersten Mal seit Bellas Tod spürte, dass er lebendig war.

Sie waren hier, beide, Henny und Bella, in diesem Moment. In der Stille konnte er sie fühlen, und alles war gut. Er legte sich rücklings auf den Boden und trieb auf diesem grünen Meer, lautlos getragen, bis die Sonne hinter den Hecken verschwand und die Mücken sich auf ihn stürzten.

Dann rappelte er sich mühsam auf und ging den Weg zu Ende. Weit war es nicht mehr, bis er an den Schilfgürtel kam, in dem sich junge Halme zwischen den alten, trockenen vom letzten Jahr empordrängten. Nach einigen Schritten schon öffnete sich das Schilf, und vor ihm lag in der rotgoldenen Dämmerung der kleine Hafen, in dem sie als Kinder an Sommerferientagen zusammen geträumt, gelacht, den Fischern geholfen und sich schließlich verlobt hatten.

Der Wind war eingeschlafen, die Luft klar wie blaues Glas. Mit der Sonne war die zaghafte Frühlingsmilde verschwunden, doch seltsamerweise fror Nicholas nicht mehr.

Wie winzig klein die hölzernen Bootshäuser waren, wie verwittert und glücklich vertraut die Stege, und wie würdevoll die alten Zeesboote mit den traditionellen braunen Segeln, die daran schaukelten. Leise gluckerte das Wasser unter ihren hölzernen Böden. Von irgendwoher roch es nach Räucherfisch.

Am Ende des längsten Steges, der über den Bodden hinauszeigte, saß jemand. Kapitän Flömer! Er war schmaler und kleiner als damals, aber Nicholas erkannte ihn sofort an der Silhouette seiner Mütze und wie sie auf seinen abstehenden Ohren saß. Wie oft hatten sie ihm damals geholfen, den Fang auszuladen, wenn Kapitän Flömer gerade nicht mit einem Dampfer auf großer Fahrt war, sondern zu Hause auf dem Bodden fischte.

Hohl klangen Nicholas' Schritte auf dem Steg. Er bemerkte, dass vor ihm etwas Helles auf dem Holz schimmerte. Linien. Ein Kreis. Nein, Buchstaben. Große Buchstaben, mit Kreide geschrieben. »OFFEN«, stand da.

Nicholas lief an dem Wort entlang. Es brachte ihn zum Ende des Stegs, wo er sah, dass der Kapitän ein Stück Kreide hinter sein rechtes Ohr geklemmt hatte.

»Hallo, Kapitän Flömer.«

Ohne Überraschung sah der alte Mann zu ihm auf.

»Flömer. Heutzutage genügt Flömer. Hallo, Nicholas!«

Es klang, als hätten sie sich vorgestern erst gesehen. Aber vielleicht war das für Flömer beinahe so, dachte Nicholas. Der Kapitän musste fast neunzig sein. Da verloren Jahre sicher an Bedeutung.

Er setzte sich neben Flömer und ließ ebenso wie dieser die Beine vom Steg baumeln. Unter ihren vier Füßen schimmerte der Boden ruhig wie ein Spiegel. Rosa, grüne und gelbe Wolken zogen über seine Oberfläche. Gelegentlich sprang ein Fisch und hinterließ Ringe.

Eine Weile schwiegen die Männer zusammen, die beide hier

geboren worden waren und die das Leben auf weite Reisen und dann hierher zurückgeführt hatte.

»Warum das Wort auf dem Steg?«, fragte Nicholas schließlich. Flömer gegenüber spürte er keine Schuldgefühle. Selbst als Kinder fürchtete sich niemand vor Flömer, egal, was sie ausgefressen hatten. Flömer urteilte nicht. Flömer nahm alle, wie sie waren. So wagte es in seiner Gegenwart jeder, ungeniert er selbst zu sein. Und Flömer erfuhr oft Dinge, die kein anderer wusste.

»Früher habe ich von den Schiffen aus auf das Meer gesehen und darin gelesen. Jetzt, da ich so viel an Land bin, schreibe ich gern einmal ein Wort auf dieses Land und denke darüber nach, was alles darin steckt. Nur der Zeitvertreib eines alten Mannes.«

»Warum gerade ›offen‹?«

»Es schien mir heute zu passen. Mein Leben nähert sich dem Ende, aber je älter ich werde, desto offener scheint mir alles. Nichts engt mich mehr ein außer meinen alten Knochen.«

»Hast du Heimweh nach dem offenen Meer? Sehnsucht danach, mit den großen Schiffen unterwegs zu sein?«

»Nein. Das Meer ist längst in mir. Die Weite ist hier ebenso wie draußen. Schau über den Bodden, in dem der Himmel schläft. Geh über die Wiesen, in denen der Wind träumt. Setz dich in die Dünen und sieh dem Sand nach, wie er den Strand entlangtreibt. Und klopfe deinen Gedanken nicht mahnend auf die Finger, wenn sie sich auf den Weg machen. Das sagt mir das Wort ›OFFEN‹.«

»Ähnliches habe ich auch gedacht, als ich eben durch die Wiesen ging«, sagte Nicholas. »Sie haben nichts von ihrer Magie verloren. Dort scheint tatsächlich alles offen und nichts falsch.«

»Ich habe dich gesehen, an dem Tag, als du fortgingst. Du hast dich geduckt, als wir vorbeifuhren.«

»Wirklich? Und du hast mich nicht aufgehalten.«

»Warum sollte ich? Du wirst deine Gründe gehabt haben.«

Es klang so einfach.

Schweigen senkte sich wieder zwischen sie.

»Gerade hier ist es so unfassbar, dass Henny nicht mehr da ist«, murmelte Nicholas mehr zu sich selbst.

»Glaubst du das? Dass sie nicht mehr hier ist? Warum? Du spürst sie ja«, sagte Flömer. »Hörst ihr Lachen, ihre Schritte. Riechst sie. Ist doch so, oder? Siehst sie vor dir. Den Wind in ihrem Kleid, den Regen in ihrem Haar. Richtig?«

»Schon. Ja.«

»Na also. Niemand, der so mit diesem Land verbunden war wie Henny, geht jemals ganz fort. Frag den Claas. Ich habe viele gehen sehen, aber sie sind alle noch anwesend – für mich macht es kaum einen Unterschied.«

»Den Sturmflut-Claas soll ich fragen?« Nicholas lachte auf. »Den habe ich nur einmal in Fieberphantasien gesehen. Da hat er zu mir gesprochen, aber ich weiß nicht mehr, was. Von ihm erzählt haben mir bisher nur Leute, die gern mal einen Grog zu viel getrunken haben.«

Flömer sagte nichts, sondern lächelte in sich hinein.

Nicholas atmete tief durch und lehnte sich zurück. Es war jetzt dunkel. Hinter den Segeln stieg ein halber Mond empor. Der Steg war nur noch zu ahnen, aber das Wort »OFFEN« leuchtete hell. Flömer hatte recht. Henny war hier.

In dieser Nacht schlief er tief wie lange nicht. Seine Sehnsucht drängte ihn fort, zurück in seine Gegenwart, zurück in die Wärme Floridas, doch eine Frage war noch offen, und er wusste, wo er die Antwort finden konnte.

Morgens ging er an den Strand und war erleichtert, dass die Sonne von einem klaren Frühlingshimmel schien.

»Das Meer hat immer eine Antwort«, hatte Flömer ihn schon als Kind gelehrt.

Kalt, so kalt. Er watete hinein und zögerte schon, als das Wasser nur seine Knöchel erreichte. Es war so kalt, dass es brannte.

Frostbeule! Komm schon, gleich wird dir warm! Fühlst du nicht, wie es prickelt? Hennys Stimme sprang über die Wellen und durch die Jahre wie die Kieselsteine, die sie einst über den Bodden hüpfen ließen.

Er atmete tief ein. Jetzt würde er nicht kneifen. Dieses eine Mal nicht. Er war ein erwachsener, ja, ein alter Mann, und er würde nur einmal sein wie Henny: eins mit dem Wind und dem Wasser. Nicholas lief los, auf den Horizont zu, dass die Tropfen nur so um ihn herum himmelwärts flogen. Er lief der Kälte entgegen. Sie brannte die Schuld aus ihm und die Trauer und für den Moment die Schmerzen aus seinen Gelenken, und als er die Sandbank erreichte, wo er ruhig im Wasser stehen und nach unten sehen konnte, verwandelte sie sich in Wärme.

Die Sonne stand inzwischen gerade hoch genug, um zitternde, schwingende goldene Linien auf den sandigen Meeresboden zu zeichnen. Nicholas stand ruhig, wartete. Nichts geschah, nur ein Schwarm streichholzkleiner Fische huschte vorbei. Einer zupfte an seinen großen Zeh.

Hatte er seine Fähigkeit verloren?

»Frage Claas«, hatte Flömer gesagt. Nun, nach Hennys Gegenwart brauchte er ihn nicht fragen, die spürte er selbst. Außerdem hatte er immer nur die Zukunft im Meer gesehen. Seine Frage war eine andere.

»Claas, zeig mir ein Bild«, flüsterte Nicholas, halb genierte er sich vor sich selbst, aber was hatte er zu verlieren? »Zeig mir, was sein wird!«

Er spürte seine Beine kaum noch, aber er wartete, starrte auf die Linien zu seinen Füßen im Sand. Ein schwacher Wind fuhr über die Wasseroberfläche, änderte die Brechung des Lichts. In Nicholas' Kopf formte sich ein Bild, erst verschwommen, dann klarer. Er sah Tiryn. Sie stand im Hafen, sprach mit Flömer und lächelte. Sie trug ein Kleid, das Hennys Kleidern ähnelte. Das Bild verschwamm, und Nicholas wollte gerade den Kopf heben, da entstand ein anderes. Tiryn stand am Kunstkaten hinter einem Marktstand, so wie er Henny einst in einer ähnlichen Vision gesehen hatte. Sie verkaufte etwas Buntes, das er nicht erkennen konnte, aber er sah, dass sie dort stand wie jemand, der hierhergehörte.

»He, Sie!« Der Ruf schreckte ihn auf. Das Bild verschwand, aber er hatte genug gesehen.

Am Strand stand eine Frau in einer dicken Jacke und fuchtelte mit den Armen. »He, Sie, ist alles in Ordnung mit Ihnen?«

»Ja! Ja, alles in Ordnung!«, brüllte er zurück und warf sich ins Wasser, um zurückzuschwimmen. Seine Beine waren steif und wollten ihm kaum gehorchen, aber er strampelte sich warm.

Es war wirklich alles in Ordnung, die Frau ahnte nicht, wie sehr. Ihm war wieder eingefallen, was Claas in seinem Fiebertraum zu ihm gesagt hatte.

»Die Bernsteinschiffe sind gemacht, um etwas fort-, aber auch wieder hierherzutragen, wenn die Zeit dafür gekommen ist.«

Er, Nicholas, war damals dem Wind in den silbernen Segeln gefolgt, und sie hatten ihn in die Ferne getragen. Doch seine Enkelin Tiryn würden sie zurück hierhertragen, wenn die Zeit gekommen war. Sie war das Beste, was er je zustande gebracht hatte. In ihr wohnte die Kraft und Naturverbundenheit eines uralten Volkes, und doch hatte sie immer Sehnsucht nach der Ostsee gehabt. Sie würde dem Land mehr geben, als er es gekonnt hätte.

Er musste ihr nur noch die Wahrheit sagen. Irgendwann.

Tiryn

2000

21

Begegnungen

»Herbstkrokusse! Da blühen späte Herbstkrokusse! Die habe ich im Sommer gepflanzt und dachte, die Mäuse hätten die Zwiebeln gefressen!« Carly kniete sich ins Gras und beugte sich über das unerwartete Blau, das ihnen an diesem Morgen vom Fuß der Trauerbirke aus einem Teppich von Herbstlaub entgegenleuchtete. Tiryn hockte sich daneben und bewunderte die sternförmigen Blüten ebenfalls.

»Da sieht man, dass auch Gutes unter einem Teppich hervorkommen kann«, sagte Carly. »Als Kind habe ich gehört, wie jemand behauptete, meine Tante würde alle unangenehmen Dinge unter den Teppich kehren. Das ist ein Sprichwort in Deutschland, ich weiß nicht, ob du das kennst. Von da an dachte ich, dass zum Beispiel der Tod unter dem Teppich wohnt. Und alle Fragen, die ich meiner Tante nicht stellen durfte.«

»Aha. Deshalb gibt es auf Naurulokki keine Teppiche?«

Carly lächelte sie an. »Richtig. Auf Naurulokki darf man über alles sprechen. Aber ein anderer Grund ist, dass die alten Holzböden so schön sind.« Ihr Blick wanderte über Tiryns Schulter. »Oh. Besuch.« Sie stand auf.

»Hallo Carly, ich habe mal wieder Sanddornmuffins übrig und dachte, du ...« Die fremde Stimme brach ab, als auch Tiryn aufstand und sich umwandte. Sie erkannte Myra Webelhuth sofort. Oft genug hatte sie ihr Gesicht im Bernsteinschiff gesehen. Myra, die Bernsteinbeschwörerin.

Myra stand wie versteinert, groß, schlank und sehr aufrecht. Was für eine schöne Frau!, dachte Tiryn verblüfft. Sie hatte sich ausgerechnet, dass Myra in den späten Siebzigern sein musste, aber obwohl Myras dichtes Haar weiß war, wirkte sie in keiner Weise alt.

Der scharfe Blick, mit dem sie Tiryn fixierte, war einschüchternd. Tiryn fasste sich unwillkürlich ans Ohr, wie immer, wenn sie verlegen war.

»Myra«, sagte Carly eilig, »wir wollten dich sowieso nachher besuchen. Darf ich dir Tiryn vorstellen? Sie ist aus Amerika und ...«

Myra brachte sie mit einer gebieterisch erhobenen Hand zum Schweigen. »... und sie ist Nicholas Ronnings Enkelin«, vollendete sie den Satz.

»Woher weißt du das?«, fragte Carly erstaunt.

Myra lachte auf, aber es war kein heiteres Lachen. »Diese Bewegung! Immer wenn Nicholas verlegen war, fasste er sich ans Ohr. Und das da.« Sie wies auf einen länglichen Leberfleck unterhalb des verräterischen Ohres. »Das hat Nicholas ebenfalls. Dieses Mal hat die Form unserer Halbinsel. Fischland-Darß. Auch wenn er es vorgezogen hat, das Weite zu suchen, ist ihm dieses Zeichen geblieben.«

Tiryn wusste wohl, dass sie diesen Fleck von Nicholas geerbt hatte, aber es war ihr nicht bewusst gewesen, wie man die Form deuten konnte. Gruselig. Als wäre es in ihre Gene geschrieben, dass sie hierherkommen sollte. Sie konnte die Augen nicht von Myra wenden, die großartig und empört wie eine Rachegöttin aus einer alten Sage vor ihr stand, als würde sie im nächsten Augenblick den Arm heben, einen anklagenden Finger auf Tiryn richten und einen Fluch aussprechen.

»Sieh mich nicht an wie ein verschrecktes Kaninchen, Mädchen«, sagte Myra barsch.

Tiryn fand mühsam ihre Stimme wieder.

»Meine Mutter behauptet, ich gucke wie ein verschrecktes Stinktier«, sagte sie und ärgerte sich, weil sie auf einmal wieder den Tränen nahe war. Gleichzeitig stieg eine kleine schwarze Blase im Wirrwarr ihrer Gefühle auf, die sie als Wut erkannte. Sie war nicht zum Heulen hierhergekommen! »Und damit Sie es gleich wissen«, fügte sie trotzig an, »ich bin stolz auf meinen Großvater, und Ihre Vorwürfe sind ungerecht.«

Myra starrte sie an. Tiryn verschränkte die Arme vor der Brust und versuchte, ebenso aufrecht zu stehen wie Myra, was nicht einfach war, denn Myra war einen Kopf größer als sie.

»Jemand einen Muffin?«, fragte Carly hastig und schob das Tablett zwischen die beiden Frauen, die sie und die Muffins so wenig beachteten, als sei sie nur einer der leisen Windstöße, die vom Meer her den Hang herauffuhren. Keine der beiden bewegte sich, und die Stille wurde von Sekunde zu Sekunde dicker, bis ein merkwürdiges Geräusch hineinfiel, erst kaum wahrnehmbar, dann anschwellend.

Carly und Tiryn sahen sich ungläubig an.

Es begann tief unten in Myras Bauch und wurde ganz langsam vernehmlich. Fast als wäre es eingerostet und müsse sich erst einen Weg bahnen. Schließlich lief es über und wandelte sich in eine Art Erdbeben. Myra warf den Kopf in den Nacken und lachte schallend. Von der Birke rieselten weitere Blätter, und es hätte Tiryn nicht gewundert, wenn Myras Lachen sie vom Baum gelöst hätte.

Dieses Lachen fegte auch Tiryns Wut beiseite. Nun war sie wieder verlegen.

Carly stellte die Muffins ab, setzte sich auf die Bank und wartete, was nun kommen würde. Auch ihr schien ein solcher Lachanfall bei Myra Webelhuth neu zu sein.

»Ein Stinktier, ja?«, kicherte Myra, als sie wieder sprechen konnte. Sie wischte sich Tränen aus den Augenwinkeln. Bei ihr klang es nicht albern, wenn sie kicherte. Sie wirkte nur noch jünger als zuvor schon. »Ich sehe, was sie meint. Diese schwarzen Strubbelhaare und die dunklen Augen darunter. Ach, Mädchen.« Sie wurde ernst, zu ernst jetzt, und bohrte ihre Hände in die Taschen ihrer enganliegenden Hose. Tiryn sah, dass sie darin die Fäuste ballte. »Du hast genau die gleiche Mischung aus verschreckter Verletzlichkeit und trotziger Stärke wie Nicholas damals, als Henny ihn hier anschleppte – an dem Tag, an dem sie diesen Baum pflanzten.« Sie schlug gegen die Rinde des dicken Stammes und fuhr sich über die Augen. »Er war so zerbrechlich und so schutzbedürftig, viel mehr als Henny. Ich habe ihn großgezogen, im Krieg und danach, er war doch mein Junge! Wir haben ihm die Anerkennung gegeben, die er zu Hause nicht bekam. Henny und er passten so wunderbar zusammen. Aber die Anerkennung hat ihm nicht gereicht und die Liebe auch nicht, und dann hat er uns so enttäuscht.« Energisch wandte sie sich ab und stapfte davon.

»Myra!«, rief Carly. »Myra, wir wollten dich etwas fragen! Tiryn hat das zweite Bernsteinschiff mitgebracht. Sie hat auch Gesichter darin gesehen. Wir möchten so gerne wissen, wie man es macht, dass der Bernstein die Erinnerungen bewahren kann! Du bist die Einzige, die etwas darüber weiß!«

Myra blieb stehen, ohne sich umzudrehen.

»Mit Erinnerungen spielt man nicht«, sagte sie nach einem Augenblick. »Sie sind nicht für die Ewigkeit gedacht.« Dann verschwand sie mit langen Schritten Richtung Nachbargrundstück.

»Ich habe sie noch nie so lachen gehört«, sagte Carly verwirrt.

»Sie hat gelacht, weil sie nicht weinen wollte.« Tiryn hatte selbst einen Kloß im Hals. Am liebsten hätte sie diese stolze, kratzbürstige Frau in den Arm genommen und sich für Nicholas entschuldigt, ihr alles erklärt. Aber das schien nicht so einfach zu werden.

»Für heute lassen wir das wohl besser«, sagte Carly. »Du wirst schon noch Gelegenheit bekommen, mit ihr zu reden. Soll sie deine Ankunft erst mal verdauen. Wie wäre es, wenn du mit in die Töpferei kommst? Ich muss Harry etwas bringen, und vielleicht magst du dir ja alles ansehen. Außerdem ist Harry wesentlich umgänglicher als Myra. Tut dir sicher gut.«

»Okay. Und darf ich nachher in deiner Küche Ocean Lime Pie backen? Backen beruhigt mich.«

»Ocean Lime Pie?«

»Ja. Der wird mit Crackern und Meersalz gemacht. Er wird dir schmecken!«

»Na, da bin ich gespannt. Ich habe nur ein Fahrrad. Du musst auf dem Gepäckträger mitfahren«, sagte Carly. »Und dabei diesen Rucksack aufsetzen, da habe ich etwas Getöpfertes drin verstaut, das darf nicht zerbrechen. Geht das?«

Nach einigem Hin- und Hermanövrieren ging es tatsächlich. Tiryn fühlte sich wie mit dreizehn, als sie bei Kimoni mitgefahren war und sie vom alten Polizisten Mr. Higgs ein Donnerwetter bekamen und sein Gartenhaus streichen mussten. Carly legte ein gutes Tempo vor, und ihre Haare flatterten Tiryn um die Ohren. Sie lachte. Wie herrlich! Als hätten die Sommerferien gerade begonnen. Sie war frei. Keine Familie, keine Verpflichtungen, nur eine Zukunft, die sie gestalten konnte. Was für ein ungewohnter

Luxus! Die Begegnung mit Myra hatte sie zwar erschüttert, aber das würde sie auch noch hinbekommen. Doch sie war hier, hier! Bunte Blätter flogen um sie herum, als Carly in eine Kurve einbog und bremste.

»Das Haus ist noch viel älter als Naurulokki«, sagte sie. Das sah man dem Haus an. Heimelig und geduckt lag es in einem Dünental, hier und da schien es nicht mehr gerade, die Fenster waren klein, und Moos zierte das Dach. »Töpferei Prevo«, stand auf einem handgemalten Schild über der Tür.

Die öffnete sich, und ein Mann mit einem offenen Lausbubengesicht trat heraus.

»Carly, gut, dass du kommst. Hast du die Möwen mit? Dann können sie noch mit in den Brennofen, da ist gerade noch Platz. Oh, hallo!« Er hatte Tiryn entdeckt und strahlte sie so fröhlich an, dass sie unwillkürlich zurückstrahlte.

»Das ist Tiryn Porter. Besuch aus Amerika«, erklärte Carly. »Und das ist Harry Prevo, mein Chef, sozusagen.«

»Chef ist zu viel gesagt.« Harry schüttelte Tiryns Hand lang und kräftig. »Carly arbeitet als freiberufliche Künstlerin, und ich habe die Ehre, ihre Werke verkaufen zu dürfen. Na ja, ich habe sie ja auch entdeckt. Willkommen in Ahrenshoop. Bleibst du länger?«

»Wenn ja, dann bleibt sie nicht wegen dir, Harry. Und übrigens habe ich mich selbst entdeckt«, lachte Carly. »Aber du bist doch sicher gerne bereit, Tiryn den Verkaufsraum zu zeigen. Ich muss noch kurz mit Sandpapier über die Möwen gehen, dann kannst du sie brennen.«

»Aber selbstverständlich.«

Harry bot Tiryn mit heiter übertriebener Eleganz den Arm. Sie lächelte ihn an und hängte sich bereitwillig bei ihm ein. Seinen

Typ kannte sie. Damit hatte sie kein Problem. Reizend und völlig harmlos. Schade eigentlich, dass er so langweilige Jeans und so ein trübsinniges Hemd trug. In Gedanken kleidete sie ihn in ihrer ehemaligen Boutique ein. Lässig und mit mehr Farbe, ein bisschen verwegener. Überrascht bemerkte sie, dass ihr die Boutique fehlte, der Umgang mit Stoffen. So bald wie möglich würde sie sich daranmachen, Carlys Kleid zu flicken.

»Beeindruckend.« Staunend sah sie sich um. Zwischen uralten Holzbalken waren schlichte Regale montiert, und im warmen, diskret platzierten Licht schimmerte Töpferware, die nicht nur den Blick anzog. Unwillkürlich wollte sie die Schüsseln, Vasen, Teekannen auch berühren, über die gewölbten, glatten Oberflächen streichen.

»Das Töpferhandwerk hat Tradition auf Fischland-Darß. Jede Werkstatt hat ihren eigenen Stil. Der Herr Löber hier in Ahrenshoop zum Beispiel macht ganz bekannte wunderschöne Muster mit Libellen und Fischen in Blaugrau. Wir dagegen haben es mehr mit den warmen Farben, sanftes Gelb und Blau und Grün und Sand, die Farben der Landschaft eben – und die Landschaft ist auch unser bevorzugtes Motiv, die Dünen, die Windflüchter, das Strandgras.«

»Windflüchter?«

»So nennt man die krummen Kiefern, die unter dem ständigen Druck des Windes schief landeinwärts stehen und wirken, als beugten sie sich in einem ewigen Sturm.«

»Hast du das alles gemacht?«, fragte Tiryn.

»Nicht alles. Mein abwesender Bruder Philip macht zum Beispiel diese großen, eigenwilligen Vasen. Viele sind nicht mehr da, der Herr war ja lange nicht mehr tätig.«

»Und wo sind Carlys Sachen?«

»Carlys Sachen werden meist sofort verkauft. Sie hat unsere Werkstatt bereichert, indem sie Kunst macht, nicht Geschirr. Kormorane, Seehunde, sogar Porträts.«

»Das ist toll, aber ich finde, diese Sachen sind auch Kunst«, sagte Tiryn und zeigte auf einen Kerzenhalter. »Die Glasur wirkt, als ob sich die Wolken auf dem Himmel gleich bewegen würden. Je nach Lichteinfall scheint sich das Wetter zu verändern.« Bewundernd ging sie um das Ausstellungsstück herum.

Harry verbeugte sich. »Herzlichen Dank. Freut mich.«

Nach dem Rundgang führte er sie zurück in die Werkstatt, wo Carly an einer Skulptur herumpolierte. Staunend betrachtete Tiryn die beiden Möwen, die aneinandergeschmiegt auf einem Baumstamm saßen, sich ansahen und dabei ohne vermenschlicht zu wirken ein hintergründiges Lächeln trugen.

»Donnerwetter!«

»Gefallen sie dir?«, fragte Carly.

»Und wie!«

»Carly hat unseren Umsatz sehr belebt. Manche Leute kommen nur, weil sie von ihr eine Skulptur haben wollen.«

»Manchmal kann ich das noch gar nicht fassen«, sagte Carly. »Vor etwas über einem Jahr wusste ich noch gar nicht, dass ich überhaupt töpfern kann. Ich glaube, das gehört zu den allerschönsten Dingen, die einem passieren können – wenn man sich selbst überrascht.«

»Das kenne ich«, sagte Tiryn. »Als ich das erste Mal ein Schmuckstück aus Silber hergestellt habe, war das auch ein unglaubliches Gefühl. Damals war in meinem Leben gerade alles scheußlich, aber ich hatte etwas Schönes gemacht. Es gab mir das Gefühl, etwas ändern zu können.«

»Das ist das Tolle am Kreativsein«, sagte Harry. »Dass man

etwas ändern kann. Dass man hinterher etwas in der Hand hat, was aus den Gedanken gekommen und dann real geworden ist. So real, dass man es an andere weitergeben kann.«

Carly sah ihn erstaunt an. »Harry, ich wusste ja gar nicht, dass du so ein Philosoph sein kannst.«

»Aber er hat recht«, sagte Tiryn. »Besonders toll ist es natürlich, wenn man auch noch davon leben kann.«

Harry grinste verschmitzt. »Das ist wohl wahr. Aber es ist kein Kinderspiel. Viele Feriengäste denken, wir sitzen hier den ganzen Tag und spielen mit Schlamm. Dass es in Wirklichkeit harte Arbeit ist und Disziplin braucht, glaubt einem kein Mensch. Macht aber nichts. Hauptsache, das Resultat stimmt und alle sind glücklich.«

»So«, sagte Carly, pinselte noch einmal über die Möwen und stellte sie sorgfältig auf den Tisch. »Die sind jetzt fertig und können in den Ofen.«

Tiryn blätterte in einem Prospekt der Werkstatt, der herumlag. Gute Werbung, dachte sie, so ähnliche Flyer wird es eines Tages für meinen Laden geben, nur das mit den Farben würde ich besser machen. Auf der letzten Seite entdeckte sie ein Porträtfoto von Carly, eines von Harry und ein drittes von einem Mann mit einem schmalen Gesicht, großen rauchblauen Augen und einem Schopf dunkelblonder Haare. »Das gibt's doch nicht!«, rief sie.

Harry und Carly drehten sich um. »Was ist?«

Tiryn zeigte auf das Bild. »Der hier. Da steht ›Philip Prevo‹ drunter. Ist das etwa dein Bruder, Harry?«

»Ja klar, warum?«

»Aber das ist der Mann, der mich aus dem Wasser gezogen hat, als meine Beine steifgefroren waren.«

Harry zog die Augenbrauen hoch. »Sie war schwimmen?«, fragte er Carly.

»Ja, das war sie, und sie war so blaugefroren, dass es kein Wunder ist, wenn sie Gespenster gesehen hat. Tiryn, Harrys Bruder ist seit fast zwei Jahren in Australien und Neuseeland unterwegs.«

»Früher hat er noch angedeutet, bald zurückkommen zu wollen, aber er hat schon lange nichts mehr davon geschrieben. Und für die Geschäfte interessiert er sich auch nicht mehr«, erklärte Harry.

»Ach ja, das hast du ja erwähnt, Carly«, fiel Tiryn ein. »Aber ich bin mir ganz sicher, dass er das war. Diese Augen ...«

»... die er von Joram Grafunder geerbt hat«, sagte Carly. »Beeindruckend, und ich würde sie auch gern einmal sehen, aber er ist nicht hier, Tiryn. Das wüsste Harry ja wohl.«

»Hat sich dein Retter denn nicht vorgestellt?«, fragte Harry.

»Nein, leider nicht.«

»Wahrscheinlich irgendein Urlauber mit rätselhaften Augen. So einmalig ist mein Bruder nicht. Das Porträtfoto ist ohnehin sehr schmeichelhaft. Carly, hättest du vielleicht noch Zeit, das fertiggebrannte Kranichrelief zu glasieren?«, fragte Harry. »Es eilt ein wenig. Der Auftraggeber gehört zu den ungeduldigen Kunden.«

»Ja, schon.« Carly sah unschlüssig zu Tiryn.

»Das ist völlig in Ordnung. Du musst nicht auf mich aufpassen«, sagte Tiryn hastig. Weiter über Philip Prevo zu sprechen machte offensichtlich keinen Sinn. »Harry, du sagtest, es gibt eine ganze Menge Töpfereien hier. Wie ist das mit Schmuckgeschäften? Mit Goldschmieden? Und verkaufen sie auch Bernsteinschmuck? Oder gibt es sogar Läden, die auf Bernstein spezialisiert sind?«

»Nicht so viel wie Töpfereien. Natürlich gibt es hier und da einen Goldschmied, der einen Laden betreibt und auch Bernsteinschmuck verkauft. Aber ich finde, da könnte man wesentlich mehr draus machen«, sagte Carly.

»Wenn du etwas über Bernstein wissen möchtest, fragst du am besten Myra Webelhuth«, meinte Harry. »Niemand versteht mehr davon als sie.«

Carly und Tiryn sahen sich an. »Es gibt noch Janne Rosenboom im Distelweg. Der hat einen kleinen Laden, in dem er auch manchmal selbstgemachten Bernsteinschmuck verkauft«, sagte Carly.

»Gut«, sagte Tiryn fröhlich. »Dann werde ich diesen Herrn Rosenboom befragen. Wo ist der Distelweg?«

Harry ging zu einem Regal und zog eine Karte heraus, die er auffaltete. »Der Ortsplan. Hier ist der Distelweg, und hier«, er zeichnete zwei Kreuze, »ist Naurulokki, und hier sind wir.«

»Danke!« Tiryn steckte den Plan ein. »Wir sehen uns später auf Naurulokki.«

Die Ostseeluft erfüllte sie mit Tatendrang. Sie konnte es nicht erwarten, mehr über Bernstein zu lernen und dem Geheimnis auf die Spur zu kommen, wie man Erinnerungen darin speichern konnte. Wenn sie den Unbekannten mit den hellen Augen schon nicht wiedersehen würde, so wollte sie doch wenigstens herausfinden, was er mit Bernsteinen zu tun hatte und warum er sie hierhergeschickt hatte. »*Es ist Zeit*«, flüsterte sie. Der leise Klang seiner Stimme war immer noch lebendig in ihr.

Noch ganz erfüllt von den schönen Töpferwaren, wanderte sie die Dorfstraße entlang, bewunderte die verschiedenen Häuser, jedes so völlig anders, manche uralt, manche neu, aber dem alten Stil angepasst. In Florida nahm man auf so etwas keine Rücksicht. Alles sah hier so heimelig aus.

Janne Rosenbooms kleinen Laden im Distelweg übersah sie

fast, so unauffällig war er in einem tief hinter einer kleinen Düne liegenden Häuschen untergebracht. So versteckt, dass sie sich fragte, ob er überhaupt auf Kunden aus war.

Sie betrat den Laden und zuckte zusammen, als irgendwo mit Getöse eine Klingel losging.

»Ich komme gleich!«, rief jemand. Die Stimme klang eingerostet.

Der Laden war so vollgestopft, dass Tiryn sich kaum zu bewegen wagte und nur verblüfft auf das Sammelsurium von Steinen, Treibholz, vergilbten Aquarellen, Muscheln, alten Flaschen, Glasstücken, bizarren Lampenschirmen und Ähnlichem sah. Dabei entdeckte sie eine staubige Vitrine, in der einige Schmuckstücke lagen. Tiryn hätte sich nicht gewundert, wenn auf dem abgeschabten Sofa in der Ecke Dornröschen geschlummert hätte. Sie kniff die Augen zusammen. Doch, dieser Anhänger mit der angelaufenen Silberfassung, das war ein Bernstein.

»Kann ich Ihnen helfen?« Janne Rosenboom kam hinter einem dunkelgrauen Vorhang hervorgeschlurft und musterte sie skeptisch. Er war klein und undefinierbaren Alters mit einer flachen Stirn und spitzen Ohren. Unwillkürlich dachte sie an ein altes Märchenbuch, das in der Kinderecke des Hotels gelegen hatte und voller Elfen und Trolle war.

»Ich interessiere mich für Bernstein«, sagte sie und lächelte ihn an. »Darf ich mir diesen Anhänger einmal ansehen? Haben Sie noch mehr solcher Stücke? Machen Sie selbst Schmuck? Verkaufen Sie viel davon?«

»Sie stellen aber reichlich Fragen. Die meisten Ausländer fragen gar nichts. Die wollen nichts wissen. Die wollen nur die Preise runterhandeln.« Tiryn fühlte seinen skeptischen Blick, mit dem er ihre schwarzen Haare musterte, wie eine kalte Dusche. Aber sie schluckte ihren Ärger herunter. Wenn man etwas in Erfahrung bringen wollte, konnte man sich Empfindlichkeiten nicht leisten.

»Mein Großvater stammt von hier«, sagte sie freundlich. »Dieser Anhänger ist besonders schön gearbeitet. Haben Sie den gemacht?«

»Von hier, so, so. Wer's glaubt!«, brummte er und kam näher. »Ja, hab ich, aber das ist schon länger her. Meine Finger sind nicht mehr so geschickt.«

Tiryn wischte unauffällig mit dem Daumen den Staub von dem Bernstein, während sie ihn hin und her wendete. Sie hielt ihn gegen das Licht, sofern man in diesem Laden von Licht sprechen konnte. Innen drin entdeckte sie etwas Braunes.

»Was ist das für ein Einschluss?«

»Das ist ein Stück Rinde. Nichts Aufregendes. Aber immerhin Jahrmillionen alt.«

»Gibt es Bernstein, in dem noch anderes eingeschlossen ist – außer alten Dingen, meine ich?« Tiryn wollte ihn nicht direkt nach gespeicherten Erinnerungen fragen.

»Was soll denn da drin sein außer alten Dingen? Wenn da was Neues drin ist, ist es eine Fälschung. Das gibt es auch. Vor allem ihr Ausländer macht so was. Aber nicht bei mir! Wollense nun den Anhänger kaufen oder nicht? Ich schließe gleich.«

Tiryn legte den Anhänger zurück. »Nein, ich kann mir den Preis leider nicht leisten. Und ich möchte ihn nicht herunterhandeln.« Sie schenkte ihm ihr bestes Lächeln und verließ den Laden. Sehr ergiebig war dieser Besuch nicht gewesen, aber sie wusste nun, wie man einen Laden nicht führen sollte, und auch, dass Erinnerungen im Bernstein zumindest jemandem wie Janne Rosenboom nicht geläufig waren.

An der Straßenecke kaufte sie sich ein Fischbrötchen. Der Hering darauf schmeckte frisch und fremd und würzig. Kauend schlenderte sie durch die Seitenstraßen in Richtung Naurulokki. Es war noch nicht spät, aber zu dieser Jahreszeit kann die Dämmerung früh. In den Häusern flammten Lichter auf. Niemand schien es eilig damit zu haben, Fensterläden oder Vorhänge zu schließen. Tiryn warf sehnsüchtige Blicke in die Wohnstuben und Küchen, wo alte Lampen helle Kreise auf gedeckte Tische warfen. Naurulokki war wundervoll, aber sie wollte sich so bald wie möglich eine eigene Unterkunft suchen. Eine Wohnung, kein Zimmer in einem Hotel oder einer Pension. Ganz egal, wie klein und bescheiden, aber in einem Hotel wollte sie nie wieder wohnen. Sie wollte ein Zuhause. Kein Hinterzimmer einer mexikanischen Kneipe mehr, keine Dienstwohnung, sondern ihr erstes eigenes Zuhause. Bei dieser Vorstellung machte sie ein paar Tanzschritte auf dem Weg. Dabei entdeckte sie, dass kleine Dampfwolken entstanden, wenn sie ausatmete. Genau wie Opa Nick erzählt hatte! Fasziniert spielte sie eine Weile mit den Wölkchen und versuchte, Ringe zu blasen wie Nelson mit seiner Pfeife. Schneller als erwartet stand sie vor dem Gartentor von Naurulokki.

»Mmmh – dein Ozeankuchen schmeckt himmlisch«, sagte Carly abends und leckte den letzten Krümel von der Gabel.

»Freut mich. Carly«, sagte Tiryn, »wundere dich nicht, ich möchte morgen schon früh einen langen Ausflug machen. Ich schleiche mich ganz leise aus dem Haus, in Ordnung?«

»Du möchtest die Orte entdecken, von denen dir Nicholas erzählt hat, richtig? Den Hafen und die Boddenwiesen. Ja, natürlich. Aber zieh dich warm an. Es wird kalt, und du bist das nicht gewohnt.«

»Ja, Mutter.«

»Entschuldige.« Carly lachte. »Irgendwie fühle ich mich verantwortlich, weil du hier so alleine bist.«

»Ist schon in Ordnung. Nett von dir. Gute Nacht!« Tiryn freute sich schon auf ihr Bett unter den Bildern und das Schweigen unter dem alten Dach.

22

Ein Feier-Tag

Der Wecker durchdrang einen wirren Traum, in dem Janne Rosenbooms spitze Ohren eine bedrohliche Rolle gespielt hatten. Dankbar setzte sich Tiryn auf. Draußen war die Dämmerung zu ahnen.

Heute war der 29. Oktober und damit Tiryns fünfundzwanzigster Geburtstag. Sie war nun doch genau dort, wo sie ihn schon immer hatte feiern wollen. Diese Tatsache war so groß, dass sie nichts von diesem Tag verpassen wollte, auch nicht den Sonnenaufgang. Sie zog sich leise an und schlich die Treppe hinunter. Unten stand ein kleiner grüner Rucksack, an den ein Zettel geheftet war: *Hab einen schönen Tag!*

Tiryn warf einen Blick ins Innere. Eine Thermoskanne, eine Tüte mit geschmierten Brötchen, eine Dose mit Möhren und Radieschen. Und ein Paket Papiertaschentücher. Tiryn konnte sich nicht daran erinnern, dass jemals irgendwer daran gedacht hatte, ihr Papiertaschentücher mitzugeben. Gerührt fuhr sie in ihre Schuhe und den Anorak, schulterte den Rucksack und machte sich auf den Weg in den Morgen.

Der Himmel wurde rasch heller. Den Weg, den sie gehen wollte, hatte sie sich mit Hilfe von Harrys Plan eingeprägt. Sie lief an den schlafenden Häusern vorbei, deren Läden oder Vorhänge jetzt alle geschlossen waren, bis sie zu der Straße kam, die zur Kirche führte. Unterwegs pflückte sie Wildblumen, deren Namen sie nicht kannte.

Die Kirche war klein, kleiner als sie es aus Amerika gewohnt war. Sie war wie ein umgekehrtes Boot gebaut. Tiryn ging daran vorbei nach hinten auf den Friedhof. Der Brauch, Blumenbeete auf Gräbern anzulegen, gefiel ihr. In Amerika standen die Grabsteine auf schlichten großen Rasenflächen.

Als sie Hennys Grab fand, sah sie blaue Astern dort blühen, und der Wind hatte rote und goldene Blätter darum gebreitet wie einen persönlichen Gruß. »Sie war immer eins mit dem Wind und den Wellen«, hatte Nicholas gesagt.

Tiryn legte ihren Strauß vor den Stein. Seltsam, hier vor dem Grab der Frau zu stehen, die ihre gesamte Kindheit beeinflusst hatte! Henny Badonin war immer so lebendig gewesen, dass auch die Schrift auf dem Grabstein nichts daran änderte. Dies war ein friedlicher Ort, der sich gut anfühlte, aber nicht wie ein Grab, sondern eher wie ein gelegentlicher Aufenthaltsort. »Henny ist nicht tot, sie ist überall gegenwärtig. Auf Naurulokki, in ihren Bildern, am Strand«, hatte Carly gesagt. Seit Tiryn die Wahrheit kannte, dass nicht Henny Nicholas verlassen hatte, sondern umgekehrt, hatte sich Henny von einem unheimlichen in einen freundlichen Geist verwandelt. Damit konnte sie gut leben. Sie legte ihren Strauß auf den bunten Blätterteppich, sagte leise: »Liebe Grüße von Nicholas«, und verließ den Friedhof durch die hintere Pforte. Von hier aus führte der Weg durch einen schmalen Waldstreifen und öffnete sich dann zu einem grünen Hügel hin. Hier begannen die Boddenwiesen.

Tiryn blieb staunend stehen. Hinter dem Hügel stieg gerade die Sonne empor. Das Licht fiel über braun gewordene Disteln und Gräser und späte violette Weidenröschen. Überall hingen Spinnweben an den Halmen, und an jedem Faden reihten sich Tautropfen, in denen sich der ganze Himmel spiegelte. Ein leichter Wind ließ sie erzittern, und wie Wellen breitete sich rundherum ein Funkeln aus. Tiryn stand und rührte sich nicht, um den Zauber nicht zu stören. Wie lautlose Musik schien ihr dieses Schauspiel. So großartig hatte sie sich ihren Geburtstag in ihren wildesten Träumen nicht vorstellen können.

Schließlich setzte sie ihren Weg den Hügel hinunter fort. Hellblau schimmerte in der Ferne der Bodden. Die Sonne stieg höher, und am Fuß des Hügels wurde das Funkeln der Tropfen durch Nebel ersetzt. Die Wiese dampfte! Geheimnisvolle Schwaden stiegen auf, drehten langsame Pirouetten im Wind und leuchteten wie von innen. Beglückt blieb Tiryn immer wieder stehen. Hier gab es tatsächlich noch mehr Wunder zu entdecken, als Opa Nick jemals beschrieben hatte! Jetzt erreichte sie einen breiten Schilfgürtel. Die trockenen blonden Halme waren enorm hoch. Sie reichten weit über Tiryns Kopf. Hier bog der Weg nach rechts ab, und sie folgte ihm. Bis jetzt war ihr noch gelegentlich ein Radfahrer begegnet, aber nun war sie allein. Sie fröstelte. Hier unten war es kühler als oben auf dem Hügel, und ihre Schuhe waren in der taufeuchten Wiese nass geworden. Das Schilf war rechts und links so dicht, dass es hier fast dämmerig war. Doch dann lag hinter einer Kurve ein flacher Teich neben dem Weg. Tiryn blieb stehen, kniete sich hin, ohne darauf zu achten, dass ihre Knie nass und schlammig wurden. Mit dem Finger berührte sie behutsam die zarten weißen Spitzenborten, die rund um das kleine Gewässer verliefen. Bei der ersten Berührung brach eine Spitze ab und löste sich auf. Eis! Das war Eis! Es musste in der Nacht gefroren haben. Nun sah sie auch an dem Gras, das am Rand wuchs, zarte weiße Kristalle sitzen. Raureif! Sie konnte sich nicht sattsehen.

»Ich weiß nicht, wie du das hinbekommen hast, Opa Nick, aber ein schöneres Geburtstagsgeschenk hättest du mir nicht machen können«, sagte sie leise. »Wenn ich nur malen könnte wie du!«

Als sie sich endlich losreißen konnte, war sie fast so steif gefroren wie nach dem Schwimmen in der Ostsee. Um warm zu werden rannte sie ein Stück.

Und dann hörte das Schilf auf. Auf einmal war rund um sie nur noch Gras. Wiese. Hier und da ein einsamer Busch oder ein Graben, als hätte der Himmel eine Linie auf den Boden gezeichnet. Ganz allein mit dieser Weite stand Tiryn und wagte kaum zu atmen. Sie hörte ihren Herzschlag erschreckend laut, denn er war das einzige Geräusch in einer dicken, bodenlosen Stille, die so groß war, dass sie sogar Tiryns Gedanken schluckte. Nicholas hatte nicht übertrieben. Wie beängstigend und berauschend! Nach dem ersten Schreck ließ sie sich in dieses Gefühl fallen wie in eine Hängematte. Sie zog ihren Anorak aus, breitete ihn auf ein möglichst trockenes Stück Boden und legte sich rücklings darauf, sah in den Himmel, lauschte auf die Stille und verlor sich in beidem. Die Zeit hörte auf zu existieren, aber dafür fühlte sich Tiryn umso lebendiger. Sie vergaß ihren Körper, war nicht mehr daran gebunden. Sie war der Boden, auf dem sie lag, war die Möwe, die weit über ihr unter den Wolken segelte, sie war der Aufwind, der den Vogel trug, war das Wasser, das die Wolken spiegelte. Sie wusste jetzt, wie Henny Badonin sich gefühlt hatte, wenn sie eins war mit dem Wind und mit dem Sand, den er am Strand entlangtrug. Das war mehr als bloßes Glück! Das war etwas, für das es keine Worte gab und das auch keine Worte brauchte. Die Stille genügte.

Ein Schatten flog über ihr Gesicht und landete nicht weit von ihrer rechten Hand. Unwillig über die Störung drehte sie den Kopf und setzte sich verblüfft auf.

»Fula!«

Dann hatte sie sich das nicht eingebildet, als sie im Wasser um Luft kämpfte. Natürlich war es nicht dieselbe Krähe, die sie aus Florida kannte und die ihr in dem alten Haus Gesellschaft geleistet hatte. Oder? Diese eine weiße Feder hinter dem Auge, die kam ihr bekannt vor. Aber das konnte nicht sein. Doch sie freute sich, den Vogel zu sehen, es war wie ein Gruß aus der Vergangenheit. Die Krähe sah sie an, legte den Kopf schief und stieß einen Ruf aus. Dann flog sie auf und strich über die Hecken davon. Eine einzige schwarze Feder segelte herab und landete neben Tiryn.

»Was willst du mir damit sagen?«, rief Tiryn ihr hinterher. »Und danke für die Hilfe neulich, als du meinen Retter gerufen hast!« Sie hob die Feder auf und steckte sie in eine Seitentasche des Rucksacks. Dabei bemerkte sie, was für einen Appetit ihr die Luft schon wieder gemacht hatte. Gab es einen besseren Platz für ein Picknick als diese Weite zwischen Himmel und Erde? Carlys Brötchen mit Sanddornmarmelade und Honig schmeckten wie der Morgen und das Leben selbst. Während sie kaute, wurde ihr bewusst, wie sehr der gerade erlebte Moment in einem Meer aus Stille und Leichtigkeit sie unwiderruflich in diesem Land verankert hatte. Früher hatte sie sich nach der Ostsee gesehnt, hatte sich vorgestellt, wie es wohl wäre, an den Orten aus Nicholas' Geschichten zu sein. Doch jetzt war aus der Sehnsucht eine Sucht geworden. Keine gefährliche wie die ihrer Mutter, die die Lebenskraft zerstörte, sondern eine, die Kraft schenkte und zutiefst lebendig machte.

Eins mit dem Wind und dem Meer, dem Strand und den Wiesen ... so hatte Nicholas Henny beschrieben. Genauso fühlte sie sich jetzt selbst. Es war, als wäre sie nicht nur Nicholas', sondern auch Hennys Enkelin!

Sie hätte ewig hierbleiben können, für ein Weilchen döste sie sogar ein. Doch ihr neues Leben wartete auf sie. So packte sie zusammen, zog den Anorak wieder an und machte sich auf den Weg. Dem Sonnenstand nach war es Mittag vorbei. Viel wärmer war es nicht geworden, der Himmel hatte sich jetzt dunstig verhangen. Vorsichtshalber betrachtete sie noch einmal Harrys Plan. Ja, dieser Weg führte direkt zum Hafen. Beschwingt folgte sie dem Pfad mit dem Wind im Rücken, merkte, dass sie mit ausholenden Schritten vor Übermut beinahe rannte. Noch einmal geriet sie zwischen Wände aus hohem Schilf, das beinahe zu einem Tunnel wurde. Nach wenigen Metern öffnete er sich. Tiryn blieb stehen, atmete tief, beglückt und fassungslos ein. Dieser Moment brannte sich für immer in ihr Gedächtnis.

Sie stand genau dort, wo sie sich so oft hingeträumt hatte. Vor ihr lag der kleine Hafen, wie von Nicholas gemalt und beschrieben. Nur noch märchenhafter erschien er ihr, jetzt, da sie ihn in der Wirklichkeit sah und sich mitten darin befand. Jetzt konnte sie die Geräusche hören, das Schlagen von Leinen gegen Masten und das leise Gluckern unter den hölzernen Bäuchen der altmodischen, behäbigen Boote mit den braunen Segeln, die an krummen, verwitterten Stegen schaukelten. Winzige Bootshäuser wie aus einem Bilderbuch rahmten die Szene ein, glattgeschliffene Findlinge glänzten im flachen Wasser. Es duftete nach geräuchertem Fisch. Der Bodden lag blau und still im Gespräch mit dem Himmel, dessen Bilder er beantwortete, indem er eigene daraus machte. Und was für ein Himmel das war! Dies war das weiche Leuchten, von dem Nicholas geschwärmt hatte, flüssige Pastellfarben bildeten in Schleierwolken und Wasser eine Einheit, verliefen zart ineinander, ordneten sich kaum merklich ständig neu.

Vorsichtig ging Tiryn auf einen der Stege hinaus. Es fühlte sich an, als würde sie in einen Traum hineinlaufen, weil sie sich genau das so oft vorgestellt hatte. Ungläubig lauschte sie ihren Schritten nach. Im Traum hatten sie kein Geräusch gemacht, also musste dies hier wohl die Wirklichkeit sein. Vor einem Lokal mit der Aufschrift »Räucherhaus« standen ein paar Männer und redeten, ansonsten war alles leer und still. Bis zum Ende des Steges ging sie und strich dabei zärtlich über den hölzernen Bug eines Zeesbootes, das daran vertäut war. Sie lehnte sich an einen Holzbalken und betrachtete ihr Spiegelbild im Bodden, das zwischen den zarten Wolkenspiegelungen schwamm. Einmal sprang ein Fisch, auf einem anderen Steg entdeckte sie einen Vogel, der fast wie Anhinga, der Schlangenhalsvogel, aussah.

»Hallo, Enkelin von Nicholas«, sprach eine Stimme von hinten.

Erschrocken wandte sie sich um. Dort stand ein sehr alter Mann mit einem sanften Lächeln und einem Stück Kreide hinter dem Ohr.

»Woher wissen Sie …?«

»Ich habe Myra getroffen. Sie hat mir erzählt, dass du hier bist. Aber ich hätte dich auch so erkannt. Deine Haltung, und wie du über das Wasser blickst. Man sieht förmlich deine Gedanken. So war es bei Nicholas auch. Es macht dir doch nichts aus, dass ich dich duze? Ich bin zu alt, um mir noch zu merken, wen ich sieze oder duze. Auf so etwas möchte ich keine Zeit mehr verschwenden.«

»Kein Problem. Daran kann ich mich sowieso nicht gewöhnen. Im Englischen ist das einfacher, da gibt es das nicht. Dann sind Sie also Kapitän Flömer? Mein Großvater hat von Ihnen erzählt.«

»Flömer. Nur noch Flömer. Übrigens siehst du nicht nur Nicholas ähnlich. Ich dachte an Henny, als ich dich hier stehen sah. Keine äußerliche Ähnlichkeit, sondern eine innere. Es sah aus, als würdest du hierhergehören. Als hättest du wie ich hier schon tausendmal gestanden, als wärest du wie Henny ein Teil dieser Landschaft.«

»Ist das nicht merkwürdig? Ich fühle mich auch genau so – als hätte ich hier schon tausendmal gestanden. Dabei habe ich es mir nur tausendmal gewünscht.«

»Ich finde das nicht seltsam. Ich habe schon zu viel erlebt, um etwas seltsam zu finden. Die Dinge sind, wie sie sind, die Strömungen machen Umwege und kommen doch an dem Ort an, zu dem sie strebten. Nicholas und Henny waren ein Paar. Ihre persönlichen Geschichten und die Geschichte dieses Landes haben eine Zukunft für sie verhindert. Aber nun bist du hier, und ich finde es gar nicht erstaunlich, dass du beiden ähnlich bist. Deine Geschichte gründet auf ihren Geschichten und auf den Auswirkungen, die sie auf dich und aufeinander hatten. Alles Strömungen, die in eine Richtung führen. Ich habe das schon Carly gesagt. Die meisten Menschen denken, Strömungen gibt es nur im Wasser. Diese Annahme ist ein Irrtum. Frag zum Beispiel die Wetterleute. Man kann sie an Land nur nicht so gut sehen und auch nicht in den Leben der Menschen.«

Tiryn entspannte sich. Das klang gar nicht mehr so seltsam, sondern wunderbar logisch.

»Na gut, dann höre ich jetzt einfach auf mich zu wundern und akzeptiere, dass ich hierhergehöre. Ich freue mich, dass wir uns kennengelernt haben. Ich staune aber, dass Myra Ihnen von mir erzählt hat. Sie freut sich nicht über meine Anwesenheit.«

»Es gibt Felsen im Wasser, die so standhaft sind, dass das Meer sie nie zu Sand zermahlen kann. Myra ist so ein Felsen. Auf den ersten Blick wirkt sie hart und abweisend, aber man kann sich wunderbar an ihr festhalten.«

Tja, das konnte wohl sein, aber lieber als ein Felsen wäre ihr gewesen, wenn Myra mit ihr reden und ihr die Geheimnisse des Bernsteins erklären würde. Egal, dieses Problem würde sie auch noch lösen. Im Moment fühlte sie sich leicht und sorglos. In der Gegenwart dieses alten Mannes schien nichts mehr zu schwierig.

»Was ist das für ein Vogel dort?«

»Das ist ein Kormoran. Ein weiser alter Bursche. Er beobachtet die Menschen und denkt sich seinen Teil.«

»Aha. Und warum tragen Sie ein Stück Kreide hinter dem Ohr?«

»Das ist ein Spiel von mir. Ich schreibe ein Wort auf den Steg, das mir gerade in den Sinn kommt, betrachte es und denke darüber nach. Wenn man so einem Wort gegenübersteht, kann man es besser kennenlernen, als wenn man es nur ausspricht oder hört. Ein Wort ist wie das Meer. Es hat verschiedene Stimmungen – je nach Lichteinfall –, und man kann immer wieder Neues darin entdecken. Es ist wie ein Wind über den Wellen, der dich hierhin oder dorthin treiben kann, je nachdem, wie du deine Segel setzt. Probiere es!« Er reichte Tiryn das Stück Kreide und setzte sich abwartend auf einen Poller.

»Hier auf den Steg?«

»Ja, warum nicht? Dann haben die anderen Leute auch etwas zum Nachdenken, und der nächste Regen wäscht es weg.«

Sie hockte sich hin und setzte die Kreide an.

»Nicht so klein! Du hast den ganzen Steg zur Verfügung. Gib dem Wort Raum. Mach es groß. Es bedeutet dir etwas.«

»Okay«. Tiryn stand wieder auf, ging ein Stück, bückte sich und malte ein großes schwungvolles E. Die Sache fing an, ihr Spaß zu machen. Der zweite Buchstabe wuchs noch ein wenig über das E hinaus, wurde fröhlicher, runder, übermütiger. Als sie fertig war und wieder bei Flömer ankam, stand ein leuchtend weißes Wort wie die Wolken über ihr auf dem altersdunklen Steg:

ENERGIE

Tiryn widerstand der Versuchung, Flömer die Kreide eigenhändig wieder hinter das Ohr zu stecken, und reichte sie ihm stattdessen höflich zurück. Mit verschränkten Armen stand sie da und betrachtete zufrieden ihr Wort.

»Und?«, fragte Flömer. »Was fällt dir dazu ein?«

»Es gefällt mir. Es ist ein freundliches Wort voller Möglichkeiten. Ein Zauberstab. Man kann so viel damit machen. Seit ich hier bin, spüre ich in mir eine Energie, die ich vorher nie hatte. Sie kommt aus dem Wind und dem Wasser und dem Sand und der Luft. Aus diesem unbeschreiblichen Licht über dem Meer. Ich möchte ganz viele Dinge auf einmal tun. Und ich glaube sogar, dass ich es kann! Ja, ich glaube sogar, dass ich mehr können werde, als ich weiß!«

»Das funktioniert meistens. Man kann fast immer mehr, als man weiß. Nur aus Neugier, was für Dinge möchtest du tun?«

»Ich habe vorhin Eis am Rand eines Teiches gesehen. Die Muster gehen mir nicht mehr aus dem Kopf. Ich möchte Silberschmuck aus ihnen machen. Ich möchte es schaffen, dass Myra mit mir redet und mir zeigt, wie man Bernstein findet. Ich möchte herausfinden, wie die Erinnerungen im Bernstein erhalten bleiben. Ich möchte eine Unterkunft finden, in der ich mich zu Hause fühle. Ich möchte, dass die Leute meinen Schmuck mögen und ihn kaufen. Und ich möchte irgendwann einen kleinen Laden eröffnen, am liebsten hier in Ahrenshoop.« Aufgeregt wandte sie sich zu Flömer. »Das wusste ich noch gar nicht! Bis jetzt gerade wusste ich das noch nicht. Aber das möchte ich gerne. Danke, Flömer!«

»Ich habe nichts gemacht. Es ist dein Wort.« Aber Flömer lächelte zufrieden. »Übrigens, diese Energie hatte Henny auch. Nicholas ist ruhiger. Nanu, was machst du denn hier?« Eine große Krähe strich über den Bodden heran und landete auf dem Bug eines Zeesbootes.

»Hier gibt es nicht viele Krähen«, erklärte Flömer. »Diese hier hat Kaja nach einem Sturm mit gebrochenem Flügel gefunden und gesund gepflegt. Seitdem kehrt sie oft zu Kaja zurück, um ihr einen Besuch abzustatten. Aber woanders im Ort habe ich sie noch nie gesehen.«

»Ich bin ihr vorhin auf den Boddenwiesen begegnet. Wer ist Kaja?«

»Kaja ist fast so alt wie ich. Nur hat sie im Gegensatz zu mir ihr ganzes Leben lang nie den Darß verlassen. Sie lebt sehr zurückgezogen in einem Haus nahe am Strand, kurz bevor die Steilküste beginnt. Sie zieht die Natur und die Gesellschaft von Tieren den Menschen vor.«

»Wie heißt sie? Die Krähe, meine ich?«

»Ich weiß es nicht. Ich glaube, Kaja hält nicht viel davon, Tieren Namen zu geben.«

»Ich nenne sie Fula. Das heißt Krähe in Choctaw, der Sprache meines Vaters. Hallo, Fula!«

Die Krähe legte den Kopf schief, sah Tiryn eindringlich an und ließ einen Moment lang zu, dass sie ihr das Gefieder kraulte. Dann flog der Vogel wieder auf und verschwand Richtung Dünen.

»Flömer«, sagte Tiryn, »weißt du etwas über die drei Bernsteinschiffe, die Henny damals gekauft hat? Weißt du, von wem sie sie hatte?«

Flömer schüttelte den Kopf. »Nein. Da musst du dich wirklich an Myra wenden. Oder bei den Händlern herumfragen. In Zingst, Wustrow oder Prerow könntest du auch etwas herausfinden, wenn du hier keinen Erfolg hast.«

»Gut, dann versuche ich das. Aber ich muss jetzt zurück. Es gibt viel zu tun. Bis bald. Ich komme wieder hierher. Das ist jetzt schon mein Lieblingsplatz.«

»Es werden mehr hinzukommen. Übrigens, Myra ist jemand, der sehr gut auf Energie anspricht. Nur Mut.« Flömer tippte sich grüßend an die Mütze.

Tiryn nahm nicht den Weg, den sie gekommen war, sondern wählte den über die Dorfstraße. Neugierig betrachtete sie alle Häuser genau, an denen sie vorbeikam. Keines davon gefiel ihr so gut wie Naurulokki, stellte sie fest. Die modernen Hotels am allerwenigsten, obwohl man darauf geachtet hatte, dass sie sich einigermaßen in die Landschaft einfügten. Hier und da stand: »Zimmer frei«. Aber für Dauergäste waren die sicher nicht gedacht, und außerdem war nichts dabei, das sie lockte. Sie würde Carly um Hilfe bitten müssen. Vielleicht kannte dieser Harry jemanden, der eine kleine Wohnung auf Dauer vermieten würde.

Die Sonne stand schon wieder tief über den Dünen, dunkle Wolken drängten sich immer wieder davor, und der Wind blies Tiryn heftiger um die Ohren. Sie fröstelte und bemerkte, dass ihr Magen knurrte. Dem Glücksgefühl, das in ihr sprudelte, schadete das nichts. Sie hätte sich keinen schöneren Geburtstag vorstellen können als diesen, an dem sie der Stille begegnet war und den zarten Eisgebilden und den funkelnden Tropfen auf den Spinnweben. Ihren Hafen hatte sie gefunden und Flömer kennengelernt, sie war einem Wort begegnet, das sie in sich gefunden hatte, und es hatte ihr einen entscheidenden Hinweis gegeben. Sie war fünfundzwanzig und genau da, wo sie sein wollte, voller Vorfreude und Pläne.

Nur etwas zu essen wäre jetzt gut und die Wärme in der Küche von Naurulokki.

Das bizarre Gartentor, das aus Treibholz gefertigt war, faszinierte sie. Behutsam schloss sie es hinter sich und stieg den Pfad hinauf zum Haus, an der Trauerbirke vorbei, der sie im Gedanken an Nicholas und Henny unwillkürlich einen stillen Gruß schickte. Wie gemütlich sah Naurulokki aus unter dem dicken Reetdach! Sie klopfte, obwohl Carly ihr einen Haustürschlüssel gegeben hatte. Aber es kam ihr komisch vor, ihn zu benutzen. Sie war doch nur zu Gast. Sie hätte Hennys Enkelin sein können, aber Nicholas hatte Henny verlassen, und sie war stattdessen Bellas Enkelin. Und nun war sie trotzdem hier. Wie hatte Flömer gesagt: *Die Strömungen machen Umwege und kommen doch an dem Ort an, zu dem sie strebten.*

Kaum hatte sie die Hand sinken lassen, riss Carly die Tür auf. Mit in die Seiten gestemmten Armen stand sie da und blickte Tiryn finster an. Unwillkürlich zuckte diese zusammen. Wie oft war sie nach Hause gekommen und von Lara in einer dunklen Stimmung empfangen worden – mit lauten Vorwürfen oder auch nur einem solchen Blick. Sollte sich das hier wiederholen?

Doch dann sah sie das Lächeln in Carlys Augen und bemerkte erleichtert, dass die Empörung gespielt war.

»Wann wolltest du mir wohl sagen, dass du Geburtstag hast?«, fragte Carly.

Tiryn schluckte verblüfft. »Woher …?«

»Woher ich das weiß? Du hast Nicholas die Nummer von Naurulokki gegeben. Für Notfälle. Er wollte dir gratulieren, auch ohne Notfall«, fügte sie hinzu. »Er klingt viel sympathischer, als ich ihn haben wollte. Ich glaube nicht, dass ich ihm noch lange böse sein kann. Nun komm endlich rein. Ich möchte dir gratulieren. Spät, aber daran bist du selber schuld.«

Carly schob sie in die Küche.

»So, Leute. Das hier ist Tiryn. Mein Gast und Nicholas' Enkelin. Nach anfänglichem Schock freue ich mich sehr, dass sie hier ist.«

Erstaunt sah Tiryn sich um. Die Küche war voller Menschen.

»Happy Birthday!«, fing eine tiefe Stimme an zu singen, und andere stimmten ein, auch Carly. Eine merkwürdige Musik erklang dazu. Tiryn sah sich um und entdeckte einen blonden jungen Mann, der eine Kurbel an einem Kasten auf Rädern drehte.

»Danke!«, sagte sie verlegen, als das Lied zu Ende war.

»Also, das hier ist Orje, mein bester Freund, von dem ich dir schon erzählt habe. Er wohnt eigentlich in Berlin, und diese Kiste ist Friederike, seine Drehorgel. Und das hier ist Synne. Sie hat mir sehr geholfen, als ich hier ankam, und jetzt ist sie mit Orje zusammen. Sie sind mal hier, mal in Berlin, je nachdem, wo Orje gerade einen Auftrag hat.«

Die zierliche Synne sah mit ihren blonden Haaren und strahlend blauen Augen aus wie eine Elfe, fand Tiryn, und Orje wirkte sehr sympathisch.

»Und das hier ist mein lieber, jederzeit hilfsbereiter Nachbar Jakob Hellmond«, Carly legte die Hand auf den Arm eines großen Mannes mit einem gepflegten schwarzen Bart, karamellbonbonbraunen Augen und einem etwas schüchternen, aber herzlichen Lächeln.

»Hallo! Herzlich willkommen in Ahrenshoop«, sagte er. Er war es, dem die Bassstimme gehörte.

»*Halito*«, sagte Tiryn und lächelte zurück. Sie sah sich suchend um, aber Myra war nicht anwesend. Natürlich nicht.

Ein etwa dreizehnjähriges Mädchen mit blondem Pagenkopf reichte Tiryn einen Strauß aus Zweigen mit roten und weißen Beeren, bunten Herbstblättern und Astern. »Herzlichen Glückwunsch!«

»Oh, danke, wie schön!« Tiryn war gerührt. »Wer bist du denn, Synnes kleine Schwester?«

Das Mädchen lachte. Am Ende ihres Lachens kam ein liebenswertes kleines »Hicks« wie ein Schluckauf. »Nein, ich bin Anna-Lisa, die Tochter von Jakob. Schön, dass du da bist, dann ist Carly nicht so viel allein. Seit Synne oft bei Orje in Berlin ist, hat sie hier keine beste Freundin außer mir. Aber ich muss ja jetzt auch viel mehr in die Schule.«

»Das ist aber nett, dass du dich um Carly kümmerst«, sagte Tiryn. Anna-Lisa musste man einfach sofort gern haben, so offen, wie sie einen anstrahlte. Dreizehnjährige in Amerika waren längst nicht mehr so unbefangen kindlich.

»*Halito* klingt schön, viel schöner als hallo«, sagte Anna-Lisa. »Bist du wirklich eine echte Indianerin, oder hat Carly mich veräppelt?«

»Eine echte halbe. Mein Vater ist Choctaw.«

»Zeigst du mir, wie man Schmuck macht?«

»Sehr gerne.« Tiryn sah in die Kinderaugen und stellte fest, dass dieser Geburtstag eine Menge Geschenke für sie bereithielt.

»So, jetzt können wir aber endlich essen!«, verkündete Carly. »Jakob kann nämlich sehr gut kochen. Und er hat extra für dich spontan seinen berühmten Falschen Fisch gemacht.«

»Und ich habe die Deko aufgehängt«, ergänzte Anna-Lisa stolz und zeigte auf bunte Girlanden, die sie aus Krepppapier geschnitten und gedreht und wie ein Zelt in der Küche aufgehängt hatte.

»Das sieht toll aus. Aber was ist falscher Fisch?«

»Jakobs falscher Fisch ist wie falscher Hase. Hackbraten eben. Aber Jakob hat sein eigenes Rezept, und er macht den Braten in einer Fischform. Er findet, das passt besser hierher.«

»Er macht die kleinen wilden Äpfel mit rein, die auf der Boddenwiese wachsen, und Kräuter aus dem Garten und Esskastanien von dem Baum hinter unserem Haus«, erklärte Anna-Lisa. »Deshalb schmeckt er so gut.«

Was für ein Glück, dass die Essecke am Küchenfenster so groß war, dachte Tiryn. Alle fanden am Tisch Platz, und während draußen ein Platzregen auf die Terrasse niederging und die letzten gelb-roten Blätter vom wilden Wein auf die Steine und Gartenmöbel klebte, war es drinnen so warm, gemütlich und herzlich, dass Tiryn vor Rührung feuchte Augen bekam. Wie ein Meer der anderen Art brandeten Wellen von Lachen um sie herum. Jakob füllte ihren Teller, Carly schenkte ihr ein, Anna-Lisa legte eine Dahlienblüte neben ihren Platz. Zum Glück schmeckten der falsche Fisch und der dazugehörige Kartoffelsalat so neu und großartig, dass es unmöglich war, dabei zu heulen. So saß sie also unter diesen fast fremden Menschen, aß viel zu viel, lachte mit, beantwortete alle interessierten Fragen über Florida und fand, dies sei der schönste Geburtstag, den sie je hatte.

Einmal begegnete sie Carlys Blick. Der war amüsiert und mitfühlend zugleich.

»Ein bisschen überwältigend, nicht wahr?«, fragte Carly, als die Gäste gegangen waren und sie gemeinsam das Geschirr abwuschen. »Mir ging es auch so, als ich hierherkam.«

»Sie sind so unkompliziert nett. Fast zu gut, um wahr zu sein.«

»So sind sie hier auf dem Darß. Aber ganz genauso unkompliziert und direkt sagen sie dir auch ihre Meinung. Auch wenn sie völlig anders denken. Das wirst du auch noch merken. Nimm sie, wie sie sind, und genieße sie. Ich freue mich immer noch jeden Tag darüber, dass es hier so anders ist als in Berlin. Übrigens habe ich noch ein Geschenk für dich. Komm und staune!« Sie zog Tiryn in die andere, hintere Hälfte der Küche hinüber. Gestern schon hatte diese den scheinbar unendlichen Arbeitstisch bewundert, auf dem ein fröhliches Durcheinander von Tonklumpen und Töpferscheiben, Feilen und Drahtschlingen, Lappen und Sandpapier ausgebreitet war. Jeder Zentimeter Fläche war bedeckt. Heute sah das ganz anders aus. Die eine Hälfte war sauber und völlig leer.

»Für dich!«, sagte Carly stolz. »Hier kannst du an deinem Schmuck arbeiten. Breite dich nach Herzenslust aus.«

»Carly! Wie wundervoll. Ein schöneres Geschenk konntest du mir nicht machen. Seit heute früh habe ich den Kopf voller Ideen und kann es gar nicht erwarten anzufangen. Aber stört es dich nicht bei deiner Arbeit?«

»Überhaupt nicht. Wenn ich wirklich vertieft bin, nehme ich ohnehin nichts um mich herum wahr. Und wenn ich handwerklich nacharbeiten muss, zum Beispiel eine fertige Skulptur glattschleifen oder aushöhlen, dann habe ich gern Gesellschaft. Anna-Lisa ist dann auch oft hier und backt Kekse oder malt. Sie malt immer besser. Ich glaube, sie wird auch einmal eine Ahrenshooper Künstlerin. Wo willst du hin?«

Tiryn war schon auf dem Weg die Treppe hinauf. »Bin gleich wieder da!« Sie holte ihren Rucksack aus dem Gästezimmer, brachte ihn in die Küche und breitete voller Freude ihr Material und ihr Werkzeug aus.

Zufrieden standen sie nebeneinander und betrachteten das geordnete Chaos.

»Das ist jetzt unser gemeinsamer Kreativtisch«, sagte Carly. »Willst du gleich loslegen mit deinen Ideen? Eigentlich ist es schon spät. Ich meinerseits werde ins Bett gehen. Jakobs falscher Fisch macht wunderbar satt, aber auch müde.«

»Ich bin auch müde. Aber eine Sache ist da noch, die ich mir für heute aufgehoben habe.« Tiryn zog eine Rolle aus ihrem jetzt fast leeren Rucksack. »Dieses Bild hat mir Nicholas zum Abschied geschenkt. Ich habe es mir noch nicht angesehen.«

»Soll ich dich allein lassen? Ich könnte das verstehen, obwohl ich sehr neugierig bin. Wie gut er malen kann, weiß ich ja. Wie oft habe ich mir das Bild von Henny und den drei Schiffen angesehen! Und bestimmt hat er sich seitdem weiterentwickelt.«

»Du kannst ruhig hierbleiben. Bilder sind schließlich für ein Publikum gedacht.« Sorgfältig streifte Tiryn das Gummi von der Rolle und wickelte das Papier ab. Sie gingen zum Küchentisch, von dem sie gerade die letzten Spuren vom falschen Fisch gewischt hatten. Auf der großzügigen freien Fläche breitete Tiryn vorsichtig die Leinwand aus.

»Oh!«, entfuhr es Carly.

Tiryn dagegen schwieg, weil sie einen Kloß im Hals hatte. Das Bild zeigte den weißen Strand von Pelican's Foot, mitsamt den blauen Trichterwinden, die sich darüberrankten. Im türkisblauen Meer davor schaukelte die *Anhinga* auf den Wellen. Colly saß im Bug, und Tiryn stand an Deck. Am Ufer standen Nicholas, Kimoni, Peri, Sam und Nelson. Keine der Personen war so ausgearbeitet, dass man ihre Gesichter sah, sie waren eigentlich nur Schatten in der großartigen Landschaft – doch für Tiryn waren sie deutlich zu erkennen. Unter Wasser ahnte man die Seegraswiesen als dunkle Flecken, und ein heller brauner Strich war die Sandbank. In den Palmen und Seetraubenbäumen glaubte man den Wind flüstern zu hören. Die Hitze lag sichtbar über den Dünen, und am Horizont bauten sich die vertrauten Wolkenpilze auf, die ein tropisches Gewitter ankündigten. Aber noch brannte die Sonne und ließ die nassen Muscheln am Flutsaum glitzern.

Wenn man aber ganz genau hinsah und sich nicht von den knalligen Farben im Vordergrund ablenken ließ, entdeckte man, dass es hinter dem Horizont weiterging. Dort war nicht nur Himmel. Dort begann ein anderes Meer und dann ein anderes Land, beides in Pastellfarben, kühler, leichter, durchsichtiger. Dort waren die Blätter bunt und silbern, dort gab es Boote mit dunklen Segeln, und der Himmel legte ein weiches Licht darüber.

Carly und Tiryn standen lange wortlos davor.

»Unglaublich«, sagte Carly schließlich heiser. »Da ist so viel Tiefe drin. Glück und Trauer und Sehnsucht, alles zusammen und noch so viel mehr. All seine Erfahrung. Ob er wohl jemals *so* gemalt hätte, wenn er mit Henny zusammengeblieben wäre?«

Tiryn schluckte. »Ich weiß auch nicht.«

»Ich kenne eine Galeristin, die auch die Ausstellung organisiert, für die ich die Plakate aufgehängt habe. Sie ist ein Schatz. Elisa heißt sie. Sie würde das Bild für dich rahmen, wenn du möchtest.«

»O ja, das wäre wunderbar.« Zärtlich rollte Tiryn das Bild wieder zusammen.

»Wenn du es dorthin legst, nehme ich es gleich morgen mit. Auf dem Weg zu Harry komme ich praktisch bei Elisa vorbei«, bot Carly an. »Und jetzt gute Nacht. Ich hoffe, es ist ein tolles neues Lebensjahr, das heute für dich begonnen hat.«

»Besser hätte es jedenfalls nicht anfangen können! Schlaf gut, Carly. *Yakoke.* Danke für alles.«

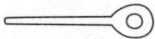

Jakobs Falscher Fisch

750 g gemischtes Hack
4–5 EL Semmelbrösel
2 Eier
1 Knoblauchzehe, gewürfelt
1 Zwiebel, gehackt
3 TL Senf
Salz, Pfeffer
Petersilie, gehackt
4 Eier, hartgekocht, gepellt

Hackfleisch, Brösel, Eier, Knoblauch, Zwiebel, Senf, Petersilie, Salz und Pfeffer zu einer glatten Masse verarbeiten. Abschmecken. Die Hälfte der Masse ausbreiten, die gekochten Eier darauflegen und mit der anderen Hälfte bedecken. Masse mit feuchten Händen glatt streichen, etwas andrücken und dabei gut verschließen, dann zu einem Fisch formen. Einfacher ist es natürlich, wenn man eine Fischform zur Hand hat.

»Falschen Fisch« auf Backpapier im vorgeheizten Ofen bei 180 °C 30–40 Minuten garen.

In Scheiben aufschneiden und servieren. Dazu passt Kartoffelpüree und Möhrengemüse.

Nicholas

1952

23

Rätsel

Nicholas saß mit Henny und Myra im Hafen auf dem Steg, während der Oktoberwind bunte Blätter um ihre Ohren trieb und auf dem Bodden absetzte, wo sie wie kleine Schiffe Richtung Horizont segelten. Myra hatte Hennys Lieblingskuchen gebacken, mit den herben wilden Äpfeln von einem Baum auf den Boddenwiesen und einem Guss aus Sanddornsaft auf einem Boden aus Biskuitteig. Und auch auf diesen Boden wurde Sanddornmarmelade gestrichen, wenn er heiß aus dem Ofen kam. Der Tag war mild, obwohl es schon einmal so kalt gewesen war, dass der Frost feine Borten aus zartem Eis um die Pfähle der Stege und die braunen Schilfhalme gelegt hatte.

»Diesen Kuchen könntest du eigentlich auch zu unserer Hochzeit backen. Ich kann nie genug davon bekommen«, sagte Henny mit vollem Mund.

»Das wird schwierig. Da sind die Äpfel noch nicht reif. Aber Brombeerkuchen täte es vielleicht auch«, sagte Myra.

»Brombeerkuchen wäre toll«, meinte Nicholas. Er liebte den bittersüßen Geschmack von Brombeeren und vor allem ihre dunkle Farbe und den geheimnisvollen Glanz, der über ihnen lag, blauviolett wie die Schale einer Miesmuschel. Doch seine Gedanken waren nicht wirklich bei Kuchen. Heute Morgen hatte er sein Bernsteinschiff in die Hand genommen und darin wieder ganz klar Henny an jenem Frühlingstag gesehen, an dem sie ihnen die Schiffe geschenkt und sie aufgefordert hatte, ihre Erinnerungen darin aufzubewahren. Sogar die Sandburg, die Liv an dem Tag gebaut hatte, erkannte er in den schimmernden Tiefen des Schiffsrumpfes. »Sag mal, Myra, du kennst dich doch damit aus. Hast du das schon mal erlebt, außer in unseren Schiffen, dass Erinnerungsbilder im Bernstein lebendig bleiben?«

»Nein, ich kenne nur handfeste Einschlüsse. Insektenflügel, kleine Fliegen, jede Menge Samen, Fasern, Krümel oder einfach Luftblasen. Ich habe auch schon darüber nachgedacht. Ich bin eigentlich kein sehr phantasiebegabter Mensch, und trotzdem sehe ich jenen Tag in meinem Bernsteinschiff und auch noch andere Erinnerungen. Ich sehe euch und ich sehe Liv und ich sehe den Himmel und das Meer, wie sie an diesem Frühlingsnachmittag waren.«

»Hast du dasselbe einmal mit einem anderen Bernstein versucht?«, fragte Nicholas.

Henny nahm sich noch ein Stück Kuchen und blickte unbeteiligt.

»Nein, aber das ist eine interessante Idee.« Myra kramte in ihrer Tasche. »Heute Morgen war zum ersten Mal seit langer Zeit wieder Bernsteinwind, und ich konnte ein paar Stücke auffischen. Nichts Bedeutendes, nur Kleinkram, aber hier – das ist ein recht schönes Exemplar.« Der Bernstein, den sie hoch hielt, war kastaniengroß. Myra polierte energisch mit einem Stück Sandpapier daran herum.

»Ihr seid schon außergewöhnliche Mädchen«, sagte Nicholas. »Die anderen aus der Malschule haben Lippenstift und Taschentücher bei sich. Ihr habt Pastellkreiden und Sandpapier.«

»Wäre dir der Lippenstift lieber?«, fragte Henny interessiert.

»Bloß nicht. Ich will die echte Henny küssen.«

»Und? Worauf wartest du dann?« Das ließ er sich nicht zweimal sagen. Myra betrachtete das Pärchen amüsiert, während sie den Bernstein gründlich mit einem weichen Tuch nachpolierte.

»Wenn ihr fertig seid, kann das Experiment beginnen«, sagte sie schließlich, verstaute die Reste des Kuchens und legte den nun glänzenden Stein mitten auf das verwitterte Holz des Steges. Er fing das herbstliche Sonnenlicht ein, verdichtete es, färbte es goldener und warf einen Lichtkreis um sich.

Henny zog ihn mit dem Finger nach. »Ist der schön! Und was machen wir jetzt? Damals wusste ich ja gar nicht, dass die drei Bernsteinschiffe wirklich Erinnerungen speichern. Für mich war es nur ein Spiel, als ich es an dem Tag vorschlug. Nur so ein sentimentales Gefühl. Es war Zufall, dass es funktioniert hat!«

»Keine Ahnung. Sag du es uns, Nicholas. Du wolltest wissen, wie das mit anderen Bernsteinen ist.«

Er zögerte. »Nun, ich denke, wir machen es wie damals mit den Bernsteinschiffen. Wir konzentrieren uns und projizieren unsere Gedanken hinein. Irgendeine ganz konkrete Erinnerung, die uns wichtig ist.«

»Gut. Dann mal los.« Henny legte sich auf den Bauch, stützte das Kinn in die Hände und starrte auf den Bernstein. Nicholas betrachtete sie und hätte sie am liebsten sofort gemalt, mit diesem ernsthaften, selbstvergessenen Ausdruck und in dieser Lausbubenhaltung. Sie und Myra, die mit unnachahmlicher Eleganz aufrecht daneben kniete und mit sachlich distanzierter Konzentration den goldglänzenden Punkt fixierte. Doch er riss sich zusammen, speicherte das Bild in seinem Gedächtnis und fand dann, dass er es auch gleich für sein Experiment benutzen konnte. Er richtete seinen Gedanken auf den Bernstein und versuchte mit aller Kraft, diese Erinnerung in das durchsichtige Innere zu senken.

»Was macht ihr da?« Die kleine Liv hatte am Ufer im Schilf

gespielt. Nun kam sie und sah erstaunt auf die Erwachsenen, die alle auf einen Stein starrten.

»Wir spielen ein Spiel.« Myra zog sie an ihre Seite. »Hilfst du uns? Wir denken an etwas ganz besonders Schönes und versuchen, den Gedanken in dem Bernstein zu verstecken, ganz in der Mitte, wo er am hellsten leuchtet. Aber man darf den Gedanken nicht verraten!«

»Wie mit Wünschen und Sternschnuppen?«

»So ähnlich.«

Liv lehnte sich an Myras Schulter und versuchte, ebenso konzentriert auszusehen wie Henny.

Ja, jetzt ist das Bild komplett. So werde ich sie malen, die drei, dachte Nicholas.

Der Wind war verstummt. Es herrschte Stille bis auf das gelegentliche Platschen eines Fisches, der im Bodden sprang.

»So, das müsste genügen. Länger hat es im Frühling auch nicht gedauert.« Myra hob den Stein auf und blickte kritisch hinein, hielt ihn gegen das Licht. »Seht ihr was?«

»Nein.« Henny spähte von allen Seiten hinein. »Doch, warte. Gib mal her, bitte.« Sie kniff ein Auge zusammen. »Nein, es war nur eine Spiegelung. Da ist nichts. Oder siehst du etwas, Nicholas?«

Nein. Er sah nichts außer seinem eigenen Spiegelbild. Beim besten Willen nicht. »Vielleicht dauert es ein wenig, ehe es funktioniert«, schlug er vor.

»Ich werde ihn nicht verkaufen, sondern aufheben. Dann werden wir ja sehen. Trotzdem glaube ich das nicht. Wenn das so einfach wäre, dann wäre dieses Phänomen bekannt«, sagte Myra und steckte den Bernstein ein. »Henny, wo, sagtest du, hattest du die Bernsteinschiffe damals her?«

»Ich sagte gar nichts. Es gibt auch Dinge, die nicht jeder wissen muss.«

»Ich dachte, du hast sie beim alten Oskar gekauft«, fragte Nicholas erstaunt.

»Diese drei Bernsteine sind nicht vom alten Oskar«, sagte Henny.

»Und warum verrätst du nicht, woher du sie hast?« Myra klang leicht verärgert, wahrscheinlich, weil Henny ihr sonst alles anvertraute, und auch weil sie über Bernstein und die ansässigen Händler meist alles wusste.

»Ich habe versprochen, nichts zu verraten. Demjenigen ist es peinlich. Warum ist das eigentlich auf einmal so wichtig?«

»Ist es gar nicht. Ich habe nur so darüber nachgedacht.«

Die Wahrheit wollte er ihr nicht sagen. Er hatte sich nämlich gefragt, ob das, was mit guten Erinnerungen ging, nicht auch mit schlechten funktionierte. Nicht, dass er diese für alle Zeit lebendig bewahren wollte. Aber was, wenn man sie einem Bernstein anvertraute und ihn dann vernichtete? Man konnte ihn zum Beispiel verbrennen. Bernstein brannte wunderbar und hinterließ nicht einmal Asche. Andererseits war Bernstein hell und leicht und voller Licht. Für dunkle Erinnerungen benötigte man vielleicht wirklichen Stein. Soweit er sich erinnerte, verkaufte Oskar nicht nur Bernstein.

Henny stand auf und klopfte ihr Kleid ab. »Die Schiffe sollen ja auch etwas Besonderes bleiben. Bringst du mich nach Hause, Nicholas?«

Er knöpfte seine Jacke zu. Die Tage waren schon kurz, und er fror wieder. Henny dagegen hatte in ihrem kurzärmeligen Kleid nicht einmal eine Gänsehaut. Hand in Hand schlenderten sie zu Henny nach Hause. Das Gartentor und die untere Hälfte des Hügels lagen schon im tiefen Schatten, doch das Haus leuchtete unter seinem Reetdach noch strahlend weiß in der letzten Sonne. Die Blätter des wilden Weins an der Loggia glühten rot und gelb wie an dem Tag vor neun Jahren, als er Henny kennengelernt hatte.

Wenn es doch für immer so bleiben könnte! Doch die idyllische Szene hatte Risse unter der Oberfläche, die nur er allein sah. Er wusste nicht, ob sein Bernsteinschiff und die Schätze darin stark genug sein würden, um ihn auf Dauer über die Abgründe zu tragen.

Damals hatte er noch nichts gewusst von den Bildern, die ihm das Meer in den Kopf setzte und die ihn nicht nur körperlich frieren ließen.

»Ich fahre morgen mit Myra und Oma Matilda nach Wustrow zum Einkaufen. Möchtest du mitkommen?«, fragte Henny.

»Nein, danke. Ich brauche nichts aus Wustrow. Aber viel Spaß euch.« Er hatte anderes vor.

Am nächsten Morgen schwang er sich aufs Fahrrad und fuhr den Deich entlang durch den Wald bis nach Prerow. Die Luft war wie Sekt. Raureif hing wie ein weißes Fell an den gebeugten Gräsern und den Sanddornbüschen. Nicholas wusste, dass der alte Oskar seinen eigentlichen Stand an der Seebrücke von Prerow hatte. In Ahrenshoop verkaufte er seine Waren nur, wenn ein Kunstmarkt oder ein Fest stattfand. Er lehnte sein Fahrrad an einen Baum und machte sich auf die Suche. Den Stand fand er rasch zwischen einem, an dem es heiße Maronen gab, und einem Korbmacher. Doch nicht Oskar stand dahinter, sondern eine junge Frau. Nicholas studierte die Auslage. Bernsteine gab es, eher minderwertige Exemplare, aber auch andere Halbedelsteine,

Briefbeschwerer, Brieföffner mit Griffen aus Stein oder Bernstein, Ketten, Armreifen, Untersetzer. Keine Schiffe.

»Kann ich Ihnen helfen?«, fragte die junge Frau.

»Wo ist Oskar?«, erkundigte sich Nicholas.

»Mein Onkel kann nicht mehr arbeiten. Er ist verwirrt. Findet nicht mehr allein nach Hause, redet wirres Zeug. Spricht nur noch mit Geistern. Er ist alt. Meine Mutter kümmert sich um ihn.« Die Frau lächelte Nicholas an. »Er ist meistens fröhlich. Nichts belastet ihn mehr.«

Auch eine Möglichkeit. Wenn es so war, brauchte Nicholas ja nur zu warten, bis er so alt war wie Oskar, um seine Vergangenheit und seine Zukunftsangst vergessen zu können.

Nach dem Geheimnis der Bernsteinschiffe konnte er ihn jedenfalls nun nicht mehr fragen, und die junge Frau wollte er nicht darauf ansprechen. Sie wirkte nicht wie jemand, der solche Fragen verstehen würde.

»Das tut mir leid. Grüßen Sie ihn bitte von mir. Er hat uns früher immer Bonbons geschenkt. Ich bin Nicholas. Nicholas Ronning. Sagen Sie, aus was ist dieses Armband gemacht?«

»Das ist Ozeanachat. Wunderschön, nicht wahr?«

»Für den halben Preis nehme ich es«, sagte Nicholas. Die Farben würden Henny gefallen, da war er sich sicher. Es ging eine Weile hin und her, und am Ende waren beide mit dem Handel zufrieden. Nicholas gönnte sich am Stand nebenan eine Tüte heiße Maronen. Dann lief er die Seebrücke hinaus bis ganz ans Ende. Nachdenklich starrte er in die aufgewühlte See. Er fühlte sich so hilflos. Die Bilder und Ahnungen, die ihn quälten, trieben ihn unaufhaltsam von Henny fort. Doch was konnte er dagegen tun?

Schließlich radelte er nach Ahrenshoop zurück. Die Sonne stand jetzt hoch, hatte den Raureif gelöscht und eine zerbrechliche, wehmütige Herbstwärme über den Strand gebreitet. Nicholas zog eine zerknüllte Badehose und ein Handtuch aus seinem Rucksack. Sonst würde er bei diesen Temperaturen nicht mehr schwimmen gehen, aber jetzt war ihm danach. Er wollte seine Gedanken fortspülen, seine Zweifel und seine Angst. Sie waren aus dem Meer gekommen, warum konnte er sie nicht dorthin zurückbringen, verdammt nochmal? Zum Glück war das Wasser noch wärmer als die Luft. Noch erinnerte sich das Meer an den Sommer, noch waren die Spuren heißer Augusttage darin gelöst. Er rannte in die Wellen, bevor die Kälte ihm den Mut nehmen konnte. Ein paar bewundernde Blicke eingemummelter Touristen folgten ihm. Energisch schwamm er hinaus. Er schwamm bis ans Ende der Buhne, die wie ein dunkler Finger auf den Horizont zeigte. Hier konnte er nicht mehr stehen. Um sich festzuhalten legte er einen Arm um den letzten Pfahl. Ein Kormoran, der darauf gesessen hatte, flog auf, als Nicholas sich näherte, stieß einen Ruf aus und strich davon.

»Nimm die Bilder zurück, die dir gehören! Ich habe dich nicht darum gebeten! Wenn die Strömungen, von denen Kapitän Flömer erzählt, wirklich so stark sind, dann lass sie weit forttragen, was ich vergessen will!«, rief er in das Rauschen der Wellen.

Auf dem Heimweg zitterte er vor Kälte, aber für den Moment fühlte er sich leichter, wie gereinigt.

Und wusste doch, dass sich nichts ändern würde.

Tage später war er mit Henny am Strand. Nicholas würde in diesem Jahr nicht mehr schwimmen, doch Henny stürzte sich wie selbstverständlich in die Fluten. Nicholas hockte sich auf einen angespülten Ast und sah ihr zu, gemeinsam mit dem Kormoran auf der Buhne, der sich von Henny nie gestört fühlte.

»Da draußen ist eine Stelle, die kälter ist als alle anderen. Da muss eine ganz eigenartige Strömung sein«, sagte Henny, als sie zurückkam und nach dem Handtuch griff. Nicholas nahm es ihr weg und rubbelte sie ab.

»Wirklich? Wo denn?«

»Ziemlich weit draußen, wenn man sich die Linie der Buhne weiter denkt.«

»Seit wann ist das so?« Nicholas war eigenartig zumute. Vielleicht drehten sich dort seine dunklen Gedanken in einer kalten Strömung gefangen und warteten nur darauf, zu ihm zurückzukehren.

»Das ist schon seit einigen Jahren so. Wahrscheinlich hängt das mit der Sandbank zusammen. Du kannst aufhören, ich bin trocken!«

Er legte das Handtuch um sie und hielt sie für einen Moment ganz fest. Ihre Haare und ihre Haut dufteten nach Wind, Sand und Ölfarben, und er wünschte, er könnte in ihrem Geruch versinken wie in einem anderen Meer und nie wieder auftauchen.

Im Frühling, als die Sonne wieder hoch genug stand, um zitternde goldene Linien auf den Meeresboden zu zeichnen, und Henny ihn wieder energisch ins Wasser lockte, entdeckte er dort neue Bilder, die er nicht sehen wollte, und sie weckten die Erinnerungen an die alten wieder. Da wusste er, dass nichts bleiben würde, wie es war.

Tiryn

2000

24

Puzzlestücke

Tiryn schreckte hoch. Sie setzte sich auf. Etwas hatte sie geweckt. Draußen war es fast noch dunkel. Der Tag stemmte sich gerade mit einem mühsamen Klimmzug über den Horizont, denn die Herbstnacht war stürmisch gewesen und die Wolken noch immer so dicht, dass sie die Dunkelheit der Nacht fortsetzten. Der Wecker zeigte fünf vor sieben.

Klack! Da war das Geräusch wieder. Etwas war gegen die Fensterscheibe geflogen. Tiryn kniete sich aufs Bett und versuchte, draußen etwas zu erkennen. *Klick!* Anscheinend warf jemand Kieselsteinchen an die Scheibe. Sie dachte an Kimoni, aber das konnte ja nicht sein, außerdem hatten sie ein Pfeifsignal gehabt. Tiryn öffnete das Fenster, überrascht von der Kälte, die der Nordwind durch ihr Nachthemd blies. Unten in der grauen Dämmerung stand jemand, ziemlich unförmig in dicker Kleidung. Aber die aufrechte und trotz allem elegante Haltung kam ihr bekannt vor. Myra? Myra Webelhuth?

»Na los, komm runter, Mädchen«, rief Myra, als wären sie seit Wochen verabredet gewesen. »Du wolltest etwas über Bernstein lernen. Jetzt ist ein guter Zeitpunkt dafür. Man muss ihn frühmorgens suchen, wenn der Sturm abflaut, aber die Wellen noch stark sind. Und zieh dich warm an. Du hast fünf Minuten!«

In Tiryns Kopf drehte sich ein Wirbel aus Verblüffung, Heiterkeit, Empörung und Neugier. Aber Myra hatte recht. Sie wollte etwas über Bernstein lernen, und wenn Myra ihr morgens um sieben im Dunkeln eine Chance geben wollte, dann würde sie diese bestimmt nicht ungenutzt verstreichen lassen.

»Ich komme!« Eilig fuhr sie in die Kleidungsstücke, die sie auf Anhieb finden konnte. Auf Socken rannte sie die Treppe hinunter, schrieb in der Küche einen Zettel für Carly, schlang einen Keks hinunter und kippte einen halben Becher kalten Tee hinterher, der noch von gestern dort stand. Vier Minuten hatte sie gebraucht, stellte sie fest, als sie die Haustür leise hinter sich schloss.

»Hier.« Myra drückte ihr ein dickes Bündel in die Hand. »Das ist eine Watthose. Die wirst du brauchen. Und das hier.« Schon hatte Tiryn ein großes Netz mit einem langen Stiel in der Hand.

»Der Rand ist gerade, damit du das Netz gut über dem Boden ziehen kannst, und mit Gummi geschützt, damit es sich dabei nicht abnutzt. Los, Mädchen. Wir wollen nicht, dass uns jemand zuvorkommt. Heute Nacht war Bernsteinwind. Bernsteinwind kommt an diesem Strand aus Nordwest. Noch ist das Wasser nicht so kalt, wie es am besten wäre, aber wir werden trotzdem einiges finden.« Myra stapfte auf ihren langen Beinen energisch los. Tiryn bemühte sich, ihr zu folgen.

»Wie kalt müsste das Wasser denn sein?«

»Bei vier Grad hat das Wasser seine größte Dichte, und deshalb ist Bernstein dann am leichtesten und kann am besten von der Strömung angespült werden. Als Bernsteinfischerin darfst du nicht verfroren sein. Die Sommergäste finden nicht viel. Bernsteinfischer sind in den Wintermonaten tätig.«

»Aber wozu das Netz? Warum Fischer? Ich dachte, Bernstein findet man am Strand.«

»So einfach ist das nicht, Mädchen. An den Strand geworfen wird nur ein ganz geringer Prozentsatz des Bernsteins. Der meiste bleibt im Meer. Man muss ihn sich holen.«

»Frau Webelhuth, ich weiß, dass Sie mich nicht leiden können, aber könnten Sie mir einen Gefallen tun?« Tiryn blieb stehen. »Bitte nennen Sie mich nicht immer ›Mädchen‹.«

Myra blieb ebenfalls stehen. »Wer sagt denn, dass ich dich nicht leiden kann? Ich muss mich nur daran gewöhnen, dass du mich so sehr an Nicholas erinnerst. Auf den bin ich immer noch wütend, aber das ist nicht deine Sache. Du kannst mir jetzt zeigen, ob du aus anderem Holz geschnitzt bist oder auch so eine Niete. Wie heißt du noch mal?«

»Tiryn.« Sie schluckte ihren Ärger hinunter. Es war tatsächlich Myras Sache, was sie in Bezug auf Nicholas fühlte. »Wenn Ihnen das nicht gefällt, können Sie mich auch bei meinem indianischen Namen nennen. Tallulah. Das bedeutet ›Hüpfendes Wasser‹.«

Myra nickte beifällig. »Hüpfendes Wasser. Das gefällt mir tatsächlich. Ich glaube sogar, es passt zu dir. Und wenn wir schon dabei sind, das mit dem ›Sie‹ kannst du lassen. Weißt ja, wie ich heiße.« Und schon war sie wieder losmarschiert.

Am Strand war niemand zu sehen. Der Sand schimmerte hell, und der immer noch scharfe Wind trieb die obere Schicht landeinwärts. Es sah aus wie Nebel. Über den Dünen schimmerte ein Streifen aus Türkis, Himmelblau und Apricot und warf ein Echo dieser Farben auf das Wasser.

»Staunen kannst du ein andermal. Jetzt zieh diese Hosen an.« Myra war schon in ihre gestiegen. »Sie sind komplett wasserdicht, samt Gummistiefel, aber irgendwann wirst du trotzdem frieren. Wenn du deine Füße nicht mehr spürst, sag Bescheid.«

Die Hose ging Tiryn bis zur Brust. Es fühlte sich seltsam an und steif, sie kam sich sehr ungeschickt vor. Immerhin pfiff der Wind nicht hindurch.

Myra bückte sich und griff in einen der großen Klumpen aus

Algen und schwarzen, verwitterten Holzstückchen, die von der Brandung an Land geworfen wurden. Sie wühlte darin herum, warf ihn beiseite, tastete nach dem nächsten. »Hier«! Sie hielt einen walnussgroßen Stein hoch und reichte ihn Tiryn. Auf den ersten Blick hätte sie ihn nicht als Bernstein erkannt. Er war dunkel verkrustet, und zwei Seepocken saßen darauf. Nur am Gewicht merkte man es. Er war zu leicht für einen Kieselstein.

»Wenn du im Zweifel bist, schlage ihn vorsichtig gegen deine Zähne. Ein Stein macht Klack und fühlt sich unangenehm an. Bernstein ist weicher, das spürst du sofort!«, rief Myra gegen den Wind an und zeigte auf die Ablagerungen am Wellensaum. »In solchen Haufen musst du suchen. Algen und Sprockholz – so nennt man dieses schwarz verwitterte Holz, das fast wie Kohle aussieht – und die Gehäuse von Röhrenwürmern haben ungefähr dieselben Schwebeigenschaften wie Bernstein. Dort, wo Muschelschalen und Steine liegen, brauchst du nicht nachzusehen, die sind zu schwer. Auch nicht dort, wo Federn angeschwemmt werden, die sind viel zu leicht. Lass uns hier ein wenig gucken, und dann gehen wir ins Wasser, dort findet man noch mehr, meistens an den Buhnen.«

Eifrig machte sich Tiryn über die Haufen her. Es dauerte ein wenig, ehe sie Erfolg hatte, dann fand sie zwei fingernagelgroße Stücke, von denen eines sogar in schöner Honigfarbe glänzte. Doch gerade dieses verursachte ein hörbares Klack an ihrem Schneidezahn.

»Genau. Das ist nur ein Stein.« Myra sah ihr über die Schulter. »Aber das andere ist wirklich Bernstein.«

Stolz steckte Tiryn ihren Fund ein. In ihrem Jagdfieber beachtete sie kaum, wie das Licht über das Meer kroch. Immer besser konnte sie erkennen, welche Haufen vielversprechend waren, und spüren, was Bernstein war und was nicht. Bald hatte sie eine ganze Handvoll in ihrer Tasche und platzte fast vor Stolz.

»So, nun lass uns fischen«, sagte Myra und stapfte geradewegs ins Wasser, dicht an der Buhne entlang. »Pass auf, dass du nicht hinfällst. Die Strömung hat hier Löcher gespült, und die Wellen werfen dich schneller um, als du Bernstein sagen kannst.« Bis zu den Oberschenkeln stand sie im Wasser, beugte sich leicht vor und zog ihr Netz am Grund entlang. Dann hob sie es hoch, warf einen scharfen Blick hinein, beförderte Algen, Tang und Holz mit Schwung auf der anderen Seite der Buhne zurück ins Wasser, hob prüfend etwas in die Höhe und leerte das Netz ganz, bevor sie es erneut in die Wellen senkte. »Na los, versuch dein Glück. Am besten hier, wo es plötzlich tiefer wird.« Wie sie da so stand, die Haare wild im Wind, das Netz in der Hand erhoben, wirkte sie wie eine uralte Göttin.

Die Kälte des Wassers war auch durch die Gummihosen spürbar, aber Tiryn fand es wunderbar, mitten in dem schäumenden Brausen zu stehen und in jeder Netzfüllung die Chance auf einen Schatz zu haben.

»Das Bernsteinfischen ist hier eine jahrhundertealte Tradition«, rief Myra zu ihr herüber. »Ich finde es immer ein großartiges Gefühl, nur einer in einer langen Kette von Menschen und Generationen zu sein, die hier genau dasselbe getan haben, ohne Technik, ohne Fortschritt, ganz allein mit dem Meer und dem Wetter, auf der Suche nach etwas, das vierzig Millionen Jahre alt ist.«

»Unvorstellbar.« Tiryn fühlte eine Gänsehaut, die nicht von der Kälte kam. Natürlich wusste sie, wie alt Bernstein ist. Aber als Myra diese ungeheure Zahl aussprach, wurde sie zum ersten Mal lebendig. Das goldene Harz der Bäume aus einem so uralten Wald, aus so lang vergangenen Sommern, durch die Insekten geflogen, Blumen erblüht und Früchte gereift waren, die nie ein Mensch gesehen hatte – dieses Harz ruhte nun in ihrer Tasche. Ehrfürchtig fischte sie Stück für Stück aus ihrem Netz.

»Ich wusste es!«, rief Myra. »Das ist ein guter Morgen. Ein würdiger Anfang für die Bernsteinsaison.«

»Danke, Myra! Ich bin so froh, dass du mich mitgenommen hast!« Am liebsten hätte Tiryn Myra umarmt.

Myras Tasche war wesentlich voller als Tiryns. Es war, als ob die Bernsteine von sich aus auf sie zuschwammen. Die Bernsteinbeschwörerin, dachte Tiryn. Kein Wunder, dass man sie so nennt.

»So, Mädchen – ich meine, Tallulah –, das reicht jetzt. Sonst sind deine Beine bald so steif gefroren, dass ich dich nach Hause tragen muss und Ärger mit Carly bekomme.«

»Nur noch ein bisschen. Vielleicht ist im nächsten Netz ein großes Stück.«

»Ach herrje. Das Bernsteinfieber! Das hat dich ja schnell erwischt.« Myra schulterte ihr Netz und stapfte energisch Richtung Strand. »Nichts da. Schluss für heute. Der nächste Sturm kommt bestimmt.«

»Nimmst du mich dann wieder mit?«

»Dies ist ein freies Land. Du kannst Bernstein suchen, wann immer dir danach ist.«

»Aber ich muss noch so viel lernen.«

Myra klopfte sich den Sand von den Hosen. »Das müssen wir alle. Aber du kannst gern mitkommen. Meine Knochen werden nicht jünger. Ich gebe zu, dass es Zeit wird, mein Wissen an jemanden weiterzugeben. Bist du nur aus Prinzip neugierig, oder interessierst du dich auf Dauer dafür?«

»Bernstein fasziniert mich schon immer. Und Schmuck. Ich habe schon viel Schmuck gemacht und verkauft. Und jetzt möchte ich Bernsteinschmuck machen.«

»Aha. Nun, das machen viele. Du wirst dir etwas Besonderes einfallen lassen müssen, wenn du ihn nicht nur verschenken, sondern auch verkaufen willst.«

»Ideen gibt es genug. Die liegen auf der Straße. Das macht mir keine Sorgen. Mein Schmuck hat sich immer verkauft.«

Myra zog die Gummihosen aus und rollte sie zusammen. Aus einer Tüte fischte sie eine Thermoskanne und zwei Becher, goss dampfenden Tee ein und reichte Tiryn einen. Der schmeckte jetzt himmlisch. Wie Feuer breitete sich die Wärme in ihrem Inneren aus. »Grüner Tee mit frischem Ingwer drin«, erklärte Myra. »Dazu ein ganz kleiner Hauch grüner Pfeffer. Mein Morgenmuntertee.«

»Wunderbar.« Tiryn untersuchte mit der anderen Hand einen flachen Bernstein, der zwar verkrustete Kanten hatte, aber in der Mitte durchsichtig war.

»Ein schönes Stück«, sagte Myra. »Wenn du ihn gegen deine Hose reibst, kannst du ihn bereits ein wenig polieren.«

Tiryn versuchte es. Tatsächlich, die Oberfläche wurde blanker. Sie hielt das Stück gegen die Sonne, die gerade schüchtern zwischen zwei dicken grauen Wolken hervorsah. »Myra! Was ist da drin? Es sieht aus wie zwei winzige Schlangenseesterne.«

»Schlangenseesterne? Was ist das denn?« Myra hielt den Fund gegen das Licht. »Ach, das. Das sind sogenannte Sternhaare. Sie stammen von den Blüten und Knospen der Eichen. Ganz typisch für baltischen Bernstein.«

»Das ist wunderschön«, staunte Tiryn. Aus diesem Stück würde sie ihren allerersten Bernsteinschmuck herstellen.

»Myra«, fragte sie, als sie Seite an Seite den Strand entlang Richtung Naurulokki stapften, den abflauenden Wind jetzt im Rücken, »weißt du, wo Henny die Bernsteinschiffe gekauft hat?«

Myra schwieg eine Weile. »Kurz vor ihrem Tod hat Henny mir erzählt, dass sie sie tatsächlich vom alten Oskar gekauft hat. ›Ich habe nie behauptet, dass die Schiffe nicht von Oskar sind‹, sagte sie. ›Ich habe nur gesagt, dass die *Bernsteine* nicht von Oskar sind. Er hat mir erzählt, dass er den Claas am Strand getroffen hat. Den Sturmflut-Claas. Er sei da gewesen und auch wieder nicht, irgendwie durchsichtig, und er habe Oskar die drei Bernsteine gegeben und ihm aufgetragen, Schiffe daraus zu machen.‹«

Tiryn schluckte. »Aber der Sturmflut-Claas ist doch nur eine Legende.«

»Ja. Henny nahm an, dass Oskar an jenem Tag mal wieder zu tief ins Grogglas geschaut hatte. Und Oskar war die Sache so peinlich, dass Henny ihm versprechen musste, niemandem davon zu erzählen. Oskar war geradezu froh, dass Henny ihm gleich alle drei Schiffe abkaufte und er sie los war. Ein halbes Jahr später zeigte er erste Anzeichen von Demenz, und bald darauf sprach er nur noch von Geistern und wurde vollkommen pflegebedürftig.«

»Hatte er sonst noch etwas zu Henny gesagt?«

»Nun, er soll wohl eine merkwürdige Art von Prophezeiung gemacht haben.«

»Claas soll mit diesem Oskar gesprochen und ihm die Bernsteine gegeben haben?«, fragte Carly verblüfft. Es war Nachmittag. Sie saßen am Küchenarbeitstisch. Carly feilte an einer trockenen Figur, und Tiryn sortierte glücklich ihre Funde.

»Ja. Es weiß nur niemand, ob er sich alles eingebildet hat, weil er zu viel getrunken hatte oder sowieso schon begann, dement zu werden. Fest steht nur, dass er diese drei Bernsteine nicht von Myra gekauft hat, obwohl er fast alle seine Ware von ihr bezog.«

»Und was war das für eine Prophezeiung?«

»Angeblich sagte Claas: ›Du solltest aus diesen Bernsteinen drei Schiffe machen, Schiffe mit silbernen Segeln und dem Leuchten einer alten Sonne im Herzen.‹ Daraufhin sagte Oskar: ›Das werden aber sehr kleine Schiffe.‹ Claas entgegnete: ›Es ist gut so. Sie werden mehr tragen können, als du denkst. Sie werden dies und jenes mit dem Wind fort- und auch wieder hertragen, wenn die Zeit gekommen ist.‹ ›Und was soll ich mit diesen Schiffen machen?‹, fragte Oskar. ›Sie werden ihren Weg selbst finden‹, antwortete Claas.«

»Donnerwetter«, sagte Carly beeindruckt. »Ich habe zwar schon öfter gehört, dass Claas gesehen wurde. Vor allem, wenn jemand in Gefahr war. Aber noch nie, dass jemand mit ihm gesprochen hat.« Sie feilte so energisch, dass ihr der Tonstaub in die Nase stieg und sie niesen musste. Sie schnaubte heftig. »Tatsächlich habe ich ihn, glaube ich, auch schon gesehen«, sagte sie undeutlich in ihr Taschentuch, ohne Tiryn anzusehen.

Tiryn ließ einen Bernstein fallen und machte große Augen.

»Wirklich? Erzähl!«

»Aber nicht lachen! Ich bin mir selbst nicht sicher.« Carly legte das Taschentuch beiseite und hob verlegen den Blick. »Ich habe das noch niemandem erzählt. An dem Tag war ich schwimmen und wurde von einer Nebelbank überrascht. Plötzlich wusste ich nicht mehr, in welcher Richtung der Strand lag. Ich schwamm und schwamm und bekam Panik. Dann plötzlich konnte ich einen großen Mann in einem Umhang erkennen, der dort stand und mir zuwinkte. Erleichtert schwamm ich auf ihn zu, und dann war plötzlich Harry neben mir. Erst dachte ich, er wäre dieser Mann gewesen. Aber Harry war kleiner und trug keinen Umhang. Harry erzählte, er hätte mich rufen gehört, aber das Komische ist, dass ich gar nicht gerufen habe. Ja, und dann habe ich den Mann mit dem Umhang später noch einmal gesehen. Da war ich mit Myra und Flömer und Tante Alissa am Strand, und plötzlich sah ich ihn hinter Flömer stehen, nur für einen Augenblick und eher wie ein Schatten. Dann war er verschwunden. Warum starrst du mich so an? Hältst du mich jetzt für völlig verrückt? Ich würde es dir nicht übelnehmen. Es waren aufregende Tage damals. Vielleicht war ich einfach nur völlig überreizt, und meine Phantasie hat mir Streiche gespielt.«

»Hat sie nicht.« Tiryn hatte Herzklopfen. »Ich habe diesen Mann im Umhang auch gesehen. Und seitdem grüble ich, ob ich halluziniert habe oder nicht.«

Carly hörte auf zu feilen. »Was? Wirklich? Wann, heute früh mit Myra am Strand?«

»Nein. In Florida.« Sie erzählte Carly von ihrem Unfall mit dem Surfboard und von dem Fremden, der ihr geholfen hatte. Und auch davon, dass der Briefträger genau diesen Fremden mit dem Umhang und den hellen Augen an dem alten Haus gesehen hatte, und schließlich von dem Bernstein und dem Zettel. Wie sehr der Mann sie noch immer faszinierte und wie gern sie ihn wiedersehen würde, erwähnte sie nicht. Aber nun wusste sie vielleicht endlich, wie er hieß. Claas ….

Carly vergaß ihre Arbeit und lehnte sich zurück. »Du lieber Himmel! Das würde ja bedeuten, dass Claas nicht nur hier an der Ostsee, sondern auch in anderen Meeren unterwegs ist.«

»Wenn es stimmt, was Flömer über Strömungen erzählt, dann ist das vielleicht gar nicht so unwahrscheinlich«, sagte Tiryn. »Aber der Zettel und der Bernstein würden bedeuten, dass er auch Dinge transportieren kann. Daran kann ich überhaupt nicht glauben.«

»Nein, das klingt sehr unwahrscheinlich. Kann ich diesen Zettel mal sehen?«

Tiryn sah sich nach ihrem Rucksack um. Der Zettel steckte in einer Hülle in der Seitentasche.

»Tatsächlich. Das ist eindeutig Hennys Handschrift.« Stirnrunzelnd gab ihr Carly den Zettel zurück. »Das verstehe, wer will. Aber diese Prophezeiung ...«

»Was ist damit?«

»Ich frage mich, ob sie möglicherweise tatsächlich stimmt. Hätte Thore mir nicht Hennys Bernsteinschiff geschenkt, hätte ich mich vielleicht nie dazu entschlossen, nach Naurulokki zu kommen. Immer wenn ich mir vorgenommen hatte, den Auftrag, das Haus aufzuräumen, abzulehnen, sah ich dieses kleine Schiff. Die Segel funkelten, der Bernstein war so golden und geheimnisvoll, irgendetwas daran war unwiderstehlich und hat mich schließlich überzeugt und mir den Mut gegeben.«

»Hast du auch Gesichter darin gesehen?«

»Erst als ich im Bus Richtung Ahrenshoop saß. Der Punkt ist, das Schiff hat mich in gewisser Weise hierhergebracht. Was ist mit dir? Du hast erzählt, dass du schon als Kind die Gesichter darin gesehen hast und dass es dich immer fasziniert hätte. Dass damit, zusammen mit den Geschichten von Nicholas, deine Sehnsucht nach der Ostsee begonnen hätte. Also hat es doch auch dich hierhergebracht. Und Claas soll gesagt haben, dass diese Schiffe manches fortnehmen – wie zum Beispiel Nicholas – und anderes wieder hertragen werden, wenn die Zeit gekommen ist. Also dich und mich.«

Tiryn schluckte »Tatsächlich hat er das zu mir gesagt. Also, ich bin mir nicht sicher, ob er es gesagt hat oder ob ich die Worte nur in meinem Kopf gehört habe.«

»Was hat er gesagt?«

»*Es ist Zeit*, hat er gesagt.«

»Und jetzt bist du hier.« Carly fuhr sich durch die Haare und wusste ebenso wenig wie Tiryn, was sie mit dieser Feststellung anfangen sollte. Dann sprang sie auf. »Komm mit!«

Tiryn folgte ihr die Treppe hinauf in Carlys Schlafzimmer, das einst Hennys gewesen war. »Sieh mal!« Sie wies auf ein Gemälde, das so an der Wand hing, dass der Blick darauf fiel, wenn man im Bett lag. Es zeigte einen Leuchtturm, gespenstisch von einem Mond beleuchtet, der sich zwischen zerrissenen Wolken hervordrängte. Wilde Brecher peitschten gegen den Leuchtturm und gegen eine Treppe, an der unten ein Boot vertäut war. Oben auf der Treppe stand ein großer Mann in einem wehenden Umhang. Signiert war das Bild mit dem Schriftzug *Cord Kreyhenibbe, 1849*.

»Das hat Hennys Ururgroßvater gemalt.«

»Ja. Genauso sah der Mann aus«, sagte Tiryn leise. »Das würde ja heißen, dass Hennys Ururgroßvater den Claas auch schon gesehen hat.«

»Oder, dass er eine ganz reale Person gemalt hat, die aussah wie Claas. Übrigens ist er auch auf dem Bild zu sehen, das Henny von dem Hafen mit den drei Schiffen gemalt hat.«

»Das ist mir gar nicht aufgefallen.«

»Er lehnt im Schatten an einem Baum, man sieht es nicht auf den ersten Blick. Das Original ist gerade im Kunstkaten wegen der Ausstellung. Aber ich habe noch ein Plakat hier.« Carly nahm eine Rolle aus dem Kleiderschrank und breitete das Papier auf dem Bett aus. »Siehst du, hier.«

»Henny hat ihn also auch gesehen. Dann hat das gestimmt, was das Meeresbild mir gezeigt hat. Sie hat ihn am Strand getroffen, als sie nach Nicholas suchte und der Sturm aufkam. Er hat sie nach Hause geschickt. Ein großer Mann mit Umhang. Das fällt mir jetzt erst wieder ein.«

Carly trat einen Schritt zurück und betrachtete das Bild angestrengt. Dann schlug sie sich mit der Hand an die Stirn. »Mensch! Die Prophezeiung! Sie hat die Prophezeiung gemalt!«

Tiryn war verwirrt, dann dämmerte es ihr. »Die drei Schiffe! Sie sehen aus wie wirkliche Schiffe, und man denkt, sie sind aus Holz. Aber das Holz ist golden wie Bernstein. Sie stellen die Bernsteinschiffe dar, die aus der Ferne in den Hafen zurückkehren – zurück nach Ahrenshoop.«

»Ja. Und sieh hier.« Carly tippte mit dem Finger auf ein Schiff. »Man sieht sie kaum, es sind eigentlich nur kleine Schatten. Aber im Bug eines jeden Schiffes steht eine Frau.«

»Sie werden etwas hertragen, wenn die Zeit gekommen ist. Dich und mich. Hennys Nichte und Nicholas' Enkelin.« Tiryn sah Carly fragend an. »Wer ist die dritte Frau? Hat Myra auch eine Enkelin oder eine Nichte?«

»Nein. Ihre Tochter ist jung gestorben. Sie weigert sich, darüber zu reden. Und ich habe nie gehört, dass sie andere Verwandte hat. Aber Claas konnte sicher damals nicht wissen, dass Myras Tochter sterben würde.«

»Warum nicht, wenn er doch die Zukunft vorhersehen konnte?«

»Meinst du, das war bei ihm wie bei Nicholas? Vielleicht sah er auch Meeresbilder? Die sind ja nur verschwommen ... und unvollständig.«

Sie sahen sich an. Rätsel über Rätsel, und doch passten manche Puzzleteile zusammen.

»Angenommen, nur mal angenommen, diese ganze wilde

Sache mit der Prophezeiung würde stimmen und die Bernsteinschiffe sollten uns hierherführen«, sagte Carly, »wozu das Ganze? Warum ist es so wichtig, dass wir hierherkommen – so wichtig, dass Claas sich die Mühe machte, sichtbar zu werden, Oskar die Bernsteine zu geben und mit der Fertigung der Schiffe zu beauftragen?«

»Vielleicht werden wir das nie herausfinden. Vielleicht kann sich der Sinn nicht mehr erfüllen, nachdem Myras Tochter ihre Rolle nicht spielen kann und keine Enkelin haben wird«, sagte Tiryn.

»War es eigentlich Zufall, dass gerade Henny die Schiffe gekauft hat?«, fragte Carly. »Hat Myra dazu noch was gesagt?«

»Ja, Henny hat behauptet, sie hätte eine Hand auf ihrer Schulter gespürt, als sie am Stand vom alten Oskar vorbeiging. Eine Hand, die sie anhalten ließ. Aber als sie sich umdrehte, war da niemand.«

»Ich bin gespannt, ob wir Claas noch einmal sehen«, sagte Carly leise. »Du oder ich. Anscheinend ist er ein freundlicher Geist – wenn er denn einer ist. Dir ist schon klar, dass das hier ein reichlich merkwürdiges Gespräch ist?«

»Ich bin halbe Choctaw. Wir finden es nicht merkwürdig, mit unseren Ahnen oder Geistern zu sprechen. Aber ja – meine andere Hälfte findet es sehr seltsam.«

»Flömer sagt ja auch immer, er findet es nicht mehr so wichtig, wer noch lebt und wer nicht, weil viele noch spürbar anwesend sind. Sie sind für ihn Teil des Landes, Teil des Meeres. Wer Claas wohl war, als er noch lebte?«

»Wer weiß. Vielleicht finden wir irgendwo Anhaltspunkte. Wir könnten recherchieren. Die Frage für mich ist ja auch: War es Claas, der diesen drei Bernsteinen die besondere Fähigkeit verlieh, Erinnerungen zu speichern, und wenn ja, wie? Oder war es Oskar?«

»Dann wohl eher Claas«, meinte Carly, »sonst wären sie ihm nicht so wichtig gewesen, dass er Oskar mit der Schiffsherstellung beauftragt hätte.«

»Wahrscheinlich«, stimmte Tiryn zu. »Das wird es nicht einfach für mich machen herauszufinden, wie das geht. Vielleicht hat er Aufzeichnungen hinterlassen. Aber jetzt muss ich etwas Praktisches machen. Wolltest du nicht ein Kleid geflickt haben?«

Sie musste etwas tun, was sie von diesem lächerlichen Wunsch ablenkte, Claas wiederzusehen und seine Stimme in ihrem Kopf zu hören, diese leichte, luftige, beruhigende Gegenwart.

25

Große Pläne

Tiryn wendete das abgetragene Kleid hin und her. »Das ist kaum noch zu retten.«

»Aber ich mag diese Kleider so«, protestierte Carly. »Nicht nur weil sie Henny gehörten. Ich fühle mich so – ich selbst – darin. So ganz. Als ich es zum ersten Mal anzog, weil es hier war und ich nicht genug Klamotten mithatte, war es, als ob ich ein anderes Leben anziehe. Eines, auf das ich schon immer gewartet hatte, ohne es zu wissen. Es fühlte sich richtig an. Außerdem sind sie am Strand so praktisch. In die Taschen passt alles, was man aufhebt. Man hat Bewegungsfreiheit. Und wenn der Saum mal nass wird, trocknet er im Wind schnell wieder.«

»Ich könnte dir ein neues nähen, nach diesem Schnitt. Warte mal, das gibt mir eine Idee …«

Carly lächelte. »Wenn du eine Idee hast oder einen Plan entwickelst, legst du den Kopf schief wie der Kormoran auf der Buhne.«

Tiryn beachtete sie nicht. Ihre Gedanken schlugen Purzelbäume. Ein anderes Leben anziehen! Wie die Kunden in der Hotelboutique. Die hatten dafür gern Geld ausgegeben. Es gehörte zum Urlaubmachen.

»Das ist es! Das ideale Strandkleid. Taschen, in die Muscheln und Kiesel passen, aber auch ein kleines Buch oder der Badeanzug. Eines, unter dem man sich umziehen kann und das trotzdem gut genug sitzt, um attraktiv auszusehen. Eines, das man leicht hochbinden oder -knöpfen kann, wenn man im Wasser waten möchte. Ein Kleid, um das einen sogar Männer beneiden. In den Farben von Himmel, Sand, Meer und Sonne. Warm und leicht zugleich. Das Modell ›Henny Badonin‹ von ›Tallulahs Meerdesign‹. Was denkst du?«

»Viel zu lang, diese Kleider!«, sagte Myra entschieden, die durch den Garten gekommen war und am Küchenfenster lehnte, ohne dass sie es bemerkt hatten.

»Nein, sieh doch! Ich nähe Stoffriegel daran, mit denen du es leicht hochknöpfen kannst. Oder ich mache unten Schlitze und ziehe ein Bändchen durch, dann kannst du es hochbinden und einen kurzen Ballonrock daraus machen. Noch besser, wir machen es so, wie es in Florida manchmal üblich ist. Man zieht die eine Seite durch eine Holzspange, so.« Tiryn griff sich ein Glas mit Buntstiften aus dem Kreativtischchaos und kritzelte eifrig, während ihr die anderen über die Schulter schauten. »Ich kann nicht zeichnen, aber vielleicht ahnt ihr, was ich meine.«

»Ich finde alle drei Ideen gut«, sagte Carly. »Ich würde von jedem eins kaufen.«

»Ich könnte sogar den Schmuck mit dem Nähen verbinden, indem ich Silberspangen verwende, vielleicht sogar mit Bernstein drin«, spann Tiryn den Faden weiter. »Und denk mal, Myra, wie praktisch die großen Taschen für dich zum Bernsteinsammeln wären.«

»Das ist zu schwer. Es würde die Taschen zu sehr nach unten ziehen. Wie sähe das denn aus! Deswegen habe ich mit Henny immer geschimpft, weil sie so herumlief.«

Myra konnte zwar keine Männer leiden, aber auf Eleganz achtete sie.

»Na gut, dann nähe ich hier und hier«, Tiryn fügte einige Striche hinzu, »kleine Verstärkungen ein. Ganz einfach. Dann hängt alles, wie es sollte, auch wenn du Kieselsteine sammelst.« Sie nahm ein neues Blatt und zeichnete eine große, schlanke Frau. »Wenn ich doch nur so malen könnte wie mein Großvater!« Das Kleid war nicht ganz knielang, weil der Stoff von aparten Spangen hochgehalten wurde, und die Taschen waren zwar eindeutig voll, fügten sich aber wunderbar in den Faltenwurf, und auch die Taille saß perfekt. Ein dezentes, aber sehr wirkungsvolles Dekolleté gab der Sache noch mehr Pfiff. Die Frau wirkte frei und gelöst, sie musste keine Tasche tragen, und aus der einen Rocktasche lugten ihre Flipflops. Die warmen, zarten Farben fügten sich wunderbar in die Landschaft. Am Kragen war ein unaufdringliches Muster gestickt, das bei näherem Hinsehen aus stilisierten Möwen bestand.

»Hmpf«, sagte Myra. »Henny bekommt das ja nicht mehr mit, also kann ich zugeben, dass ich dieses Kleid möglicherweise tragen würde!«

»Du bekommst das Erste! Dann kannst du es testtragen«, versprach Tiryn.

»Und werbetragen!«, ergänzte Carly. »Es gibt niemanden, der mehr Wirkung darin hätte. Übrigens«, sie beugte sich über die Zeichnung, »das erinnert mich etwas an das Hochzeitskleid, das du für Henny genäht hast, Myra. Schon wegen der Stickerei und diesem gewissen Schwung. Du hast es auch gesehen, Tiryn, in dem Karton, als wir das Bild gesucht haben. Henny hat es ja nie getragen ...«

... weil Nicholas sie im Stich gelassen hat. Die zweite Hälfte des Satzes blieb ungesagt, doch er hing beinahe sichtbar im Raum.

»Du nähst auch, Myra?«, fragte Tiryn etwas zu laut. »Dann könntest du mir vielleicht helfen mit Tallulahs Meerdesign?«

»Das ist ein tolle Idee«, befand Carly. »Ich bin da leider völlig unfähig.«

»Mal sehen. Meine Hände sind nicht mehr so geschickt, aber eine Nähmaschine bedienen ginge wohl noch. Meinst du den Plan ernst, Tiryn? Du müsstest ein Gewerbe anmelden.«

»Ja, das muss ich ja sowieso, wenn ich Schmuck verkaufen will. Ich habe mich schon erkundigt. Ich muss als Ausländerin eine Aufenthaltsgenehmigung beantragen und die Erlaubnis, mich selbständig zu machen. Das will ich so bald wie möglich tun. Einfach wird das nicht, aber irgendwie bekomme ich das schon hin. Ich muss ein schlüssiges Geschäftskonzept erarbeiten und glaubhaft machen, dass das Gewerbe für die Region von allgemeinem Interesse ist. Es wird helfen, dass ich durch das Konto von Großvater eigenes Startkapital habe und keinen Kredit beantragen muss. Wenn ich jetzt ein Kleid nähe, könnten wir es fotografieren – für mein Konzept.«

»Ja, dann helfe ich dir.« Myras Augen funkelten. Die Geschäftsfrau in ihr war geweckt. »Kannst du so was – Buchhaltung und so?«

»Ja, das hat mich mein Chef gründlich gelehrt. Im Hotel habe ich das auch gemacht.«

»Aber wo willst du die Sachen verkaufen?«, fragte Carly. »In der Töpferei wohl kaum, und in Daniels Teeladen passt das auch nicht rein.«

»Du könntest in der ›Bunten Stube‹ fragen«, schlug Myra vor.

»In der Buchhandlung?«

»Die verkaufen auch Schmuck, Keramik und besondere handgemachte Kleidung. Schau dich bei Gelegenheit mal um.«

»Das mache ich. Aber ich möchte einen eigenen Laden. Einen ganz kleinen, aber eigenen«, erklärte Tiryn entschieden. »Und zwar so schnell wie möglich.«

Myra betrachtete sie mit widerstrebender Bewunderung. »Du machst keine halben Sachen, nicht wahr?«

»Es ist diese Energie. Aus dieser Luft und diesem kalten, kribbelnden Meer kommt pure Energie, und ich weiß kaum, wohin damit. Wo, glaubt ihr, kann ich schönen Stoff kaufen?«

»In Wustrow gibt es einen guten Laden. Ich muss sowieso nach Wustrow. Wenn du willst, können wir morgen zusammen hinfahren«, bot Myra an.

»Oh, das wäre toll, Myra. In Wustrow ist auch die Bank, wo ich mich melden soll, um die Kontoangelegenheiten zu klären. Nicholas hat schon alles per Fax organisiert, mit der Vollmacht und so. Aber ich muss da natürlich auch noch persönlich auftauchen und mir die Karte abholen.«

»Na, wie schön, dass das Geld des alten Schurken Justus Ronning noch zu etwas gut sein wird«, sagte Myra zufrieden. Es war zu spüren, dass sie nicht nur eine Abneigung gegen Justus Ronning hatte, weil er ein Mann war.

»Ich gehe schnell mit der Bank telefonieren und einen Termin für morgen machen«, sagte Tiryn und verschwand in dem winzigen Büro mit dem riesigen Schreibtisch aus Treibholz, auf dem das Telefon stand. Der Mann von der Bank, dessen Nummer Nicholas ihr gegeben hatte, war so freundlich, als hätte sie schon als Kind in seinem Garten gespielt. Es stellte sich heraus, dass sein Vater mit Nicholas zusammen in die Schule gegangen war. Nicholas hatte ihm offenbar schon allerhand über Tiryn erzählt und sie ihm besonders ans Herz gelegt. Sie verabredeten sich für den folgenden Vormittag. Mit ein wenig Herzklopfen legte Tiryn den Hörer auf. Der allererste Schritt in die Selbständigkeit war getan.

»Die Kleine hat Mumm in den Knochen«, hörte sie Myras Stimme schon im Korridor. »Wer hätte das gedacht. Das frühe Aufstehen, das kalte Wasser und die nötige Geduld haben ihr nichts ausgemacht. Und sie kann sich begeistern. Das gefällt mir.«

»Ich bin so froh, dass du sie doch magst.« Carly klang erleichtert.

Tiryn wurde warm ums Herz. Mit diesen Menschen in ihrer Nähe würde sie ihr neues Leben meistern. Sie wartete einen Moment, bevor sie die Küche betrat.

»Erledigt. So, Carly, und jetzt gucken wir erst mal, ob ich dieses alte Kleid noch für dich retten kann. Hast du etwas Weiches, Weißes, einen alten Unterrock zum Beispiel oder ein Geschirrhandtuch? Und noch viel wichtiger: Hast du eine Nähmaschine?«

»Nähmaschine?« Carly runzelte die Stirn und sah so erstaunt aus, als hätte Tiryn gefragt, ob sie irgendwo ein Raumschiff im Schrank hätte.

»Die muss noch hier sein«, sagte Myra. »So eine alte mit Pedalantrieb. Sie gehörte Hennys Oma Matilda. Ich habe noch kurz vor Hennys Tod etwas für sie damit geflickt. Hast du sie nirgends gesehen? Dinge, die Henny im Weg standen, verschwanden früher oder später meist im Keller oder im Schuppen.«

»Pedalantrieb wäre super. Auf so einer hat mir meine Oma Nanaiya das Nähen beigebracht«, sagte Tiryn hoffnungsvoll.

»Also im Keller ist sie nicht«, erklärte Carly. »Aber im Schuppen steht noch das eine oder andere Gerümpel, ich dachte, das seien alles Gartengeräte und alte Kisten.«

»Dann lass uns doch nachsehen. Wo ist dieser Schuppen? Ich habe ihn noch nie gesehen«, fragte Tiryn.

»Ganz oben auf dem Gelände hinter dem Haus. Dort habe ich auch das Fernrohr gefunden.«

»Oh, zeigst du mir damit einmal die Sterne? Ich habe noch nie durch ein Fernrohr gesehen.«

»Na klar. Sehr gerne. Wir können es gleich mitnehmen und in die Loggia stellen. Ich habe selbst viel zu lange nicht mehr damit in den Himmel geguckt.«

Tiryn und Myra folgten Carly nach draußen. Tatsächlich stand ganz oben auf dem Hügel hinter Sträuchern verborgen ein großzügiger Schuppen. Die alte Lampe, die an einem schiefen Kabel baumelte, warf ein sehr müdes Licht in den Raum, das die Ecken im Dunkeln ließ. Das war auch gut so, denn die waren, soweit man das erkennen konnte, voller Spinnweben und darin gefangenen toten Motten. Nur das Fernrohr, das mitten im Raum stand, schien relativ sauber zu sein. Carly stürzte sich liebevoll darauf, wischte es mit den Händen ab und trug es nach draußen. Tiryn und Myra sahen sich suchend um. Myra schob eine alte Holzpalette beiseite, die an der Wand lehnte. Doch es war gar nicht die Wand, sondern eine Zeltplane, die etwas bedeckte. Myra zog die Plane vorsichtig herunter. Tiryn musste niesen, als reichlich Staub aufflog.

»Was ist das?« Das Ding war riesig und rund.

»Die Nähmaschine jedenfalls nicht«, sagte Myra. »Es sieht fast aus wie ein großer Mühlstein, aber«, sie klopfte an den Gegenstand, »es ist aus Holz und innen hohl.«

»Hier sind Zeichen an der Seite«, sagte Tiryn und fuhr mit dem Finger am Rand entlang. »Und hier oben sind drei komische Löcher.«

»Lass es uns nach draußen rollen.« Tiryn beeilte sich, mit anzufassen, ehe das Riesending Myra auf die Füße fiel.

»Was um Himmels willen habt ihr denn da entdeckt?«, wunderte sich Carly, als sie ihren Fund ans Tageslicht beförderten.

»Himmel ist nicht falsch. Ich glaube, das hier sind Sternzeichen.« Myra zeigte auf die Seite des mühlradförmigen Holzkonstrukts.

Carly kniete sich hin. »Tatsächlich! Hier ist Orion. Da der Schwan. Pegasus und die Kassiopeia. Alles astronomisch korrekt, für jeden Monat ein Sternzeichen, ganz fein eingeschnitzt. Das hat Joram gemacht! Aber was sind das hier für Löcher?« Stirnrunzelnd betrachtete sie die Oberseite. »Ach ... Wartet mal.« Sie hob das Teleskop an, stellte es auf das runde Podest und justierte die drei Beine. »Das ist ein Ständer für das Teleskop! Das ist ja großartig!«

»Aber hier fehlt ein Stück.« Myra zeigte auf einen halbrunden Ausschnitt vor dem Okular des Teleskops.

»Das ist für den Hocker. Da kann man einen Hocker hinstellen, und dann hat man genau die Sitzhöhe, die man braucht, um bequem hineinsehen zu können. Das ist genial und wunderschön.« Carly fuhr zärtlich über die silbrige Oberfläche. »Das hat er auch aus altem Treibholz gebaut, wie vieles andere. Holz, das von Wind, Wasser und Sonne Charakter bekommen hat. Hilf mir mal, Ti, ich möchte mir die Unterseite ansehen.«

Ti, dachte Tiryn. Dort, wo man einen Spitznamen bekommt, ist man zu Hause. Ti, das klang so leicht und unkompliziert, wie sie sich hier in diesem Land fühlte. Glücklich packte sie mit an und stellte das Rund vorsichtig auf die Seite.

»Wusste ich es doch!«

Carly löste behutsam einen Zettel vom Holz, der zusammengefaltet darangeheftet worden war. Er war vergilbt und ein wenig angeschimmelt, aber die Schrift war gut lesbar. »Es ist Jorams Handschrift«, erklärte Carly und las vor: *Du hast erzählt, du wolltest eine kleine Sternwarte für Nicholas zur Hochzeit bauen. Mit seinem Verschwinden hast du den Plan völlig aufgegeben. Warum erfüllst du dir jetzt nicht selbst diesen Traum und zeigst den Kindern der Feriengäste die Sterne wie du sie früher deinem kleinen Cousin Thore gezeigt hast.*

Hier ist der Grundstock dafür. Der Mittelpunkt, die Achse. Du musst nur drumherumbauen und dich auf dem Hocker niederlassen. Träume werden nicht alt, jedenfalls nicht solche, die mit etwas so Großem und Ewigen zu tun haben, wie es die Sterne sind. Wenn du von ihnen sprichst, beginnt in mir etwas zu funkeln. So könnte es auch anderen gehen, die dir zuhören.

Carly räusperte sich und schluckte. Auch Tiryn war gerührt. Henny und Joram waren beide tot, aber aus diesen Worten sprach eine Liebe, die noch immer lebendig zu sein schien.

»Das ist ja ein Ding!«, sagte Carly schließlich erschüttert.

»Du hast doch letztes Jahr erzählt, dass du auch diesen Plan einer kleinen Sternwarte hattest«, sagte Myra etwas heiser. »Henny hatte offenbar nicht mehr die Kraft, ihn zu verwirklichen. Oder sie wollte es wirklich nur für Nicholas.«

»Ich wusste nicht, dass Henny auch diesen Traum hatte. Aber es klingt logisch. Von ihr hatte Thore das Interesse an den Sternen, das ihn zum Astronomieprofessor werden ließ. Und schließlich war es ja ihr Likör, der mir an jenem verrückten Sommerabend diese Idee in den Kopf setzte.«

»Das klingt toll. Davon musst du mir mehr erzählen. Lass uns einen Pakt schließen.« Aus den vergilbten Worten und dem Podest in Carlys Händen kam auch Energie. Alte Energie. Tiryn spürte sie deutlich, wie ein aufgeregtes Summen in ihr. »Ich kümmere mich um mein Projekt, um den nötigen Papierkram, suche mir eine Unterkunft und Räume für einen Laden, verbringe den Winter mit Nähen und Schmuckherstellung und eröffne im Frühling – gleichzeitig mit deinem Planetarium. Wenn einer von uns den Mut verliert, bringt ihn der andere wieder in Fahrt. Schlag ein!« Sie streckte Carly die Hand hin.

Carly schwieg einen Moment und lachte dann. »Das klingt beängstigend, aber dein Schwung steckt mich an, Tiryn«, sagte sie. »Du bist ein wenig wie Thore. Ich werde einen Entwurf zeichnen und überlegen, wie wir das umsetzen können. Im Frühling könnte ich einen fertigen Plan haben und mit dem Bauen anfangen.«

»Abgemacht?« Tiryn streckte immer noch die Hand aus.

Carly schlug ein. »Verrückt, aber: abgemacht!«

Myra sah ihnen mit einem halben Lächeln zu. »Ihr zwei hättet Henny gefallen. Ich hole dich morgen früh um neun ab, Tallulah. Nun lass uns nachsehen, ob wir endlich diese Nähmaschine finden.« Sie verschwand erneut im Schuppen.

»Und wenn wir bei alledem noch ein bisschen Zeit übrig haben, dann versuchen wir herauszufinden, wer Claas war«, sagte Tiryn, als Myra außer Hörweite war.

»Ja, das können wir machen«, sagte Carly zerstreut. »Drinnen muss eigentlich auch noch der Hocker sein, der zu diesem Podest gehört. Lass uns nachsehen. Und bitte hilf mir, das hier zurück in den Schuppen zu rollen. Noch haben wir kein Planetarium, und im Haus ist kein Platz.«

Sie mussten noch einige Kisten, Bretter, Planen und Gartengeräte hin und her schieben, traten sich dabei im Halbdunkel auf die Füße, bekamen kalte Finger und Splitter in die Handballen und fanden schließlich den fehlenden Hocker, nach Jorams Art wunderschön aus einem Baumstumpf gearbeitet, und auch die alte Nähmaschine auf dem typischen gusseisernen Ständer mit Pedal. Zu dritt schleppten sie das unhandliche Gerät in die Küche von Naurulokki.

»Nein. Das geht nicht.« Carly sah sich um. »Wenn wir hier töpfern und Schmuck machen, dann kann hier nicht auch noch genäht werden. Jedenfalls nicht, wenn wir noch gelegentlich kochen und essen möchten. Wie wäre es, wenn wir die Maschine ins Wohnzimmer stellen? Dort kannst du dich ausbreiten, das wird sowieso kaum benutzt. Zum Lesen und dergleichen ist die Bibliothek mit der Holzgans gemütlicher.«

Also trugen sie die Maschine ins Wohnzimmer. Sie hatte ein paar Kratzer, schien aber noch durchaus in Schuss zu sein. Tiryn trat probehalber auf das Pedal. Die Geräusche waren wunderbar vertraut, genau wie damals, als Nanaiya sie das Nähen lehrte.

»Damit hat Hennys Oma Matilda im Krieg all unsere Kleider geflickt und verlängert oder aus kaputten Vorhängen neue genäht«, erinnerte sich Myra. »Ich habe einiges von ihr gelernt, und als sie nicht mehr konnte, habe ich das übernommen. Aber ich mochte mich nie so richtig dafür begeistern. Viel lieber war ich auf der Bernsteinjagd, statt in der Stube zu hocken.«

»Mir macht das riesigen Spaß«, sagte Tiryn, »und jetzt kann ich es kaum erwarten loszulegen, weil ich die Idee habe, das mit Schmuck zu kombinieren.«

»Billig wirst du das aber nicht verkaufen können, was du vorhast«, wandte Myra ein.

»Ach, Myra, die Leute kaufen ja hier auch die Pullover für dreihundert Mark!«, sagte Carly.

»Ich werde alle Preisklassen anbieten«, erklärte Tiryn entschieden. »Jeder, der in meinen Laden kommt, soll sich etwas kaufen können, was ihm gefällt. Myra, wie hieß denn diese Oma Matilda mit vollem Namen? Ich mag Werkzeuge, von denen man die Geschichte kennt.«

»Petrik. Winfried und Matilda Petrik, und sie bekamen Susanne, das war Hennys Mutter, und Simone, die den Dänen Magnus Sjöberg heiratete und mit ihm Thore bekam.«

»Sie würde sich bestimmt freuen, dass ihre Maschine wieder läuft«, meinte Carly.

»Ich werde ein Kleidermodell nach ihr benennen.«

»Ein Oma-Matilda-Kleid? Das kauft bestimmt niemand.«

»Nein. Modell Matilda Petrik. Es wäre doch schön, die Schnitte nach Frauen der Gegend zu benennen. So bleiben sie in Erinnerung, und es macht deutlich, dass die Ware aus der Region kommt.«

»Aber dann wird jeder Kunde fragen, wer die Frauen waren, und du musst es immer wieder erzählen«, wandte Carly ein.

»Dann hefte ich eben einen hübschen Zettel mit der Geschichte daran. Ich liebe Dinge mit Geschichten, warum nicht auch die Kunden?«

»Das ist eine schöne Idee. Ein Denkmal, in dem man tanzen und in Wind und Sonne spazieren gehen kann. Eine gute Ergänzung zu einem Stein, der kalt und steif auf dem Friedhof herumsteht. Langsam fange ich an zu glauben, dass du etwas aus der Sache machst«, sagte Myra. »Ich bin müde, Kinder, ich gehe nach Hause. Viel Glück mit der Maschine. Oma Matilda hatte einen sanften Charakter – im Gegensatz zu mir –, und ich hoffe, er hat auf das Gerät abgefärbt.«

»Hat Nicholas je erwähnt, dass Henny ihm eine Sternwarte bauen wollte?«, fragte Carly, als die Tür hinter Myra zugefallen war.

»Nein. Er hat nie von den Sternen gesprochen. Sich nie dafür interessiert. Seltsam.«

Nach einem hastig zusammengekochten Mittagessen in der Küche machte sich Carly an ihre Töpferarbeit, und Tiryn setzte sich im Wohnzimmer mit Oma Matildas Nähmaschine auseinander. Ziemlich schnell hatte sie sich damit angefreundet. Sie nähte den ausgefransten Saum um, setzte von hinten einen Streifen vom weißen Stoff dagegen und stickte unten ein passendes blaues

Muster hinein. Auf ein Loch setzte sie aus demselben Stoff eine Tasche, die auch ein kleines Motiv bekam. Am verschlissenen Kragen schnitt sie Stoff weg und erweiterte den Ausschnitt, der dabei einen eleganten Schwung bekam. Es fühlte sich gut an, wieder etwas mit den Händen zu machen. Zufrieden hielt sie schließlich ihr Werk prüfend hoch und trug es dann in die Küche. Dort saß Carly vor ihrer Töpferscheibe und strich und glättete an einer fast armlangen Figur herum.

»Alle Achtung!« Tiryn war voller Bewunderung. »Der Kormoran!« Der Vogel sah so lebendig aus, dass sie das Gefühl hatte, er könnte jeden Moment die Schwingen ausbreiten und aus dem Fenster fliegen. »Ist das ein Kundenauftrag?«

»Nein. Aber es findet sich sicher ein Käufer. Ich musste das einfach machen. Der Kormoran spukt gerade andauernd in meinen Gedanken herum. Ich dachte, ich bekomme ihn da raus, wenn ich ihn zu einer Figur mache«, erklärte Carly. »Der Kormoran ist ein alter Freund von mir. Als ich hierherkam und noch kaum jemanden kannte, habe ich manchmal mit ihm gesprochen. Lach mich nicht aus, aber er war immer da. Er saß entweder am Ende der Buhne oder flog über meinen Kopf hinweg übers Meer. Er hat den Kopf schief gelegt, so wie du manchmal, und mir zugehört oder zugezwinkert.«

»Warum sollte ich dich deswegen auslachen? In Florida war ich mit einem Waschbären, einem Pelikan und einer Krähe befreundet. Das Seltsame ist ...« Tiryn zögerte.

»Was denn? Ich lache dich auch nicht aus.«

»Ich habe auf den Boddenwiesen eine Krähe getroffen. Es ist natürlich Unsinn, aber ich hätte schwören können, dass es dieselbe war. Jedenfalls habe ich mich gefreut, sie zu sehen.«

»Das ist ungewöhnlich. Krähen sieht man hier selten. Eigentlich nur die eine, die einmal von einer alten Frau gesund gepflegt wurde. Aber sie lässt sonst keinen an sich heran.«

»Wer? Die Krähe oder die alte Frau?«

»Beide.« Carly schob den Stuhl zurück und stand auf. »Das muss jetzt trocknen. Ich brauche frische Luft. Was hältst du von einem Strandspaziergang?«

»Eine Menge! Aber erst guck dir das hier an.« Tiryn reichte ihr das ausgebesserte Kleid.

»Oh! Ti, das ist wundervoll geworden. Danke! Das bedeutet mir viel. Es ist noch schöner als vorher! Und trotzdem immer noch Hennys Kleid.« Tiryn fand sich in einer stürmischen Umarmung wieder.

»Na, dann wollen wir hoffen, dass die Kunden sich ebenso freuen«, sagte sie, um sich ihre Verlegenheit nicht anmerken zu lassen.

Am Strand war der Himmel so grau wie das Meer, und trotzdem lag in diesem Grau ein Leuchten, das sich gedämpft auf dem Wasser widerspiegelte. Ein scharfer Wind pfiff ihnen um die Ohren, nur um im nächsten Moment auszusetzen.

»Hier ist jede Stunde anders und der Himmel voller Überraschungen«, sagte Tiryn. »Hier draußen bekomme ich immer sofort Hunger auf den nächsten Tag.«

Carly lachte. »Erzähl mir doch mal, wie du dir deinen Laden genau vorstellst.«

Einträchtig wanderten sie am Wellensaum entlang. Tiryn beobachtete die aufsteigenden Wölkchen, die ihr Atem in die kalte Luft malte, und stellte sich vor, dass sie ihre Zukunftspläne geradewegs in den Himmel trugen.

»Schau mal, der Kormoran!« Carly zeigte auf das Ende der

Buhne, das fast im Nebel lag. Ein wenig gespenstisch sah man dort den Umriss des aufrecht sitzenden Vogels, der genauso aussah wie Carlys Skulptur vorhin in der Küche. »Aber warte mal, da sitzt ja noch einer daneben. Das habe ich noch nie gesehen. Ist es eine Möwe?«

Tiryn kniff die Augen zusammen und schluckte. »Nein. Das ist die Krähe.«

Sie wanderten, bis sich die Kälte in ihre Stiefel und die Dämmerung über die Dünen schlich. Am Horizont glühte ein roter Strich, als sie das Treibholztor von Naurulokki öffneten und den Hügel heraufgingen.

»Was hängt denn da für ein Zettel an der Haustür?«, wunderte sich Carly. Auch Tiryn sah das große weiße Rechteck an der Tür.

»Vielleicht eine Nachricht von Jakob«, vermutete Carly. »Wahrscheinlich hat er wieder etwas Leckeres gekocht. Das käme mir gerade recht, ich könnte jetzt etwas Warmes im Bauch gebrauchen – und du bestimmt auch.«

Tiryn folgte ihr und sah, wie das Lächeln in Carlys Mundwinkeln ganz plötzlich verschwand. »Und? Was steht da?«

»Ach, nichts Wichtiges.« Carly riss den Zettel ab und stopfte ihn hastig in ihre Manteltasche.

Tiryn legte ihr die Hand auf die Schulter. »Carly! *Was* steht da?«

Widerstrebend zog Carly das Papier wieder aus der Tasche, glättete es und hielt es Tiryn hin. Das Weiß leuchtete grell im Halbdunkel, und die wenigen Worte darauf waren groß genug mit einem Computer gedruckt worden, um sie auch ohne Taschenlampe allzu deutlich lesen zu können.

VERSCHWINDE, INDIANERSCHLAMPE!

Nicholas

1953

26

Sterne und alte Sagen

Der Frühlingsabend war warm. Nicholas und Henny lagen rücklings im Sand, lauschten auf die leisen Wellen und wanderten mit ihren Blicken die Milchstraße entlang.

»Weißt du noch, was du vor ein paar Jahren zu mir über die Sterne gesagt hast?«, fragte Nicholas.

»Natürlich weiß ich das. Ich habe dir erzählt, dass ich als Kind geglaubt habe, dass Sterne die Wassertropfen aus dem Meer sind, die ich in den Himmel spritze, wenn ich mich freue. Denn unter dem Himmel leuchten sie in der Sonne silbern, und wenn ich besonders glücklich bin, dann spritze ich sie so hoch, dass sie oben bleiben. Und wenn es Nacht wird, sieht man, dass sie dort immer noch leuchten.« Henny drehte sich auf den Bauch und strahlte Nicholas an. Der Sand reflektierte den Himmel so hell, dass er ihr Gesicht erkennen konnte. »Und dann hast du gesagt: Lass uns noch mehr Sterne machen, und wir sind ins Wasser gerannt und haben es dabei zusammen so hoch gespritzt wie möglich, und dann hast du mich geküsst.«

»Ja«, sagte er, »und ich bin mir ganz sicher, dass man die drei Sterne da oben rechts in der Kassiopeia erst seitdem sieht. Wenn das unsere alten Tropfen sind, werden sie für immer dort bleiben, egal, was passiert, oder?«

»Nur die in der Kassiopeia? Quatsch, das sind viel mehr! Dort, und hier, und die da!« Sie zeigte in alle Richtungen. »Wir waren so oft glücklich, dass wir das halbe Meer in den Himmel gespritzt haben. Wollen wir schwimmen gehen und noch mehr davon machen?«

»Nein, lass mal, es ist zu kalt. Aber du hast meine Frage nicht beantwortet. Sie werden doch ewig dortbleiben und für unser Glück stehen, so wie es war und galt, als wir sie gemacht haben – oder?«

Sie setzte sich auf. Er konnte es nicht sehen, aber er wusste, dass sie die kleine schiefe Falte auf der Stirn hatte, die dort nur war, wenn sie etwas nicht verstand. »Wenn du willst, baue ich dir eine kleine Sternwarte zur Hochzeit, dann kannst du dich jeden Tag vergewissern, dass sie dort sind und wie hell unser Glück leuchtet. Jeden einzelnen Stern kann ich dir dann zeigen, und noch viel mehr, die du nicht mit bloßem Auge sehen kannst, weil unsere Tropfen so hoch geflogen sind!«

»Das ist ein schöner Gedanke.«

»Abgemacht. Und bei Tag kannst du unser Glück auch glitzern sehen, denn im Meer sind noch genug Tropfen, die wir berührt haben. Aber da ist es dir ja neuerdings immer zu kalt. Du bist so wasserscheu geworden, nein, zukunftsscheu! Was hast du, Nicholas? Wir sind noch nicht alt genug, um von der Vergangenheit zu sprechen! Und der Krieg ist lange vorbei! Was sollte passieren?«

»Die Zeit vergeht zu schnell«, sagte er. »Ich möchte sie festhalten.«

»Unsinn. Die Zeit ist auch ein Meer. Wir sollten uns hineinstürzen, ohne Angst zu haben.«

Natürlich konnte sie ihn nicht verstehen, wie sollte sie? Sie ahnte nicht, wie recht sie damit hatte, dass die Zeit und das Meer vieles gemeinsam hatten. Und dass das Meer ihm Bilder aus einer Zeit zeigte, die noch gar nicht Wirklichkeit war.

Nicholas hatte Angst, aber er konnte sie ihr nicht erklären, besonders, da sie sich noch nie vor etwas gefürchtet hatte.

Henny lächelte jetzt wieder. »Wenn du im Meer der Zeit untergehst, würde Claas dich retten. Es kann gar nichts passieren.«

»Der Sturmflut-Claas? Glaubst du an den?«

»Nur wenn ich gerade Lust habe. Immerhin gibt es Berichte, dass er schon mehrfach Kinder gerettet haben soll.«

»Seemannsgarn eben.«

»Ja, aber es ist eine gute Geschichte. Es ist spät, sollen wir nach Hause gehen?«

Nicholas wollte den Moment hinauszögern. Wer wusste schon, wie viele verträumte Maiabende er noch mit Henny an diesem Strand verbringen konnte?

»Was weißt du über Claas?«, fragte er.

»Wie die Legende entstanden ist? Nichts.«

Nicholas setzte sich im Sand zurecht. »Meine Mutter hat mich im Krieg einmal nach Rostock geschickt, um Tante Christine ein paar Pfund Butter zu bringen, die mein Vater für eine Dachreparatur bekommen hatte. Dort gab es einen Bombenalarm, und wir mussten in den Luftschutzkeller. Onkel Reinhard sah, dass ich Angst hatte und die Nachbarskinder auch. Er erzählte uns von Claas, um uns abzulenken. Willst du wissen, was er gesagt hat?«

»Au ja! Wenn ich dabei meinen Kopf in deinen Schoß legen darf.«

Er öffnete seine Jacke und legte sie um sie beide, nachdem Henny sich an ihn geschmiegt hatte.

»Also, Onkel Reinhard sagte, es gäbe zwei Theorien. Die erste besagt, dass es vor sehr langer Zeit, um das Jahr 950 herum, einen Wikinger gab, der König von Dänemark wurde. Er hieß Harald Blauzahn und ...«

Henny kicherte. »Blauzahn? Wirklich?

»Nun ja! Wir hätten es damals nie gewagt, Onkel Reinhard auszulachen. Aber ich hatte auch meine Zweifel und habe später nachgelesen. Harald Blauzahn gab es wirklich, und der Name bezog sich wahrscheinlich nicht auf sein Gebiss, sondern auf sein Schwert. Dieser Harald Blauzahn jedenfalls hatte einen Sohn namens Sven Gabelbart, und der führte eine Schlacht gegen seinen Vater, die Seeschlacht von Helgenes, weil er erbost darüber war, dass Harald sich hatte taufen lassen und ein Christ geworden war. Sven gewann die Schlacht, weil die Jomswikinger an seiner Seite kämpften. Das war ein berüchtigter wikingischer Söldnerbund an der Ostseeküste. Ihre Burg soll auf Wollin oder Usedom gestanden haben. Onkel Reinhard zufolge war unser Claas ein Jomswikinger und feuerte den Pfeil ab, der Harald schwer verletzte. König Harald aber überlebte und rettete sich ins heutige Pommern. Von dort verfluchte er Claas, nicht nur, weil der auf ihn geschossen hatte, sondern weil das Boot eines mit seiner Familie flüchtenden Fischers in den Kampf geriet und unterging. Doch statt den beiden ertrinkenden Kindern zu helfen, verfolgte Claas weiter Harald Blauzahn. Und weil dieser Fluch seitdem auf ihm lastet, findet Claas seit Jahrhunderten keinen Frieden und ist für immer dazu verdammt, Menschen zu retten, die an der Küste in Gefahr geraten.«

»Hm.« Henny spielte mit dem Ende seines Gürtels. »Klingt überzeugend. Also, wenn man an Flüche glaubt. Ich glaube aber nicht an Flüche. Wie ist die zweite Theorie?«

»Die ist weniger verwegen. Im Jahre 1847 entstand in Wustrow die erste Seenotrettungsstation. Dort soll Claas gearbeitet haben, doch als ein Schiff in einer Sturmnacht auf der Sandbank strandete, hat er sich angeblich aus Feigheit heimlich davongemacht, so dass zwei Kinder ertranken. Als der Leiter der Station ihn in Schande entließ, soll er ausgerufen haben: ›Mögest du erbärmlicher Wicht nie deinen Frieden finden, sondern stets dieser beiden verlorenen jungen Seelen gedenken!‹«

»Ich weiß nicht.« Henny setzte sich auf. »Ich vermute, dass es Claas nie gegeben hat. Er ist einfach jemand, den sich die Leute wünschen. Einer, der da draußen ist und hilft, wenn er gebraucht wird – das ist eine schöne Vorstellung. Und weil sich die Menschen das wünschen, glauben sie, ihn hier und da zu sehen. Dafür braucht es keinen Fluch und keinen Geist. Höchstens Himbeergeist.«

»Mag sein. Aber Onkel Reinhards Geschichte hat uns in jener Nacht erfolgreich abgelenkt. Er hat sie viel dramatischer erzählt, als ich es kann.«

»Na, dann war Claas jedenfalls auch damals zu etwas gut. Nun lass uns nach Hause gehen. Sogar mir ist jetzt kalt. Aber weißt du was? Eines Tages werde ich ihn malen, den Claas, so wie ich ihn mir vorstelle. Dazu muss es ihn gar nicht geben. Ich schenke ihm ein Leben auf meiner Leinwand. Und wer weiß, vielleicht begegne ich ihm vorher. Dann weiß ich, wie er aussieht.«

Nicholas nahm ihre Hand, damit sie im Dunkeln auf dem Deich nicht fiel. »Wenn ihm jemand begegnet, dann sicher du. Wer sonst ist so eins mit diesem Land und sieht so viel Magie darin? Das müsste ihn anziehen wie das Licht die Motten!«

»Schhh!«, sagte Henny in gespielter Entrüstung und sah sich übertrieben ängstlich um. »Was, wenn er hört, dass du ihn mit einer Motte vergleichst?«

Nicholas ärgerte sich, weil er durch ihre arglose Bemerkung tatsächlich eine Gänsehaut bekam. Das hatte man davon, wenn man im Dunkeln Gespenstergeschichten erzählte. Am Ende gruselte man sich selbst. Er hätte gern über den Gedanken gelacht, der ihm durch den Kopf schoss. Was, wenn Claas schuld war an den dunklen Ahnungen, die ihm die Meeresbilder in den Kopf gesetzt hatten? Waren es Trugbilder, von Claas verursacht, um die Menschen zu narren? Oder hatte Claas das Meer der Zeit nur durcheinandergerührt, und die Bilder sagten die Wahrheit?

»Er wird es nicht hören, weil es ihn nicht gibt. Schluss jetzt mit den Geschichten, sonst landen wir noch im Himbeergestrüpp!«, sagte er laut zu den Schatten hinter dem Deich.

Tiryn

2000

27

Trotzdem

Carly knipste im Haus alle Lichter an, wohl um das dunkle Gefühl zu verscheuchen, das der Zettel um sich ausbreitete wie schwarze Tinte.

Tiryn fühlte sich wie gelähmt. Ihre Füße waren schon lange kalt, aber diese Kälte breitete sich jetzt in ihrem ganzen Körper aus. Mit der Ablehnung von Hennys Freunden hatte sie gerechnet, als sie hierherkam. Aber nicht mit anonymen Drohungen.

Doch dann hörte sie Nanaiyas Stimme in ihren Gedanken, so klar, als stünde sie neben ihr: *Der Hufeisenkrebs soll dein Seelenwesen sein ... Er ist still und enorm ausdauernd und schützt sich, wenn es sein muss, mit seinem Panzer. Aber er kann sich auch auf den Rücken drehen und schnell schwimmen, wenn es die Lage erfordert. Er fürchtet das Dunkel nicht und auch nicht die Tiefe im Schlamm.*

Genau, dachte Tiryn. Ich habe einen Panzer. Und schnell schwimmen kann ich auch. Ich habe schon den Termin bei der Bank, und gleich danach stelle ich mein Geschäftskonzept auf die Beine. Ich bin jetzt endlich hier – da lasse ich mich bestimmt nicht von solchen Schmierereien vertreiben. Nicht von Feiglingen, die nicht einmal ihren Namen darunterschreiben.

Obwohl sie ihre Jacke schon ausgezogen hatte, ging sie mit dem Zettel auf die Terrasse, warf ihn in einen leeren Blumentopf und zündete ihn mit dem Feuerzeug an, das immer unter einem Windlicht bereitlag. Die Flamme schnellte nur kurz hoch, stach einmal in die Nacht und fiel dann in sich zusammen. Tiryn schüttelte die Asche unter einem weißen Hortensienbusch aus, warf Erde darüber und klopfte sich befriedigt die Hände ab. »Dünger!«, sagte sie.

Carly sah ihr vom offenen Küchenfenster aus zu. »Eine sehr gute Einstellung. Ich weiß nicht, ob ich so locker damit umgehen könnte. Hast du eine Idee, wer dahintersteckt?«

»Ich? Du kennst die Leute hier besser. Der Einzige, der mir einfällt, ist der merkwürdige Ladeninhaber mit dem verstaubten Bernsteinschmuck. Der hielt absolut nichts von Ausländern.«

»Janne Rosenboom? Möglich. Aber schwer vorstellbar, dass er sich diese Mühe macht. Warum sollte er?«

»Vielleicht fürchtet er Konkurrenz?«

»Keine Ahnung.« Carly runzelte die Stirn. »Myra kennt viel mehr Leute als ich. Eventuell hat sie eine Idee.«

»Ich habe nicht vor, ihr davon zu erzählen. Damit werde ich allein fertig!«

»In Ordnung. Aber es wäre kein Problem. Myra kritisiert gern, aber wenn jemand anderes etwas Schlechtes über ihre Freunde oder Nachbarn sagt, verteidigt sie sie mit Zähnen und Klauen wie eine Löwin.«

»Ich bin es gewohnt, mit Problemen selbst fertigzuwerden. Das ist mir lieber so. Sobald ich mir eine Unterkunft gesucht habe, bin ich ohnehin nicht mehr ihre Nachbarin.«

»Alles klar. Ich verstehe, dass du unabhängig sein möchtest. Wenn meine Mutter mich in Hinterzimmern mexikanischer Kneipen vergessen hätte, würde ich die Dinge auch gern selbst unter Kontrolle behalten. Komm rein, ich habe uns Brote gemacht.«

»Es ist auch besser, wenn ich mir eine andere Unterkunft suche, ehe noch mehr solcher Drohungen eintreffen. Ich möchte nicht, dass meinetwegen irgendetwas Schlimmes auf Naurulokki passiert.«

»Es wird schon niemand das Haus anzünden«, sagte Carly, warf aber unwillkürlich einen besorgten Blick zu dem alten Reetdach hinauf.

Myra war am nächsten Morgen so guter Stimmung, dass Tiryn ihr ohnehin nichts von der Drohung erzählen mochte. Ihr Fahrstil war zwar gewöhnungsbedürftig, aber dafür war sie ein Quell an Wissen über die Geschäfte und Menschen und Eigenarten der Region. An der Bank setzte Myra sie ab. Später würden sie sich in dem Stoffladen treffen.

Der nette Herr, mit dem Tiryn telefoniert hatte, empfing sie väterlich, erklärte ihr die Dokumente, die sie unterschreiben musste, und beauftragte einen jungen Kollegen, ihre Karte sofort anzufertigen, während er noch mit ihr plauderte. Sie erzählte ihm von ihren Plänen, und er war begeistert. »Die Region kann neue kreative Anstöße gut gebrauchen«, sagte er. »Wenn ich Ihnen irgendwie helfen kann, kommen Sie nur zu mir. Einen Kredit benötigen Sie ja zunächst nicht, aber wenn die Ausländerbehörde wissen möchte, ob Sie von finanzieller Unterstützung unabhängig sind, geben Sie ihnen ruhig meine Durchwahl.« Er schob ihr seine Karte zu.

»Oh, vielen Dank. Das könnte wirklich helfen. Können Sie mir denn ein paar Tipps zur schriftlichen Form eines Geschäftskonzepts geben?«

Eine halbe Stunde später verließ sie die Bank mit drei Seiten Notizen und einem Kopf voller fertiger Formulierungen.

Sie probierte ihre nagelneue Karte gleich am Automaten aus und machte sich auf den Weg zum Stoffgeschäft, wo Myra schon jede Menge zusammengetragen hatte. Auf den ersten Blick schien die Auswahl in dem Laden nicht sehr groß zu sein, aber Myra hatte wie beim Bernstein offensichtlich ein Gespür für die versteckten Schätze. »Für den Anfang müsste das reichen«, sagte sie. »Wenn du allerdings Erfolg hast mit deinem Laden, dann musst du dir eine andere Bezugsquelle suchen. Noch besser wäre, wenn du selbst Stoffe drucken ließest ...«

Sofort schossen Bilder durch Tiryns Gedanken wie Schmetterlinge. Gemälde von Nicholas und von Henny, deren Farbzusammenstellung und Motive sich wunderbar als Vorlage für Kleiderstoffe eignen würden. »Stopp, Myra, setz mir bloß nicht noch mehr Flausen in den Kopf! Nicht jetzt, wo mich schon der Anfang überwältigt. Obwohl, für das Geschäftskonzept könnte ich deine Idee verwenden. Da müssen schließlich auch weiterführende Zukunftspläne hinein.«

»Je kreativer, desto besser«, sagte Myra entschieden. »Du willst doch damit punkten, dass dein Geschäft mit der Region zu tun hat. Ein guter Grund, Ahrenshooper Künstler mit einzubeziehen.«

Zurück auf Naurulokki verschwand Tiryn mit ihren Stoffballen im Wohnzimmer. Carly war nicht da. Tiryn breitete den Stoff aus, der sie gerade am meisten ansprach. Eine dicke, weiche Baumwolle mit einem sandfarbenen und pastellgrünen Farbverlauf, der sie an die Dünen mit dem Strandhafer erinnerte. Carly hatte ihr einen Stapel alte Zeitungen gegeben, aus denen sie nun ein Schnittmuster entwarf. Eine Dose Stecknadeln fand sie in der Schublade der alten Nähmaschine, heftete das Muster an den ausgebreiteten Stoff, schnitt die Teile zurecht. Ein langer schmaler

Streifen Stoff fiel zu Boden. Tiryn hob ihn auf, betrachtete ihn nachdenklich, säumte ihn ordentlich auf der Maschine und nahm ihn mit in die Küche. Dort befestigte sie ihr Sägebrettchen mit Schraubzwingen am Tisch, spannte ein Stück Silberblech ein und sägte eine Form aus. Danach feilte sie sorgfältig die schartigen Kanten glatt. Ihr wurde warm, und sie riss das Fenster auf, um die frostige, belebende Luft hereinzulassen. Herrlich! In der dicken Schwüle Floridas wäre sie jetzt schon erschöpft gewesen. Hier kam sie nun erst richtig in Schwung.

Sie bohrte zwei Löcher in das Silberstück, sägte das eine so ein, dass sie nach hinten eine Öse herausbiegen konnte, feilte auch die neuen Kanten glatt. Dann bearbeitete sie ihr Werk mit einem Kugelhammer und schließlich mit einem feuchten Schleifschwamm. Sie wollte das Silber nicht blank polieren, sondern die Muster, die beim Schleifen entstanden, benutzen, um ihr Motiv zu unterstreichen. Vor lauter Konzentration vergaß sie völlig die Zeit. Der Umgang mit Silber war für sie immer noch aufregend. Sie war einmal in einer Silbermine gewesen, und seitdem war der Werkstoff für sie eine Frucht der Erde, im Dunkeln geboren, um eines Tages das Licht zu spiegeln. Ein Schatz, der ihr anvertraut wurde, um zu glänzen. Sie war es ihm schuldig, ihr Bestes zu geben.

»Das sieht nach Arbeit aus!« Carly lehnte im offenen Küchenfenster.

»Siehst du mir schon länger zu?« Tiryn war es ein wenig unbehaglich. Was, wenn der Beobachter nicht Carly gewesen wäre, sondern der Zettelschreiber?

»Eine Weile. Ich finde es unheimlich spannend.«

Carly verschwand vom Fenster und kam herein. »Was wird das? Es ist wunderschön.«

»Warte noch kurz, dann wirst du es sehen.«

»Ist das dein Magen, der so knurrt?«

»Kann sein«, antwortete Tiryn zerstreut.

»Ich mach uns eine Büchse Ravioli warm. Genügt dir das? Ich muss gleich zurück in die Töpferei.«

»Mmhhm.«

Carly lachte. »Ich sehe schon. Kreativrausch. Das kenne ich.« Sie machte sich am Herd zu schaffen.

Tiryn polierte noch einmal über ihr Werk, zog dann das eine Ende des Stoffstreifens durch die Öse, fädelte noch einige Silberringe auf den Stoff und befestigte am anderen Ende einen silbernen Knebel. Der Geruch nach Tomatensauce mischte sich währenddessen in die rauchigherbe Spätherbstluft, die ein launiger Westwind in die Küche trieb.

»So, reich mir mal bitte deinen Arm. Du bist mein Model«, bat Tiryn.

»Oh, ein ganz neuer Job.«

Tiryn wickelte den schmalen Stoffstreifen um Carlys braungebranntes Handgelenk und schob den Knebel durch das Loch in der silbernen Scheibe. Diese hatte eine interessante unregelmäßige Form, als wäre sie von Naturkräften geschliffen worden. Ihre matt schimmernde Oberfläche trug ein Muster, wie es Wind und Wellen im Sand hinterlassen. Einer aparten Armbanduhr ähnlich saß das Schmuckstück an Carlys Arm, nur sprach es nicht von Eile und vom Vergehen der Zeit, sondern strahlte Ruhe aus und Glanz und lud dazu ein, sich einfach nur daran zu erfreuen.

»Ti, das ist wundervoll! So angenehm zu tragen und trotzdem so schick!«

»Oh, ich habe das nicht erfunden, nur die Idee angepasst. Du könntest das auch als Halsband statt als Armband tragen. Ja, und jetzt natürlich noch das Kleid in dem passenden Stoff dazu. Ist nur noch nicht fertig.«

»Genial. Ich liebe es. Und die Kunden bestimmt auch.«

»Und dazu kommt bei manchen Modellen eine zweite, größere Scheibe, die man als Gürtelschließe tragen oder als Spange verwenden kann, um den langen Rock an der Seite hochzubinden, wenn man zum Beispiel im Wasser waten möchte. Wenn ich das Kleid fertig nähe, würdest du es für mich anziehen, damit wir Fotos für mein Geschäftskonzept machen können? Ich will möglichst bald die Genehmigung dafür einholen, sonst kann ich das ganze Projekt vergessen.«

»Das wäre zu schade. Na klar machen wir Fotos. Aber Myra würde darin auch sensationell aussehen.«

»Vielleicht mache ich besser erst zwei verschiedene Kleider, dann könnt ihr beide auf die Bilder. Oder drei. Das wäre überzeugender. Ein, zwei Wochen werde ich das mit der Behörde auch noch aufschieben können. Ich bin halt nur so ungeduldig.«

Sie waren beim Abwasch, als es an der Tür klopfte.

»Carly?«, rief eine Männerstimme.

Tiryn sah, wie Carly erstarrte, den halb abgewaschenen Teller ins Becken fallen ließ, sich hektisch über die Haare fuhr und zur Tür lief. »Thore! Was machst du hier?«

Aha. Der sagenhafte Thore Sjöberg. Tiryn lächelte in sich hinein. So ganz war Carly wohl wirklich noch nicht über ihn hinweg.

»Ich habe einen Vortrag in Rostock. Da ich schon mal hier bin, wollte ich dir Papiere vorbeibringen. Anträge für die Sternwarte, du weißt schon. Die hätten eigentlich vorgestern fertig sein müssen. Du bekommst das doch bis morgen hin, oder? Wenn du sie bis zehn Uhr an die Uni faxt, reicht das.«

Thore trat in die Küche und breitete einen Stapel Papiere auf Carlys Werkzeug aus.

»Oh, hallo«, sagte er zerstreut, als er Tiryns Anwesenheit bemerkte.

»Thore, das ist Tiryn. Die Enkelin von Hennys Exverlobtem. Sie ist aus Amerika gekommen und wohnt eine Weile bei mir.«

»Aha, guten Tag!« Thores Händedruck war kräftig. Der Mann strahlte eine ungeheure Lebendigkeit aus, doch seine Gedanken waren eindeutig anderswo. »Carly, wie geht es dir? Gut siehst du aus. Du, ich muss gleich wieder los, aber eine Sache noch …«

»Willst du nicht wenigstens einen Kaffee trinken?« Carly sammelte die Papiere ein, ehe sie Flecken vom nassen Ton bekamen, und legte sie ordentlich auf den sauberen Esstisch.

»Nein, danke, keine Zeit. Hör mal, kannst du dich an Rune erinnern?«

»Dein kleiner dänischer Halbbruder? Natürlich. Niemand, der mit Rune getanzt hat, wird ihn vergessen. Ich habe dabei noch nie so gelacht, bin noch nie mit so vielen Leuten zusammengestoßen und habe noch nie jemanden so falsch singen hören. Was ist mit ihm?«

»Ich wollte dich fragen, ob er im April einige Wochen bei dir wohnen kann. Du weißt doch, er ist Schiffsbildhauer. Er hat einen Auftrag hier. Ein Hotel kann er sich nicht leisten, und da fiel ihm Naurulokki ein. Aber jetzt hast du ja schon Logierbesuch.«

»Ich bin dabei, mir eine eigene Unterkunft zu suchen«, erklärte Tiryn hastig.

»Na, dann. Wäre es okay für dich, Carly?«

»Sicher. Warum nicht? Ich möchte im Frühling mein Planetarium bauen. Da wird jede Hand gebraucht. Vielleicht hilft er ein wenig mit.«

»Bestimmt. Wie schön, alles klar, dann sage ich ihm, dass er sich bei dir melden kann. Tschüs Carly, mach's gut.« Er umarmte sie herzlich, schüttelte Tiryn erneut die Hand und war schon fast wieder draußen.

»Dein Stift!« Carly wedelte mit dem Kugelschreiber, den er im Laufen verloren hatte.

»Puh, ist der immer so?«, erkundigte sich Tiryn, die das Gefühl hatte, wie nach einem Sturm erstmal tief durchatmen zu müssen.

Carly lächelte. »Ja. Der ist immer so. Durch und durch lebendig und mit den Gedanken immer schon im Übermorgen. Ich mach mich dann mal an die Anträge.«

»Viel Zeit hast du ja nicht dafür. Warum hat er sie nicht eher geschickt?«

»Man muss ihn nehmen, wie er ist. Keine Angst, ich werde von der Uni sehr gut bezahlt für die Stunden, die ich für ihn arbeite. Dieses Antragszeug macht keiner gern, aber ich bin es gewöhnt, daher geht es schnell. Wenn mich jemand sucht, ich bin im Büro.«

Tiryn räumte die Teller in den Schrank. In einen Mann, der mit den Gedanken immer schon im Übermorgen ist, könnte ich mich nicht verlieben, dachte sie. Er müsste ganz anwesend sein im Hier und Jetzt.

Das war schon komisch. Carly war immer noch verliebt in einen verheirateten Mann, der ihr Vater sein könnte.

Und sie selbst bekam Herzklopfen, wenn sie an einen Fremden dachte, der wahrscheinlich ein Geist war und gar nicht existierte.

Sie schloss das Fenster, durch das jetzt vom Meer her mildere Luft wehte. Die Sonne legte letzte Wärme auf die Terrasse. Tiryn war zufrieden mit ihrem Tagwerk. Zuerst hatte sie weiternähen wollen, doch das Klappern der Maschine würde Carly bei der Arbeit stören. Draußen rief der Wind nach ihr. Sie warf sich den

Anorak über und lief hinaus in das goldene Leuchten unter den herbstlichen Bäumen.

Die Stiefel zog sie schon hinter dem Deich wieder aus. Sie musste den Sand unter den Füßen spüren. Bisher war sie ostwärts am Strand entlanggelaufen, diesmal wandte sie sich Richtung Westen. Kaum jemand war jetzt noch am Strand, nicht im November. Glücklich wanderte sie am Flutsaum entlang, entwarf in Gedanken Kleider, stellte sich vor, wie ihr Laden eines Tages von innen aussehen würde, und überlegte, wer außer Janne Rosenboom ihr feindlich gesinnt sein könnte.

Da stehst du drüber, Tallulah, denk an deinen Namen. Wasser hüpft über Hindernisse. Was kümmert dich so ein Schmierfink. Aber pass trotzdem auf dich auf!, hatte Kimoni geschrieben. Nur ihm hatte sie in einer Mail von dem Zettel erzählt. Seine Worte taten ihr gut.

»Hallo!« Tiryn fuhr zusammen und hätte fast ihre Schuhe fallen lassen. Auf einem halb im Sand versunkenen Baumstamm saß jemand und hob die Hand zum Gruß. Sie erkannte den Mann mit den rauchblauen Augen, der sie vor ihrem eigenen Leichtsinn gerettet hatte. Barfuß wie sie streckte er entspannt die Beine vor sich aus, wühlte mit den Zehen im Sand und blinzelte in die tiefstehende Sonne, die Strand und Dünen in ein warmes, rötliches Licht tauchte.

»Oh. Hallo.« Unschlüssig blieb sie stehen. Dies war eindeutig Philip Prevo. Das schmale Gesicht, die fragenden Brauen, die Denkerfalte auf der Stirn – und diese Augen. Aber er würde seine Gründe haben, warum er sich nicht vorstellte und warum er sich bei seinem Bruder nicht gemeldet hatte. Was ging es sie an?

Er klopfte einladend auf den Stamm neben sich. »Ich war so lange fort, dass ich vergessen hatte, wie schön Herbstabende an dieser Küste sind. Hast du dich von deinem Abenteuer erholt? Keine Erkältung?«

Sie setzte sich, stellte ihre Schuhe neben seine. »Nein. Keine Erkältung. Eher ein Energieanfall. Danke noch mal für die Rettung.«

»Keine Ursache. Wie gesagt, auch mich hat man kürzlich aus einem anderen Meer ziehen müssen. Und das, obwohl ich meiner Mutter zufolge am Strand gezeugt und später fast in einem Fischerboot geboren wurde. Die Liebe zum Meer macht ebenso verletzlich wie jede andere Liebe.« Er pflückte einen Stängel Strandhafer und zog die Ähre gedankenverloren durch seine schlanken braunen Finger.

Künstlerhände, dachte Tiryn.

»Was hat dich von dem warmen Meer, das du erwähntest, an dieses kalte gezogen?«, fragte er.

»Ich habe schon immer von diesem Land geträumt. Ich brauchte ein neues Leben. Ich suchte endlich ein Zuhause. Und ich möchte unbedingt ein Geheimnis ergründen.«

»Das sind gute und ausreichende Gründe, um die Meere zu wechseln. Um was für ein Geheimnis handelt es sich – oder ist das auch ein Geheimnis?« Er zwinkerte ihr zu.

Tiryn zögerte und warf einen Seitenblick in seine Richtung. Über dieses Thema konnte man nicht mit jedem sprechen, aber in seinen Mundwinkeln saß ein verständnisvolles Schmunzeln, das es ihr leichtmachte. »Mein Großvater besaß ein aus Silber und Bernstein gefertigtes Schiff, dessen Laderaum er einmal die Erinnerung an seine große Liebe anvertraute. Es war ein Spiel. Er hatte es von seiner Verlobten bekommen, die ein ebensolches besaß. Diese Liebe hatte keine Zukunft, doch im Bernstein blieb sie unzerstörbar erhalten wie dieser geflügelte Samen«, sie hielt ihren Anhänger hoch, »denn das Gesicht der Frau kann sogar ich manchmal in dem Schiff erkennen. Mit dem anderen Schiff ist das genauso, wie ich heute weiß. Ich möchte herausfinden, wie man es macht, dem Bernstein diese Eigenschaft zu verleihen.«

»Warum ist das von solcher Wichtigkeit?«

»Weil nichts von Dauer ist. Alles ist immer so unsicher. Ich finde den Gedanken beruhigend, dass selbst von einer zerbrochenen Liebe etwas Schönes für ewig bleibt. So kann man in den Bernstein schauen, ihn in der Hand spüren und wissen, dass die Erinnerung ganz und lebendig geblieben ist.«

»Ist dafür nicht eine Fotografie ausreichend?« Er hatte eine liebenswürdig penible Art sich auszudrücken. Sicher benutzte er niemals Abkürzungen. Vielleicht weil er ein Künstler war und auf Details achtete.

»Nein. Fotos sind platt. Zweidimensional. Kein Glanz und kein Schimmer darin, keine Bewegung und keine Ewigkeit. Du sagtest, du stammst von hier. Weißt du etwas über einen alten Oskar, der vor langer Zeit hier und an der Seebrücke von Prerow Bernstein verkauft und den Kindern Bonbons geschenkt hat? Den Nachnamen vielleicht oder ob es Nachkommen gibt – oder den Namen eines Gehilfen oder Lehrlings, den er möglicherweise hatte? Oder könnte es irgendwo eine Chronik geben, in der etwas verzeichnet ist?«

Philip warf den Strandhafer fort und stand auf. Mit einem schiefen Lächeln sah er auf sie herunter, die Hände in den Hosentaschen. Hinter ihm war die Sonne noch näher zum Horizont gerutscht und warf eine funkelnde goldene Brücke über das Meer. »Jetzt weiß ich, was du mit Energieschub gemeint hast. Ich mag es, wenn jemand viele Fragen hat. Versuche es bei Tina Bleigießer in Zingst. Sie hat einen Laden für Kunsthandwerk. Zumindest hatte sie ihn, als ich fortging. Ich glaube, er hieß ›Fundstelle‹.«

»Danke. Mach ich.«

»Viel Glück!« Er wandte er sich um, stieg den Deich hinauf und verschwand zwischen Sanddornbüschen und Silberpappeln.

Tina Bleigießer. Fundstelle. Zingst. Tiryn notierte es auf einem der Zettel, die sie für solche Fälle immer in der Tasche hatte. Das war doch wenigstens mal ein konkreter Hinweis, dem sie nachgehen konnte.

Zu spät fiel ihr ein, dass Philip Prevo einer war, den sie auch nach Claas hätte fragen können. Doch auf diesem schmalen Land würde sie ihm gewiss wieder begegnen.

Sie stand auf, klopfte sich den Sand ab und wollte am Strand zurück in Richtung Naurulokki spazieren, als sie aus dem Augenwinkel eine eigenartige Bewegung wahrnahm. Sie sah genauer hin. Etwas Dunkles bewegte sich ruckartig über den Sand und krächzte dabei kläglich.

»Fula?« Tiryn ging darauf zu. Ein Netz! Ein vergammeltes Stück Fischernetz, und die Krähe hatte sich darin verheddert. »Ach Fula! Wie hast du das denn fertiggebracht!«, redete Tiryn beruhigend auf sie ein. »Das ist ja seltsam. Neulich hast du mich gerettet, indem du Philip auf mich aufmerksam gemacht hast, und nun kann ich dir helfen. Halt still!« Vorsichtig entwirrte sie das Netz, das sich eng um die Vogelfüße und einen Flügel gewickelt hatte. »So. Geht's wieder?« Das gefährliche Netz steckte sie in die Tasche. Die Krähe hüpfte ein paar Schritte, doch ihr Krächzen klang immer noch kläglich, und der eine Flügel hing herunter.

»Ach herrje!« Tiryn hob den Vogel vorsichtig auf. Er ließ es geschehen, wurde ruhig und sah sie mit schiefgelegtem Kopf aus klugen Augen an. »Ich bringe dich am besten zu dieser alten Frau, mit der du befreundet bist und die dir schon einmal geholfen hat.

Sie wohnt in einem Haus ganz am Strand, kurz vor der Steilküste, hat Carly erwähnt. Das kann nicht mehr weit sein.«

Den Vogel im Arm, stapfte Tiryn weiter Richtung Osten. Die Steilküste war in der Ferne schon zu erkennen, aber ein Haus am Strand entdeckte sie nicht, bis sie eine kleine Landzunge umrundete. Wie vom Donner gerührt blieb sie so abrupt stehen, dass die Krähe einen Protestschrei ausstieß.

28

Das Haus am Strand

Einen Deich gab es an dieser Stelle nicht mehr, und auch die Dünen liefen in einer Senke aus. Stattdessen begann hier eine Steilküste. Eine Wand aus roter lehmiger Erde wurde unten von einem schmalen Streifen Strand gesäumt, an dem es kaum Sand und keine Muscheln, aber jede Menge Steine und Findlinge gab. In der Steilwand hatten Uferschwalben Löcher hinterlassen. Oben trug die Wand Stirnfransen aus Graswurzeln. Man sah, wie jede Flut und jeder Sturm unerbittlich an ihr nagten.

Aber die Steilküste interessierte Tiryn jetzt nicht. Dort, wo der Sand endete, nur wenige Meter vom Wasser entfernt, lag hinter einer Mauer ein Haus, in den Schutz von drei alten Silberpappeln geduckt. Dass es alt war, sah man auf den ersten Blick, dazu wäre die schmiedeeiserne Jahreszahl 1662 an der Giebelwand nicht nötig gewesen. Das Reetdach trug eine so dicke Moosschicht, dass es in der Dämmerung grün leuchtete, und auch das ungemähte Gras um es herum war saftig grün bis auf ein paar herabgefallene silberne Blätter der Pappeln, die wie Sterne in den Halmen hingen.

Das Haus war aus roten Klinkern gebaut und das Giebelfenster rund wie ein Bullauge. Aus diesem Fenster konnte man bestimmt hinaus auf das Meer träumen und sich vorstellen, man wäre auf einem Schiff auf dem Weg in die Ferne.

Das Haus ähnelte verblüffend dem alten verlassenen Holzhaus in Florida, in dem sie den Bernstein gefunden hatte. Diese Klinker aber waren echt und die Fugen nicht mit Farbe aufgemalt. Und doch hatte Tiryn das starke Gefühl, dieses Haus schon einmal gesehen zu haben. Sie erinnerte sich an den Augenblick damals, als sich in ihrem Kopf für einen Moment ein anderes Bild über das verfallene Holzhaus geschoben hatte, von einem wirklichen Steinhaus im Schutz silberner Bäume.

Vor diesem Haus stand sie jetzt!

Die Krähe in ihrem Arm krächzte ungeduldig.

Tiryn zuckte zusammen. »Schon gut.« Sie fand ein hölzernes Gartentor in der Mauer, aber keine Klingel. Doch das Tor ließ sich öffnen. Es waren nur ein paar Schritte zur Tür. Tiryn fiel ein, dass sie den Nachnamen dieser Kaja nicht kannte. An der Tür war auch keine Klingel zu finden, aber ein handgeschriebenes Schild.

Kaja Benjes

Die Tür hatte eiserne Beschläge, aber besonders angezogen fühlte sich Tiryn von dem gewaltigen Knauf aus angelaufenem Messing. Er hatte die Form eines Seepferdchens, so lang wie ihr Unterarm und so fein ausgearbeitet, dass sie sich einbildete, dass es sie ansah und mit den Flossen wedelte. Andächtig strich sie mit dem Finger darüber, bis die Krähe sie auffordernd zwickte.

»Schon gut, Fula. Entschuldige.« Tiryn klopfte entschlossen an das wurmstichige Holz.

Gerade als sie dachte, es wäre niemand zu Hause, hörte sie, wie ein Riegel zurückgeschoben wurde. Die Tür schwang auf. Vor ihr stand eine kleine, schmale, gebeugte Frau mit weißen Haaren, die um ihren Kopf standen wie Flaum bei einem Vogelküken. Ihrem scheuen Lächeln fehlten zwei Zähne, aber ihre graugrünen Augen waren klar, und eine Wärme leuchtete darin, dass Tiryn vergaß, was sie hatte sagen wollen. Wie die Hexe, die in dieses verwunschene Haus und zu der Krähe gepasst hätte, sah diese Frau nicht aus, eher wie aus einem Dornröschenschlaf geweckt.

Die Krähe strampelte sich frei, hüpfte auf den Boden und rieb ihren Schnabel an den Beinen der alten Kaja.

»Die Krähe hat sich in einem Netz verfangen und verletzt«, sagte Tiryn hastig. »Ich wollte sie nur zurückbringen. Man hat mir erzählt, dass Sie schon einmal ihren Flügel geheilt haben. Ich fürchte, das wird wieder nötig sein.«

Die Krähe stieß einen Ruf aus, der wie Gelächter klang, und flatterte auf zwei völlig gesunden Flügeln in die Silberpappeln hinauf. Als Tiryn ihr verblüfft nachsah, entdeckte sie auf dem Hausdach eine Wetterfahne. Nur stellte sie keinen Hahn dar, sondern eine Krähe.

Die alte Frau lachte. Es klang eingerostet. »Da hat sie Ihnen wohl einen Streich gespielt. Das macht sie gerne. Allerdings nur bei mir. Normalerweise mag sie keine Fremden und lässt sich nicht anfassen. Sie muss Sie mögen. Danke, dass Sie sie aus dem Netz befreit haben.«

»Gern geschehen. Tut mir leid, dass ich Sie unnötigerweise gestört habe. Ich wünsche Ihnen einen schönen Abend!« Tiryn wandte sich zum Gehen.

»Warten Sie! Da Sie gut mit Tieren umgehen können – dürfte ich Sie um einen Gefallen bitten?«

»Natürlich, gern. Worum geht es? Ich heiße übrigens Tiryn. Tiryn Porter.«

»Kaja Benjes. Aber das werden Sie ja gelesen haben. Sagen Sie einfach Kaja. Kommen Sie doch bitte herein. Es ist so, ich kann die Treppe nicht mehr gehen. Aber oben in die Kammer scheint sich eine Fledermaus verirrt zu haben. Das kommt manchmal vor. Ich höre sie dort abends rumoren. Sie flattert gegen die Scheibe, das arme Tier. Würden Sie hinaufgehen und versuchen, sie zu fangen?« Mühsam ging sie zu einer Kommode, zog die Schublade auf und reichte Tiryn ein enormes kariertes Taschentuch. »Damit müssten Sie die kleine Maus greifen können. Lassen Sie sie einfach zum Fenster hinaus.«

So bewaffnet, stieg Tiryn die enge Treppe hinauf. Die hölzernen Stufen waren in der Mitte abgewetzt. Tiryn hörte förmlich all die Füße, die hier seit 1662 herauf- und heruntergelaufen waren. Oben gab es nur zwei Türen; eine war abgeschlossen. Die andere öffnete sich in ein Zimmer mit schrägen Wänden und dem runden Fenster, das Tiryn von draußen gesehen hatte. Die Sonne war fast untergegangen, auf dem Horizont lagen graue Wolken mit kupferroten Rändern. Diese Färbung warf ein eigenartiges Licht in das Zimmer. Tiryn suchte nach dem Schalter. Der wirkte so altmodisch, dass sie ihm nicht viel zutraute, doch die Birne in einer ebenso altmodischen Deckenlampe aus Holz und Schmiedeeisen flammte tatsächlich auf, wenn auch gedämpft. Zwischen staubigen antiken Holzmöbeln und Ecken voller Spinnweben fand Tiryn die Fledermaus, die sich am Vorhang festkrallte.

»Komm, ich will dir helfen«, sprach Tiryn sanft auf sie ein, legte langsam das Tuch über das zarte Wesen und pflückte es mit lockerem Griff vom Stoff. Mit etwas Mühe bekam sie das Fenster auf, lehnte sich hinaus und öffnete das Tuch. Die Fledermaus lag noch einen Augenblick still, im nächsten Moment flatterte sie in das tiefe, herbstliche Blau, in dem sie zu Hause war. Tiryn atmete erleichtert auf. In der Kammer war es muffig. Die vergangenen Jahrhunderte schienen immer noch anwesend zu sein. Zwischen dem Fensterrahmen und der Wand entdeckte sie einen offenen Schlitz, wo sich das Holz verzogen hatte. Wahrscheinlich war die

Fledermaus dort hereingekommen. Sie stopfte das Loch mit einem Lappen, der auf dem Fensterbrett lag.

»Haben Sie denn niemanden, der Ihnen hilft?«, fragte sie Kaja, als sie wieder unten war.

»Ach, es gibt einen netten jungen Mann vom Supermarkt, der bringt mir meine Einkäufe. Aber die Frau Niemeyer, die früher saubermachen kam, die ist schon seit Wochen krank. Sie war das letzte Mal zur Obsternte hier. Ich komme aber zurecht. Ich bin nur froh, dass Sie sich um die Fledermaus gekümmert haben. Warten Sie, ich möchte Ihnen etwas geben.«

Kaja verschwand in einem Nebenraum und kam mit zwei länglichen in Alufolie gewickelten Gegenständen zurück. »Ein Früchtebrot und ein Kräuterbrot. Ich hoffe, es schmeckt Ihnen. Ich backe noch selbst, wissen Sie. Im Garten ist ein Steinofen, der ist ebenso alt wie das Haus.«

»Das ist ja toll. Mmmhhh!« Tiryn schnupperte an den Broten. Sie dufteten wie der Sommer selbst. »Vielen Dank!«

Kaja sah zu ihr auf und schien zu überlegen.

»Kann ich noch etwas für Sie tun?«, fragte Tiryn.

»Möchten Sie meinen Garten sehen? Ich zeige nicht jedem meinen Garten. Aber Sie sehen aus wie jemand, der ihn verstehen könnte.«

»Sehr gerne!« Tatsächlich brannte Tiryn darauf, mehr über dieses Haus zu erfahren. Doch sie wollte diese zerbrechliche kleine Frau nicht aufregen.

Sie folgte Kaja zum anderen Ende des Flurs, wo sich eine zweite Tür befand. An einem Haken daneben hing eine dicke Wolljacke. Tiryn half der alten Frau hinein.

Draußen blieb sie staunend stehen. Der Garten war an allen Seiten von einer hohen Backsteinmauer umgeben, die unter dem rötlichen Abendlicht des Himmels zu leuchten schien. An dieser Mauer wuchsen auf ganzer Länge uralte Spalierobstbäume, jetzt natürlich kahl bis auf ein paar letzte goldene Blätter, so dass ihre nackten Äste wie die Arme von Kraken wirkten, die über die Mauer klettern wollten.

»Kirschen, Pflaumen, Pfirsiche, Birnen, Äpfel«, sagte Kaja stolz. »Solange sie gut geschnitten und gedüngt werden, tragen sie wunderbar, obwohl sie so alt sind. Und da«, sie zeigte in die linke hintere Ecke, »das ist ein Wildapfelbaum, auch Holzapfelbaum genannt, der ist fast zweihundert Jahre alt. Wildäpfel sind so gut wie ausgestorben, aber an der Straße in Stubbendorf im Landkreis Rostock gibt es einen, der ist sogar über vierhundert Jahre alt. Wenn man die Früchte kocht, kann man sie gut verwenden. Sie haben ein ganz eigenes Aroma.« Während Kaja von ihren Bäumen sprach, leuchteten ihre Augen, und sie schien zunehmend jünger zu werden, oder war es nur die Beleuchtung? »Kommen Sie, ich zeige Ihnen noch was.« Eifrig humpelte Kaja zu dem alten Baum.

»Ein Baumhaus!« Ehrfüchtig legte Tiryn die Hand an die raue Rinde. Der Baum war nicht allzu hoch, vielleicht dreieinhalb Meter. Nicht weit über dem Boden teilte er sich in drei Teile, und zwischen diesen drei Ästen ruhte eine Plattform aus dicken Brettern. Eine Leiter führte hinauf, die relativ modern und zuverlässig wirkte.

Ein Netz aus Lachfältchen erschien in Kajas Augenwinkeln. »Dort habe ich sehr glückliche Tage verbracht. Als Kind, als junges Mädchen und auch später noch. Jetzt komme ich leider nicht mehr hinauf. Aber Sie möchten gerne einmal nach oben – stimmt's? Nur zu!«

Die Leiter stand beruhigend fest. Tiryn kletterte hinauf und zog sich auf den Holzboden. Was für eine Aussicht! Von hier konnte man über die Mauern hinweg in der einen Richtung die Dünen sehen und in der anderen den Beginn der Steilküste, und sogar das Meer ahnte man über den Dachfirst hinweg, während man inmitten des alten Baumes geborgen war, der eine zeitlose Kraft und Stille ausstrahlte. Die Planken, auf denen sie saß, waren stabil, aber dunkel vom Alter und so blankgewetzt, als hätte man sie lackiert. Tiryn strich mit dem Finger darüber, merkte, dass sie nicht nur Ritzen spürte, sondern geschwungene Rillen. Erstaunt sah sie genauer hin. Das waren Buchstaben! Da stand ein Wort, tief in das Holz geschnitzt. In der Dämmerung musste sie sich hinunterbeugen, um es lesen zu können.

Frenja

Tiryn spürte, wie sich die Haare auf ihren Armen aufstellten. Frenja! Das war der Name, den jemand in dem alten Holzhaus in Florida, das diesem ähnelte, aus Muscheln auf den Tisch gelegt hatte. Sie sah sich um und entdeckte, dass noch andere Bretter Namen trugen. »*Hilde – Lisbeth – Senta*«, las sie.

»Ja, das sind alte Schiffsplanken«, erklärte Kaja auf ihre Frage, als sie wieder heruntergeklettert war.

»Wurden die Schiffe nach wirklichen Personen benannt?«

»Ja, häufig. Aber ich weiß nicht, wer diese Frauen waren, wenn es sie gegeben hat. Als Kind habe ich mir Geschichten dazu ausgedacht. Mein Großvater hat dieses Haus gewonnen, wissen Sie. Er hat mit einem gewissen Sieke Kreyhenibbe, dem es gehörte, darum gewettet. Es ging darum, wer in dem Jahr beim traditionellen Tonnenabschlagen der Tonnenkönig werden würde.«

»Tonnenabschlagen?«

»Ja, das ist jedes Jahr ein Fest, seit Jahrhunderten. Ein altes Fass wird an einem hohen Gestell aufgehängt. Die jungen Leute galoppieren auf Pferden darunter hindurch und schlagen mit einer Stange dagegen. Wer das letzte Teil herunterschlägt, ist Tonnenkönig. Es ist schwieriger, als es klingt. Mein Großvater, Richard Benjes, hat in jenem Jahr gewonnen. Er hatte aber den starken Verdacht, dass Sieke Kreyhenibbe ihn absichtlich gewinnen ließ, weil er nach Jamaika auswandern wollte. Sieke war fünf Jahre hintereinander Tonnenkönig gewesen, aber in diesem Sommer schlug er daneben. Und hinter ihm ritt sein enger Freund Richard Benjes. Siekes Frau war tot und seine Tochter erwachsen und verheiratet. Er hatte keine Verwendung für die Krähenkate, so heißt das Haus. Früher schrieb man es ›Kreyhenkate‹. ›Kreyhenibbe‹ bedeutet in alter norddeutscher Mundart ›Krähenschnabel‹.«

»Und so kam es, dass Sie hier aufgewachsen sind. Haben Sie Ihr ganzes Leben hier verbracht?«

»Ja. Es gab keine anderen Erben. Und ich hatte nie den Wunsch, woanders zu sein«, sagte Kaja einfach.

Tiryn konnte sie verstehen. In diesem Garten lagen ein Licht und ein Frieden, die einluden zu bleiben. Andächtig fuhr sie mit dem Finger über eine Sonnenuhr aus Stein, die in der Mitte des Gartens stand. Ein Mühlstein, auf eine Säule gelegt, trug ein Zifferblatt und einen schmiedeeisernen Zeiger, dessen Ende die Form eines Fisches hatte. Um diese Zeit warf er keinen Schatten mehr.

Um die Wurzeln der Obstbäume herum gab es halbrunde Beete, in denen welke Pflanzen zu erkennen waren.

»Erdbeeren. Jetzt sehen sie tot aus, aber im Sommer tragen sie wunderbar.«

Besonders gefiel Tiryn die Einfassung der Beete. Erst hatte es gewirkt wie aufrecht in die Erde gesteckte Kacheln, doch bei näherem Hinsehen waren es tönerne Plattfische, liebevoll in Türkis und Sonnengelb glasiert und bemalt, mit Flossen und Augen und einem spitzbübischen Lächeln.

»Die hat mein Vater von einer Fahrt nach Portugal mitgebracht.«

»War er auch Kapitän? Wie Flömer?«

»O ja. Als Flömer ein Junge war, hat er meinen Vater schon mit Fragen gelöchert, wie man Kapitän wird und was alles dazugehört.«

Tiryn versuchte, sich Flömer als Jungen vorzustellen, doch es fiel ihr schwer. Kaja als Mädchen im Baumhaus dagegen sah sie deutlich vor sich.

Über die andere hintere Ecke des Gartens waren Stangen auf die Mauern gelegt, so dass sie ein Dach bildeten, an dem welke Brombeerenranken hingen und eine gewaltige Hängematte aus braunem Segeltuch, das einmal das Segel eines Zeesbootes gewesen sein musste. Gern hätte Tiryn diese auch noch ausprobiert, doch sie sah feucht aus, und Kaja war bereits zurück auf dem Weg ins Haus. Ein Funkeln zog Tiryns Blick auf sich, und sie entdeckte, dass in die hintere Mauer gläserne Fischerkugeln eingemauert waren, in Blau, Gelb, Grün und Rot, die das Licht hindurchließen wie Fenster und den Widerschein der letzten Sonne einfingen. Tiryn sah ihr eigenes Gesicht darin gespiegelt, verzerrt von der runden Oberfläche, mit einem breiten Lächeln.

Vor der Terrasse bemerkte Tiryn auf der einen Seite den alten Steinofen, der aus Ziegelsteinen gemauert war, und auf der anderen eine Kräuterspirale, auf der zuoberst ein verfrorener Rosmarin zu erkennen war.

»Es freut mich sehr, dass Ihnen der Garten gefällt. Aber es ist kalt geworden«, sagte Kaja und rieb ihre dünnen Hände aneinander, nachdem Tiryn ihr aus der Jacke geholfen hatte.

»Wenn Sie möchten, besuche ich Sie gern wieder«, sagte Tiryn beim Abschied.

»Gerne, Kind.«

Draußen war es jetzt ganz dunkel. Carly würde sich sicher schon Sorgen machen. Tiryn drehte sich noch einmal um. Was war das? Oben hinter dem runden Giebelfenster brannte Licht. Sie hätte schwören können, dass sie es vorhin ausgemacht hatte. Offenbar irrte sie sich. Entschlossen kehrte sie um und klopfte erneut.

»Es tut mir leid, Sie noch einmal stören zu müssen, aber ich habe gerade bemerkt, dass ich oben versehentlich Licht angelassen habe. Ich will es nur schnell ausmachen.«

Kaja betrachtete sie aufmerksam. »Ich glaube nicht, dass Sie es angelassen haben. Aber gehen Sie ruhig hinauf.«

Tatsächlich. Oben war alles dunkel, als Tiryn die Tür zu der Kammer öffnete! Hatte sie sich das Licht nur eingebildet, weil sie sich an das Haus in Florida erinnert fühlte und an ihr Erlebnis mit dem Licht in der Dachkammer? Kopfschüttelnd ging sie wieder hinunter.

»Es ist alles in Ordnung«, sagte sie zu Kaja.

»Es war nicht an, richtig?«

»Wahrscheinlich hat etwas in der Scheibe gespiegelt.«

»Sie haben sich nicht geirrt. Kommen Sie.« Kaja zog Tiryn zur Haustür hinaus und wies nach oben.

Hinter dem runden Fenster brannte Licht!

»Nicht jeder sieht es. Aber es mag auch nicht jeder meinen Garten. Und die Krähe lässt nicht jeden an sich heran.«

»Aber warum ... « Tiryn verstand gar nichts mehr.

»Seit über hundert Jahren haben Leute dort oben Licht brennen sehen, wenn auch nur solche, die ohnehin mehr sehen als andere. Man sagt, hier habe in alten Zeiten eine Frau gewohnt, die stets ein Licht ins Fenster stellte, wenn ihr Mann auf See war. Das war eine alte Tradition an vielen Orten, damit die Männer wussten, dass man an sie dachte, und damit sie den Weg nach Hause fanden. Doch dieser Mann kam nicht mehr nach Hause. Die Frau aber gab die Hoffnung nie auf, und daher brennt seitdem das Licht.«

»Was für eine traurige Geschichte.«

Frenja, dachte sie. Vielleicht hatte diese Frau Frenja geheißen. Und vielleicht spielte nicht nur die Zeit keine Rolle für sie, sondern auch der Ort. Vielleicht war sie an allen Küsten zu finden, in allen Meeren zu Hause. Wie Claas. Oder mit Claas? Hatten sie sich wiedergefunden, da draußen in den Strömungen, von denen Flömer gesprochen hatte?

Damals in Florida war ihr die Sache mit dem Licht unheimlich gewesen. In dem Haus hatte sie sich dennoch wohl gefühlt.

Und hier fühlte sie sich ebenso wohl. Das Licht war ihr nicht mehr unheimlich. Sie hatte das Gefühl, es wollte ihr etwas sagen.

»Kann ich noch etwas für Sie tun?«, fragte Kaja, als Tiryn zögernd stehenblieb.

Ich *muss* sie fragen, dachte Tiryn. Jetzt gleich, sonst traue ich mich nie. »Es ist so, ich suche eine Unterkunft«, begann sie. »Ein Zimmer, das ich mieten kann. Ich weiß, Sie kennen mich gar nicht. Aber Sie könnten ein bisschen Hilfe gebrauchen. Meinen Sie – könnten Sie – würden Sie – wenn Sie wollen, auf Probe –…«

»Aber natürlich kenne ich Sie, Kind. Die Krähe mag Sie, und das Haus mag Sie auch. Würde ich Ihnen die Dachkammer vermieten, möchten Sie sagen? Würde Ihnen das denn genügen?«

»Zurzeit kann ich mir nichts Schöneres vorstellen!« Tiryn hielt den Atem an.

Kaja streckte ihr die Hand hin, zittrig aber entschieden. »Abgemacht.«

»Einfach so?«

»Einfach so. Unter der Bedingung, dass wir das ›Sie‹ fallenlassen. Ich kann wirklich Hilfe gebrauchen, weißt du.«

Tiryn hüpfte im Schutz der Dunkelheit den ganzen Deich entlang bis Naurulokki. Sie würde in dem Haus mit dem Seepferdchentürknauf wohnen!

Im Grunde hatte sie es in dem Moment gewusst, als sie das Seepferdchen sah und berührte.

Dieses Haus stand so nahe am Meer wie das von Nicholas in Florida, mit allem, was zu dieser Nähe dazugehörte: den Stürmen und den Fluten, dem Sommerglitzern und dem ewigen Rhythmus des Wellengesprächs. Und sie kannte es schon, seit sie dort in Florida vor der alten Holzhütte gestanden hatte. Noch wusste sie nicht, warum, aber sie und die Kreyhenkate gehörten zusammen.

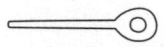

Kajas Kräuterbrot

500 g Weizenmehl, Typ 405
500 g Roggenmehl, Typ 1150
20 g Meersalz
1 Würfel Hefe, zerbröselt
Je 2 Messerspitzen gemahlener Kümmel und Koriander
Je 1 Handvoll Petersilie, Schnittlauch, Kresse, Dill ... (was gerade im Garten wächst)
600 ml lauwarmes Wasser

Weizen- und Roggenmehl in eine Schüssel sieben. In die Mitte eine Vertiefung drücken. Die Hefe in lauwarmem Wasser auflösen. In die Vertiefung gießen. Die Kräuter fein hacken. Alle Zutaten miteinander vermischen und gut kneten. Danach 1,5 Stunden gehenlassen. Im Backofen bei 185 °C (Umluft etwas niedriger) ca. 60–70 Minuten backen. Dabei immer wieder mit Wasser bepinseln.
Am Schluss mit Mehl bestäuben.

29

Ferne, Nähe und Verbindungen

»Je öfter ich es esse, desto weniger kann ich mich entscheiden, ob Kajas Früchtebrot oder das Kräuterbrot besser schmeckt«, sagte Carly mit vollem Mund.

»Das liegt wahrscheinlich daran, dass es in diesem alten Steinofen gebacken wird«, erklärte Tiryn. »Außerdem herrscht in Kajas Garten ein ganz besonderer Frieden. Man spürt, dass er seit Jahrhunderten innerhalb dieser Mauern seine Ruhe hat und der Rest der Welt ihm vollkommen egal ist. Die Sonne geht auf und unter, die Jahreszeiten wechseln, der Wind fegt darüber hinweg, und das Meer singt ein ewiges Lied. Die Bäume haben nichts anderes zu tun, als zu wachsen und die Früchte reifen zu lassen. Da kann sich der Geschmack perfekt entwickeln, und das Besondere daran ist wahrscheinlich das Echo von all den alten Sommern, die der Garten schon erlebt hat. Die Geschichten in den Ritzen zwischen den alten Backsteinen.«

»Klingt plausibel. Ich kann gut verstehen, dass du dich dort eingemietet hast. Fühlst du dich schon zu Hause da?«

»Ja. Als würde ich seit Jahren da wohnen. Ganz merkwürdig.«

Tiryn bearbeitete gerade Silberdrahtstücke mit einem Finnenhammer, damit sie eckig wurden und ein Muster bekamen. Dann würde sie die Stücke zu S-förmigen Schlaufen biegen und damit einen Bernstein einfassen. Sie war inzwischen noch öfter mit Myra beim Bernsteinfischen gewesen und bekam ein immer besseres Auge dafür.

»Ich glaube, du hast meine berüchtigte Nase für Bernstein, auch wenn du sie nicht geerbt haben kannst«, hatte Myra gesagt, und Tiryn freute sich riesig über dieses Kompliment. Doch wenn sie in ihrer unförmigen Gummihose bis zum Bauchnabel im kalten Wasser stand und ihr Netz schwang, während das Licht über die Dünen stieg, das Meer färbte und schließlich den Horizont erreichte, vergaß sie manchmal den Bernstein und war erfüllt von dem Gefühl, sie würde den Tag selbst herausfischen. Und wenn sie genug davon finge, würden diese neuen Tage für alle Ewigkeit reichen, und nichts könnte mehr an der Zeit scheitern, so wie die Liebe zwischen Nicholas und Henny daran gescheitert war.

Der Bernstein musste verarbeitet werden, wenn sie im Frühling genügend Ware für ihren Laden haben wollte.

»Ich bin froh, dass ich trotzdem noch hier in der Küche von Naurulokki arbeiten darf, auch wenn ich nicht mehr hier wohne. In der Krähenkate ist dafür kein Platz, und es ist auch zu dunkel. Außerdem ist unter dem Dach von Naurulokki ein heller, kreativer Geist zu spüren, der mich beflügelt.«

»Ich habe dir doch den halben Tisch zum Geburtstag geschenkt. Außerdem bin ich froh, wenn du hier arbeitest. Ich glaube nicht, dass einer allein die kreative Tradition von Naurulokki aufrechterhalten kann. Hier muss Kunst produziert werden, sonst hört das Herz des Hauses auf zu schlagen. So fühlt es sich für mich an. Klingt das albern?«

»Nein. Für mich hatten Häuser schon immer eine Persönlichkeit. In der alten Krähenkate habe ich etwas von dem gefunden, was ich im Bernstein haltbar machen möchte. Ein bisschen Ewigkeit. Dass etwas lebendig bleibt von dem, was war.«

»Hier im Haus ist auch etwas lebendig geblieben. Henny und Joram sind für mich immer anwesend. Und Henny war hier auch nicht allein produktiv. Sie wollte mit Nicholas zusammen hier malen. Und später war es dann Joram, der das Haus mit Ideen und seinen Treibholzmöbeln füllte, während sie an ihrer Staffelei stand. Deshalb bin ich froh, dass ich an diesem Tisch nicht allein arbeite.«

Tiryn legte den Hammer weg und nahm die Biegezange zur Hand. »Ist das der Grund, warum du an Philip denkst? Du bist Henny ähnlich und du glaubst, Jorams Sohn könnte Joram ähnlich sein und ihr müsstet euch deshalb gut verstehen?«

»Wenn du das so sagst, klingt es unwahrscheinlich«, gab Carly zu. »Es ist auch nur so ein Gefühl. Mit Vernunft hat das nichts zu tun. Wenn ich diese Vase im Flur anfasse, die Philip Prevo gemacht hat, dann glaube ich, diese Verbindung zu spüren. Genauso wie die Vase fassen sich Jorams Möbel und Figuren an. So geerdet und so frei zugleich, so lebendig und richtig und in sich selbst ruhend. Ach, ich kann es nicht beschreiben. Wahrscheinlich ist das nur Einbildung.«

»Wer weiß. Ich bilde mir ja auch ein, dass mich etwas mit der Krähenkate verbindet. Nur was?«

»Du wirst bestimmt dahinterkommen. Es hat auch eine Weile gedauert, bis ich herausfand, dass ich Hennys Nichte und ihr ähnlich bin und mich wahrscheinlich deshalb von Anfang an auf Naurulokki so zu Hause gefühlt habe. Es war, als wäre ich in ein Leben geschlüpft, das nur auf mich gewartet hatte. Manchmal ist mir das immer noch unheimlich.«

»Ja, aber es passt wirklich zu Claas' Prophezeiung, wenn es sie denn gab. Das Bernsteinschiff hat dich zurückgebracht in das Leben, in das du gehörst. Du bist Hennys Nichte. Henny hat in diesem Haus gelebt. Das ist verständlich. Aber was ist mit mir? Ich bin Nicholas' Enkelin, und das Bernsteinschiff hat mich ebenfalls zurückgebracht. Aber Nicholas hat nie in der Krähenkate gelebt. Wo ist der Zusammenhang? *Mein* Zusammenhang?«

Carly fuhr energisch mit Sandpapier über den Seehund auf ihrer Töpferscheibe. »Du sagtest, diese Kaja Benjes ist dort aufgewachsen? Das Haus ist also schon lange im Besitz ihrer Familie?«

»Ja, aber erst, seit ihr Großvater es von einem gewissen Sieke Kreyhenibbe gewonnen hat. Bei einer Wette. Mir ist, als hätte ich diesen Namen schon einmal gehört, aber ich weiß nicht, wo.«

Carly Hand blieb in der Luft hängen wie eingefroren. »Kreyhenibbe? Ich habe dir doch das Gemälde gezeigt, oben in Hennys Zimmer! Das, wo Claas drauf zu sehen ist.«

»Signiert mit dem Namen ›Cord Kreyhenibbe, 1849‹! Natürlich!«

Sie sahen sich an.

»Also gibt es tatsächlich eine Verbindung.« Carly runzelte die Stirn. »Wer war dieser Sieke Kreyhenibbe? Ein Sohn von Cord? Ein Bruder? Und wie kommt das Bild in Hennys Schlafzimmer?«

»Das müsste Myra wissen, nicht? Oder Nicholas?«

»Fragen wir Myra. Sie kommt doch nachher sowieso zum Fotoshooting. Ich bin froh, dass ich Elisa dazu überreden konnte, die Bilder zu machen! Meine Kamera taugt nicht viel, und Elisa als Galeristin hat ein hervorragendes Auge für Bilder. Schließlich soll das Ergebnis professionell aussehen, wenn du sie für deine Website und für das Amt verwenden möchtest.«

»Cord Kreyhenibbe? Das war Hennys Ururgroßvater«, erklärte Myra. »Ein mäßig bekannter Maler. Sie hat das Bild geerbt. Es bedeutete ihr eine Menge. Tiryn, das war schlau von dir, den

Reißverschluss an der Seite einzunähen statt hinten. Für eine alte Frau wie mich ist es so sehr viel leichter, das Kleid zu schließen. Wie sehe ich aus? Etwas so Langes zu tragen ist ungewohnt, aber ich gebe zu, es ist gemütlich.« Sie drehte sich hin und her. Die Spiegel auf Naurulokki waren nicht groß. Henny hatte nicht viel Wert auf ihr Aussehen gelegt, und bei Carly war das kaum anders.

»Freut mich, dass es dir gefällt.« Tiryn zupfte hier und da eine Falte zurecht und rückte die silberne Gürtelschnalle, die ein Fischmuster trug, ein Stück zur Seite. »Dazu würde dieser Bernsteinanhänger gut passen. Wie findest du ihn?«

Myra betrachtete das Schmuckstück kritisch. Der Bernstein besaß eine unregelmäßige Oberfläche, fast wie Fischschuppen, weshalb Tiryn ihm einen zarten Rahmen in schwungvoller Fischform gegeben hatte. »Ziemlich verspielt, aber er gefällt mir.«

»Mir auch!« Carly half Myra mit dem Verschluss. »So, kommt, Mädels, wir müssen runter an den Strand. Elisa wird schon dort sein, und sie wartet nicht gern.« Auch sie trug eines von Tiryns Kleidern, den Rock an der Seite von einer silbernen Spange hochgehalten, und das passende Armband aus Stoff und Silber dazu.

Tiryn selbst hatte das dritte Kleid angezogen, das sie am Abend zuvor noch schnell zu Ende genäht hatte. Es hatte eine schlichte muschelförmige Gürtelschnalle, und ihre dunklen Haare trug sie mit einer silbernen Haarspange hochgesteckt. Alle Stoffe waren weich und fließend und in den Farben von Strand, Meer, Himmel und Gras gehalten.

»Wie fühlen sie sich an?«, fragte Tiryn besorgt. »Ich möchte, dass den Trägerinnen darin leicht und frei und hell zumute ist, als wären sie auch bei grauem Wetter selbst Teil eines himmelblauen Sommertages.«

»Genauso wäre es, wenn es nur fünfzehn Grad wärmer wäre«, versicherte Carly.

»Du hast es schon richtig gemacht, Mädchen – Tallulah«, sagte Myra.

Über die Kleider zogen sie eine dicke Jacke.

»Bloß gut, dass es heute noch einmal wenigstens einigermaßen mild geworden ist und dass wir alle drei keine Frostbeulen sind«, bemerkte Carly, während sie eilig den Deich überquerten. »Trotzdem bin ich froh, dass Elisa immer so schnell arbeitet, Gänsehaut ist bestimmt keine gute Werbung.«

Elisa hatte bereits ihr Stativ aufgebaut. Sie war klein und rund und trug einen weißen Igelhaarschnitt mit knallroten Strähnen darin, und sie war voller Energie. Noch während sie kräftig Tiryns Hand schüttelte, schoss sie Kommandos in alle Richtungen.

»Die Jacken müssen natürlich weg. Und barfuß. Ihr müsst barfuß gehen zu diesen Kleidern. Es sollen doch Strandkleider sein, nicht wahr? Außerdem passt das am besten dazu. Nehmt Myra in die Mitte, so, und jetzt lauft einfach im Wasser entlang. Stopp! Halt! Ich muss die Belichtung ändern.«

»Aber Elisa, es ist saukalt«, protestierte Carly. »Müssen wir im Wasser stehen?«

»Ja. Beißt die Zähne zusammen. Heute seid ihr Profis. So, weitergehen. Nein, nicht mich ansehen! Redet miteinander. Lacht. Diskutiert. Ihr seid im Urlaub! Ihr seid glücklich, diese Kleider tragen zu dürfen, und jede glaubt, das beste anzuhaben. Sehr gut. Jetzt sammelt Muscheln. Steckt sie in die Taschen. Wir wollen alles sehen, was diese Kleider können. Dreh dich mehr in den Wind, Carly. Lass die Haare fliegen, und das Kleid auch. Jetzt setz dich in den Sand, Tiryn. Drapiere das Kleid um sie herum, Carly, los. Sehr gut. Blick in die Ferne, Tiryn. Geheimnisvoll. Verträumt.

Jetzt du, Myra. Stell dich seitlich, und dann gib mir diesen Blick. Die Bernsteinbeschwörerin, du weißt schon. Genau den!«

Zufrieden sah sie schließlich auf ihr Display. Stunden waren vergangen. »Gut. Das genügt. Zieht euch bloß an und ab nach Hause. Ihr habt ja schon blaue Lippen. Ich schicke euch die Ergebnisse per Mail. Und vergesst nicht, dass ihr mir eine Modenschau in der Galerie versprochen habt, sobald es genug Kleider gibt. So etwas zieht Kunden wunderbar an.«

»Natürlich, Elisa. Ganz herzlichen Dank für Ihre Hilfe!«, versicherte Tiryn. »Aber es dauert noch Wochen, bis ich so viel genäht habe!«

»In der Galerie ist es wenigstens warm!«, murmelte Carly zähneklappernd.

»Sogar mir ist kalt!«, gestand Myra. »Aber das tiefstehende Licht war wunderbar für die Fotografien. Die Schatten auf dem Strand waren ungeheuer wirkungsvoll, und deine Haare, Carly – sensationell.«

»Ja, sie sehen aus wie Feuer«, stimmte Tiryn zu. »Und dein langer Zopf wirkt wie reines Silber, Myra. Wenn das gute Bilder werden, liegt das gar nicht an meinen Kleidern.«

»Aber das werden die Leute denken, und das ist schließlich Sinn der Sache.« Myra schloss die Tür von Naurulokki gegen den immer schärfer werdenden Herbstwind. »Machst du Tee, Carly?«

»Worauf du dich verlassen kannst. Und Bratäpfel. Ich finde, nichts wärmt im Herbst so sehr wie Bratäpfel. Ich habe übrigens Elisa nach Cord Kreyhenibbe gefragt. Sie wusste auch nichts weiter über ihn.«

»Gibt es auf dem Friedhof ein Grab mit dem Namen Kreyhenibbe darauf?«, fragte Tiryn.

»Keine Ahnung, ich bin da nie«, sagte Myra und hielt die Hände an den Ofen, aus dem nicht nur Wärme, sondern auch der Duft der Bratäpfel drang. »Bin kein Kirchenmensch. Aber ihr könnt den Pfarrer fragen. Vielleicht ist in den Kirchenbüchern etwas zu finden.«

»Das ist eine gute Idee! Das mache ich gleich morgen.«

»Jedenfalls wissen wir jetzt, dass die Krähenkate einmal Hennys Familie gehört hat. Es gibt also wirklich eine Verbindung zwischen Naurulokki und dem alten Haus, das dich ebenso fasziniert, wie Naurulokki mich fasziniert hat«, sagte Carly zu Tiryn, als Myra sich verabschiedet hatte. »Ich bin sehr gespannt, ob du in den Kirchenbüchern etwas herausfindest.«

»Oh, das tut mir leid«, sagte der junge Pfarrer, den sie am nächsten Morgen in der Kirche antraf. Er war damit beschäftigt, die drei Schiffsmodelle abzustauben, die von der Decke hingen. Sie trugen die Namen »Glaube«, »Liebe« und »Hoffnung«. »Die Kirchenbücher lagern alle in Prerow. Wir haben hier keinen Platz. Aber aufgrund von Renovierungsarbeiten können sie dort erst in einem halben Jahr wieder eingesehen werden. Ich wünschte, ich könnte Ihnen helfen.«

»Gibt es denn hier irgendwo ein Grab der Familie Kreyhenibbe?«

»Ein Grab nicht mehr. Aber ich zeige Ihnen etwas. Kommen Sie!«

Er ging ihr voraus aus der Kirche hinaus und den Weg entlang, der zur Pforte führte. »Schauen Sie, da!« Er wies auf den Boden. Jetzt erst bemerkte Tiryn, dass die Steinplatten, die sie für normale Wegplatten gehalten hatte, alte Grabsteine waren. In jeder waren Namen eingemeißelt, manche kaum noch lesbar, andere deutlicher. Auf der Platte, auf die der Pfarrer zeigte, las sie mit einiger Mühe: *Cord Kreyhenibbe, geboren 1825, gestorben 1902. Helene Kreyhenibbe, geboren 1830, gestorben 1904.*

»Als ich hierherkam, fand ich es merkwürdig, dass man die alten Grabsteine benutzt hat, um einen Weg anzulegen. Es kam mir ungehörig vor, mit den Füßen daraufzutreten. Ich wollte Spenden sammeln, damit man das ändern könnte«, sagte der Pfarrer. »Doch die Gemeinde wollte es so lassen. Sie fanden den Gedanken schön, dass die Vorfahren uns Halt geben, gewissermaßen eine Brücke sind. Inzwischen kann ich das nachvollziehen.«

Der Wind war heute übermütig, wehte Tiryn die Mütze vom Kopf, erzählte von seinen Reisen über das Meer und wirbelte die letzten goldenen Blätter um sie herum, so dass sie gern mit ihnen getanzt hätte. Sie beschloss, den langen Weg nach Hause zu nehmen, über die Boddenwiesen und am Hafen vorbei. Sie liebte den kleinen Hafen. Dem Singen und Pfeifen des Windes in den Masten, dem mal hohen, mal tieferen wehmütigen Ton von Fernweh, Ungeduld und Heimkehr konnte sie endlos lauschen. Dieses Lied des Hafens war hier anders als in Florida, stetiger und melodischer. Die Kreyhenkate lag viel näher am Hafen als Naurulokki, so dass sie oft hinüberlaufen konnte, um dort zu träumen, Ideen zu entwickeln oder Ruhe zu finden. Auf einem Steg sitzend, stellte sie sich vor, wie böse Worte – zum Beispiel die Drohung an der Tür von Naurulokki – und schlechte Erinnerungen wie Asche in den stillen Bodden fielen, glitzernd zu Boden sanken und sich in der hellen, kühlen Weite auflösten. Dann wurde in ihr alles leichter.

Von Nanaiya hatte sie gelernt, Nitak, den Tag, als etwas Kostbares zu respektieren, jeden einzelnen. Hier ging das besonders gut, denn an diesem nördlicheren Meer kamen und gingen die Tage langsamer als in Florida, wo die Dämmerung schnell vorüber war. Man konnte sie besser schmecken und fühlen, begrüßen und verabschieden. Von diesen Gedanken erzählte sie Flömer, als sie ihn heute antraf. In einem dicken Fischerpullover saß er auf seinem Lieblingspoller. »Das gefällt mir«, sagte er. »Ich war gerade dabei, das richtige Wort für heute Abend zu suchen.« Er fischte die Kreide hinter seinem Ohr hervor und schrieb groß auf den Steg:

NITAK – TAG

»Was für ein wundervolles, großes Wort. TAG ist ein freundliches Wort, hell, und trotz seiner bescheidenen Kürze kann man ihn mit so vielen Inhalten füllen. Unglaublich, was man alles damit anfangen darf. Du bist jung, du hast wahrscheinlich noch sehr viele Tage vor dir. Bei mir sind sie gezählt. Und doch ist ein neuer Tag für uns beide dasselbe. Wenn wir morgens das Licht über die Boddenwiesen steigen sehen, bekommen wir ein neues Stück Leben geschenkt, das bis zum Abend gefüllt werden darf, ausgemalt, so wie Henny und Nicholas und die anderen Ahrenshooper Künstler ihre Gemälde gestaltet haben.«

»Ja, und Nanaiya hat mich gelehrt, dass man jeden Tag ehren muss, indem man ihn nicht verschwendet. Darum macht mich die Energie so glücklich, die mir die frische Luft und das kalte Meer hier schenken. Das macht es einfacher, die Tage mit Inhalten zu füllen, so als wären sie hier größer.«

»*Nitak*. Das gefällt mir auch.« Philip Prevos Stimme fiel mitten in das Gespräch. Sie hatten seine Schritte auf dem Steg gar nicht gehört, so vertieft waren sie gewesen. Flömer schien nicht überrascht. »Was für eine Sprache ist das? Mir kommt dabei eine bestimmte Form in den Sinn. Eine Form, die ich gern töpfern würde. Etwas Rundes, Aufrechtes, Asymmetrisches mit einer schwungvollen Öffnung zum Himmel hin.« Philip hockte sich auf den Steg und betrachtete das Wort eingehend. Wenn er so konzentriert war, hatte er eine steile Falte auf der Stirn, die in einem halbem Kringel endete.

»Hallo, Philip.«

Überrascht sah er sie an. »Du weißt, wer ich bin?«

»Ich habe dich auf dem Flyer in eurer Werkstatt erkannt. Das Wort Nitak ist übrigens Choctaw. Die Sprache meines Vaters.«

»Interessant.« Philip legte den Kopf schräg und zeichnete die Form, die er im Sinne hatte, mit den Händen in die Luft. »Ich weiß nur noch nicht, in welchen Farben und mit welchem Muster ich das fertige Werk glasieren soll.«

»In den Farben Floridas. Meerestürkis, Hibiskusrot, Seegrasgrün, Trichterwindenblau, Muschelweiß.«

»Hmm, ja. Das wäre etwas Neues. Damit muss ich mich erst anfreunden.«

»Es wird Zeit, dass du wieder töpferst.« Flömer mischte sich so selten ein und gab so wenig Ratschläge, dass sie ihn beide verblüfft ansahen.

»Das habe ich auch vor. Vielen Dank übrigens, dass ihr beide niemandem verraten habt, dass ich hier bin.«

»Oh, ich habe erwähnt, dass ich dich gesehen habe«, sagte Tiryn. »Ich wusste da noch nicht, dass es ein Geheimnis ist. Aber niemand hat mir geglaubt. Und danach nahm ich an, dass du einen Grund hast, dich nicht bei deinem Bruder zu melden.«

Philip legte sich rücklings auf den Steg und verschränkte die

Arme hinter dem Kopf, als wäre es Juli und nicht November. »Nirgends ist der Himmel so hoch wie hier. Ich war so weit weg und habe doch keinen gefunden, der mir mehr zu geben hat. Eigentlich war ich schon vor Monaten auf dem Heimweg. Dann bekam ich diesen Brief von meinem Bruder und dem Anwalt, in dem stand, dass mein Vater gar nicht mein Vater war. Sondern Joram Grafunder.« Er setzte sich ruckartig wieder auf, schlang die Arme um die Knie und sah Tiryn und Flömer an.

Diese Augen, dachte Tiryn. Sie waren wie der Himmel über dem Meer an einem dunstigen Herbstabend. Einsamkeit und Melancholie und Weite lagen darin, auch ein wenig Sturm, aber gleichzeitig ein Leuchten, ein Zauber und ein Wissen von Dingen, die nur er sah. In diesem Blick konnte man sich verlieren und fühlte sich gleichzeitig gehalten.

»Ich bin nach dem Tod unserer Mutter gegangen, um die Jahre mit meinem jähzornigen Vater hinter mir zu lassen. Ihre Jahre und meine Jahre.«

Wie Nicholas, dachte Tiryn.

»Ich wollte Abstand gewinnen und wissen, wie die Welt ist, wenn man frei ist«, fuhr Philip fort. »Und es war gut. Ich habe unglaubliche Farben und Formen gesehen und Ideen für die Töpferei in meinem Kopf gesammelt. Mein kleiner Bruder konnte sich währenddessen im Geschäft bewähren und endlich erwachsen werden. Er hat sich früher gern hinter mir versteckt und mir alle Verantwortung zugeschoben. Es war vielleicht nicht anständig von mir, ihn ins kalte Wasser zu werfen, doch ich bin mir ziemlich sicher, ihm und auch mir damit einen Gefallen getan zu haben. Mein Vater war mir inzwischen erträglich fern, und ich glaubte, heimkehren zu können.«

Wieder fiel Tiryn auf, wie gewählt er sich ausdrückte. Er erinnerte sie an Nicholas, der manchmal lange vor der Staffelei stand, um dann einen ganz genauen Pinselstrich zu setzen, damit der Betrachter ebenso ganz genau wusste, was er damit meinte.

Philip warf einen Kieselstein in den Bodden und lauschte dem Platschen nach. »Ja, und dann dieser Brief. Mein jähzorniger Vater war also gar nicht mein leiblicher Vater. Vielmehr war es Joram Grafunder, den ich nur flüchtig kannte, aber stets um seine Freiheit und Unabhängigkeit und seine gelassene Distanziertheit beneidete. Ich glaube, er hat mich nie bemerkt. Für Kinder interessierte er sich wohl nicht.«

»Das muss nicht so gewesen sein. Es kann ihn auch geschmerzt haben, gesunde Jungen zu sehen«, bemerkte Tiryn. »Carly hat erzählt, dass Joram Grafunder seinen sehr geliebten kleinen Bruder noch im Kindesalter an eine Lungenkrankheit verloren hat.«

Philip zog die Augenbrauen hoch. »Oh? Nun, mag sein, dass ich ihm unrecht tat. Wie auch immer, ich hatte plötzlich einen Vater, zu dem ich nicht mehr Ferne, sondern gern mehr Nähe gehabt hätte. Und mein Bruder ist nur mein Halbbruder. Ich musste mich neu sortieren, benötigte mehr Zeit. Die Heimat, in die ich zurückkehren wollte, hatte sich verändert, eine andere Schattierung bekommen. Ich musste sie neu kennenlernen, aber aus der Ferne war das nicht machbar. So kehrte ich heimlich zurück. Ich wohne in einem alten Bootsschuppen am Bodden, der unserem vermeintlichen Vater gehörte. Er benutzte ihn zu Lagerzwecken. Harry wird sich gar nicht daran erinnern, falls er überhaupt davon gewusst hat. Ich kaufe in einem neuen Supermarkt ein, wo mich niemand kennt. So konnte ich mich mit dem Land neu anfreunden. Wie ein Fremder und doch zu Hause. Ich plante dies nur für einige Tage und wollte dann Harry begrüßen. Aber es fühlte sich so gut und so richtig an, dass ich diesen Zustand noch eine Weile aufrechterhalten wollte. Vielleicht habe ich auch nur den richtigen Zeitpunkt verpasst.«

»Nach allem, was Carly erzählt hat, bist du diesem Joram Grafunder, also deinem Vater, recht ähnlich«, stellte Tiryn fest.

Philip setzte sich gerader und winkte ab. »Ich habe beschlossen, dass ich keinen Vater mehr brauche. Weder den einen noch den anderen. Ich bin frei. Philip Prevo, der Töpfer vom Darß. Alles andere zählt nicht.«

»Eben«, sagte Tiryn.

»Ist sie immer so vorwitzig?«, fragte Philip Flömer.

Der lächelte nur. »Sie passt hierher«, sagte er.

»Ich habe auch ein jähzorniges Elternteil. Ich weiß, wie es ist, wenn man sich entfernen möchte«, sagte Tiryn. In der Herbstdämmerung, die die Konturen weich machte und die Abstände zugleich größer und geringer erscheinen ließ, war es leicht, über so etwas zu sprechen. Beim Anblick von Philip, wie er da auf dem verwitterten Holz saß, vermisste sie Kimoni, mit dem sie so oft genauso auf einem Steg gesessen hatte. »Womit hast du dich getröstet, wenn du als Kind vor deinem Vater geflohen bist?«

»Ich bin im Wald umhergestreift, habe mich auf den Boddenwiesen im hohen Schilf versteckt, hier bei Flömer am Hafen gesessen oder Henrike Badonin besucht. Sie behandelte Kinder, als wären sie Erwachsene. Mit Respekt. Bei ihr durfte man sein, wie man war. Sie versuchte nie, jemanden zu ändern. Und sie war schön. Nicht mehr jung, aber schön. Die silbernen Strähnen in ihren kastanienroten Haaren faszinierten mich. Vieles an ihr sprach meinen früh entwickelten Sinn für Ästhetik an. Henny hatte so ein Leuchten, eine Anmut, eine Leichtigkeit. Und eine merkwürdige Mischung aus Souveränität und Verletzlichkeit. Irgendwann schwor ich mir, eines Tages eine Frau wie Henrike

Badonin zu heiraten.« Er lachte auf. »Heute aber glaube ich, ich bin nicht für eine Beziehung geeignet. Ich fürchte auch, Henrike Badonin war einmalig.«

»Wie wir alle«, sagte Flömer zu dem Horizont, auf dem rotglühender Dunst lag.

»Und du?«, fragte Philip. Es war inzwischen so dunkel, dass sein Gesicht nur noch ein heller Fleck war. Vom Wasser unter dem Steg stieg Kälte auf. »Womit hast du dich getröstet?«

»Mein Großvater Nicholas hat sein Leben lang versucht, mit Hilfe der Wärme in Florida die Kälte aus dem Keller seines Elternhauses loszuwerden, in den ihn sein jähzorniger Vater immer sperrte und von der etwas in seiner Seele hängenblieb. Ich dagegen kann nicht genug von der kühlen Ostseeluft bekommen, weil sie mir die stickige Hitze aus den mexikanischen Kneipen aus der Seele bläst, in denen ich so oft auf meine Mutter gewartet habe.« Tiryn zögerte, aber Philip hörte aufmerksam zu, und so sprach sie weiter. »Immer, wenn ich eine Freundschaft geschlossen hatte und Anschluss an eine Familie fand, zogen wir weiter. Weil alles Gute immer so schnell kaputtging, habe ich mir damals geschworen, eines Tages herauszufinden, wie man die schönen Erinnerungen ewig lebendig halten kann. Fotos und Filme genügten mir dafür nicht. Sie sind zweidimensional und flüchtig. Es musste etwas anderes geben, etwas mit Ewigkeit und Glanz. Die Antwort fand ich, als ich zum ersten Mal das Bernsteinschiff von Nicholas in den Händen hielt und Hennys Gesicht darin sah. Der Bernstein hatte Glanz, und er hatte schon bewiesen, dass er Millionen von Jahren standhalten kann. Ich nahm mir vor herauszufinden, wie man das macht – dem Bernstein die Fähigkeit geben, Erinnerungen lebendig zu bewahren. Noch bin ich des Rätsels Lösung aber keinen Schritt näher gekommen.«

»Ihr müsst auf die Strömungen sehen. Die haben oft längst nahe gebracht, was fern war«, sagte Flömer.

Über dem Bodden zog die Krähe einen Kreis.

30

Traum und Wirklichkeit

Flömer wollte noch eine Weile mit der Nacht allein bleiben. »Ich brauche nicht mehr viel Schlaf«, sagte er.

Philip und Tiryn aber machten sich auf den Weg. Einträchtig klangen ihre Schritte auf dem Holz, bis Philips Fuß gegen etwas stieß, das klirrend umfiel und ein Stück weit rollte.

»Nanu?« Er zog eine Taschenlampe aus seiner Jacke und suchte den Steg ab, bückte sich. »Eine Flaschenpost? Auf dem Trockenen?« Das Papier in der Flasche leuchtete hell in dem schmalen Lichtkegel. »Scheint für dich zu sein«, sagte Philip und reichte ihr die Flasche. FÜR TIRYN PORTER stand da in großer Computerschrift gedruckt. Tiryn wurde flau im Magen. Niemand von ihnen hatte denjenigen bemerkt, der die Botschaft auf den Steg gestellt haben musste. Sie machte keine Anstalten, die Flasche zu nehmen. »Besser nicht. Wirf sie weg!«

Philip warf ihr einen scharfen Blick zu, steckte den Finger in den Flaschenhals, zog die Papierrolle heraus und entfaltete sie entschlossen. Heraus fielen ein toter Schmetterling und seine abgerissenen Flügel.

DU ENKELIN EINES VERRÄTERS, DIES IST NICHT DEIN LAND! VERSCHWINDE!

Tiryn fühlte, wie in ihr die schwarze Wutblase aufzusteigen drohte, die sie unter allen Umständen unter Kontrolle halten musste.

Philip pfiff leise durch die Zähne. »Wie viele solcher Drohbriefe hast du schon bekommen?«

»Das ist der Zweite. Der Erste war geringfügig anders formuliert.« Jetzt rede ich schon wie Philip, dachte sie. Diese Ausdrucksweise ist ansteckend. Nun musste sie ein hysterisches Lachen unterdrücken. Tiryn atmete tief durch. Sie hatte bereits als Kind hart daran gearbeitet, ihre Wut nie an die Oberfläche steigen zu lassen. Das hätte nur Lara gereizt. Die Wut, die Lara oft versprühte, war schlimm genug. So wollte Tiryn nie werden. Sie fasste nach dem tröstlichen Bernsteinanhänger an ihrem Hals, dachte an den Pfeilschwanzkrebs, dachte an Claas. *Es wird Zeit*, hatte er gesagt. Zeit, dass sie ihrer Sehnsucht folgte und dem unsichtbaren Wind in den silbernen Segeln. Sie hatte es getan, und es fühlte sich richtig an.

»Wirf das weg!«, wiederholte sie. »Großbuchstaben kann ich auch. Dies IST mein Land! Meine Wurzeln sind hier, und meine Seele war immer schon hier. Niemand wird mich mehr vertreiben, es sei denn, jemand auf dem Amt verweigert mir eine längere Aufenthaltserlaubnis.«

Philipp zögerte. »Willst du dieses Beweisstück nicht lieber aufheben und damit zur Polizei gehen, wenn es nötig wird?«

»Nein. Dafür ist mir meine Zeit zu schade, und solchen Dreck möchte ich nicht unter dem Dach meines Zuhauses haben.«

»Na gut.« Er zerriss den Zettel in kleinen Fetzen und vertraute sie dem Wind an, der sie in den Bodden fegte. Die Flasche warf er in den Papierkorb am Hafenausgang. »Soll ich dich nach Hause bringen?«

»Nicht nötig. Vielen Dank. Gute Nacht!«

Zu ihrer Überraschung lehnte er sich vor und küsste sie auf die Stirn. »Jetzt kann dir nichts passieren. Das ist so eine Art Antifluch. Eine Versicherung gegen böse Geister. Wobei es nicht die Geister sind, die böse sind, sondern der sehr menschliche Trottel, der diese Drohungen von sich gibt. Wovor er wohl Angst hat?«

»Wahrscheinlich hält er mich für eine indianische Medizinfrau, die ihm Warzen anhext oder Löcher in sein Fischernetz.«

Philip lachte. »Du könntest es versuchen. Ich helfe dir. Den einen oder anderen Maori-Zauber kann ich noch aus Neuseeland. Und die Aborigines haben mir auch so einiges beigebracht.«

»Heute nicht mehr. Aber danke für das Angebot. Vielleicht komme ich darauf zurück.«

Tiryn lächelte noch vor sich hin, als die Krähenkate im Dunkeln vor ihr auftauchte.

Oben in ihrer Dachkammer brannte Licht. Dabei hatte sie die Birne aus der Lampe herausgeschraubt und stattdessen eine modernere Stehlampe aufgestellt, und wenn sie jetzt hinaufging, würde das Zimmer im Dunkeln liegen. Auch wenn dieses uralte Licht nicht ihr galt, so fühlte sie sich doch von ihm willkommen geheißen.

An die welken Blätter der Brombeere, die um den Hauseingang rankte, hatte der Frost glitzernde weiße Nadeln geheftet. Tiryn betrachtete sie beglückt. Wann es wohl endlich das erste Mal schneien würde? Die Herbstluft roch nach Rauch und nach Sehnsucht. Von Osten, wo der Wald lag, schallte ein merkwürdiges Geräusch herüber, ein lang hallender, tiefer Schrei. »Das sind die Hirsche«, hatte Carly ihr erklärt. »Eigentlich ist die Brunftzeit vorbei, aber auch im November fühlt sich manchmal einer von ihnen einsam. Für mich gehört dieses Geräusch zu der Stimme dieses Landes.« Tiryn fragte sich, warum man die Gemälde, auf denen ein röhrender Hirsch zu sehen war, als Inbegriff von Kitsch betrachtete. Die Gemälde mochten kitschig sein, aber das Röhren eines Hirsches klang alles andere als kitschig. Es war unheimlich, urtümlich, und es klang tatsächlich so einsam, dass Tiryn zögerte, hinauf in ihre leere Stube zu gehen. Kaja schlief um diese Zeit längst. Anders als Flömer benötigte sie sehr viel Ruhe.

Tiryn drehte sich um und lief die paar Schritte zum Flutsaum. In Momenten wie diesem vermisste sie Nicholas, Kimoni, Peri, Sam und sogar Lara so sehr, dass sie am liebsten geradewegs über das Meer geschwommen wäre. Und doch wollte sie nirgends anders sein als genau hier. Sie hob die Hände zu einem Trichter an den Mund.

»Claas!«, rief sie über das Wasser, von dem sie im Dunkeln nur die weißen Schaumkämme sehen konnte. »Hörst du mich? Sprich mit mir. Was hat die Prophezeiung zu bedeuten? Wie bekommt man die Erinnerungen in den Bernstein? Und was will die Krähenkate mir sagen? Für wen brennt das Licht? Du wolltest, dass ich herkomme. Hier bin ich. Und jetzt?«

Sie schmunzelte über sich selbst und lauschte doch hoffnungsvoll in die Nacht. Nur die Wellen flüsterten darin. Sie sehnte sich nach dem Mann mit den hellen Augen, der sie mitten im Sturm so leicht berührte, dass es kaum zu spüren war, und der sie mit dieser Berührung doch hielt. Dem Mann, dessen Stimme so sanft war, dass sie nicht wusste, ob sie die mit den Ohren oder nur mit der Seele gehört hatte.

»Eine Medizinfrau, die die Geister heraufbeschwören kann, bin ich wohl nicht«, sagte sie, als keine Antwort kam. »Ich frage mich, ob diese Frau aus alten Zeiten, die das Licht im Dachzimmer anzündet, es vielleicht für *dich* brennen lässt, damals wie heute? Oder für jemanden, der dir ähnlich ist – einen Mann, der nur auftaucht, wenn er will, der frei ist über Ort und Zeit hinweg, und an den eine Frau dennoch denkt, wenn er nicht da ist, weil sie seine Anwesenheit auf andere Weise spürt.«

Am nächsten Morgen brach sie früh nach Naurulokki auf. Sie wollte Carly noch antreffen, ehe sie aus dem Haus ging.

»Kann ich den Drucker in deinem Büro benutzen? Ich möchte mein Konzept fertigstellen und nachher auf das Ausländeramt gehen. Ich muss den Bus um zehn bekommen.«

»Klar, warte, ich lege nur noch das Papier richtig ein. Die alte Maschine hat ihre Macken.«

Während Carly an dem Mechanismus herumfummelte, nahm Tiryn halb unbewusst einen hölzernen Kreisel in die Hand, der auf einem Tisch in der Ecke lag. Mehrfach versuchte sie, ihn auf seine metallene Spitze zu stellen und zum Kreiseln zu bringen, doch es wollte ihr nicht gelingen.

»Ich glaube, mit diesem Kreisel stimmt etwas nicht. Er ist schief gedrechselt. Oder gibt es einen Trick?«

Carly sah über die Schulter und schmunzelte. »Nicht direkt. Joram Grafunder hat diesen Kreisel gemacht und dazu an Henny geschrieben: *Dieser Kreisel funktioniert nur, wenn du ganz in dir ruhst, wenn du ganz im Einklang mit dir und dem Leben bist.* Ich habe das erst nicht geglaubt, aber es stimmt tatsächlich.«

»Oh.« Tiryn versuchte es noch mehrmals, aber vergeblich. »Dann bin ich gespannt, ob er funktioniert, wenn ich meinen Laden eröffnet und endlich herausgefunden habe, wie man die Erinnerungen in den Bernstein bekommt.«

Der Kreisel hatte recht, dachte sie, als sie mit ihrem Konzept und Papieren unter dem Arm an der Bushaltestelle wartete. Sie ruhte ganz und gar nicht in sich selbst, sondern war so nervös, dass sie nicht stillstehen konnte. Was, wenn die Frau auf dem Amt eine ähnliche Einstellung hatte wie der unbekannte Drohbriefschreiber? Wenn ihr die Genehmigungen für alle ihre Pläne verweigert würden? Wenn sie nicht überzeugen konnte?

Nun, sie hatte immer noch die Möglichkeit, nach Florida zurückzukehren. Nelson würde sich freuen und ihr einen wunderbaren Job geben. Doch dann würde sich der Kreisel niemals für sie drehen, und wahrscheinlich würde sie auch Claas nie wiedersehen, weil sie ihn und sich selbst enttäuscht hatte.

Als sie am frühen Nachmittag wieder in Ahrenshoop aus dem Bus stieg, war sie noch zu aufgewühlt, um zu arbeiten. Sie holte Kuchen aus Daniels Teeladen und besuchte Carly und Harry in der Töpferei.

»Ich dachte, ihr habt euch bestimmt eine Pause verdient. Das sieht toll aus, Carly!«

»Finde ich auch«, pflichtete Harry ihr bei und sah anerkennend auf die Frauenfigur, die zusammen mit einem Vogel auf einem Baumstamm saß. Die zwei schienen im Gespräch. Die Frau hatte kein Gesicht, ihre schwungvolle Form war nur angedeutet, so als wäre sie aus einer Welle geboren, die über das vom Wasser glattgeschliffene Holz hinweggegangen war.

»Das sind die Skulpturen, um die sich die Kunden streiten«, sagte Harry mit vollem Mund. »Der Kuchen war eine prima Idee, Tiryn.«

»Ja, genau das Richtige. Mein Magen fing schon an zu knurren.« Auch Carly griff mit Freude nach einem Stück. Sie hatte ihre Haare zu einem eiligen Zopf geflochten und unter ihren Arbeitskittel gesteckt, damit sie nicht störten. Auf der Nase trug sie einen Fleck braunen Ton. »Hattest du Erfolg auf dem Amt?«

»Ja und nein. Sie war sehr neutral. Sie werden alles gründlich prüfen. Die Fotos haben ihr sehr gefallen und die Idee im Prinzip auch. Aber sie hat angedeutet, dass Strandkleider und Schmuck nicht einmalig und für die Region nicht unverzichtbar sind. Es wäre gut, noch einen zusätzlichen Grund zu haben, warum eine lange Aufenthaltsgenehmigung für mich gerechtfertigt ist.«

»Oh. Und hast du schon eine Idee?«

»Nein. Aber ich arbeite dran. Nanaiya würde sagen, über diese Steine muss erst noch mehr Wasser laufen.«

»Wir werden alle darüber nachdenken. Vielleicht fällt einem von uns etwas ein. Oder Myra.«

Tiryn nahm sich jetzt auch ein Stück Kuchen. Trotz aller offenen Fragen fühlte sie sich leichter. Ein weiterer wichtiger Schritt war getan, wohin er führte, würde man sehen.

Sie hingen ihren Gedanken nach, bis eilige Schritte die Stille in alle Himmelsrichtungen jagten. Die Tür flog auf. Philip stürmte mit einer Selbstverständlichkeit herein, als hätte er morgens erst das Haus verlassen.

»Hallo, Tiryn. Hallo, Harry, hast du weißen Ton da? Den mit viel Schamotte? Ah, da ist er ja.« Er hievte den Plastiksack mit dem riesigen Tonklumpen auf die Werkbank. Um sich Platz zu verschaffen, schob er unbesehen beiseite, was ihm im Weg lag.

Tiryn betrachtete die Szene amüsiert. Gab es eigentlich überhaupt Familien, deren Mitglieder normal miteinander umgingen? Aber dann fielen ihr Peri und Kimoni ein und deren Eltern, und sie lächelte vor sich hin. Doch, die gab es.

Harry erholte sich zuerst und räusperte sich. »Bruder Philip. Wie schön, dich zu sehen! Tiryn scheinst du ja schon zu kennen. Darf ich dir Carly Templin vorstellen, die jetzt mit uns arbeitet? Ich hatte es dir ja geschrieben. Sie hat uns viele neue Kunden und Einnahmen gebracht.«

Philip blickte kaum auf. »Ach, diese Carlotta. Ja, du erwähntest es.« Er sah flüchtig auf Carlys Töpferscheibe. »Verkaufen wir jetzt kleine Meerjungfrauen und dergleichen populäre Objekte? Nun ja, wenn die Kunden es wünschen. Guten Tag, Carlotta. Harry, könntest du mir bitte den neuesten Glasurenkatalog herauslegen?«

»Sicher. Carly, mach dir nichts aus dem Benehmen meines Bruders. Er ist im Kreativrausch. Da ist ihm seine Umwelt vollkommen egal. Irgendwann wird er wieder zum Menschen. Dann erzählt er mir vielleicht, wo er jetzt herkommt und wie es ihm geht. Und wenn wir ganz außerordentliches Glück haben, interessiert er sich sogar eines Tages dafür, wie das Geschäft läuft und dass es so banale Dinge gibt wie Steuererklärungen und Verträge mit Lieferanten.«

»Sei mir nicht böse, Harry. Du kennst mich! Ich bin überzeugt, du hast alles hervorragend gemacht.« Philip hob den Kopf und lächelte seinen Bruder an, bevor er sich wieder über seinen Ton beugte.

»Das ist ja mal was Neues«, brummte Harry und machte sich auf den Weg, den Katalog zu suchen.

Wenn Carly das gesehen hat!, dachte Tiryn. Dieses Leuchten in seinen Augen, das Philip ein- und ausschalten kann, wie er will.

»Ich wollte sowieso Schluss machen«, sagte Carly mit gesenktem Blick, raffte ihre Sachen zusammen, warf ein feuchtes Tuch über ihre Skulptur und fuhr in ihre Jacke. »Kommst du mit, Tiryn?«

»Klar. Tschüs, Philip.«

»Auf Wiedersehen«, sagte Carly betont höflich. Tiryn konnte an den Worten die spitzen Dornen beinahe sehen, die Carly in ihre Stimme legte.

»Woher um Himmels willen kennst du Philip Prevo? Und warum hast du mir das nicht gesagt?«, fragte Carly, kaum dass sie außer Hörweite der Werkstatt waren.

Der Wind hatte aufgefrischt und schlug ihnen ihre Haare um die Ohren. Tiryn steckte die Hände in die Tasche. Wie kalt es geworden war! Solche Kälte hatte sie noch nie erlebt. Sie fand es wunderbar, wie das auf der Haut kribbelte. Auf dem Weg lagen hier und dort zu Wolkenspiegeln gefrorene Pfützen, durchzogen von weißen Spinnweben aus feinen Rissen.

»Aber das habe ich doch. Ihr habt mir nicht geglaubt, Harry und du.«

»Habt ihr euch schon oft getroffen?«

»Wir sind uns ein paarmal begegnet. Es hat sich so ergeben.«

»Und was ist da zwischen euch?«

»Nichts. Ich kann mich gut mit ihm unterhalten. Er erinnert mich an Kimoni.«

Carly sah sie misstrauisch von der Seite an. »Mit Kimoni hattest du doch mal was.«

Tiryn atmete tief durch. »Da waren wir halbe Kinder und wollten alles ausprobieren. Kimoni ist mein bester Freund. Und Philip ist jemand, mit dem ich mich zufällig ein paarmal unterhalten habe. Nichts weiter! Das Letzte, was ich jetzt brauchen kann, ist eine Beziehung. Genau genommen, will ich überhaupt nie eine Beziehung. Man sieht ja, was dabei herauskommt. Denk an Henny und Nicholas. Nicholas und Bella. Lara und Sam. Es liegt in der Familie, in dieser Hinsicht kein Glück zu haben. Wir besitzen kein Talent dafür. Ich lasse lieber gleich die Finger davon. Das Leben ist auch so interessant genug!«

»Das klingt traurig. Also, ich möchte unbedingt einmal eine Familie.«

»Du willst doch nur irgendwann einmal Hennys Brautkleid tragen«, neckte Tiryn sie. Vielleicht konnte sie Carly auf diese Art ablenken und dem Gespräch eine leichtere Wendung geben.

Aber Carly war nicht nach Scherzen zumute. »Wo wohnt denn Philip eigentlich?«

»Ich weiß es nicht genau«, wich Tiryn aus. »Das wird dir Harry sicher erzählen. Oder frag ihn doch selbst.«

»Verstehe«, sagte Carly verstimmt. »Musst du heute eigentlich noch auf Naurulokki arbeiten?« Es war deutlich zu hören, dass sie allein sein wollte.

»Nein. Ich möchte Anna-Lisa besuchen und sie um einen Gefallen bitten.« Tiryn blieb stehen. »Sag mal, Carly, bist du wirklich eifersüchtig, nur weil ich mit Philip Prevo schon ein paar Worte gewechselt habe? Alles, was du über diesen Mann weißt, ist, dass sein leiblicher Vater schöne Möbel gemacht und interessante Notizen geschrieben hat. Alles, was du von diesem Mann kennst, ist eine getöpferte Blumenvase, die in deinem Flur steht.«

»Wenn du das so sagst, klingt es merkwürdig«, gab Carly zu. »Ich glaube, ich mache noch einen Strandspaziergang. Der Wind wird mir wieder Vernunft ins Hirn blasen. Grüß mir Jakob und Anna-Lisa.«

Anna-Lisa hatte inzwischen schon oft mit Tiryn am Tisch in Naurulokkis Küche gesessen und gelernt, einfache Silberanhänger herzustellen. Sie war lernbegierig und geschickt, und es war eine Freude, mit ihr zu arbeiten.

»Aber am liebsten zeichne ich. Ich möchte einmal eine Ahrenshooper Künstlerin werden wie Henny«, hatte sie erklärt und um ihr Talent zu beweisen eine spontane Zeichnung von Tiryn und Carly angefertigt, wie sie über ihre Werke gebeugt saßen.

»Donnerwetter. Das Talent dafür hast du auf jeden Fall!«, hatte Tiryn festgestellt.

»Vielleicht kann ich dir ja mal helfen. Schilder für deinen Laden malen oder so was«, hatte Anna-Lisa angeboten.

Diese Hilfe wollte Tiryn jetzt annehmen, denn sie hatte eine Idee.

Jakob Hellmonds Haus wirkte freundlich, aber leicht vernachlässigt. Genau wie Sams Haushalt oder Opa Nicks. Ein Männerhaushalt eben, und Anna-Lisa war auch eher der kreative Typ als der ordentliche. Es dauerte ein wenig, ehe auf ihr Klopfen jemand öffnete. Dann stand Jakob in einer Öljacke vor ihr, mit Schal und Pudelmütze und Stiefeln.

»Oh, *halito*, Tiryn! Ich will gerade noch einmal mit dem Boot hinaus auf den Bodden, bevor es eingewintert wird. Ich habe einige Reparaturen gemacht und muss sie überprüfen. Möchtest du mitkommen? Aber ich warne dich, es wird kalt. Ich dachte nur, du möchtest vielleicht wieder einmal mit einem Boot fahren.«

Sie hatte ihm an einem der geselligen Abende in Naurulokkis Küche von Kimonis altem Kutter, der *Anhinga*, erzählt und auch von dem Boot mit dem durchsichtigen Boden. Jetzt schlug ihr Herz schneller bei dem Gedanken, wieder auf dem Wasser dahinzujagen.

»Riesig gerne! Aber ich bin hier, um Anna-Lisa um etwas zu bitten.«

»Oh, ich kann noch fünf Minuten warten. Ich gehe schon zum Auto vor und packe ein, was wir brauchen. Anna-Lisa! Kommst du mal bitte!«, rief er die Treppe hinauf und verschwand nach draußen. Anna-Lisa kam eifrig heruntergepoltert.

»Tiryn! *Halito!*«

Tiryn musste lächeln. Dieses fröhliche Wort, das sie wie ein Samenkorn hierhergetragen hatte, fasste Fuß in der Nachbarschaft und breitete sich aus.

»Ich wollte dich etwas fragen. Könntest du auf diese Platten für mich etwas zeichnen? Auf jede ein Motiv, ganz schlicht, nur mit Bleistift. Einen Seestern, eine Muschel, einen Krebs, eine Möwe. Oder was dir sonst noch einfällt.« Sie drückte Anna-Lisa einen Stapel Platten aus Linol in die Hand.

»Na klar. Kein Problem. Wozu brauchst du das?«

»Ich habe weißen Stoff, den ich gern selbst bedrucken möchte. Wir schneiden mit Schnitzmessern um deine Motive herum das Linol weg, so dass sie hochstehen und man sie als Stempel benutzen kann. Ein paar Striche bleiben auch noch um die Motive herum stehen, das gibt dann, wenn man druckt, den Eindruck, als wären Wasser und Strömung drumherum.«

»Au ja, das wird toll! Dann könnten sich doch die Kunden in deinem Laden selbst aussuchen, was sie auf ihr Kleid gedruckt haben möchten. Und in welcher Farbe. Ob als Borte oder einzeln. Oder sie könnten es sogar selbst machen, wenn das Wetter schlecht ist und sie nicht an den Strand gehen können.«

»Anna-Lisa! Das ist eine phantastische Idee! Das machen wir, und du wirst dann am Erlös beteiligt.«

Anna-Lisa strahlte. »Dann fange ich besser gleich an. Das dauert nicht lange. Wenn du von der Bootstour mit Papa zurückkommst, kannst du sie schon mitnehmen.«

»Wunderbar. Danke! Möchtest du nicht lieber mitkommen?«

»Ach nein. Es ist so kalt. Ich bin oft mit ihm draußen, aber im Sommer macht es mir mehr Spaß.«

Wie gut es tat, wieder Segel im Wind knattern zu hören, auch wenn die für Zeesboote traditionell braune Farbe ungewohnt war. Sie wirkten dadurch irgendwie dramatisch, vor allem unter dem sturmgrauen Novemberhimmel. Tiryn fühlte sich fast wie auf einem Piratenschiff. Nur hatte der sanfte, freundliche Jakob ganz und gar nichts von einem Piraten an sich. Er überließ ihr sogar zeitweise das Steuer, lief hin und her und überprüfte, ob das reparierte Leck dicht war und die ausgetauschten Haken und Leinen hielten. Tiryn war ganz in ihrem Element und vergaß für den Augenblick die Behörde, die Drohbriefe und Carlys Verstimmung. Besonders, als Jakob mit seiner tiefen Stimme anfing zu singen.

»*My Bonnie is over the Ocean …*«

Es war, als ob der Donner in seiner Stimme den Wind anfeuerte, der die Wellen höher schlagen und den Himmel grauer und schwerer werden ließ. Wild und wunderbar war es hier draußen, herrlich, wieder einmal weit vom Ufer zu sein, frei und eins mit den Elementen!

Sie hielt das Steuer fest und sah Jakob zu, wie er ein Tau aufwickelte.

»*… oh, bring back, bring back, oh, bring back my Bonnie to me!*«

Wenn Jakob den Kreisel benutzen würde, würde der sich sicher drehen, dachte Tiryn. Er wirkte wie jemand, der völlig in sich selbst ruht, auch wenn er allein ist. Carly hatte ihr erzählt, dass Jakob auf eine Beziehung mit ihr gehofft hatte. »Aber für mich ist er nur ein lieber Freund und Nachbar. Er möchte einfach wieder eine richtige Familie haben, nachdem seine Frau nun schon vor vielen Jahren gestorben ist.«

Jetzt warf er einen Blick zu Tiryn herüber und lächelte. »Schön?«, fragte er.

Sie lächelte zurück. »Und wie! Ich wusste gar nicht, wie sehr ich das vermisst habe.«

»Gerne jederzeit wieder – im Frühjahr. Aber jetzt sollten wir umkehren. Es wird nun schon sehr früh dunkel.«

Er übernahm das Steuer und wendete. Tiryn träumte auf den Bodden hinaus, berauschte sich an der klaren, kalten Luft. Bis etwas an ihrer Nasenspitze vorbeitrieb. Mit einem Schlag war sie hellwach. Ungläubig beugte sie sich vor. Ein zarter weißer Stern blieb einen Atemzug lang auf der dunklen, abgewetzten Reling liegen, bevor er zu einem winzigen Wassertropfen wurde, herunterrollte und in den Bodden fiel. Staunend blickte Tiryn ihm nach, dann zum Himmel, dann auf den Ärmel ihrer Jacke, wo sich ein weiterer Stern niedergelassen hatte. Er sah aus wie in ihren Büchern, unglaublich zart, eine kristallene Blüte der Wolken! Und tatsächlich einmalig, denn der zweite und dritte, die sich dazu gesellten, hatten eine ganz andere, ebenso märchenhafte Struktur. Tiryn sah nach oben. Schwärme von grauen Punkten waren unterwegs zur Erde, hier und da vom Wind umgerührt und in tanzende Wirbel gezogen. Grau waren sie aber nur, solange man sie von unten sah. Von oben waren sie weiß, schneeweiß. Auf der Reling, auf den Tauen, in Tiryns Haaren, in Jakobs Bart. Selbst im Wasser waren sie einen Moment weiß, ehe sie sich auflösten.

»Jakob, Jakob, es schneit! Es schneit, es schneit wirklich!« Tiryn hüpfte auf und ab.

»Das kommt vor im Winter.« Er lächelte über ihre Aufregung.

»Ja, aber in Florida nicht! Das ist mein allererster Schnee! Davon habe ich immer geträumt.«

»Ich freue mich auch jedes Jahr wieder darüber.« Jakob steuerte um eine Landzunge herum.

Und dann war es wirklich wie in ihren Träumen. Vor ihr lag das

Bild, das sie sich vorgestellt hatte, wenn Nicholas ihr in Kinderzeiten von Fischland-Darß erzählt hatte. Das Bild, das er mit seiner Stimme immer vor ihrem inneren Auge heraufbeschworen hatte.

Der kleine Hafen, umsäumt von blondem Schilf, kleinen Holzhäusern mit wackeligen Stegen und Booten daran, die die braunen Segel trugen. Der Hafen unter einem sanften grauen Himmel, der ein seltsames diffuses Licht auf das Wasser warf und aus dem weiße Sterne lautlos auf alles herabschwebten.

Schnee macht die Welt weich, dachte sie. Die Flocken nahmen den Konturen ihre Schärfe, dämpften die Geräusche, trieben das Licht in alle Ecken und machten auch Tiryns Herz ganz weit und weich. Sie war in ihrer Hoffnung angekommen. Endlich, nach all den Jahren. Sie lief mit einem Boot in den winterlichen Hafen ein, in genau diesen, wie sie es sich hundertmal vorgestellt hatte, wenn sie aus dem Dachfenster des alten Holzhauses in Florida blickte.

»Jakob!« Sie konnte nicht anders, sie warf sich in seine Arme. »Danke! Danke, danke!«

»Hoppla!« Er hielt sie fest und versuchte mit der anderen Hand, das Boot sicher an den Steg zu steuern. »Ich habe den Schnee nicht gemacht, weißt du. Aber es freut mich, dass er dir gefällt.«

Er hatte einen netten, ruhigen Schalk in den Augen, stellte sie fest. »Danke, dass du mich mitgenommen hast, meinte ich.« Sie lachte über sich selbst, griff sich das Tau, sprang auf den Steg und machte das Boot fest, wie sie es schon unzählige Male für Kimoni getan hatte. Noch war das dunkle Holz nicht ganz bedeckt, aber sie bückte sich und schob ein Häufchen Schnee zusammen. Wie leicht und kalt er an den Fingern war! Beglückt formte sie einen kleinen Ball und warf ihn nach Jakob. Er antwortete prompt mit einem größeren. Schnee rieselte in ihren Kragen. »Ich warne dich! Ich bin gut im Training. Anna-Lisa liebt Schneeballschlachten!«

»Können wir auch einen Schneemann bauen?«

»Damit wirst du noch warten müssen. Das reicht niemals.« Jakob sah hinauf. »Morgen sieht das vielleicht anders aus. Es liegt noch mehr in der Luft.«

Tiryn schnupperte. Diesen Geruch kannte sie nicht. So also duftete Schnee. Frisch und jung und aufregend. Voller Erwartungen. Sie betrachtete Jakobs und ihre Fußspuren auf dem Steg. Wie lebendig das aussah! Wenn jetzt jemand dort eine Flaschenpost abstellte, würde sie ihn verfolgen können. Aber im Moment waren ihr Drohbriefe egal. Das Weiß, das der Himmel über die Erde breitete, löschte alles Dunkle aus.

»Fahren wir nach Hause«, sagte Jakob. »Anna-Lisa wartet bestimmt schon auf dich.«

Am Hafenausgang drehte Tiryn sich noch einmal um. Der Flockenfall war dichter geworden. Sie kniff die Augen zusammen. Liefen da nicht zwei Kinder auf dem Steg? Oder waren es nur Schneewirbel, die der Wind tanzen ließ? Und klang nicht eine Mädchenstimme durch die leuchtende Dämmerung?

»Nicholas, warum bist du auf Schlittschuhen so viel schneller als ich? Ich konnte dich kaum noch sehen und hatte Angst, du kommst nie mehr zurück ...«

Doch es war nur der Wind, der in den Masten pfiff und Leinen gegen Holz schlug.

Nicholas

1944

31

Größer als ein Märchen

»Nicholas! Nicholas, warte auf mich!« Ihre Stimme klang hell durch den weichen Nebel aus wirbelnden Flocken, die sich auf das Eis senkten und es rauer machten. Er blieb stehen und wandte sich um. Ihm war nicht bewusst gewesen, dass er sie so weit hinter sich gelassen hatte. Er liebte den Rausch der Geschwindigkeit auf seinen alten Schlittschuhen, die er so fest wie möglich unter seine Sohlen gebunden hatte. Myra hatte sie neu geschliffen, so blank wie ihre Bernsteine. Er mochte das rhythmische Kratzen auf dem Eis, das ihm ein Gefühl der Macht gab. Aus eigener Kraft konnte er so schnell werden, so leicht, so unbeschwert!

Nun sah er Hennys bunten Mantel auftauchen, dann ihre fliegenden Haare, die nie unter der Mütze blieben. Den Mantel hatte ihr Myra genäht und wieder und wieder verlängert. Inzwischen bestand er aus allen möglichen Stoffflicken, Kissenhüllen, alten Vorhängen und dem, was Myra auf ihren Exkursionen ins Land gegen Bernstein und die vitaminreichen Sanddornbeeren eintauschen konnte. Henny mochte den Mantel, sie mochte alles, was bunt und lebendig und ungewöhnlich war. Nicholas gefiel er, weil er sie darin schon von weitem sehen konnte. Gleichzeitig betrachtete er dieses Kleidungsstück als den Inbegriff dessen, was das Leben im Moment ausmachte. Aus Flicken zusammengestoppelt, nichts passte wirklich zueinander. Die Schönheit der Strandlandschaft passte nicht zu den Bomben, die die Menschen aufeinander warfen. Seine glücklichen Momente mit Henny passten nicht zu dem ewigen Streit und Kampf mit seinem Vater. Seine tiefe Freude, wenn er über einem Bild saß, passte nicht zu der Zukunft, die sein Vater für ihn vorsah. Henny machte sich solche Gedanken nicht. Für Henny passte immer alles, Henny lebte im Augenblick. Atemlos kam sie neben ihm zum Stehen.

»Nicholas, warum bist du auf Schlittschuhen so viel schneller als ich? Ich konnte dich kaum noch sehen und hatte Angst, du würdest nie mehr zurückkommen …«

»Weil mir dann so wunderbar warm wird. Auf Schlittschuhen kann ich der Kälte davonfahren. Ich wollte dir keine Angst machen. Es tut mir leid.«

»Lass uns zurückfahren.« Sie nahm ihn bei der Hand, damit er sie nicht noch einmal alleinlassen konnte. Im Gleichschritt steuerten sie auf den eingefrorenen Holzsteg zu. Dort saß Kapitän Flömer auf einem Schemel und hielt eine Angel in das Loch, das er ins Eis geschlagen hatte. Nahrungsmittel waren knapp und der gesunde Fisch unverzichtbar, auch wenn das Eisangeln mühsam war.

»Hast du was gefangen?«, fragte Henny neugierig und hielt sich an Nicholas fest, während sie mit der anderen Hand ihre Schlittschuhe löste.

»Genug für mich und genug für euch. Schaut mal, da kommt Myra, die sich bestimmt schon um euch gesorgt hat.«

»Ihr müsst doch völlig durchgefroren sein. Ich habe heißen Sanddornsaft mitgebracht«, sagte Myra und schwenkte eine alte Thermoskanne. »Und seht mal, was ich heute früh an der Mole erwischt habe. Ich habe bis jetzt gebraucht, um ihn sauber zu kriegen und glatt zu schleifen. Der ist etwas Besonderes, findet ihr nicht?«

Auf der taubenblauen Handfläche ihres Fäustlings schimmerte ein Bernstein, so lang wie ein großer Tannenzapfen und auch von ähnlicher Größe und Form. Nur lief er am Ende noch einmal flach und geschwungen aus.

»Ein Fisch! Ein Bernsteinfisch! Ist der schön!« Henny beugte sich begeistert darüber, und Nicholas beschloss auf der Stelle, dieses Bild zu malen, sobald er die Chance dazu bekam. Einfach war das nie, sein Vater musste aus dem Haus sein und seine Mutter am besten auch, oder er musste bei Henny malen. Eine Andeutung von dem grauen, kalten Wintertag im Hintergrund würde er auf dem Papier festhalten, den blauen Handschuh mit seinen Löchern und Arbeitsspuren, und darauf den perfekten, schimmernden Bernsteinfisch, der wirkte wie aus einer völlig anderen Welt. Das war er ja auch – aus einer anderen Welt und Zeit.

»Sieh mal, da ist sogar ein Krümel eingeschlossen, der ist genau da, wo das Auge sein müsste. Und diese Luftblasen sehen aus wie Fischschuppen. Vorn ist er heller und hinten dunkler, und die Schwanzflosse wird wieder hell.« Henny entdeckte immer mehr daran. »Myra, bitte, kannst du den nicht behalten? Ich möchte ihn immer wieder anschauen.«

Myras Hand in dem blauen Fäustling schloss sich um den Fund.

»Ich könnte eine Menge wichtiger Dinge dafür bekommen. Aber ich habe beschlossen, ihn zu behalten. Ich war traurig heute früh, weil ich von der kaputten Stadt geträumt habe, in der ich neulich Medizin für meine Mutter und Oma Matilda eingetauscht habe. Alles ist grau dort, voller Tränen und Staub – die Menschen und die Häuser. Ich konnte nicht mehr schlafen und ging an den Strand, weil der Bernsteinwind wehte. Und dort im flachen Wasser an der Mole lag dieser Bernstein vor mir und funkelte im ersten Tageslicht. Da wusste ich, irgendwann wird alles besser. Dann werde ich nicht mehr allen Bernstein, den ich finde, weggeben müssen. Ich werde eine Sammlung aufbauen und eines Tages ein

Museum daraus machen. Und dieser Fisch hier wird das allererste Stück darin sein und mich daran erinnern, dass es immer Hoffnung gibt und dass die Träume nie ganz aufhören zu leuchten, solange man lebt. Vielleicht nicht einmal danach.«

Nicholas betrachtete sie erstaunt. Noch nie hatte er die vernünftige, praktische, manchmal sarkastische Myra so reden gehört.

»Gut gesprochen, Mädchen«, sagte Kapitän Flömer und holte die Angel ein. »So, genug für heute. Myra, nimm dir die Fische, die du für euch brauchst.«

Während Myra sich um die Fische kümmerte, wischte Henny den Schnee von einem Poller und setzte sich erwartungsvoll darauf. Es hatte aufgehört zu schneien, und über den Horizont legte sich ein Strich aus Rot und Grün und flammendem Orange.

»Erzähl uns noch eine Geschichte, Kapitän Flömer, bitte. Heute ist ein Märchentag.«

»Ein Märchen willst du hören? Wozu brauchst du ein Märchen, wenn die Wirklichkeit viel großartiger ist?« Er schwenkte die Angel mit seinem langen Arm in einem weiten Bogen wie einen mächtigen Zauberstab. »Ihr sitzt doch mittendrin in der aufregendsten Geschichte von allen. Weit unter euch, unter dieser kalten Kruste, aus der im Frühling neues Leben sprießt, glüht das feurige Herz der Erde. Nur, weil es einen Eisenkern hat, gibt es die Schwerkraft, und wir können auf der Haut der Erde leben, ohne von der Schwester der Schwerkraft, der Fliehkraft, ins All geschleudert zu werden.«

»Dann sind die Schwerkraft und die Fliehkraft wie die gute und die böse Hexe«, meinte Henny, die von Märchen so fasziniert war, weil sie die gerade in der Schule behandelten.

»Nein«, widersprach Nicholas. »Sie gehören doch zusammen!«

»Gut aufgepasst, Nicholas. Sie schaffen ein Gleichgewicht.« Flömer rieb sich die Hände warm. In seinem Bart setzte sich Raureif fest. Nicholas betrachtete ihn genau. Er hielt nicht viel vom Weihnachtsmann, aber wenn er ihn malen müsste, würde er ihn malen wie Kapitän Flömer, in dieser alten Schiebermütze und der Öljacke mit dem Fischerpullover darunter. Mit den Schwielen an den Händen, der Zahnlücke und vor allem mit den Falten um die Augen, denen man ansah, dass sie vom Meer und vom Sturm kamen und von der Weite, die sein Element war.

»Und dieses Gleichgewicht funktioniert, obwohl unser kleiner Planet sich dreht wie ein Kreisel und dabei gleichzeitig um die Sonne fliegt, und das gemeinsam mit seinen Geschwistern, ohne jemals mit ihnen zusammenzustoßen«, fuhr Flömer fort. »Und wir stehen darauf und spüren die Wärme der Sonne, obwohl sie so unvorstellbar weit weg ist, dass ihr Licht acht Minuten braucht, bis es bei uns ankommt. Daher kommen die Jahreszeiten mit ihren Blüten und Früchten, goldenen Blättern und Schneeflocken. Auf dieser unglaublichen ewigen Reise begleitet uns der Mond und sorgt dafür, dass es in den Meeren Ebbe und Flut gibt für diejenigen, die dort Nahrung suchen. Wir kleinen Menschen stehen hier und sehen sogar manchmal einen Stern fallen. Solche gefallenen Sterne haben den Staub auf die Erde gebracht, aus dem wir entstanden sind, wir und alles Leben. Das erste Leben ist im Meer entstanden, und darum fließt das Meer auch in euren Adern und in eurer Seele. Alles, was gelebt hat, schreibt sich in euch Kindern fort.«

»Dann sind wir mit den Fischen verwandt?«, fragte Henny.

»Und mit dem Seetang und mit den Sandkörnern. Und dieser Bernstein in Myras Hand ist das Blut von Bäumen, die es lange vor den Menschen gab. Ist das alles nicht Märchen genug, Henny, obwohl es die Wahrheit ist?«

»Ja, das ist ein wundervolles Märchen«, sagte sie leise. »Aber nur, weil wir alle zusammen sind. Sonst wäre es zu groß, und ich hätte Angst.«

»Kapitän Flömer, wenn das wirkliche Märchen größer als die Welt ist, dann bleibt man ja immer in dem Märchen, egal, wohin man geht, stimmt's?«, fragte Nicholas.

Der Kapitän zog ihn anerkennend am Ohrläppchen. »Da hast du wohl recht, Nicholas. Ich war schließlich schon fast überall. Ich bin über alle Meere gefahren und bin doch nie ans Ende des Märchens gekommen. Im Gegenteil, es wurde immer größer. Die Strömungen, denen man folgt, ob auf dem Land oder im Wasser, sind die Schrift, die dieses Märchen schreibt.«

»Die Strömungen hören doch nie auf, Kapitän, die fließen doch immer weiter und weiter, nicht wahr?«, fragte Nicholas.

»Ja, das tun sie.«

»Und das, was in diesem Märchen passiert ist, das bleibt doch immer wirklich, auch wenn es vorbei ist?«

Der Kapitän runzelte nachdenklich die Stirn. »Ja, die Wirklichkeit ist eine Sache und die Zeit eine andere. Auch, wenn etwas Vergangenheit ist, verliert es ja dadurch nicht seine Wahrheit.«

»Henny und ich kennen uns jetzt über ein Jahr«, sagte Nicholas. »Egal, was passiert, sogar wenn eine Bombe auf uns fällt, dieses Jahr bleibt für immer und ewig wahr und wirklich.«

Myra fuhr hoch und kippte dabei fast den Fischeimer in den Bodden.

»Ich sorge schon dafür, dass keine Bombe auf euch fällt, verstanden?«

»Aber es stimmt doch, was ich gesagt habe, oder?«, beharrte Nicholas.

»Sicher!«

»Und, Kapitän Flömer, ist in der Geschichte wichtig, ob etwas groß oder klein ist? Ist die Sonne wichtiger als ein Mensch?«

»Meinst du, dass in einer Geschichte die kurzen Worte unwichtiger sind als die langen?«, fragte der Kapitän zurück.

»Ohne die kurzen Worte funktioniert gar keine Geschichte. Myra, gib mir mal dein Taschenmesser«, bat Henny.

»Bitte, heißt das. Wozu denn?«

»Bitte!«

Myra reichte ihr das Taschenmesser. »Aber Vorsicht!«

Ehe Nicholas wusste, wie ihm geschah, hatte Henny ihm eine Haarsträhne abgeschnitten und sich selbst eine Locke. Sie gab Myra das Messer zurück und flocht die Haare zusammen.

»So, jetzt versenken wir die zusammen im Bodden. Myra hat heute den Bernsteinfisch gefunden, und er hat ihr Hoffnung gemacht. Unsere Haare sollen zusammen in der Strömung für immer unterwegs sein. Sie sind klein, aber sie sind wirklich. Das ist auch ein Zeichen für Hoffnung. Ganz egal, was noch passiert, ein kleines Stück von uns wird immer zusammen um die Welt fließen.«

Sie zogen ihre Handschuhe aus, jeder nahm ein Ende der Strähne, in der glattes Braun und lockiges Kastanienrot eins geworden waren. Nicholas sah auf seine knochigen Jungenfinger und Hennys zarte, elegante Mädchenhand, die im klaren, kalten Wasser in Kapitän Flömers Angelloch wie seltsame Fische wirkten. Das Wasser prickelte und schmerzte auf der Haut.

»Eins, zwei, drei!«, zählte Henny. »*Jetzt!*«

Gleichzeitig ließen sie los und sahen zu, wie die Strömung die zarten Fäden unter das Eis trug und hinaus in die offene Weite des Boddens spülte, dort, wo der Himmel jetzt tief dunkelblau war.

Nur eine Ahnung von Orange und Grün erzählte noch von dem Tag, der gerade zu Ende ging, und über dem Schilf zeigte der Abendstern wie die Laterne eines Leuchtturms der Nacht den Weg.

Tiryn

2000

32

Temperamente

Die Krabbe, die Anna-Lisa gezeichnet hatte, wirkte, als ob sie jeden Moment von der Linolplatte steigen würde, und die anderen Motive waren nicht weniger lebendig. Tiryn sah schon die bedruckten Stoffe vor sich. Nachdem sie sich von den Hellmonds verabschiedet hatte, stand sie auf der Treppe und sah sich um. Es hatte aufgehört zu schneien. Nebenan in der Küche von Naurulokki brannte Licht unter dem Reetdach, das unter der dünnen weißen Schicht noch gemütlicher wirkte als sonst. Sollte sie kurz hineingehen, Carly die Zeichnungen zeigen und die Linolplatten gleich dort auf dem Tisch liegen lassen, wo sie sie morgen bearbeiten wollte? Oder war Carly noch immer nicht nach ihrer Gesellschaft zumute? Nach kurzem Zögern ging sie hinüber, benutzte dabei aber nicht ihren Schlüssel, sondern klopfte. Carly öffnete sofort.

»Ti, ich bin froh, dass du kommst. Ich hab mich blöd benommen heute Mittag. Du hast nichts falsch gemacht. Ich war nur überrumpelt und enttäuscht. Ich habe so lange darauf gewartet, Philip kennenzulernen, und dann war er so unhöflich! Es tut mir leid.«

»Kein Problem. Schau mal, was Anna-Lisa gezeichnet hat!« Sie erklärte Carly die Idee mit dem Stoffdrucken, während Carly einen Tee aufgoss. »Myra hatte ja schon vorgeschlagen, die Stoffe später drucken zu lassen, aber für den Anfang ist das hier viel billiger und nicht so aufwendig. Und die Kunden können mitmachen!«

»Das ist eine wunderbare Idee für deinen Laden. Da wirst du aber einen großen Tisch brauchen.«

»Ja, der Raum muss größer sein, als ich dachte. Ich muss bald anfangen zu suchen, aber bevor ich nicht die Genehmigung habe, hat es keinen Sinn.« Sie sah aus dem Fenster. »Glaubst du, es wird heute Nacht noch mehr schneien? Ich möchte so gern meinen ersten Schneemann bauen!«

»Ich weiß es nicht. Das Wetter hier ist ziemlich unberechenbar. Aber ein Schneemann ist eine gute Idee. Die sind wenigstens nie unhöflich.«

Carly goss den Tee ein. Sie trug eins von Hennys wärmsten Kleidern, in einem tiefen Dunkelblau. Das Licht der Küchenlampe ließ ihre kastanienfarbenen Locken aufleuchten, als knisterten Funken darin. Es war einer jener Momente, in denen Tiryn wieder annahm, das Gespenst ihrer Kindheit, die Henny Badonin aus Nicholas' Gemälden, vor sich zu haben.

Eine Bewegung draußen lenkte ihre Aufmerksamkeit ab. »Du, ich glaube, da kommt einer.«

»Wer soll denn jetzt noch kommen?«

Im selben Augenblick klopfte jemand scharf an die Scheibe. Tiryn zuckte zusammen und trat einen Schritt zurück.

»Carlotta Templin?«

Sie wussten beide sofort, zu wem die Stimme gehörte, und sahen sich an. Carly ging zum Fenster und öffnete es.

»Ich war in der Nähe, und Harry hat mich gebeten, diesen Auftrag vorbeizubringen«, begann Philip und wollte einen Umschlag durch das Fenster reichen. Doch dann verhielt er mitten in der Bewegung, räusperte sich und sah Carly mit großen Augen an.

Tiryn im Hintergrund ahnte, was in ihm vorging. Als er ihr erzählt hatte, was ihm Henny bedeutet hatte, wie er sie als Junge bewunderte und sich ausmalte, wie sie wohl als junge Frau gewesen war, hatte dasselbe Leuchten aus seinem Bick gesprochen. Es verriet ihr, dass diese alten Träume noch lebendiger in ihm waren, als er ahnte. Carly in dem Rahmen des hell erleuchteten Fensters, in Hennys Küche, mit offenen Haaren und in Hennys Kleid, musste auf ihn eine völlig andere Wirkung haben als Carly in der Töpferei mit verschmierten Gesicht und verstecktem Zopf.

»Kann ich vielleicht doch hereinkommen?«

»Sicher.« Carly machte eine Geste zur Tür hin und schloss das Fenster wieder.

Sie ließ die Tür zur Küche offen, so dass Tiryn nicht anders konnte, als das Gespräch mitanzuhören.

»Der Auftrag ist dringend, deswegen wollte Harry, dass ich ihn vorbeibringe.« Philip räusperte sich ein zweites Mal.

»Danke. Ich werde mich so schnell wie möglich darum kümmern.«

»Ich muss mich übrigens noch bei Ihnen entschuldigen. Das in der Töpferei war nicht in Ordnung. Nur, ich hatte diesen Entwurf im Kopf – eine plötzliche Idee, die mich überkam und nach Form verlangte. Können Sie mir verzeihen, Carlotta?«

Carlys Antwort ließ auf sich warten.

»Ich habe mir Ihre Werke angesehen«, versuchte Philip, das Schweigen zu brechen. »Vielmehr die Fotografien, die Harry davon gemacht hat, denn die Werke selbst sind ja praktisch alle verkauft. Sie haben wirklich Talent und sind eine Bereicherung für die Töpferei. Ich freue mich, dass wir mit Ihnen zusammenarbeiten.«

»Haben Sie auch Harry gesagt, dass er etwas richtig gemacht hat?«

»Ich habe mich sogar bei ihm entschuldigt. Bitte, da ich nun in ehrlicher Demut zu Kreuze gekrochen bin, können wir uns nicht duzen und Frieden schließen?«

»In Ordnung«, sagte Carly schließlich. »Dann nenn mich bitte Carly.«

»Ich halte nichts von Abkürzungen«, sagte Philip. »Carlotta passt hervorragend zu einer Frau wie dir.«

»Aha. Nun, wenn du noch eine Minute deiner Zeit erübrigen kannst, warte doch bitte kurz hier. Diese Frau möchte dir noch etwas geben, das schon lange auf dich wartet.«

»Ich wüsste zwar nicht, was das sein könnte, aber selbstverständlich warte ich.«

Tiryn spähte kurz um die Ecke und sah, wie Philip die Vase betrachtete, die Carly so gern mochte und stets berührte, wenn sie daran vorbeiging.

Als Carly zurückkehrte, war ihre Stimme nicht mehr frostig, sondern weich wie das Abendlicht über dem Bodden. »Hier, das habe ich für Sie – für dich aufgehoben. Es ist das Werkzeug, das Joram Grafunder gehört hat. Schnitzmesser und dergleichen. Da er doch dein Vater ist, dachte ich, du hättest vielleicht gern etwas von ihm. Außerdem gehört es ohnehin dir. Und hier ist sein Hut. Da kann man noch seine Persönlichkeit darin spüren. Oder findest du das völlig verrückt?«

»Verrückt oder nicht, es interessiert mich nicht! Ich brauche keinen Vater mehr. Mach mit dem Krempel, was du willst. Mich geht er nichts an.«

»Aber er hat doch nie gewusst, dass er einen Sohn hat. Du kannst ihm nichts vorwerfen!«

»Ach ja? Er hätte diese Möglichkeit zumindest einmal in Betracht ziehen können. Es wird ja wohl nicht seiner Aufmerksamkeit entgangen sein, dass er etwas mit meiner Mutter hatte. Im Übrigen geht das dich ebenso wenig an wie mich. Auf Wiedersehen!« Philip riss die Tür auf.

»Ich kann also mit diesem Krempel machen, was ich will?«, rief Carly ihm erbost hinterher. »Gut! Wunderbar! Ich werde liebend gern mit seinem Werkzeug arbeiten – und ich werde seinen Hut tragen und an ihn denken, wie er es verdient!«

Die Haustür fiel zu, und Carly kam in die Küche gestürmt, den verbeulten Hut über beide Ohren gezogen. »Hast du das mitbekommen? Was für ein eingebildeter, unmöglicher Typ! Worüber um Himmels willen lachst du?«

»Nicht wichtig, Carly, du hast nur einen wunden Punkt bei ihm getroffen. Nimm es ihm nicht übel. Er muss sich noch an den Gedanken gewöhnen, dass sein schwieriger Vater nicht sein wirklicher Vater war und dass er seinen leiblichen Vater nie als Vater kennenlernen durfte.«

»Ist das ein Grund, sich so zu benehmen?«

»Du hast ihn völlig überrumpelt. Gib ihm Zeit! Und beruhige dich. Der Hut steht dir übrigens hervorragend. Ich muss jetzt nach Hause. Kaja hat es gern, wenn ich ihr noch einen Tee ans Bett bringe. Gute Nacht, Carlotta!« Lachend duckte sie sich unter dem Kissen weg, das Carly nach ihr warf.

»Ich freue mich darauf, wenn im Frühling Rune kommt«, sagte Carly. »Der ist unkompliziert. Man kann mit ihm lachen, und es ist praktisch unmöglich, ihn zu beleidigen. Das wird nett.«

»Wer war das noch mal?«

»Thores kleiner Halbbruder. Das heißt, klein ist er wirklich nicht, aber viel jünger als Thore. Ich habe mal mit ihm getanzt.«

»Ach so, der. Der Schiffsbildhauer. Klingt nett. Bis morgen!«

Hoffnungsvoll lehnte sie sich am nächsten Morgen aus dem Fenster. Doch Carly hatte recht gehabt. Das Wetter hier war unberechenbar. Der Schnee war verschwunden, stattdessen wehte ein milder Wind, und Nebel lag in den Senken. Der Himmel war von einem unwirschen Grau. Enttäuscht zog sich Tiryn an und stellte in der Küche fest, dass kaum noch Tee da war. Auch Kajas Lieblingskekse waren alle.

»Ich gehe einkaufen. Hast du einen bestimmten Wunsch?«

»Nein, danke, Kind«, sagte Kaja. »Ich lege mich noch ein wenig hin. Dieses Wetter bekommt meinen Knochen nicht.«

Im Briefkasten war noch keine Nachricht vom Amt. Tiryns Laune besserte sich erst, als sie Daniels warmen Teeladen betrat. Das aufmüpfige Haarbüschel, das auf seinem Scheitel in die Höhe stand, heiterte sie etwas auf.

»Hallo, Tiryn.« Nachdenklich stand er vor einer leeren Glasvitrine. Tiryn stellte sich neben ihn.

»Ein schönes Stück!«

»Ich habe sie gerade geliefert bekommen. Sie ist aus einem Nachlass. Ich kann mich nur gerade nicht entschließen, was ich darin ausstellen soll. Tee und Kekse würden merkwürdig aussehen. Und Kerzen passen auch nicht hinein.«

Tiryn hatte eine Idee. »Was hältst du von Muscheln? Ich habe meine Muschelsammlung aus Florida mitgebracht, aber ich habe nirgends Platz, deswegen schlummert sie noch in ihrer Kiste. Wenn ich meinen Laden habe, würde ich sie gern dort ausstellen, zur Dekoration. Bis dahin könnte ich sie dir leihen.«

Daniel wandte sich ihr zu. »Das ist ein wunderbares Angebot!«

»Es sind keine großen Muscheln. Sie sind eher filigran. Manche nur fingernagelgroß. Aber die Formen und Farben hören nie auf, mich zu faszinieren.«

»Das passt. Ich mag die filigranen Dinge lieber als die großen. Sie würden in der Vitrine bestimmt angemessen zur Geltung kommen. Wann könntest du sie bringen? Die leere Vitrine wirkt so traurig.«

»Wenn du möchtest, gleich. Dann wird aus diesem Tag vielleicht doch noch etwas Vernünftiges. Ich bin heute mit dem falschen Fuß aufgestanden, wie man hier so schön sagt.«

»Das kenne ich. Wunderbar, lass uns das machen. Solange du die Muscheln holst, poliere ich die Vitrine von innen. Hast du schon Räume für deinen Laden gefunden?«

»Nein, aber ich habe auch noch nicht ernsthaft danach gesucht. Ich warte noch auf eine Genehmigung.«

Daniel zögerte. »Ich hätte einen Vorschlag. Neben meinem Laden ist ein größerer Lagerraum. Er ist voller Gerümpel, aber ich benutze ihn nicht. Ich habe ihn schon Carly einmal als Werkstatt angeboten, aber dann stellte sich heraus, dass sie auf Naurulokki bleiben kann. Jetzt aber könnte ich eine kleine Mieteinnahme gut gebrauchen, und es ist auch schade um den verlorenen Raum. Wenn du möchtest, würde ich ihn ausräumen. Und Carlys Freund Orje könnte dir beim Streichen helfen. Er ist Profi und macht wunderschöne Bordüren, die könnten deinem Geschäft eine besondere Note geben. Was die Miete angeht, würden wir uns bestimmt einig. Möchtest du dir den Raum ansehen?«

»Unbedingt! Daniel, das wäre toll. Kann ich ihn gleich sehen?«

»Na klar. Ich hole nur den Schlüssel.«

Erst klemmte das Schloss, und als es aufging, sah man immer noch nichts. »Warte kurz.« Daniel verschwand im Dunkeln, rüttelte an etwas, öffnete ein Fenster und dann noch eins. Jetzt fiel Licht auf die Stapel von Kisten und Kästen, alte Leitern und Fässer. Staubige Spinnweben hingen von dicken Holzbalken unter der Decke. Daniel suchte sich einen Weg hindurch und öffnete zwei weitere Fensterläden. Tiryn blickte sich um. Vergessen und verwunschen, schmutzig und vollgestopft, wie der Raum war, sah sie ihn sofort anders vor sich. Zart blau gestrichen mit sandfarbenen Bordüren aus Fischen oder Möwen. Die hölzernen Deckenbalken, poliert und nach Bienenwachs duftend, mit Haken, von denen Kleider hingen. Die alten Fässer, ebenfalls poliert, als Ausstellungstische für den Schmuck. Den Winkel dort hinten konnte man mit einem selbstbedrucken Stück Stoff als Umkleidekabine abtrennen, er verlangte geradezu danach. Mit der Fußspitze schob sie den Staub auf dem Boden beiseite. Alte Steinfliesen, unregelmäßig abgetreten, Braun mit einigen blauen Mosaiksteinen dazwischen. Wunderbar.

»Daniel, du bist ein Zauberer. Wenn ich jemals meinen Laden eröffnen kann, dann soll es genau hier sein und nirgendwo anders!«

»Sehr gerne!« Er hielt ihr die Hand hin, und sie schlug ein.

Auf einem der Fässer entdeckte sie ein abgebrochenes Stück Kreide. Sie nahm es mit nach draußen, schloss die alte Holztür und schrieb in einem Bogen darüber mit großen stolzen Buchstaben:

Tallulahs Meerdesign

»Das sieht gut aus. Fühlt es sich richtig an?«, fragte Daniel.

»Aber so was von richtig! Ich hole jetzt die Muscheln. Ach, Daniel – hast du etwas in deinem Laden, von dem du weißt, dass Kaja Benjes es besonders gerne mag?«

»O ja. Meine interessanteste Marmelade. Susannes Sommertraum.«

»Aber Kaja macht doch selbst so tolle Marmelade?«

»Schon, aber nach dieser hier ist sie trotzdem ganz verrückt. Das ist ein altes Spiel zwischen uns – sie verrät mir ihre Rezepte nicht, und ich behalte meine für mich, dafür tauschen wir dann unsere Werke.«

»Und wonach schmeckt Susannes Sommertraum – und wer ist Susanne?«

Ein Lächeln flog über Daniels Gesicht. »Eine ganz besondere Frau, die ich einmal kennengelernt habe. Aufregend und vielseitig. Darum schmeckt die Marmelade nach Mirabellen, Erdbeeren, Zimt, Cayennepfeffer und vielem anderen. Ob ich dir alle Zutaten eines Tages verrate, werden wir sehen. Probier erst mal. Ich hole dir ein Glas. Nein, zwei – eins für Kaja und eins für dich. Geht aufs Haus – als Willkommensgeschenk.«

Als Tiryn eine Stunde später mit der Muschelkiste zurückkehrte, erstarrte sie.

An der Tür, die sie bereits als *ihre* Tür betrachtete, stand jemand in einer Pudelmütze und war dabei, sie mit roter Farbe zu beschmieren.

DU BIST UNERWÜNSCHT!

Tiryn spürte, wie eine schwarze Wutblase in ihr aufbrodelte. Lautlos stellte sie die Kiste hinter einem Baum ab, öffnete sie und nahm die Schlangenhaut heraus, die ganz zuoberst lag. Sie sah vollkommen lebendig aus, und die blanken Augenhäute starrten sie lauernd an. Der Mann an der Tür hatte Tiryn noch nicht bemerkt. Auf dem feuchten, sandigen Weg machten ihre Schritte keine Geräusche. Sie schlich sich heran und deponierte die Schlange mitten auf dem Weg, dann stellte sie sich hinter einen Sanddornbusch.

Der Mann schraubte seinen Farbtopf zu, wischte seinen Pinsel noch einmal an der Tür ab, stellte beides hinter einen Stein und wandte sich zum Gehen.

Die Schlange sah ihm genau ins Auge, den rasselbewehrten Schwanz angriffslustig erhoben. Er stieß einen unterdrückten Schrei aus, trat einen Schritt zurück, stieß dabei gegen die Tür und beschmierte sich mit frischer roter Farbe. Ungläubig starrte er die Schlange an, dann bemerkte er Tiryn, die hinter dem Busch hervortrat und sich neben die Schlange stellte.

»*Hijo de puta!*«, schrie sie ihn an.

Er hob abwehrend die Hände und riss sich dabei die Mütze herunter, die er tief in die Stirn gezogen hatte. Sein rechtes Ohr stand ab und hatte oben eine tiefe Kerbe. Das Entsetzen in seinem Gesicht war so absurd, dass Tiryn anfing, schallend zu lachen. Sie bückte sich, hob die Schlangenhaut auf und ging auf ihn zu.

Blitzschnell machte er kehrt und rannte hinunter in den Waldstreifen am Deich.

Tiryn ließ ihn laufen und stand selbst wie erstarrt da. Erst jetzt wurde ihr bewusst, was sie gerade gerufen hatte. Die spanischen Flüche ihrer Mutter. All die Jahre hatte sie daran gearbeitet, ihren Jähzorn zu beherrschen, und bei der erstbesten Provokation fluchte sie auf Spanisch!

Zwei Tage später musste sie nach Wustrow auf die Bank. Als sie im Foyer ihre Papiere in den Rucksack steckte, sah sie, wie ein Kunde hereinkam und sich in die Schlange vor einen Schalter einreihte. Sein rechtes Ohr hatte oben eine Kerbe, und an der linken Schulter seiner Jacke leuchtete hinten unzulänglich entfernte rote Farbe.

Sollte sie die Polizei rufen und ihn anzeigen? Es wäre vernünftig gewesen. Aber etwas in ihr sträubte sich dagegen. Unter den

Kindern auf Mexikos Straßen war es Ehrensache gewesen, seine Kämpfe allein auszutragen. Bei den Choctaw war es nicht anders.

Sie schulterte den Rucksack, ging zurück in den Schalterraum, trat von hinten an ihn heran und schob ihre Hand in seinen Arm, so dass es aussah, als würden sie sich kennen. Sie packte jedoch fest zu. Hier konnte er nicht handgreiflich werden. Er war etwas größer als sie. Erschrocken sah er zu ihr herunter und zuckte zusammen.

Sie strahlte ihn mit betont falscher Freundlichkeit an. »Wie schön, dass wir uns hier treffen. Wir haben noch etwas zu besprechen! Du hast bestimmt Zeit, nicht wahr?«

Die ungeduldige Dame hinter ihm rückte hoffnungsvoll einen Schritt vor. Er blickte sich um.

Tiryn stellte sich auf die Zehenspitzen. »Ich könnte natürlich auch die Polizei rufen. Du hast nämlich rote Farbe auf der Jacke«, flüsterte sie ihm ins Ohr.

Er folgte ihr mit hängenden Schultern aus der Bank. Tiryn sah sich um, ohne ihren Griff zu lockern, und schob ihn in die Pizzeria nebenan.

»So, du Mistkerl, und jetzt raus mit der Wahrheit«, sagte sie fast freundlich, als sie sich an einem Tisch in einer Nische gegenübersaßen. »Sonst hänge ich dir die Schlange demnächst als Deko an die Wand deiner Zelle. Was hast du gegen mich, und was soll der Quatsch?«

Er sah sie trotzig an, senkte den Blick und zupfte an der Papierserviette herum, die jemand zu einer Blüte gefaltet hatte. Wie ein Mistkerl sah er nicht aus, eher hilflos. Er war mittleren Alters, hatte sandfarbenes Haar mit grauen Strähnen und Hände, denen man die schwere Arbeit ansah.

»Es war nicht die Schlange, die mir so einen Schreck eingejagt hat«, sagte er dann und hob wieder den Blick, musterte sie fast ungläubig. »Es war Ihr Blick! Sie – der Teufel soll mich holen, aber Sie standen da mit haargenau demselben Ausdruck wie der alte Justus Ronning, wenn er einen seiner Wutanfälle hatte!«

Tiryn betrachtete ihn mit zusammengekniffenen Augen. Sie würde ihn nicht siezen. Vor jemandem, der Türen beschmierte und Drohbriefe schrieb, hatte sie keinen Respekt. Aber seine Worte bereiteten ihr Unbehagen. Erst erwischte sie sich selbst dabei, dass sie wie Lara fluche, und nun behauptete er, sie hätte denselben Ausdruck gehabt wie Justus Ronning! Der Mann, der Opa Nick als Kind in den Keller gesperrt hatte. Der ihn auf das Dach prügelte und ihm das Malen verbot. Justus Ronning war jähzornig und manchmal brutal.

Und Justus Ronning war ihr Urgroßvater.

Deshalb hatte sie sich immer so große Mühe gegeben, das gelegentliche plötzliche Aufsteigen der schwarzen Wutblase in ihrem Inneren zu beherrschen. Weil sie Angst hatte, dass Lara nicht die Einzige war, die diesen Jähzorn geerbt hatte.

»Woher kennst du Justus Ronning?«

Jetzt knetete er die Serviette in den Händen. »Der Schmetterling war schon tot, als ich ihn gefunden habe!«

Der Schmetterling? Sie musste kurz überlegen.

»Ach so, der in der Flaschenpost. Das beruhigt mich, beantwortet aber nicht meine Fragen. Woher kennst du Justus Ronning, und was hast du gegen mich? Und vor allem: Wer bist du?«

»Was darf ich Ihnen bringen?«, fragte eine zierliche Kellnerin höflich.

»Ein Wasser, bitte. Nein, zwei.« Sie würde diesen Menschen bestimmt nicht zum Essen einladen! Nicht mal zu einem Tee.

Er protestierte nicht. »Justus Ronning war mein Stiefvater. Ich heiße Frerk Bojahn-Ronning. Ich war zehn, als meine Mutter Justus geheiratet hat. Er war viel älter als sie. Ich glaube, sie hat es oft bereut. Sie hat sich genauso vor ihm gefürchtet wie ich. Diese Narbe verdanke ich ihm und seinem Stock.« Er fingerte an seinem Ohr herum. Tiryn merkte, wie die Wut langsam aus ihr wich und einer Art widerwilligem Mitleid Platz machte.

»Aber da war auch eine gute Sache«, fuhr Frerk Bojahn fort. »Ich bin so gerne mit ihm auf die Dächer gestiegen! Ich fand es toll da oben. Das Land zu sehen, und den Geruch vom warmen Reet einzuatmen. Er hat mir das Dachdecken beigebracht. Und als er starb, habe ich den Betrieb geerbt.« Er räusperte sich. Seine Stimme zitterte, er schien den Tränen nahe. »Am Anfang lief es einigermaßen. Ich habe mir große Mühe gegeben. Meine Mutter hat mir geholfen. Die Abrechnungen und so. Buchhaltung, den ganzen Papierkram. Aber ich bin nicht gut darin. Ich liebe nur die Dächer und das Reet und das Dachdecken. Seit Mutter gestorben ist, geht es bergab mit der Firma.« Er sah zu Boden. »Ich hatte gehofft, wenn Nicholas Ronning in Amerika stirbt, bekomme ich vielleicht noch dessen Pflichtteil. Ich wusste, dass der auf der Bank ruht. Ich habe einen Kumpel, der bei der Bank arbeitet. Der hat mitbekommen, dass Sie kürzlich das Konto beansprucht haben. Da war meine letzte Hoffnung dahin, und ich bin durchgedreht. Es tut mir leid. Ich habe einen Riesenfehler gemacht …« Flehentlich sah er sie an. »Ich wollte doch nur Ronning Reet vor der Insolvenz bewahren. Es gibt kaum noch jemanden, der die alten Reetdächer flicken kann. Das Fischland braucht uns!«

Das Fischland braucht uns. Diese Worte wischten die Reste von Tiryns Wut fort. Das war die Lösung! Sie hob die Hand. »Still! Ich muss nachdenken.«

»Bitte zeigen Sie mich nicht an!«

»Also gut. Ich zeige dich jetzt nicht an. Aber es gibt einige Bedingungen.«

Er hob hoffnungsvoll den Blick. »Was Sie wollen. Es ist jetzt eh schon egal.«

»Ich muss, wie gesagt, nachdenken. Wir treffen uns morgen in Ahrenshoop. Um drei im ›Nordlicht‹. Wenn du nicht kommst, zeige ich dich doch an, klar? Ich warne dich.«

Er stand auf. »Ja. Ist ja gut. Ich werde da sein.« Eilig verschwand er.

Tiryn trank ihr Wasser aus, bezahlte und beeilte sich, ihren Bus zu erwischen.

Auf der Heimfahrt nahm ihre Idee Gestalt an. »Das könnte tatsächlich funktionieren«, murmelte sie vor sich hin.

»Manche Gegner kann man sich zunutze machen«, hatte ihr Nelson Sanborn einmal erklärt. »Einige meiner besten Geschäfte sind so zustande gekommen.«

Er war pünktlich. Diesmal spendierte sie ihm sogar einen Tee. Dankbar wärmte er sich die Hände an der Tasse. Sie waren sauber, sein Hemd ebenso, und gekämmt war er auch. Offenbar hatte er sich Mühe gegeben.

»Und jetzt?«, fragte er vorsichtig.

»Also gut. Hier ist der Plan.« Tiryn lehnte sich zurück. »Erstens: Du duzt mich auch. Wir sind ja praktisch verwandt, zumindest auf dem Papier, und außerdem im Begriff, ein Herz und eine Seele zu werden, zumindest nach außen hin, für das Amt.«

»Sind wir?« Er war verwirrt.

»Jawohl. Ich werde nämlich zweitens eine bescheidene – wohlgemerkt: bescheidene! – Summe in deinen Betrieb investieren, beziehungsweise den Betrieb meines Urgroßvaters, und damit Teilhaber von Ronning Reet werden.«

Er setzte sich mit hoffnungsvoller Miene gerade und öffnete den Mund.

Tiryn hob warnend den Finger.

»Drittens werde ich die gesamte Buchhaltung übernehmen, davon verstehe ich nämlich etwas, und du wirst mir nicht hineinreden. Du wirst währenddessen Klinken putzen gehen, neue Aufträge hereinholen und außerdem von morgens bis abends arbeiten. Zusammen werden wir den traditionellen Familienbetrieb Ronning Reet und damit die historischen Dächer retten.«

Er hörte mit großen Augen zu.

»Und viertens«, fuhr sie zufrieden fort, »Du wirst mir das alles bescheinigen – und mit dieser Bescheinigung kann ich dem Ausländeramt beweisen, dass mein Aufenthalt hier im öffentlichen Interesse des Landes ist! Sind wir im Geschäft? Ach ja, fast hätte ich es vergessen: Du entfernst jeden Quadratzentimeter dieser roten Farbe von meiner Tür. Heute noch. Also?«

Susannes Sommertraum-Marmelade

1500 g gemischte Beeren aus dem Garten (Erdbeeren, Himbeeren, Brombeeren, Johannisbeeren …)
500 g Gelierzucker 3:1
Nelkenpulver
Cumin
schwarzer Pfeffer
weißer Pfeffer
Cayennepfeffer

Zerkleinerte Früchte mit Gelierzucker vermischen. Gewürze nach Geschmack hinzufügen und 3 – 4 Stunden durchziehen lassen.

Dann 3 Minuten bei starker Hitze unter Rühren kochen lassen.
Heiß in Gläser füllen und sofort mit Schraubdeckel verschließen.

33

Auf Oskars Spuren

Der Nachtwind kam heimlich, und er kam aus dem Norden. Er schob dicke Wolken vor sich her. Genau über dem Darß wurde ihnen ihre Last zu beschwerlich, und sie ließen sie auf das Kirchendach von Ahrenshoop fallen, unter dem der Pfarrer noch über seiner neuen Predigt saß, auf das Dach von Naurulokki, unter dem Carly schlief, auf Daniels Teeladen, wo Daniel noch mit einer späten Tasse Kräutertee saß, und auf das Dach der Krähenkate, unter dem Kaja schnarchte und Tiryn von ihrem Laden träumte. Auch die Boddenwiesen, die Stege am Hafen, die alten Bäume im Darßwald, die Dünen und die Gärten wurden zugedeckt, ehe die Wolken sich erleichtert auf den Weg Richtung Süden machten und der Himmel aufklarte. Dafür warf jetzt der Mond sein Licht über alles, und jeder einzelne von den unzähligen gefallenen weißen Sternen warf es zurück.

Tiryn wusste nicht, was sie geweckt hatte. Der Wecker zeigte erst halb sieben. Eigentlich hätte es draußen noch stockdunkel sein müssen. Doch durch das Bullauge fiel ein merkwürdiges silberblaues Licht. Es war so hell, dass sie den Strand von Florida auf Nicholas' Abschiedsgemälde erkennen konnte, das sie neben die Tür gehängt hatte, weil dies die einzige gerade Wand war. Sie stand auf, wickelte sich in ihre Decke, da Eiseskälte durch die Ritzen kam, und sah hinaus. Auf jedem kahlen Ast der Silberpappeln, auf den Dünen und dem Weg funkelte und glitzerte es. Das ganze Land hatte ein neues Gesicht bekommen.

Schnee macht die Welt weich ... Ja, aber dass er sie auch so hell und leuchtend machte, das war ihr neu. Dass die weißen Flocken geformt waren wie Sterne, hatte sie nun schon gesehen, aber dass sie auch das silberne Funkeln der Sterne besitzen konnten, machte das Wunder noch größer.

Tiryn zog sich an und sparte dabei nicht mit mehreren Schichten. Sie schlich die Treppe hinunter, machte sich einen Tee und ein Brot und stellte dabei fest, dass Susannes Sommertraum nicht ohne Grund Kajas Lieblingsmarmelade und auch im Winter ein Genuss war. Mit Erdbeeren, Mirabellen und einer Prise Cayennepfeffer im Magen fühlte sie sich gerüstet.

Einen Mann aus Schnee würde sie sich bauen, so wie Nicholas und Henny es als Kinder getan hatten, und alle Kinder, die an diesem kalten Meer aufwuchsen, an dessen Küste weiche weiße Sterne fielen. Wen störte es, dass sie kein Kind mehr war? Sie hatte etwas nachzuholen.

Die leichten Flocken wogen mehr, als sie erwartet hatte, sobald die Kugel, die sie im Garten hin und her rollte, größer wurde. Bald war ihr so warm von der schweren Arbeit, dass sie die oberen Kleidungsschichten wieder ablegte und an den Wildapfelbaum hing. Schließlich hatte sie drei sehr ansehnliche Kugeln verschiedener Größe. Schnaufend blieb sie stehen und klopfte sich den Schnee von der Hose. Hinter den Dünen stieg inzwischen der Tag in Gold und Himmelblau herauf, und in diesem Tageslicht wirkten die Schneekugeln noch größer und schwerer als zuvor. Wie sollte sie nun die eine auf die andere bekommen? Daran hätte sie vorher denken sollen. Vielleicht konnte sie später Carly überreden, ihre Kräfte beizusteuern. Zu schade! Tiryn brannte darauf, ihren ersten Schneemann genau jetzt fertigzustellen. Schließlich hatte sie ein Vierteljahrhundert darauf gewartet. Außerdem hatte sie das

Gefühl, dass die Spalierobstbäume, die wie ein Publikum um sie herum an der Mauer standen, erwartungsvoll mit ihren Astlöchern zusahen.

»Kann ich helfen?«

Verblüfft blickte Tiryn zum Haus. Es war Philips Stimme, aber wie war er hereingekommen? Kaja war bestimmt noch nicht auf.

»Hier bin ich.« Seine Stimme kam von oben! Sie sah zur Mauerkrone hoch. Dort saß er, baumelte mit den Beinen und grinste sie an.

»Wie kommst du da hoch?«, fragte sie mit gespielter Empörung.

»Übung. Ich habe als kleiner Junge oft genug Kajas Birnen geklaut. Kann ich reinkommen?«

»Bisschen spät, diese Frage. Nun hilf mir schon. Was machst du überhaupt hier?«

Er sprang elegant von der Mauer und schlenderte zu ihr hinüber. »Du hast mir neulich von deiner Sehnsucht nach Schnee und Schneemännern erzählt. Als ich heute früh aufwachte, dachte ich mir schon, dass du vielleicht meine Hilfe gebrauchen könntest. Außerdem muss ich mit dir reden!«

»Jetzt bin ich aber neugierig.«

»Das kann warten. Wir kümmern uns vorerst um diesen Gentleman hier. Was zusammengehört, soll man auch zusammenfügen. Wo soll der Herr denn stehen?« Er schob die Ärmel seines Anoraks hoch und stemmte sich gegen die enorme Kugel.

»Hier, unter dem Baumhaus. Da steht er geschützt, und außerdem kann ich auf ihn herabsehen, wenn er aufmüpfig wird.«

»Ist das das Schicksal, das einmal deinem Ehemann blühen wird?« Gemeinsam rollten sie die Kugel an die gewünschte Stelle.

»Nein, denn es wird keinen geben.«

»Ach nein?« Er betrachtete sie interessiert. »Das weißt du so genau?«

»Deswegen möchte ich ja den Schneemann. Von ihm weiß ich vorher, dass er kalt und unbeugsam ist. Da gibt es keine Überraschungen.«

»Das leuchtet ein. Dann wollen wir ihn schleunigst fertigstellen.« Philip hob die zweite Kugel mühelos auf die erste. »Aber was machst du im Sommer?«

»Da suche ich mir einen Meermann, den außer mir niemand sieht, und treffe mich nachts heimlich mit ihm.« Tiryn setzte mit Schwung den Kopf obendrauf und dachte an Claas.

»Ach so, und der verkauft dann seine Seele an eine Hexe, damit er Mensch werden kann? So ähnlich ging doch das Märchen, nicht wahr?«

»Um Gottes willen, dann kann ich mich ja gleich mit einem Menschen einlassen. Der soll schön bleiben, wo er ist.«

»Langsam glaube ich, dass du mir bei dem, was ich dich fragen wollte, nicht helfen kannst.« Philip zog eine Mohrrübe aus der Tasche. »Möchtest du die Nase einsetzen?«

»Eine Mohrrübe! Du hast an eine Mohrrübe gedacht? So richtig wie in den Bilderbüchern?« Tiryn war gerührt. Glücklich setzte sie die Mohrrübe mitten in das weiße Gesicht. Sie sah sich nach etwas um, aus dem man Augen machen konnte, und fand unter einem Baum zwei Pfirsichkerne. »Du hast nicht zufällig auch noch Hut und Schal?«

»Bedaure.« Philip zupfte an seinem bloßen Haar.

»Aber ich. Bitte sehr!« Überrascht drehten sich beide um. Da stand Kaja, die im Schnee noch kleiner wirkte, und hielt ihnen einen alten Strohhut und einen langen, blauen Schal entgegen.

»Kaja! Danke, das ist ja toll.« Tiryn krönte den Schneemann mit dem Hut, der ihn gleichzeitig weise und verwegen aussehen ließ, und legte ihm fürsorglich den Schal um den Hals. Philip hatte unterdessen aus dem Kompost eine Apfelsinenschale gefischt und bog daraus ein hintergründiges Lächeln. In dem alten Steinofen fand er drei Stück Holzkohle, die zu Knöpfen auf dem Schneemannbauch wurden.

Kaja rumorte inzwischen in dem kleinen Schuppen in der Ecke herum und tauchte schwer atmend wieder auf. »Und hier das Wichtigste!«, verkündete sie triumphierend. »Die Schneemänner in der Krähenkate hatten statt einem Besen stets traditionell Neptuns Dreizack in der Hand.«

Tiryn fügte hastig rechts und links einen Arm an den Schneemann und half Kaja den Dreizack hineinzustecken. »Perfekt! Der ist noch viel schöner, als ich ihn mir vorgestellt habe. Jetzt muss ich noch ein Bild für Opa Nick machen.«

»Stell dich daneben, ich mache ein Bild von euch beiden«, sagte Philip.

»Bleibst du zum Frühstück, Junge?«, fragte Kaja.

»Gern, wenn ich dafür den Weg vorm Haus freischippen darf, damit keine der Damen stürzt.«

Dafür brauchte er gerade so lange, wie Tiryn benötigte, um den Frühstückstisch zu decken. Schneemannbauen machte Appetit, stellte Tiryn fest. Sie aßen alle drei eine zweite Scheibe von Kajas Steinofenbrot und dazu jede Menge von ihrem Quittengelee und von Susannes Sommertraum.

Seine Frage an sie hatte Philip wohl vergessen oder wollte sie in Kajas Gegenwart nicht stellen.

»Ich werde heute nach Zingst fahren. Ich muss gleich den Bus erwischen. Ich möchte diese Tina Bleigießer befragen, ob sie etwas über Oskar und seine Bernsteine weiß.« Tiryn stellte die Teller in das Waschbecken und fing an, sie zu spülen.

Philip nahm sich ein Handtuch und trocknete ab. »Kann ich dich zur Bushaltestelle begleiten?«

»Dies ist ein freies Land. Jedenfalls seit elf Jahren wieder.«

Sorgfältig zog Tiryn die alte Tür hinter sich zu, damit der Winterwind nicht allzu sehr ins Haus fegte. Sie tat dies immer mit besonderer Befriedigung, seit sie den messingnen Seepferdchenknauf poliert hatte, bis er wieder schimmerte. Nun hatte das Seepferdchen bei jedem Wetter einen anderen Ausdruck, je nach Lichteinfall.

Auf dem Weg zur Haltestelle bewarf Philip sie mit Schneebällen.

Als sie am Deich angelangt waren, zog er eine Plastiktüte aus der Tasche. »Bist du schon mal Schlitten gefahren?«

»In Florida?«

Er legte die Tüte oben auf den Deich und zeigte darauf. »Nimm Platz!«

»Auf einer Plastiktüte?«

»Sei kein Snob. Es passt nicht zu dir.«

Sie setzte sich vorsichtig hin. Ihr Hosenboden wurde sofort kalt. Doch ehe sie protestieren konnte, gab Philip ihr einen Schubs, und die Tüte nahm Fahrt auf. Tiryn stieß einen erschrockenen Schrei aus, der sich in einen Freudenjuchzer verwandelte. Herrlich, so unbekümmert den Deich hinunterzusausen! So sorglos hatte sie sich nicht einmal mit fünf gefühlt. Eigentlich noch nie! Seltsam. Ausgerechnet mit Philip, der so gern gestelzt sprach, einen Sack voll eigener Probleme hatte und sich ohne Vorwarnung in sein Schneckenhaus zurückzog, war es so leicht, unbeschwert zu sein.

»*Yakoke* – danke! Darf ich noch mal?«, fragte sie, als sie unten ankam und sich aufgerappelt hatte.

»Dies ist ein freies Land. Aber verpasse deinen Bus nicht.«

»Der kommt erst in zehn Minuten.«

Er sah ihr zu, wie sie ein zweites Mal hinunterrutschte. Sie schüttelte die Tüte aus und gab sie ihm zurück. »Vielen Dank!«

Er räusperte sich. »Gern geschehen. Hier, nimm sie mit. Vielleicht brauchst du sie noch mal. Ich habe das mit Carlotta verbockt gestern, nicht wahr? Schon zum zweiten Mal. Ich möchte mich gern bei ihr entschuldigen. Kannst du mir sagen, wie ich das bewerkstelligen soll?«

Der Übergang war so plötzlich, dass sie für einen Moment Mühe hatte, seinen Gedanken zu folgen. Wenn Philip, der sonst so korrekt redete, ein Wort wie ›verbockt‹ in den Mund nahm, musste er wirklich durcheinander sein.

»Du warst bei den Maori und den Aborigines und hast mit ihnen über Glasuren und Magie geplaudert, aber du weißt nicht, wie du dich bei einer Mitarbeiterin entschuldigen sollst? Hm, vielleicht würde es für den Anfang helfen, wenn du sie Carly nennst, wie sie es sich gewünscht hat.«

»Aber sie hat etwas viel Größeres verdient als diesen kleinen kurzen Namen! Carlotta ist ein schöner Name für eine schöne Frau. Den kann man doch nicht so verstümmeln.«

Das war ja interessant! »Henny wurde doch auch Henny genannt und nicht Henrike.«

»Also, *ich* habe Henrike gesagt. Nein, gedacht. Gesagt habe ich natürlich Frau Badonin.«

»Und warum erklärst du Carly das nicht einfach so, wie du es mir erklärt hast? Ich hatte übrigens den Eindruck, du könntest sie nicht leiden? Oh, da kommt mein Bus!«

»Weißt du was? Ich komme einfach mit. Oder hast du etwas dagegen?«

»Natürlich nicht. Du kannst mir zeigen, wo diese Tina Bleigießer ihren Laden hat.«

Als sie im Bus eine freie Bank gefunden hatten, verfiel Philip wieder in Schweigen.

»Du findest Carly also doch sympathisch?«, versuchte Tiryn, das Gespräch wieder in Gang zu bringen. »Ich dachte, du fändest ihre Werke kitschig, hättest etwas dagegen, dass Harry sie eingestellt hat, und wärest obendrein beleidigt, dass sie dir die Sachen deines leiblichen Vaters aushändigen wollte.«

»Hat es wirklich so gewirkt?« Er blickte betreten. »Ich finde ihre Sachen nicht kitschig. Im Gegenteil. Fast ärgert es mich ein bisschen, dass sie Dinge kann, die ich nicht kann.«

Dasselbe hat Henny von Nicholas angenommen, dachte Tiryn.

»Die Figuren, die sie macht, faszinieren mich. Ich muss sie immer wieder anfassen. Es ist, als ob sie aus Wind, Sand und Wasser gemacht sind. Und als ich Carlotta gestern Abend in Hennys Küche stehen sah ... Sie ist selbst wie ihre Skulpturen. Ein Teil dieses Landes, ein Stück lebendig gewordene Seele dieses Landes. Wie Henrike Badonin, nur gegenwärtiger. Nicht so unnahbar.«

»Und jünger, meinst du. Warum warst du dann so unfreundlich zu ihr, als sie dir das Werkzeug und den Hut geben wollte?«

»Hat dir niemand beigebracht, dass Lauschen sich nicht gehört?«

»Ihr wart nicht zu überhören.«

Der Bus fuhr in eine scharfe Kurve, und sie wurde gegen Philip geworfen. In einem Reflex fing er sie auf, ohne es zu bemerken. Seine Gedanken waren zurück im Flur von Naurulokki.

»Es war zu viel für mich. Als ich Joram Grafunders Hut vor mir sah und sein Werkzeug, da war er auf einmal so real! Bis jetzt war er völlig abstrakt geblieben. Aber Carlotta hat recht. Auf diesen Hut hat etwas von seiner Persönlichkeit abgefärbt, ist darin lebendig geblieben. Es war, als ob er plötzlich auch im Flur stehen würde. Und das neben Carlotta, die aussieht wie Henrike Badonin. Es war zu viel. Ich wusste nicht, wie ich damit umgehen sollte. Und zu allem Überfluss stand da auch noch die Vase, die ich einmal für Henrike Badonin gemacht habe. Eines meiner besten Stücke. Ich habe damals meine ganze Seele hineingesteckt.«

»Kein Wunder, dass es dir zu viel war!«, bemerkte Tiryn. »Übrigens, Carly liebt diese Vase. Sie kann nicht daran vorbeigehen, ohne sie zu berühren.«

Tina Bleigießer war eine rundliche Frau mittleren Alters, die ihre langen grauen Haare mit einem bunten Seidenschal gezähmt hatte, der ihr das Aussehen eines gutmütigen Sultans verlieh. Ihr Laden war mit einer erstaunlichen Mischung aus Kitsch und Kunst gefüllt. Man konnte sich nur vorsichtig darin bewegen. Philip nahm eine Tasse in die Hand, die wie ein Elefantenkopf aussah, mit den Ohren als Henkel. Tiryn sah, wie sich seine Augenbrauen zusammenzogen und er zum Reden ansetzte.

»Sieh nur, Philip, was für eine schöne Lampe!«, sagte sie hastig und wies auf einen Lampenschirm, auf dem eine wirklich hübsche Seidenmalerei im warmen Licht leuchtete.

»Kann ich Ihnen helfen?« Die Besitzerin kam mit einem breiten Lächeln durch das Meer ihrer Habseligkeiten auf sie zugesegelt.

»Ich habe nur Ihre kunstvolle Lampe bewundert. Eigentlich bin ich auf der Suche nach jemandem, der sich an den alten Oskar erinnern kann, der noch in den frühen fünfziger Jahren Bernsteinschmuck und dergleichen auf der Seebrücke in Prerow verkauft hat.«

»Oskar?« Tinas Lächeln wurde noch breiter. »Natürlich! Oskar war mein Urgroßonkel. Ich kann mich noch an ihn erinnern. Was möchten Sie denn wissen?«

»Hatte der Schmuck oder andere Dinge, die er aus Bernstein fertigte, eine ungewöhnliche Eigenschaft? War er für etwas Besonderes bekannt?«

Tina lachte. »Onkel Oskar? Nein. Er war ein guter Kaufmann. Ehrlich, aber trotzdem gerissen. Den Bernstein fand er nicht einmal selbst. Er hatte kein Gespür dafür. Meist kaufte er ihn ein, oft bei Myra Webelhuth aus Ahrenshoop. Aber die Dinge, die er daraus machte, waren guter Durchschnitt. Mir war das egal. Für uns Kinder hatte er immer Süßigkeiten in der Tasche.«

»Können Sie sich daran erinnern, dass er einmal drei Schiffe gemacht hat? Mit einem Rumpf aus Bernstein und Segeln und Tauen aus Silber?«

Tina runzelte die Stirn, während sie ihnen aus einer pinkfarbenen Schale Sanddornbonbons anbot. Dann erhellte sich ihr Gesicht. »Ja, das weiß ich noch. Ich glaube, es war das Beste, was er je gemacht hat. Sie waren so schön, dass ich damit spielen wollte. Ich durfte immer mit allem spielen, was er an seinem Stand ausstellte. Aber als ich die Hand nach einem der Schiffe ausstreckte, schrie er mich zum ersten Mal an und verbot mir, diese Schiffe jemals zu berühren. Natürlich war mir das egal, und ich wartete auf einen unbeobachteten Moment. Aber ich hatte Pech. Onkel Oskar hat die Schiffe noch am selben Tag verkauft. Seitdem habe ich nie wieder daran gedacht. Warum fragen Sie?«

»Ach, ich mache selbst Schmuck aus Bernstein und bin auf der

Suche nach alten Aufzeichnungen, die mich inspirieren könnten«, sagte Tiryn vage. »Hat Ihr Onkel vielleicht ein Tagebuch oder dergleichen hinterlassen?«

»Oh, nein. Ganz sicher nicht. Der Gute war Analphabet. Er konnte nur mit Zahlen umgehen. Buchstaben blieben ihm ein Rätsel. Außerdem ist er kurz nach der Sache mit den Schiffen zunehmend dement geworden. Er hat nur noch von Geistern geredet, verlief sich am Strand und erkannte bald seine eigene Familie nicht mehr. Aber er war glücklich dabei. Und komischerweise fand er seitdem jede Menge Bernstein. Als würde ihm jemand den vor die Füße legen. Er konnte nur nichts mehr damit anfangen.«

»Er hat Geister gesehen? Was denn für Geister? Den Sturmflut-Claas vielleicht?« Tiryn drehte nebenbei einen klobigen Aschenbecher in den Händen, um nicht zu interessiert zu wirken. Philip hielt sich im Hintergrund, stöberte in irgendwelchen Dingen und hörte dabei ganz genau zu.

»Ja, sicher, mit dem fing es an. Wer hier einen Geist sieht, sieht immer den Sturmflut-Claas. Aber Onkel Oskar begegnete auch dem Reihergeist von der großen Kirr, trank mit Klaus Störtebeker Kaffee am Leuchtturm und ging mit Christoph Kolumbus schwimmen. Als er dement wurde, war sein Leben wesentlich spannender als davor. Seine Augen leuchteten, wenn er davon erzählte, und mitten in einer solchen Geschichte ist er mit einem seligen Lächeln eingeschlafen. Ich mochte ihn, den alten Oskar.«

»Haben Sie noch etwas von ihm? Ein Schmuckstück, das er gemacht hat?«

»Ja, sicher. Er hat mir einmal einen Anhänger geschenkt. Zur Konfirmation.« Tina verschwand irgendwo hinter der Kasse und kam mit einer Kette wieder, an der an einer sehr schlichten verbogenen Öse ein Bernstein baumelte, der unbeholfen zu einer Tropfenform geschliffen worden war. Tiryn hielt ihn gegen das Licht. Nichts bewegte sich darin. Alles, was sie sah, war das verzerrte Spiegelbild ihrer eigenen Nase.

34

Winterabendgespräche

»Es muss also wirklich Claas gewesen sein, der dem Bernstein die Fähigkeit verlieh, Erinnerungen zu speichern. Wenn Oskar das gekonnt hätte, hätte sich Tina daran erinnert. Sie war in einem Alter, in dem es sie fasziniert hätte. Ich war genauso alt, als ich Nicholas' Schiff zum ersten Mal in der Hand hatte«, sagte Tiryn, als sie wieder auf der Straße standen, auf der sogar um diese Jahreszeit ein Strom von Urlaubsgästen hin und her wogte. »Lass uns nach Hause fahren. Hier sind mir zu viele Menschen.«

»Das wäre aber dann ein Beweis, dass es ihn wirklich gibt, den Sturmflut-Claas. Lass uns noch auf die Seebrücke gehen, wenn wir schon einmal hier sind!« Philip ging entschlossen voraus. Tiryn bemühte sich, seinen langen Schritten zu folgen.

»Wenn es ihn als Geist gibt, dann muss er auch einmal gelebt haben. Aber da wir nicht einmal wissen, wie er mit Familiennamen hieß, werde ich wohl nie herausfinden, wie die Erinnerungen in den Bernstein kamen.«

»Die Menschen werden deinen Schmuck trotzdem lieben.« Sie musste traurig geklungen haben, denn Philip blieb stehen und nahm sie für einen Moment in den Arm. Wie Kimoni. Nur roch er anders, nach feuchtem Ton und Wintermeer. »Er ist wunderschön, und deine Kleider auch.«

Sie lehnte sich einen Moment an seine Schulter, dann entzog sie sich. »Es geht mir nicht um den Profit. Sicher, ich werde irgendwann davon leben müssen. Aber Glück geht so leicht kaputt, weißt du. Wie bei Henny und Nicholas. Ich wünschte, man könnte diese schönen Anfänge, die es gibt, auf Dauer erhalten, so wie dieser Samen im Bernstein über Jahrmillionen perfekt geblieben ist und man seine Schönheit sieht.« Sie hielt Philip den Anhänger vor die Nase, mit dem Bernstein von Claas, in dem der uralte Ahornsamen mit seinem perfekten Flügel glitzerte.

»Eine Samenbank für Glück? Ich weiß nicht. Lass uns lieber tausend neue wunderbare Dinge schaffen und erleben. Außerdem – da deine Kunden hier ihren Urlaub verbringen, werden sie automatisch gute Erinnerungen mit deinen Werken verbinden. Genügt das nicht?«

»Es ist nicht dasselbe. Aber es wird wohl genügen müssen. Bis auf diese eine Sache mit dem Bernsteingeheimnis bin ich ja meinem Traum ziemlich nahe gekommen.«

»Hast du schon die Genehmigung?«

»Nein. Das dauert.« Tiryn seufzte. »Aber seitdem ich bei Ronning Reet arbeite und Teilhaberin bin, haben sich die Chancen sicherlich verbessert. Vielleicht ist sie im Briefkasten, wenn ich nach Hause komme.«

»Und wie kommst du mit diesem komischen Frerk Bojahn zurecht?«

»Er ist harmlos. Von Dächern versteht er etwas. Er liebt alte Häuser. Das macht ihn fast sympathisch. Aber nur fast. Im Grunde tut er mir leid. Der alte Justus Ronning hat ihn auf eine Art ebenso kaputtgemacht, wie er es mit Nicholas getan hat. Frerk behandelt mich mit so viel Respekt, weil er fürchtet, ich könnte mich jederzeit in eine Kopie des alten Justus verwandeln. Manchmal macht mir das Angst. Angst, dass ich genau diesen Jähzorn geerbt habe.«

»Darüber würde ich mir nicht allzu viel Gedanken machen.«

Sie waren inzwischen am Ende der Seebrücke angelangt. Eine

Möwe landete auf der Brüstung, legte den Kopf schief und trippelte ganz nahe an Tiryn heran. »So, wie die Tiere sich immer von dir angezogen fühlen, kannst du nicht allzu gefährlich sein. Sie spüren so etwas.« Philip lehnte sich neben sie. Die Möwe flog erschrocken auf.

Tiryn lächelte. Es war so leicht, ihm zu glauben.

Nach einer Weile schlenderten sie zurück. Die Lichter entlang der Seebrücke flammten auf wie eine überdimensionale Perlenkette, die sich auf den Wellen spiegelte. Auf halbem Weg blieben sie stehen. Tiryn spähte über die Brüstung und sah, wie der Novemberwind eine große Welle gegen einen Pfosten warf. In der Dämmerung wirkte der Schaum, der am Holz hochspritzte, für einen Moment wie eine Gestalt in einem Umhang. Tiryn kniff die Augen zusammen, aber ehe sie etwas erkennen konnte, war das Wasser wieder in sich zusammengefallen. Doch sie glaubte, eine Stimme gehört zu haben, entweder im Wind oder nur in ihrem Kopf. Wie ein Traum und doch deutlich trieben die Worte in ihren Sinn: *Du suchst zu weit fort. Das Wichtige liegt meist ganz nahe.*

Und in der Luft lag flüchtig ein Duft nach Zitrone, Zimt und Sandelholz.

Philip wollte noch in die Töpferei. Auf dem Rückweg zur Krähenkate machte Tiryn einen Abstecher nach Naurulokki, um Carly zu erzählen, dass die Spur des Bernsteingeheimnisses mit Oskar endete und wohl für immer im Sand verlief.

Zusammen saßen sie am Küchentisch und starrten die beiden Bernsteinschiffe an, die jetzt hier auf der Fensterbank standen. Tiryn hatte sich entschlossen, ihres nicht mit in die Krähenkate zu nehmen. Die beiden Schiffe gehörten zusammen. Blieb die Frage, wo sich das dritte befand.

»Ich habe Myra noch einmal gefragt, als wir zusammen Bernstein gefischt haben.«

»Und? Lass mich raten. Du hast keine Antwort bekommen.« Carly rollte mit den Augen. »Ich habe es auch schon mehrfach versucht.«

»Myra, wie alt war deine Tochter, als sie starb?«, hatte Tiryn an diesem Morgen gefragt.

Myra fuhr herum. In ihren klobigen Stiefeln und der Gummihose hätte sie im aufgepeitschten Wasser fast den Halt verloren und wäre hingefallen. Einen Augenblick starrten sich die Frauen an, die eine mitfühlend, die andere abwehrend.

»Siebzehn«, sagte Myra schließlich.

»Ich habe ihr Grab nicht auf dem Friedhof gefunden«, sagte Tiryn vorsichtig.

»Ich weiß nicht, wo sie begraben ist. Frag mich nie wieder danach. Gerade du nicht!« Myras Stimme klang verzweifelt. Tiryn lief es kalt den Rücken hinunter.

»Warum sagst du das? Gerade ich nicht? Hat etwa mein Großvater etwas damit zu tun? Myra, bitte, das muss ich wissen!«

Myra, die immer so groß und aufrecht auch in der stürmischsten Brandung stand, schien in sich zusammenzusacken. Sie hob abwehrend die Hand. »Nein! Nein, nicht in einem schlechten Sinne. Es ist alles meine Schuld.« Sie wandte sich ab und stapfte weiter hinaus, wo ihr das Wasser bis zum Bauchnabel ging. Verbissen fischte sie an der Mole und schleuderte gelegentlich einen Klumpen Seetang von sich.

»Wenn sie nicht weiß, wo ihre Tochter begraben ist, dann ist es gut möglich, dass sie wirklich nicht weiß, wo das dritte Bernsteinschiff ist.« Carly strich mit dem Finger über die silbernen Segel. »Wenn Liv das Schiff bei sich hatte, dann wird wohl niemand je herausfinden, wo es geblieben ist.«

Da waren sie in eine ausweglose Sackgasse geraten. Die Schiffe würden zu zweit segeln müssen, und man konnte nur hoffen, dass das dritte nicht so wichtig war.

Vielleicht fand es den Weg eines Tages dennoch zurück – wie er es vorhergesagt hatte.

»Wie geht es eigentlich Nicholas? Und deiner Mutter? Was schreibt er?«, fragte Carly in das ratlose Schweigen hinein, das sich über die Küche gesenkt hatte.

»Richtig gut. Nicholas durfte Lara jetzt besuchen. Sie hatte noch eine Operation und lernt nun wieder laufen. Anscheinend hat sie keinen Tropfen mehr getrunken und sogar Freunde in der Klinik gefunden. Sie nimmt jedes Wort ernst, was Trey sagt, der sie offenbar anbetet, aber auch zu nehmen weiß. Lara fühlt sich zum ersten Mal in ihrem Leben nicht allein, sagt Nicholas. Manchmal wirft sie noch mit Dingen, aber hey, sonst wäre sie nicht Lara. Und im neuen Jahr will sie sich mit Sam aussprechen. Das wäre ein schönes Wunder.«

»Siehst du, es geht dort auch ohne dich. Hat sie dich wenigstens grüßen lassen?«

Tiryn lächelte schief. »Daran hat sie nicht gedacht. Ich glaube, sie hat mich schon wieder vergessen. Aber es ist okay, es genügt mir, dass ich ohne schlechtes Gewissen hier leben kann. Aber weißt du was? Sie singt wieder! Sie sitzt im Rollstuhl und singt, und Trey spielt Gitarre dazu, und die anderen Patienten sind begeistert. Nicholas sagt, ihre Haare glänzen wieder, und ihre Augen sind klar, und sie trifft die Töne. Die Menschen hören ihr zu und sind verzaubert.« Tiryn hatte die Mail schon am Tag zuvor gelesen, aber erst jetzt, wo sie es laut aussprach, konnte sie es glauben. Zu ihrem Ärger spürte sie die Tränen aufsteigen.

Carly nahm sie kurzerhand in den Arm. »Das freut mich so! Ist doch kein Wunder, dass dir das nahegeht.«

Das war schon das zweite Mal heute, dass jemand es für nötig hielt, sie zu umarmen. Was war los mit ihr? Eigentlich war sie doch glücklich.

Es klingelte an der Tür.

»Wenn das Myra ist, frag sie nicht mehr nach dem Schiff und Liv. Es tut ihr zu weh«, bat Tiryn.

Während Carly öffnen ging, blieb sie sitzen und betrachtete die Bernsteinschiffe. Hastig beugte sie sich vor. Da! Hennys Gesicht und Myras huschten erst durch den einen, dann durch den anderen Rumpf, und im Hintergrund vermeinte sie, auch Nicholas zu sehen.

Im Flur ertönte nicht Myras Stimme, sondern Philips.

»Verzeih die Störung, Carlotta – Carlylotta«, brachte er heraus. »Ich möchte mich ein zweites Mal bemühen, mich zu entschuldigen. Ich habe eine Schale geschaffen, extra für dich. Bitte nimm sie als Geschenk und als Entschuldigung an, und lass uns noch einmal von vorn beginnen!«

»Ooooh!« Innerhalb dieser einen Silbe wechselte Carlys Stimme von Ablehnung zu Entzücken. »Die Glasur – die Farben am Rand – die Struktur innen – sie sieht aus, als ob die Oberfläche in Bewegung ist. Das sind doch ...«

»Die Strömungen. Die Struktur zeichnet die Strömungen nach, von denen Flömer spricht. Die Strömungen, die es nicht nur im Wasser gibt, sondern auch an Land und in der Luft. Die Strömungen, die manches trennen und um die Welt reisen lässt, die aber auch manches wieder dorthin zurücktragen, wohin es gehört, und zusammenfügen, was zusammenpasst.«

Tiryn hörte, wie sich die Tür schloss.

»Die Farben am Rand habe ich vom Horizont geliehen, da wo sich Himmel und Meer am Abend treffen. Das gedämpfte Blau, das weiche Gelb, die Ahnung von Orange und dieses durchsichtige Grün, das es nur hier gibt.«

»Das sind die Farben, die mir erzählt haben, dass ich hierhergehöre«, sagte Carly. Tiryn ahnte, dass sie gerade mit beiden Händen der geschwungenen Form der Schale nachspürte.

Diesmal stahl sich Tiryn leise durch das Fenster davon.

»Carlylotta«, murmelte sie. »Wer kann da widerstehen?«

Sie freute sich auf das Licht, das ihr aus dem Dachfenster der Krähenkarte entgegenleuchten würde.

Du musst in der Nähe suchen.

Was hatte Claas damit gemeint?

War das kalt geworden! Das gefrorene Gras knirschte unter ihren Füßen, und der Himmel wirkte in dieser klaren Frostnacht wie aus Kristall.

Das Licht in der Dachkammer leuchtete tatsächlich. Es leuchtete nicht für sie, aber sie fühlte sich trotzdem von ihm willkommen geheißen. Jetzt erst, wo sie wusste, dass es Lara besserging, konnte sie sich hier richtig zu Hause fühlen.

Und doch fühlte sie sich unter all diesen Menschen, die so nett zu ihr waren, gelegentlich einsam.

Sie ging noch an den Flutsaum hinunter. Das Meer schwappte schwerfällig an die Buhnen, wo das Wasser an den Algen zu bizarren Eisgardinen gefror, die im Mondlicht glitzerten.

»Claas, wenn du da draußen bist, gibt mir doch ein Zeichen! Ein Zeichen, dass es richtig ist, dass ich hier bin.«

Doch die Wellen schwiegen und der Wind auch, und in Tiryns Gedanken blieb die fast schon vertraute Stimme stumm. Sie schluckte ihre Enttäuschung herunter, hockte sich hin und stöberte in einem Haufen Muschelschalen.

Da flog ein Schatten lautlos über sie hin und landete nur ein paar Meter entfernt. Tiryn wäre fast vor Schreck rückwärts in einen eiskalten Fluttümpel gefallen. Dann erkannte sie die Krähe.

»Fula! Was machst du denn hier im Dunkeln?«

Doch der Vogel beachtete sie nicht, sondern stocherte mit dem Schnabel ebenfalls in einem Muschelschalenhaufen herum.

»Machst du mich nach? Veräppeln kann ich mich alleine. Aber es ist nett, dass du mir Gesellschaft leistest.« Dann bemerkte sie, dass Fula damit beschäftigt war, kaputte Muscheln ins Meer zu schleudern und die wenigen ganzen Schalen der Herzmuscheln zur anderen Seite aufs Trockene. Was hatte sie vor? Tiryn saß still, obwohl sie spürte, wie die Kälte in ihren Stiefeln aufstieg. Nun hüpfte Fula zu dem Häufchen unversehrter Schalen und schob sie mit dem Schnabel hin und her. Tiryn lehnte sich vorsichtig nach vorn, um besser zu sehen, was der Vogel da trieb. Schob Fula die Muscheln tatsächlich in einen Kreis? Krähen waren schlau, man konnte ihnen solche Kunststücke ohne weiteres beibringen. Doch sie bezweifelte, dass Kaja dies getan hatte. Das war auch gar kein Kreis, das war – das war ein großes C!

»Claas!«, flüsterte Tiryn.

Fula legte den Kopf schräg, warf ihr einen schlauen Blick zu, flog auf und verschwand in der Nacht. Tiryn rutschte zu dem Buchstaben hinüber. Er sah so einsam auf dem Strand aus, wie sie sich eben noch gefühlt hatte. Nun wusste sie also, wer den Namen Frenja in dem alten Haus in Florida gelegt hatte. Fula musste es gewesen sein.

»Die Vögel bewegen Dinge für dich, nicht wahr?«, fragte sie leise in das Dunkel über dem Meer. »Du bist ein Wesen der Strömung im Wasser, und sie sind Wesen des Windes, der Strömung in der Luft. Klar, dass ihr euch versteht. Carly hat erzählt, dass der Kormoran ihr ein Freund war, als sie hierherkam. Mir hast du Fula geschickt. Und als du mit der Strömung nach Florida gereist bist und in dem alten Haus warst, hast du dich einsam gefühlt. Du hast Frenja vermisst, und Fula hat ihren Namen für dich geschrieben. War sie deine Frau? Aber wie kommt die Schiffsplanke mit ihrem Namen in das Baumhaus der Krähenkate? Ist das Zufall?« So viele Fragen! Tiryn suchte sich ebenfalls eine Handvoll Muscheln. Damit legte sie sorgfältig ein großes F neben das C.

Es gab also außer Henny und Nicholas noch ein anderes, viel älteres Paar, dessen Liebe zwar Vergangenheit, aber nicht vergessen war. Etwas von ihr war auf geheimnisvolle Weise noch immer lebendig geblieben.

War es wärmer geworden? Tiryn fror nicht mehr. Aber es war Zeit, hineinzugehen und nach Kaja zu sehen. Sie stand auf und sah zum Haus hin. Das Licht hinter dem Dachfenster leuchtete nicht mehr. Doch während sie hinaufsah, flackerte es wieder auf.

An, aus, an. Waren das Morsezeichen? Als Kind der Küste kannte Tiryn sie auswendig. Oft hatte sie mit Kimoni Lichtsignale ausgetauscht, vom Steg zum Kutter hin. Sie kniff die Augen zusammen. Lang – lang – lang. Ein O. Pause. Dann lang – kurz – lang. Ein K!

O.K.!

Dann sah sie, dass es nur der Ast der Silberpappel gewesen war, den der Wind vor dem Fenster bewegte.

»Gute Nacht, Claas«, sagte sie zu den Wellen, die ihre Einsamkeit irgendwo am Horizont über den Rand der Welt gespült hatten. »Ich werde noch herausfinden, wer du bist!«

Vorsichtig sah sie nach Kaja, wie sie es immer abends noch einmal tat. Diesmal schlief Kaja nicht. Ihre offenen Augen glänzten im Licht, das durch den Türspalt fiel.

»Komm herein, Kind! Du riechst nach Meer und Winternacht. Fast schon nach Weihnachten.«

»Kaja, du sagtest, dieses Haus gehörte einem Sieke Kreyhenibbe, der dann ausgewandert ist. Was war mit seiner Frau? Wie hieß sie?«

»Sie hieß Eleonore. Sie ist mit einem Matrosen durchgebrannt. Da war die Tochter Matilda schon verheiratet und aus dem Haus. Sieke Kreyhenibbe hat hier wohl nichts mehr gehalten. Warum?«

»Nur aus Neugier. Ich wollte wissen, wer hier gelebt hat. Geht es dir gut? Kann ich dir noch etwas bringen?«

»Nein, danke. Aber es ist schön, dass du da bist. Das Haus braucht junges Leben unter seinem Dach. Und an Weihnachten sollte niemand allein sein. Jetzt freue ich mich darauf.«

»Ich auch. Es ist mein erstes deutsches Weihnachten!«

Nicholas

2000

35

Tauwetter in Florida

Wo war nur dieser verflixte Knopf? Nicholas fuhr mit dem Mauszeiger auf seinem Monitor herum. Er konnte sich an den Computer nicht wirklich gewöhnen. Ein Pinsel in der Hand war ihm tausendmal lieber. Aber die Tatsache, dass Tiryns Worte zu ihm ins Zimmer flogen, kaum dass sie geschrieben waren, war ein Wunder, das er gern hinnahm und nutzte, ohne es verstehen zu müssen. Endlich fand er das Startmenü. Wozu man ein Startmenü brauchte, um etwas auszuschalten, blieb ihm ein Rätsel, und warum man etwas herunterfahren musste, das sich nie vom Fleck rührte, ebenfalls. Erleichtert sah er, wie der Bildschirm dunkel wurde. Nur sein eigenes Gesicht blickte ihn noch daraus an. Seine silberweißen Haare fielen auf der dunklen Fläche viel mehr auf als im Spiegel. Manchmal kam er sich damit immer noch fremd vor. Lange hatte er nicht bemerkt, dass sie die Farbe verloren hatten. Wo waren die Jahre geblieben? Er fühlte sich kaum anders als damals, als er mit Henny im Hafen die beiden Haarsträhnen im Eisloch versenkt hatte. Ob die damals den Weg aus dem Bodden gefunden hatten und mit dem Golfstrom um die Welt gezogen waren?

Nicholas lehnte sich zurück. Sein Rücken schmerzte, er musste unbedingt wieder öfter schwimmen gehen. Er brauchte das Meer nicht mehr zu fürchten. Meeresbilder sah er nicht mehr, und kalt war es hier auch nicht, nicht einmal jetzt im Winter.

So entspannt hatte er sich seit einer Ewigkeit nicht mehr gefühlt. Er stand auf, lehnte sich in den Rahmen der offenen Tür und blickte an den Seetraubenbäumen vorbei auf das türkisfarbene Meer. Anhinga, der Schlangenhalsvogel, strich über die Palmwipfel. In der Ferne bewegte sich Kimonis Kutter gemächlich vor dem Horizont.

Eine Berührung ließ Nicholas zusammenfahren.

»Oh, Shaui! Willst du mich trösten? Das brauchst du nicht«, sagte er zu dem Waschbär, der sich an sein Bein drückte. Shaui sah mit schiefgelegtem Kopf zu ihm auf. Nicholas lachte. »Schon gut. Du möchtest einen Marshmallow. Ich hol dir einen.«

Sich selbst machte er einen Eistee und setzte sich damit auf die hölzernen Stufen, wo er vor Wochen noch mit Tiryn gesessen hatte. Sie ähnelten ein wenig den Stufen der Loggia vor Hennys Haus, vielleicht saß er darum so gerne hier.

Dass Lara auf einem guten Weg war, machte ihn unendlich froh. Aber warum war ihm seit Tiryns letzter Mail so leicht zumute? Woher kam dieser Frieden in ihm, den er zuvor noch nie gespürt hatte?

Er dachte lange darüber nach, dann wurde ihm klar, dass sich für ihn gleich zwei Kreise geschlossen hatten. Tiryn, seine Enkelin, war an seiner Stelle in seine Heimat zurückgekehrt, und sie war glücklich da. Er hatte das nicht so geplant, als er dem kleinen Mädchen Geschichten von dort erzählt hatte, aber nun fühlte es sich gut an. Es musste wohl an Kapitän Flömers geheimnisvollen Strömungen liegen, dass es sie dorthin gezogen hatte. So konnte er dem Land zurückgeben, was er ihm genommen hatte. Dank ihr schloss sich der zweite Kreis: Tiryn würde den Familienbetrieb retten. So sehr Nicholas seinen Vater auch gefürchtet hatte, so wütend er im Nachhinein auf ihn gewesen war, so sehr hatte er doch immer darunter gelitten, für ihn eine solche Enttäuschung gewesen zu sein. Justus Ronning hatte nur die Dächer decken und dafür sorgen wollen, dass dies auch in Zukunft geschah. Er liebte die alten Häuser, und er wollte, dass seine Familie in schweren Zeiten ein Auskommen hatte. Nicholas war dazu nicht fähig gewesen, doch nun würde Tiryn es schaffen, dass die schönen alten Dächer, die in der Sonne so unverwechselbar nach Generationen von Leben und Sommern dufteten und im Winter unerschütterlich schützend über den Menschen und Mauern lagen, nicht an die Zeit und die Stürme verlorengingen.

Justus Ronning wäre vielleicht sogar stolz auf Tiryn gewesen, wenn er sie noch kennengelernt hätte.

»Vielleicht kannst du mir jetzt verzeihen, Vater«, sagte Nicholas in den Wind, der in den Palmen flüsterte. Dabei wurde ihm klar, dass er selbst Justus schon längst verziehen hatte, ohne es zu bemerken.

Der Wind fegte einige trockene Seetraubenblätter mit einem scharrenden Geräusch über die Veranda. Er brachte eine abendliche Kühle vom Meer her. Nicholas wartete auf die Gänsehaut, die normalerweise über seine Arme lief. Doch das Frösteln blieb aus. Er spürte in sich hinein.

Nichts.

Warm und friedlich war es in ihm, und er fühlte sich leicht wie die Seeschwalben, die über den Flutsaum jagten.

Die Kälte aus dem Keller seines Elternhauses, die in allen Jahrzehnten, die hinter ihm lagen, nicht hatte weichen wollen, die weder Bellas Liebe noch Floridas Sonne hatten vertreiben können, war fort.

»Danke, Tallulah!«, flüsterte Nicholas.

Er stand auf, streckte sich behaglich, ging ins Haus und stellte eine neue, leere Leinwand auf die Staffelei. Unter den vielen Finseln wählte er genau den aus, nach dem ihm zumute war. Er war noch neu. Hell und sauber wartete er auf die Farben, in die Nicholas ihn tauchen würde, um sie zu einem Chor, einer Musik, einem bewegten Leuchten zusammenzumischen.

»Also, Nicholas, du weißt, wie sehr ich deine Bilder mag«, sagte Sam. Nicholas war gutgelaunt mit einem Stapel unter dem Arm in der Galerie aufgetaucht, und nun stand Sam mit einem verwunderten Gesichtsausdruck davor und suchte nach Worten.

»Spuck es schon aus, Schwiegersohn. Aber diese gefallen dir nicht?«

»Ach, Unsinn! Es ist nur etwas Neues darin, an das ich mich erst gewöhnen muss. Ein anderes, stärkeres Licht, eine Beschwingtheit. Ich glaube, es sind die besten, die du je gemalt hast.«

»Fein«, sagte Nicholas vergnügt. »Wahrscheinlich werde ich dir noch eine Menge davon bringen. Die Ideen schwärmen gerade um mich herum wie hungrige Moskitos.«

Er schlenderte am Strand entlang zurück und hob hier und da eine Muschel auf. Das hatte er lange nicht mehr getan. Ein Stein fiel ihm auf, und er bückte sich danach. Es war wirklich nur ein Stein, doch er war bernsteinfarben.

Myra. Damals, vor einem halben Leben, hatte er sie gewarnt, sie solle auf Liv aufpassen. Nun machte sie sich Vorwürfe, dass es ihr nicht gelungen war. Hätte es irgendetwas geändert, wenn er ihr von den Meeresbildern erzählt hätte? Hätte das Livs Leben retten können? Auf diese Frage würde er wohl nie eine Antwort bekommen. Doch er bezweifelte es. Er hätte auch nicht verhindern können, dass die Mauer gebaut wurde. Und er war sich ziemlich sicher, dass Myra ihre Tochter nicht hätte beschützen können, was auch immer passiert war. Aber natürlich machte sie sich Vorwürfe. Er wusste, wie das ist, wenn man keinen Frieden in sich findet. Eines Tages würde er Tiryn besuchen, und vielleicht war dann genug Zeit vergangen. Vielleicht würde Myra dann mit ihm reden, ohne die Flucht zu ergreifen. Vielleicht, wenn sie beide alt waren.

Er warf den Stein zurück ins Meer und schmunzelte über sich selbst. Er *war* alt.

Es berührte ihn, dass Hennys Nichte die kleine Sternwarte bauen wollte, die Henny ihm einst versprochen hatte. Auch wenn es Joram war, der den Sockel für das Fernrohr beigetragen hat. Tatsächlich war Nicholas diesem Joram dankbar, dass er Henny gegen Ende ihres Lebens noch glücklich gemacht hatte. Es machte seine eigene Schuld leichter. Wie glücklich genau, würde niemand mehr erfahren, aber wenigstens war sie nicht allein gewesen.

Ja, wenn die Sternwarte fertig war, dann würde er Tiryn besuchen, Hennys Nichte kennenlernen – falls sie bereit war, ihn zu treffen – und durch das alte Fernrohr als Einziger die Sterne aus den glücklichen Wassertropfen sehen, die er damals mit Henny an den Himmel geheftet hatte.

Dann würde er mit Myra sprechen.

Bis dahin waren noch so viele Bilder in ihm und auch die Kraft, sie zu malen. Es waren die Strömungen, die ihm die Farben zutrugen, und sie kamen von allen Ufern, aus allen Zeiten und aus allen Meeren.

Tiryn

2000

36

Weihnachten auf Naurulokki

Der Wind kam aus dem Norden und legte den Winter über das Fischland und den Darß und die Große Kirr, wo sich vor kurzem noch die Kraniche zu ihrer Reise in den Süden versammelt hatten. Der Wind folgte den Kranichen nach Süden und ließ Frost und Schnee auf dem schmalen Land zwischen Bodden und Meer zurück. Die Wellen schlugen hoch an die Buhnen, die Seebrücken und die Felsen, und hinterließen bizarre Vorhänge aus langen Eiszapfen, in denen sich an schönen Tagen der Himmel spiegelte. Um den Bodden legte sich ein Ring aus Eis, die Fluttümpel froren zu, und am Strand schoben sich kleine und immer größere Eisschollen hin und her wie bei einem riesigen Puzzlespiel.

Für Tiryn würde der Winter immer ein Wunder bleiben, selbst wenn sie den Rest ihres Lebens hier verbrachte. Da war sie sicher, wenn sie sich am Strand gegen den Wind vorwärtskämpfte, die Muster betrachtete, die entstanden, wenn der Sand sich mit Schnee mischte, mit dem Finger an den Eiszapfen entlangfuhr und die Spiegelungen beobachtete, die sich darin bewegten. Wann immer sie morgens im Garten der Krähenkate die Bäume betrachtete, hatte der Raureif neue Bilder darauf gezeichnet.

Wenn der Bernsteinwind blies, standen Tiryn und Myra am Ende der Nacht in den Wellen und fischten nach den Schätzen, die die Strömung ausspuckte, während um sie her der eisige Tag aus Feuer und Gold geboren wurde.

Später saßen sie dann in der Stube von Rav und sortierten ihre

Funde. Rav, so hatte Myra ihr blau gestrichenes Holzhaus vor Jahrzehnten getauft. Rav war das dänische Wort für Bernstein. Tiryn lernte an diesen kurzen, dunklen Wintertagen eine Menge über Bernstein, während im Ofen ein Feuer knisterte und in den Bechern der Tee dampfte. Myra lehrte sie, was Schlaubenbernsteine waren und wie man Knochenbernstein von Brackbernstein unterschied, woher die Trübungen kamen, dass es blauen, braunen, grünen, schwarzen und glasklaren Bernstein gab und dass man ihn wunderbar mit Zahnpasta polieren konnte. Myra hatte aber auch eine kleine Schleifmaschine. War sie in Benutzung, roch es nach dem uralten Wald, in dessen Bäumen einst das Harz geflossen war, nach lebendigen Kiefern und Sonnenwärme, und der seit Jahrmillionen vergangene Sommer wurde gegenwärtig, als wären die Tropfen gerade erst gefallen. Tiryn meinte dann, riesige Libellen müssten gleich durch das Zimmer fliegen, so wirklich wurde die vergangene Welt durch ihren Duft, der aufstieg, sobald sich der Bernstein erhitzte.

Philip Prevo war unterdessen immer öfter auf Naurulokki anzutreffen. Als Tiryn sah, dass er Joram Grafunders Hut trug, wusste sie, dass alles gut werden würde mit ihm und Carly.

Einmal sprach sie ihn darauf an. »Kannst du jetzt damit leben, dass Joram Grafunder dein leiblicher Vater ist?«

»Ich habe gemerkt, dass beide Väter ein Teil von mir sind. Seit ich Carly kenne, fühle ich mich so lebendig, da kann ich gar nicht genug Teile haben. Durch sie passen diese Teile alle zusammen. Ich glaube, ich bin angekommen, trotz der Unruhe, die ich wohl von Joram geerbt habe. Wenigstens weiß ich nun, was diese verursacht. Meine Gene! Ich fühle mich nicht mehr so schuldig.«

Philip besuchte Tiryn weiterhin oft in der Krähenkate, um die Schneemannfamilie zu erweitern – unter dem Wildapfelbaum stand jetzt ein Ehepaar mit drei Kindern und einem Waschbären –, oder er ging mit ihr im Sturm wandern.

»Ihr verbringt gern Zeit miteinander, nicht wahr?«, fragte Carly einmal beiläufig, als sie zusammen in der Küche von Naurulokki arbeiteten.

Tiryn blies den Staub von einer Kokosnussschale, aus der sie gerade ein Stück ausgesägt und poliert hatte. »Ja. Philip und ich haben von Anfang an gemerkt, dass wir seelenverwandt sind. Stört es dich?«

»Nein. Thore und ich sind auch seelenverwandt, gehören aber nicht zusammen. Philip und ich sind nicht seelenverwandt. Aber dafür gehören wir zusammen! Ich weiß es, und er weiß es. Es wird nur noch ein wenig dauern. Er ist wie Joram. Er braucht seine Freiheit. Ich werde sie ihm nicht wegnehmen, aber das muss er erst noch herausfinden. Er wird hin und wieder eine Weile irgendwohin verschwinden, genau wie sein Vater, aber er wird wiederkommen.« Carly pinselte seelenruhig die Glasur auf ihr Kranichrelief.

»Dass ihr zusammengehört – glaubst du das nicht nur, weil du es wegen Henny und Joram so haben möchtest? Bist du dir wirklich sicher?« Tiryn sah sie forschend an. »Hennys Nichte und Jorams Sohn – ist das nicht einfach nur ein wünschenswertes Ende für eine alte Geschichte?«

Carly schraubte das blaue Glas zu und öffnete das grüne. »Das klingt vielleicht so. Aber ich bin nicht Henny, und Philip ist nicht Joram. Vielleicht sind sie Teil der Strömung, die uns zusammengeführt hat, wenn man Flömers Bild benutzen möchte. Aber das hier wird unsere eigene Geschichte. Sie ist kein Ende, sondern ein Anfang.«

»Ich wünsche es euch so sehr!«, sagte Tiryn so heftig, dass Carly überrascht aufblickte. Sie lächelte.

»Ich weiß, du hast deine Zweifel, was Beziehungen angeht. Aber es gibt auch welche, die funktionieren, glaub mir. Wenn ich da nur an Orje Fiedlers Familie denke ...«

»Ich weiß. Ich kenne auch solche Familien. Und was ist mit Thore? Bist du jetzt über ihn hinweg?«

»Thore wird immer ein Teil von mir bleiben. Ich will gar nicht über ihn hinweg sein. Ich kann Philip nur lieben, weil ich Thore geliebt habe.«

Tiryn seufzte und beugte sich wieder über ihre Arbeit. »Das mit der Liebe ist mir einfach zu kompliziert. Das ist nichts für mich.«

»Was machst du da eigentlich mit den Kokosnussschalen? Ist dir das Silber ausgegangen?«

»Nein. Aber daraus kann man ebenso gut die Spangen für die Kleider machen und für die Armbänder. Das wird die preisgünstige Variante.«

Es machte nichts, dass die Tage so kurz waren. Sie hatten jede Menge zu tun. Das Weihnachtsgeschäft verlangte Carly alles ab. Immer wieder kamen Harry oder Philip mit einem eiligen Auftrag an. Tiryn nähte unterdessen mit Myra Kleid für Kleid, probierte mit dem Stoffdrucken herum und stellte aus Bernstein und Silber, Muscheln, Holz und Leder Ketten, Anhänger, Armbänder und Ohrringe her.

»Was ist das?«, fragte Carly, als sie zwischen sehr dunklen Bernsteinstücken, die auf ein Collier aus Silber gereiht waren, einige unregelmäßig geformte durchsichtige Steine in zarten Fassungen aus Silberdraht entdeckte. Sie hatten die Farben des Meeres, Grün und Blau, und eine matte, seidige Oberfläche. Unwiderstehlich. Carly streckte die Hand danach aus und hielt sich das Collier an, drehte sich vor einem kleinen Spiegel hin und her.

»Steht dir toll.« Tiryn freute sich insgeheim. Da hatte sie gleich ein Weihnachtsgeschenk für Carly. Carly, die sie trotz ihres Grolls gegen Nicholas so freundlich aufgenommen und ihr den halben Arbeitstisch geschenkt hatte.

»Aber was ist es?«

»Seeglas. Glasreste, die von der Brandung geschliffen wurden. Einige sind noch aus Florida, dort gibt es mehr, weil die Brandung stärker ist. Aber auch hier habe ich zwischen den Muscheln und Steinen welche gefunden.«

Behutsam legte Carly die Kette zurück. »Deine Kollektion ist ja mächtig gewachsen. Das reicht bald, um einen Laden zu füllen. Was machst du damit, wenn du die Genehmigung nicht erhältst?«

»Dann muss ich Daniel oder den Buchladen überreden, das Zeug zu verkaufen. Oder ich gehe zurück nach Florida und verkaufe es dort.« Tiryn machte sich wieder an die Arbeit. Daran mochte sie gar nicht denken.

Es war kurz vor Weihnachten, als Tiryn im Briefkasten die ersehnten Aufenthalts- und Geschäftsgenehmigungen fand. Sie führte einen Freudentanz auf, umarmte Kaja, wollte erst nach Naurulokki laufen, um mit Carly zu feiern, schrieb aber stattdessen rasch eine Mail an Nicholas und Kimoni und ging dann an den Strand.

»Ich habe es geschafft, Claas! Ich kann hierbleiben!«, rief sie in den Winterwind und wedelte mit dem Papier. Eine Welle schäumte höher als die anderen und hätte fast ihre Stiefel durchnässt, wenn sie nicht zurückgesprungen wäre.

Wen ging es etwas an, dass sie ihren Triumph und ihre Erleichterung zuerst mit einem Mann teilte, der unsichtbar war? Sie spürte, dass er da war. Spürte seine Zufriedenheit. Das zweite Bernsteinschiff hatte sie hierhergebracht, und sie würde bleiben, so wie Carly geblieben war.

Nur das Bernsteingeheimnis hatte sie nicht herausgefunden.

Als sie zurück ins Haus gehen wollte, traf sie den Paketboten.

»Hier, das ist für Sie!« Er drückte ihr ein Päckchen in die Hand und fuhr eilig weiter. Tiryn betrachtete es stirnrunzelnd. Sie wusste, was in dem Päckchen war. Sam hatte es ihr angekündigt.

»Probleme?« Philip kam um die Ecke gebogen. »*Halito*. Kommst du mit nach Naurulokki? Carly braucht Hilfe. Wir sollen mit ihr den Weihnachtsbaum aufstellen und schmücken.«

»Sehr gerne.« Aber Tiryn blieb stehen und starrte weiterhin auf das Päckchen.

»Was ist das?«

»Das ist ein etwas heikles Geschenk für Carly. Ich will es ihr nicht einfach so geben, mit Briefmarken und Adresse und verschmiertem Packpapier. Aber Geschenkpapier wäre auch nicht angemessen. Überhaupt nicht angemessen! Ich weiß nicht, wie ich es einpacken soll.«

»Wie wäre es mit Birkenrinde? Ich habe da eben im Graben am Deich ein Stück gesehen.«

»Perfekt. Danke! Holst du sie bitte?«

»Schön, dass ihr da seid!«, begrüßte Carly sie mit aufgelöstem Zopf und Mehlstaub auf dem Kleid. »Daniel wird gleich den Baum bringen. Könnt ihr mal eben mit anfassen, den Wohnzimmertisch ein wenig beiseiteschieben? Danke, dass du gestern dein Nähzeug weggeräumt hast, Tiryn. In ein paar Tagen kannst du dich wieder ausbreiten.«

»Kein Problem. In der Bibliothek ist es jetzt zwar ganz schön vollgestopft, aber ich habe das Gefühl, dass Oma Matildas alte Nähmaschine sich gut mit der Holzgans unterhält. Carly, kommst du mal kurz mit in die Bibliothek? Ich möchte dir etwas geben.«

»Okay. Das klingt ja spannend.«

»Ich kümmere mich inzwischen um den Tisch«, sagte Philip. Er zwinkerte Tiryn zu, denn er hatte auf dem Weg noch etwas anderes gefunden als nur die Birkenrinde.

Tiryn schloss die Tür hinter ihnen und reichte Carly das Päckchen. »Hier. Ich wollte es dir nicht vor den anderen geben.«

»Das ist ja eine tolle Verpackung.« Behutsam faltete Carly die helle Rinde auf. Zutage kamen ein schön geschwungenes Wurzelstück und eine ovale Porzellandose. Auf dem Deckel befand sich ein filigranes indianisches Zeichen aus gefärbtem Sand in Türkis und Orange. Carly lupfte den Deckel und sah ein Gemisch aus Sand und Erde und kleinen Muscheln.

»Ich muss dir das erklären.« Tiryn räusperte sich. »Du hattest mir gesagt, dass du keinen Platz hast, an dem du um deine Eltern trauern kannst. Als du mir erzählt hast, wie sie in Florida im Kanu hinausgefahren und nicht wiedergekommen sind, hast du auch den Namen der unbewohnten Insel erwähnt, wo sie deine Mutter gefunden haben. Ich kannte diesen Namen. Ich bin mit Kimoni auf der *Anhinga* einmal bis zur Nachbarinsel gefahren. Wir hatten damals auch große Schwierigkeiten mit den tückischen Wirbeln zwischen den Inseln.«

Carly schluckte, strich mit dem Finger über die Wurzel und hörte schweigend zu.

»Ich habe an Sam geschrieben. Er ist mit einem Choctaw-Fischer befreundet, der das Meer und jedes Wetter dort kennt wie seine eigene Handfläche. Sie sind zusammen dorthin gefahren und haben am Strand – es ist kein Strand, es ist eigentlich nur ein Stück wunderschöner Mangrovenwald – eine Choctaw-Zeremonie durchgeführt, mit der wir traditionell den Geistern unserer Ahnen Frieden schenken. Sie haben einen Stein mit Zeichen an die Stelle gelegt und für dich diese Erde und die Mangrovenwurzel mitgenommen. Du könntest sie hier auf Naurulokki vergraben oder verstreuen oder einfach aufheben, wie auch immer du möchtest. Ich dachte nur, du freust dich vielleicht darüber.«

Jetzt war Tiryn doch unsicher. Sie hatte bei der Sache ein gutes Gefühl gehabt, aber nun wusste sie nicht, ob sie das Richtige getan hatte. Ihre Eltern lebten schließlich noch. Sie konnte nicht ahnen, wie es in Carly aussah.

Carly stand immer noch mit gebeugtem Kopf und streichelte die Mangrovenwurzel, strich dann über den Sand, schloss die Dose behutsam wieder und stellte beides vorsichtig auf dem kleinen Tisch ab, auf dem auch Jorams Kreisel lag.

Dann blickte sie auf, und Tiryn sah die Rührung und Dankbarkeit in ihren Augen. Und eine Träne.

»Danke«, flüsterte Carly. »Ein schöneres Geschenk hättest du mir nicht machen können.«

Sie umarmten sich für einen langen Moment. Dann hörten sie es draußen poltern.

»Der Baum kommt!«, rief Philip.

Carly stürzte hinaus. Tiryn folgte ihr und sah, dass Philip in der Wohnzimmertür stand und Carly den Weg versperrte. Über seinem Kopf baumelte der Mistelzweig, den er gerade aufgehängt hatte.

»Wenn du die Tradition mit dem Mistelzweig nicht kennst, kann Tiryn als Amerikanerin sie dir später erklären«, sagte er, und bevor Carly sich wehren konnte, küsste er sie.

Tiryn duckte sich an den beiden vorbei und öffnete Daniel, der verzweifelt an die Tür klopfte. Kaum hatte sie einen Spalt geöffnet, drückte der Wind Daniel in den Flur, zusammen mit einer Tanne, die um einiges größer war als er selbst. Beide verteilten Schnee und Sand in gleichen Mengen in der Diele.

»Wohin damit?«, schnaufte Daniel.

»Ins Wohnzimmer bitte!«

»Nicht in die Küche?«

»Nein, auf keinen Fall!«, rief Carly etwas außer Atem. »Dort hat sich Jakob ausgebreitet und ist nicht ansprechbar. Er macht Rehrücken.«

Erleichtert setzte Daniel die mächtige Tanne im Wohnzimmer ab und sah sich staunend um.

»Hier ist es aber schön geworden! So hell war es hier noch nie. Und die Möwen sehen klasse aus! «

»Orjes Spezialität, ja.« Auch Carly sah sich zufrieden um. Orje hatte ganze Arbeit geleistet. Die Decke strahlte weiß, die Wände in einem dezenten Hellblau, und unter der Decke verlief um den Raum herum ein kleiner Fries fliegender weißer Möwen, die dem Zimmer eine leichte, heitere Note verliehen. »Schau mal, in die Ecke habe ich schon einen Ständer gestellt. Der ist wahrscheinlich so alt wie Naurulokki, aber er ist zuverlässig. Letztes Jahr hat er jedenfalls auch gehalten.« Der Ständer war enorm und aus Schmiedeeisen. Carly hielt die Tanne gerade, während Daniel ächzend die alten Schrauben fixierte.

»Lass los!«, kommandierte er schließlich. Mit angehaltenem Atem warteten sie, doch auf den Ständer konnte man sich offenbar verlassen.

»Ich sehe vor mir, wie Joram für Henny einen Baum geholt und darin aufgestellt hat«, sagte Carly.

»Ich muss noch mal in den Laden. Kommt ihr hier alleine klar?« Daniel sah auf die Uhr.

»Aber sicher. Hauptsache, du bist nachher pünktlich zum Essen.«

»Wann kommen denn die anderen?«

»Orje und Synne werden bald hier sein. Anna-Lisa hilft Jakob in der Küche, und Myra kann ihre Neugier bestimmt nicht mehr lange zähmen. Bei Harry weiß man nie. Ralph und Miriam sind noch irgendwo zwischen Berlin und Ahrenshoop, aber so, wie er fährt, wird es nicht mehr lange dauern. Du kannst dich beruhigt um deinen Laden kümmern. Wir essen so gegen sechs.«

»Daniel, könntest du nachher Kaja auf dem Weg mitbringen?«, bat Tiryn.

»Aber natürlich, gern.« Die Tür fiel hinter ihm zu.

Der Wind rüttelte gleich wieder daran. Als er keinen Einlass fand, trollte er sich aufs Meer hinaus und ärgerte den Kormoran, indem er ihm feine Flocken um den Schnabel blies. Die Krähe hatte im Wildapfelbaum Schutz gesucht. Unter dem Eis waren die Fische in Sicherheit. Alles hatte seine Ordnung.

Vorsichtig schielte Tiryn in die Küche, wo es dampfte, duftete und schepperte. Jakob murmelte vor sich hin, und Anna-Lisa war mit Äpfelschälen beschäftigt. Leise fegte sie im Flur den Sand zusammen, wischte die Pfützen mitsamt Daniels Stiefelabdrücken auf und ging zu Carly und Philip ins Wohnzimmer.

Den Tisch hatten sie gestern schon festlich gedeckt, um jetzt in Ruhe den Baum schmücken zu können.

Noch immer konnte Tiryn kaum glauben, was in diesem Jahr alles geschehen war. Glücklich betrachtete sie den Tannenbaum, der so aufrecht unter der frischen Zimmerdecke stand.

»Das wird euch gefallen«, sagte Carly. »Solchen Schmuck hat außer auf Naurulokki noch kein Weihnachtsbaum getragen! Ich habe ihn letztes Jahr in einem Karton gefunden, auf den Henny ›Weihnachten‹ geschrieben hat.« Den Inhalt des Kartons hängten sie gemeinsam an die Zweige, in denen noch die Kälte aus dem Winterwald hing, aus dem ihn Daniel geholt hatte. Mit jedem Stück, das sie ehrfurchtsvoll in die Hand nahmen, um es mit einem dünnen Draht zu befestigen, wurde es wärmer zwischen den Ästen, und die Nadeln begannen zu duften.

Da gab es fein gefaltete Papiersterne, die mit winterlichen Aquarellen bemalt waren. Eichhörnchen, Rehe und Kaninchen tollten im Schnee, der Frost machte Reetdächer weiß. Ein Engel watete barfuß am Ufer. Es gab filigrane Kugeln, aus schmalen Reetstreifen geformt, in deren Innerem sich weiße, gelbe und blaue Möwen- und Meisenfedern befanden. Da waren Muscheln an silbernen Fäden. Und anmutige Vögel, aparte Glocken und Kugeln aus Treibholz, von der Natur geformt und von Jorams kundiger Hand nur ein klein wenig betont mit einem Auge hier, einem behutsamen Schliff dort. Auch eigenwillige Engel mit Flügeln aus Rinde gab es. Natürlich war da auch ein Stern für die Spitze, kunstvoll um eine Holzscheibe herum aus Reet geflochten, und auf die Scheibe war ein strahlender Engel gezeichnet mit einem liebevollen Gesichtsausdruck, der dem Raum und den Anwesenden seinen Segen gab. Einen Segen, dem weder Tod noch Zeit etwas von seiner Gültigkeit nahm.

Als Carly auf einen Hocker stieg und die Spitze aufstecken wollte, spürten sie alle die Anwesenheit von Henny und Joram. Es spielte keine Rolle, dass sie nicht sichtbar waren.

Carly zögerte, stieg wieder herunter und reichte den Stern Philip.

»Steck du ihn auf. Dein Vater hat ihn gemacht.«

Auch er zögerte, doch dann lächelte er Carly an, küsste sie und steckte den Stern auf die Spitze.

Zuunterst in dem Karton befand sich noch ein kleinerer, diesmal von Joram beschriftet. »Krippe«.

Ein hohler Baumstumpf, glattgeschliffen und geölt, schimmerte warm im Licht. Er trug ein echtes Reetdach, und in ihm auf einem Boden aus Sand und Moos versammelten sich Maria und Josef, die Hirten, Ochs und Esel und die heiligen Könige. Geschnitzt aus Treibholz, dem Wind, Sand und Wellen die Form und Struktur verliehen hatte, mit Umhängen aus der Rinde alter, weiser Bäume. Das Jesuskind lag nicht in der Krippe. Josef hielt es zärtlich auf dem Arm, und sein Gesicht trug Jorams Züge. Maria saß dicht daneben, über einen echten kleinen Zeichenblock gebeugt, und malte den Esel, auf dessen Rücken ein winziger Engel schlief.

Später saßen alle vor dem Baum, von dem ein stilles Leuchten ausging, obwohl die Kerzen noch nicht brannten. Oben flüsterte der Wind, sanfter geworden, unter dem Reet, wo im Frühling die Schwalben wieder einziehen würden. In der Ferne rauschten Wellen gegen den Saum aus Eis am Strand, und auf der anderen Seite schwieg der Bodden.

Carlys Finger schlossen sich um die Glocke, die auch im Karton gelegen hatte und mit der sie nachher alle zur Bescherung rufen würde.

Sie hörten ein lautloses Klingeln, lebendig in einer anderen Zeit.

Dann wurde es von Stimmen verscheucht, die sich draußen näherten. »Mein Bruder Ralph. Und Orje und Synne«, sagte Carly.

Nachdem sie sich vergewissert hatte, dass für Notfälle der Wassereimer bereitstand, zündete sie die Kerzen an, vom Wipfel bis zum Boden. Die flackernden Flammen warfen bewegte Schatten unter die Zimmerdecke, und Orjes Möwen sahen aus, als ob sie flögen.

Tiryn

2001

37

Eröffnungen

Der letzte Schlag der Glocken von der Schifferkirche trieb durch die klare Winternacht über den Deich, die Dünen herab und über den Strand, bis das Meer den Ton verschluckte. Jetzt war es still bis auf das leise Knirschen der Eisschollen und das Gluckern des Wassers darunter. Tiryn saß allein am Strand.

So gesellig und wunderschön Weihnachten auch gewesen war, an ihrem ersten Silvester in Ahrenshoop wünschte sie sich Ruhe. Sie brauchte Zeit, um über alles nachzudenken, was in diesem Jahr geschehen war. Es war so unendlich viel! Das musste sie erst einmal richtig begreifen. Oft erschien ihr alles noch wie ein Traum. Kaja war müde und wollte nicht aufbleiben. Tiryn brachte ihr den Schlaftee ans Bett und noch eine Decke, denn jetzt im tiefen Winter zog es manchmal trotz der dicken Vorhänge durch die alten Fenster.

Dann holte sie sich auch eine Decke und ihre Jacke, in der Küche eine Piccoloflasche Sekt und einen Becher, schloss die Tür leise hinter sich und ging zum Strand. In die Decke gewickelt, setzte sie sich auf den trockenen Teil der Buhne. Sie dachte an Heiligabend zurück, als die Kerzen an der Tanne brannten und Wachsgeruch und Honigduft sich im Zimmer ausbreiteten, die sich mit dem Aroma von Jakobs Rehrücken vermischten und mit dem Lachen und Plaudern, das über den Tisch hin und her flog. Es war für Tiryn ein neues Erlebnis, Teil einer so großen, freundlichen Runde zu sein, in der es keinen Streit und keine schweigenden Vorwürfe gab. Naurulokki erschien ihr nicht zum ersten Mal wie eine Sandbank, auf der sich Vögel und Seehunde im stürmischen Meer trafen, um sich auszuruhen oder sich auf eine Reise vorzubereiten. Menschen aus allen Himmelsrichtungen kamen unter dieses schützende Reetdach, um für einen Augenblick Atem zu schöpfen, sich auszutauschen und einander Mut zu machen und dann mit neuer Kraft wieder hinauszuziehen.

Carlys Freund Orje, der Drehorgelspieler, saß am Tisch neben Tiryn. Als er erwähnte, dass er nun einige Wochen in Ahrenshoop bleiben würde, weil seine Freundin Synne wieder einmal bei Elisa arbeitete, fragte sie, ob er Daniels Lagerraum für sie streichen würde, aus dem sie ihren Laden machen wollte. »Jetzt, wo ich die Genehmigung habe, kann ich loslegen. Wir machen einen richtigen offiziellen Auftrag daraus. Was sagst du?«

»Wunderbar. Wann können wir anfangen? An was für eine Farbe hast du gedacht?« Bis Daniel seine flambierten Pfeffererdbeeren zum Nachtisch servierte, hatten sie sich schon für ein Konzept entschieden.

Auch andere Dinge wurden beim Weihnachtsessen besprochen. In den Wochen nach Ostern, wenn der letzte Frost aus der Erde gewichen war, sollte die Sternwarte gebaut werden – auch dafür lag bereits eine Genehmigung vor. Da würden alle mit anpacken.

»Was machst du eigentlich jetzt beruflich, nachdem du bei der Bank aufgehört hast?«, fragte Daniel über den Tisch hinweg Carlys Bruder Ralph.

Ralph nahm sich noch einen Kloß. »Ich habe einen Fischbrötchenstand am Kudamm in Berlin. Das war nur so eine Idee, um etwas Verrücktes zu machen. Aber zu meiner Überraschung läuft es super.«

»Es läuft super, weil auf den Pappschachteln ein Aquarell von

Henny gedruckt ist und weil er in jede Schachtel eine Muschel mit hineinpackt«, sagte Carly.

»Aber ich bin mein eigener Chef und kann mir Urlaub nehmen wann ich will«, ergänzte Ralph. »Beim Sternwartebauen bin ich dabei.«

»Dann kann wohl nichts mehr schiefgehen. Rune wird ja auch noch da sein.«

»Wozu brauchst du Rune, wenn ich da bin – und Harry und Daniel und Ralph?«, fragte Philip.

»Rune ist größer als du. Der braucht keine Leiter. Und außerdem kannst du nicht so wunderbar falsch singen wie er.«

»Ich kann ganz bestimmt falscher falsch singen als er, liebste Carlylotta. Soll ich es dir beweisen?« Philip zog sie an einer Locke.

»Bloß nicht.«

»Steht denn die Finanzierung der Sternwarte jetzt?«, fragte Ralph.

Carly atmete tief durch. »Ja, stell dir vor. Endlich! Elisa hat schließlich doch einen Produzenten für Jorams Film gefunden. Der Film über die Vögel, den Joram hinterlassen hat, weißt du, Tiryn? Er hat einen Vorschuss gezahlt. Da wir alles selbst machen wollen, wird es ja nicht so teuer. Aber ich möchte ein moderneres Fernrohr anschaffen. Thore wird es für mich besorgen. Er bekommt es zu einem günstigen Preis.«

»Das wird ein arbeitsames Frühjahr«, bemerkte Myra. »So viel war hier lange nicht los.«

»Du liebst es doch, wenn so viel Leben ist«, sagte Flömer.

»*Ich* bin ja auch noch nicht alt.«

Flömer lächelte in sich hinein.

Carly stand auf und fing an abzuräumen. »In einer Viertelstunde ist Bescherung!«

Bald war das Wohnzimmer voller Rascheln von Papier und erfreuter Ausrufe. Sie wurden alle zu Kindern, selbst Flömer. Tiryn bekam wunderschön getöpferte Kerzenhalter für den Laden von Harry, die dazu passenden handgegossenen Kerzen von Carly und einen selbstgezimmerten Holzschlitten von Philip.

Später saßen sie alle um den Baum, erzählten sich Geschichten und sahen zu, wie die Kerzen herunterbrannten. In der Stube wurde es immer dunkler, als eine nach der anderen verlöschte.

»Wenn die letzte Kerze ausgeht, dürfen wir uns im Stillen etwas wünschen«, sagte Carly.

»Und dann habe ich mir gewünscht, dass ich dich wiedersehe, und dass du mir verrätst, wie die Erinnerungen in den Bernstein gekommen sind«, sagte Tiryn jetzt zu dem dunklen Meer und hob den Becher, in den sie den Sekt gegossen hatte, Richtung Horizont. »Prost, Claas! Ein frohes neues Jahr, wo und wann auch immer du bist!«

»Dir auch Glück an deinem Ort.« Sie erkannte seine Stimme sofort, nur konnte sie wieder nicht unterscheiden, ob die Worte weich im Wind lagen oder nur in ihrem Kopf klangen.

»Claas?« Dann ahnte sie seine Gestalt, so flüchtig, dass sie hinter ihm den Schaum auf den Wellenkämmen erkennen konnte. Er stand im flachen Wasser, den Umhang um die Schultern, und für einen Moment sah sie sein Lächeln und seine hellen Augen, die ihren Blick erwiderten, und nahm seinen leisen Duft nach Zitrone, Zimt und Sandelholz wahr.

»Claas, wer bist du? Warst du das in Florida? Gibt es eine Antwort auf meine Fragen?«

»Ich bin in allen Meeren! Die Vögel sind meine Boten, denn ich kann keine langen Reden halten.« Es war nicht wichtig, woher die

Stimme kam. In Tiryn wurde es hell. Etwas in den Worten gab ihr die Gewissheit, dass es gut und richtig war, hier zu sein. »Mache du deine Arbeit, denn du machst sie so gut wie ich die meine. Und höre auf die Krähe!« Sie spürte eine leichte Berührung, wie das Streicheln eines Fingers auf ihrer Wange, dann waren da nur noch Wind und Nebel und Mondlicht, die sich über den Wellen in ihrem eigenen Spiel drehten.

In der Ferne hinter dem Leuchtturm von Prerow stieg ein Feuerwerk in den Himmel, ein Strauß aus Sternen in Rot, Grün, Blau und Silber, die flogen, stürzten und verlöschten.

Der Januar warf weiteren Schnee auf den Darß. Vor Tiryns Laden walzten ihn viele Füße und Autoreifen platt und färbten ihn braun. Wenn die frühe Dämmerung einsetzte, flammte hinter den Fenstern das Licht auf und malte helle Vierecke auf den Schnee, in denen man Schatten eilig hin und her laufen sah.

Draußen schlugen die kalten Wellen hoch im stürmischen Winterwind, schoben den Bernstein aus der Tiefe an die Küste, mahlten und schliffen das Seeglas und rissen weitere Meter von der Küste ab.

Im Februar wurden die Stürme ruhiger und die Tage wieder länger. Philip und Carly brachten Tiryn auf dem zugefrorenen Bodden unter viel Gelächter das Schlittschuhlaufen bei und sie ihnen dafür im Wald das Spurenlesen. Einen ganzen Nachmittag lang verfolgten sie ein Hirschrudel, bis sie es zu Gesicht bekamen, doch der Anblick war so großartig, dass es sich lohnte.

Viel freie Zeit gab es jedoch nicht. Wenn Tiryn nicht gerade in Wustrow bei Ronning Reet über der Buchhaltung saß oder Orje, dem Elektriker und dem Schreiner beim Renovieren half, nähte sie mit Myra weitere Kleider oder fertigte Schmuck an. Als sie in Naurulokkis Keller den unerschöpflichen Treibholzvorrat von Joram Grafunder entdeckte, begann sie, ungewöhnliche Kleiderbügel daraus herzustellen, jeder davon ein Unikat. Die bizarren Äste wurden nur auf die richtige Länge zurechtgesägt, glattgeschliffen und poliert und mit einem Haken versehen.

Im März sah es aus, als wollte das Eis das Land nicht wieder herausgeben. Tiryn war es gleich, sie war von morgens bis abends damit beschäftigt, dem Laden den letzten Schliff zu verleihen.

Eines Abends kam Flömer zu ihr und sah sich anerkennend um. In Tiryn stieg eine warme Freude auf, dass er den Weg gemacht hatte. Es war ein bisschen, als wäre Nicholas da. Mit Stolz führte sie ihn herum. Die Wände waren sandfarben und pastellblau gestrichen, mit dezenten Bordüren aus Muscheln. Die Vitrine aus Daniels Laden mit Tiryns exotischer Muschelsammlung stand effektvoll beleuchtet in einer Ecke. Die alten Holzfässer waren gesäubert und poliert. Auf ihnen war Schmuck ausgestellt, auf Treibholz oder Sand in Keramikschalen drapiert. An den Wänden gab es Ständer aus Treibholz, an denen die Kleider hingen. Die alten Dielen auf dem Boden glänzten, und in den Ecken standen die getöpferten Kerzenständer von Harry mit den selbstgegossenen Kerzen von Carly. Das Gemälde von Nicholas hing angestrahlt in einer Nische. Es gab eine Umkleidekabine und diverse bequeme Korbstühle. Auf einem langen Tisch stand alles bereit, falls Kunden den Stoff selbst bedrucken wollten.

Flömer fingerte an der alten Kasse herum, die Tiryn auf einem Flohmarkt entdeckt hatte. »Das ist ein Ort mit einem guten Gefühl. Du wirst bestimmt viele Kunden haben. Was wird an diesem Tisch passieren?« Er zeigte auf einen kleineren Tisch, neben dem ein Schränkchen mit vielen Schubladen stand.

»Dort kommt Oma Matildas Nähmaschine hin. Ich werde hier im Laden nähen, und die Kunden können zusehen. Dann kann ich auch Längen ändern oder zusammennähen, was sie bedruckt haben wollen. Die Nähmaschine gehe ich gleich noch holen. Carly wollte mir helfen. Philip fährt uns.«

»Ich wünsche dir Glück, tüchtige Enkeltochter von Nicholas«, sagte Flömer.

Als sie aus dem Laden traten, bemerkten sie beide eine Veränderung. Die Luft war weich geworden und leichter. Flömer schnüffelte. »Der Wind hat gedreht! Er erzählt vom Frühling.«

Auf dem Weg nach Naurulokki glaubte Tiryn, es unter den Füßen zu spüren. Die Erde atmete auf und streckte sich. Von den Kiefern und den Silberpappeln tropfte es. Im Garten von Naurulokki war der Schnee bereits vor Tagen verschwunden. An dem sonnigen Hang war es einige Grad wärmer als woanders. Blaue und weiße Krokusse und Traubenhyazinthen breiteten sich aus wie eine Flutwelle.

Philip und Carly saßen schon beim Tee und warteten.

»Schieß los. Was muss noch mit?«, fragte Philip gutgelaunt.

»Er ist nur so hilfsbereit, weil er so stolz auf das neue Firmenauto ist«, sagte Carly halblaut zu Tiryn.

»Carly, bist du auch nicht böse, dass ich jetzt doch eine ganze Weile vor der Sternwarte eröffne?«

»Aber nein, Ti. Im Gegenteil. So konnten wir dir alle helfen, das ist viel effektiver. Für die Sternwarte ist alles bereit, aber sie zu bauen geht erst, wenn die Erde aufgetaut ist. Bis dahin hast du schon einen Kundenstamm und kannst meine Prospekte unter ihnen verteilen.«

Es lag doch noch eine Menge herum, das mit in den Laden

musste. Als sie fertig waren, war das neue Auto bis oben hin vollgestopft.

Daniel half Philip, die Sachen in den Laden zu tragen. Carly und Tiryn platzierten inzwischen die Nähmaschine, sortierten das Nähgarn ein und alles, was dazugehörte.

»Was ist das hier?« Tiryn hob etwas Großes, Hölzernes auf, das aussah wie ein kleines halbes Fass.

»Oh, das ist die Abdeckung für die Nähmaschine. Ich habe sie im Schuppen gefunden.«

Tiryn strich über das alte Holz. »Das ist ja toll. Wenn ich da noch einmal drüber poliere, sieht das richtig gut aus. Moment, hier ist ein Riss drin. Da muss vielleicht etwas Kitt rein.« Sie fuhr mit dem Finger über die Spalte. »Huch!« Etwas sprang auf, und ein dünnes Brett fiel zu Boden.

Carly bückte sich danach. »Ein doppelter Boden – nein, eine doppelte Seite. Und hier ist Papier herausgefallen. Ich hätte es wissen müssen. Auf Naurulokki gibt es fast nichts, an dem nicht ein Zettel klebt. Aber warum war dieser versteckt?«

Tiryn kniete sich neben sie. »Das ist nicht nur ein Zettel. Hier ist noch ein großer Umschlag!«

»Fertig! Ich geh noch zu Daniel rüber, ein Bier trinken. Ruft uns, wenn ihr Hilfe braucht!«, sagte Philip von der Tür her.

»Ist gut«, sagte Carly abwesend. »Das ist gar nicht Hennys Schrift und auch nicht Jorams.«

»Lies vor!«

»Das ist ziemlich vergilbt, und die Tinte ist verblasst.« Carly trug den Zettel unter die größere Lampe und räusperte sich.

Mein Vater ist dagegen, dass ich mich mit unseren Ahnen beschäftige. Ich glaube, er hat ein Problem damit, dass er nur Fischer ist, während sein

Vater als Kunstmaler bescheidene Bekanntheit erreicht hat. Und von seinem Großvater, meinem Urgroßvater, spricht er erst gar nicht. Gelegentlich habe ich den Eindruck, dass ihm dieser unheimlich ist, möglicherweise, weil er ein Held war. Mich aber faszinieren die Vorfahren! Man möchte doch gerne wissen, welchen Menschen man seine Existenz verdankt. Ich habe daher die Alten in der Nachbarschaft befragt und mehrfach mit dem Pfarrer gesprochen. Ich durfte endlich in die Kirchenbücher sehen, nachdem ich ihn während Vaters Abwesenheit eingeladen und ihm meinen Dorsch mit Kartoffelkruste serviert habe und den besten Obstwein dazu. Der Pfarrer tut alles für ein gutes Essen. Mit seiner Hilfe habe ich einen Stammbaum gezeichnet, damit meine Kinder einmal wissen, wesser Blut in ihren Adern fließt und wer vor ihnen gelacht und geweint, gelitten und gelebt und damit ihr eigenes Leben begründet hat. Ich werde ihn verstecken, damit Vater ihn nicht findet. Manchmal glaube ich, er möchte dieses Haus bald loswerden. Dabei gewahrt er das Licht im Dachfenster nicht, das ihn gruseln könnte. Nicht jeder sieht es. Mir schenkt sein Leuchten Trost.

Matilda Kreyhenibbe, Kreyhenkate, Ahrenshoop 1901

Stille senkte sich über den Raum. Es war, als ob die junge Matilda zwischen ihnen stand und die Worte gerade ausgesprochen hätte.

»Hennys Großmutter«, sagte Carly schließlich leise.

»Sie hatte recht. Ihr Vater wollte das Haus loswerden. Er hat es absichtlich an Kajas Großvater verloren«, sagte Tiryn.

»Lass uns nachsehen, was in dem Umschlag ist.«

»Dürfen wir das denn?«, fragte Tiryn. »Er ist doch für Matildas Kinder gedacht.«

»Matildas Kinder waren Susanne und Simone Petrik. Susanne ist bei Hennys Geburt gestorben. Henny hat keine Nachkommen, aber ich bin ihre Nichte und Erbin. Ich bin mir sicher, das wäre für Mathilde o.k. Es ging ihr um die Familie, und ich gehöre dazu. Simone war die Mutter von Thore und Rune. Ich werde den beiden diese Papiere natürlich zukommen lassen und nur Kopien behalten. Aber ich weiß genau, dass beide nichts dagegen haben, dass wir das hier lesen. Ich kann förmlich hören, wie Thore sagt: ›Schau nach, Carly, ob es wichtig ist, und mach damit, was du willst.‹«

Entschlossen zog sie ein großes Blatt Papier aus dem Umschlag und faltete es vorsichtig auseinander. »Der Stammbaum! Schau, hier ist Matilda. Geboren 1882 in Ahrenshoop.«

»Und hier, auf derselben Ebene, Thomas Ronning, geboren 1874 in Ahrenshoop. Das ist mein Urururgroßvater! Der Vater von Justus Ronning! Das weiß ich, weil Nicholas oft von ihm erzählt hat. Thomas Ronning war sanftmütig, ganz anders als sein Sohn. Aber was macht er in Matildas Stammbaum?«

»Lass mal sehen.« Carly fuhr mit dem Finger an den Strichen entlang, die Matilda sorgfältig mit einem Lineal gezogen hatte. »Matildas Vater ist Sieke Kreyhenibbe, das wissen wir schon, geboren 1855. Und ihr Großvater, also Hennys Urgroßvater, müsste Cord Kreyhenibbe sein, der Maler, dessen Bild in Hennys Zimmer hängt – das Bild, auf dem wahrscheinlich Claas zu sehen ist. Ja, hier ist Cord, siehst du: geboren 1825. Und Cord hatte drei Schwestern: Hilde, Lisbeth und Senta.«

»Hilde hat einen Stig Ronning geheiratet!«, entzifferte Tiryn.

Sie sahen sich an.

»Dann ist Stig Ronning ...«

»Warte. Hier! Er und Hilde hatten einen Sohn – Linus Ronning, und Linus ist der Vater von Thomas. Also muss Linus mein Ururgroßvater sein und Stig mein Dreimal-Urgroßvater.«

Tiryn schluckte. Jahrelang war sie ganz allein mit ihrer Mutter gewesen, und nun besaß sie auf einmal eine schier unendliche Familie und jede Menge tiefe Wurzeln in diesem neuen Land. Natürlich hatte sie gewusst, dass Nicholas von hier stammte. Aber jetzt bekamen diese Menschen Namen und einen Platz in der Zeit und der Familie. Sie wurden lebendig für sie.

Und nicht nur das – Henny und Nicholas waren verwandt. Obwohl das nach so viel Generationen kein Problem gewesen wäre. Oma Matilda hatte es ja gewusst und wohl nicht für erwähnenswert befunden. Vielleicht hatte sie Henny deshalb den Stammbaum nie gegeben, um die beiden nicht zu verwirren. Oder Henny hatte den Stammbaum gesehen und dann wieder in der Nähmaschine versteckt, weil das ein sicherer Ort war.

Die Antwort fand sie kurz darauf, als sie den Stammbaum drehte. An der Seite entdeckte sie eine handschriftliche Notiz in Bleistift. Die Schrift war zittrig. *Ich habe Henny den Stammbaum nie gezeigt, weil Stig und Linus Ronning Juden waren. Das spielt zwar im Augenblick keine Rolle mehr, aber wer weiß, was noch kommt! Nach dem, was wir erlebt haben, ist alles möglich. Sie soll keine Angst haben, dass Nicholas etwas passieren könnte. Matilda Petrik, 1951*

Sie schwiegen einen Moment.

»Hier auf Fischland-Darß ist ohnehin praktisch jeder mit jedem irgendwie verwandt«, sagte Carly dann. »Aber es so säuberlich schwarz auf weiß geschrieben zu sehen, wie all diese Menschen zusammenhängen, ist schon beeindruckend. Auf jeden Fall wissen wir jetzt, wie Naurulokki mit der Krähenkate zusammenhängt und warum du dich von dem Haus so angezogen gefühlt hast. Es gehörte deiner Familie! Es ist so alt, dass Cord und Hilde wahrscheinlich beide darin aufgewachsen sind. Und – wie heißen sie noch? – Lisbeth und Senta.« Sie sah wieder auf den Stammbaum, und ihre Augen wurden groß. »Sieh doch bloß, wen die beiden geheiratet haben!«

Tiryn kniff die Augen zusammen. »Lisbeth heiratete – Gustav Webelhuth!«

»Und die jüngste, Senta, geboren 1829, heiratete Ferdinand Flömer.«

»Dann muss unser Flömer hier auch verzeichnet sein. Zum Glück hat Matilda den Stammbaum auch später fortgeführt, anscheinend bis zu ihrem Tod. Hier! Ferdinand und Senta bekamen Friedhelm, und Friedhelm zeugte Fritz, und dessen Sohn ist Fiete Flömer, geboren 1910. Das muss unser Flömer sein! Fiete heißt er also.«

»Und Myra? Lass sehen!« Tiryn drehte den Stammbaum. »Lisbeth Kreyhenibbe und Gustav Webelhuth bekamen Emil, der einen Lars, und der einen Jonas. Jonas Webelhuth und Line Sölm waren die Eltern von Myra! Hier ist sie, geboren 1927.«

»Also sind sie sozusagen Cousins und Cousinen – Nicholas, Henny und Myra. Nur eben vier Generationen weiter. Vielleicht haben sie sich deshalb so gut verstanden und angefreundet.«

»Ich weiß nicht. Das erscheint mir ein bisschen weit hergeholt. Sicher hätten sie sich auch angefreundet, wenn sie nicht gemeinsame Vorfahren gehabt hätten. Die sind in demselben Land aufgewachsen, in einer schwierigen Zeit, und sie hatten ähnliche Interessen.«

»Vermutlich hast du recht.« Carly beugte sich erneut über den Stammbaum. »Aber wer waren denn nun die Eltern von Cord, Lisbeth, Hilde und Senta und damit die gemeinsamen Vorfahren von allen? Leider ist der Rand des Papiers hier so abgegriffen und ausgefranst, dass man es kaum entziffern kann. Die Tinte ist auch verschmiert.«

»Warte!« Tiryn sprang auf. »Ich habe hier eine Lupe, die brauche ich manchmal beim Nähen. So, lass mal sehen.« Ganz behutsam strich sie die abgeknickten Papierstücke glatt und spähte durch das geschliffene Glas. »Das ist ein G. Nein, ein E. Nein, doch nicht. Diese alte Schrift ist so verschnörkelt! Es ist ein C. Bestimmt ist es ein C. Und dann ein i. Nein, ein l. Ein l!« Sie setzte sich kerzengerade und starrte Carly an. »Claas!« Sie atmete tief durch. »Claas Kreyhenibbe, geboren 1801, gestorben 1852, hundert Jahre vor Hennys Geburt. Claas ist mein Fünfmal-Urgroßvater!«

»Das ist ja ein Ding«, sagte Carly in die verblüffte Stille hinein. »Deshalb spricht er mit dir! Weil du seine Enkelin bist. Natürlich! Dann hat Cord seinen *Vater* gemalt! Und wen hat Claas geheiratet?«

»Frenja. Frenja Feltman.« Tiryn versuchte, das alles zu begreifen. »Woran ist Claas wohl gestorben – mit einundfünfzig?«

»Die Menschen wurden doch damals gar nicht so alt. Ich glaube, das entsprach etwa der normalen Lebenserwartung.«

Tiryn lehnte sich zurück und schlang die Arme um die Knie. Sie hatte das Gefühl, weit weg gewesen zu sein. Jahrhunderte weit weg. »Als Myra erzählte, was sie von Henny über Oskar und die Bernsteinschiffe erfahren hat, da erwähnte sie doch, dass Claas zu Oskar auf dessen Frage, was er damit machen sollte, sagte: ›Die Schiffe werden ihren Weg selbst finden.‹ Und dann spürte Henny eine Hand auf ihrer Schulter, blieb stehen und sah die Schiffe auf Oskars Stand. So sorgte Claas dafür, dass Henny, seine Urururenkelin, sie kaufte. Und Claas wusste, dass sie mit seinem Urururenkel Nicholas verlobt und seiner Urururenkelin Myra befreundet war. Er spielte die Bernsteine also Oskar zu, sagte ihm, was er daraus machen sollte, und sorgte mit einer Berührung dafür, dass die Schiffe in die Hände seiner Familie fielen.«

»Schlau«, sagte Carly nachdenklich. »Er sagte aber auch, dass die Schiffe etwas fort-, aber auch etwas wieder zurücktragen würden. Die Schiffe waren also sein Mittel, die Familie zusammenzuhalten, hier auf Fischland-Darß! Ein echter Patriarch. Und das noch hundertfünfzig Jahre nach seinem Tod. Wahrscheinlich war es dann gar kein Zufall, dass Henny und Myra Nachbarinnen waren. Vermutlich hat Claas da im Hintergrund auch den einen oder anderen Faden gezogen. Nun, jetzt wissen wir mehr! Er hat nicht zufällig auch das Rezept hinterlassen, wie man die Erinnerungen in den Bernstein bekommt?«

Tiryn spähte in den Umschlag. »Hier sind noch ein paar Blätter drin.«

Carly stand auf. »Ich muss unbedingt los, leider! Philip wartet bei Daniel, wir haben Harry versprochen, noch den fertigen Auftrag in der Töpferei vorbeizubringen.«

»Kann ich noch ein wenig in den Papieren stöbern und sie dir morgen geben? Ich muss hier sowieso noch etwas aufräumen.«

»Na klar. Es ist der letzte Abend, an dem du deinen Laden für dich hast – bevor ihn die Kunden stürmen. Genieß ihn! Ach, und falls du deinen Zigmal-Urgroßvater Claas Kreyhenibbe zu Gesicht bekommst, grüß ihn von mir!«

Tiryn lächelte ihr zu, doch sie fand das alles nicht so lustig wie Carly. Sie war erleichtert, nun zu wissen, warum sie sich so zu Claas hingezogen gefühlt hatte. Sie war nicht verrückt. Er war ihr Fünfmal-Urgroßvater, der seine Familie beschützte, immer noch. Hätte sie das als Kind gewusst, hätte sie sich nicht so einsam und verloren gefühlt. Doch wenn er in allen Meeren unterwegs war, wie er gesagt hatte, warum war es ihm so wichtig, dass die Familie wieder genau hier zusammenkam? Sicher gab es einen Grund dafür. Und den würden sie wohl erst herausfinden, wenn das dritte Bernsteinschiff entgegen aller Wahrscheinlichkeit mitsamt seiner Besitzerin irgendwann auftauchte.

Oder enthielt der Umschlag noch einen Hinweis? Sie leerte ihn kurzerhand auf dem Nähtisch aus. Matilda hatte offensichtlich einige Dokumente handschriftlich kopiert.

Es wird hierdurch beurkundet, dass nach vorgängiger Vollziehung der gesetzlich vorgeschriebenen Proklamations- und Heirats-Akte Claas Kreyhenibbe, ein und zwanzig Jahr alt, gebürtig von Ahrenshoop, wohnhaft daselbst, Fischer und Leuchtturmwärter, und Frenja Feltman, zwanzig Jahr alt, Tochter des Brinksitzers Friedrich Feltman, am zwanzigsten December 1822 kirchlich getraut worden sind.

Copuliert nachmittags zwey Uhr durch H. C. C. Meister, Pastor.

Tiryn ließ das Blatt sinken, seltsam gerührt.

Sie sah den jungen Claas vor sich, aufrecht und stolz, wie er seine Frenja zum Altar führte, das ganze Leben vor sich, voller Hoffnung.

Und nun saß sie hier, fast hundertachtzig Jahre und fünf Generationen später, und las diese Worte, die die Heirat beurkundeten, aus der im Laufe der Zeit all diese Menschen hervorgegangen sind: Henny und Nicholas und Myra und Flömer und alle dazwischen, einschließlich sie selbst, während dasselbe Meer ununterbrochen in seinem eigenen Rhythmus gegen diese Küste brandete wie die Hintergrundmusik zu der Familiengeschichte.

Liebevoll steckte sie das Dokument zurück in den Umschlag. Leuchtturmwärter war Claas also gewesen. Wie wunderbar. Von wegen kämpferischer Wikinger! Die Geschichte, die man dem jungen Nicholas einst im Luftschutzkeller erzählt hatte, war meilenweit von der Wirklichkeit entfernt.

Die anderen Dokumente waren ebenfalls Abschriften von Geburts- und Heiratsurkunden. Tiryn überflog sie nur und steckte sie dann zurück in den Umschlag, dafür war jetzt keine Zeit. Doch das letzte Blatt war anders. Vergilbt und brüchig – ein Zeitungsartikel!

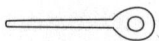

Matildas Dorsch mit Kartoffelkruste

1 *Spitzkohl (ersatzweise Lauch oder Wirsing)*
150 g Crème fraîche
2 TL grober Dijon-Senf
20 g Butter
4 Dorschfilets à 150 g
1 Zitrone
20 g Butter
6 EL Öl
4 mittelgroße Kartoffeln
Muskat
Salz, Pfeffer

Spitzkohl in Streifen schneiden und waschen. Butter in einer Pfanne erhitzen und Spitzkohl bei mittlerer Hitze 4 – 5 Minuten dünsten. Crème fraîche und Senf verrühren und zu dem Gemüse geben. Mit Salz und Pfeffer abschmecken.
Dorschfilets waschen und trockentupfen. Mit Zitrone beträufeln, salzen und pfeffern.
Kartoffeln schälen und grob raspeln. In ein sauberes Küchentuch geben und gut ausdrücken. Mit Salz, Pfeffer und Muskat würzen. Butter und Öl in einer großen, beschichteten Pfanne erhitzen. Kartoffelmasse mit einem Esslöffel in der Pfanne zu vier flachen Puffern formen. Darauf je ein Dorschfilet legen, leicht andrü-

cken. Bei mittlerer Hitze 8 – 10 Minuten braten, bis die Kartoffelmasse braun und der Fisch schon leicht gar ist. Sehr vorsichtig wenden (evt. mit einem Teller) und 1 – 2 Minuten fertig garen. Mit dem Gemüse auf flachen Tellern anrichten und sofort servieren.

38

Im Garten

Das Küstentagblatt, 25. März 1852

Der vom Kurs abgekommene dänische Kutter Alana geriet in der Sturmnacht vor Ahrenshoop in Seenot und sank rasch. Die Seenotrettungsstation in Wustrow war damit beschäftigt, die Besatzungsmitglieder des gestrandeten preußischen Schoners Ceres sowie die Ladung zu bergen und konnte nicht zu Hilfe kommen. Der werthe Leuchtturmwärter Claas Kreyhenibbe aber eilte mit seinem eigenthümlichen Boote den dänischen Fischern zu Hilfe, während am Strand einige Zuschauer theilnahmslos das Geschehen verfolgten und wohl nur auf Strandgut aus waren. Claas Kreyhenibbe gelang es unter dem Einsatze seines Lebens, vier der fünf Fischer zu retten, indem er sie nahe genug an die Küste brachte. Bevor er dem letzten Mann, der sich noch auf dem Wrack zu halten vermochte, die Hand reichen konnte, brandete jedoch die verheerende Flutwelle heran, die nicht nur das Boot des Leuchtturmwärters, sondern schließlich auch den betagten Leuchtturm umriss. Die Leiche des Fischers wurde am Morgen bei Prerow angespült. Claas Kreyhenibbe jedoch bleibt verschollen. Seine Gemahlin Frenja schwor, weiterhin das Licht für ihn in ihr Fenster zu stellen, das sie allabendlich für ihn entzündete, wenn er Dienst im Leuchtturm hatte, damit er wusste, dass sie an ihn dachte, und stets nach Hause fand.

Tiryn schluckte. Sie hatte den Artikel mit nach Hause genommen, um ihn Kaja vorzulesen. Auch beim zweiten Mal fühlte sie sich an die stürmische See versetzt, hatte das Gefühl, mit Claas nach Luft zu ringen und mit Frenja angstvoll in die Dunkelheit zu spähen.

Kajas Hand kam unter der Bettdecke hervor und legte sich tröstend auf Tiryns.

»Er war also ein Held, der Claas. Und wenn ihn jemand hier sieht, dann ist es vielleicht, weil Frenja noch immer das Licht für ihn entzündet und er auf diese Weise nach Hause finden kann. Wie schön!«

Tiryn drückte ihre Hand. So gesehen, klang es tröstlich und tatsächlich schön.

Und Claas Kreyhenibbe lebte weiter – auch in ihr.

Mach deine Arbeit gut wie ich die meine, hatte er gesagt.

Tiryn holte tief Luft. Sie hatte ihre Arbeit gut gemacht – ihr Laden war fertig und wartete auf Kunden.

Tiryn hatte kaum geschlafen in der Nacht. Zweifel quälten sie, ob überhaupt jemand ihren Laden betreten würde. Ob die Menschen nicht über ihre Kleider lachen und ihren Schmuck furchtbar finden würden. Und wenn sie doch eindöste, sah sie kenternde Boote vor sich und wilde Flutwellen.

Doch der Tag war mild und himmelblau. Auf den Bäumen und dem Deich lag ein Schleier aus Hellgrün. Nach einer Tasse von Daniels Wellenschattentee und einem Brötchen mit Kajas bester Marmelade fühlte sich Tiryn für alles gewappnet. Sie öffnete die Ladentür weit, und die noch tiefstehende Sonne fiel durch die Fenster und funkelte auf dem Silberschmuck.

Und die Kunden kamen. Erst nur ein oder zwei, dann Familien, dann Grüppchen. Orje stand draußen und spielte Seemannslieder auf der Drehorgel. Der Wind trieb die Töne durch das Dorf und zog wie mit unsichtbaren Fäden Neugierige an.

Ahrenshoop war voller Ausflügler, und auch die ersten Feriengäste trafen ein. Ostern stand vor der Tür, der Winter war vorüber und die Menschen hungrig auf Sonne, Meer und etwas Neues, mit dem sie sich schmücken und frühlingshaft fühlen konnten. Etwas, das ihnen den Mut und den Schwung gab, mit Lebensfreude in den kommenden Sommer zu gehen. Für die Kleider war es noch zu kühl, und doch wurden sie anprobiert, bewundert und manche auch gekauft. Vor allem aber der Schmuck kam gut an. Viele suchten ein Ostergeschenk, andere eines zum Hochzeitstag oder sogar zur Hochzeit, denn es war Frühling. Als Geschenkverpackungen hatte sich Tiryn etwas Besonderes ausgedacht. Nanaiya hatte ihr das Korbflechten beigebracht. Nun flocht sie winzige Körbe aus Reet, das sie bei Frerk Bojahn mitgenommen und zum Teil mit Naturfarben in Meerestönen gefärbt hatte, legte den in einen Rest Kleiderstoff gewickelten Schmuck hinein und verschloss ihn mit einem Aufkleber, der ihr Logo trug. Das wirkte edel und fröhlich zugleich.

»Das ist eine wunderbare Idee, Mädchen – Tallulah.« Sogar Myra war davon begeistert gewesen. »Das ist mal was Neues und was Feines. Das wird gut ankommen.«

Myra behielt recht. Die Körbchen und ihr Inhalt bescherten Tiryn sogar einen Artikel in der *Ostseezeitung*.

Tallulah Design war auf dem Weg.

Nachdem am Ostersonntag alle nach Naurulokki kamen, um Daniels duftenden Lammbraten mit Meersalz und Dünenthymian zu essen, lud Tiryn am Ostermontag Myra, Carly, Philip und Harry zum Frühstück in den Garten der Krähenkate ein.

»Du sollst dich auch mal bedienen lassen, anstatt immer nur Gastgeberin sein zu müssen«, sagte sie zu Carly. »Außerdem ist der Garten zurzeit einfach wundervoll. Er hat Besuch verdient!«

»Da hast du recht«, sagte Carly und sah sich verzaubert um. »Ich glaube, ich sollte mich mehr um den Garten auf Naurulokki kümmern. Er ist völlig vernachlässigt. Wahrscheinlich müsste man ihn komplett umgestalten.«

»Unsinn, Carlylotta«, sagte Philip. »Du liebst jeden Zentimeter an Naurulokki, genau so wie es ist. Oder könntest du dir vorstellen, jemals wieder woanders zu leben?«

»Nein! Nie, nie, nie!«, sagte Carly heftig.

»Ich auch nicht«, sagte Tiryn und betrachtete glücklich die alten Spalierobstbäume. Von der Mauer dahinter sah man kaum noch etwas, so hellgrün leuchteten die jungen Blätter, und dazwischen die ersten Blüten von Apfel und Kirsche. Auch der alte Wildapfelbaum blühte. Wenn ein Wind durch den Garten huschte, streute er weiße Blütenblätter wie einen stillen Segen. Die Sonnenwärme und der Blütenduft sammelten sich innerhalb der Mauer und mischten sich mit dem Duft nach Rauch und dem frischem Brot, das im Holzofen buk.

»Die Ostereier sind großartig«, sagte Philip und drehte eines hin und her. Tiryn hatte sie aufrecht auf Ringe aus Pappe gestellt und diese bemalt wie Hemdkragen mit Schlips für die Männer, wie einen Blusenkragen mit Kette für die Frauen. Aus Wolle hatte sie Frisuren auf die Eier geklebt und mit Wachsstiften Gesichter gemalt. Die Nasen und die Augenwimpern waren aus Papier. Es war klar erkennbar, welches Ei zu wem gehörte – Carlys Locken, Myras weißer Zopf, Harrys Bart, Philips Augen und die hohe Stirn waren unverkennbar. Carly kicherte. »Ich hätte dir Bescheid sagen sollen, dass wir noch einen Gast mitbringen. Rune Sjöberg ist gestern Abend gekommen. Aber ich glaube, ein so großes Ei hast du nicht im Kühlschrank.« Sie sah sich suchend um. »Wo ist er eigentlich geblieben?«

»Er wollte sich im Haus umsehen«, sagte Kaja. »Er liebt Holz.«

»Stammt dieser Rune auch von Claas Kreyhenibbe ab?«, fragte Philip, den der Stammbaum faszinierte.

»Nein«, erklärte Carly. »Thore ja, denn er ist der Sohn von Matildas Tochter Simone. Aber Simone starb an Multipler Sklerose, und Thores Vater heiratete eine junge Dänin. Zusammen bekamen sie Rune. Deshalb ist er nur drei Jahre älter als ich.«

Philip horchte stirnrunzelnd auf. »Nur drei Jahre älter als du? Und du kennst den schon lange?«

»Ich habe mit ihm getanzt. Und es nie vergessen.« Carly lächelte Philip verschmitzt an und griff nach seiner Hand. »Aber wie gesagt nur, weil er so falsch gesungen hat! Da ist er ja.«

Als Rune Sjöberg aus der Tür trat, musste er sich ducken, und das Haus wirkte hinter ihm kleiner als sonst.

»Was für eine wunderschöne Treppe Sie da haben!«, rief er. Seine Stimme, tiefer noch als Jakob Hellmonds, rollte wie ein ferner Donner durch den Garten. Ein dänischer Akzent legte dennoch eine heitere Leichtigkeit in den Klang.

»So«, sagte Carly, als auch der Letzte pappsatt seinen Teller fortgeschoben hatte. »Jetzt kann ich keine Sekunde länger warten. Ich muss in dieses wundervolle Baumhaus klettern, jetzt, wo der Baum blüht.«

»Ich komme mit«, sagte Tiryn.

Unter dem Blütendach des uralten Baumes saßen sie wie in einem duftenden Zelt, einer leuchtenden Wolke, einem glücklichen Traum. Hinter den Dünen in der Ferne flüsterte das Meer und erzählte von dem neuen Sommer.

»Besser geht es nicht«, fand Carly und lehnte sich gegen Philip, der ihnen gefolgt war.

»Wie gut, dass Claas dieses Baumhaus gebaut hat!«, sagte Tiryn, »und dass die nachfolgenden Generationen es immer wieder gestrichen und erhalten haben.«

»Das war Ehrensache!«, rief Kaja von unten. »Als mein Vater das Haus von Sieke Kreyhenibbe gewann, musste er ihm versprechen, das Baumhaus instand zu halten. Wie gerne wäre ich noch ein einziges Mal dort oben! Aber die Leiter traue ich mir nicht mehr zu.«

»Aber das ist doch kein Problem!« Ehe irgendjemand sich rühren konnte, hatte Rune die zierliche alte Dame bei der Taille gepackt. Er musste sich nur auf die Zehenspitzen stellen, um sie mühelos auf die große Plattform setzen zu können. Kaja strahlte bis über beide Ohren und sah aus, als wäre sie fünf Jahre alt. Fehlt nur noch ein Gänseblümchenkranz in ihren Haaren, dachte Tiryn.

»Danke!«, rief Kaja zu Rune hinunter.

Carly fuhr die Namen nach, die in die alten Schiffsplanken geschnitzt waren. »Jetzt kennen wir wenigstens ihre Bedeutung. *Frenja*, *Lisbeth*, *Hilde*, *Senta*. Er hat seine Schiffe nach seiner Familie genannt.«

»Was bedeutete wohl der Satz in dem Zeitungsartikel? Dort stand ›*in seinem eigenthümlichen Boote*‹«, fragte Tiryn.

»Carly hat mir das alte Gemälde gezeigt, auf dem dieser Claas zu sehen ist. Es ist sehr dunkel, aber man sieht ein wenig das Ruderboot, das er an der kleinen Insel angebunden hat, auf der der Leuchtturm stand«, sagte Rune von unten. »Es ist mir aufgefallen, weil es eine Galionsfigur hat, so wie ich sie herstelle. Kleine Ruderboote haben gewöhnlich keine Galionsfiguren. Diese ist ein Seepferdchen.«

»Ein Seepferdchen in der Ostsee?«, fragte Philip.

»Die Türklinke der Krähenkate ist auch ein Seepferdchen. Vielleicht wollte er zeigen, dass das Boot und das Haus zusammengehören«, überlegte Tiryn. »Oder er mochte Seepferdchen einfach. Vielleicht war er deshalb in Florida, weil es sie dort gibt.«

»Nein.« Carly schüttelte den Kopf. »Er war dort, um dich zu holen. Um sicher zu gehen, dass das Bernsteinschiff seinen Auftrag erfüllte, und um dir den Anstoß zu geben, endlich deiner Sehnsucht zu folgen und hierherzukommen.«

»Bleibt die Frage, warum? Warum ist es wichtig, dass wir hier sind?«

Tiryn sah zu Myra hinüber, die gerade das Brot im Holzofen prüfte. Es hatte wenig Sinn, sie noch einmal nach dem dritten Schiff zu fragen.

»Warum auch immer«, sagte Carly. »Ich bin froh, dass du hier bist. Und zwar nicht nur, weil deine Kleider so wunderbar bequem sind.«

»Und so schön«, ergänzte Philip.

Carly hatte recht, dachte Tiryn. War es denn wichtig, warum sie hier war, wenn das Gefühl von Richtigkeit in ihr so weit und so tief war wie das Meer?

Als alle fort waren, Kaja sich ausruhte und Tiryn aufgeräumt hatte, schlenderte sie wieder in den Garten, wo die Mittagssonne ihre Wärme in die Ecken gelegt hatte und die Bienen wie berauscht in den Blüten summten. Ein Eichhörnchen, mit dem sie sich angefreundet hatte, sprang über den Rasen auf sie zu und holte sich seine gewohnte Nuss ab. Tiryn streckte sich in der Hängematte aus und dachte an Claas. Was hatte er bei ihrer letzten Begegnung gesagt?

Mache deine Arbeit gut wie ich die meine, und höre auf die Krähe.

Nun, ihre Arbeit hatte sie gemacht und dabei den Stammbaum in der Nähmaschine entdeckt. Aber was hatte er mit *höre auf die Krähe* gemeint?

Sie legte die Hände zu einem Trichter an den Mund. »Fula!«, rief sie in den Himmel. »Fuuulaaa!«

Ein frischer Frühlingswind fegte durch den Garten, nahm ihren Ruf mit und trug ihn in die Wipfel der Silberpappeln. Ein Schatten löste sich daraus und segelte hinunter. Die Krähe landete in der Mitte des Gartens auf der alten Sonnenuhr, legte den Kopf schief und sah Tiryn fragend an.

Tiryn setzte sich auf. »Gibt es was, was du mir sagen sollst?«

Die Krähe flatterte auf, krächzte einmal und landete erneut auf der Sonnenuhr. Mit dem Schnabel klopfte sie auf dem Zifferblatt herum, immer an derselben Stelle. Tiryn ging zu ihr hinüber. Die Krähe hackte noch einmal, drehte sich um, ließ einen Klecks fallen, flog dann auf und segelte über die Dünen fort.

Tiryn betrachtete die Stelle. Sie konnte nichts Ungewöhnliches entdecken. Oder doch? Zwischen der römischen Drei und der Vier war eine Kerbe. Nein, ein Pfeil, der nach außen zeigte. Wohin zeigte er? Sie sah sich um. Auf den Quittenbaum an der Mauer? Dann fiel ihr Blick auf den Klecks, den Fula von der Uhr auf die Erde hatte fallen lassen. Genau dort, wo die Kerbe war. Ein weißer Punkt im Gras. Tiryn schluckte. Sie holte sich eine Schaufel aus dem kleinen Schuppen und fing an zu graben.

Es dauerte nicht allzu lange, bevor ihre Schaufel mit einem hellen Geräusch auf etwas Hartes stieß. Behutsam legte sie es der Länge nach frei.

Sackleinen, fast verrottet, umhüllte eine erdverkrustete Flasche. Keine richtige Flasche, eher ein Gefäß, wie es früher in Apotheken verwendet wurde, dick und geradwandig mit einer großen Öffnung, in der ein bröckelnder Korken steckte. Tiryn holte die Gießkanne und goss vorsichtig Wasser darüber, um das Glas sauber zu spülen, ohne den Korken nass zu machen.

Da waren Buchstaben eingeritzt!

»Für Claas – Morgenwasser. Von Frenja«, entzifferte Tiryn die unregelmäßige Schrift. Als sie den Korken mit Herzklopfen öffnete, duftete es leicht nach Zitrone, Zimt und Sandelholz. Ob Frenja ihm dieses Rasierwasser selbst gemischt hatte? Vielleicht zu Weihnachten oder zu seinem Geburtstag? Es fühlte sich so persönlich an, diese Flasche zu berühren, den Duft zu riechen, dass ihr die Tränen kamen. Sie schluckte sie herunter, spähte in die Flasche und schüttelte behutsam einen länglichen Gegenstand heraus. Ein Lederfutteral, trocken und brüchig, zerfiel und gab seinen Inhalt frei.

»Oh!«, entfuhr es Tiryn.

Vor ihr auf dem jungen Frühlingsgras in der Sonne lag ein Leuchtturm aus Bernstein, eine gute Handspanne lang. Er war aus abwechselnd hellem und dunklem Bernstein zusammengefügt. Ein wenig trübe war der Bernstein während seines langen Schlafs geworden, doch ansonsten unversehrt. Er würde nur ein leichtes Polieren benötigen, damit er wieder glänzte und das Licht darin spielen konnte. Mit angehaltenem Atem hielt Tiryn ihn in den Händen. Woher sie es wusste, konnte sie nicht sagen, aber instinktiv drehte sie das Oberteil wie einen Schraubverschluss. Es öffnete sich, und sie sah, dass der Leuchtturm hohl war. Aber leer war er nicht. Eine dünne Schriftrolle steckte darin.

Tiryn zögerte, doch sie konnte nicht anders und zog sie mit zitternden Händen heraus. Das Papier zerfiel zu ihrer großen Erleichterung nicht wie das Leinen zu Staub, sondern ließ sich entrollen; nur vergilbt war es und brüchig an den Kanten. Auch die verschnörkelte Schrift war mit etwas Mühe noch lesbar; es war ja in all der Zeit kein Licht darauf gefallen.

Tiryn kniete unter dem Frühlingshimmel und las die alten Worte, die ihr Urururururgroßvater Claas Kreyhenibbe vor hunderteinundfünfzig Jahren geschrieben hatte:

Dreiundzwanzigster Mai im Jahre achtzehnhundertfünfzig

Ich, der Leuchtturmwärter Claas Kreyhenibbe, habe im letzten Jahre in einem Sturm eine sehr alte Frau aus einem sinkenden Boot gerettet. Sie sagte, sie hieße Orenda und käme von weit her, und sie schenkte mir drei längliche Bernsteine zum Danke. Ich sagte ihr, es gäbe hier genug Bernstein und sie möge sie behalten. Doch sie widersprach und sagte, diese Steine hätten eine besondere Gabe. Man könne Erinnerungen in ihnen aufbewahren und sie würden lebendig bleiben für alle Zeit. Ich habe viel über ihre Worte nachgedacht und mir gesagt, wenn dieses mit Bernsteinen möglich ist, dann müsste man das selbige auch mit dem Meere selbst thun können, das viel größer und lebendiger ist. So habe ich seitdem meine Gedanken und alles, was ich bin, den Wellen anvertraut in größter Konzentration und Meditation und glaube, dass etwas von mir in ihm für immer am Leben erhalten und mit den Strömungen unterwegs sein wird. Energie gehe niemals verloren, sagen die Gelehrten. Meine Energie mag sich in dem Wasser vertheilen, doch solange Frenja die Lampe entzündet, wird sie den Weg finden und sich hier wieder sammeln. Ich nothire diese Erkenntnis für meine Nachkommen und vergrabe sie hier in der Kreyhenkate, damit sie sie einst finden werden. Meine Gedanken, dass die Energie im Meere erhalten bleibt, sehe ich durch das Phänomen bestätigt, dass ich dort manches Mal Bilder erkenne, die mir Ereignisse der Zukunft vorhersagen. Ich denke, dass die Zeit fließt wie ein Strom, in dem sich Wirbel bilden an Felsen oder Hindernissen, so dass das Wasser manchmal ein Stück zurücke fließet oder vorausspringet, und so kann es sein, dass die Bilder etwas zeigen, was schon geschehen ist oder in der Zukunft liegt. So habe ich gestern gesehen, dass ich mit meinem Boot in einem Sturm untergehen werde. Ich fürchte mich nicht davor, denn ich habe vorgesorgt, und bin längst eins mit dem Meere und es thut nichts zur Sache, was einmal mit meinem Cörper geschieht.

C. K.

P. S. Für die drei Bernsteine werde ich noch einen Nutzen finden.

Tiryn ließ das Blatt sinken.

Sie würde also nie herausfinden, was den drei Bernsteinen diese besondere Gabe verliehen hatte. Sie würde nie Schmuck mit derselben Eigenschaft verkaufen können. Doch sie spürte keine Enttäuschung. Sie horchte in sich hinein und fand nur Frieden.

Denn sie wusste im Grunde längst, dass das warme, honiggoldene Leuchten Millionen Jahre alter Sommer im Bernstein den Menschen, die ihren Schmuck trugen, dennoch ein glückliches Lächeln schenkte. Gab es einen besseren Beweis dafür, dass manches Schöne ewig gültig und wirksam blieb?

Tiryn wusste kaum, wie sie dorthin gekommen war, so sehr waren ihre Gedanken in einer anderen Zeit unterwegs gewesen, doch als die Abendsonne über den Deich fiel, fand sie sich am Hafeneingang. Die ersten Zeesboote segelten wieder wie braune Schmetterlinge auf dem Bodden, der so klar und blau war wie der Himmel über ihm. Andere schaukelten an den Stegen, das Wasser gluckerte dunkel unter ihren Böden, und die Leinen schlugen gegen die Masten, in denen der Wind das alte Lied der Häfen pfiff.

Auf dem Steg am Bug eines Zeesbootes kniete jemand und sang auch, während seine großen Hände behutsam an einer hölzernen Figur arbeiteten und sie gelegentlich zärtlich an den Bug des Schiffes hielten, um zu sehen, ob sie daran passte. Er sang grandios falsch. Die Töne flogen zu hoch zum Himmel und tauchten zu tief in das Wasser, hüpften in zu viele Richtungen über den Bodden und wirbelten zu übermütig in den glänzenden Silberpappeln, um sich zu einer harmonischen Melodie zusammenzufinden.

Für Tiryn aber hatte es in diesem Moment keine Bedeutung mehr, ob etwas ewig bleiben konnte. Wichtig war nur, dass sie genau hier, an diesem Ort und in dieser Zeit zu Hause und lebendig war. Hier wollte sie sein und für immer dieser Stimme lauschen, die in ihr alles hell machte.

Epilog

Ich fand Tiryn in der Bibliothek. Sie bemerkte mich nicht gleich. Ich hatte die Schuhe ausgezogen, um keinen Schmutz auf Carlys blank gewischten Dielen zu hinterlassen. Schließlich war es ein besonderer Tag.

Tiryn saß an dem kleinen Tisch und spielte selbstvergessen mit Jorams Kreisel. Er drehte sich ganz wunderbar um seine Achse, stand ruhig und aufrecht. Jetzt sah Tiryn überrascht auf. Wie schön sie aussah, nun, da sie glücklich war! Rune hatte das auch bemerkt. Ich hatte es in seinen Augen gesehen, als er sie gestern im Hafen entdeckte und heranwinkte, um ihr die liebevoll und detailreich geschnitzte hölzerne Möwe zu zeigen, die er als Galionsfigur an einem Boot anbringen sollte. Ich wünschte ihm insgeheim Glück und war dabei recht zuversichtlich. Rune war ein Sjöberg, und obwohl er so locker war, hatte er denselben Sturkopf wie Thore.

»Die Hochzeit findet im Garten statt«, sagte Tiryn. »Oder suchten Sie etwas Bestimmtes?«

»Ich wollte nur nach dir sehen. Ich bin die Autorin und wollte sicher sein, dass ich mit gutem Gewissen den letzten Punkt setzen kann.«

»Ach, du bist das! *Halito*. Nun, dann siehst du ja, dass alles in Ordnung ist. Mit mir jedenfalls.« Sie wandte ihre Aufmerksamkeit wieder dem Kreisel zu. »Carly hat mich gestern gebeten, sie zum Strand zu begleiten. Es war sozusagen ihr Junggesellinnenabend. Sie hat ihr Bernsteinschiff mitgenommen und hat im Licht der Abendsonne ihr Glück, ihre Liebe zu Philip und Naurulokki und ihre Erinnerungen in dem Schiff gespeichert. Und in diesem Moment wusste ich auf einmal, dass sich jetzt der Kreisel für mich drehen würde.«

»Das ist schön. Dann bin ich zufrieden.«

Tiryn sprang auf. »Hey, du kannst dich aber jetzt nicht einfach aus dem Staub machen! Nicht vor der Hochzeit. Und das mit dem letzten Punkt geht schon gar nicht! Was ist mit dem dritten Bernsteinschiff? Myra will nichts dazu sagen. Aber du musst es doch wissen?!«

»Myra war nicht geplant. Sie ist einfach in die Geschichte hineinspaziert. Sie macht, was sie will. Glaubst du, ich habe ein Recht, ihre Geheimnisse auszuplaudern?«

»Wer, wenn nicht du? Sollen Claas' Mühen denn umsonst gewesen sein?«

»Ich werde darüber nachdenken«, sagte ich. »Im Moment interessiert mich viel mehr, was du von Rune hältst. Er ist ein echter Sjöberg. Ist er nicht unwiderstehlich? Vor allem seine Segelohren?«

Tiryn lächelte. »Ich werde darüber nachdenken«, sagte sie. »Jetzt komm, die Zeremonie beginnt gleich. Ich bin Philips Trauzeugin.«

»Und wer ist Carlys Trauzeuge?«, fragte ich.

»Na, wer wohl? Thore natürlich.«

Ich versteckte mich, so gut es ging, hinter einem Hortensienbusch. Schließlich wollte ich Carly nicht an ihrer Hochzeit aus dem Konzept bringen. Auch wollte ich vermeiden, dass mich am Ende die ganze Hochzeitsgesellschaft nach dem dritten Bernsteinschiff ausfragte und ich mir Myras Zorn zuziehen würde.

Oben auf dem Grundstück sah man das Gerüst der kleinen Sternwarte. Darüber hing ein Kranz, sie hatten also schon Richtfest gefeiert. Mittagswärme lag im Garten, späte weiße Narzissen blühten auf der Wiese und an der Loggia die ersten Dolden des Blauregens. Die Birke, unter der Carly und Philip sich das Jawort gaben, trug ein fröhliches Maigrün. Anna-Lisa streute Gänseblümchen, und Carly sah in Hennys Hochzeitskleid hinreißend aus. Sogar ich musste mir eine Träne aus dem Augenwinkel wischen, ehe mir meine eigene Romanfigur ein Taschentuch anbot.

»Achtung!«, rief Carly, drehte sich um und warf den Brautstrauß in unsere Richtung. Tiryn sprang so hastig beiseite, dass sie mir auf den Fuß trat. Statt ihrer war es Myra, die ihn fing. Ich erwartete, dass sie ihn mit einem Witz weitergeben würde, doch stattdessen betrachtete sie ihn mit überraschendem Ernst.

Orje fing an, die Drehorgel zu spielen. Keinen Hochzeitswalzer, sondern Seemannslieder.

Heut lief ein Schiff in den Hafen, heut kam ein Seemann nach Haus ...
Philip und Carly finden an zu tanzen, Thore forderte Myra auf – mutig, der Mann –, und Rune steuerte zielstrebig auf Tiryn zu. Diesen Augenblick nutzte ich, um zum Gartentor hinauszugehen und noch einen Abstecher zum Strand zu machen. Ich war müde vom Schreiben und wollte nur noch dem Meer lauschen.

Dort sah ich Claas wie einen Schatten draußen auf der Buhne sitzen, den Kormoran auf der einen und die Krähe auf der anderen Seite.

»Der zweite Schritt ist getan, alte Freunde«, hörte ich seine Worte leise im Rauschen der Wellen.

Danksagung

Ein ganz großes DANKE allen, die meine Ostsee-Trilogie möglich machen:

Meinem Mann Peter Schneider für seine Liebe, Geduld und Unterstützung.

Meinen Eltern Elisabeth und Heinz-Hermann Koelle für die Samen der Phantasie, die sie in meine Kindheit gesät haben.

Ronald Henss für seine Unterstützung und Ermutigung und seinen langjährigen unermüdlichen und unverzagten Einsatz.

Susanne Kiesow, meiner wunderbaren Lektorin, nicht nur für ihre Tatkraft und ihren Optimismus, sondern auch, weil sie immer zum richtigen Zeitpunkt an der richtigen Stelle die richtige Idee (oder den richtigen Einwand) hat.

Irina Taurit für alle Stunden, die ich mit ihr an Stränden (und woanders) träumen durfte.

Den Lesern, die meinen Geschichten ihre Zeit schenken.

Und dem Meer – für alle Geschenke, die es uns macht.

Leseprobe aus dem Roman

»Der Horizont in deinen Augen«

von

Patricia Koelle

Prolog

»Da!« Regina machte große Augen und zeigte mit zitternder Hand auf den fernen Gipfel, der noch eine Mütze aus Schnee trug.

Ylvi legte die Schaufel beiseite, mit der sie gerade einen Hibiskus umtopfte, kniete sich neben ihre Mutter auf die sonnenwarme Terrasse und steckte die Decke wieder fest, die von den dünnen Beinen gerutscht war.

»Es ist alles in Ordnung, Mama«, sagte sie beruhigend. »Florentina kommt auch gleich wieder.«

Immer wenn die fröhliche spanische Krankenschwester abwesend war, wurde Regina noch unruhiger als sonst. Jetzt packte sie Ylvi mit überraschender Kraft am Ärmel.

»Der Vulkan! Der Vulkan wird das Geheimnis verraten!«

»Der Vulkan schweigt seit über hundert Jahren, Mama. Er wird alle Geheimisse für sich behalten.«

Meins auch, falls er es kennt, dachte Ylvi und sah zu dem dunklen Berg hinüber. Friedlich ragte er mitten auf der Insel in den himmelblauen Frühlingshimmel, ungerührt vom Passatwind, der Reginas weiße Haare und Ylvis feinen blonden Pferdeschwanz Richtung Westen wehen ließ. Es konnte sein, dass er es kannte, so oft hatte sie in seine Richtung geträumt, wenn sie an ihr Geheimnis dachte. An jene Nacht, die so lange zurücklag. An die Nacht, in der keine Regeln galten …

Ylvi

1989

1

Das tödlich geheime Land

Das Gesicht tief in ihren Schal vergraben, lief Ylvi die dunkle Osloer Straße entlang zum U-Bahnhof. Nur ihrer Freundin Ella zuliebe war sie beinahe bis Mitternacht auf deren Party geblieben. Ella hatte die Einweihung ihrer neuen Wohnung gefeiert. Sie fand die Gegend cool, aber Ylvi war die Atmosphäre in der Wohnung und dem ganzen Stadtteil unheimlich. Zum Glück hatte sie vor dem Aufbruch noch ein Glas Bowle getrunken, sonst hätte sie sich noch mehr vor dem Heimweg gefürchtet. Wenn jetzt jemand hinter einer Ecke hervorsprang und sie in einen Keller zerrte, würde sie nicht einmal so schnell jemand vermissen.

»Vielleicht übernachte ich bei Ella, wenn es spät wird, und helfe ihr morgens beim Aufräumen. Warte nicht auf mich«, hatte sie zu Ricky gesagt. Er blickte nur kurz hoch, mit seinem verschmitzten Lausbubengrinsen, in das sie auch nach einem ganzen Ehejahr noch verliebt war.

»Alles klar. Vielleicht ist er bis dahin fertig!« Ricky wies auf den Roboter, an dem er tüftelte.

»Was soll er denn können? Was macht ihr zwei überhaupt im Badezimmer?«

»Er übt, die Rolle Klopapier auf den Halter zu schieben. Phantastisch, oder?«

»Meinst du, das ist unverzichtbar für die geistige Weiterentwicklung der Menschheit?«

»Klar. Heute schiebt er Rollen auf Klopapierhalter, morgen

schmeißt er den ganzen Haushalt, und die Menschen haben viel mehr Zeit, sich geistig zu entwickeln.« Er sprang auf und gab ihr einen langen Abschiedskuss. »Ich fahr noch mal in die Uni. Ich brauche Teile.«

»Okay. Aber ich warne dich. Wenn ich zurück bin, gehe ich davon aus, dass ich nie wieder selbst unser Klopapier aufhängen muss.«

Bei Ella übernachten kam aber nun nicht in Frage, da die gerade mit diesem schmierigen Typen herumknutschte, der bestimmt erst morgen früh ging. Da war es das kleinere Übel, sich durch das finstere Viertel zum Bahnhof zu wagen.

Doch so leer wie erwartet waren die Straßen nicht. Tatsächlich waren seltsam viele Menschen unterwegs, ganze Gruppen sogar. Eine Spannung völlig fremder Art dehnte die Luft wie ein Gummiband. Ylvi konnte nicht deuten, ob das gut oder ungut war. Die Menschenmenge wurde dichter, spülte sie mit fort, dann hin zu etwas.

»Ich will nach Hause!«, brummelte sie unwirsch vor sich hin, versuchte, sich zu orientieren. Wo war nun der U-Bahnhof?

»Bestimmt nicht. Niemand will heute nach Hause!«, sagte eine Stimme neben ihr, scheinbar körperlos. Mit Mühe machte sie die Umrisse eines schlanken Mannes in dunkler Kleidung aus, der ein schwarzes Fahrrad schob.

»Was ist hier bloß los?«

»Wo kommst du denn her? Kein Radio gehört, kein Fernsehen geguckt?«

»Nee, Umzug gefeiert. Klärst du mich auf? Was ist passiert?«

So war das in Berlin, unter jungen Leuten. Man duzte sich. Er stellte sich trotzdem höflich vor, reichte ihr die Hand, die sie im

Dunkeln erst verfehlte. Dann war sie fest, warm. »Ich bin Theo. Ich kann es zwar noch nicht glauben, aber du und ich, wir erleben hier vielleicht einen historischen Moment. So was verpasst man nicht.« Er räusperte sich unnötig, als bekäme er die Worte an seinem eigenen Zweifel nicht vorbei. »Halt dich fest: Die Mauer ist offen!«

Ylvi starrte den Unbekannten an, so gut das im Dunkeln ging, verwirrt. War der irre oder die Bowle doch zu viel gewesen? Nein, sie hatte sich nur verhört, natürlich. Oder?

»Die Mauer. Wie?«, sagte sie, bekam keinen vernünftigen Satz zusammen. Bilder aus den Nachrichten der letzten Zeit flimmerten durch ihr Hirn: verzweifelte Menschenmassen in Botschaften, schreiende Kinder, die über Zäune gereicht wurden, Genscher auf dem Balkon, Jubel.

Jubel war auch jetzt zu hören, in Wellen aufbrandend gegen die gespannte Stille, mit dem Novemberwind durch die Häuserschluchten gedrückt.

Konnte es wahr sein, was Theo behauptete? Konnte wahr sein, was nicht wahr sein konnte? Ylvi spürte ein Prickeln unter den Ärmeln ihrer dicken Jacke, erst heiß, dann kalt, glaubte zu fühlen, wie ihre Gänsehaut durch diese gesamte Berliner Nacht lief.

»Ich kann es auch nicht glauben«, wiederholte er, »lass uns nachsehen. Komm mit, ja? Meine Frau und mein Sohn sind in Westdeutschland, bei meiner Schwiegermutter, leider. So einen Moment sollte man nicht allein erleben. Wo ist deine Familie?«

»Mein Mann ist zu Hause. Er arbeitet. Für die Technische Universität. Er baut Roboter. Vielleicht ist er auch im Institut geblieben, er brauchte noch Teile, und er vergisst oft die Zeit, wenn er arbeitet …« Himmel hilf, sie plapperte. Vor Nervosität, Aufregung, Verwirrung. Jetzt nur nicht noch erzählen, dass dieser

Roboter lernte, Klorollen auf den Halter zu schieben. Nicht in einem Augenblick, der Weltgeschichte schrieb.

»Na ja. Konnte ja auch keiner wissen, dass die Mauer geöffnet wird. Kommst du mit?«, fragte Theo noch einmal bittend.

»Haben wir eine Wahl?« Längst wurden sie unerbittlich von einer großen Menschenmenge nach vorne geschoben. Es gab gar kein Entkommen. Theo hielt eisern sein Fahrrad fest. Gefallene Lindenblätter schimmerten im spärlichen Laternenlicht unter den vielen Füßen, ihr rauchig-moderiger Geruch stieg Ylvi vertraut in die Nase, zusammen mit fremdem Aftershave. »Außerdem, wenn das stimmt – ich wollte doch schon immer ...« Ylvi brach ab, verlegen.

»Was?«

»Als ich klein war. Das Land hinter der Mauer. Sie sagten, die Menschen dort seien nicht frei. Aber *wir* waren es doch, die nicht aus der Stadt fahren konnten, die nicht auf einer Wiese Picknick machten wie die Kinder in meinen Büchern.« Ylvi begann zu schnaufen, sie rannten fast, so eilig hatte es die Menge. »Ich wollte durch ein Tor in der Mauer spazieren und auf einem Feld Drachen steigen lassen. In dem ›Geheimen Land.‹ Ohne dass man erst auf die großen Ferien warten musste, ohne dass man stundenlang fahren und sich vorher und nachher von Soldaten anstarren und herumkommandieren lassen musste.«

»In dem ›Geheimen Land‹?« Ylvi mochte die freundliche Neugier in seiner Stimme, verlor aber den Anfang ihrer Antwort im Gedränge, als sie von hinten angerempelt wurde.

»Hoppla!« Theo fing sie auf und ließ ihren Arm sicherheitshalber nicht mehr los. Noch ein fremder Geruch rollte heran. Auf einmal kamen ihnen Autos entgegen, teilten im Schritttempo die Menge. Kleine, eckige Autos. Blumen lagen auf ihren Dächern, Arme winkten aus allen Öffnungen.

»Trabis! Du, das sind Trabis!« Sie riefen es gleichzeitig, ungläubig, immer noch. Es war für sie, als spazierten Dinosaurier die Straße entlang oder Kängurus – unmöglich, märchenhaft, großartig. Traum – Illusion – Wirklichkeit? Trabis kamen nicht durch die Mauer, noch nie.

Es sei denn –

»Sie ist offen! Die Mauer ist offen!« Die Trabis waren der Beweis. Ylvis und Theos Stimmen reihten sich jetzt unwillkürlich ein in den Ruf, der um sie hallte. Jemand drückte ihnen eine angebrochene Flasche Sekt in die Hand. »Offen!«, das gemeinsame Wort überholte sich selbst, brach sich an den Hauswänden, geriet unter aufgeregte Füße, begegnete seinem Echo und schwang sich wieder in den aufklarenden Himmel.

Dann sahen sie es. Grenzübergang Bornholmer Straße. Der spie die Trabis aus, und auch Menschen; diese Lücke gebar den Jubel. Es wurde gewinkt, geschrien, geweint, gestammelt, jeder umarmte jeden.

Auf der Mauer, ja wirklich: auf DER MAUER standen Menschen wie Ausrufezeichen, und einer davon schwang von oben herab einen Vorschlaghammer gegen den Beton, langsam, gleichmäßig. Ein Metronom, das dem Sterben einer Grenze einen Takt gab, dem Rausch der verblüfften Menschenmenge einen Herzschlag.

Sie standen, lauschten, verloren sich im Unbegreiflichen. Zeit spielte keine Rolle, es gab sie gerade nicht. Bis Theo, jetzt sichtbarer im Scheinwerferlicht der Raum erobernden Autos, sich zu Ylvi umdrehte. »Wollen wir?«

»Und keiner hat geschossen!«, sagte sie, aus ihrer Fassungslosigkeit aufgeschreckt. »Warum hat keiner geschossen?«

»Wollen wir? Komm schon!«

»Was? Wohin?«, fragte sie begriffsstutzig.

»Na, rüber. In dein ›Geheimes Land‹.«

»Du meinst, wir sollen …«

»Wenn alle in diese Richtung können, kann man auch in die andere. Oder?«

»Und wenn wir nicht zurückkommen? Wenn sie wieder zumachen?«

»Das da«, seine Geste umfasste das gesamte Eilen, Strömen, Hüpfen und Umarmen um sie her, »das hält niemand mehr auf. Da hat keiner den Überblick. Wir interessieren die nicht. Notfalls haben wir ja einen Westausweis. Los, halt dich an mir fest.«

Er schob das Fahrrad am Rande gegen den Strom, Schritt für Schritt. Ylvi hinter ihm, die Hand auf dem Sattel. Ein paar verwirrte Blicke prallten gegen sie, sonst beachtete sie niemand. Kurz bevor sie den offenen Schlagbaum erreichten, blieb Theo stehen.

»Ich weiß immer noch nicht, wie du heißt!«

»Verzeihung – Ylvi. Ich bin Ylvi.« Plötzlich fing sie an zu lachen. Was für eine Situation.

»Freut mich. Willkommen im Osten, Ylvi!«

Ehe sie es begriff, waren sie durch, ließen die Grenzanlagen hinter sich, die Menschenmenge lockerte sich auf, auch wenn sie sich noch immer gegen die Strömung arbeiten mussten. Hier waren es nur Rinnsale, die aus allen Richtungen einem gemeinsamen Ziel entgegenstrebten.

So viel anders war es auf dieser Seite nicht, nicht im Dunkeln. Derselbe Geruch nach Herbstblättern und den Abgasen der ungewohnten Autos. Die Häuser, gerade zu ahnen gegen den Nachthimmel, waren vielleicht höher und eckiger, die Beleuchtung spärlicher.

»Komm, steig auf!« Theo zeigte auf den Gepäckträger.

»Auf dem Gepäckträger bin ich nicht mehr gefahren, seit ich in der fünften Klasse in Paul Untertrifalla verliebt war«, erinnerte sich Ylvi belustigt.

»Kriegst du schon hin. Was wurde aus Paul?«

»Er schenkte mir einen Frühling lang Gummibärchen, und kurz darauf blieb er sitzen und kam in ein Internat. Nach Westdeutschland.« Unerreichbar, damals.

»Wo entlang möchtest du?« Die Straße teilte sich.

»Rechts«, sagte Ylvi, weil dort mehr Sterne funkelten.

Theo folgte ihrem Wunsch, reichte ihr aber einen Schlüsselbund nach hinten.

»Da ist eine Taschenlampe dran und ein Kompass. Lass uns Richtung Osten fahren, bis wir aus der Stadt kommen. Das wolltest du doch? Ein Feld, eine Wiese. Einfach so.«

»Bist du Pfadfinder?«

»Den Kompass hat mir meine Schwester geschenkt. Ich solle mich im Leben nicht verlaufen. Im Übrigen bin ich Gärtner. Die haben immer allerhand Werkzeug bei sich.«

Die Straßen waren holpriger als im Westen. Ein rhythmisches Holpern, sie kannten es auch von der Autobahn, von den Transitstrecken. Betonplatten, mit Nähten aus Teer verbunden, jede Naht ein kleiner Schreck für die Räder.

»Erzähl mir von deinem ›Geheimen Land‹, als du klein warst«, bat Theo. Sie hörte sein Schnaufen. Hier ging es leicht bergauf zwischen Häuserreihen, die alle gleich aussahen. Es gab nur wenig Bäume, weniger als im Westteil der Stadt. Die Zeit hatte sich wieder zurückgezogen, alles war hier und jetzt.

»Ich dachte, wenn ein Land hinter einer Mauer versteckt und von Soldaten mit Gewehren bewacht wird, muss es besonders schön und voller Schätze und Geheimnisse sein. Märchenhafte Blumen. Wiesen, Schafe, Strände, bunte Kiesel. Das waren für mich Schätze. In der Stadt gab es die ja nicht. Nur in den großen Ferien, wenn wir in den Harz oder an die Nordsee fuhren. Aber da mussten wir erst durch die DDR. An der Grenze stehen im Stau, stundenlang. Die Soldaten starrten uns an, ob wir auch wie unser Passfoto aussahen. Wir mussten die Koffer öffnen, und die Männer wühlten in unserer Wäsche herum. Sogar die Sitzbänke mussten wir hochklappen, ob nicht klein zusammengefaltete Menschen darunter waren. Na, du kennst das ja.«

»Ich glaube, das wird nie mehr so sein. Nie wieder. Nicht hier.« So wie er das sagte, klang es wahr. Unverrückbar wie der Findling, an dem sie gerade vorbeigefahren waren.

»Ich dachte, wenn die so sorgfältig und streng sind, muss es ein sehr geheimnisvolles Land sein, das sie bewachen. Die Leute, die von dort zu uns wollten, haben sie sogar erschossen, damit sie nichts erzählen. Von den Transitstrecken aus sah man nichts außer einförmigen Wäldern, ab und zu ein Kornfeld. Der eigenartige Geruch um Bitterfeld herum prägte sich mir ein und die einzige ewig gleiche Werbung an einer Brücke. Von der Autobahn abbiegen durfte man nicht. Das geheime Land blieb hinter den Wäldern verborgen. Es war so geheim, dass es auf den Landkarten in unserem Schulatlas weiß war, einfach nicht da. Erst Westdeutschland war wieder grün. Es war schön dort, aber das Schöne war nur geliehen, für die Dauer von drei Wochen Ferien.«

»Das hat dir nicht genügt?«

»Nein, ich wollte barfuß eine Wiese erobern, wann immer es mir passte. Loslaufen und Mohn auf einem Kornfeld pflücken. Jede Stadt hatte einen Rand. Nur unsere nicht. Da war die Mauer, da kam man nicht weiter, Punkt. Sie teilte die Straßen in zwei Hälften. Die eine hörte einfach auf – und die andere blieb eben geheim. Die Wachleute auf den Türmen sahen mich nicht. Ich habe gewunken, aber keiner winkte zurück. Ich stellte mir vor, man müsste nur den Schlüssel finden, wie in dem Kinderbuch ›Der geheime Garten.‹« Sie schluckte. »Und jetzt hat das ganze Volk den Schlüssel gefunden!«

»Mir hat einmal einer gewunken.« Theo hörte auf zu treten, hier ging es sanft bergab. Man sah hier mehr Sterne, viel mehr als drüben, weil die Stadt nicht so viel verirrtes Licht in den Himmel streute. »Ich kannte eine Stelle, da hatte die Mauer einen Spalt auf meiner Augenhöhe. Der Todesstreifen war so kahl, wie rasiert, Sand mit nur ein paar müden Grashalmen. Kaninchen vermehrten sich da, aber sie sahen hungrig aus. Ich stellte mir vor, da einen Rosengarten zu pflanzen, den ganzen nackten breiten Streifen entlang, rund um Berlin, sobald die Mauer einmal nicht mehr da wäre. Nicht rote Rosen, sondern Rosen in den Farben des Sonnenaufgangs. Aprikosenfarben und goldgelb. Vielleicht bin ich ja deshalb Gärtner geworden. Mein Vater hat immer gesagt, eines Tages ist die Mauer wirklich weg. Wer weiß, was jetzt passiert.«

Ylvi lauschte seiner Stimme im Fahrtwind. Sie wusste kaum noch, wo die Geschichten aufhörten und die Wirklichkeit anfing. Ihre Welt hatte sich verbogen, war in Stücke geborsten, setzte sich erschütternd neu zusammen.

»Wart ihr nie mit einem Visum in der DDR, für einen Tag wenigstens?«, fragte Theo.

»Nein. Meine Eltern lehnten das kategorisch ab. Sie fanden es schon schlimm genug, sich beim Transit an der Grenze demütigen lassen zu müssen. Sie wollten der Diktatur keine Devisen zukommen lassen.«

»Ach so. Und später?«

»Bin ich nicht dazu gekommen. Da war mein Architekturstudium, und das Austauschsemester in Spanien. Vielleicht wollte ich auch nichts entzaubern. Keine Ahnung. Und in letzter Zeit steckte ich in den Prüfungen, hab kaum noch Nachrichten gehört oder Zeitungen gelesen.«

»Das Land blieb also geheim.« Er drehte sich zu ihr um, sie glaubte ein Glänzen in seinen Augen zu sehen. »Und jetzt sind wir hier – mittendrin! Ist das nicht phantastisch?«

Eine neue Straßenkreuzung.

»Wo ist Osten?«, fragte er. »Warte, ich kann auch nach den Sternen gucken. Du, ich glaube, hier ist der Stadtrand! Da sind kaum noch Häuser!«

Sie knipste die Taschenlampe an. »Der Kompass sagt, es geht da lang, wo Ahrensfelde auf dem Schild steht.« Sie fasste ihn an der Schulter, klammerte aufgeregt. »Wahnsinn! Da vorne ist ein Feld! Und dahinter eine Wiese, glaub ich. Es riecht schon danach. Riechst du das nicht? Der Wind erzählt von Gras und Herbsterde und Fallobst! Da halten wir, ja?«

Theo lächelte im Schein der Lampe, stellte sich wohl die fünfjährige Ylvi vor, die Stimme heller, die Ungeduld und die Sehnsucht dieselbe. Er ließ das Rad an dem abgeernteten Stoppelfeld vorbei ausrollen und bog in einen schmalen Weg ein, der das Feld von einer Wiese trennte. Ylvis Nase hatte sie nicht getäuscht. Er bremste, stellte das Rad an einen Holunderbusch und rieb sich die klammen Hände. An den Zweigen Raureif, eine zarte Illusion von Dornen.

Ylvi wies auf einen fernen Umriss. »Wer zuerst bei dem Baum ist!«, und rannte los.

Theo lachte laut auf, streckte sich, holte Ylvi dann kurz vor dem Ziel mühelos ein und, umfing sie von hinten. Sie wandte sich um, sah zu ihm auf, in dunkle Augen, einen Moment lang. Ja, es gab keine Zeit heute Nacht, Unvorstellbares war bereits passiert, es galten keine Regeln, alles war ungültig geworden. Er beugte sich zu ihr hinunter, und einen Moment lang dachte sie, er würde sie küssen.

Dann ließ er sie los, nahm ihre Hand. »Komm!« Sie liefen das letzte Stück zusammen, ließen sich schnaufend in langes Gras fallen. Breiteten die Arme aus, spürten die weite Erde unter sich. Da waren Knubbel. »Walnüsse! Das ist ein Nussbaum!«, entdeckte Theo.

Der Mond kam jetzt sporadisch hinter den Wolken hervor und warf silbriges Licht auf sie hinunter, das immer heller wurde, als er stieg. Die Reste eines Schuppens standen windschief hinter ihnen, daneben ein Zaun mit Lücken wie ein nicht lesbarer Satz vor dem Horizont. Theo kramte in seinem Rucksack und reichte Ylvi eine angefangene Wasserflasche. Als sie ihren Atem wiedergefunden hatten, wanderten sie herum, Kinder in einem Abenteuerland.

»Meine Nase hat mich nicht getäuscht! Das sind Falläpfel!«, stellte Ylvi stolz fest, als sie hinter dem Schuppen auf einen weiteren uralten Baum traf. »Hier, probier mal! Hat dir schon einmal ein Apfel *so* geschmeckt?«

»Passt gut zu den Walnüssen.« Er knackte ihr eine mit einer Hand. Das behelfsmäßige Mahl schmeckte nach einer Mischung aus Herbst und Weihnachten, mit einem Hauch Frühling, genau wie ihnen zumute war. Gestärkt wanderten sie herum, entdeckten weitere Reste eines vergangenen Gartens.

»Hier blüht noch eine Rose!« Theo pflückte die Blüte nicht, stellte nur die Lampe davor auf den Boden. Sie war märchenhaft raureifgerändert, aber man konnte die Farbe noch erkennen, mitten zwischen Goldgelb und Aprikose. Ylvi sah, wie sich die Rose und der Garten winzig in Theos dunklen Augen spiegelten, zusammen mit dem weiten, neuen Horizont. Sie konnte dort beinahe schon den Garten sehen, den er nun eines Tages rund um die Stadt auf dem einst kahlen Todesstreifen anlegen würde,

Theos Hand suchte auf der Erde, schob braune Blätter zur Seite. »Da! Diese Ranke hat Wurzeln gebildet. Ich nehme sie mit, daraus kann ich einen Ableger ziehen.« Behutsam hob er seinen Fund aus der Erde. »Du hattest recht. Es gibt Schätze in deinem geheimen Land!«

»Nicht nur einen. Hörst du?«

Er lauschte. »Diese Stille ohne Boden und Wände, die für erschöpfte Großstadtohren Musik ist? Darf ich bitten?«

Sie nahm seine Hand, zog die Schuhe aus.

»Bist du verrückt? Es friert!«

»Ich wollte doch barfuß auf eine Wiese!«

Sie tanzten zu der großartigen Stille, bis mit dieser die Ungeheuerlichkeit des Geschehens der Nacht sie überrollte, und plötzlich weinte Ylvi, weil alles so groß war. Er hielt sie lange in seinen Armen. Danach wickelte er sie in eine Decke, die er im Schuppen gefunden hatte.

Sie hörte ein Knirschen. »Was machst du?«

Er knipste die Taschenlampe wieder an. Sie sah, wie er ein loses Stück Brett vollends aus der Schuppenwand löste, dann sorgfältig etwas darauf schrieb, mit einem Zimmermannsbleistift aus seiner Tasche. Feierlich überreichte er es ihr.

Sie las:

Ylvi, möge deine Zukunft stets in einem geheimen Land voller Wiesen, Wind und Wunder stattfinden.
In Erinnerung an eine Nacht wirklicher Wunder.

Theo

Die alte Decke reichte für sie beide, wie sich herausstellte. Jedenfalls froren sie nicht in dieser zugleich märchenhaften und unfassbar wahren Nacht, die von allen Grenzen befreit war. Später radelten sie in der Morgendämmerung zurück, sprachlos und wie aus einem Traum erwacht. Nebel ließ das Land unwirklich erscheinen, das an diesem Tag begann, seine Wunden, aber auch seine Möglichkeiten zu offenbaren. An der Grenze herrschten noch immer Gedränge, Verwirrung, Tränen und Jubel. Diesmal wurden sie mit dem Strom gespült. Jemand drückte ihnen einen Blumenstrauß in die Hand, weil sie von Osten kamen.

Zu Hause fand Ylvi eine Walnuss in ihrer Tasche. Sie pflanzte sie in einen Topf, den jungen Baum später in ihren Garten. Eines Tages würde er Früchte tragen.

Erst dabei fiel ihr ein, dass sie gar nicht Theos Nachnamen kannte.

Patricia Koelle
Das Meer in deinem Namen
Roman
Band 03188

Ein Buch wie warmer Sand am Meer.
Wie das Rauschen der Wellen im Ohr.
Wie Sonne auf unserer Haut.

Carly soll ein altes Reetdachhaus an der Ostsee für den Verkauf vorbereiten. Vier Sommerwochen hat sie dafür Zeit. Für Carly die Chance, sich ihrer Angst vor dem Meer zu stellen und Abstand von ihrer unmöglichen Liebe zu gewinnen. Doch schon bald fühlt sie sich der Frau, die in dem Haus gewohnt hat und der sie sehr ähnlich sieht, seltsam nahe …

»Ein Juwel am Bücherhimmel!«
Irve, online-Rezensentin

Das gesamte Programm gibt es unter
www.fischerverlage.de